意志薄弱の文学史

日本現代文学の起源

坂口周

慶應義塾大学出版会

意志薄弱の文学史——日本現代文学の起源　目次

第二部

凡例

・頻繁に引用する作家（正岡子規・夏目漱石・内田百閒・佐藤春夫・横光利一）に関しては、最初の引用で依拠する全集を指示し、二回目以降は巻号と頁数のみ注記する。

『子規全集』（全二十二巻・別巻三、講談社、一九七五〜七八年）

『漱石全集』（全二十八巻・別巻一、岩波書店、第二次刊行、二〇〇二〜四年）

『内田百閒全集』（全十巻、講談社、一九七一〜七三年）

『定本佐藤春夫全集』（全三十六巻、臨川書店、一九九八〜二〇〇一年）

『定本横光利一全集』（全十六巻、河出書房新社、一九八一〜八九年）

・引用文中の〔〕は、引用者による注記・補足を示す。

・引用文中の傍点等の強調は、断りのない場合は原文の表記を表す。

・引用文中の〔中略〕は引用者による省略を表す。

・「　」は、引用、記事名、論文名、短編作品を表す。『　』は、書名、雑誌名、新聞名、中長編作品、映画タイトルを表す。

・引用原文の旧字表記は新字に改めた。一部、旧字のままの箇所もある。

・引用原文のルビは省略した箇所もある。

・暦は西暦表記を基本とし、適宜文脈に応じて和暦を併記した。

意志薄弱の文学史——日本現代文学の起源

序　章　「曖昧未了」から「意志薄弱」まで

柄谷行人が『日本近代文学の起源』（講談社、一九八〇年）の要目である「風景の発見」を論じるのに、はじめに掲げた具体例は「山水画」である。「山水画」という前近代的芸術のジャンルは、西欧近代の「風景画」が移植されたのちに「風景」以前の風景として見出された「転倒」の産物にすぎない。

山水画家が松林を描くとき、まさに松林という概念（意味されるもの）を描くのであって、実在の松林ではない。実在の松林が対象としてみえてくるためには、この超越論的な「場」が転倒されなければならない。遠近法がそこにあらわれる。厳密にいえば、遠近法とはすでに遠近法的転倒として出現したのである。[*1]

山水画は「風景」を描いてはいない。描かれたのは、超越論的な「場」あるいは「先験的」な概念であって、「もの」そのものではない。絵の「松林」だけではなく、風の種類として「松」が冠されている「松風」や「松籟」といった古くからある語句が示すのも、そのような「概念」である。

近代は「もの」とそれを認識する仕方との新たな関係を創出した。それによって、はじめて「外界」は描くべき知覚の対象として出現した。観察される客観物と観察する主観との間に「距離」の関係が発生し、その「距離」が客体と主体を分離せしめる認識論的な場を形作る。その「距離」という制度こそが、柄谷のいう「風景」

にほかならない。ルネサンスに端を発し、一七世紀に確立した悪しき「デカルト的遠近法」の流入である。デカルトが「我思う」という内省に存在の根拠を置いたように、「風景」の出現のためには、同時に孤独で「内的な自己《セルフ》」（＝「心理的人間」）あるいはその「内面」（＝「意識」）の出現が不可欠である。また逆に、見出された「風景」を通じて「内面」が「内面」であることが可能になる。世界の「疎遠化」は、「極度の内面化」のプロセスと不即不離なのだ。

　むろん柄谷の議論の枠組みは、およそ半世紀も前に比較的小部の評論として組み立てられたもので、端的に言って古い。英語圏のアカデミーで、ハル・フォスター編の *Vision and Visuality: Disucussions in Contemporary Culture*[*2] が出版されたのは一九八八年で、十年の差もなかった。一七世紀オランダ絵画に代表される北方の「描写術」は、思想史的にはデカルト主義ではなくて「観察による視覚経験そのものを重視するベーコン流の経験主義」に相当するのだが、それが二〇世紀の表象文化に果たすことになった重要性をいうマーティン・ジェイ。脱身体的な視覚に対する異議申し立てとしてモダニズム芸術が採用した「パルス」や「リズム」といった「視覚的無意識」の「形態破壊的《ディスモルフィック》な力」の働きを抽出するロザリンド・クラウス。そしてカメラ・オブスクーラに象徴される主体／客体を明確に分割する認識モデル（「幾何学的光学」）を一九世紀前半に俄に崩壊させた生理学の役割を強調するジョナサン・クレーリー。それらの主張は皆、「デカルト的遠近法主義」に基づく近代的な「視の制度《スコピック・レジーム》」に馴染まない系譜に着目した成果である（もちろん、そのようなロマンティックで転覆的な観点が、新たな「制度」として実体化される危険にも気を配りながら）。なかでも、一九世紀前半の生理学の急激な発達が、それまで客観的に独立した能力とみなされていた視覚を「非視覚的なもの」の次元（電気刺激を伝達する神経系）に一元的に身体化したとき――それは物理学でいうならば、一九世紀に古典的光学の知識が電磁気学に呑み込まれていったプロセスに重なるのだが――古典的観察者との「決定的な切断」によって「主観的視覚」が再編されたとするクレーリーの主張は見逃せないだろう。たとえその科学的知識が具体的な文化表象において実現をみるのは、さらに数十年遅れて「一八七〇、八〇年代のモダニズム絵画〔印象派〕」を待たなければならないとしても、なお柄谷のいう明治二〇年代（一八八七〜九六年）の「風景」の発見は二段階遅れてしまうことになるからである。

もちろん日本近代の認識論的な「進化」が、致命的に後追いを余儀なくされていたことに、何の不思議も、そして問題もないという言い方はできる。ただ、ならば日本近代の芸術において、内／外の感覚的区別を抹消する神経生理学的な知識にのっとって、視覚の現実の「参照物」は究極的には存在していなくてもかまわないという新しい主観的な認識論への転換はいつ生じたのか。「大正モダニズム」や「昭和モダニズム」のように、実際に「モダニズム」の呼称が当てられる一九二〇年代から三〇年代にかけてか。結論を先に述べるならば、それは「風景」の発見とほぼ同時に生じたというのが本書の見解である。といっても、その時期、カメラ・オブスクーラ的な「風景」の発見を丸々なかったことにしたいのではない。「視覚には何ら関わらない不可視の要素とみなされてきた身体」が発見されたことを、古い知識に全面的に替わる真実として主張したいのでもない。クレーリーのいう「視覚の再編」による新たな生産的観察者の登場は、柄谷のいう「風景」を前提としなくては生じえないからである。『視覚論』において、いずれの論者も基本的には、「主体と客体とを分離したうえで、主体を超越化、客体を受動化し、それによって形而上学的思考、経験科学、資本主義的論理をいっきょに規定してきた」ところの近代の視覚的空間をとりあえず仮想敵（近代前半）とし、それへの抵抗として見出される言説（近代後半）を拾い上げようとしている。だが、「日本近代」という圧縮された場において、段階を分けてしかるべき二つの切断はほぼ同時に現れた。幸か不幸か、後の「日本近代」はそのために複雑多岐な様相を帯びることになる。少なくとも、文学の領野においては。

「視ること」の主体性

忘れてはならないのは、柄谷の仕事の決定的な意義は、「認識論的な場」の転換を「文学」の問題として論じたところである。逆に言えば、近代における「文学」の新たな創出を「視ること」の制度性の転回に根拠づけたことである。たしかに「文学」の成り立ちは、何よりも「言葉」の問題である。柄谷の議論も後半では、主客分割の近代的認識にともなう「内面」の出現を、「言文一致」という「新たな言＝文の創出」によって生まれた「抽象的思考言語」が後押ししたことを強調している。そのような「言文一致」は、自らの「声」を直接に、透明に「表現」することを保証されることで、実体としての「内面」（あるいは「外界」）の存立を補強していったというわけだ。「風景」の発見者として最重要視される国木田独歩は、明治二〇年代後半に浸透した新しい「文」を違和感なく書きこなした最初の世代の代表である。

しかし同書において、議論の導入である「風景の発見」をめぐっては、「山水画」の先験的な概念と日本語表記における「漢字」（＝「漢意《からごころ》」）の位置が構造的に等価なものとして比較される。また、子規の友人だった洋画家の中村不折の影響がいわれる「写生文」においては、実際に屋外に出て画家が「外界」の事物をスケッチするのと同じ方法が奨励されたことが紹介されたりする。つまり、もっぱら「視ること」の比喩によってその「転換」が説明されていたことも忘れてはならない。狭い意味での「描写」は近代以前には存在しなかった。「描」き、「写」すべき事物は、科学的に「視ること」の新たな編成なくしては、即物的に観察可能なものとしての存在を保証されないからである。柄谷が「近代文学」の成立を考察するに当たって「視覚性」[*3]の問い直しから始めたのは慧眼だったというほかない。

それゆえ、本書も文学の「視覚性」に注目する方法を踏襲し、その展開を個々のテクストの実践を支える思想の根幹に関わるものとして考察を進めていく。ただし断ったように、そこで系譜学的に探求されるのは今さら「風景」ではない。「近代的自我」や「主体性」の確立、または「風景」や「内面」の「発見」などの、後から歴史の目的意識にすり替えられやすい概念を削いだところに見出される別様のヴィジョンである。

確認しておくが、『日本近代文学の起源』の第一章「風景の発見」初出（『季刊藝術』一九七八年夏号）から単行本が刊行される一九八〇年までの時期は、明治二〇年代に「風景」が見出され、それがあらかじめ存在したものとして自明視されるようになった長き時代が終わった後である。つまり、柄谷の批評的意識は、戦後批評家として活躍する中村光夫らが、近代の「文学史」を思考していた世界の外側に立っていたからこそ獲得された。

柄谷が衝いたのは、戦後批評家たちの問題認識が寄りかかっていた、批評の当事者が必ず抱えざるをえない盲点である。具体的には、敗戦の反省をかけ声にして、「近代的自我」の確立（と失敗）という枠組みのなかで、「主体性」の問題を争点としてきた戦後文学者の「近代文学史」観の立脚地そのものである。一九八〇年頃においては、柄谷が誕生を明かした明治の〈内面－外面〉の遠近法は、その「地層」を崩されていた。モダニズム以後の新たに登場しつつある認識論的な場に立っていたからこそ、近代の「起源」を批判的に抉り出す眼差しを手に入れることができたのである。

したがって、冷戦体制と五五年体制が崩壊し、全世界が次なる経済的段階としてこぞって「新自由主義」を掲げ、メディア環境の激変によって「ネット社会」を準備した一九九〇年代を経た現在（二〇一六年）、本書が明らかにすべきことは、『日本近代文学の起源』が不可避的に抱えていた盲点でなくてはならない。国木田独歩や正岡子規を論じるという道具立てを同じくして、「風景の発見」が為された時代に重なり合う、もう一つのヴィジョン、あるいは「風景」が抱え込んでいる〈不安〉の所在を名付けていく必要がある。同時期に創出されつつあった「風景」のパラダイムを特に否定的なものとして排斥することなく、複数の言説（解釈）のネットワークが相互にからみあう「曖昧」な様態に留意しながら、である。

欲望の運動と「あいまい」の可視化

本書の目的は何だろうか。比喩的な言い方をすれば、「日本近代文学史」の担い手たちにたいして広い意味での「精神分析」を施し、その「日本近代文学史」というカテゴリーによって伝達することを意図されてきた自己像《セルフ・イメージ》を剝がし、無意識のレベルでそれを導いてきた欲望の運動を可視化することである（以下でいう「精神分析」の比喩は、「欲望」よりも根源的とされる「欲動」の存在を強調していなかった前期ラカンの考え方に沿っている）。例えば一九三〇年代半ばにマルクス主義の陣営から生まれた「近代的自我」（の確立）という言葉が、戦後の文芸思潮のスタート地点にあった「主体性論争」をとおして「日本近代文学」の未達の目標に高められ、その進捗具合を示すスケールの中心に、漱石や森鷗外といった「国民作家」を組み込んだ文学史の再編が行われた時代が長くあった。過去の個々のテクストは、この「文学史」が提示している「要求」に見合うか否か、それを基準として読み直されようとしたのである。

精神分析の臨床の場において、「要求」は患者（主体）から分析医（象徴的「他者」）にたいして示される治療の性急な「要求」であると同時に、分析医が患者にたいして示している（と不安な患者が思い込んでいる）特定の告白の「要求」のことでもある。「要求」は、本来いかなる対象も持たない「欲望」が、きわめて明確な対象に「固着」したことにより変形して生まれる。「欲望とは問い」（ラカン）であり、その不確定性は人を不安に陥れる一方で、それを拘束し限定する「要求」のほうは、手っ取り早く理解され、処理される性質を持つことになる。比喩的な理解を引っ張るならば、「近代的自我」（の確立）は、一時期、「日本近代文学」という象徴的「他者」の「要求」となっていたのである。

ポイントは、このような特定の対象に対する「固着」を、「欲望の運動と引き換え」にして「手放すこと」、すなわち「欲望が動き出し、要求のうちに内在している固着から自由になること」を促す「弁証法化」の作業にある。そのためには、患者が「要求」されている自己像に見合うよう、「意識のレベルで言おうと意図していること、伝えようと意図していること」に惑わされずに、患者が「実際に言ったこと」に関心を払わなくてはいけない。実際に発話されたこと（の意味）は、いつでもあいまいさに満ちている。その多義性それ自体を指摘することで、患者に「心のなかで何らかの別の思考が、同時に、おそらく別の水準で、具体化しつつあったこと」に気づかせること、さらには、「自分を導く無意識の力を、あるいは分析の経過のなかで無意識が生み出す形成物（夢、幻想、白昼夢、度忘れ、言い間違い）の力」を信じるよう仕向けること、それがセッションのあるべき方向性である[*4]。

> 要求は常に、何かに対する一種の固着が含まれている（そのため、人は、同じもの、つまりそれなしではや

っていけないと感じるものを繰り返し求めるのである）が、患者はいくつかの要求を進んで手放すようになってくる。このように患者は欲望と引き替えに、あるいは欲望の換喩から生じてくる喜びと引き替えに、ある固着を手放すのである。「換喩」という語は、ここでは単に欲望が一つの対象から次の対象へ動くこと、欲望はそれ自体でおのずから絶え間なくずれていき、動いてゆくことを表している。欲望はそれ自体が目的である。[*5]〔傍点引用者〕

同様に、「日本近代文学」という硬直した「自我」像のもとに停滞している主体の「欲望」の運動の力を解き、それを精神分析的な意味において「弁証法化」することが本書の目的ならぬ目的である。奇しくも明治二〇年代から大正時代にかけての一部の有力な作家たちは、科学的心理学における「潜在意識」の知識を導入しながら、「風景」にたいする客観的認識の裏でざわめく「換喩」的な力に誘惑されていた痕跡を残している。くりかえすが、そのことは同時期に「風景」の発見（主客分割）が目論まれていなかったことを意味するわけではない。精神分析が「自由」を与えようとする「欲望の論理」は、仮に「欲望」と「要求」の内容に矛盾が生じたとしても、その矛盾の状態を受け容れる。日常のロジックとは違い、二重の水準で展開する「意味」の両立可能性を保証するところに、この種の「分析」の根本的な意義がある。

本書の第一章「運動する写生――正岡子規と映画の論理」で分析するのは、一八九六（明治二九）年を軸に、まさにその「二重の水準」の両立をみごとに体現していた子規の「写生」のコンセプトである。柄谷は江藤淳にならって、[*6]子規が主唱した「写生句」およびその散文形態である「写生文」を支える「写生」という態度に、徹底した「自然科学」の精神をみた。だが、それは本書の基準でいうなら「抑圧」の水準である。その理解に「弁証法化」の手続きをかませれば、たちまち「写生」はその静的で「科学的」な描写の背後に、心理的表象（イメージ）の自由な「運動」を露わにするだろう。子規を無意識のうちに導いていった別働の水準である。衆目の一致するように、文芸における「写生」の主張は、「自然主義」が流行する準備的段階を示していた。

ジョルジ・ルカーチによれば、近代小説は大きく、「人間と事件との全体性」を可能ならしめる「文化の世界」にもとづくリアリティと、それと対比して、体験的な外部世界としての「自然」（初源的なもの）に発生するリアリティとの、互いに融和しない二面性を抱えている。[*7] それを小説形式の類型につなげて考えれば、いわゆる明治二〇年代に中心的思潮となった「写実主義」におけるリアリティは、物語的な現実性を指し、一方、明治四〇年前後に隆盛する「自然主義」におけるリアリティは「描写」の真実性を指すことになる。そして、両者の意味するところの違いは、その行きつくところの結果において、決定的な差となる。前者とちがって、後者のリアリティは対象へ〈肉薄〉することによって得られる。徹底した「描写」は対象と「接触」することにも似て、視覚的感覚の身体化・主観化への扉を開く。ときに、その関心は視覚の主観的処理（＝心）の働きへと内側に入り込み、科学的心理学の理解と融合する道に導かれることもある。

　心理学が隆盛する前段階として、神経生理学が示した神経系という、シナプスの連結の仕方によって特定の〈意味〉が生成するモデルの登場は画期的だった。それはまさに隣接関係にもとづくという定義どおりの「換喩」的なシステム、今の数学でいうグラフ理論的な考え方をもたらしたのだ。むろん、知識の実体としてストックされた観念の集合が魂と肉体のあいだに場を占めていることが想定され、感覚（受動性）からも統覚（能動性）からも表向きは独立した「心」という領域をイメージできる素地があってのことである。だが、印象・観念・概念の換喩的な結合法則にまつわる意味生成のヴィジョンなくして、「心」の「理」の学である心理学は発展しようがない。観念と観念の結びつき（＝連合）は連想によって刺激され、その一団が特定の知識を創発する。この連合を形成する観念の組み合わせは、もちろん「類似」関係に基づく場合もあるが、その結合力はたいてい考えるほど強固なものではない。「換喩」を隣接性／有縁性／継起性（contiguity）の意味で大きく捉えたうえで、神経系のシナプス結合を範とした図に観念同士の結び付きのイメージを還元してしまうなら、結局すべての関係は事実性にもとづく換喩的連関である。いちどに連動して働いている複数の観念は、それぞれの内容が何であれ、そのときの頭（＝心）のなかにおいて近接していることは疑いようがないからである（もちろん物理的な距離の近さではなく、ネットワークにおける接続度合の高さをいっている)。

映画の発明

そして、この隣接関係の意味生成を最もよく活用する視覚メディアとして現れたのが映画である。静止している写真を動かすためには、大量の静止画の連続を提示する必要がある。また、物語を成立させるためには、ショットの動画と動画の結合(モンタージュ)を構成する必要がある。前者においては、無数に隣接した画像を辿っていく時間の経過から「運動」を抽出する心的処理が、そして後者においては、文章でいえば「文」に相当する最小の物語を読み取る心的処理が、受容者の側で働くことが条件とされる。つまり、〈動き〉を用いた新しい表現は、心理のメカニズムにかんする実験的理解を促した。同時に、映画の機構も心理学周辺の研究成果からフィードバックを得るかたちで相補的な発展を遂げた。類似の話としては、ライプチヒ大学で実験心理学の祖であるヴントから直接指導を受け、のちに日本の心理学研究の第一人者として元良勇次郎のポジションを引き継ぐ松本亦太郎が一九〇二年に「意志と身体的動作との時律的関係」(『哲学雑誌』一九〇二年五月)という小論文を書いているが、その要旨は、人間の身体の運動は自動機械のように「動作の反復的規則的」な「有律的」特質を根本に持っており、一時的には非律的で自由な意志的動作を行いうるとみえても、実験による統計的な計量分析を施せばわかるように、たちまち有律運動へ化すことを明かすものである。ようするに、「身体は運動を機械化する本能的傾向を有して居る」ことを結論している。面白いのは、松本自身言及しているように、マイブリッジ(仏)、エジソン(米)、アンシュッツ(独)といった面々による映画機械の発明なくしては、「極めて複雑なる運動の形状と量とを時間に関係せしめて記録すること」はできず、この種の実験心理学的な成果を得るのは難しかった事情である。身体的運動を強力に支配する不可視(=心理)の機械的リズムは、撮影機や映写機が原理とする機械的リズムによって可視化されたのである。ここには疑いもなく、機械と人間の融合化と主客分割の有律的解消という新たなヴィジョンが作り出した表象文化の土壌がある。時代を下って、ソ連の演出家V・E・メイエルホリドが一九二〇年代に提出した俳優訓練法「ビオメハニカ」（生体力学）のコンセプトは、外部情報にたいして反射的に身体表現をおこなえるよう、機械的身体の運動能力を徹底的に鍛え上げることだった。それはモダニズムの一つの典型を示す発想であり、たしかに演劇において古い心理主義的なリアリズム（心理描写）を拒絶しようとした方法論である。しかし、それは心理学的であることには全く背馳しない。運動能力の細部を測定・計量して客観的分析を施し、状況（＝条件）の変化に応じた反射的身体を形成していくシステムは、反応という人間の〈入力‐出力〉のメカニズムを研究する実験心理学の姿そのものだからだ。それゆえ、心理の細かな働きを描写する広義の心理主義的リアリズム小説も、身体の反射速度の向上を演技力として活用するモダニズム演劇も、一八世紀後半以降に生理学からスピンオフした心理学の成果である点では、水と油ほど敵対する関係にあったわけではなかったのである。

子規から始まる「曖昧」の美学

論点を戻せば、新時代の子規の俳論である「写生」が、このようなパラダイムの移行のただ中で構想されたことはいくら強調しても強調しすぎることはない。従来の研究のように、西洋絵画（油絵）の影響だけをいうのでは、子規の文芸が孕んでいた「有律」的特質がどうしても見逃されてしまう。子規は、表向きは、言葉による対象の即物的な転写を声高に主張しながらも、一方では、言葉の喚起する場面と場面の結合によって、物語的な幅となる「運動」の時間を表出しようとも奮闘していた。映画が、物事を徹底的なリアリズムによって捉えようとする問題意識に駆られながらも、対象とは切り離された表象と表象の換喩的な連絡によって意味を生成する論理のほうに、つまり編集の「リズム」という潜在的水準に捲き込まれざるをえないのと同様の葛藤を抱え込んでいたのである。「写生」にともなわれる非写実的な欲望は、外界の対象と一義的な関係を結ぼうとする志向からは離れて、表象を前後に連続させることで時間的変化を作り出し、有意化のプロセスそれ自体にもとづく新しい表現を切り開いていた。当時の心理学の図式を引っ張るなら、その有意的進行とは、心中において相互に結合した観念連合（列）中の特定の観念が解発因（刺激）となって、次から次へ他の観念へと無意識的に導かれていく精神作用に等しい。その「運動」を妨げるのは、ある物事に囚われている意識上の「注意」であるが、この単一の観念への固着を除くことができれば、連続的に異なる観念が識閾のあわいを浮沈し、明滅する連想が働き出す。ちょうど夢を見ているときと同じように。そして、その進行に避けがたく入り込む結合と連絡の「偶然性」と意味生成の「曖昧」さが、言語芸術の新たな力として子規の俳句論のなかで肯定されていった。時代を下ってようやく一九三〇年代に、寺田寅彦は子規以来の本格的な俳句原論を著し、俳句をサイレント映画の原理に重ね合わせながら、その力を正しく「潜在意識的連想」と説明することになる。今から振り返れば、寅彦の俳句論は、そのさらに三、四〇年後にドゥルーズ／ガタリが提示した「リゾーム」という現代思想の考え方に先駆した文化理論の一種だったと思わせなくもない。

だが、子規から寅彦へ、あるいは明治から昭和へ、理論的な連絡がいきなり飛躍したわけではない。子規のすぐ次には、漱石がいた。[*8] 漱石の『文学論』には、「潜在意識的連想」ともおそらく根を共有する「焦点波動」の語が使われている。子規の理論とあわせて、それらを結びつける鍵は、「焦点を合わせる」の別様の言い方である心の働き、すなわち「注意」に関わる時代特有の思想的な問題意識である。だが、その説明の詳細は第二章に残しておきたい。さしあたって重要なのは、漱石のいう「焦点波動」や「焦点移動」が詩的言語に限らないフィクション一般の原理を説明する概念として提出されたことである。大略すれば、子規に始まった言語芸術の「運動」性に宿る「曖昧」の美学——子規はそれを「曖昧未了」と呼んでいた——は、漱石を介して体系化されて「小説」の領域に浸透し、大正時代の一部作家たちによって特徴を枝分かれさせつつ洗練されていった。その連鎖の展開を論じていくのが、本書の道のりにほかならない。それゆえに本書の副題は、「日本近代文学の起源」ならぬ「日本現代文学の起源」なのである。前者の題に一種の「近代批判」が込められたように、私たちの「現代」を拘束する認識の制度を文学の中から批判的に捉え直そうとするとき、辿り着くのは意外にも同じ一九世紀末頃となる。

とはいえ、そのように大局的に「近代」と「現代」の形成のあいだに時差を見ない考えは、実のところ、戦後の「主体性」論者たちが、「近代的自我」の確立が中途半端のまま未達に終わったこと、すなわち「近代化」の不十分さが国家主義の翼賛的な文学に帰結したという反省の基礎にあるものと――価値の反転こそありはすれ――それほど変わりはないともいえるだろう。日本という「悪い場所」（椹木野衣）にあっては、あらゆる近代的変革は中途で潰え、既存の非モダン的性格が随所に自然と顔をのぞかせるのであって、それをポストモダン的な先駆として肯定的に指摘するのは割合と安易な作業だからである。

そのようなパターン化した大局論の陥穽を避けるために、本書の心がけは、近代文学において「曖昧」という語が果たしてきた意味を、個別具体的なテクストにたいする精密な分析をとおして取り出すこと、そして、その個々の現れを支えている理論的体系性の違いを程よく尊重しながら、ゆるやかに連携させていくことで、〈表通り〉とも〈裏通り〉ともいえない「文学史」の道すじを開示することにある。まさに一九世紀終盤の新しい認識の神経系モデルが、局所の記述を「連合」させていくダイナミズムによって、その複雑多岐な感覚信号の受容プロセスを表そうとしていた発想にパラレルといえる。しかも、その神経系モデルの発展させる契機としてあったのは、逆に、アメリカの医師ジョージ・M・ビアードが名を広めた「神経衰弱」や後に精神分析の中心的治療対象となるヒステリー等の神経障害の流行であったことは忘れてならない。本議論もまた、「日本近代文学」という統合された概念の進行のなかに、失調・衰弱・誤りといった「障害」のゆらぎを指摘して、そこから現代の礎となっている文学的認識の幅と厚みを捉え返す試みなのである。

「意志」の問題

以上のように、文学の理論的な議論において使用された「曖昧」の変遷を追うことを基本的骨格として本書は構想されたのだが、当然のリスクとして、頻度などをあまり考慮することなく、「曖昧」や「朦朧」、そして「ぼんやり」という類似の語用例を大胆につなぎ、さらにその内容の変化を追っていく都合上、議論の中心となるべき概念の軸が多少不安定になるのは避けがたい。そこで、「曖昧」の系譜を要所要所で裏側から照射して、その全体像を明るみに出し、議論を整理・補強していきたいと考える。その視野を確保させてくれるのが、表題に掲げた「意志」の問題である。

寺田寅彦は、「文学の中の科学的要素」(『電気と文芸』一九二一年一月)という短いエッセイで言っている。文学が人間を主資料として扱うとき、外部描写に徹して、材料となっている人間の心理のプロセスを読者の想像に委ねてしまう方法と、その中に踏み込んだ世界を叙述する方法とがあるが、後者の場合、記述における科学的要素の正しさを保証するのは作者の知識や能力であるから、その誤りによって作品の価値を損なう可能性のある方法といえる。「唯幸な事には心理学上の方則は物質科学のそれのやうに単義的な因果関係を与へない。そこには意志と称する非科学的な要素が強く作用して居る為に、一定の資料によつて心理過程を単義的に予報する事が出来ない」[*9](傍点引用者)のである。

寅彦は、エッセイの題に反して、ある種類の――多少の失敗の危険を冒しても描くべき――文学を成立させるのに必要な、文学の中の「非科学的要素」の一つを特定している。それが「意志」である。逆に言えば、意志の働きが抑制されれば、文学にも元々潜む科学的性格の顔が現れ出てくることを意味するが、文学が科学そのものには成りえない以上、意志を文学と完全に切り離すことはできない。この認識は、おそらく多くの人が抱く「文学」にたいする一般的イメージから外れないものだろう。意志にたいする扱いの軽重はあっても、単純に因果では割り切れない要素の確保は、文学の存在意義を語る上では避けられない考え方である。特に近代の場合、なかでも明治一〇年代の終わり頃(一八八〇年代後半)に「indivisual」の訳語である「個人」の概念が普及してからの文学が担った大きな役割の一つは、悩める内面(社会との葛藤)を描くことで近代人としての主体性を確立すること、すなわち「個人主義」というイデオロギーの浸透の一翼を担うことだった。個人主義とは、端的に言って、個としての意志を最大限に尊重する思想である。後述するが、一八九〇年代中頃から少しずつ紹介されていたフリードリッヒ・ニーチェの哲学は二〇世紀初頭からの数年間、ブームと呼んで過言でない勢いで論壇を賑わせたのだが、これも基本的には個人主義の極北として受容されたのであり、それをさらに根深く文学界に浸透させる働きをしたのである（大正時代の芥川龍之介などに頻繁に扱われた「利己主義《エゴイズム》」は、この俗流ニーチェの「個人主義」を強調する流れが、田山花袋らの「自然主義」の名のもとに「利己的な自己主張へと陥っていったこと」の結果の産物だといえる）[*10]。ところが、一八九〇年代後半から子規が主導していた「写生」の方法論は、まさにこの「意志」を可能な限り排そうとしたのであり、そこに時代特有の新しさがあった。第二次大戦後に中村光夫や江藤淳によって、文学の「科学的」認識の最初の実践として、子規一派の「写生句」および「写生文」があげられたのも、「文学」に対する常識をひっくり返す革命性が示されていたからである。

　子規たちが「写生」による作句を指導するときに、もっとも頻繁に使った批判の言葉は「月並み」である。「月並句」とは、古くさく、ありがちで、平凡な句のことである。平凡となる理由は、その句が聞き覚えのある修辞や言い回し、つまりは先人の認識的世界を出ないなかで、その慣例を反復踏襲して作句されているためである。または小手先の技巧に凝って態《わざ》とらしさが出ているためである。句に新鮮の美を取り戻すためには、凡庸化してしまった亡霊的表現や虚構的装飾を剝ぎ取り、眼前の対象に直接向き合い、そのままを言葉にする必要がある。ではいかに「月並み」な表現を断ち切るのかといえば、作句の指標となる「意図」や「狙い」を排することが最短の道になるだろう。良い句、上手な句を詠もうという目的意識にしたがって言葉を選ぶから、安全ではあるが陳腐化した過去の言葉のアーカイヴや無駄な修飾表現に絡め取られてしまい、対象の直接的な美を捕獲する俳句本来の輝きを濁らせる。「意図」や「狙い」という世俗的功名に囚われた意志は、句に嫌みを残す結果となるだけなのだ。

　実は、文芸の分野という限定を外せば、この子規の活躍の時代——日清戦争（一八九四〜九五年）後——ほど、広く思想界において「意志」の価値を論じる言説が、先行する時期にたいして相対的な高揚をみたことはなかった。別途の論考を必要とするほど大きな問題ではあるが、ここでは第一章の議論に進む前の参考に留め、当時の総合的な思想の動向を鋭敏に反映していた『哲学雑誌』（東京帝国大学哲学会、一八九二年六月に『哲学会雑誌』を改題）

の記事からいくつかの例をあげてみよう（帝国大学の学生だった漱石も一八九一年七月から一八九三年一〇月まで同誌編集委員を務め、その間にアーネスト・ハートの「催眠術」に関する演説記録の翻訳や英文学の論考「英国詩人の天地山川に対する観念」を寄稿している。誌題に込められた「哲学」は狭い専門領域を意味せず、後に研究分野としては切り離される心理学や、特に兄弟分とみなされた「文学」などを広く含んだ「思想」全般を指していた）[*11]。

ケーベルとショーペンハウアーの「意志」論

次章で集中的に論じることだが、子規の俳論の転機と成熟を示す象徴的な文章は「明治二十九年の俳句界」（新聞『日本』一八九七年一～三月）である。それを基準に、近い過去で「意志」の問題を扱った記事となると、まずラファエル・フォン・ケーベルによる「ショーペンハウエルノ「意志」ニ就テ」（『哲学雑誌』一八九五年五月）と題された講演記録がある。ちなみにケーベルは東京帝国大学に招聘された所謂「御雇外国人」で、漱石の随筆「ケーベル先生」（『東京朝日新聞』一九一一年七月一六、一七日初出）[*12]によれば、漱石も大学院入学の一八九三（明治二六）年に来日後初の講義（美学）を受講しているが、その後の二十年の間に帝大に在籍したことのある哲学関係の論者にあって、その薫陶を受けなかった者はいないと言われる人物である。そして、この演説記録より二年あまり後、岡野義三郎による「形而上学的根本主義としてのショーペンハウエルの『意志』を論ず」と題された大部の論考が連載（『哲学雑誌』一八九七年一〇～一二月）されていることからも推測できるように、当時の哲学の領野で「意志」をめぐる議論の盛り上げに一役買ったのは、主著『意志と表象としての世界』（一八一九年）を残したアルトゥル・ショーペンハウアーの思想の流入だった（その影響力は、森鷗外に始まり、白樺派の掲げる「人道主義」や「理想主義」を支える〈自我〉への信頼など、大正時代の思想の流行にも関わったことはよく言われることで、日本近代の意志と文学の関係に照準を合わせた場合、結構な長さの射程距離を持っていたことがわかる）。

ケーベルの演説内容の主旨は、ショーペンハウアーの「意志」の思想が「知力」を副次的な能力として軽視したことに対する内在的批判である。ケーベルによれば、ショーペンハウアーの哲学は、「総テノ物ミナ意志ニ基イテ居ル、其起リヲ尋レバ皆意志デアル」として、あらゆる現象の生成を「意志」に徹底的に還元することを特徴とする。「嘗テ意志ノ中ニ無カリシモノハ宇宙ノ中ニアル事ナシ」である。それゆえ、ケーベルにとってはショーペンハウアーの哲理の撞着を表すにすぎない、「意志ハ知力ノ分子ヲ含ンデ居ラヌモノ」という「知力」軽視の主張を抱えていた。なお断っておくと、右引用の一端ですでに自明のとおり、ショーペンハウアーの哲学は、「擬人主義《アントロポモルフィスムス》」的な傾向、「即チ世界ノ本体ヲ人間ノ様ニ見ル事」によって議論を成立させているため、意志といっても個別具体的な自我に現れる意志よりも、ウパニシャッド哲学のいう宇宙の根本原理である「大我」（＝「梵《ブラフマン》」）にも似て、万物の現象を生み出す根源的衝動の意味合いの方が強い、危うい思弁性の産物である（ただし、現象世界の背後に唯一自立するこの「意志」こそが、生きることの意欲として諸苦悩と悲惨の根源ともなっているのだから、最終的には個人としても意志を滅することが、「近代的自我」という束縛からの解放を与えるのだという仏教的な「寂静主義」の結論――「人は生きて楽無く寂滅して却て幸福なり」[*13]――をショーペンハウアーが出していることは、この後の議論の前に押さえておきたい点である）。

そもそもショーペンハウアーの問題は、立論において、「知識」と「知力」とを混同していることに起因するとケーベルはいう。「知力」は知識の土台で、たとえば種子のなかに花はすでに「籠ツテ居ル」のと同じ意味で、「知力」は潜勢的であり、「知識」はその実際の現れである。そのような概念の使い分けをしなければ、種子と花の関係は断ち切られ、世界の生成変化は説明不能になる。しかしショーペンハウアーは、意志の発達が万物の現象世界となる――あるいは意志的存在である動物がやがて「最モ高キ階級」の個性を有する人間になる――という大本の「発達」の命題において「知識」の補助的な役割を認めてはいるが、あくまで「道具」として不当に扱っており、何よりも、その元となるべき「知力」を意志と同じレベルの「遍通」にすることを理論的に拒んでいる。ところが、別のところでショーペンハウアーは、すべての現象の根源である意志の「自知」によって世の中の出来事の生成を説明してもいるのである。「意志ガ実際ニ現ハレルトイフ事ノ目的ハ詰リ世界ノ目的デ即チ意志ガ自ラヲ知ル事デアル、モツト手軽ニ今ノ事ヲ言ツテ見レバ世界ハ意志ガ階級ヲ追ツテ段々実際ニ現ハレテ往クモノデアル、モ一ツ言換ヘテ見レバ世界ハ意志ノ自知ノ追々ニ発達シテ往クモノデアル」（傍点引用者）。この「自知」の原理を考えるなら、「世界ノ本体」は「知識ノ能」、すなわち「知力」を備えていることを導かざるをえない。ショーペンハウアーの主張は前提からして「知力的意志」のことを述べているに等しい。「意志ハ本来無意識的ニ知力的」なのである。

　これ以上は序章としての議論からは外れるため、残りはかいつまんで述べるが、ケーベルの主張によれば、第一にショーペンハウアーの思想の根本からは、必然的に、「総テノ物ガ一方ニ於テハ意志ノ力ヲ持ツテ居リ他ノ一方ニ於テハ観念ノ力ヲ備ヘテ居ルト云フ事」が導出されなければならない。そこでは「観念モ意志ノ現化ニ遍ク行キ渡ツテ居ル性質ダト考ヘル事」が前提されるのであり、「世界ハ徹頭徹尾意志ナルト同時ニ徹頭徹尾観念ナリト云ヘル」。そして「観念」は「知力」の実体に他ならないのだから、「意志ノ本体」にはもともと知力が備わっていることになる。意志が有意味に運動するには観念の道案内が不可欠なのだ。ところで、この意志の「運動」は普通、自覚的な観念を目処に運動するのと、無意識の観念を受けて運動するのと、二つのレベルを分けて考えることができる。前者に働く「観念」は個人的世界に限られた中での「動機」を提供する知識に近く、後者に働く「観念」は、自然の「刺激」や「原因」といった個人の範囲を超えたところ——人知を超えたところ——から人間を導く力に近い。言い換えるなら、「意識ハ知識ヲ持ツタ知力デアルナラバ、無意識ハマダ眠ツテ居ル知識デアル、知識ノ無イ知力デアル」。つまり、「知力」が現勢化して「知識」となった状態で構成されているのが「意識」であり、潜勢的なままの「知力」で構成されているのが「無意識」である。そして、ショーペンハウアーにとっての「意識」は、あくまで意志の目的に供されるために、その都度経験的に呼び起こされる従属的な現象である可能性を残すものだから、その「意識」の制約を持たない「無意識」の「観念」のほうこそ、彼の哲理の本体である。ようするに、「意志ハ（無意識的）目的ヲ追フモノデアル、故ニ（無意識的ノ）観念ニ準ツテ働イテ居ルモノデアル、夫故ニ知力デアル」というわけだ。ショーペンハウアーの議論にしたがう限り、「意志ト無意識ノ知力トヲ同一視」する結論になる。

ややや解説がすぎた感があるが、肝心なのは、以上のケーベルを経由した哲学的な「意志」論の核心が、かなりの部分、本章の前半で述べた「潜在意識」における観念の連関と運動の解説に似ていることである。そして、ショーペンハウアーの哲学は「知力」を意志から分離したことで根拠と説得力を欠いたものとなったが、その点に修正を施せば、外見の斬新さ・奇抜さは失えども、その超越論哲学の擁護者という顔に隠れてしまっている実在論的《リアリズム》性格を引き出して、「真理タル点ニ於テハ大ニ優ツタモノトナル」とケーベルは述べている。ショーペンハウアーは最終的に「生への盲目的な意志」の否定を帰結したが、もし潜在意識的な〈導き〉を思わせる「無意識の知力」の概念を組み込んでいたなら、それほど厭世的な結論を出さなかったのかもしれない。ただ結局、ショーペンハウアーの元の思想においても、それを変形したケーベルの主張においても、意志の支配力は抑えられるべきものとされたことに変わりはない。子規は半年に満たない期間ではあっても帝国大学入学当初は哲学科に在籍していた。その「写生」の文芸理論の背景には、こうした通常・通俗に収まらない意味での「意志」にたいする忌避の感覚も、自然と混ざり込んでおかしくない文脈が形成されていたことがわかる。

意志と統覚

ところで、「意志は感情と共に今日実験心理学に於ける亜弗利加の地たるは疑ひなし」と書き出される筆名「K・F」の「心理学雑観――意志の起源につきての考察」（『哲学雑誌』一八九八年八月）の整理によれば、当時勢力を持っていた「意志」に関する議論は大別して二流あった。「思弁派」と「経験派」である。「思弁派」は、意志を「自依自存独立的」な能力として扱ふ形而上学者が大半を占める歴史あるグループである。「意志を以て特殊の一能力となす」代表的哲学者はカントであるが、その「通常心理学にて謂ふ所の意志とは異なれる性質」を極地まで進めたのが他でもないショーペンハウアーであり、その性質は抽象に抽象を重ねる思弁を通して、超越論的次元にまで達してしまっている（筆者K・Fは論題に見られるとおり、「経験界に於ける通常の心理学上の意志」を問題としているので、この「思弁派」は考察の対象から外される）。もう一つの「経験派」は、「意志なる者は写象〔＝表象〕間の相互の関係か若しくは認識の過程中より起源する者にして別に第三者の意志なる特別の能力を認容せざる者」であることを特徴とする。個別の人間の心的機能の一端として発達した「意志」を抽出しようとする点で、より心理学的な思考に馴染むグループといえる。だが、K・Fはこれに同じような基準の二分法を適用して、さらに、形而上学的な「独断的に論ずる者」と「発生的に述ふる者」とを小分類する。前者は、スピノザからライプニッツに繋がる「思惟」の力を重んじる哲学者たちで、後者にようやく、心理学者らしい名前のヘルベルトやベインが割り振られるが、その頂きにあげられる名が「実験心理学の父」ことヴィルヘルム・ヴントである（ただし、その見解の性格において真逆の位置に立ってはいても、ヴントも元々はショーペンハウアーの意志哲学の影響下から出てきた存在なのだが）。そして、このヴントが提示した心理学的な「統覚」の概念が、K・Fなる人物による「意志の起源」をめぐる考察の土台になる——「吾人能く追窮して考ふれば吾人が意志に属性せしむる所の其独得なる勢用即ち意志をして意識的生活の最高勢力たらしむる所以の者は〔中略〕全く内部に於て発達せる唯単一なる淵源即ち統覚より流出するが如き観あればなり」。

本論では「統覚」と「意志」の関係に踏み込んだ議論はしないが、このテーマが心理学の論議の中心に躍り出た理由には、一九世紀半ばを通しての生理学から精神物理学、そして科学的心理学へと続く学問の歩みが、生物学的な領野と機械的なそれとの「質的差異」を消失させ、〈人間＝機械〉観を推し進めることになった事情もあったのかもしれない。考えてみても、心理の科学的機能だけでは説明しきれない自由の〈魂〉の最後の砦として確保されるべきは、もはや意志くらいのものだったのである。しかし、かといって同時代の心理学の領野においては、意志を肯定的なものとみなす思潮があったと考えるのも早合点である。K・Fの文章中に、「元来意志なる者も意識生活の一現象にして而かも注意即意志意志即注意などいふ心理学説ある程にも意識生活の最も顕著なる一現象なり」と主張される一文があるのだが、近代の社会生活を効率的に営むために「注意」力の必要が強調されるようになったことと学術的な「意志」の問題の流行とは密接していた。そして詳しくは第二章で参照することだが、美術批評家のジョナサン・クレーリーが鋭くも「注意と気散じ〔distraction〕の相互体制」と言い表したように、近代人は機械的労働の生産性向上のために「注意」が持続的に求められることの反動として、同時に「気散じ」(＝不注意)の状態を希求する背反的二面性を内包することになった(その典型的な現れがレジャーの発達である)。とすれば、「注意」に対する問題認識が「気散じ」のそれと密着してしまったのと全く同じように、「意志」に対する問題認識も「意志の解体」の危機と誘惑に取り憑かれることになったのが実情だろう。実際、少なくとも日本では、意志の弊害面を抑制もしくは除去することで、心の「自然力」のもつ可能性の方に注目する論考が目立ちつつあった。例えば、高島平三郎「夢に関する考究」(『哲学雑誌』一八九六年四〜五月)は、文字どおりの夢に対する妙に散らかった多面的考察なのだが、西欧近世の形而上学者の一部は夢の原因を「或心力の一時の止息に帰」すことで説明すると紹介し、その「心力」を具体的に「意志」と述べている。「即形而上学者の中に普通に行はるゝ見解は、意志の存在せざること、即一時の止息に由りて、説明することなり」と。むろん、引き合いに出されているのは近世の哲学であるから、夢に関する最新の科学的認識として意志の不在が声高に主張されているわけでは全くない。ただ、子規の「明治二十九年の俳句界」が書かれるおよそ半年前という時期に、この種の見解が流通していたことを考えると、〈嫌み〉の元となる意志を排して素の対象に向かう「写生」の理論には、当初からすでに「潜在意識的連想」を記述する「夢」の描写へと逢着する将来が「籠ツテ居」たことを教えるようで興味深い。

意志不自由

さらに世紀が変われば、先に簡単に言及した松本亦太郎による「意志と身体動作との時律的関係」(『哲学雑誌』一九〇二年五月)があり、計量的な実験心理学の観点から、身体は意志の力が及ばない機械的「有律運動」に支配されていることを計量分析によって証している。また、同誌同号掲載の遠藤隆吉「意志不自由の社会的結果」は、題名に現れているように、個人意志の「不自由」が人間社会の活動を支えていることを論じる毛色の変わった社会学的論考である。これも詳細は略すが、遠藤の議論の要点は、人間の意志行動は一見して自由を保証する核に思えるが、実際には、表象、連想、習慣、そして趣向の「複合体」によって、つまり結局は「生理的基礎」あるいは「物質的基礎」によって拘束されていることにある。例えば自殺者数の増減は一二月に最小となり六月に最高となるのはすべての国において共通の規則であって、それは「時候の変遷が生理的基礎に変動を惹起」するからである。人間の意志的行動は、その行動を引き起こす全条件に還元されうるものであり、無意識裡に自由を奪われている。その個人の心的特性も含めた全状況に鑑みて、やむにやまれず行ったと見える犯罪を「意志不自由」の結果であるとする論法を認めるなら、「社会の組織」が整然と機能するのも同じように「意志不自由の結果なり」と言うしかない。そして社会的行為の「意志不自由」の側面を明かす手段が客観的視点による計量分析以外にはないがゆえに、社会学は法則の発見をする統計学的調査を重んじるのである。松本の議論も、遠藤の議論も、従来の西欧近世哲学が味方につくことの多かった人間の「自由」の根拠としての「意志」を支持せずに、反意志的存在としての人間の姿を浮き彫りにしたところに、この時期の論調の形勢を読むことができるだろう。

加えて、その翌年、日本の心理学研究の第一人者である元良勇次郎が「意志と自然力の関係に就て」(『哲学雑誌』一九〇三年八月)という文章を残している。「意志と天然力とは其の本体に於て同一なること」をいうショーペンハウアーの哲学的主張の代わりに、「科学上の思想より其の活動法則の同一なること」を論証しようとするもので、「意志」自体に対する価値判断はせず、ただその由来を科学的に解き明かすことに主眼を置いている点でバランスの取れた論考にみえる。だが、その説明の根拠として、「自然活動」にも「生物体の活動或は又意志の活動」にも共通する「順応の法則」を持ち出したことによって、ショーペンハウアーなどの形而上的哲学者たちが意志の自発作用に与えていた「超自然的勢力」の神秘性は一掃され、代わりに、高等動物の発展において次第に脳髄中枢に「意志」能力が形成されてきた科学的必然を強調する内容となった。たしかに元良の議論において個々の意志が発揮される際の〈自由〉は確保されているが、「意志は一種の順応系統なり」という言葉面が雄弁に示すように、生物体がその内部に生存のための機能的要素として割り出したものにすぎないという「不自由」

な印象を与える結論でもある。その意味では、この元良の考察も、積極的に「意志」から特権的意味合いを取り去ることで、新しい世界観の表現に向かっていた文芸の動向や言説形成に力を与えこそすれ、その逆ではなかったと思われる。

ところが、ここまで言及を控えていた重要な議論として、先に少し言及したニーチェ・ブームが高山樗牛「美的生活を論ず」(『太陽』一九〇一年八月五日)の発表から数年間(日露戦争の勃発まで)、まさに右にあげた複数の論文が公刊されているさなかに論壇を賑わせていた事実がある。言うまでもなく、ニーチェは「意志」の哲学者、それもショーペンハウアーの性向とは反対に「意志を肯定して」善悪を超え出る「超人」としての「道徳を説かむと試みたる者」[*14]である。むろん、ニーチェ・ブームを担った哲学者や文学者たちが属するジャーナリスティックな論壇と、松本や元良たち心理学者たちのアカデミックな議論の場とが、一概念をめぐってたまたま評価を対立させていたことには何の不思議もない(そもそも論壇がニーチェの思想を全的に認めていたのではなく、近代の病として危惧の対象とする論者もいたからこその〈論争〉であった)。それでも指摘しておきたいのは、その皮相的なニーチェ受容の仕方じたいに、反「意志」の言説の浸潤が多少なりとも垣間見られる点である。過去に幾度も指摘されてきたことだが、この時代における文壇のニーチェ理解は粗雑なものだった。戦後の復興期にすでに重松泰雄が、ドイツ文学の専門家である登張竹風が樗牛の文章を強引にニーチェの思想に結びつけて解説したことによって、樗牛本人の否定の言辞にもかかわらず、ニーチェの思想の代表的体現者に祭り上げられていった過程の逐一を明らかにしている。[*15]しかし、この件の本題は樗牛が偽りの起源であったことを暴露する所にはない。樗牛がほぼ自前の議論として即席に作り上げた「美的生活」論が、ニーチェの影響といとも容易に結びつけられてしまった事実、そこにニーチェの思想を曲解させた当時の認識の枠組みの偏りが透けて見える所にある。

樗牛のいう「美的生活」とは、一言でいえば、「人間存在の意義が各個本能(人性本然の要求)の充足にあ」[*16]ること、したがって「美」に対立する「真」(学究者)や「善」(道学者)はこれの無条件の解放を疎外する要素であるから除外されるべきこと、ただそれだけの主張にすぎない。樗牛の考える「美」とは、「単に知識即ち真、道徳即ち善の何れにも制約されざる、「依る所なく拘はる所な」き生活の意味において」、最後に残された選択肢にすぎないのであって、概念自体を論理的に突き詰めて見出されたものではない。対してニーチェの主張する「美」の意味は、「カント哲学における「美」の「無関与性」le désintéressement を批判」した上で導き出されたものであり、「「美」を我々の最も根底的な生存価値を顧ることにおいて認識しようとしたものに外ならない」。したがって「美的生活論の立場は、むしろ一切の倫理的立場の拒否であつて、ニーチエの如く新倫理主義の樹立を目指すものとは根本的にその主張を異にする」のだ。ニーチェのように「悪しき良心」や堕落、そしてニヒリズムを意志的に受け入れることで逆説的に新たな倫理を打ち立てようとする態度とは反対に、倫理的連関を断ち切ることで確保される美的享受の態度に「個人主義」の衣を被せるのであれば、そこにあるべき意志はもはや「意志」とは言われぬもの、かえって「欲望の運動」の様相を帯びた姿に近づきはしないだろうか。その意味でなら、樗牛のいう「美的」であることと、松本のいう身体の「有律運動」や遠藤のいう「生理的基礎」、そして元良のいう「自然力」等の概念とのあいだにそれほど大きな懸隔はないと考えることもできる。とはいえ、やはり利己主義につながる亜流ニーチェを促進剤とした個人主義の系譜と、意志を否定する系譜との二通りの道が、二回の戦争――一八九四年の日清戦争と一九〇四年の日露戦争――を挟んで二重らせん構造のように分離しつつ絡み合っていったと見ておくのが汎用性の高い理解の仕方ではあろう。本書が一貫して追究するのは、後者の一見して文壇には馴染みにくい心理学的な系譜だと捉えておいてもよい。なお、ニーチェのその後の受容に関して付け加えると、二〇世紀初頭の限界あるニーチェ解釈は、和辻哲郎『ニイチエ研究』(内田老鶴圃、一九一三年)などの大正期の研究で一度是正された。そして一九三〇年代半ば(昭和十年前後)にハイデガーなどと共に存在論的な思想が流行すると、ヒトラー台頭の時勢に合った「生の哲学」の危険思想的な側面を含めて本格的な考察の対象となり、そのままサルトルを中心とした戦後の実存主義流行の時代に著しい研究の進展を見ることになった。[*17] 第二部で多少詳しく論じることになるが、時代の思潮が「無」を志向する「意志」(ニヒリズムの肯定)に可能性を託すようになっていたからである。

催眠から意志薄弱へ

議論の筋を元良勇次郎の文章にまで戻したい。とはいえ、元良の議論の性格が果たして「意志」の否定に傾いていたか否かの微妙な問題を悩むことに実はさしたる意味はない。ここまで「意志」をめぐる相反するかのごとき二つの方向性を概観してきたが、時代を下って、夢の研究などで有名な小熊虎之助のまとめによれば（「自動現象の話」『変態心理』一九一七年一一月）、ウィリアム・ジェームズの登場あたりから「現代の心理学」は、内界のメカニズムの研究に留まらず、内界から外界への働きかけ（意志と運動の関係）を探求する「主意的心理学」への転回を遂げたとされる。しかしその転回が同時に、意志が介在しないままに「運動」を行う「自動現象」の事例に対する問題意識を引き起こした。したがって「意志」の肯定／否定という側面からみれば互いに関心を対立させる学説の傾向が一緒に出現したのは当然である。「運動」に注目した研究という点からすれば、両者は同種の主張に属していたのである。

本論を進めるにあたって何よりも重要なのは、その「自動現象」に対する関心の極みとして、元良の論文が載った『哲学雑誌』（一九〇三年八月）に——つまり師の論文と一緒に——ようやく福来友吉の「催眠術に就きて」が登場することだ。深く考えるまでもなく、催眠術は被催眠者の自発的活動を停止させ、その意志の所有権を奪ってしまう技術である。「意志」を問題視する時代の文脈にあって、「意志の解体」の原動力あるいはシンボリックな役割を一手に引き受けた概念が「催眠」だったといえるだろう。[*18] とりわけ一九〇六（明治三九）年に「自然主義」の本格的な流行が巻き起こってからの数年間、ある種の対抗言説として、この「催眠」のコンセプトに重なる心的状態が一部の小説のなかで密かな地位を築いていった。それを抽出して系譜立て、その意味するところを明かすことが本書の前半部を規定するオリジナルな議論ということになる。

漱石は一九一〇（明治四三）年八月、胃潰瘍の悪化を原因とする大量吐血をした。いうところの「修善寺の大患」である。ところが、生死を彷徨う漱石がまず病床で体感したのは、腕の上げ下げさえままならない空虚な状態に置かれた代わりに、何事も意志せずに用を弁じうることに対する、きわめてナイーヴな感動だった（「今迄《いままで》は〔中略〕いくら仕《し》ようと焦慮《あせ》つても、調《とゝの》はない事《こと》が多《おほ》かつた。それが病気《びやうき》になると、がらりと変《かは》つた。余《よ》は寝《ね》てゐた。黙《だま》つて寝《ね》てゐた丈《たけ》である。すると医者《いしや》が来《き》た。社員《しやゐん》が来《き》た。妻《さい》が来《き》た。仕舞《しまひ》には看護婦《かんごふ》が二人《ふたり》来《き》た。さうして悉《こと〴〵》く余《よ》の意志《いし》を働《はたら》かさないうちに、ひとりでに来《き》た[*19]」)。床の上に寝ていれば自分の意志を働かさないでも周囲の人間が先んじて世話をしてくれる。その生活に一変したとき、否、死に瀕していたその最中から、漱石はむしろ心の安寧の境地を見出している。そして「大吐血後五六日——経つか経たないうちに、時々一種の精神状体」に陥るようになる。それは「阿片《〔あへん〕》の世界」も連想に上るほど「尋常を飛び越えてゐた」精神状態である。

其内《そのうち》穏《おだや》かな心の隅《すみ》が、何時《いつ》か薄く暈《ぼか》されて、其所《そこ》を照す意識の色《いろ》が微《かす》かになつた。すると、ヹイルに似た靄《もや》が軽《かる》く全面に向つて万遍なく展《の》びて来《き》た。さうして総体の意識が何処《どこ》も彼処《かしこ》も稀薄になつた。それは普通の夢《ゆめ》の様に濃《こ》いものではなかつた。尋常の自覚の様に混雑したものでもなかつた。又其中間に横はる重《おも》い影《かげ》でもなかつた。魂《たましい》が身体《からだ》を抜《ぬ》けると云つては既に語弊がある。霊《れい》が細かい神経の末端に迄行き亘《わた》つて、泥《どろ》で出来た肉体の内部を、軽《かる》く清くすると共に、官能の実覚から杳《はる》かに遠からしめた状態であつた。余は余の周囲に何事《なにごと》が起りつゝあるかを自覚した。同時に其自覚が窈窕《〔ようちよう〕》として地《ち》の臭《にほひ》を帯びぬ一種特別のものであると云ふ事を知つた。床《ゆか》の下《した》の水《みづ》が廻《まは》つて、自然と畳《たゝみ》が浮き出すやうに、余の心は己《おのれ》の宿《やど》る身体《からだ》と共に、蒲団から浮き上《あ》がつた。〔中略〕余は朝《あさ》から屢《しば〳〵》此状態に入つた。午過《ひるすぎ》にもよく此蕩漾《とうよう》を味つた。〔四一七頁〕

このような意志を滅した美的境地を愛でながら、一方で、その数年後に執筆する『こゝろ』（『東京朝日新聞』一九一四年四～八月）において「自分は薄志弱行で到底行先の望みがないから自殺するといふ丈」（第九巻、二七八頁）の理由を遺書に認めたKの人物造形に、明治を生き抜いた漱石ならではの引き裂かれが見て取れるだろう。[*20]

ところが、『こゝろ』と全くの同時期、とはいえまだ小説家としては本格的にデビューしていない時期に、若き佐藤春夫が書いた随筆的な散文「歩きながら」（『我等』一九一四年四月）には、その「薄志弱行」の常識的な意味に加えて、もう一つの意味が塗り重ねられていた。病人の見舞いに行った帰りに路上で目にする町民の様々な活動などを「歩きながら」観察し、意識の流れを綴っていく文章なのだが、その語り手の基調の気分を冒頭から作っているのは虫歯の痛みである。この「痛み」を、鋭敏化した〈感覚〉の肥大の寓意と捉えれば、ここで否定されているのもやはり自己の意志である。早急に歯医者に行かなかったことを、「おれは意志が弱くつて……」と自虐的に思いつつ、文章の中盤に至っても「痛み」は忘れられず、「意志薄弱と虫歯との関係に就て、いかにも遊民らしい問題が提供されんとしつつある」などと執拗に自分の「意志薄弱」ぶりを茶化すことに、その後の春夫が辿り着く思想的態度の兆候をみることは無理ではない。普通は社会の非成功者に与えられる「意志薄弱」という慣用的なレッテルを、心理学的な視点で逆説的に捉え返すこと。[*21] それこそ、「大正作家」の呼称にふさわしい世代の一部が「潜在意識」の活用を志向する文学によって賭していたことではなかったのか。[*22]

本書の議論は終始その問いかけを念頭において展開することになる。

註

＊1　二六～二七頁。

＊2　ハル・フォスター編『視覚論』榑沼範久訳、平凡社ライブラリー、二〇〇七年。

＊3　Visuality の訳。Vision と異なり、歴史的・社会的な文脈によって構築された視覚的認識の体系を指している。右の『視覚論』の「序文」（ハル・フォスター筆）を参照。

＊4　ブルース・フィンク『ラカン派精神分析入門』（中西之信他訳、誠信書房、二〇〇八年、三四～三九頁）から部分的に引用。

＊5　同上書、三八頁。

＊6　江藤淳「リアリズムの源流——写生文と他者の問題」『新潮』一九七一年一〇月。

＊7　ジョルジ・ルカーチ『ルカーチ著作集2 小説の理論』大久保健治訳、白水社、一九六八年、一四六頁。

＊8　具体的な接触を考慮せず、理論的系譜だけを考えるなら、本来は漱石よりも先に「国木田独歩がいた」というべきだろう。松本常彦は、「武蔵野」（一八九八年一、二月）における「風景」と「光景」の語の概念的な使い分けを指摘しつつ、「忘れえぬ人々」（一八九八年四月）を通して柄谷が主張した「風景の発見」とは別様の「認識的な布置」あるいは「知覚の様態」が

描かれていたことを剔抉している(「コダック眼の小説——国木田独歩「忘れえぬ人々」の場合」『香椎潟』二〇一二年三月)。「伝統的美文的に表現された「佳い景色」に近い趣の語」である「風景」に対し、「主体と不可分な一回的な現場性に加え、「自然」と「生活」の「配合」というニュアンスを帯びる」語が「光景」である。そして、その「光景」という語によって見出された独歩の「知覚の様態」とは写真的視覚にほかならない。写真とは(カメラの)眼が偶然に立ち会った「生の流れ」をフレームによって断面化したものであり、逆に言えば、「光景」としての断面を通して欲望されるのは枠内に写り切れない外延——つまりは潜在的なもの——として想起されるべき「生の流れ」であるという指摘は、本論の方向性にそのまま適合する(それをスティル写真的認識と考えるか映画的認識と考えるかの差はあるが、結局は映画も「写真」の一種であるから、メディア論的には相互に乗り合う関係である)。

＊9 『寺田寅彦全集』第五巻、岩波書店、一九九七年、二七五頁。

＊10 石神豊「歴史の中の個人主義——日本におけるニーチェ受容にみる(その1)」(『創価大学人文論集』二〇一〇年三月)を参照。

＊11 『漱石全集』(第八巻、岩波書店、二〇〇二年【第二次刊行】)に付属する「月報8」(二〇〇二年一一月)掲載の岡三郎「「哲学会」会員ならびに『哲学(会)雑誌』編集委員としての夏目金之助——「漱石」誕生の原点を探る」を参照。

＊12 以下、『東京朝日新聞』と『大阪朝日新聞』の両方に掲載された文章はすべて、初出を『東京朝日新聞』と見なし、『大阪朝日新聞』の発行日には言及しない。

＊13 長谷川天渓「ニーツエの哲学」『早稲田学報』一八九九年八月。

＊14 同上論文。

＊15 重松泰雄「樗牛とニーチェ——「美的生活」論を中心として」『文芸研究』一九五三年六月。

＊16 同上論文。

＊17 論者の一人として西谷啓治の名をあげておきたい。湯浅弘「日本におけるニーチェ受容史瞥見(1)——西谷啓治のニヒリズム論をめぐって」(『川村学園女子大学研究紀要』二〇〇四年三月)を参照。

＊18 現代でも、心理学・科学哲学・脳神経科学による心の「意志」の探求において、催眠は重要な研究対象である。ダニエル・ウェグナー『意識的意志の幻想』(Daniel M. Wegner, *The Illusion of Conscious Will* [Cambridge, Mass.: MIT Press, 2002])の特に第8章「催眠と意志(Hypnosis and Will)」の議論を参照されたい。ウェグナーの主張は一言でいえば、ある行為にたいしてその行為者が抱く意志の感覚は、思考から行為が生み出される実際の自然科学的な因果的連関にたいして、それとは別経路の心的システムから施された推論あるいは解釈の結果にすぎないものであり、いわば事後的に心中に形成された「幻想」であ

るとする。催眠術において、自分の意志ではなく施術者の意志を実行していると感覚するのは、施術者の思考→被催眠者の思考→被催眠者の行為という実際の影響関係の中間項が脱落し、施術者の思考から被催眠者の行為へと現象的な繋がりを短絡して経験するからで、そのような心的処理が起こりうるということは「意識的意志」の実感が「幻想」的に構築されていることを説明する。そして被催眠者は見かけ上は行為を意志していなくても、事実上の行為の起因は行為者以外にはありえず、「被催眠者の思考→被催眠者の行為」の因果作用は意識されないだけで現実的に存在しているのだから、催眠下においても無意識的な意志は作用し続けていることになる。断るまでもないと思われるが、本書で「意志」と述べる場合、先のショーペンハウアーの説を除いて、基本的に「意識的意志」のことである。

＊19 「思ひ出す事など」『東京朝日新聞』一九一〇年一〇〜一一年二月初出、『漱石全集』第十二巻、二〇〇三年、岩波書店、四一四頁。以下、夏目漱石の引用は岩波書店発行の一九九三年版『漱石全集』【第二次刊行】（全二十八巻・別巻一、二〇〇二〜四年）に拠り、巻号と頁数のみ付記する。

＊20 なお、『こゝろ』の「私」はKとは逆に、心の「自然」を体現した存在であるかのごとく語られており、その性質によって「私」の前に「ひとりで来た」のが「先生」である。つまり、物語内の設定にも世代的・時代的な価値観の引き裂かれという問題が意識されている。

＊21 松本常彦「弱者の変容・弱者の土壌」（『国文学』二〇〇一年九月）は、近代文学史における自然主義文学の登場を介して、「意志薄弱な自己」の「主張」が「自己」の「意志」表明である構造の一般化」、すなわち「弱さを一種の積極的な自己主張とする転倒性の自明化」が起きたことを論じている。芥川龍之介も同様の「弱者や弱性」を小説が描き出すべき人格として認識していたという意味では、「ポスト自然主義的」な「私小説の陣営」と「同時代的無意識の中で結託していたとも言える」わけだ。その点からすれば、芥川と交流の深かった春夫の「意志薄弱」観を、同じ「ポスト自然主義的」な「土壌」に根ざした思想とみることも可能だろう。

＊22 昭和に入っても、梶井基次郎「冬の蠅」（『創作月刊』一九二八年五月）の「私」は、疲労に身を任せる「意志の中ぶらり」の方法にかろうじて逆説的な価値を見出している。しかし、その自己投棄的な態度の背後に、不可避な死を目前にして統制のない「意志を喪つた風景」（「冬の日」『青空』一九二七年二、四月）が広がっている様は、大正文学と比べると暗鬱というほかない。もちろん不治の病を患う境遇の違いや構成主義的な技巧が生み出す独特の殺伐さの印象も理由だが、それらに加えて、芥川の死（一九二七年七月）を一つの区切りとすれば、「意志薄弱」の問題系において遅れてきたこ、と、の孤立感がその色を助長したように思える。

第一部

第一章　運動する写生——正岡子規と映画の論理

一　「起源」としての一八九六年

正岡子規は、晩年、半身を起こすことも困難な病床にあって、「活動写真」を観たい観たいと言いながら、結局、望み叶わぬまま死んでしまった。

子規が俳論の一部として練り上げた「写生」は、「近代文学」の黎明を示すアイデアとしてあまりに有名である。これと、ちょうど同じ時期、劇的に新しいメディアとして登場した「映画」の論理との抜き差しならぬ照応性をみることによって、その「写生」のコンセプトに「運動」の時間を表出しようとする隠れた水準があることを明かすのが、本章の目的である。惜しむらくは、とりあえずは「照応性」という表現に留まざるをえないことである。というのも、映画史研究者の四方田犬彦が『日本映画史100年』（集英社新書、二〇〇〇年）で、第一章を「活動写真 1896～1918」、第二章を「無声映画の成熟 1917～30」と分類していることからもわかるように、一九一八年に開始される「純映画劇運動」（二三年に一応の終焉をみる）まで、映画は理論的にも上映スタイルの点でも「未成熟」時代にあり、その力は顕在しておらず、子規が俳論のなかで直接にフィルムに言及した形跡は多いとは言えないからである。

加えて、子規自身が、「写生」を西洋絵画の用語から借用したと明言している。そうである以上、生きているかのごとく写すこと、その実現が動画において最もあからさまに見いだせるという理由だけで、映画を引き合いに出すのは牽強付会の誹りをまぬがれないだろう。しかし、斎藤茂吉の写生論によれば[*1]、そもそも「写生」という言葉自体は、一八世紀頃の清国および日本の画論に由来しており、対象の輪郭だけではなく「活」、すなわち「生動」を捉えるところに要諦があった。子規の議論も、その転機を示すといわれる「明治二十九年の俳句界」[*2]（新聞『日本』一八九七年一月三日から三月二一日まで二十四回連載、以下「明治二十九年」と略記）の前後で、たしかに西洋画における「印象明瞭」な「写生」を俳句の方法として大々的に押し出してはいるが、その極論は旧派に打撃を与えるためのパフォーマンスの側面が少なくなかった。実際には、その後、それまでの主張を忘れたかのように東洋画のコンセプトを再評価するようになっていくことはよく知られる。本章は、子規の先進的な文芸理論が、映画の時代の「技術的無意識」を通して、奇しくも、そのような「写生」の本来的意味の具体化を思わせる「活動写真」に通じていた可能性を探りたいと考える。

そもそも子規は結核による脊椎カリエスを発病して以来、外出が不可能になったことの反動として、テクノロジーの進歩を最大限利用するタイプの文芸家だった。仲間同士が膝をつきあわせる〈座〉という旧い句会のシステムを否定したわけでもなかったが、他方で、新聞『日本』と雑誌『ホトトギス』という近代にしかありえない規模の情報伝達力を誇るマス・メディアを介して、全国区でインタラクティヴな議論を展開し、主張を広げていったのである。その意味でも、メディアの変化と無関係に新しい俳句を作り出していたのではない。事実、日本で初めて映画が一般公開されたのは、子規の俳句論が大きな一歩を踏み出す「明治二十九年」、すなわち一八九六年であり、単に偶然の一致というには看過しがたい符合ではないだろうか。外の世界と物理的に隔絶していたとはいえ、子規は曲がりなりにも大新聞社の正社員であり、知人や他紙誌の記事を介して常に最新の情報に触れていたはずである。その議論が「活動写真」の到来と衝撃に全くの無自覚ではなかった可能性をめぐって、まずは簡単な状況証拠の素描をしてみよう。

二　活動写真の時代

一八九七年初頭、新聞『日本』に「明治二十九年」が連載され始める一ヵ月前の一八九六（明治二九）年一一月二五日から一二月一日にかけて、神戸の神港倶楽部にて、高橋信治氏所有の映写機「キネトスコープ」が披露された。アメリカのトーマス・エジソンによって発明され、一八九三年にシカゴ万国博覧会で公開されたキネトスコープは、大箱に空けられた穴に接眼して鑑賞するタイプ（のぞき穴式）の装置である（撮影機の方をキネトグラフという）。集団の観客を前にしてスクリーンに投射する方式では世界初とされるシネマトグラフ（リュミエール兄弟の開発で、一八九五年一二月フランス公開）や、追ってエジソンが新たに開発したヴァイタスコープ（一八九六年四月米国公開）のような、その後の普及型ではない。が、明確な証拠が残っているものとしては、日本で初めての映画の公開である。

高橋氏所有のキネトスコープは、その後、大阪の南地演舞場に移されて、同年一二月三日から二二日まで観覧に供され、翌年一月一日から同地でふたたび興行に入った。しかし一一日に英照皇太后が崩御、翌日から三十日間の喪期、十五日間の歌舞音曲の停止にともない、活動写真も公開中止になった。そして同月二九日から、東京は浅草公園（現・浅草二丁目）の花屋敷五階楼へと興行の場を移す。その後も、キネトスコープの興行は場所を変えて細々と継がれていったが、大阪南地演舞場で二月一五日から、また横浜港座で三月九日からシネマトグラフが公開。さらには大阪の新町演舞場で二月二二日から、また東京は神田の錦輝館で三月六日からヴァイタスコープが公開され、瞬く間に主役の座を奪われてしまった。興行の効率や、観客にとってのスペクタクル性の点からすれば、当然の帰結である。その後、活動写真は全国区で指数関数的な勢いをもって存在感を増していったのだが、詳細を書き写す必要はないだろう。映画の時代が幕を開けたのである。

いま問題となるのは、「活動写真」という語自体の普及に関してである。塚田嘉信の『日本映画史の研究——

活動写真渡来前後の事情』（現代書館、一九八〇年）が詳しく調査しているが、結論から言えば、「活動写真」という四字の並びが紙面などで市民権を得るのは、上述の浅草花屋敷でキネトスコープが公開されたとき（一八九七年一月末）で、その頃までには「新聞記者たちの間では既に「活動写真」なることばがつかわれていた」（七九頁）と推測される。ただし、現実に、最初に同語が使用された記事は、一八九六年一一月一九日付の『神戸又新日報』に存在するそうなので、もとより自然発生的に生まれる類いの、使われるべくして使われた言葉だったと思われる。というのも、キネトスコープは初公開の時から「写真活動機」（「写真を活動せしむる機械」）の呼び名で通っていたし、「写真」が「活動」するという連語関係は、実物が舶来するはるか以前の一八九〇年頃、まだアメリカで発明初期段階にあったキネトスコープを紹介する新聞記事においても、当然のように使用されていたからである（キネトグラフは「活動を写すの機械」である）。初公開の数年前には、「見動器」という変わった呼称が使われた形跡も残っているが、実際に事物が文字どおり「活」きて「動」くさまを目の当たりにして、当初採用された言葉遣いが復活していったのではないだろうか。

「活」という漢字は、もともと「死」の対義で、生命を宿していることや滑らかであることを意味するが、辞書の定義の一つに「仮死状態の人や気絶した人を生き返らせること」とあったりするように、再生や活性化の意を含んでいる。現在では、非生物の物体が「活動する」という自発の動詞としての用法はあまり見られなくなったが、当時は頻繁に使用されたようである。一度フィルムの上に無機物と化した静止イメージを、あたかも生きているかのごとく再生してみせる点で、映画の原理を表わして不足ない語である。付言すれば、生と静止画（死）との緊張関係を利用するジャンルとしては「活人画」が明治中期から知られていたので、「活」は美術関係では使用頻度の高く、耳慣れた語だったと思われる（舞台では「活劇」の語があった）。

なお、このような語用の問題以上に後の議論に関係すると思われる文献としては、文芸評論家（というべきか文学者というべきか）の戸川秋骨「活動論」（『文學界』一八九四年二月）がある。内容は、アメリカの思想家エマーソンの影響が強いのか、個々人が勝手に抱いているばらばらの観想や、精神の先立たない実務、また、世に溢れる物質的な進歩といった社会的装い（「セコンダリーなるもの」）を剝ぎ取ったところに、宇宙の万法を統一するエッセンスとしての「活動なるもの、存在」（「プライマリーなるもの」）があり、それを直観することの大なる意義を情熱的に訴えている。この「活動」は「宇宙の精神」とも、果ては「神」とまで言われてしまうもので、一種の生命主義の主張といえるだろう。世間における「第二段《セコンダリー》の運動或は行為」は外見のまやかしにすぎない。「活動と云ふものが其まゝに顕れ来るを自然と云ふ」のである。秋骨の考えは創作の問題に直接かかわる議論ではないのだが、ここで定義されたような「活動」と「自然」の思想的位置付けを理解しておくことは、その空気にも多少は浴していたであろう子規やその後に続く理論を検討するうえで、小さくない意味を持っている。

　さて、子規の俳論の中で、「活動」の概念が代替の利かぬ意味を担って現れるのは、連載「明治二十九年」の第九回（一月二三日）で、ここで同語が繰り返し五度使われる。先に断っておくが、子規が文学評論に初めて「活動」の語を用いたのが、この時ということではない。少し前では、雑誌『日本人』で子規が「越智処之助」の筆名で担当していた「文学」の一八九六年八月五日、九月二〇日、一〇月五日の記事にほぼ連続して、一、二回ずつ現れている。内藤鳴雪（九月二〇日）と五百木飄亭（一〇月五日）とを対比し、後者に「活動」する句が多いことを指摘するなかでの使用が主である。映画における「活動」の語は、先述したように、一八九〇年頃まで遡れるのだし、時代特有の言葉遣いはジャンルを越えて共有されるものだから、ことさら一八九七年一月の用例を取り上げるのは無意味という批判は当たっている。しかし、その概念の中身に変異が生じていたなら、話は別である。

　飄亭評のときの「活動」の例は、「春風や赤前垂か出て招く」「思ひ出して又飛び返る燕かな」「髭に霰あやうくとまりけり」などで、時間幅のせまい（瞬時に近い）、単発的な要素の〈動き〉を指すにすぎなかった。ところが「明治二十九年」第九回に出てくる「此句には活動即ち空間の変動無し」の言葉においては、「活動」が「空間の変動」によって定義されている点で特筆に値する。ただし、「空間の変動」の語は、たとえば第六回で、「蓋し時間は空間の変動に因りて始めて知覚せらるべき者にして時間を現さんとせば是非とも空間を現さゞるべからず」と既出しているとおり、「時間」を意味しており、必然的に第九回の「活動」も「時間」の同義として

小松宮有栖川大宮妃殿下御観覧御満悦に思召さる
理學士エジソン氏新發明米國新輸入器械
電氣應用 寫眞人物活動機
此器械は寫眞に寫されたる人物動物器械等が實物の如く活動する者にて最も其面白きは人物が演舞遊戯闘争奔走行徒坐臥の運動行使吾人が常に活動すると毫も異なると無故に現今の事蹟を寫し置けば將來の活歴史と相成珍器に有之候實に見て面白く考究すれば美術工業家の好材料と相成候江湖諸君續々御來観あれ（注意曾て佛國より渡來致居候キニーテスコツプと稱する類似名の寫眞活動機あり此とは丸で違た器械に候）此器械は今日にては日本中に二個より無き世界中に未だなき器械なり
一月廿九日より開館
淺草公園第五區 花屋敷五階樓にて
御自宅招聘の依頼に可應候 三十間堀壹丁目 周弘社

新聞『日本』（1897年1月29日）より

扱われて見えてしまうのは避けがたい。この引用部分は、子規が（本来文学という時間芸術の一種であるはずの）俳句が空間を表す絵画に近似していることを主張するため、つまり、時間の価値を空間のそれの下位に位置づけるために書かれた文と考えるべきだろう。しかし、第九回の「活動」は、文脈を先へ運んでいる。それまで称揚してきた河東碧梧桐の空間的俳句にたいして、高浜虚子の時間的俳句を、それに匹敵するものとして肯定的に評価するために論調をシフトした文章のなかで、「活動」の語がいきなり多用されたのである。

もちろん、一月二三日掲載記事にみられる「活動」の語が、「写真を活動せしむる」装置に刺激されたものか否かを実証するのは困難である。先述したが、当初阪神に公開を限定されていたキネトスコープは、一月二九日から東京の浅草に進出したとき、翌二月の第一週にかけて各種メディアで大々的に取り上げられ、それを境に「活動写真」の語も定着をみることになった。新聞『日本』も、一月二九日号及び三一日号に広告を載せている（図参照）。一二日の「国喪」開始による歌舞音曲の停止から二九日までの間に、高橋氏のキネトスコープは浅草花屋敷の興行主の手に渡った。塚田の調べによれば、横浜のブルウル兄弟商会なる輸入代理店は、一月三、一〇、一七、二四日の『時事新報』にキネストコープその他の販売広告を出しているし、近日中に映画が東京で初公開される予定があったのだから、大手の通信社以外の媒体や口伝えを通して、記録に残らない情報が子規にまで届いていた可能性はある。それに刺激されて、にわかに「活動」の語が文面に多用されたとしても不思議はないだろう。しかし、伝統的文芸にかかわる俳論と当時の最新技術がクロスオーバーしたささいな接点を証するのが、本章の狙いではない。「明治二十九年」全体の構成を大きく決定しているのは、俳句という特殊文学における空間と時間の表現の問題である。一般に、子規を論じるのが難しいのは、論考の出版年月にさほど差がなくとも、あらかさまな齟齬を平気で述べている箇所が散見されるからで、

「明治二十九年」も例外ではない。

子規は「明治二十九年」において、新興の俳句にたいする体系的な評価をおこなった。評論全体の構成を大きく決定しているのは、俳句という文学ジャンルが表現する時空間の特殊性の問題である。だが、この三ヵ月にわたって連載された批評文の主張は、最初の約一ヵ月間を経て、ほとどん矛盾と言ってよいほどの捻れを起こし、みごとな破綻の痕を残している。その自己衝突した箇所は、最終的に論が締められるまでに徐々に均されていくのだが、その第一の接着剤として使われる概念が「活動」である。

そもそも、なぜ子規の理論がたちまち自家撞着に陥ったのか。結論から言えば、明治新俳句の斬新さを体現していた河東碧梧桐の「空間的」俳句にたいする評価を理論化した直後に、性格の大きく異なる高浜虚子の「時間的」俳句にたいする肯定を連続させねばならなかったからである。碧梧桐の句が「天然」の美を「印象明瞭」かつ「簡単」に摘出する感覚をまず評価し、つづいて虚子の句が「人事」の「複雑」さを表現する技術を評価するに及んで、子規の句評には、ある種の亀裂が生じた。そして、この懸隔を、なんとか建設的に橋渡しし、調停している概念が「活動」である。当然、その言葉の批評的意味の検討を素通りすることはできないだろう。問題は、最先端のメディア的認識を子規の無意識が請け負っているかのような、いわば、活動写真と文学との出会いの徴として、その言葉を捉えることが可能かどうか、なのである。その議論のために、次節では、一八九七年頃を軸に、子規の理論の核がどのように変遷し、晩年の主張を形成していったのか、まずは一通りの流れを押さえてみたい。

三　「写生」の二面性

改めて言うが、子規は論じにくい文学者である。たとえば西洋画の写実性に目覚めたことを宣言したと思いきや、その後に子規が言及した具体的な絵画は、相変わらず、古来から伝わる日本画ばかりである。写実主義の先導者であるギュスターヴ・クールベのような名は全く言及されることがなかった。また、たとえば俳句は「簡単」が一番だ、と述べた矢先に、明治の新俳句の「複雑」さを褒める。しかも、そのような矛盾を読者に指摘されて、素直にロジックの混線を認めることもあれば、文脈の違いを言って反論をすることもあって、言い訳を先取りして説明に混淆させている場合などは、さらにたちが悪い。後半生をほとんど病床で過ごした苦しさもあって、子規は自分の思想を統制的に管理するようなタイプの文学者ではなかった。

そんな分裂気味の子規であるが、彼が二〇世紀に欧米の文学を吸収し、かつそれに対抗する新しい「日本近代文学」の構築に果たした役割の偉大さについては、異論を挟む余地はない。なかでも子規が文学概念として使用した「写生」という言葉は、一九世紀から二〇世紀へと移行する間に打ち込まれた巨大な楔として、どこか威光に似たものを放ちながら浸透していくことになった。後世、その影響力を論じるスタンスは、大ざっぱに二種に分けられる。

ひとつの傾向は、「写生」の発想に、いわゆる「客観的美」を重んじるリアリズムと近代的文章体の確立への始まりをみるものである。一八九八年頃に発案された「写生文」から、後に「科学的」な事物の描写を理想とした一部の自然主義――これは実際には、理念としてしか存在しなかったとも言えるが――へと連なる流れの祖として、子規を位置づける見方である。柄谷行人が「日本近代文学」の「起源」の基準に掲げた「風景」の「発見」の先鋒を務め、ある意味で新時代の殺伐さを一歩押し進めた「近代主義者」としての子規の一面である。

もうひとつは、日本詩歌の伝統のなかに息づいてきた、「自然」を感ずることによって対象と自己が同化する〈主客同一〉の観照スタイルを、近代的な「写生」の認識論に再び取り込もうとする傾向である。この系譜で見やすいのは短歌の方で、やがて「アララギ」派の斎藤茂吉による「実相観入論」として、大正後半から昭和初年代にかけて、なかば国学的な美的理念（もののあはれ）を思い起こさせる形に落着する流れがある。また、散文方面でも、「写生文」は、その描写対象を直接に感覚受容することを推奨されたため、必然的に「印象」描写の色を濃くすることになり、やがては主情や抒情の描写を許容することで、それを小説化していった虚子ら「ホトトギス」派の流れがある。志賀直哉の心境小説などの大正文学は、その流れを吸収して生まれたものと考えることもできる（第二章で考察する）。ただし注意すべきは、この側面における「写生」の系譜は単なる日本的美意識への懐古的な動きとは異なって、世界的な最先端の芸術に拮抗しうる「近代文学」の形成のために、最新科学のパラダイムにもとづく思想的影響を被りながら、改めて作り出された「日本的」特徴であることだ。たしかに明治後半からの日本の文学は、致命的な「遅れ」の意識に苛まれていたが、序章で触れたクレーリーの議論にあったように、同時期の西洋も「主観的視覚」（視覚の身体化）への認識論的な転換によって、古い「近代」からの脱却を図りつつある変革の途上にあった。「写生」の時代の日本語文学には、そのことを逆手にとって、一足飛びに最先端に結びつくことができるという考えが脈々と息づいてきた。西洋の浩瀚なリアリズム小説を経る必要はない、我々の文化的伝統ははじめからそれを乗り越えている、という論理は、明確に意識されないまでも作家たちの趣味判断に浸透していたのである（これには、後のいわゆる私小説と括られていくタイプも含まれる）。その手の捻れた文化的な自己肯定の祖型を子規の議論に見つけるのは難しくないだろう。

　以上、「写生」の概念に見いだされる二面性——観察する眼と体感する眼——だが、しかし、一方の傾向が、ある時期に、他方の傾向に取って代わったのであれば、それは単に子規の思想が一度きり変化しただけの話である。事態はもう少し込み入っている。これより年代順の整理を試みるが、着目するのは、もちろん「写生」の語、そして付随して登場する「印象明瞭」の評語の変遷である。

　一般に、子規の俳句革新が端緒についたのは、一八九二（明治二五）年頃といわれる。同年一二月に日本新聞社に入社し、文筆業に専念するため、翌年三月に帝国大学を退学した。「明治二十九年」で大々的に押し出される「印象明瞭」に近似した文例は、その間数回しか現れていない。新聞『日本』に連載（一八九六年一～四月）された「俳句二十四体」という俳句の句法を二十四体に分類した文章中、四月二日記事「絵画体」の説明として一度登場する。「絵画体は明瞭なる印象を生ぜしむる句を言ふ即ち多くの物を並列したる、位置の判然したる、形容の精細なる色彩の分明なる等是れなり」[*3]と説明される中の「明瞭なる印象」が、それである。松井貴子は、これをハーバード・スペンサー「文体論（*Philosophy of Style*）」第一章第三節に出てくる文句 a vivid impression に由来すると推測した。[*4] ちなみに、子規が「文体論」を読んだのは一八八八年秋から八九年春にかけてで、翌一八九〇年、学生時代の文筆録である「筆まかせ」第三編に、「スペンサー氏文体論」と題した小文が残されており、その中に、「最簡短ノ文章ハ最良ノ文章ナリ」の言葉がある事実は、「簡短」の趣味が早くから彼の文学観の一部を形成していた証拠としてよく取り上げられてきた。が、いま、このスペンサーの受容にかかわる問題で見逃せないのは、その a vivid impression に託された意味と、後年（一八九六年以降）の「印象明瞭」に子規が託した意味とに、ある決定的な差が存在することなのである。

　松井の詳述のとおり、そもそもスペンサーのいう a vivid impression は、描写対象のすべてを記述しようとせず、典型的要素として「二、三の事柄に言及し、それだけで多くのことを暗示する」（by saying a few things but suggesting many）という省略表現がうまくいったとき、はじめて読み手の中に喚起される感覚を意味している。つまり、暗示表現による連想作用によって、無駄なまわりくどい表現を取り除くことができたとき、その文章は、「明瞭なる印象」を醸し出すのである。「筆まかせ」第一編にある一八八九年の文章「古池の吟」において、子規はその要点を正しく酌み取っている。スペンサーが、「minor image を以て全体を現はす　即チ一部をあげて全体を現はし　あるはさみしくといはずして自らさみしき様に見せるのが尤詩文の妙処なり」と主張していることを受け、「古池や蛙飛び込む水の音」という芭蕉の句も、「たゞ地の閑静なる処を閑の字も静もなくして現はしたるまで也」と、文体的効用としての「暗示」と「連想」にたいする理解を表白していた。ところが、西洋画家・中村不折との交遊を経た後には、「印象明瞭」の中身は絵画の視覚性のみを強調する語、すなわち「明治二十九年」で最初に声高にいわれる「純客観」を表わす語に変化したのである。その経過と、子規が「写生」というアイデアを文学の方法に転用していく時期とが、完全にシンクロしている事実のもつ意味は大きい。

　子規は、学生時代は長らく西洋画排斥の立場にありながら、一八九四年三月、中村不折と知己になるに及んで西洋画支持に転じたことを証言しており、それに伴って俳句にも応用可能な「写生」の概念を一八九六年（明治二九年）頃に固めていったと言われる。[*5] 停滞感ただよう日本画にたいして、訓練された「写生」を基礎にすえた西洋画の優位は、新聞『日本』連載「松蘿玉液」の一八九六年九月一一日記事――「西洋画　漸く勢を加へ来りて或は日本画を圧し去らんとするの観あり」の文で始まる――で明確にされている（「写生　といふ一事は少くとも西洋画をして日本画の如き陳腐に陥らしめざるの利あり」）。[*6] この流れを汲んで、高浜虚子は『日本』同年一一月四日号掲載の記事「曼珠沙華」のなかで、「漠然たる絵画の輪郭の如きよりは比較的印象の明瞭なるものを愛す」と書き、また同じ「日本派」の俳人にして、『日本』の重鎮記者として健筆を振るい、後に強硬な国粋主義者となった五百木良三（飄亭）の執筆と推測される文芸・時事コラム「紅塵万丈」の『日本』一一月二九日の文章が、[*7]「印象の明瞭なる者のみを俳句の上乗なるものとするは偏せり印象明瞭ならずして朦朧たる者にも上乗なるもの有り」と記して、内輪で軽い応酬がなされたのである（虚子の文章については後述）。背景には、「朦朧」の語に見られるように、新体詩壇において「朦朧体」論争が喧しい状況があった。

確認するまでもないことかもしれないが、近代詩の分野では、一八九五年後半に主に高山樗牛と島村抱月の間に「形想関係」論がやりとりされ、一八九六年前半より、外山正一「新体詩及び朗読法」（『帝国文学』一八九六年三～四月）を一つの触媒として「朦朧体」論争へと発展した。樗牛が「朦朧」の語を「大学派」の新体詩に批判として当てる最初が、一八九六年五月二〇日発行の『太陽』誌上であり、同年同月の『早稲田文学』誌上に抱月が載せた論述が「朦朧体とは何ぞや」である。その抱月の文章にまとめられているように、当時の一般的な定義としての「朦朧体」は、「古雅の文字」や「流暢の律」を重んじ、浅薄で不十分な言葉をつらねているがために、詩文の情趣を真に理解するための「詳と精」を欠き、それゆえ思想的な明瞭さを欠く新体詩の傾向を指すものだろう。詳細は略すが、その翌年、島崎藤村らの新体詩を照準にして、樗牛が「朦朧体の末路」（『太陽』一八九七年九月五日）と「朦朧派の詩人に与ふ」（同月二〇日）の二つのエッセイで「朦朧体」を一方的に罵倒した文章を一つの区切りとすれば、ここで問題にしている一八九六（明治二九）年後半期は、一八九六年一一月三〇日付の新聞『日本』の「美術及び文学」欄（匿名記者）にも、「新体詩界は創作あまり盛んならざれど之に対する批評は比較的にぎはし」と書かれているように、「朦朧」という概念の流通が頂点を迎えていた時期だったことがわかる（子規は、この期間に結構な量の新体詩を書いている）。

なお、日本画の領域においても、おそらく新体詩のほうから流用された「朦朧体」の語は同じ様な評価の対立を経験して、やがて蔑称へと終息していった。当時、「朦朧体」の評価を代表して受けたのは横山大観と菱田春草である。一八九八年秋に開かれた第五回絵画協会第一回日本美術院連合共進会において、初めて「朦朧」の評語が現れる。一八九九年中にその意識的試みは本格的に進められ、一九〇〇年春の第八回絵画共進会において用法として頂点を迎えた。ところが、当初、無線描法に好意的だった美術批評は、一九〇〇年のピーク時には、論調を罵倒へと「一変」させることとなる。[*8] 詩壇の動向を見る限り、「朦朧」という語句が被せられた時点で、その成り行きは決していたのかもしれない。ただし、詩の世界と異なるのは、新体詩において「旧用語旧韻律」の型や形式美への囚われを批判されたのと違い、西洋の油彩画にヒントを得ながら、空気感を求めて線条を極力廃し、空刷毛《からはけ》の技法を用いて、「煙雨や霧靄《むあい》など日本の湿潤な大気の表現」をなそうとした大観・春草らの日本画壇への挑戦は、はるかにラディカルな改革として現れたとは言える。ともかくも、絵画の「朦朧」は、詩壇に比して二、三年遅れて現れるのだが、一八九六年秋は、日本画改革運動を推進した岡倉天心をトップに据えた日本絵画協会による第一回絵画共進会（「松蘿玉液」一〇月二二日に子規評がある）が開催され、大観や春草といった青年画家の名が世間に知られ始め、日本画界の新派の動きが本格化する時期に当たっていた。

さらに並んで、洋画界の「新派」の決定的な動きがある。実は、西洋画に目を開かせたという点では、子規の師のような役割を果たした中村不折だが、通称「脂《やに》派」と呼ばれる旧派に属しており、一八九三（明治二六）年にフランスから印象派の手法を持って帰国し、本格的に活躍し始める黒田清輝ら「新派」（通称「紫派」もしくは「外光派」）とは対立していた。その黒田と親友の久米桂一郎が、東京美術学校に新設された西洋画科への就任を委嘱され、旧派に対する新派の「勝利」を印象づけたのが、例のごとく一八九六年の五月。翌月には、明治美術会（旧派）を脱退して白馬会を結成し、一〇月に第一回展覧会を開いた。子規は同展覧会にたいしては、右に記した共進会についての寸評を書き留めた文章（一〇月二二日「松蘿玉液」）のなかで、「白馬会　諸先生已に詳評あり。吾贅《ぜい》せず」とだけ述べて意見を略している。純粋に肯定面と否定面とのどちらに向き合うべきか態度決定に迷いが生じたのかもしれないが、それよりも、不折に対する気兼ねがあったために、コメント自体をうやむやにした可能性はある。結果、「明治二十九年」には、「紫派」にたいする発言は一切見当たらないものの、一年後の「明治三十年の俳句界」（『日本』一八九八年一月）においては、碧梧桐に代表される新たな傾向を「新体」として称揚する際に、「此新体と従来の俳句とを比するは猶油画の新派（紫派）と油画の旧派とを比するが如し」[*9]と述べられることになった。つまり、押し隠していた「新派」にたいする肯定的評価はすぐにも表出されてしまったのである。

すでに明らかと思われるが、これらの一八九六（明治二九）年後半期に集中した係争点は、大ざっぱにまとめれば、明瞭性を拒否する描写（朦朧）を革新的な方法として認識するか否かを軸に形成されており、そこから新旧入り乱れた多様な論争が巻き起こったのである。子規が、『日本人』（一八九六年一〇月二〇日）の「文学」欄で展開した河東碧梧桐論、および明くる年、「明治二十九年」の前半部において、あらためて「純客観」の描写を可能にする「印象明瞭」な「写生」を勇ましく推奨した背後に、このような文脈（前哨戦）があったことを無視することはできない。子規は、文学というジャンルにおいては「明瞭性」の側に新しさがあると判断したのだろう。その主張は新機軸を打ち出す瞬間最大風速的な勢いによって、たしかに目立っている（が、そのとき根拠とした視覚芸術が旧派のものだったのは若干皮肉である）。ほかに、時期の点で挙げられる直接的な理由としては、愛媛の松山で柳原極堂が『ほとゝぎす』を創刊（一八九七年一月）したことにより、それこそ俳論を「明瞭」ならしめる新機軸を出さなければならないという、ジャーナリスティックな動機が働いていた可能性はある。しかも、子規の病は、一八九六年三月にカリエスの診断を受け、以後は病床を離れることができないほど悪化していった。身体の束縛にたいする一つの反作用として、マス・メディアを通して自説をわかりやすく打ち出す急激な欲求に駆り立てられた部分もあったのかもしれない。何にしても、もともと半分は政治的パフォーマンスの面があったから、子規がその狭隘なスタンスを長く持続させる必然はなかった。ようやく約二年後の一八九八年一二月に発表された「写生、写実」（半年間にわたる時評「文学美術評論」の一記事）において、子規の客観的「写生」は、いわば「主客同一」の美学をいう「感情的写生」の主張へと旋回するという説もあるが、[10]そのような明確な転向の線引きが必要かどうかも疑わしいのである。

いずれにしても、一八九六（明治二九）年後半に向かって、子規のなかでいささか偏狭な写実性「ありのまま」（目に見たとおり）の主張が醸成していき、それを批評的言説として外部に吐露したとき、おそらく子規は何かしらの後ろめたさを覚えていたはずである。そのため、ほとんど間をあけずして、彼の中で広い意味で揺り戻しが起こったと思われる。西洋画に目覚める以前の芸術思想に回帰したのではなく、端から見れば競合しかねないかち合った認識が子規の頭の中で併存を許され、相互に浸透し始めたのである。ちょうど漱石が漢文学への愛着を手放さぬまま英文学の世界へのめり込まざるを得なかったのと同じように、おそらく子規の文学観には、描写対象に明瞭に接近しすぎることを避ける前近代の「写生」論のような、[11]日本画由来の「写生」概念への生涯にわたる愛着がありながらも、その向こう側に突如現れた遠近法による西洋画のイメージに驚き、囚われてしまったのである。その反応の瞬間的な高まりが、「明治二十九年」の時点の「目に見たとおり」の描写のすすめであった。そして、そのときの分裂の衝撃が、その後の子規の思想を、複雑かつ豊穣なものへ変化させ、「二面性」――対象の形体を観察する「客観的視覚」を重視する理論と対象の「生動」を感じる「主観的視覚」を重視する理論――という、先に論じた流れを後代に形成していったといえる。

したがって、問題は、一八九六年後半から一八九七年初頭にかけて生まれた「二面性」の関係に優劣をつけることではなく、その分裂的状況をまるごと捕まえうる認識論的枠組みの記述である。本章は、この分裂を、分裂したまま縫合できる枠組みこそ、活動写真という新しい技術的無意識に呼応する思考形式だったと考えてみたいのである。この時期を経て、子規の俳論は、〈焦点〉と〈焦点〉の間にのみ宿る美をコンティニュイティとして捉え、その領域に生じる意味生成に新俳句の動力学を見出すようになった。そのことは、やがて漱石や門下によって洗練されていくことになる、識閾下のイメージの〈推移〉に基づく文学理論が、子規によって先駆されていたことを教える点で、きわめて重要な出来事だったといえる。「活動」にいかなる説明と価値が与えられていたのか、ここから詳しく分析してみよう。

四 「活動」の原理

大きな視点に立てば、そもそも子規が「明治二十九年」において志したのは、明治新俳句の総括による俳句の理論化であり、文学の一ジャンルとしての俳句の定立である。連載中、雑誌『日本人』一八九七（明治三〇）年二月二〇日号に寄せられた虚子の『明治二十九年の俳諧』を読む」の文章でも、「二十九年の俳句は文禄天明に対して明治の特色を形作りたるもの」であるから、子規の論はそれを徹底的に批評することで、広く「文学に於ける俳諧の位置を標定するもの」となっていることが評価されている。すでに述べたように、評論全体の構成を支えている主題は、俳句という極めて特殊な短詩形における時空間の表現の問題である。時空間といってしまえば問題の所在は単純だが、その中身は、概念上、時間と空間に切り離さざるをえないのだから、どうしても主題の分離にともなう主張の分離が生じることが避けられない。そのため、子規の評論は、最初の約一ヵ月間の連載を経た後では、その全体像の真ん中に、ある種の自家撞着に起因する論理の穴をぽっかりと抱えることになった。

子規の理論が、空間論と時間論の二刀流となった経緯は、およそ三ヵ月前に始まっている。それぞれの原型が、『日本人』一八九六（明治二九）年一〇月二〇日号に碧梧桐論、一一月二〇日号に虚子論として個別に書かれたのである。前者の特徴は、描写対象の空間を狭く設定し、「印象の明瞭」であることにつとめている点にあり、「主観的」な要素に関しては、「殆ど全く之を排し去りて毫も取る所」がない。だが、碧梧桐評がより輪郭を露わにするのは、翌月に書かれた虚子の特徴にたいする説明を通してである。碧梧桐の特徴を表す語は、「冷かなること」「写実」「空間」「不規則」であり、虚子のそれは、「熱きこと」「理想」「時間」「推理的」、加えて「人事」と

「主観」が挙げられ、両者は明確に対比された。そして文章末を、「吾は（碧梧桐の印象明瞭なる俳句と共に）此等時間的人事的主観的の俳句が、〔中略〕明治の新調を為したるを喜ぶものなり」と締め括って、両者の特徴を共に言祝《ことほ》いだのである。明治新俳句の新しい、相反する傾向を並列しただけならば違和感は生じない。が、そこで形成されたロジックを、改めて「明治二十九年」において、「文学に於ける俳諧の位置を標定する」という一般的かつ統一的な理論の地盤に組み込もうとしたとき、子規の俳論に亀裂が生じて見えたのは当然の結果だろう。逆に言えば、空間的俳句と時間的俳句を理論的に取りまとめ、統一的に肯定しようとする困難な思考のプロセスを見いだせるがゆえに、「明治二十九年」は鮮やかに子規の俳論の転機を示している。

子規が第一に、碧梧桐の「印象明瞭」なる特色を表わす句として掲げたのは、

赤い椿白い椿と落ちにけり

である。「俳句をして印象明瞭ならしめんとするは成るたけ絵画的ならしむることなり」[*12]と考えた子規にとって、絵画と俳句は緊密なアナロジーで結びついている。ところが、「落ちにけり」、すなわち、椿は落ちてしまい、いまそのような状態にあることを認識している、という出来事の完了（の確認）は、まさに落下というプロセスのイメージを、読者の脳裡に想像的に構成することが避けられない。にもかかわらず、この句の内容を仮に油絵に描いた場合、「白花の一団と赤花の一団とを並べて画けば則ち足れり」、つまり、すでに落ちた二団の花をまとめて描けば十分と断定することになった。子規はこの句の効果に運動性の含みを認めず、空間的な配置のみによって成立しているとみたのである。[*13]そもそも文学一般は時間芸術でありながら、極限まで短くされた俳句は、「空間的絵画」に似通う。「印象明瞭」とは、そうした俳句の特徴を最大に生かした表現のことである。碧梧桐の句は、「空間」に根拠を置く「形体の美」の写生へ直接に向かった点で、近代の俳句界に「一進歩」を記したのだった。これは、後世の批評によって、近代主義の率先的体現者として批判されることになる子規の一面でもある。

ところが、続く虚子の評において、明治二十九年の新しき特色としての「時間的俳句」に議論が及ぶとき、そこに絵画ではとても表現しきれない「複雑なる変動」を子規は認めざるをえない。はじめに例として掲げる虚子の句は、

しぐれんとして日晴れ庭に鵙《もず》来鳴く

である。内包される時間的継起は大きく三段に分かれる——①時雨が降るような曇った気配がある。②と思いきや、晴れ間が訪れる。③鵙が来て鳴く（正確には、③は「来る」と「鳴く」で分割可）。明るく印象的、かつ客観的小景を描いているという点では、碧梧桐を評価した基準に大きく背馳するわけではない。しかし、それを全体視した際に折り畳まれる「複雑」を一枚の絵で描き出すのは、どうしても無理である。この種の句を評価するために、子規は理論的に空間から時間へと、危険をともなう飛躍を冒さねばならなかった。その橋渡しの役割を果たすのが、「空間の変動」として定義される時間、すなわち「活動」なのである。

ここで一度、議論を引きの構図に収めて視界を確保してみたい。注意を促しておくべきは、空間表現と時間表現を分けて考える発想が、子規の評論で初めて俎上に載せられたわけではなかった事実である。実は、俳文学の方法における時空間の特徴は、特に虚子において、以前からはっきりと意識されていた問題だった。雑誌『日本人』に連載されていた「俳話」の第一章（一八九五年一〇月五日掲載）の題が「時間と空間の想像」となっている。内容を一部約すれば、「詩中に時間の経過を想像せず空間上の想像を逞くすること俳句を解するに必須の一要件なり」と述べているように、虚子は、俳句という芸術が「空間」の表象を優位とするジャンルと考えていた。むろん、文学一般の特徴としての時間性は完全に否定しようがないため、あくまで相対的に「空間上の想像は極めて自由なるべし」としたのである。虚子のいう「空間」は、全くの客観性を体現する「空間」とは少々異なるものだが、約一年後に子規の強調した「空間」の性格と重なる部分の多い「空間」である。これが子規との対話を

刺激として生まれた話題だったのか、後に子規が虚子から一方的に借り受けたものなのか、判定のしようがない。しかし、議論の表舞台の中央を占めていたのは、とにかく虚子だった。しかも、「明治二十九年」が出てくる直前（約一ヵ月前）に、虚子が時空間の表現に関する立場を微妙に変えたことにより、同テーマが「日本派」周辺で改めて話題となった形跡が残っている。

前節で短く言及した新聞『日本』一八九六年一一月四日掲載の虚子のコラム「曼珠沙華」は、基本的には、約一年前の「俳話」を蒸し返した主張内容である。「俳句は或点に於て絵画と一致す。〔中略〕共に客観界の趣味に重きを置くが如き、両者殆んど其軌を一にするの観無くんば非ず」と書き出される。しかしながら、俳句も「一種の詩」であるからには、「時間」や「主観」の描写をしないことはない。したがってネガティヴな見方をすれば、俳句は空間的・客観的に絵画未満、時間的・主観的に長編の詩未満になるが、当然、ポジティヴな見地に立てば、両者の中間にあって良いとこ取りの表現手段となる。虚子は、最近の自分の趣味としては、従来どおり「空間的の描写」が精細な、「印象明瞭なるものを愛す」が、「単に空間的客観的を偏愛せず、時間的主観的に其足らざるを助け欠けたるを補ふ」とも言い足しており、約一年前の主張を時間的俳句の方へ一歩進めた様子である。全くの同時期に書かれた『日本人』一八九六年一一月五日号の「曼珠沙華」でも、次のように「転向」の跡が記されている。

> 我れ嘗て以為《おもえら》く十七字詩は時間を写すに利あらず、又主観を描くに適せず、絵画と一般時間なき空間の描写に於て特に秀づるところありと。然れども若し夫れ俳句の技能単に爰《ここ》に終らは俳句は絵画に一歩を踰〔ママ〕するものなり。〔中略〕同じ客観描写の上に在りても俳句の絵画に勝るところは実に主観を以つて客観を助くるところに在り、時間によつて足らざるところを補ふに在り。

さらに、この虚子の動きを明確ならしめるには、彼の説を発展的に補うかたちで（半ば批判的に）応答した他者の文章を参照するのがよい。『明治評論』（精神社）一八九六年一二月一日発行号の「時文」欄に掲載された「日本派の一転歩」及び「俳句に於る時間と主観」と題する短文である（記者は匿名）。その書き出しを、近頃「日本派の発句が其固着したる天然を出でて人事に移らんとする傾向を生じたる」指摘と肯定ではじめ、これからの俳句における「時間」的要素の重要性を、次のように強い調子で記している。

　人事はモーションを予想しモーションは時間を予想す、ラフアエルも時間を作ること能はず、応挙も運動を描くこと能はずとすれば、「句は画の如くなるべし」と云ふ日本派の（特に子規子の）信仰はこゝに破壊されざるべからず、聞くが如くば「時間と主観」と云ふ新説は虚子に依つて創設されたりと。

　映画の別称「モーション・ピクチャー」（「活動写真」に一番似た英語である）を思い起こさせる「モーション」という外来語がこれ見よがしに使われている点からすると、もしかしたら記者は一一月二五日に一般公開されたキネトスコープのことを事前に聞き及んでいたのかもしれない（公開前の一一月一七日に小松宮彰仁親王、二〇日に有栖川宮妃の観覧に供されており、二二日の『大阪朝日新聞』にも記事が出ている）。中途の粗雑な議論は略すが、その最後が、「吾人が日本派に望む所は、自然より進んで人事に入るにあり、空間のみならず、時間をも詠ずるにあり、其静のみならず、動を描くに在り。〔中略〕静かなる空間が日本派唯一の詩題なりしは、世人の等しく惜むところなればなり」と挑発的に書かれていることから容易に予測できるとおり、虚子はこの時間論には感情的に反論した（『日本』一八九六年一二月二〇日掲載「煤掃き」）。だがそれはおもに、句における「時間」や「主観」の解釈を巡る細かな食い違いを難じたもので、自身の嗜好を「時間的」に傾けつつある必要や事実を否定したものではない。むしろ、虚子が作句の方向性を自認する上での後押しとなった可能性さえある。
　翌月、子規が空間と時間を軸にした俳論を繰り広げる前に、以上のような同派の議論の経過があったことは、やはり押さえておくべきだろう。「活動」の語も、こうした筋道を通って来て改めて採用されたのである。そのことは子規の議論にオリジナリティがないことを全く意味しない。『明治評論』の「時文」記者は、空間と時間を単に分離して、後者の価値を高く見積もったにすぎない。虚子は一歩深く、両者の調停を、俳句はもともと絵画と長編詩の性格の中間を占めているという論理で行ったわけだが、俳句に備わる一般的な性格を自己肯定したにすぎないともいえる。対して、子規の創意は、「活動」の語を空間と時間との変換式として持ち出すことで、新しい俳句を志向（＝思考）するための、実践的な方法論の姿をしている。

　子規のいう「活動」は、単なる時間の経過のことではない。基本的には「空間の変動」、すなわち、画面全体《スクリーン》の絵柄が連続的に入れ替わることで表現される「時間」である（これは、『明治評論』時文記者が虚子の意見として又聞きしたという――虚子は認めていないが――「時間とは句中に用ひられたる詩材と詩材との間にある時間を云ふ」という定義に近いが、焦点を「資材」に限定している点で異なる）。先の「しぐれんとして……」の例で言えば、曇り空の場面から日の光によって庭が明るくなる情景は、たとえイメージの枠《フレーム》に変化がないとしても、空間的内容がほぼ全体的に入れ替わっているのだから、静止画で視覚的に表す場合は、少なくとも二枚の絵を描かずして表現することはできない。そこに鵙が飛来する情景（と鳴く情景）も、別個の静止画を必要とする。ちなみに、ここで述べている「画面全体」とは、撮影機が駆動している連続性の区切りを示すショットの単位でも、また、ショットの組み合わせの数とは無関係に〈場の同一性〉によって区切りを示すシーンの単位でもなく、一定の持続ある内容を展開するための、それ以上視覚的に還元不能な時間的まとまりの単位（物語要素）を指している。簡単に言ってしまえば、撮影前に用意する時間的な設計図としての絵コンテの一コマと同じと考えるのがよい（といっても、多くの場合、それはショットの分割に重なるのだが）。とりわけ、「しぐれんとして……」の句は、最小の物語形式を具現する三コマあるいは四コマ漫画の構造によって分節されている。もし実際にこの句を撮影する場合には、各々のショットの長さ（どの時点でカットするか）と組み合わせは、幾通りものパターンの可能性から選ぶことになる（ワンショット・ワンシーンで撮ることも当然可能である）。つまり、絵コンテとは、プロットの時間の視覚的な要約であり、俳句において連続的に入れ替わるべき「画面全体」は、その一コマ一コマを指す。

参考までに、約半世紀後の半ばお遊びのようなものではあるが、俳句をコマ漫画で表現した例を見てみよう。『婦人公論』は一九五九年四月から一二月まで九回にわたって「三島由紀夫出題クイズ」（まんが・久里洋二）と銘打った懸賞クイズの特別ページを設けていたが、奇しくも第二回は「目で読む俳句」と題され、コマ割りによる有名句の視覚化が示されていた。以下がクイズの内容の部分である。

左のページ〔次頁参照〕には❶番から❽番まで八つの漫画がありますが、これらは八人の作者から一つずつ俳句を選び、漫画であらわしたものです。作者名をあげると次の人々です。

松尾芭蕉　与謝蕪村　小林一茶　山口素堂

加賀千代女　正岡子規　高浜虚子　夏目漱石

左に描かれている漫画は、どの作者の、どのような俳句でしょうか？

次号に載せられた正解のうち、本章で言及した作者だけ挙げておくと、④が漱石の「叩かれて昼の蚊を吐く木魚かな」、⑥が虚子の「桐一葉日当たりながら落ちにけり」、そして⑧が子規の「柿食へば鐘が鳴るなり法隆寺」である。これらの漫画に出来の巧みさを見るのは難しいかもしれないが、仮に②の蕪村「菜の花や月は東に日は西に」のように空間的であっても、画面の転換を表すコマ割り（三コマ程度）が、いかに写生的な俳句と相性の良いものかは理解できるだろう。

なかでも見過ごせないのは虚子の句における「にけり」の用法である。先に碧梧桐による椿の句の「落ちにけり」において、落ちる動的プロセスと落ちた後の情景のどちらの解釈も可能でありながら、子規はそれを「落ちた後の情景」と断定したことの戦略的な意図を論じた。しかし、この虚子の句では、「日当たりながら」という動きの並列をあらわす接続助詞に続く以上、間違いなく「にけり」は落ちていることの過程をイメージしている

『婦人公論』（中央公論社、1959年5月号、153頁）より

（漫画では中段のコマ）。作句の時期は一九〇七年頃である。子規が最初に切り出した碧梧桐論から十年を経て、当時の子規の解釈の運び方に対し、あたかも虚子が実際の作句をもって異議を唱えたかのようである。

話を元の「活動」の釈義に戻すが、子規は「活動」なき句のほうも対比的に例を挙げていて、理解を助けてくれている。特に分かりやすいのは、

薄曇り同じ空にて日の永き　白雄

だろう。この句は時間の経過は確かに表現していながら、画面の入れ替えが必要とされないため、「空間の変動」のない句、すなわち「活動」なき句である。また、定義上、「活動」のある句ではありながら、それが感じられない句として、

名月や池をめぐりてよもすがら　芭蕉

が挙げられている。この句に表現される時間を分割画面の接合として厳密に考える場合、月の位置と、月光による景色のかすかな陰影の変化のみを表した絵柄を無数に接続しなくてはならない。そもそも場面の変化をどこで区切るべきか、特定できない内容である以上、実質的には静止の表現と相違ない。むろんカメラのシャッターを開いたまま長時間露光するか、インターバル撮影を多重露光する技法を使えば、月影の白い軌道を一枚の静止画に収めることは可能であり、当然、そのような絵を描くこともできるが、その具体的イメージは「よもすがら」の感じを表象し得たものとは到底ならない。それゆえ時間の変化があるにしても、反復に依拠する「単調」では句は真に「活動」しない。新たな意味での活動的俳句は、比較的短い時間幅において、明らかな画面転換を畳み込まなければならないのである。「しぐれんとして〜」は、たまたま「天然」を写した句だが、虚子の活動的俳句に「人間」を扱ったものが比較的多い理由は、それが「複雑なる変動」を表す短い時間という条件に合いやすいことから説明できるだろう。[*14]「人事」と「運動」の相性が良いのは『明治評論』の記事（一八九六年一二月一日）にも見たとおり。キネトスコープの興行が一八九七年一月一日から南地演舞場で再開したとき、「写真活動機」が「写真人物活動機」に改められたのは、「写真のなかでいちばん人物が〝活動する〟場面が観客に受けたからだろう」[*15]という説明にも響き合う感覚である。

子規は、右の例のような現在時の連続的変化を表現した句のほかに、場面間にやや時間的な距離を挟んで、回顧（フラッシュバック）される時間（過去）と現在の関係を表す句や、現在時から未来の姿をフラッシュフォワードによって想像する句を、「主観的時間」を扱う例として挙げている。

盗んだる案山子の笠に雨急なり　虚子
住まばやと思ふ廃寺に月を見つ　同

前者の句には、「案山子の笠」の来歴として、それが何処からか盗んできたものである情報が笠の修飾句として頭に付加されている。句の中心部分は、その笠に今急に降り出した雨のかかる情景が、およそ一枚の絵としてイメージされている。一方で、ある田畑に立つ案山子のある過去の景色は、全く別個のフレームに収められたイメージである。これら二つの接合された場面の間には、現在時だけを描く先の句と比べた場合、ほとんど飛躍と称して構わない時間的懸隔がある。だが、これを映画における場面接合の文法に照らすならば、案山子の絵から雨の降る絵へと前後に直に繋いだとしても、完全に許容されるコンティニュイティになるだろう。同様に、後者の句は、廃寺とそれを照らす月の景色双方を一枚に収めたフレームに主題があり、近い未来に寺の内部で暮らしている想像の情景が、映画文法的には後に接続する構造である。

これらの例に見られる、画面を二つ以上に分化することによって句に時間的ダイナミズムをもたらす手法について、子規がより自覚的かつ体系的に解説を施すのは二年後の「俳句新派の傾向」（『ホトトギス』一八九九年一月一〇日）を待つことになる。その詳細は次節後半に取り上げる。が、その前に、碧梧桐から虚子へ、明治の佳句の例をリレーするにあたって、子規が時間的俳句を肯定的に評価するきっかけとなった概念――「余韻」の検討を欠かすことができない。おそらく子規は、「余韻」に関する議論を経ることで、多少の齟齬も省みず、虚子に対する批評を「活動」する俳句として理論的に了解する道を選んだのである。

五　「曖昧未了」の美学――余韻から運動へ

「印象明瞭」と正対比される「余韻」という評語は、論敵に対する一種の譲歩として、はじめは妥協的に導入されている。これに類似した概念も、一年前の虚子の「俳話」において大々的に展開されていたもので、そこで虚子が使用した言葉は「余情」である（「余韻」の語も一度用いられている）。「余情」には、子規の「余韻」と大きく異なって見える部分がある。虚子がその主張をするときに重要視していたのは（純客観ではない）「空間」であったため、「空間上の想像を逞くして情感の連想をおこすべし、余情と称するものこれなり」（一八九五年一〇月五日）とか「刹那若くは少時間に於ける空間上の状態なか／＼に余情の深きものあるなり」（一〇月二四日）と述べられるように、句の言葉によって喚起される空間のイメージの広がりを指している。翌年五月二〇日の「俳話」で、虚子はふたたび本格的な空間と時間における「余情」論を展開しているが、そこでも「空間的連想とは〔中略〕略《ほぼ》一定したる現象の喚起にして、人々により多少の相違あるにせよ稍《やや》動かざる趣味を運ぶ力は充分にあるもの」である一方、時間に関しては、たしかに「直接に顕すべき時間美」はあるとはいえ、基本的に「十七字は時間を現すに不適当なるのみならず、時間的連想は極めて困難なるもの」と明言している。既述したように、その後「朦朧体」論争が盛んになるが、そこでも「余韻」云々は多用された言葉なので、彼らに続いて子規が同じ言葉を持ち出したこと自体は別段新しい発想ではない。が、虚子とは異なり、それが「時間」、さらには「運動」描写と相乗的にかかわる可能性を提示した点に、子規の「明治二十九年」の特徴があった。

　子規にとっての「余韻」は、「印象」が強まれば減じ、逆に「余韻」が強ければ、「明瞭」の度合いは薄くなるというように、それぞれの要素は割合を排他的に奪い合う関係になっている。この点でも子規と虚子は意見を異にしていて、『日本人』一八九六年一〇月二〇日の「文学」で碧梧桐を論じながら、子規はすでに「印象の明瞭といふことは多く余韻といふことと相反す」と述べているが、虚子は同誌次号（一一月五日）の「曼珠沙華」で、

「或るものは印象の明瞭と余韻とは相伴はざるものとなし殊に印象の朦朧たるを偏賞す。これ大なる誤なり。余韻は連想に基く情感の天地なり、されば決して朦朧と同日に論すべきに非ず」と述べて、「印象明瞭」と「余韻」（連想）は両立するもの、そして「余韻」と「漠然たるもの」（朦朧）とが反発し合うもの、としている。虚子の意見は、その語の起源と思われるスペンサーの用法に忠実なもので、子規の方が変則的な主張になっており、[*16] 虚子は子規の理解に間接的に注意を促したようにもみえる。だが、子規は「明治二十九年」でも自説を変更することはなかった。とはいえ、「余韻」的要素を、そのとき子規は否定的な要素とみなしつつも、未練なく拒絶したのではない。子規は「余韻」の意を説明するのに、「余情」の語を引きながら、「吾人の所謂余韻は俳諧に所謂余情と略《ほぼ》同じ意にして一句の表面に現れたる意味の外に猶幾多の連想を生ぜしむるをいふ、即ち一句を誦し畢《をは》りて言外に髣髴たる者を感ずるをいふ」としている。要するに、句の表面に意味を出し切るのとは異なり、省略表現によって言外の意味の広がりを示唆する働き（連想作用）を、「余韻」と述べている点では虚子と同じわけだが、この定義は空間的余韻の狭さを越えた別個の物語的な次元に達している。子規が掲げる最も典型的な「余韻」に満ちた句を挙げてみれば、そのことは明らかである。

夏草やつはものどもの〔ママ〕夢の跡

この芭蕉の句において、現実レベルで明瞭なのは、「唯夏草のぼう／＼と生ひ茂りたる光景のみ」である。「夏草」が導火となって、奥州藤原氏の古戦場が幻出し、「甲冑着たる武者の撃ち合ふ処」の無形のイメージ群が連想をつないでいく――その総体が、「余韻」の効果によって表される。記憶野にストックされている情報を含めて、このように脳裡の潜在領域を拡散的に刺激する方法を、しかし、子規は最初に掲げたテーゼに束縛されて、「印象不明瞭」の句として若干否定的に扱わざるをえなかった。

ここで引き合いに出したいのは、漱石が熊本の第五高等学校で教師を務めていた時代（一八九六年春から一九〇〇年夏）に、同校の学生であった寺田寅彦が聞いた俳句の定義である。エッセイ「夏目漱石先生の追憶」（『俳句講座』第八巻、改造社、一九三二年一二月初出）のなかで、寅彦の「俳句とは一体どんなものですか」との問いに答えた漱石のいくつかの言葉の内に、「扇のかなめのやうな集注点を指摘し描写して、それから放散する連想の世界を暗示するものである」という内容があったことが証言されている。[*17] この定義は、子規の理解する「余韻」にほぼ相当するとみて間違いない。漱石の熊本滞在は四年強の幅があるが、一八九六年夏から九九年まで第五高等学校に在籍した寅彦が、実際に漱石の定義を聞いたのは、「第五高等学校在学中第二学年の学年試験の終つた頃のこと」とはっきり述べていることから、一八九八年中の夏休み前のことだったと推測される（五高の学生が漱石の下で「紫溟吟社」を結成するのは、その秋、一八九八年一〇月である）。となると、ホトトギス派の宗主である子規の一八九七年初頭と、その「客将」であり松山で同居生活さえした盟友漱石の一八九八年夏の主張（というより趣味）が、少なくとも約一年半を隔てて対立していたことになる。漱石にとって、俳句とはまさに芭蕉の句によって体現されているものに他ならなかった。「夏草」は、彼のいう「集注点《フォーカル・ポイント》」であり、「つはものども」によって読手に想像される曖昧漠然としたイメージ群が「放散する連想の世界」であり、それは文字どおり、「夢」（＝潜在意識《サブコンシャス》）の内において惹起される多様な連想の「跡」（＝ネットワーク）である。

したがって問題は、子規と漱石、両者の食い違いが指摘できる時差は無視すべきものであり、互いの嗜好の普遍的距離を反映したものと考えるべきか、それとも、その短い期間に両者の認識がそろって変容したとみるべきか、それとも、子規の認識が後から漱石に接近したのか。結論から述べれば、漱石の歩みはよくわからない。だが少なくとも子規は、「明治二十九年」の「余韻」から派生する種々の価値観を認めるようになり、それを媒介にして「活動」の概念をさらに発展させた理論を提示していった。

続く「明治三十年の俳句」（『日本』一八九八年一月三、四日連載）は「明治二十九年」に比べて極端に分量が減るが、さしあたって一番に目を惹くのは、先述したように、新種の俳句を「紫派」と比較する言葉だろう。印象派は旧派のようには空間的再現に固執しなかった。対象物および影を一色に塗りつぶさず、素早いタッチの集積の間に、現実世界の光の見え方や、場合によっては、その光が描画中にも微細に変化する時間的綾（ゆらぎ）の捕獲を試みた面が強くある（むろん、そのような説明が適合する代表的画家の名はモネであり、黒田ら「外光派」の画家はだいぶ穏健な手法に留まるのだが）。それゆえ、ここで子規が掲げる「簡単」「平易」「淡泊」「軽新」「微」等の新しい美学は、すでに「空間的」な性質に密着していないのが推察できる。

子規の翌年の主張は、そうした変容を確定したという意味で、重要である。「明治卅一年の俳句界」（『ホトトギス』一八九九年一月一〇日）の本文中に、「技術上の傾向」の分析は、同誌同号掲載の「俳句新派の傾向」に譲るとあるので、以下の議論は後者に基づく。そのなかで明治の「進歩」として主張される内容は、大きく二点に分けられている。明治においては句の仕組みや意味作用が「複雑となりたる」という既出事項が改めて強調され、そして、「明治三十年の俳句界」の主張を継続して、「淡泊平易なる趣味」が支持される。二つの文言だけを並べれば、互いに相反する主張に見えかねないのが、この頃の子規の思考の特徴をかえってよく表していると言えるだろう。

ここで「複雑」を孕む例として子規が取り上げる句は、「明治二十九年」の批評に引き続き、主に「時間的」なものだが、議論は洗練の度合いを高めている。まずは、碧梧桐の、

強力《ごうりき》の清水濁して去りにけり

を江戸時代の元禄、天明、寛政、文化、天保の句と比較する。本章四節の二句目に挙げた虚子の句「しぐれんとして……」と同様、この句も場面が接続助詞「て」の前後に分割されており、句の主体である「強力」は、二つの所作――水を掬う、そして、去る――を時差をもって行っている。つまり、ある完結した「動作」に、もう一つの「動作」を連続的に組み合わせる操作によって、わずか一七字の内に演出される時間経過の複雑化を、子規は評価した。イメージの「集注点」を二ヵ所に置くことで、「清水と人とを配合したる光景の次に人無き清水の

光景をも時間的に連結し」(以下原文の強調点省略)、場面転換の背後に潜む持続の時間を内包させている。

ほかにも、右のような動作主体の一貫性はない例ではあるが、

箒木《はうきぎ》は皆伐られけり芙蓉咲く　碧梧桐

枯葛《かれかづら》を引き切りたりし葎《むぐら》かな　虚子

を挙げて、子規は、この「二句は時間的に二個の光景を聯続して、しかも二個の中心点を有する者なり」と論じている。前者は、「伐られけり」で一度意味のまとまりが切れ、「芙蓉咲く」で場面の内容が切り替えられる。想像力が注がれる「中心点」は、まず「箒木の多く生えたる処」に一時置かれ、瞬く間に「芙蓉のあからさまに咲きたる処」に移動する。後者も、枯葛と葎《むぐら》の関係において同じ構造である。それを仮に「枯葛を引いてしまひし葎かな」と書き換えてしまえば、枯葛の残影は脳裡に刻印されるものの、葎を修飾するだけのイメージとして後景に退き、「中心点」は葎の一点のみに還元されてしまう。飽くまで「引き切りたりし」で、文字どおり一度「切り」、付け足しの場面転換によって葎が現れることで、等価値の「中心点」が二個形成されて句が駆動するのである。

ついでに子規は、この焦点の二重化という技法が、空間的な意味においても適用されることを解説している。碧梧桐の「畑に鶏多く棗《なつめ》の木の芽かな」という句においては、「鶏」の情景と「棗の木の芽」の情景の間には、焦点距離(画角)のレベルにおいても一種の飛躍があり、「恰も二枚の続き絵」のような場面転換がある。しかし、これも見方を裏返せば、読み手の視線の動きによって作られた中心点の分化である。つまり、この句の場合、被写体の側の変化を描いているのではなく、読み手の認識レベルにおける変化を刻み込んでいる。そう捉えるならば、場面から場面へという変化(視線の移動)には必然的に時間的経過が伴うという意味で、複雑化した空間的俳句は、時間的俳句の下位分類に属するとみなすことも可能だろう。

ここで話頭を少々転じるが、ドゥルーズはその著名な書『シネマ』(一九八三／八五年)の導入部で、ベルクソンによって提示された「運動」に関する理論をベースに思考しつつ、当のベルクソンが「偽りの運動」を作り出す装置として毛嫌いした映画の可能性を読み替えて、それが「運動イメージ」自体を提供する新しい認識手段であったことを主張している。ゼノンのパラドックス以来、運動の自然的知覚にたいして為されてきた誤った理論(錯覚)を、映画がまさに実装してしまっている事実にたいするベルクソンの反発はわからなくはない。が、運動の錯覚の再現は、その機械がそれ独自の運動を実現していることによって、自然的知覚の錯覚の問題からは切り離されており、自然という軛《くびき》を越えた「運動イメージ」の認識へと私たちを導くのではないのか。加えてドゥルーズは、ベルクソンが映画的錯覚＝「偽りの運動」をはっきりと否定した『創造的進化』(一九〇七年)の出版よりも前に、『物質と記憶』(一八九六年!)ですでに「運動イメージ」を「発見」していた奇妙な遡りの事実を指摘している(ただ本論の趣旨からして、ベルクソンの言説が原理的にはらんでいる揺らぎを整理・理解する作業は控えたい)。

実は、ドゥルーズは、ベルクソンの哲学と映画の相性が悪かった極めて即物的で簡単な理由を別に示している。ベルクソンの映画嫌いは、最初期の未発達な映画の形態を根拠にしたものだというのである。原初的な映画においては、「撮影は固定されており、したがって、ショット〔平面〕は空間的であり、その形式において不動であった」[*18]。この不動の空間の切断面を横切っていく運動は、「運動にとって運動体や運搬手段として役立つ人物や物といった諸要素に結びついたままである」[*19]。つまり、この場合における運動は、フレームによって切り抜かれた「空間の断面」を構成するいくつかの部分を、ある独立した運動体が一つずつ「走り抜ける」のみである。ドゥルーズによれば、ベルクソンの批判が向けられたのは、この初期段階の映画が唯一描くことができた一番単純な運動にたいしてなのである。しかし、映画の次段階は、決定的に異なる種類の表現を手に入れた。それは、カメラの方が動く撮影方法によって生まれるショット自身の運動、そしてショットとショットの関係によって生まれるモンタージュの運動である。

どのようにして運動イメージは構成されたのか、あるいはどのようにして運動は〔運動する〕人物や物から取り出されたのかと問うならば、〔中略〕一方では、もちろんカメラの動きによって、また、それ自身が動くようになったショットによって、しかし他方では、それにおとらず、モンタージュによって、すなわち、ショットどうしのつなぎ《ラコール》によって、そうなっていたということである。この場合、ショットのそれぞれは、あるいはその大多数は、いぜんとして完全に固定したものでありえた。以上のようにして、或る純粋な動きに到達することができていたのだし、その純粋な動きは、カメラがほとんど運動しないときでさえ、人物たちの様々な運動から抽出されえたのである。[*20]

仮にベルクソンの理論が、これらの技術と方法論の発展に直接向き合っていたならば、映画に対する態度もだいぶ異なっていたに違いない。それがドゥルーズの説明である。モンタージュの理論的可能性は相当早くから言われていたようだが、子規の時代に並行していたキネトスコープやシネマトグラフといった最初期の映画において実践された形跡はほとんどない。だが、おそらくすでに明らかなように、本章が「運動」の語で主に標的にしてきたのは、まさにその時期の明治新俳句に見出された「モンタージュ」というほかない運動である（空間的俳句でも、先の「畑に鶏多く棗《なつめ》の木の芽かな」のように場面の変化がモンタージュされている句の場合などは「運動」を実現したものと見なすことが可能である）。したがって言い換えるなら、「俳句新派の傾向」が、焦点を意識的に二点に分化する句に固執した新しさは、ドゥルーズの議論を通して見えてくるような新メディアの歴史的意義を文学が先取りしていたことの驚きによって理解すべき事態なのである。「カッティング〔切断〕」と「つなぎ《ラコール》」の虚構的な組み合わせにより〈全体〉の「純粋な動き」を作り出すこと。それは第二節で言及した飄亭の、一つの運動体に結びついた単発の運動を表現するだけの「活動」的俳句（「春風や赤前垂か出て招く」「思ひ出して又飛び返る燕かな」「髭に霰あやうくとまりけり」など）からは、明らかに大きく一歩を踏み出した作句法だった。

しかも奇妙なことに、その「明治俳句に現れたる新趣味」を括る形容語として子規が提案するのが、焦点の分割と組み合わせによる「複雑」さに一見して相そぐわなく見える「淡泊平易」である。その違和感は、しかし、次の一文によってあっさりと調停されるだろう。

> 此新趣味たるや、濃厚なる趣味にあらず、高遠なる趣味に非ず、寧ろ淡泊平易なる趣味にして、従つて中心は一点に集中せず稍放散せる傾向あり。〔傍点引用者〕

ようするに、焦点の二重化による「複雑」の方法も、「放散せる傾向」を持つことによって、「淡泊平易」を実現していると子規は考えた。その文言はいつの間にか、まさに漱石が俳句を定義して、「扇のかなめのやうな集注点を指摘し描写して、それから放散する連想の世界を暗示するものである」と述べたときの「放散」の意に酷似している。

要注意なのは、子規の議論において新たに打ち出された「印象明瞭」は、少なくとも二年前においては「放散」とは対立する評語だったということである。そうでありながら、ここにきて、対象を鮮明に描くことが、言わばあっさりとした態度として「淡泊平易の趣味」に従うものとされている。それを前提にしてはじめて、以下のような不思議な主張が生まれる。昨今の小説は、昔のように主人公が成功するか失敗するか、殺人を犯すか否かなどの明瞭な結末を描くことはなく、「或る程度」までしか描かない。また、「女主人公が男主人公を愛するでも無く愛せぬでも無く、男主人公が女主人公を得たでも無く失ふたでも無く、曖昧末了の間に一篇を結ぶ事」が頻繁にある。明治の新俳句もまた例外ではない。

> しかも其曖昧末了の裡に存ずる微妙の感は、彼濃厚なる者、高遠なる者と全く種類を異にするを以て、必ずしも此、彼に劣るには非ず。（印象明瞭も此新趣味に附随する者なれど前に述べたれば再びは言はず）

十分驚いてしかるべきことに、「曖昧未了」による「微妙」の美学は、括弧内に断わられているように、「印象明瞭」の成立条件を飲み込んでしまっているのだ。その点に関して、子規が挙げる例から、次の虚子の二句を見てみよう。

水汲んで氷の上に注ぎけり
宿貸さぬ蚕の村や行過ぎし

前者は、たしかに人が氷上に水を注いでいるだけである。よって、十分に「印象明瞭」といえる。だが同時に、この句には「落ち」、すなわち結果ないし結末が記されていないために、宙づりの「未了」感を残す。後者の句においても、宿を拒否された恨みや情景は一切表現されておらず、感情の着地点が見当たらない物足りなさが残る。それを子規の解説は、「前の村は既に行き過ぎて宿貸すべき後の村は未だ来らず、過去を顧ず未来を望まず、中途に在りて歩む時、何となく微妙の感興る」としたのである。このような確固たる「曖昧」の美学は、病床期の子規における最も見逃せない決定的主張だろう。というのも、焦点の複数化と「落ち」のない「曖昧」の発生が掛け合わされることによって、ここで俳句の新たな表現領域として認知されているのは、まさに動画的な〈現在進行〉の中途性であり、「運動」の持続性に他ならないからである。

六　写生的認識とモンタージュ

ここまで、焦点の二重化と、その間の時間的〈変化〉を問題にした新しさを確認してきたが、そのことは子規が具体性ある明瞭さへの信奉を捨てたことを意味しない。子規の理論の特徴は、もともと絵画を比喩とする発想に由来するものである。つまり、佳句か否かの判断は、ヴィジュアルに表現できるか否かであった。「明治二十九年」の執筆段階では、「印象明瞭」という言葉は、焦点がはっきりしていることとして理解されているが、仮に焦点を二つに増やしたところで、その句によるイメージが明瞭に脳裏に描けることは変わらないと考えられていた。西洋絵画の支持に鞍替えし、碧梧桐の句を賞賛した昨日の今日のことであるから、当然の固執といえるだろう。しかしながら、焦点の二重化した句を「時間」の句として考えたとき、その美的価値を明瞭な絵二枚の加算として認識するのは抵抗がある。決して明瞭とはいえない第三の「運動」の表象に転移して、はじめてそれは別種の――写実的な静止画以上の――現実感をもたらすのだ。この点を原理的に突き詰めて考えれば、イメージとイメージの間の空白領域における〈非焦点〉という主観的領域の問題が、どうしても関わってくる。そして、その領域と直接連絡しているのが、前節前半で論じた「余韻」という概念なのである。その時点では子規の態度は否定的だったが、その後、「余韻」の扱いはどこに帰着したのだろうか。

「明治二十九年」から二年あまり後、子規は「随問随答」の第一章（『ホトトギス』一八九九年四月二〇日初出）で、再度、芭蕉の句「夏草やつはものどもが夢の跡」を引用して「余韻」の説明を補っている。その約三ヵ月前の「俳句新派の傾向」において、複雑化した空間的俳句を分析した際に類似の議論として披露され、ここにおいて改めて提示された重要な主張がある。「余韻と称するは主観的の者か、又は客観にてもいくらかぼんやりとした る処を含む者なり」（傍点引用者）と述べて、客観的「空間」の曖昧さの表現に、時間的経過と同質の美を見て取ったのである。視野を広く取った空間を前にした時、人は細部を凝視するのとは異なる景色の在り方に接するが、この不明瞭のなかに「余韻」は多く存する。が、それは見方を変えれば、空間のなかに時間性が介在した表象なのである。

余韻嫋々《じょうじょう》といふは鐘を撞きたる後に響の長く残るが如き感じなれば多少時間を含みたる感じなり。主観的の者は時間を含みたり。客観的にても広き空間、奥深き空間は一瞬時に看尽すこと能はざるを以て時間を含みたり。(俳句にては広き空間は言ひ尽す能はざるにより、其言の尽さゞる部分を想像するによりて時間的となる)此二者に余韻多しといふは時間あるがためなり。[*21]

述べられているのは、煎じ詰めれば、時間とは主観的な処理のプロセスによって作り出されるもの、いや、そのプロセスそのものだ、という考えである。対象が広大であったり、細部が不明瞭なとき、人の脳はその環境に含まれる大方の情報を知覚し認識するのに、余計な情報処理のタスクを強いられる。通常の瞬時(無時間)の理解よりも、多くのシナプスを信号が経由せざるをえない以上、認識に遅れが生じる。つまり、認識に幅と厚みがあることを浮き彫りにする。子規は、この徹底的に主観的な幅を称して、「余韻」に時間性が含まれると主張したのである。そして、最も典型的な「余韻」の表現として例の芭蕉の句をみているのだから、「夏草」を発火の始点として、「つはものどもが夢の跡」というイメージが連想されるプロセス自体を、時間的なものと捉えていることになる(過去の出来事を今に想起しているから、時間的なのではない)。同じく、視覚的な認知に余る空間も、不可視の領域へ向かって、連想を辿るという一種の想像力を使用してしか、細部を含む全体を捉えられないから、子規はそれを時間性に等しいものと考える。まとめれば、心的領域には取り込まれているものの、まだ識閾下(潜在意識)の状態に置かれている不活性の情報群を、意識(＝注意)のはたらきによって活性化する過程――顕在意識と潜在意識との間で取り交わされる精神の力学――が、子規にとっての俳句における時間性なのである。

思い返せば、子規は「明治二十九年」中にて「活動」の語を定義したとき、「時間は空間の変動に因りて始めて知覚せらるべき者にして時間を現さんとせば是非とも空間を現さゞるべからず」と述べていたが、実は、この発言は、同論の末尾に載せられた「附記」において訂正されている。「時間」＝「空間の変動」という図式が哲理に反すると某人に指摘されたことを報告して、例えば与謝蕪村の句「永き日のつもりて遠き昔かな」のように、必ずしも時間を「知覚」するために「空間」を前提する必要がないことを認めている。だが、この時間は「活動」しているのとは違う。したがって引用文の内、「知覚せらるべき」の部分を、もっと限定して「実にせらるべき」と書くべきだったと言うのである。「実にせらるべき」とはよく分からない言い方なので、勝手に言い換えさせてもらうなら、「客観的な実体を与えられるべき」くらいの意味だろう。「空間の変動」によってはじめて実体化される時間、それはようするに「活動」する時間ということであり、結局は映画で表現される時間ということに同じである。映画で表現できるのなら、その句は「活動」しているのであり、その句が「活動」しているのであれば、それは映画で表現可能なのだ。

二つの異なる空間を前後に並べ、空間と空間の差、つまり、物理的には見ることのできない領域を主観の働きが介在することで生成する時間。映画のメカニズムは、この時間を利用する表現法を、大きく二通りのレベルで請け負っている。一つは、生理学的次元である。当時の映画フィルムはキネトスコープなら一秒間に四十六コマ、シネマトグラフであれば十六コマの静止画像を連続的に映写するが、もちろん人間の認識能力では、一コマずつを識別することはできない。鑑賞する人間の意識は、像と像の差異の連続に、いわばサブリミナルな知覚を介して「運動」を見る。そして、それよりも上位のレベルで起こるもう一つの「錯覚」も、原理的には一つ目のレベルと相似的・入れ子的関係にある。ショットとショットの連続、もしくはさらに上位の、シーンとシーンの連続によって時間を表現する方法も、表象されない映像と映像の間にたいして、知覚する側によるサブリミナルな内容補填があって成り立つのである。いわば、映画の「運動」は、鑑賞者の脳の無自覚な活動を借用しながら、操業される。

子規は生涯、活動写真を鑑賞する機会を持てなかった。それでも、同時代の「技術的無意識」の作用なくしては、「空間の変動」による「運動」などという句の分析は導き出されなかったに違いない。明治二〇年代以降、海外で相次いで開発された文字情報以外を再生する機器が流入し、もはや素の現実よりも、メディアを媒介した表象のほうがリアリティを感じさせる倒錯の時代が到来しつつあった。たとえば同じ頃（一八九六年初頭）、高山樗牛は「朦朧体」を揶揄するとき、「彼等の作を読むや、吾等は望遠鏡を以て其形を見、電話機によりて其声を聞くの感あり」[*22]と、文章表現をメディアを媒介した知覚に喩えている。活動写真の理論的な可能性を介した、新しい認識のリアリティに反応する批評的眼識が現れても少しもおかしくない。

ただ、若干混乱をもたらすのは、焦点が二重でありながら動画とならない科学的な玩具――「写真双眼鏡」（「双眼写真」）――を、子規が手に入れて面白がっていた事実である。「双眼写真」は現在でいう3D写真のことで、右目で見た構図と左目で見た構図の、わずかに焦点がずれた二つの写真を並べ、眼鏡を覗くと、被写体が眼前にあたかも浮いて現れ出る。二つの焦点の並列は、視覚の上で一致させられ、単一の立体視という静止イメージを作り出す（実際に体験してみると、浮くというよりは風景の中にいる感覚を催すといった方が正しいかもしれない）。しかし、子規のいう二焦点化した俳句が、その類の立体静止像を表象したものでないのは明らかだろう。子規が踏み出した領野は、総合化された上で〈動くもの〉として観察されるべきイメージなのである（ただし、動画も立体視も錯視の原理を活用している点では類縁性は高い）。

そもそも「写真双眼鏡」が登場するのは、随筆「病牀六尺」の第二十六章、一九〇二年六月七日付文章に、「写真双眼鏡、是は前日活動写真が見たいなど、いふた処から気をきかして古洲が贈つて呉れた」とあるように、第一に望んでいた「活動写真」の代替にすぎなかった（「双眼写真」の詳しい記述は第四十八章の六月二九日付文章にある。すでに四十章（六月二一日）には、「双眼写真を弄《もてあそ》んで日を暮らしたこともある。それも毎日見ては段々に面白味が減じて、後には頭の痛む時など却て頭を痛める料《しろ》になる」と記されている）。病床を離れられなくなった晩年の子規が、活動写真を観てみたいと切に望んだろうことは想像に難くない。遡ること約二週間の第十四章（五月二六日）には、病床にいて不可能でありながら、外で「一寸見たいと思ふ物」を十一ばかりリストアップしているが、その筆頭に挙げられているのが、他ならぬ「活動写真」だった（他には「動物園の獅子及び駱駝」や「ビヤホール」など）。加えて、「写真双眼鏡」を入手した約二週間後の第四十三章（六月二四日）には、「まだ見たことのない場所を実際見た如くに其人に感ぜしめようと云ふには其地の写真を見せるのが第一であるがそれも複雑な場所はとても一枚の写真ではわからぬから幾枚かの写真を順序立てゝ見せる様にするとわかるであらう」（傍点引用者）との一文がある。つまり、「複雑」という件の言葉を用いつつ、単一の焦点では捉えきれないイメージ形成のために、複数のシーンを連続的に配列する必要を述べている。「活動写真」に源を置くアイデアとみても違和感がない。

子規が写生の俳句ではなく、写生文を本格的に実践し始めるのは一八九九年中である。それを方法として、いわば公的に、改めて提唱したとされる「叙事文」（『日本附録週報』一九〇〇年一～三月、三回連載）のなかで最初に言われていたのも、「面白味」のなき叙述の否定であり、「景色の活動」を写し取る必要である。景色や人事の「写生」を目的とする文とはいっても、それは主体の眼を通さない、客観的な解説文ではなく、文によって景色や人事が「自ら活動」することを目指すものであった。むろん、この「活動」を「活動写真」から直接引用したものとするのは付会の危険をまぬかれない。が、「叙事文」中の次の引用箇所などは、どうだろうか。「虚叙」（抽象的叙述）にたいして「実叙」（具象的叙述）を持ち上げて、子規は述べている。

> 虚叙は地図の如く実叙は絵画の如し。地図は大体の地勢を見るに利あれども或一箇所の景色を詳細に見せ且つ愉快を感ぜしむるは絵画に如く者なし。文章は絵画の如く空間的に精細なる能はざれども、多くの粗画（或は場合には多少の密画をなす）を幾枚となく時間的に連続せしむるは其長所なり。然れども普通の実叙的叙事文は余り長き時間を連続せしむるよりも、短き時間を一秒一分の小部分に切つて細く写し、秒々分々に変化する有様を連続せしむるが利なるべし。〔傍点引用者〕

映画論の枠組みを前提に読めば、「粗画」は、光学的に解像度（情報量）が低くならざるをえないフィルムの一コマもしくは一ショットを意味する。その「時間的」な「連続」によって事象の空間的な「活動」を錯覚的に作り出す映写の原理を、ここに読み取らないのはかえって難しい。その一映像単位の「時間」は、コマにせよショットにせよ、べったりとした持続ではなく「短き時間」であるべきで、その細かく裁断された「小部分」の連続的集合だけが、描写対象の「変化」を表しうる。そして、右の引用箇所の直ぐ後に、「写生といひ写実といふは実際有のまゝに写すに相違なけれども固より多少の取捨選択を要す」（傍点引用者）と言い足されている。同じ内容を、子規はすでに俳句論でも論じていたのではあるが、写生文の仕組みに言い添えられたとき、それは映画時代の最初期から、映画を映画たらしめる第一の方法的原理として見出された「モンタージュ」を想起させてやまないのである。

七　夢の〈推移〉の理論へ

子規の俳句および写生文の理論に潜んでいる「運動」、その生成における「心」の関与の原理を、時期は大分隔てているものの、一番わかりやすくラディカルに発展させた理論家はおそらく寺田寅彦だろう。寅彦は、昭和年代に入ってようやくではあるが、俳句及び連句論と無声映画論を結びつけた。その根拠は、両者を共に潜在意識（夢の連想）を十全に活用する「暗示芸術」と定義したことによる。

寅彦が「要するに映画は裁断《カッティング》の芸術である」[*23]と簡潔に言い、その要諦は、いらない描写を大量に切り捨てる「選択的裁断」と「編輯《モンタージュ》」にあるとしたとき、その種の「運動」を「編成《シンテシス》」する表現形態として念頭に置いていたのは連句である（また、空間的にのみ「編成《シンテシス》」をする芸術は生花である）。したがって寅彦の俳諧連句論の基本的骨格を作っているのが映画論になるから、結局のところ、子規が思い描いた「写生文」の基本的原理も、ある意味で連句のみならず、映画の手法に沿うものであり、それを散文化する発想に近かったと見ることもできる。

寅彦の説では、俳句は「自然」を描く。が、この場合の自然とは、近代的意識を持つ主体によって発見された「風景」としての自然のことではない。驚くべきことに、それは「心の自然」、すなわち「潜在意識的連想の活動」の意である。

潜在的である故に又俳諧の無心所着《むしんしよじやく》的な取合せ方は夢の現象に於ける物象の取合せに類似する。夢の推移は顕在的には不可解であるが、心理分析によつて此れを潜在意識の言葉に翻訳するとそれが必然的な推移であつて、しかも其推移が其夢の作者の胸裡の秘密の或一面の流行の姿を物語ることになるのである。*24

俳諧は、潜在意識（夢）の「必然的な推移」（＝自然）を描写する、「物象」の「取合せ方」によって成り立っている。その類推を延長すれば、子規一門によって散文の世界まで発展させられた「写生文」を、他ならぬ「夢の記法」と理解する可能性まで導かれうる。寅彦が正しく映画の技法に喩えたとおり、広く「モンタージュ」の文芸と呼称してもよい。

ただし、子規の急いた気持ちは、発句を前近代の俳諧から独立した芸術にしようとするあまり、表向きは連句を俳句の考察の対象から退けたことは良く知られている。寅彦の子規にたいする不満はそこにあった。しかしながら、次の連句の原理（ある句と附句《つけく》の関係）を寅彦が論じた箇所などは、そのまま子規が展開した「焦点の二重化」論の斬新な解説として読んで違和感がない。

即ち普通の詩歌の相次ぐ二句の接続は論理的単義的であり、甲句の「面」と乙句の「面」とは普通幾何学的に連続し、甲の描く曲線は乙の曲線と必然的単義的に連結して居る。此れに反して連句中の一句と其の附句との「面」の関係は、複雑に連絡した一種のリーマン的表面の各葉の間の関係のやうなものである。句の外観上の表面に現はれた甲の曲線から乙の曲線に移る間に通過する其の径路は、実は幾段にも重畳した多様な層の間に殆ど無限に多義的な曲線を画《えが》く可能性をもつて居るのである。*25

子規の議論における二つの焦点は、寅彦の議論における、この二句の分離に構造的に対応している。二句は、「明白に二つの立派な独立な個体」であり、両者が表向き距離を保ちつつ潜在的に衝突することで生み出す「界面現象」が、連句を駆動するのだ。要訣は、二句の間を取り結ぶ飛躍であり、不可視領域をわたる通信路である。そして、その「複雑不可思議」な路を形成するのは、夢見の原理と同じ「連想作用」である。寅彦はそれを「水上に浮ぶ二つの浮草の花が水中に隠れた根によつて連絡されて居るやうなもの」[*26]とも、「一つの火脈の上に噴出した二つの火山のやうなもの」[*27]とも述べている。ただし、これらの比喩どおりのイメージで実際に作句すると、おそらく二句は附きすぎになるだろうとも断わっている。連句の進行を保証するためには、前句の世界にたいして後句の世界が発展なく重複することを避けるだけではなく、前々句の世界への揺り戻し（打越し）を阻止しなくてはいけない。そのためには、前々句の世界と前句の世界とが、映画の技法でいう「オーヴァーラップ」して作り出された領域をイメージした上で、「綺麗さつぱりそれだけを切り抜いて捨てゝしまはなければならない。さうして残つた部分の輪郭を段々に外側へ〳〵と拡げて行く」[*28]観念の操作が、連句を不断に推進させるのである。

こうした連想による「運動」のイメージは、寅彦の連句論において、「律動《リズム》」、「旋律《メロディー》」、「和声《ハーモニー》」といった音楽の比喩へと突き進んでいくことが多い。そのため、寅彦は、結局、「焦点」という用語を使った理論化をほとんど披露していない。だが、そのアイデアは、子規が新時代の発句に内在する原理として考えたものと明らかに相似的である。寅彦の議論のレンズを通して眺めれば、子規は、焦点と焦点の間の非焦点の領域によって「潜在的現象」を表す方法の最小形態を、単一の句の内側に見ていたとみなしてもよいはずである。

寅彦は、伊藤左千夫の短歌論のなかに、子規の発言「俳句は綜合的で複雑なものだから連作の必要がないが、短歌は連続的で単純なものであるから連作が出来る」が引いてあることに言及して、[*29]子規が連句に無関心を装った不思議を言っている。とはいえ、短歌よりも短い詩型でありながら、それよりも俳句は「綜合的で複雑なもの」とする認識に、子規はある時点から、俳句を「界面現象」を内包するような複雑な構造体としてみていたことがわかる。[*30]寅彦の言葉に従えば、その構造体が捉えようとするのは、「さび、しをり、俤《おもかげ》、余情等種々な符号で現はされたものは凡て対象の表層に於ける識閾よりも以下に潜在する真実の相貌」[*31]の領域である。裏を返せば、「焦点」の対象としてかろうじて水上に顔を出している「浮草」（＝符牒）は、そうした「非焦点」の複雑な意味作用を持つ場へつながる浮標《ブイ》としての「象徴」の役目を果たしている。数点の顕在的対象を、巧みな言葉の運用によって「象徴」の機能として活性化し、いわば芋づる式に、その「象徴の暗示によつて読者の連想の活動を刺戟するといふ修辞学的の方法」こそが、俳句に他ならなかった。

ただし、もう一度断わっておかねばならないが、寅彦の俳諧論は昭和初年代に入ってようやく登場する仕事である。以上のような「非焦点」領域の「界面現象」という晩年の子規が把捉した「活動」のポテンシャルを、文学一般の理論としていち早く継承した者は、やはり、「放散する連想の世界」を統べる「暗示」の法則に着目していた漱石以外には見つけられない。

漱石は、『文学論』（大倉書店、一九〇七年）の冒頭を、いきなり「凡そ文学的内容の形式は（F＋f）なることを要す」として、抽象的な公式を提示することで始めた。つづいて、「Fは焦点的印象又は観念を意味し、fはこれに附着する情緒を意味す。されば上述の公式は印象又は観念の二方面即ち認識的要素（F）と情緒的要素（f）との結合を示したるものと云ひ得べし。」となる。この公式（F＋f）の文学思想史的な意義を、ここで一から説明する余裕はない。ただ一つ、その思考のベースを、人間の意識の働きをF（焦点《フォーカス》）の推移（F→F'→F"…）と、その「活動」を支える、焦点の当たらない広大かつ曖昧な背景（識末および識閾下）との関係に置いていたことは確認しておくべきだろう。漱石は時間にともなうFの推移を「意識的波動」ないしは「焦点波動」と呼び、「生命」の「活動」そのものと同一視している。

吾人の意識の特色は一分と、一時と、一年とに論なく朦朧たる識末に始まつて明晰なる頂点に達し、漸次に又茫漠の度を増して識末より識域に降下す。かくして一波動の曲線を完ふせる時、又以上の過程を繰り返して再度の一波動を描く。波動は生命の続く限り、社会の存する限り曲線を描いて停止する所なし。此故にFは必ず推移を意味す。〔第十四巻、四二四頁、傍点引用者〕

そして、「推移の原則」を文学的な表現法の区別に即して説明する箇所で、「推移とは少なくともFとF'の二状態を得ざれば論ずる能はざる題目」（四四五頁）であるという至極当然の条件を確認している。そのことから、漱石の考える「活動」は、「複雑」化した明治新俳句に子規が見出した動力学と見事に呼応することがわかる。既述したとおり、子規は焦点の分化している句を取り上げ、その二つのイメージの衝突によって生み出される「界面現象」が、俳句の内部に「推移」を形成する様態をみていた。それは二つの静止イメージが一つに集約された統合的イメージの描出ではなく、あくまで差異化されたイメージとイメージの間にのみ生じる運動イメージである。それは、まさに漱石のいう「一波動」の最もミニマルな形態に相当していたと言えて、真に先駆的な認識だったのである。

ついでに述べれば、漱石は『文学論』において、俳句に作用している原理を、寅彦が述べるのと同じく、論理的知性を滅却し、その閾下に働く力と捉えている。第四編「文学的内容の相互関係」中、第五章「調和法」の説明は、文学が「読者の感興を喚起する」作用を、二つの異なる認識的対象（描写対象）によって増幅する方法を説明する。外見的性質の大きく異なる二個以上の材料（例えば「人事的材料」と自然物などの「感覚的材料」）の組み合わせ）が、一つの「感興」を強くするのに協働しうる理由は、その二つの「認識材料の性質」（FとF'）が一致しているからではなく、各々が喚起するfとf'が互いに近似調和し、一つの感情を補いながら強めるからである（そもそも情動は、恐怖や喜びなどの種類が違うときでさえ動悸や血圧の亢進、発汗等の身体的反応に大差がないため、互いに混同・融合しやすい性質がある）。つまり、（F＋f）＋（F'＋f'）の組み合わせにおいて、（F＋F'）の知的論理性を司る部分は外形的に相いれず、しかし、（f＋f'）の感情面において、融合拡充に働きうる。ここに帰結された、「知的論理は調和の必然的要求にあらず」という説にも、認識（表層意識）における焦点の二重化の問題が響いているのが見て取れるだろう。そして、この命題に、次のごとき俳句の定義が継がれるのである。

其の最も著しき例は俳文学に於てこれを見るべし。俳句僅々十七字のうちに出来得る限りの文学的内容を圧搾したるが多き故に到底充分に接続の辞を使用して文字の関係を示す余裕なく、知的解釈を以てすれば、筋の通ぜざるもの頗る多し。されど俳句家が之を誦するのみならず、自ら作つて怪しまざるは無意識に感情の論理を誤らざるによる。〔三二一頁〕

そして几董の句「名月や朱雀の鬼神たえて出ず」を挙げて、学者達たちの学識を競って無理に註釈を施そうとする愚を嘲る。俳句は賢しらな理屈を排して、感情を直接記述する「美術」と常に考えていた子規の衣鉢を継ぐ思考と言える。

ところで、子規の思考にはあまり参照の痕跡が認められず、一方、同じ論点を補強するというかたちで、漱石の「活動」や「推移」の理論形成に確実に影響を及ぼしているのが、「催眠」の概念である。『文学論』第四編「文学的内容の相互関係」の冒頭部は、まず前編の第三編をまとめて、科学者が理性に訴えるのに対し、文学者は「感情」に働きかけ、「知らぬ間に吾人の心を動かし来る」ものと断っている。その上で、その「働きかけ」の「手段」、すなわち文芸的コミュニケーションの効果的な方法を考える必要をいう。いわゆる「修辞学」は、確かに学問的なカテゴリーとして長い伝統を誇るが、いまや専ら分類作業に囚われ、文学の「手段」を司る根本のメカニズムを明かす可能性から遠のいてしまっている。そこで代わりに漱石が提示するのが、「凡そ文芸上の真を発揮する幾多の手段の大部分は一種の『観念の連想』を利用したるものに過ぎず」の認識である。当時、催眠心理学の泰斗となりつつあった福来友吉は、アカデミズムの見地から催眠術を一般読者向けに解説した記事「暗示の社会に及ぼす影響」(『太陽』一九〇六年四月)において、催眠術の原理は「暗示」にあること、そして、それをさらに敷衍して「此暗示といふもの丶意義を論ぜんとするに先つて、先づ観念の力といふことを論ずる必要がある、観念は力なりといふことは一切の暗示現象従て催眠現象を説明する為めの第一原理となる」と述べており、文芸の感情に働きかける力を考察する漱石のロジックとの共鳴を見て取るのは難しくない。

さらに、漱石の『文学論』が直接に「催眠」の概念に言及している箇所が、第五編「集合的F」の第二章「意識推移の原則」に存在する。ちなみに『文学論』の基になった東京帝国大学での講義は一九〇三年九月から〇五年六月にかけて行われたが、「第四篇の終り二章」および最終編である「第五篇の全部」は、中川芳太郎が整理した原稿を破棄し、ほぼ新たに書き下ろされたものである。朱入れ及び改稿は一九〇六年一一月より開始。福来友吉『催眠心理学概論』の出版は一九〇五年六月、『催眠心理学』は一九〇六年三月である。

この最終編で問題にされるのは主に時代の集合的意識ではあるが、「原則」の考察は個人的意識における「推移」の原理と違うものではない。したがって「時代の集合意識が如何なる方向に変化して、如何なる法則に支配せらるゝか」の答えは、「被催眠者」において最も生彩に観察される「暗示の法則」に同じと主張されることになるだろう。だが、その法則を支配する「暗示法」の働きの説明に関しては、次章で催眠心理学者の言葉を直接参照することにしたい。

そもそも漱石の議論の中心であるF、すなわちFocus（焦点）を合わせる意識の作用とは、ある特定の対象や箇所に注意を集中するということであり、それは催眠導入のプロセスにおいて最も重要な題目であった。催眠導入のなかでも一番多用される方法は、振り子を目の前で揺らしたり、点滅する光を見せたりする「一点注意凝集法」であり、その原理は、意識上のさまざまな観念の競合状態（雑念）を平定することにある。つまり、一点のみに注意を凝集させることで意識を占有し、代わりに他の意識部分の作用を停止状態《ブランク》にし、〈疑い〉を抹消し、もって潜在意識の十全な活動を開放するのが催眠状態である。それはいわば、意識作用における注意力を引きつけるだけ引きつけて、意識作用自体を消滅させるという逆説的方法なのだ。その時、真に開示されるのは、焦点の当てられた局所的対象ではなく、その背景に控えていながら、いまや全面的に前景化した、もしくは意識の全面に同化したともいうべき「非焦点」の潜在的領域なのである。漱石の文学論の要訣は、むしろここにあるといって過言ではない。

註

＊1 「東洋画論の用語例」（『アララギ』一九二〇年四月初出）。『短歌写生の説』（鉄塔書院、一九二九年）に第一章として収められた。

＊2 初出時の題は「明治二十九年の俳諧」。

＊3 『子規全集』第四巻、講談社、一九七五年、四三六頁。以下、子規の引用において全集の参照箇所を記す場合は、『子規全集』（全二十二巻・別巻三、講談社、一九七五～七八年）に拠り、巻号と頁数のみ付記する。

＊4 『写生の変容――フォンタネージから子規、そして直哉へ』明治書院、二〇〇二年、一四六頁。

＊5 細かく言えば、一八九五年三月の書簡の中に、句法に関わる最初の「写生」の用例があるという。同上書、一二五頁を参照。

＊6 第十一巻、六一頁。

＊7 この記事自体には署名がないのだが、「紅塵万丈」のコラムは一一月下旬まで継続的に「白雲」の署名がされていたので、その雅号を兼用していた瓢亭を執筆者とみなして間違いないと思われる。

＊8 児島孝『近代日本画、産声のとき――岡倉天心と横山大観、菱田春草』（思文閣出版、二〇〇四年）の第Ⅲ部「琳派の発見」を参照。

＊9 第五巻、一一頁。

＊10 梶木剛『写生の文学――正岡子規、伊藤左千夫、長塚節』短歌新聞社、二〇〇一年、五二～五三頁。

＊11 幕政批判による弾圧事件（蛮社の獄）によって蟄居を命ぜられていた渡辺崋山が、弟子の椿椿山に与えていた一八四〇年（天保一一年）の書簡（画論）には「写生」についての次の記述がある。「風韻、気韻と同く心得候は世間一般の習なり、〔中略〕風韻、風趣の事を今世人称し候は、ボット致たる心得にて、其得る所も疎、其言所も疎なる故に、雲をつかむが如くに御座候、〔中略〕僕常に風趣を以て人に教へ申さず、所謂偽君子を鋳造致候なり、徹底の場、相《あひ》去る事益《ますます》遠《とほく》相成候、詩家の法に風調高古を一の教に相立候、これを、ボット心得候なるべし、風調は風格、格調の事にて、高古は意高、法古なるを云ひ、所謂接近的当を忌むことに御座候、画とても其通にて、写生接近なれば俗套に陥り候、是は第一避くべし、〔中略〕さりながら、風趣、風韻を専らに心得候得ば、山水空疎の学に落、拙を以て雅となし、怒気を以て韻と心得候様に相成、其の間隠微にして筆に及び難く候、御了解あるべし。〔傍点引用者〕」（神木猶之助編『学画問答崋椿尺牘』下巻、個人出版、一九一一年、二五九～二六三頁）。

＊12 第四巻、五〇五頁。

＊13　「けり」の時制と描写の空間性をめぐっては先行する虚子の議論が存在しており、子規が参考にした可能性はある。雑誌『日本人』（一八九六年五月二〇日）掲載の「俳話」に、凡兆の「炭竈に手負の猪の倒れけり」を引いて、「〔中略〕こゝに多少の時間を想像するものあり。即現在我等の目前にて手負の猪よろめき来り炭竈に入りて終に倒れるが如く解釈するものあり。然れどもこは無用の想像にして、斯くの如き動詞は時間を現すものに非ず。「倒れて居る」といふ眼前一幅の景色と見るべし」と述べている。しかし、完了時の景色を媒介に、そこに至る過程を感じるのを、「無用なる時間的連想」と言い切って良いのかどうか。この解釈にはやはり、先に空間性を偏重する態度あっての、アップダウン式の論理が影を落としているように思われる。

＊14　ちなみに同論文の末尾には、鳴雪は「高華」、四方太は「豪放」、碧梧桐は「洗練」、鼠骨は「敏捷」のように、俳壇の句風にたいして子規が「二字評」を施したリストが掲げられているが、「活動」の評を与えられているのは虚子（「縦横」）ではなく、何故か漱石であるのは興味深い。

＊15　塚田嘉信『日本映画史の研究——活動写真渡来前後の事情』現代書館、一九八〇年、三九頁。

＊16　田岡嶺雲は『青年文』（一八九六年一二月五日発行）に「余韻と印象の明瞭と」と題された記事を書き、虚子の「両立」説を論難している。といって、子規寄りの主張になってもいない。虚子が「余韻」と「朦朧」を分割して精緻化しようとした議論を、同一に扱い直して矮小化したものである。

＊17　他に「俳句はレトリックの煎《せん》じ詰めたものである」という言葉もあり、このことは、寅彦が『漱石全集』（第十三巻、漱石全集刊行会、一九二八年五月）付録の月報第三号に寄せた文章「夏目漱石の俳句と漢詩」にも、「俳句はレトリックのエッセンスであるといふ意味の事を云はれた」として言及されているから、寅彦にとっては印象深い対話だったのだと思われる。

＊18　『シネマ1＊運動イメージ』財津理・齋藤範訳、法政大学出版局、二〇〇八年、七頁。俳句の本質は修辞の構成力であるという発想も、「印象明瞭」を第一と考える立場に合いやすいものではない。

＊19　同上書、四六頁。

＊20　同上書、四七頁。

＊21　第五巻、二五二頁。

＊22　「新体詩のけふこのごろ」『太陽』一八九六年二月五日。

＊23　「映画芸術」『岩波講座 日本文学』第十五回配本（岩波書店、一九三二年八月）初出、『寺田寅彦全集』第八巻、岩波書店、一九九七年、二三一頁。

＊24　「俳諧の本質的概論」『俳句講座』第三巻（改造社、一九三二年一一月）初出、同上全集第十二巻、九六頁。

＊25 「連句雑俎 二 連句と音楽」『渋柿』一九三一年四月初出、同上書、一八頁。

＊26 同上書、四二頁。

＊27 同上書、四三頁。

＊28 同上書、五三頁。

＊29 同上書、七二頁。

＊30 藤井貞和は、日本語の詩歌におけるリズムについて、「音数律というリズムの成り立つ最小単位は繰り返しにある」ことを前提に、俳句（発句）の形式を「非音数律詩」として、短歌との根本的な違いを説明している（『日本語と時間――〈時の文法〉をたどる』岩波新書、二〇一〇年、一五二～一五三頁）。俳句の、五・七・五は、〈五・七〉の組み合わせにおいても、〈七・五〉の組み合わせにおいても反復は成立しない。それゆえ音数律成立未満の「〝自由〟律」である俳句は、「音数律詩に成りたい気持ちの籠る詩形式」に留まることで本領を発揮するのである。俳句が「落ち」を省略することで「複雑」さを宿すと考えた子規の思考の底には、同種の明察が宿っている。

＊31 「俳諧の本質的概論」、寺田前掲全集、第三巻、九一頁。

第二章　催眠、あるいは脳貧血の系譜——夏目漱石から志賀直哉へ

一　催眠術言説の成立

前章では、子規の「活動」から漱石の「焦点波動」に至る、潜在意識の機構に根拠をおく文学理論のはじまりをみてきた。本章では、その系譜が明治末年から大正期の小説へと受け継がれていく様子を記述する。特に、漱石が一九〇六年末に改めて書き下ろした『文学論』の最終編、そのなかで中心を占める「観念の連想」の理論と、その文学への実践的応用のイメージをもたらしたはずの「催眠」は、本章の構成においても指標となる概念である。

だが、議論の中軸となる「催眠」の概念を提出するのに、漱石の『文学論』の最終編の記述だけを頼りとするのでは唐突感を免れない。前章の末尾では、子規や漱石の文学理論が Focus（焦点）を合わせること、すなわち特定の対象や箇所に「注意」を集中するという意識の作用を中心に組み上げられていることと、催眠導入の基本となる「注意凝集法」という心理的メカニズムとの関連性について示唆した。この時期、「注意」という一機能が、文化現象の統一理論をになうキーワードであるかのごとき顔をして現れ出てきたのはなぜか。論を進めるまえに、まずは世界的な——といっても西欧中心の——文脈を確認しておきたい。

ジョナサン・クレーリーは「解き放たれる視覚——マネと「注意」概念の出現をめぐって」[*1]という論考で、エ

ドゥアール・マネの絵画『温室にて』（一八七九年）を中心に、一八七〇年代に始まったとされる視覚的モダニズム（印象派に代表される）の革新性を、一九世紀後半の科学的心理学（哲学からの独立を唱えた「新心理学」）の言説において最重要視された「注意」をめぐる言説のなかに配置してみせた。序章でも言及したように、クレーリーは、一九世紀前半に生理学の発達によって、視覚は刺激を受容する身体の感覚経験にその組成を依存していること、したがって、物質的・偶発的な要素を抱え込んだ主観的なものへと転回したことを明らかにした。視覚は客観的で特権的な不変の能力ではなく、外部からの刺激によって物理的に操作されうる誤りがちな身体を基準とするために、逆に数量化可能で規律的に統制可能なものとみなされる扉が開かれた。一九世紀半ばにその流れを汲んで登場した精神物理学（グスタフ・フェヒナーが創始）は、人間の精神を構成する感覚や知覚を科学的な測定の対象とし、「生物学的領野と機械的領野」との「質的差異」の消失を促進する。こうして人間の視覚もまた資本主義社会が駆動する「スペクタクル的な近代文化」の増大を担うパーツとして組み入れられ、産業技術の目まぐるしい永続的な更新は、新しい刺激と情報を生産し、消費行動を煽り、需要を生み直すプロセスを支える。近代都市生活の恒常的な変化に投げ込まれた人間は、絶えず注意を一ヵ所に固定することを邪魔され、気を散らせているのだ。身体（主観的視覚）がそれに順応できなければ「神経衰弱」を発症するほかない。それゆえ「逆説的にも、資本のダイナミックな論理が安定的で持続した知覚の構造を突き崩していたこの時期においてこそ、この論理は同時に、注意深さ（attentiveness）の規律的な体制を強制した、あるいはそうしようと試みたのである。一九世紀後半という時期はまた、人間諸科学のとくに発生段階の分野であった科学的心理学のなかで、注意（attention）という問題が根本的な論点となった時期でもあった」[*2]。そして、そのように注意を無理にも押しつける必要がある状況は、資本主義の交換と循環の論理に従う文化現象が、人が恒常的に注意を移し替えることを自然な状態とみなしている証拠でもある。近代心理学の祖ヴィルヘルム・ヴントの活躍以降、心理学の関心は、注意とともに、注意のダイナミックな発生を成り立たしめる条件としての注意の外側を対象に加えて、「注意と気散じ［distraction］の相互的体制」の探求に向かったのである。「注意」は常に「注意の解体」の危機に取り憑かれている。「没入」という極端に注意の集中した状態が、うわの空という放心（注意散漫）や恍惚状態とほとんど同義なのは誰もが知るところである。ならば夢を見ている状態こそ、最も注意の高じた、極度に集中した心的状態ということになり、生産性の向上という規律の注意とは真逆の目的に着地することにもなろう。この逆説の共立とでもいうべき「相互体制」を、当時最も原理的に集約した現象としてあったのが「催眠」だったのである。

一九世紀後半に開始された注意に関する調査と言説の、もうひとつの主要な部分には触れておくだけにしよう――それは催眠の研究である。数十年の間、催眠術は、注意のテクノロジーに関するひとつの極端なモデルとして、いくぶん不自然な形で存在していた。実験の結果が示しているように見えることは、焦点の定まった規範的な注意深さと催眠状態との境界線は曖昧なものだということだった。つまり、それらは本来互いに連絡しているのであり、また催眠はしばしば、運動的な反応が抑制された状態での、注意の極端な再焦点化と限定化として記述されたのである。おそらくより重要なのは、こうした研究が夢と睡眠と注意の、一見すれば逆説的にみえる近似性を明らかにしたということだ。[*3]

マネの『温室にて』において、実際に画布の上で展開されている「注意深さ」の緊張と「放心」の弛緩のダイナミズムの演出についてクレーリーの分析を追うのは省略するしかないが、一つ、肝心の画面中の女性の表情（眼）が、冷静な「自己統御」された規範的なイメージを提供していると同時に、「覚醒状態のただ中における忘却として、あるいは一過的な白昼夢のあいまいな持続として」も鑑賞できてしまう揺らぎを指摘している点は紹介しておきたい。「夢想という一見取るに足りない日常的な状態が自己催眠へとおのずから変貌しうること」、そしてそれが「いかに注意行動と切り離しえないかということ」を考察することは、当時の心理学者（ウィリアム・ジェームズ等）の主要な問題関心の一つだったのである。なお日本では、主に大正期に活躍する催眠術の第一人者であった村上辰五郎が『村上式注意術講話』（明文堂、一九一五年）の「緒言」において、世間一般に通用している「催眠術」の名は不適当であるため「注意術」と改称することを提唱している[*4]。

以上のような言説展開を舞台として考えれば、子規の俳句の理論の変化に「中心点」（の複数化）の問題が強く入り込んでくるのは当然のことだったといえる。漱石はいうまでもないが、子規が「明治二十九年の俳句界」を中心に俳論を書き散らしていた頃もすでに、この種の科学的心理学の言説が怒濤のごとく流入していたときである。前章では、子規と印象派（紫派）との関わりについても論じたが、この「注意」と「気散じ」の問題を、日本で文学の問題として引き受けた先駆的な試みとして「写生句」の理論があったと考えることもできるわけだ（非焦点の方、つまり「気散じ」の方に対応する子規の言葉は「放散」である）。印象派の絵画でなくとも、表現を志向する人間が「注意」の規律的側面のみを見ることはありえない。「気散じ」から「夢想」、「夢想」から「自己催眠」へと進行する識閾下の創造性に魅せられたのでなければ、漱石が文学の可能性を考える議論に「焦点」を導入することもなかったはずである。特に文学の場合、絵画の瞬間性とちがって、プ、ロ、セ、スを描くことを本義とするため、心理学の発展とともに新たに発見された心的状態のリアリティを描く方向に向かうのは当然である。そして、「催眠」は術を伴って、その最も興味深い心的状態の、ほとんど象徴といっていい具体化として存在していたのである。接続を避ける理由も必要もない。そして、後に検討することであるが、科学的に説明された「気散じ」や「催眠」の特性は、国学的な「自然」観、座禅や禅宗の瞑想法、子規の使用した「余韻」の概念など、たまたま在来の文芸理念に合流して説明（＝土着化）されやすい部分が多かった日本の文脈固有の事情もあって、結果的に、次世代の志賀直哉や漱石門下である芥川龍之介、そして内田百閒など、大正時代の一角を占める文学的世界観の形成にも小さくない作用を及ぼしたと考えられる。

それにしてもhypnosisに当てた「催眠」という翻訳語は適切だったのかどうか。その漢字熟語の印象からくる一般的誤解を解きほぐす意図も込めつつ、まずは、催眠術の研究が日本でも盛んになり、「催眠」概念が形成されていった経緯を把握しておきたい。ただし本章は、催眠術の文化史的な考察に目的を置いていないのはもちろんのこと、文学の題材としての催眠術にも関心を寄せていない。そのため、ここで催眠術の発展史を丸ごと辿り直すことはしないが、後の議論に有用に関わる用語及び簡単な背景をあらかじめ確認しておく意味は大きいだろう。

一八世紀の後半から一九世紀初頭の欧州で、ウィーンの医師メスメルが動物磁気説を掲げて施した術が一世を風靡し、近代的催眠術の端緒となったのは周知の事柄に属すると思われる。無生物界と同じような〈プラス－マイナス〉の力が「動物磁気」として生物内にも働いているとの仮定から、その「磁気」を自在に操って心身の治癒等に利用する「磁気術者」の出現である。なお、一九世紀を一八世紀から区分する最先端の科学的知識の登場は、一九世紀後半にジェームズ・クラーク・マクスウェルが確立する電磁気力学に象徴される。「催眠」が当初「磁気」と呼ばれていたのも、電磁気力のもつ「遠隔力」（物質と物質が離れていても作用する力）の不思議を科学的に解明しようとしていた新時代の問題関心の在り方を反映していた証拠である。むろん、「動物磁気」の存在自体は医学界において早くから否定されていくものの、被術者に種々の現象を生じせしめる素地となった精神状態は、「磁気的睡眠」ないしは「睡遊」と呼ばれ、継続して科学的考察の対象とされた。一九世紀も半ばに差し掛かる頃（一八四〇年代前半）に、スコットランドの外科医ジェームズ・ブレイドが名付けた「催眠 hypnosis」である。

日本でも明治二〇年代辺りから催眠術は積極的に紹介されることになる。すでに一八八〇年代にアメリカでは「神経衰弱」の流行ともいえる蔓延があり、そうした神経病その他に対する治療方法の一つとして流入した催眠術は、一部知識人たちのアカデミックな思想的関心を小さく惹きつけたものの、むしろ大衆的オカルト趣味（魔術的な見世物）の方面に派生的な影響を多くもったようである。当時日本で唯一ともいえる哲学系の学会誌であった『哲学会雑誌』[*5]（一八八七年二月第一冊第一号創刊）の関連記事取扱いを追ってみると、第一冊では皆無であったそれは、第二冊（第十四〜二十四号＝一八八八年二月〜翌年一月）になると、「催眠術治療法」（十四、十五、十八号）、「睡遊の説明」（十四号）、「催眠術の解説」（十九号）、「妖怪、夢、及催眠術」（二十一号）、「催眠術彙報」（二十一号）と、記事数が急激に増加している（ちょうど日本初の本格的な催眠術の施術者となった馬島東伯が評判になる頃である）。しかし第三冊（一八八九年三月〜翌年二月）には「魔睡術の解説」（十九号）に「魔睡」の語が現われるものの、それ以外の目立った記事が存在せず、第四冊（一八九〇年三月〜翌年二月）でも、「催眠術の危険」「魔睡と犯罪」「「メスメリズム」と催眠論」等、題名からしてもオカルティズムに対する警戒感が生じている。そして、第五冊、六冊（一八九一年三月〜一八九二年五月）には、漱石が翻訳したと推定されるアーネスト・ハートの「催眠術」に関する演説記録（第六冊最終号）が登場するのだが、それを除けば、もはやそれらしい記事が存在しない。第七冊（一八九二年六月〜）で、海外における催眠術治療の動向を紹介する記事が小さく載る程度である。そして、前章末で言及した福来友吉が「催眠」に関する骨格的考察を提示した「催眠術に就きて」が同誌に載るのが、十年近く時代を下ってようやく第百九十八号（一九〇三年八月）という流れになる。

　これらの記事を時系列に並べて推測できることは、当初の催眠術の意義が「病気」に対する「心部」からの治療的期待（精神の一時休止によって身体が元々備えている「自然の性」や「自然の勢」を回復する心理療法）に基づいて紹介されていること、そして、明治二〇年代を飾る新たな思想的論題としては一過性のインパクトを与えた後の持続力がなく、後に引用する近藤嘉三の書のような単発的で緩やかな成果を傍らにおきながらも、興行的・見世物的関心の背後で伏流の水準に留まっていた様子である。

　それが福来の「催眠術に就きて」が発表された一九〇三（明治三六）年頃、日露開戦直前に「大衆」的規模の催眠術流行（第二次）が起こると、前後して、それまで勢力の強かったオカルト的遊戯や興行としての「催眠術」が啓蒙的発想から表向き拒絶されていく動きも強まった。[*6] そして、以前は散発的であった本格的な研究が急速に揃えられていく。例えば竹内楠三『学理応用催眠術自在』（大学館、一九〇三年三月）の序文で、「我が国には、本統に催眠術の事に就て書いた本はまだ一冊もない」ため、「一般の人」の啓蒙書たらんとしたと主張されるように、その時期、科学的言説としては新たな段階（輸入的言説から国産的言説への仕切り直しの時期）に入ったのである。なかでも象徴的な出来事は、東京帝国大学の心理学専修が狭義の「哲学」の下位分野から独立したことで、「文科大学の科目および授業規定、試験規定が改められた明治三十七年二月のこと」である。[*7] その後五年以上にわたって、「催眠」現象を分析的な言葉で、明瞭に整理した催眠心理学の本格的著書や専門的論文が立て続けに出版されていった。同分野における複数人の専門家が寄稿した国家医学会編纂『催眠術及ズッゲスチオン論集』（南江堂、一九〇四年）や、一九〇六年に日本で初めて「催眠」を専門として博士号を取得する福来友吉による『催眠心理学概論』（成美堂、一九〇五年）、そして彼の学究的仕事の集大成である『催眠心理学』（成美堂、一九〇六年）は、時代の移り変わりを示す好例だろう。やや視点を変えれば、それは同じ科学志向とはいえども、実践的・治療的目的が主の医学や生理学の言説にたいして、精神のメカニズムを探求する心理学の言説（＝理論）が拮抗するだけの独立した勢力を持ったことを表してもいる。つまり、日本でも心理学知のパラダイムが再編・強化されつつあった。

そうした心理学の動向と、文学の「自然主義革命」の高波が到来したことが時期を同じくしている事実は、もちろん単なる偶然の符合ではない。「自然主義」において「風景描写」に代表される客観的「自然」の主張がなされるとき、随伴する人間レベルの「自然」の意味は、それゆえ必然的に、体験的真実の告白や性欲などの肉体的「自然」と外見上は裏腹の、かつて仏教が果たしていた「心の科学」という擬似科学的な「自然」、つまり禅学的な「心の自然」の意味ともシンクロしていた。[*8]

漱石は、まだ小説家となるよりはるか以前に、「英国詩人の天地山川に対する観念」（『哲学雑誌』一八九三年三〜六月）という題によって、英文学における一八世紀末以降の「自然主義」の位置付けについて意見を提出したことがある。そこにおいて、文学における「自然」の意味が「人間の自然」と「山川の自然」の二つに限定されることを前提にしたうえで、前者に基づく「自然主義」について、「虚礼虚飾を棄て天賦の本性に従ふ、是自然主義なり。功利功名の念を抛つて丘壑《きゆうがく》の間に一生を送る、是亦自然主義なり」と、その「自然」のイメージを解剖していた。ただし、この文の後に漱石が展開する議論は、題名のとおり、「景物界に対する観念」のほうに限定されてしまうのだが、ここに何気なく説明された「人間の自然」は、その十年の後にさんざん喧伝される「自然主義」の主張した人間的自然よりかは、禅学的あるいは東洋趣味的なイメージを多く被っていることは一目でわかる。漱石における「自然」の認識が元々そのような偏りを抱えていたのなら、それが心理学という新たな科学的知識を経て、心の潜在域において発現される「自然」という観念と合流するのは、それこそ自然な話といえるだろう。前章の末尾で言及した『文学論』の「意識推移」の原理について、漱石が次のように略説した箇所がある――「推移の已むべからずして、推移の事実に於て真なるを見るとき、吾人は二個の命題を得。一に曰く暗示は必要なり。暗示なきときは推移する能はず。推移する事能はざれば苦痛なればなり。二に曰く暗示は自然なり。暗示あるが故に推移す。而して推移は事実なればなり」（第十四巻、四五一頁）。この二つ目の命題において、「暗示は自然」と言い切られている。「自然主義」の盛り上がりのなかには、「風景」の認識に全く収まらない種類の「自然」も同時に存在していたのである。

二　漱石文学と催眠現象――〈夢見〉る心地

以上、催眠術研究が日本で盛んになり、「催眠」に関する知識が浸透していった背景的事情を確認したが、ここからは具体的な小説テクストの中でそれと同種の心的状態が描かれていった有り様に関して検討するのが課題である。そのためには、順序として先に「催眠」それ自体の性質と働きの仕組みについて、一段、踏み込んだ理解をしておく必要があるだろう。

「催眠」という心的状態の内容について、催眠心理学はどのような説明を提供していたのか。専門書のいずれを繙くべきかの選択肢のなかで、やはり福来友吉の『催眠心理学』（一九〇六年）が、漱石の『文学論』改稿の年――「自然主義」流行の極みでもあった――に出版されたという周囲の文学状況との関係だけでなく、福来が催眠術の研究で博士号を取得した直後の著作であるために、書物の厚みの点でも内容の体系的安定性の点でも初期アカデミズムの集大成の趣がある。これを使用したい。

催眠とは何か。福来の定義は、「催眠とは一切の自発的活動の休息したる無念無想の精神状態なり」[*9]である。手始めに、睡眠（半睡半覚）と催眠の違いについて、彼の説明を参照してみよう。福来は、催眠が睡眠と醒覚との中間的状態であることを否定するのに、次の表を提示している。[*10]

醒覚　自発的活動をなす事……A
催眠　外来暗示に感応し得る事……B
睡眠　自発的活動をなさざる事……C
　　　外来暗示に感応し得ざる事……D

「外来暗示」とは、精神の外部から与えられる暗示（suggestion: 教唆、推感、示告などとも訳された）のことである。[*11]催眠状態は、そのような暗示を障碍なく最大限に受け入れて働かせる精神的条件である。いっぽうの自発的活動は、そのような導火を必要とせず、意志によって自発的に活動しうる精神状態である。図だけ見れば、催眠は、醒覚と睡眠の定義のそれぞれ半分によって形成されているため、まさに「半睡半醒」の状態に見えるのだが、福来は、それとは根本的に異なる性質の現象だと力説する。なぜなら、醒覚と睡眠を混ぜ合わせた「半睡半醒」の状態においては、AとDの性質を排除するのが難しいだけでなく、BとCの性質を同時的かつ十分に実現することが困難だからである。暗示に明瞭に反応するためには、被験者は通俗的な意味で眠っていてはならない。睡眠の力は、催眠にとって妨げにしか働かない。眠気による注意の弛緩と、「無念無想」とは全然別個の状態なのである。[*12]ただし、福来も催眠と睡眠が互いに「混入」するケースを認めている。睡眠に催眠が混入する状態、つまり睡眠下における特殊な催眠状態が、夢を見ている状態である。

たとえば漱石の『それから』（『東京朝日新聞』一九〇九年六〜一〇月連載）は、「夢うつつ」の睡眠小説と言っても過言ではない、自堕落な生活をしている代助を中心とする話だが、彼は自身の頭に機能不全を感じている。

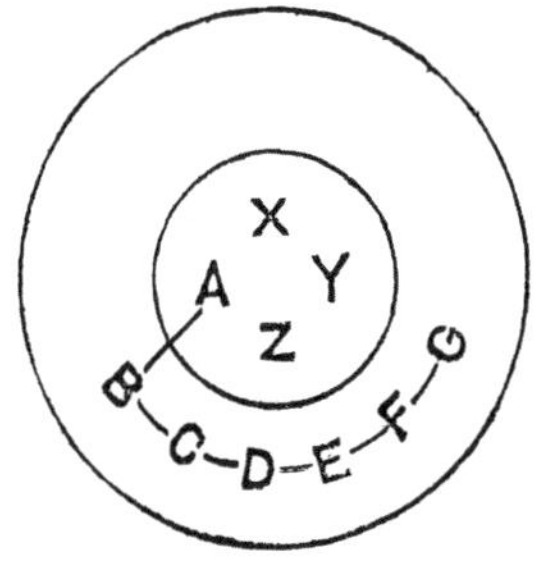

福来友吉『催眠心理学』
（成美堂、1906年）より

翌日《よくじつ》眼《め》が覚《さ》めると、依然として脳《のう》の中心から、半径《はんけい》の違《ちが》つた円《えん》が、頭《あたま》を二重《にぢう》に仕切つてゐる様な心持がした。斯《か》う云ふ時に代助は、頭《あたま》の内側《うちがは》と外《そと》側《がは》が、質《しつ》の異《こと》なつた切り組《く》み細工で出来上《できあが》つてゐるとしか感じ得られない癖《くせ》になつてゐた。夫《それ》で能《よ》く自分《じぶん》で自分《じぶん》の頭《あたま》を振《ふ》つてみて、二つのものを混《ま》ぜやうと力《つと》めたものである。彼《かれ》は今枕《いままくら》の上《うへ》へ髪《かみ》を着《つ》けたなり、右《みぎ》の手を固《かた》めて、耳《みゝ》の上《うへ》を二三度敲《たゝ》いた。〔第六巻、一八五頁、傍線引用者〕

この二重の円を、福来も繰り返し使用していた催眠心理学の図解に当てはめると、内側が「自覚域」と呼ばれる領野を表しており、外側が「潜在域」になる。[*13] 脳の解剖学的構造を考える上では逆に思えるが、それを脳の機能的構造を図解したものと捉えるなら、自覚域よりはるかに多い情報を蓄積・交通させている潜在域（知覚の基礎）が面積的に外側である。また、情報の質がより身体的であり、身体の諸感覚器官に直接結びつく位置に当たるという意味でも外側が潜在域である。そして日常レベルでも「夢うつつ」に生きている代助のように、常時身体を水平化していれば、この頭の二重性が干渉を起こして露わとなる。言い換えれば、それは潜在意識的領域（＝三千代のいた「自然の昔」）を日常的言語行為の領域（＝社会的生活を営む「意志」）と同レベルに格上げするエクササイズであった。[*14] いわゆる「自然主義」の時代に最新の科学的心理学の知識が広まっていくなかで、漱石にとって「心」の「自然」が最も適合したのは「潜在意識」の概念に他ならなかった。前節に引用したように、漱石は『文学論』における説明で、意識の「推移」、すなわち「生命」の「活動」を支えるものとして「暗示」が必要不可欠であること、そして、その「暗示ある故に推移」する状態を「自然」（の作用）と見ていたのである。

もちろん催眠術の他力的な導入法を考えてみれば、それはとても「自然」の産物とは言いがたく見える。つまり、理論的に「半睡半醒」の裏返しとして作り出された人工的精神状態の印象を与える。だからこそ、「催眠」

は当初から精神の安寧とは逆を意味する「魔」の字を用い、かつ「麻酔」の音に掛けた「魔睡」とも訳出されて、広範に使用されてきたのだろう（魔睡は睡魔を裏返した人為的語形ともいえる）。実際、一九〇四年刊の国家医学会編纂『催眠術及ズッゲスチオン論集』においても、いまだ「魔睡」の語は「催眠」と同程度に併用されている。

　だが気をつけたいのは、日本語で「魔睡」が「麻酔」と混用されていたからといって、同様の内容を表現していると考えるべきではないことである。「麻酔」を表す英語は anesthesia /anaesthesia であり、麻酔のほか、「無感覚」を意味している。否定を意味する接頭辞 an が付いている語の形成に見えるとおり、aesthetic（感覚の／美の）の否定形である。それゆえ麻酔状態は、非美的状態を表意している。ところが「魔睡」は、現象面の類似からすれば「麻酔」と同音語で少しもおかしくないが、その「暗示感性」としての本質は逆に捉えなくてはならない。「魔睡」の効果が「催眠」と同じであるなら、それはつまるところ感覚的領野ないしは美的状態への開示を意味するのであり、「麻酔」はその閉鎖を意味するのである。[*15] したがって、同じ「無念無想」の言葉であっても、通称「純客観」（ありのまま）派の自然主義が描写の際の心がけとして使っていた意味と、催眠心理学によるそれとでは、価値の置き所が大きくずれていることに着目する必要がある。催眠的「無念無想」に似た同時代の文学用語としては、漱石の『草枕』（『新小説』一九〇六年九月）に鍵語として使用された「非人情」を挙げておこう。「非人情」とは、世俗的な「人情」は否定しながらも、その語感に反して「憐《あわ》れ」の情緒を誘発する観照の態度であった。同じような意味において、催眠的「無念無想」も美的可能性の母胎ということになる。「催眠」という心的ステータスは、悟性的処理の〈遅れ〉を実現する美学的《エステティック》な場を用意するのである。

　ただし、画工という芸術家を導き手にして、「非人情」という東洋的な美的感性の三昧境をめざす『草枕』ではあるが、その中で催眠にまつわる臨床的知識がどれほど応用されているのかに関しては判断を与えにくい。例えば次の引用箇所、画工が宿に泊まった最初の夜中に目が覚めたとき、小声の歌を耳にし、障子を開けてみると、月光の届かぬ所に背の高い「朦朧たる影法師」が佇んでいる様を目にする（後に那美とわかる）。動揺した画工は、自己の心情を突き放して観察することで気持ちを平定し、「詩的な立脚地」に復帰せんとして、次々に俳句を詠み始めるのだが、「いつしかうとうと眠くなる」。

恍惚《こうこつ》と云ふのが、こんな場合に用ゐるべき形容詞かと思ふ。熟睡のうちには何人も我を認め得ぬ。明覚の際には誰あって外界を忘るゝものはなからう。只《ただ》両域の間に縷《る》の如き幻境が横《よこた》はる。醒めたりと云ふには余り朧《おぼろ》にて、眠ると評せんには少しく生気を剰《あま》す。起臥《きが》の二界を同瓶裏《どうへいり》に盛りて、詩歌の彩管《さいかん》を以て、ひたすらに攪《か》き雑《ま》ぜたるが如き状態を云ふのである。自然の色を夢の手前迄ぼかして、有《あり》の儘《まま》の宇宙を一段、霞《かすみ》の国へ押し流す。〔中略〕わが魂の、わが殻《から》を離れんとして離るゝに忍びざる態《てい》である。抜け出でんとして逡巡《ためら》ひ、逡巡《ためら》ひては抜け出でんとし、果ては魂と云ふ個体を、もぎどうに保《たも》ちかねて、〔後略〕〔第三巻、三六～三七頁〕

「明覚」と「熟睡」の接するあわいに位置する「霞の国」では、魂が意志のままにならずふらふらとさまよい出かねない。要点だけ取り出せば、福来の図式による、醒覚と睡眠との排他的性質を半分ずつ具える催眠の定義からかけ離れたものではない。ただ、それが「詩歌」の媒介によってのみ現象するという発想は、『草枕』をつらぬく晦渋な芸術趣味にやや響きすぎている。最新の「心理学」の知としての催眠概念の浸透を指摘するのはためらわれる（ただ、時期的には福来の『催眠心理学』出版直後なので、ここで議論していることとの文脈的な合致率で肩を並べる他の漱石作品はないのだが）。

他方、その点に関して確実に大きな一歩を記している象徴的な小説は『坑夫』（『東京朝日新聞』一九〇八年一～四月）だろう。特別に『坑夫』を議論の中心にピン留めしたくなる理由は、主人公の「焦点意識」の活動プロセスの微細を、限りなく分析的に描写した実験小説的な趣きにある。冒頭、生家を出奔した「自分」は、夜通し歩き通して来た疲労を回復するために「神楽堂」で「一寸寝た」のだが、気がつけば未明の薄明かりのなか、永遠に続くような松原の景色のなかを夢うつつにさまよっている。

さつきから松原《まつはら》を通《とお》つてるんだが、松原《まつはら》と云《い》ふものは絵《ゑ》で見《み》たよりも余《よ》つ程長《ほどなが》いもんだ。何時迄《いつまで》行《い》つても松《まつ》ばかり生《は》えて居《ゐ》て一向要領《かうえうりやう》を得《え》ない。此方《こつち》がいくら歩行《あるい》たつて松《まつ》の方《ほう》で発展《はつてん》して呉《く》れなければ駄目《だめ》な事《こと》だ。いつそ始《はじ》めから突《つ》つ立《た》つた儘松《まゝまつ》と睨《にら》めつ子《こ》をしてゐる方《はう》が増《ま》しだ。〔五巻、三頁〕

冒頭より、「自分」は今歩いている松原を「絵」と比較する。そのことで、それを「見」る位置に留まらず、実際に「絵」の中の松原に入っていく寓意になっている。それも松原であるから西洋画であるはずがない。「風景の発見」によって否定されるべき、線遠近法なき山水画にちがいない。*16 そのため、「いくら歩行《ある》」いたところで「要領《えうりやう》を得《え》ない」。この松の羅列は、柄谷の言うとおりの意味で、先験的である。松原という言葉だけ取ればいる事実は、「松」という歴史的概念が抱える強い観念性を教えるだろう。なぜ漱石が冒頭の舞台装置に松原を置いたのか。「松」の反復する有律的《リズミック》な世界への参入によって、「風景」以前の風景――「南画的風景」*17――を立ち上げるためである。しかも、その空間の中身は朦朧と霞がかっている。

顔の先一間《けん》四方がぼうとして何だか焼き損《そく》なつた写真の様に曇つてゐる。しかも此の曇つたものが、いつ晴れると云ふ的《あて》もなく、只漠然《ばくぜん》と際限もなく行手に広がつてゐる。〔第五巻、六頁〕

この曇りには、将来の漠然性という比喩的な意味のほかに、いま歩いている物理的前方の視界の利かなさというリテラルな意味が掛けられている。三角関係のもつれを苦にして東京から逃れ、死に漸近するような歩行を続ける「自分」には、二重の意味で「ぼんやりした前途」しかない。その中で「自分」は、坑夫の職を斡旋するポン引きの男に出会うのだが、その出会い方は注目に値する。「自分」は男に後ろから「おい〳〵」と呼びかけられて、「何の気もなく」、「応ずる為と云ふ意識さへ」持たずに「ぼんやり振り返」り、その「時の心持が、自然と判然《はっきり》とすると共に、自分の足は何時《いつ》の間にか、其の男の方へ動き出し」てしまう有様である。*18 そのような無抵抗の意志なき行動によって、「自分」は坑夫へと真っ直ぐに成り下がっていくが、それは精神構造の隠喩としての炭鉱を下方へ進んでいく運動に等しい。このテクストにあまねく浸透し、他力的な自動運動を引き起こす条件が、物理的かつ心理的な「ぼんやり」なのである。

　しかも、その精神の最下層部である「八番抗」という「どん底」において、「自分」は「頭から暗闇に濡れ」た後、明暗の境を混濁した「万事が不明瞭」の状態に腰を下ろしている。

> 始めは、どうか一尺立方でもいいから、明かるい空気が吸つて見たい様な気がしたが、段々心が昏くなる。と抗《あな》のなかの暗いのも忘れて仕舞《しま》ふ。どつちがどつちだか分らなくなつて朦朧のうちに合体稠和して来た。然し決して寝たんぢやない。しんとして、意識が稀薄になつた迄である。然し其の稀薄な意識は、十倍の水に溶いた娑婆気であるから、いくら不透明でも正気は失はない。丁度差し向ひの代りに、電話で話しをする位の程度――もしくは是れよりも少しく不明瞭な程度である。〔中略〕正直に云へば嬉しかつた。然し嬉しいと云ふ自覚は十倍の水に溶き交ぜられた正気の中に遊離してゐるんだから、他の娑婆気《しやばけ》と同じく、劇烈には来ない。矢つ張り稀薄である。けれど自覚は慥にあつた。正気を失はないものが、嬉しいと云ふ自覚丈を取り落す訳がない。自分の精神状態は活動の区域を狭められた片輪の心的現象とは違ふ。一般の活動を恣《ほしいまゝ》にする自由の天地は故《もと》の如くに存在して、活動其の物の強度が減却《げんきやく》して来たのみだから、平常の我と此の時の我との差はたゞ濃淡の差である。其の尤《もつと》も淡《うす》い生涯の中に、淡《うす》い喜びがあつた。〔第五巻、二一五頁〜二一六頁、傍点引用者〕

社会性を極度に希釈した、しかし基本的倫理観を失うわけではない「稀薄な意識」[*19]。それは福来によって強調されていた催眠の定義に沿うように、決して寝ているわけではない、第三の心理的様態である。「活動を恣《ほしいまま》に」しながら「強度」のみを減じた「水平以下」の意識とは、福来の説明に合わせれば、「外来暗示に感応」はするが「自発」性を持たない心的状態に同じだろう。『坑夫』は、その特別な精神状態と、霞がかった客観的景色の双方を一緒くたに形容することのできる「ぼんやり」の語を——「漠然《ぼんやり》」のような振り仮名での使用も含めて——十九回と多用した症候的テクストである。むろん、そのような特殊な心理に対する認識がこの小説で途絶えることはない。先に例示した『それから』の冒頭は、こんな具合である。

> 誰か慌《あは》たゞしく門前《もんぜん》を駆けて行く足音がした時、代助の頭の中には、大きな俎下駄《まないたげた》が空《くう》から、ぶら下《さが》つてゐた。けれども、その俎下駄は、足音の遠退《とほの》くに従つて、すうと頭から抜け出して消えて仕舞つた。さうして眼が覚めた。〔中略〕
> ぼんやりして、少時《しばらく》、赤ん坊の頭《あたま》程もある大きな花の色を見詰めてゐた彼は、急に思ひ出した様に、寐《〔ね〕》ながら胸の上に手を当てゝ、又心臓の鼓動を検し始めた。〔第六巻、三頁、囲み線引用者〕

ここでは明らかに、「足音」が、先の福来の二重円の図式でいうところのAにあたる「暗示」として機能している。その観念が「稀薄な意識」である夢見の潜在領域へと潜り込み、その過程で空からぶら下がる「俎下駄」の姿に変じて、代助の「ぼんやり」した心に表象されている。また、引用では省略した部分にも、前夜、代助が床のなかで聞いた「椿」の落ちる音が、護謨毬→心臓→血の音と自動的に連想されていった体験が回想として書かれている。この椿の描写は、おそらく子規が最初に賞賛した河東碧梧桐の印象鮮明な句「赤い椿白い椿と落ちにけり」に発想の根拠があるのではないか。しかも、その椿の印象から心臓の大きさと血の色をイメージして『それから』冒頭の描写を生み出したのなら、漱石は碧梧桐の句自体を象徴的暗示とみなして「放散する連想の世界」を実現したのであり、自身の理論を「小説」に応用した実践的な文学行為だったことになる。
一つの結論として、これらの一九〇七（明治四〇）年前後の小説に描かれた「ぼんやり」とした視界や心象的な空間を、「催眠」状態ないしは「夢見」の心理状態の寓意的表象とみなすことができるだろう。同時期の自然主義の作家が、「ぼんやり」や、その類義語をネガティヴな意味でしか使用しなかったのにたいして、漱石の関心は、この種の心理状態によって活性化される潜在意識の働きに、創造性もしくは現状の限界や苦しみを乗り越えるポジティヴな可能性をみることにあった。本章では、このように子規→漱石と続いた理論的系譜が、潜在意識の働きに価値をみる文学として大正期に活躍する作家たちに引き継がれ、発酵し、どのような形に結実したのかを志賀直哉の存在を中心に確認していく。

　だが志賀の分析に移る前に、漱石から志賀という世代の差、あるいは明治から大正という飛躍の印象を本書の趣旨に沿いながら埋め合わせておく必要がある。志賀は若い頃、ほとんど漱石の追っかけをしていたことからいっても、両者の間には十分に強い接続があって、実際、本章が論じている催眠的な心的状態の活用や道徳意識の問題などのテーマ的な受け渡しは確認されるのだが、こと文章の次元となると、野島秀勝が「うまい作家ではなかった[*20]」と評した漱石の個性の面影を「小説の神様」とまで称されることになった志賀のテクストに認めるのは難しい（これは他の誰とも似ていない文章を書いた漱石個人の問題かもしれないが）。ところが、本書が子規の「写生句」や「写生文」から取り出したヴィジョンが大正期の志賀にまでつながっていく縦の線を考えたとき、その間の補助線として、漱石よりもはるかに密接に子規と共に文学活動を行い、かつ世代的にも漱石と志賀の間に位置する高浜虚子の存在を経由してみると、だいぶ印象が変わってくる。

　一九〇六（明治三九）年に、「ホトトギス」派の伊藤左千夫や鈴木三重吉が漱石の小説の成功に触発されてか、それぞれ「野菊の墓」や「千鳥」といった重要作を淡泊な「写生文」を用いて完成させるが、一九〇七（明治四〇）年頃になると、田山花袋ら自然主義を称する陣営も客観的描写のための文体として「写生文」の後押しをはじめた。そのことにからんで、「ホトトギス」派の大将の立場にあった高浜虚子もあらためて本格的に小説家への転向を図った（虚子による小説執筆の関心と着手は早く、一九〇五（明治三八）年一月号の『ホトヽギス』に載る「吾輩は猫である」の執筆を漱石に薦めたのも、それが経緯である）。そして、デビュー直後から高い評価を受けた「白樺」派（一九一〇年四月創刊）は、当初、「ホトトギス」派との類似を指摘されていたのであり[*21]、「ホトトギス」派を代表する虚子が小説の執筆から身を引いていくのと、ちょうど入れ替わりのように現れたのである。とりわけ志賀直哉が複数の習作に取り組み始めていた一九〇八（明治四一）年頃は、短く終わった小説家としての虚子の全盛期にあたっていた。実際に、志賀は後年、当時の虚子の小説の抜群の面白さを讃したり、自分の作風が「ホトトギス」派が実践していた「写生文」の影響を強く受けていることを自認した発言もしているが、それ以上に、江藤淳が虚子と志賀の「二人のあいだに地下水のようにリアリズムへの志向が共通していた」[*22]と評したように、文章の質的な類縁性がテクストの次元での両者の強い連絡を雄弁に語っている。

しかし、虚子を扱うことの問題は、本章で主題としている心理学的な潜在意識の働きを描く素振りを、そのテクストにほとんど残していないことである。江藤は、虚子と志賀の「リアリズムへの志向」に共通点をみたが、同時に、虚子の物語の客観性重視の語りは志賀のような「自己の感受性を絶対化」する傾向を欠いていたため、両者の文学が結局は分かたれた姿に行き着くしかなかったことも指摘している。志賀と違って虚子は、心象を空間化することによって小説内の現実を組み上げるような方法、言い換えれば、一人称の心理の働きに入り込んで、それを小説世界の全体に投影するような描写には向かわなかった、否、向かえなかったということである。その観点からすれば、やはり、よほど漱石の方が志賀に小説の設計図を引くための機材とノウハウを提供したおもむきがある。

だが結局、虚子が志賀に引き渡したのが「写生文」の外観だけで、「写生」のコンセプトが潜めていた心的活動を描き出す志向は虚子の小説のところで立ち消えてしまったのかといえば――皮肉にも、もともと子規は虚子の時間的俳句を批評することでそれを抽出したのだが――そんなことはない。虚子の一九〇七年頃からの活躍は、もともとは叙事用の「写生文」の客観性にたいする執着をゆるめ、小説においては、観察者の心情が描写に反映するのを一定程度許すことによって成り立ったからである。その役割をほとんど一手に引き受けたのが以下に論じる「さびしさ」という感情だった。「さびしさ」はその穏健さによって「一定程度」というさじ加減に最適であり、俗的な過剰さを嫌う文壇の一角にも自然な浸透をみたのである。そして、このとき生じた写生文の質的転換は、志賀が虚子の作風を吸収したときに志賀にもリレーされていった。というより、志賀が虚子の影響を告白したときに念頭にあった写生文は、最初からその「さびしさ」の塗《まぶ》されたイメージだったのではないか。その後、虚子は写生文が自縛していた限界の先に一歩進んだにもかかわらず、そこで小説表現の可能性を探究する道から引き返し、いっぽうで、志賀は「さびしい」を感情による単なる文章の修飾ではなく、漱石が作中の「ぼんやり」に含意させたのと同じように、心理学的な理解のなかに配置したために、その道の先に進むことになる。つまり、この「さびしさ」の心情に対する扱いの差をみることによって、両者の文学が別様のかたちに辿り着いた理由が確認できる。

ここからは、まず問題となっている時期（明治末期）において「さびしさ」の心情が文学に携わる者の多くを捲き込んで広範囲に蔓延した状況を把握し、次いで、虚子の文章にその「さびしさ」を中心とした主観性が積極的に取り込まれることで写生文小説がある意味で完成形を示したことを論じ、そして最後に、そのスタイルを換骨奪胎した志賀直哉の心境小説によって、新しく「さびしい」も潜在意識の働く場を形容する役割を果たしていった過程を順々に論じていきたい。志賀の存在を一種のハブのようなものとみると、中期の志賀の周辺には、流派は別々でありながら、同じような「さびしい」の使い方をした複数のテクストが同時的に現れて水平的なネットワークを築いていたことがわかる。「私」の夢（潜在意識）の中の情景だけで小説を構成し、その空間を「さびしさ」で染め上げた内田百閒が最も象徴的な存在であり、この議論の到達点であるが、細かな分析は次章の課題になる。

なお、自明にすぎるかもしれないが、「ぼんやり」は、外界の事物にせよ、心にせよ、描写対象の状態をニュートラルに突き放して記述する言葉なので、それは「心情」を表さない。反対に、「さびしい」は主体に所有される「心情」である。「さびしい風景」という描写はあるが、それは「心情」の投影された風景にすぎない。「ぼんやりした風景」という場合は、霧や靄によって視界に紗が掛かった状態にしても、あるいは寝起きや酩酊によって主観的にクリアではないという状態にしても、あくまで機能的次元の形容であって、「心情」の文学的な投影を表現してはいない。大正期の志賀の小説は心境小説と呼ばれるまでに主観化した、あるいは江藤淳の言い方を借りれば、「自己の感受性を絶対化」したのだから、「ぼんやり」を差し置いて「さびしい」の強度と勢力が増すのを妨げる理由はなかった。

それにしても、それだけの浸透力をもった心情がなぜ「さびしさ」だったのか、それはどこから来たのか。本書は、その経緯のすべてを明かすのが目的ではないため、基本的には「写生文」との関係に絞って事態を拡大視していくが、まずはスタート地点の子規に立ち返ってみたい。というのも、短詩形文学の中興の祖として活躍していた子規が、ほとんど意図的に思える無関心を示していたのが、まさに、この「さびしい」という語にともなう特有の美的感覚だった。子規は病床で苦しみながらも、一度たりとて、孤独の感にうたれて「さびしい」気持ちを吐露したり、その感情を込めて俳句を詠んだりしたことはなかったのである。

三 「さびしさ」という方法——国木田独歩の感化

おそらく、その価値観の捻れは、子規が改革・提唱した発句のあるべき姿と、大正期を中心に数多くの小説家に大々的に愛でられた蕉風との間に横たわる明らかな差異によって生じたものである。つまり、後者の中心的概念であった「さび」という価値観に対する、子規の写生句の不適合性があった。一九二八（昭和三）年、流行の絶頂にはやや遅れるが、室生犀星が出版した『芭蕉襍記』（武蔵野書院）によれば、子規の俳句が芭蕉に傾かず、与謝蕪村に寄ったのは、「遂に彼がさびる機会が無かつたから」であり、「性情の中にさびが無かつたから」[*23]である。漱石門下である芥川龍之介の芭蕉論においても、犀星のそれと同じく蕪村は芭蕉に如かずとされていた。何をきっかけに評価の再逆転が起こったのだろうか。

　着目したいのは、元禄時代において芭蕉の登場が意味した空前絶後の新しさを説明するのに、犀星が同書のなかで「今から想像して見ても国木田独歩の出現や、子規の時代の新しさではなかった」と、比較の対象として持ち出したもう一人の、独歩の存在である。たとえやや否定的な意味での言及という形ではあっても、そもそも俳諧師ではない独歩の名が、芭蕉論の中で子規と横並びにされている事情は何を意味するのか。

　飯田祐子は、雑誌『文章世界』（一九〇六年三月創刊）に掲載された投稿文章の考証を通して、一九〇七（明治四〇）年前後に「文学」の性質が明治三〇年代的な家庭小説の物語性から「告白」の文章へ、また一方で「写生文」の客観性が抒情文的な主観性へと転換するのに、文学青年たちによる「寂しさ」という心情の吐露が果たした役割を明らかにしている。[*24]『文章世界』は新時代の規範となる文章の確立を投稿読者と共に担わんとした雑誌である。その第一巻第一号の「発刊の辞」に、「敢《あへ》て論説《ろんせつ》と言《い》はず、書簡文《しょかんぶん》と言《い》わず、浮華《ふくわ》を排《はい》し、形式《けいしき》を排《はい》し、朦朧《まうろう》を排《はい》するは、今《いま》の文《ぶん》を学《まな》ぶもの、最《もつと》も必要《ひつえう》とする所《ところ》なるべし」と書き出されているように、広く「言文一致」の文章法の推進や、小説であれば「自然主義」の関心が前面化する状況と連動して登場した。多用されるキーワードは、文の「明晰」や「素朴」であり、「朦朧」や「華美」に頻繁に対比されている。とりあえずは、この時点で、事物や意味の実感を離れて「朦朧」や「影」を作り出す修辞的あやが、客観的「自然」を愛でる陣営からあからさまに敵視されることが多かった事実は押さえておきたい（だが本節で確認していくように、この対立関係はすぐにも綺麗な形では成立しなくなる）。

　飯田の論文は、「寂しさ」という個人的感情とその告白的表現が一九〇七（明治四〇）年中の誌上で極めて盛んになっていったこと、またそれが「告白」という装置と共感の文学的共同体の形成の媒介として機能したことを主張するものである。論題に明らかなように、その「寂しさ」の規範的作家として参照されたのが、その小説に過剰なほど「寂しい」の語を塗していた独歩であった。飯田は、論点を文学場におけるホモソーシャルの構造と、その成立を可能にする青年男子の「共感」に絞っている。が、本章で注目するのはむしろ、一九〇七年以降の作家たちが、流行語であった「寂しさ」の心情を摂取・消化するなかで、その当時から大正期にかけて散文のなかに姿を現してくる「俳諧的ロマン主義」とでも名付けるべき水脈である。

そもそも、一九〇七年前後の文学青年たち――「彼ら」――は、なぜ寂しくあらねばならなかったのか。それは「さびし」という本来〈不足〉や〈欠落〉を表す空虚の美的感覚が文学的治療概念として働くからである。ならば、一体何を対象とした「治療」と言うべきなのか。ホモソーシャルな「共感」という問題設定に乗っかるのであれば、それまで青年男子間の男色の風習が担保していた〈充実〉の生（＝性）が社会的に忌避され始めた、その代補として「寂しさ」という〈欠如〉の連帯感情が育まれていった可能性を理由として問わなくてはならないだろう。他に一般的な説明をあげるなら、それは時に、（日露）戦後が生んだ独特の方向喪失感が、「近代的青年」に特有の抽象化された「不安」や「悩み」として発露したものであり、*25 時に具体的な、未来の書き手が上京することを夢見て田舎を出られぬ鬱屈であり、また逆に、目まぐるしく不断に変化する東京に住み、競争社会の只中で行き場を失った自己疎外感や苛立ち、そして「神経衰弱」的な疲労でもあった。いずれにしても、彼らは文章のなかに筋《プロット》を介さず、田舎の「自然」を描き、その風景の寂しさに自己の感情を同化しようとした。

したがって確かに独歩の存在は、彼らが「寂しい」の語を極端に好むようになった直接の原因であるという言い方は可能に違いないが、その時点で独歩は決して新進の作家でなかったことは考慮しなくてはならない。つまり、その作風は改めて「発見」された面が少なからずあったのだから、まずは右に述べた状況を、逆に独歩受け入れの土壌を用意した状況的な要因として考察に組み込む必要がある。さらに加えて、「寂しい」の流行にかかわるいくつかの文学史的要因が挙げられるわけだが、まず脳裏に浮かぶのは、ゲルハルト・ハウプトマンの「寂しき人々」だろう。

原題を Die einsamen Mienschen（一八九一年）、日本における受容過程で頻繁に参照されたはずの英訳題を Lonely Lives とするハウプトマンの戯曲が、日本の自然主義及びその周辺に及ぼした影響の大きさは、田山花袋が「蒲団」の執筆に際して同作を参考にした事実によってよく知られている。山本昌一が、その範囲の広さを簡潔に解説しているが、[*26] 独文学者の登張竹風や、一九〇六年にハウプトマンの紹介本を出版し、「寂しき人々」を翻訳（一九一一年二～四月『読売新聞』連載、七月単行本発行）した森鷗外らがドイツ語版を参照したのは当然として、島崎藤村や徳田秋声といった自然主義系列の作家たちは、だいたいが英訳で読んでいたとのことである。そして途中経過は省略するが、ともかくも「明治三十四、五〔一九〇一、二〕年がハウプトマンの、「寂しき人々」の愛読期であった」そうである。その後、一九〇九年の楠山正雄訳、翌々年の鷗外訳の出版が続いたことで、大正期に向かうにつれて読者数が一気に増えていったのは想像に難くない。当然、その間、「寂しき人々」が「寂しさ」という用語の拡散と語用頻度の増大に果たした役割は相当なものだったと予想される。

ただし、それに起因する文学史上の新たな勢いの中心は、眼に見えるかたちでは、「中年の作家が若い女性と恋愛し、その報告をするというテーマ」と約言されるように、いわゆる「私小説」へと旋回する日本の「自然主義」文学の、性に関わる告白的・過失報告的光景のなかに据えられるものであった。鷗外は、その「中年の作家」の造形を評して、「主人公JOHANNES《ヨハン子ス》は、其性格多く人の同情を惹くに足らず。BRANDESは評して半ば拘儒（PEDANT）なりと云へり。要するに神経質ある澆季人物（DÉCADENT）たることを免れず。その末路の悲壮なり難きも亦宜なり。されど此人物にして此末路あり」[*27]（傍点引用者）と言っている。つまり、タイトルの「寂しさ」は、互いに理解し合えない孤立した人間の状況と焦燥的心理を外部の視点から評するような言葉なわけで、しかし戯曲という特性もあって、その解決としての、自然や風景に同化した性格的な「寂しさ」を表出しているのではない。したがって「寂しい」の増幅過程の考察に、このハウプトマンの受容の裏を流れている、もう一つの「文学史的要因」を加える必要がある。それが、「自然主義」の形成過程と密かに歩調を合わせていた芭蕉評価の動きである。

一八七五年生まれ、一八九三年に渡米、日英語バイリンガル詩人の先駆として知られる野口米次郎は、大正中期から昭和初頭に極みを迎える芭蕉ブーム中の一九二五（大正一四）年に、その名も『芭蕉論』を出版した。だがすでに一九世紀末、米国在住時の詩作初期から芭蕉のエッセンスを取り入れた詩風の確立を模索していたほか、帰国後に一般総合誌である『中央公論』に寄稿した「世界眼に映じたる松尾芭蕉」（一九〇五年九月）などは、文壇での反響の大小にかかわらず、後の芭蕉流行の在り方の先鞭をつけた論といえる。その主旨は、芭蕉はフランス象徴派のマラルメに比するべき「沈黙」の表現に秀でた偉大な詩人である、という単純なものにすぎない。しかし野口は後に、マラルメだけを対象にした「ステフエン、マラルメを論ず」というエッセイを『太陽』（一九〇六年四月）に寄稿してもいて、「暗示」を「詩の極美」とするマラルメの詩的世界観を説明していた。つまり、二つの論文を並べれば、芭蕉の発句の「本義」も同様に「暗示」だとする主張が推移的に見いだせることになる。

十分興味深いのは、その野口の芭蕉論が載った同誌同号に、第二節で扱った福来友吉による「暗示の社会に及ぼす影響」と題された催眠術に関する啓蒙的エッセイが、目次上で隣り合わせに掲載されている事実である。「暗示」の概念のラディカルさは、分野を越えて共有されていた。そして、もともと催眠術が神経衰弱あるいは神経症の治療法であった事情に照らせば、禅宗という身体的思想に由来する「さび」の美意識が、類似した心的効果を持つことの暗々の期待によって、芭蕉ブームが勢いを得ていった可能性もある。独歩の人気が向上する背後には、そのような新しい美的感覚のパラダイム形成があったのである。

正宗白鳥の証言によれば、[*28] 独歩がようやく晩年に明らかな支持者を獲得したのは、『文章世界』創刊と同年同月（一九〇六年三月）に発刊したアンソロジー『運命』（佐久良書房）が世に出回った頃である（前年七月発刊の『独歩集』は、徐々に彼の知名度が上がっていく準備的段階を示している）。その頃の独歩は、一部の批評が喧伝した科学的・客観的観察重視の「自然主義」（そんな作風が厳密にありえたのかは別問題だが）の体現者とも、いわゆる告白的・暴露的なそれとも評価されている様子はなかった（基本的にはロマン主義的作家として遇せられていた）。

『文章世界』誌上では、一九〇七年から独歩本人の文章が掲載されるようになるのだが、読者の間でそこまで人気を博するようになった経緯を推測する材料として、第一巻第九号（一九〇六年一一月）の「文叢」に投稿された西山樵郎の『運命』の著者」という評論を参照してみたい。あたかも自分が独歩という才能の最初で最大の理解者であるかのように、「人気なき作者」にたいする正当な評価を読者に呼びかける彼の論法は目新しくはない。だからこそ逆に、独歩の特徴を簡潔にまとめてみせた次の箇所は、この時期、独歩にたいする新しい〈読み〉の世論が形成のさなかにあったことを実感させる。

独歩の文は素湯の如しだ。之れを今様の話でいへば個人性がないのだ。いや個人性がないのではない、大いにある。然し現代の人が直下に看取するやうな判り易い個人性が現はれて居らぬのである。〔原文傍点省略。以下、同誌引用は全て同じ〕

西山によれば、「好んで自然を説」き、人を描く場合にも「自然に近いものゝみを捉える」独歩の文章は、「非凡の凡作」と呼ぶのがふさわしい。この評言は、「個人性」の有無と「自然」の関係を巡って、こう言ってよければ、「写生文」的小説に対するのと極めて似通った価値評価を独歩の作風にたいして与えている。それも当然のことで、この徳島県在住の投稿者は、翌月の第十号に別の評論、題して「俳人の文章」を寄せているのである。曰く——今や俳句は「元禄天明以上」の「極盛時代」であり、「文士で多少俳句を唸らぬものはない」、子規派の写生文に代表される「俳人の文章」も「明治文壇の一角を占め」ている。しかし、あえて欠点を挙げるなら、「彼等は客観をのみ描いて主観を顧みぬ結果、自然界をのみ写して人生の機微に遠ざかり、読者の目には映つるが心に沁まぬので、何となく物足らぬ心地がせざるを得ない」ことである。

すぐに気がつくことは、西山は二つの評論でほとんど変わらぬ評価の物差しを用いながら、先の独歩評の場合は、称賛にちかい結論を出していて、「俳人の文章」にたいしては多少の苦言を呈している点である。そして「余は今の俳人諸君が、其の俳句上より得たる或物を散文に向つて投ぜられんことを望まざるを得ぬ。極言すれば俳句に注がるゝ熱心を散文に傾倒して欲しい」と文章は締めくくられるのだが、西山は時間を前後して、その実現を独歩の「非凡の凡作」にすでに見出していた、逆に言い換えれば、写生文家は独歩の「小説」のような文章を目指すべきことを主張している、と解釈するのも無理ではない。

一般には、この一九〇六（明治三九）年中に「写生文家が小説に手を着け出した」[29]と言われている。その結果として、一九〇七（明治四〇）年三月には、同雑誌で「写生と写生文」の特集が組まれ、虚子も写生文的小説の実例を立て続けに発表していった。文学の歴史的動向を一人の投稿者の文章に帰すわけには無論いかないが、西山の主張が新たな独歩像の成立を部分的に反映していると見ることが許されるなら、ここに、ややバタ臭い印象のあった独歩と写生文（＝俳句精神）の接点が一つ見つけられる。ただし、彼の論理からは、まだ両者の共有点が薄口の「客観的観察」の態度に見いだせるにすぎない。

したがって次に問題となるのは、一九〇六～七年にかけての写生文の小説化という事態にあたって、硬直化していた写生文の説明にも変形と調整が模索された点である。いくつかの主張の明瞭な例を、特集「写生と写生文」に寄稿された評論に探ってみよう。

まず、その動向の主役の一人だった虚子だが、「写生文の由来とその意義」と題する文章を寄せて、写生文の現在的意義を「筆力を養う」修養的側面においている。その上で、「今の文学界の多くの諸君は、先づ人間の性格とか、運命とかを研究し来つて、今日になつて、始めて技術の上に写生の必要を認め来つたと反対に、写生文家は先づ写生の技術の方に着眼して、今後人間を研究しようといふのだから、果してどういふ結果を齎らすか知らぬが、進んで、小説の方面にも、力の及ぶだけ、手を伸して見るのも、また面白からうと思ふ」と他人事のような意見を披露している。しかし、彼の一九〇七年はその道を自ら邁進するものだったのだから、「力の及ぶだけ、手を伸して見る」というのは一種の抱負である。写生文家の技術は問題ない。が、小説家になるには人間の研究を加える必要があるという意見は、スポーツ界や芸能に心技一体という言葉があるように、「心」を写生文のスタイルのまま描く方法を見出す課題の認識を示している。虚子はこの時、はじめから小説家だった者が後から客観描写の技術を学んで綴るのとは別種の文学を、写生文の側から創出することを相当に野心的に構想していたのである。そして議論を先取りすれば、虚子は、その実現をひとつの形としては実際に示したのであり、その変則的な新しさの印象は――それ自身の寿命を縮めはしたものの――たしかに志賀を中心とした大正文学の成熟の元手として生かされたのである。

同特集掲載の長谷川天渓「写生文の妙趣」は、修養的側面の点で基本的には虚子と類似した立場を取りながら、写生文自体の特徴について「或る意味に於いては未製品」と説明を加えている。その上で、なぜ、その無機的な姿の写生的作品に「妙趣」が存し「一種の快感が生ずる」のか、という美学的問いにまで論を進めた点が読みどころになっている。優れた写生文は読者に想像の余地を託すからである、というのが天渓が出した答えである。

即ち写生的芸術品は、読者の想像を読者の意志通りに任すので、完成芸術品は、作者の意を以つて他人の想像を拘束するものである。

言い換えれば、「写生」作品の美的快楽は、テクストそれ自体から「意志」を剝奪した点に存する。これは子規の俳句論に始まり、本章の末尾で論じる佐藤春夫が「意志」の不在によって定義した「風流」の概念にまで接続する観点と考えれば、明治後半から大正期までの文学論を刺し貫く感性的認識論の系譜を考える上で、看過できない指摘だろう（ただし、代わりに読者に相当分の「意志」を預ける発想は、春夫にはない）。

天渓は続けて、写生は対象が有形であれ無形であれ、その「形式」あるいは「骨組」を捉えるものであるため、観察者（＝表現者）の立ち位置（思想、感情）の取捨によって表現に相違が生じる点を指摘し、「写生的芸術にも作者の思想感情が混入する」必然を言っている。[*30] 特に対象が「無形の物」の場合、「観察者の個性が著るしく顕出される」ため、それは主観的な「写生的芸術」というべきものになる。「即ち写生の場合に、意義に重きを置けば、作品は一転化して抒情詩的と変ずる。何となれば対境に現れた意味其の物は作家の感想に外ならぬもの」だからだ。

更に此の主観的写生が一転化すると表象的となる。対境に現れた意味を、或る二三の事物の上に凝結せしむる、別言すれば、或る欠点を捕へて、此れに全部に現れた意味を代表せしめて、他の事物を切り棄てる場合となれば、作品は一種の表象的芸術となる。

ここで本来なら、突出点だとか、過剰部分とか記した方がわかりやすそうなところを、逆に「欠点」とするのは面白い表現である。この文脈において、「欠けている／不足している」という言い方が使われるのは、当の「欠点」が肩代わりする「全部に現れた意味」に比して「或る二三の事物」の意味の幅が狭いことが理由なのだろうか、それとも、「全部に現れた意味」とは基本的に不可視であり、可視的な意味体系とは一致しないために、前者を担う対象が後者の枠組みにおいて欠陥点になることが理由なのだろうか（例えば、人間が人間へと進化する以前の動物的記憶を表象する尾てい骨が、「人間」の意味の枠組みにおいて誤りの印であるように）。

いずれにしても、ここで使用されている「表象的」は現代の哲学・心理学における意味ではなく、馴染みの語彙を借りれば「象徴的」と同義である（「象徴」のことを「表象」と表現するのは岩野泡鳴の文章が広めたとされる）。そして、その種の「表象的芸術」の代表例がまさに芭蕉の句に他ならない。本書の第一章で、子規の「余韻」について論じた際、漱石の「扇のかなめのやうな集注点を指摘し描写して、それから放散する連想の世界を暗示するものである」という俳句の定義に言及したが、天渓の「欠点」は、漱石の「集注点」に当たっている。先述した独歩と写生文（＝俳句精神）のあいだの架け橋に続けて、あらためて、写生文（＝俳句精神）から象徴主義（＝表象主義）への架け橋が見い出せるのである。つまりは、ここにきて独歩を象徴主義的な作家として読む道筋も浮かび上がってきた。

最後になるが、同特集に島村抱月が寄稿した「今の写生文」の要旨も確認しておきたい。大前提として、「未完成《アンフィニッシュド》」を基本的性質とする写生文は、何よりもまず小説を志す者の「手習ひ」の役目を果たすこと、しかしそこに留まるべきではなく、彼らに今一歩の表現的進化を促している点で、その主張は虚子や天渓と完全に立場を同じくしている。

写生文の興味は、下絵の興味と同じであるといつたが、或は現に今の写生文の中にも、渾然《こんぜん》とした興味を与ふるものがあるといふかも知れぬ。〔中略〕これについては、自ら異つた解釈をしなければならぬ。即ち、文字の上には、初中終の形式がなく、表面はホールではないけれども、作者の内生命、即ち感じの上に一種の形式がある。換言すれば、作者の心内の感じをもつて、散漫なる文学以外に、その文章を統一してゐる点があるのだ。

抱月は写生文には二種類あると言い、「一は全然無形式で、未完成のもの、他は内生命即ち感じの上に一種の形式のあるもの」という区別をした。前者はともかくも、後者の「感じ」という、いかにも曖昧然とした情感に透かされる「形式」の主張は、写生文（や俳句精神）の宿す美的領域が、直接的とは言わないまでも、およそ似つかわしくない新感覚派（一九二四年秋登場）に行き着く可能性を指し示すものだろう。新感覚派の掲げた美学は、表現における知的マニピュレーションの技術ではなく、あくまで「感覚」とテクストを媒介する「形式」の追求だったからである。

ここまで一九〇七年初頭の論者たちに要約される、写生文の新たな可能性をめぐる理論において三者三様に主観性の導入が図られている様子を見てきたが、これらの議論の盛り上がりは、一九〇六年頃から独歩にたいする評価の気運が上昇してきた文脈と軌を一にしていたことを再度確認しておきたい。独歩は確かに「自然主義」の隆盛に預かる「竜土会」のメンバーに一九〇〇年代初頭の草創期から名を連ね、その「主義」の先駆的仕事をしたと評価されている。だが、それは様々な解釈が複雑に混在していた「自然主義」の理論が、「自然主義」の名の下に十把一絡げにまとめられた文脈のなかに置かれた場合において、そうなのである。先の西山の言葉を借りれば、そのテクストは「素湯」のように何色の批評にも染まる媒材であり、様々な模様の言説的布置を連繫する蝶番のごとき役割を果たしていた。当時の進行中の立場から見れば、それは俳味を宿した写生的文学でもありえたのである。したがって中村光夫が戦後になって、独歩の初期作に西洋的・科学的客観性を体現する「自然」の発見を指摘して、その祖と見立てたのも、因果が倒立した話とは言わないまでも、ずいぶんと一面的な荷を負わせた格好である。

先取った結論として、独歩の文学的影響は、社会的悲劇性を描いた「自然主義」や、告白的・暴露的もしくは自我固執の「私小説」的な「自然主義」と緊密な連合を形成するのに先立ち、それらの方向を否定する径路にも並走して脈打っていた。そして、その「寂しい」特徴は、虚子による写生文的小説の成果を経由することなどによって、大正期に現れる新種の「さびしい」テクストに吸収されていくことになったのである。

四　志賀直哉の「さびしさ」へ

ここからは一九〇七年以後、写生文の変容（小説化）にともなって、具体的に「さびしさ」が行き着くところを探求する。これまでの議論のとおり、「変容」を代表させるのに最適な位置にいたのは虚子である。彼自身が「私の写生文が小説の色彩を帯びた最初のもの」[*31]と述べている「風流懺法」（『ホトトギス』一九〇七年四月）は、「淋しい」叡山の滞在から始まり、祇園の芸者遊びに戯れて終わる「風流」を描いており、ある部分、芥川龍之介が「風流」の定義として抱いていた奇妙な美学「清浄なるデカダンス」に適合した世界である（大正末に発せられた芥川のアフォリズムの真意については後述するが、芥川も志賀と並んで虚子の小説の文学史的な意義を高く評価していた作家である）。漱石は、虚子の初小説集『鶏頭』（一九〇八年一月）に寄せた「序」[*32]において、「余裕のある小説」というカテゴリーを掲げ、「人生の死活問題」を「脱離」するその種の作において、「俳味禅味」が果たしている重要性を指摘した。「俳味」と「禅味」は外面的様態からみれば類似しているので並列される傾向があるわけだが、虚子の作は前者の素養に基づきながら後者の態をなしている、と漱石は見たのである（ただ、漱石の指摘をまつまでもなく、俳句に禅味が重ねられるのは、禅宗の伝来によって在来の日本思想に導入された「否定的契機」[*33]が美学化された時から始まり、茶の湯や水墨画などの発達とともに〈無〉を内包する「さび」の美意識が中世に生まれ、そして、それが芭蕉の「さび」に継承・洗練されたのだから、もともと長い伝統である)。

実際、『鶏頭』所収中二番目に古い「畑打」が執筆された一九〇六年四月――独歩『運命』発刊翌月――から数年間に大部分が集中している虚子の小説において、「淋しい」の語用頻度は高く、一部小説ではやや鼻につくほどである。[*34]先述の「写生文の由来とその意義」(一九〇七年三月)を所信表明として小説家へと「転身」した虚子は、八ヵ月後の同年末に「写生文界の転化」(一二月)を執筆して、その年に起こった写生文の「変容」を総括する文章を残している。内容は単純なもので、その年に写生文の主要な傾向が、客観に「感想」を付加した主観的なものへと旋回したが、その主観派においても「熱情」は奨励されるべきではなく、客観描写は写生文の生命線であるという主張である。付け足されるべき節度ある「感想」の具体的なかたちをいうなら、その代表格は――伊藤左千夫や鈴木三重吉ら「ホトトギス」派の小説には必ず共通して感じられる――人物への同情《シンパシー》に伴って生じる哀感の情であり、そして客観的「静謐」に付随する「さびしさ」となるだろう。

その十年ほど前、子規が主導した「写生句」の一派は芭蕉を退け、与謝蕪村のリアリズムを祭り上げたことで「蕪村派」とも呼ばれた時期があった。しかしながら虚子が体現した小説は、勝負の一九〇七(明治四〇)年から二、三年後には「私」小説的な作風への旋回を見せる成り行きを含めて、ことごとく反蕪村ともいうべき世界観を求める方向に進んだ。つまり、「写生」という方法論が大々的に小説上に展開するには、そのベースが「蕉風」へと塗り変わる化学変化を経由する必要があった。同じ状況のなかで、先に論じてきた「寂しい」独歩の人気が、その「変化」と同時進行していたわけである。むろん、思想的現象における要因の後先を厳密に特定しようとするのは無謀である。ただ少なくとも、一九〇七(明治四〇)年以降の、既成作家(漱石さえ)も含めた「さびしい」の広範な濫用は、複合的な要因の相乗効果を考えないと説明しにくいほどの規模だったとは言えるだろう。

よって、ある部分において「ホトトギス」派の衣鉢を継ぎ、その語を一時期多用した志賀直哉にとってはなおさら、「さびしい」の中身は単に偶然的でニュートラルな心境の一選択肢ではなかった。先行する独歩や写生文の俳味・蕉風などの文学的価値をもった気分が合流したところに、次なる時代状況に合わせて作り上げた新しい美的概念だったといえる。さんざん言及してきたように、虚子が小説の執筆から離れていった入れ替わりに志賀が登場したという図式はあっても、その中身の作りを両者が大きく違えていたことを見逃してはならない。虚子の「淋しい」は、写生文の変容のためには決定的だったとはいえ、流行の言葉を人物周辺にちりばめただけの装飾的使用の域を出ていない印象も少なからずあった（それが写生文の小説化において写生文の特徴を維持することの限界だったともいえる）。だが、志賀のそれは心理学的な知に則ってテクストに緊密に配置されたものとなっていたのである。つまり、漱石が曖昧性の問題を潜在心理の活動の関心に結びつけた流れは、志賀に隔世遺伝した部分が多かったようにみえる（実は、本章で何度も引用した『坑夫』が一九〇八年四月連載開始で、一九〇七年の虚子よりも後の作品であるから、「隔世遺伝」という言い方は間違いで、虚子から志賀への受け渡しをあいだで補ったのが漱石だったと考えるほうが正しいのかもしれない）。

次節からは、志賀の「さびしさ」の具体的な特徴を「鳥尾の病気」（『白樺』一九一一年一月）の分析を手始めに確認していきたい。狙いは、志賀の最初期作のなかでは高い完成度を誇るものとして評価されるこのテクストにおいて、通常は小説世界の中を漫然と広がってしまいがちな「さびしさ」という美的概念が、「催眠」や「潜在意識」の働きについての心理学的知識を介してテクストの構造的な意味（物語の機能）を担っている状態をおさえることである。いわば虚子の写生文的小説と漱石文学の「学術」的な特徴とが合流した総合《ジンテーゼ》の局面を、志賀の文学を支える根幹としてあぶり出す作業である。

五　悲喜劇の構造——「鳥尾の病気」論

「鳥尾の病気」（『白樺』一九一一年一月）は、草稿時（一九〇九年一月）の仮題を「小説神経衰弱」として、その下に

「（一名トラヂコメディー）」と書き込まれていたことからも明らかなように、[*35] 同時代に蔓延した「神経衰弱」という病気をテーマとして、いささか悲喜劇的に描いた作品である（作中で「トラヂ、コメディー」の言葉は、神経衰弱の鳥尾が「私」（山本）を小馬鹿にするために使用されたのだが、明らかにそれは、鳥尾自身に跳ね返る意味を含んでいる）。

　草稿時で「二十行二十四字詰め」の原稿用紙一五枚程度の小話である。近頃、鳥尾の神経衰弱が「余程悪い」ことを紹介する簡単なエピソードではじまり、その療養のために鳥尾と「私」が「暖《あつた》かい海岸」（鵠沼）へと向かう途中に、車内で起きた小事件を中心的内容とする。事件は、汽車で背中合わせに乗り合わせた魚屋の爺さんから発せられる「生臭い」臭気にたいして、いつになく労働者等に同情的な反貴族主義の思想を表明していた鳥尾が、やせ我慢をしていたため、ついに気を失って前後不覚になってしまう、という他愛のないものだ。ただし、後から振り返れば他愛ない出来事とはいえても、動転した「私」が鳥尾の脈を取ろうとしてみて「脈はくがない」と感じ、「こりや死ぬ」と「思い込んだ」ほどに――コミカルなかたちではあれ――致命的な事件として描かれた狙いには注意したい。でなければ、その情景を前にして、以下のような冗長な「私」の心象が、わざわざ記述されることはなかったはずである。

> こんな時、然し妙な事が頭に浮ぶものである。此友が死んだあと、自分が何となく孤独を感じつつ亡き此友を想ふ時の事をマザ／＼と頭に浮べた。そして此友が自分に就ていつた罵倒を聖人の教へ程にありがたいものに思ふ。さういふ未来のある時の有様が一瞬の間に明かに私の頭に映つた。

　つまり、鳥尾は「私」の心象的風景（思い込み）というフィルターを介して、いったんは〈死〉を通過した。だがそれは象徴的・比喩的レベルの話であるから、結果的には、同じ汽車で猟にいくのに乗り合わせた華族の島木の「従者」という、社会の軛のなかで社会的存在として従順に生きている別の労働者――出発直前に鳥尾はその小胆な様子を「犬のお供だけに間抜けな面《つら》をしてやがる」と言って馬鹿にしていた——が、「大した事はありますまい」という冷静な判断を示し、「浅右衛門丸《あさえむがん》」の名で呼ばれるあやしげな丸薬を含ませると同時に鳥尾は蘇生する。その後、「私」は鳥尾を途中下車させて医者の診察を受けさせるのだが、医者の診断は、一言、「脳貧血」であった。

「神経衰弱」と「脳貧血」——この対立関係が以下の議論を展開していく上での基本的な参照枠である。医者と「私」は診察の最後を次のような対話で終えている。

〔前略〕——それでこれから何方《どちら》へ？」
「鵠沼へ行からと思つてゐます」と私は答へた。
「御勉強ですか」
「いいえ、此人が神経衰弱なんです」
「ハハハ、それ〳〵」と云つて医者は又笑ふ。どういふ意味か、よく解らなかつたが、それも脳貧血の原因であると云ふ事らしかつた。

「私」は、医者の言葉の意味をはっきりとは解さないが、神経衰弱は脳貧血の原因になり得るらしい、という判断を下した。そして、この非断定的な判断を、テクストのやや曖昧な結末が反映する形となっている。鳥尾と「私」の共通の友人である武林は、後から二人の逗留に合流する予定であったが、今度の事件の顛末と鳥尾の回復を「私」の便りで知った後、先に鵠沼にいる二人に次のような葉書を寄越したのである。

「只今、お手紙拝見。君達の狼狽した様子が眼に見えるやうで面白かつた。いい気味だと思ひ〳〵読んだ。然し大分いいとは何より、僕は脳貧血が神経衰弱の薬になると云ふ事を初めて知つた」走り書きにこんな事

を書いて、猶端に「明後日《みやうごにち》の午前中には僕も行ける」と書き加へてあつた。〔以下傍線は全て引用者〕

これが短編全体の終端である。見落とさずにいたいのは、この葉書の内容は「私」が状況を知らせた葉書に対する返事であることだ。つまり、「脳貧血が神経衰弱の薬になる」という知識は、先の医者が言った事にたいして「どういふ意味か、よく解らな」いながらも「私」が一つの解釈を出した、その答えを反映したものか、でなければ武林が「私」に代わって解釈した答えということである。医者の診察を聞いた時、「私」は「脳貧血」の原因が「神経衰弱」だと曖昧にみなしていた。しかし、その後鳥尾の病気が「眼に見えて柔いで了つた」結果をみて、むしろ「脳貧血」は「神経衰弱」に対する薬である、という捉え返しがされている。この顚倒こそが重要なのだが、むろん因果関係が逆転しているわけではない。〈神経衰弱〉→〈脳貧血〉→〈鎮静〉という因果の推移のなかで、「脳貧血」にたいして前の矢印が示している「原因」（＝事前）から、後ろの矢印が示している「脳貧血」の効用（＝事後）に焦点が移動したにすぎないという言い方もできる。だがそれゆえに、この小話で機能している主題の中心的意味を、「神経衰弱」というより、「脳貧血」（の悲＝喜劇性）として見直す必要があるだろう。「脳貧血」こそが、死の可能性に触れる悲劇を作ると同時に、鳥尾の病気が快癒する顚末を、ドタバタと「何だか可笑し」いものにしているのだ。おそらく通常の読解においては、鳥尾の「病気」を「神経衰弱」が「脳貧血」へと高じたものとして見るだろう。言い換えれば、当時の精神医学的知識において「脳貧血」が「ヒステリー」発症の前提にされていたように、併発する二つの症状のあいだに現象的差異しか見ないだろう。つまり、二つの身体的現象を合同して考えて、一つの同種の「病気」なのである。しかし見てきたように、これら二つの症状の機能的な差異によって生じている対照関係が、このテクスト全体の構成を象っているのは疑えない。つまり、「鳥尾の病気」では、「神経衰弱」を治す脳貧血という関係から前者の「脳充血」状態を前提することができるのであって、その「脳充血」と「脳貧血」とのパラドクシカルな動力が最大限活用されているのである。

そして、このことに付言すべき重要な事実がある。草稿「神経衰弱」から書き直されたいくつかの箇所のうち、鳥尾が車内で気を失い、それを介抱しようとした「私」が「こりや、死ぬ」と思い込んだ先の引用箇所は、元々は次のように書かれていた。

こんな時に、しかし、妙な事が頭に浮ぶものである。鳥尾が死むだあと、自分が何となく孤独を感じ、而して、何年前かに死むだ此友を想つて強い寂しさを感ずる事を想像した。
実際さういふ時の寂しさをマザ〳〵と私は頭に浮べて急に悲しくなつた。

比べれば一目瞭然、この「寂しさ」は、見境のない濫用によって文章に拙さの印象を与えることが危惧されたのか、改稿時に消去される。だが草稿に求められる執筆の速度のなかで、手近に思い浮かぶ語彙をそのまま活用したことで浮かび上がる認識の在り方を見逃すことはできない。この「寂しさ」は脳貧血という事件の発生の直後に記述されているのだから、神経衰弱という脳充血によって生じた人間関係の苦しさを除去することで負相関(シーソー)的に見出される心境地であり、その対照性によって有意味に構造化された「寂しさ」なのである。またその点からすれば、翌年一九一〇年中に執筆された「剃刀」(『白樺』一九一〇年六月)や「濁つた頭」(『白樺』一九一一年四月)などにもテーマの同類性が指摘できる。

六 病と熱情のサロメ――シンボリズムとしての神経衰弱

つぎに、作品を取り囲む外部情報にも視野を広げて、このテクストにおいて神経衰弱と脳貧血の対立関係という主題的演出がいかに周到になされているのか、引き続き検討していきたい。その論点において、この小話で唯一無二の役割を果たしている具象的アイテム――オスカー・ワイルド作の戯曲「サロメ」――を無視することはできない。「サロメ」のドイツ語版は、鳥尾の病状を紹介する冒頭のエピソードのなかで、丸善にて購入され、そして肝心の汽車の中で、奇妙に興奮した調子の鳥尾にドイツ語で読み上げられる。したがって、それはあからさまに「神経衰弱」の代象として描かれている。

いわゆる世紀末ヨーロッパの象徴主義において、洗礼者ヨハネの首を所望したヘロデヤの娘、〈宿命の女〉としてのサロメの主題が、絵画や文学の表象に繰り返し描かれたのは周知のことに違いない。その隆盛の発端を成しているのが、ギュスターヴ・モローが一八七六年にサロンに出展した油彩画「サロメ」と水彩画「出現」、そしてほぼ同時期に執筆されたギュスターヴ・フローベールの短編「ヘロデヤ」である。さらに、モローのサロメ像の受容と影響に関する論考を参照してみると、[*36]象徴主義的デカダンスと精神の「病」との関係を典型的に示している文学として言及すべきは、ジョリス＝カルル・ユイスマンスの『さかしま』（一八八四年）になるだろう。主人公のデ・ゼッサントの観た、モローに描かれたサロメの美的姿態は、端的に神経症（ヒステリー）の身体であった。「それはユイスマンス自身の固定観念であったように思える。サロメの表情にヒステリーやカタレプシーの痕跡を読むことは、ジャン＝マルタン・シャルコーをはじめとする精神医学者たちが華々しく学説を展開した、一九世紀末特有のメンタリティーを反映している」。

もちろん、神経衰弱と神経症は別々の疾患である。フロイトは「催眠」の解説をするなかで、意図や期待はそれと結びついた表象とは異なることが起こる可能性を随伴するが、その「異なること」の表象を「不快な反対表象」と呼び、神経衰弱の患者が常にその「反対表象」に苛まれて意識的行動の全体に変調を来たすのに対し、神経症の患者は「反対表象」を抑圧し、意識から切り離して無意識に存続させているために、実際の遂行に際して意図や期待どおりに体が動かないという「対抗意志」をかえって突然に現実化させるという。「神経衰弱における意志力の減退とは対照的に、ヒステリーでは意志の倒錯が生ずるのであり、神経衰弱の諦めを含んだ優柔不断さとは対照的に、ヒステリーでは自分には理解できない内面的な統合不全に対する驚きと怒りが存在するのである」[*37]。そして、その差に関係して、ヒステリーの患者は催眠術にかかりやすく、神経衰弱の患者はかかりにくい。[*38]しかし頭脳労働者の男はこぞって神経衰弱になると見なされた当時の日本の言説的基調にあっては、専門家でもない限り、神経症の症状との厳密な区別がついていなくても不思議ではないし、[*39]文学的想像力の上であえて同質に扱った可能性をいう仕方も有効だろう（実際、鳥尾の振る舞いはヒステリー性の症状を重複して持っている印象で、物語中の仮死体験は発作に伴いうる卒中的な硬直状態《カタレプシー》が出現した描写である）。[*40]したがって、志賀が、一九世紀末デカンダンスの文学者としてフランスのユイスマンスと並び称されるイギリスのワイルド、[*41]その代表的戯曲「サロメ」を「病気」の鳥尾に携帯させた意味に関して、さほど複雑に考える必要はない。ワイルドの「サロメ」は、一九〇七（明治四〇）年八月（『歌舞伎』）に森鷗外が基本的な筋を紹介したのを皮切りに、翌々年の鷗外自身による翻訳、一九一二（大正元）年一一月の外国人劇団による日本初上演、そして一九一三年一二月、「芸術座」の松井須磨子主演による日本人役者の初演と続いて、受容の素地が整えられた。大正初期から中期に、「サロメ」の表象は複数の劇団によるヴァリエーションを通じて普及し、関連してワイルドの他の著作も作家たちに好んで翻訳された。その後、「サロメ」は関東大震災の時期まで、大衆的見世物の格好の題材として変形・消費されていくわけだが、[*42]本章で取り上げている「鳥尾の病気」は、発表時期（一九一一年一月）からわかるように、その賑やかな流行をまだ経ていない。草稿「神経衰弱」に記された執筆の日付は一九〇九年一月なので、鷗外の翻訳や、それよりも半年発表が先んじた小林愛雄訳「サロメ」（一九〇九年三月）にも先行している。つまり、大正期へと続く「サロメ」流行の兆しが未だはっきりとは見えない段階に執筆されている。

ところで「サロメ」の原作は、本来イギリス人であるワイルドがフランス語で著わしたものである。なのに話中の「サロメ」がドイツ語版であるのは、鷗外の紹介文の最後に、「現今のところでは、ワイルドの流行は、本国よりは独逸の方が盛な様に見える」と書かれるように、欧米での「サロメ」の偏った受容のされ方が関係していた（鷗外が翻訳の底本としたのは、ヘドウィッヒ・ラッハマンのドイツ語訳で、その上演はドイツで評判を取った。また同訳を元に作曲されたリヒャルト・シュトラウスのオペラ「サロメ」も人気を博して、ドイツ語版の流通に貢献した。志賀の引用元である）。[*43]作中で鳥尾によって読み上げられるワイルドの戯曲の台詞は、草稿時は邦訳が使われていたにもかかわらず、出版時にドイツ語に書き改められた。「病気」を、異質な言葉が身体を浸食する鮮明さによって印象づけるという意味では、理解可能な変更だろう。多くの読者にとって異国語の表記は読めない（上手にデコードできない）ものであり、それは〈身体〉の本来的意味を含意しているからである（ちなみに、引用された部分は、踊りを終えたサロメが、ヘロデ王に褒美を尋ねられてヨハネの首を所望する絶頂の瞬間であり、作中における鳥尾の病気の「高潮」を表現している）。

その意味で、一九一二年一一月、横浜ゲイティ座でアラン・ウィルキイ一座によって、日本ではじめて演じられた「サロメ」に対する批評、特にサロメ役のハンター・ワッツに対する感想で多かったものが、「肉体の神秘」や「霊肉」の力の不足（島村抱月）、または「神秘的な一面」を裏から支えるべき「肉的な一面」の欠如に対する不満（小山内薫）であったのは理解しやすい結果である。ワイルドの戯曲を前にして、肉体的美学を重んじるヨーロッパ世紀末の象徴主義的態度が、あらかじめ識者の期待として前提されていたということだ。ただし、一九一三年一二月に芸術座で松井須磨子を主役にして初めて日本人による「サロメ」が演じられた際には、同じ小山内が、須磨子の「肉体」の表現を半ば認めつつも、逆に「霊魂」の欠如を強く批判したことは付記する必要があろう。つまり、その肉体的美は、神秘的なものの顕現に自ずと合一すべきものとして捉えられていた。が、同時にそれは、自然的な「肉」というメディウムの他では決して顕現しないものでもあった。ヨーロッパ象徴主義の感性において典型的な、美学化された神経症において愛でられる詩的肉体の特質である。

志賀の作においても、幾人かの論者が強調するように[*44]、鳥尾は他二人の友人と「白樺」派同人の繋がりを思わせる、高等遊民的な友情の共同体を形成していた（モデルは本人曰く、鳥尾が志賀で、「私」の方が木下利玄である）。だが、鳥尾が山の手に住まいを持ち、「東京都市空間に疲弊しながら」、同時に「「精神」・「文化」の特権化された空間に依存していた[*45]」存在であることは確かだとしても、ドイツ語訳の「サロメ」を、その階級的特権性を示すものと単純に捉えるだけでは収まらない。鳥尾（やその友人たち）は世紀末以来の「サロメ」受容の逆説的な意味に積極的に通じていたと想定される。それゆえ、この日、いつになく「貴族主義を罵つてゐ」る知的エリートの鳥尾が、世俗的・社会的ヒエラルキーの虚飾を嫌い、神秘的な「肉」の美を宿す世界に親和感を抱いたのはいささかも不思議ではない。「私」(山本)に待ち合わせをすっぽかされて神経の非常に高じた日に購入した「サロメ」を、鳥尾は鵠沼行きの列車の中で、これ見よがしに取り出して朗読する。そして、背中合わせに座った魚屋の爺さんの「生臭い臭」に耐えられず、脳貧血で気を失う騒動の後、医者の診断を経て「如何にも穏やかになつた眼差《まなざ》し」の鳥尾は、「あの騒で僕はサロメを失《な》くして来ちやつた」と「工合悪さう」な様子で「懺悔」するのである。したがって、戯曲の世界では決して「懺悔」しない女である「サロメ」を紛失することが比喩的に表わしていることは自ずと明らかで、つまりは、鳥尾の「病気」の治癒である。[*46] サロメの表象する〈興奮〉を除去した弛緩の状態へと鳥尾を導いたのが、「脳貧血」なのである。

外国語で書かれた「サロメ」のような高尚な文芸によってデカダンな美を信奉する鳥尾は、現実の「生」の臭気、労働者階級の肉体から発せられる臭いに打ち負かされた。それは、ちょうど小山内たちがサロメを演ずる女優に対して抱いた批判の理由と同じく、肉体の神秘的側面と醜悪な現実的側面が分離されてしまったために引き起こされた結果である。だが鳥尾の「病気」の身体は、両者を分け隔てなく感受する場となっていた。その二種類の、理論的には似ているはずの、しかし実際にはあまりに相違する「肉体」の対比(とその混同)が、このテクストの「喜劇」的要素を作っている。その意味で、この短編は鳥尾が携帯していた「サロメ」という戯曲自体にたいする、一つの批評的作品になり得ている。「サロメ」の原話は単純に悲劇である(少なくとも喜劇ではない)が、一方の「トラヂコメディー」はそれにたいして喜劇性を加味した——おそらく坪内逍遙の小説論で肯定的に取り上げられて以来の——近代的な止揚概念であり、小説的な批評概念であるためだ。だからこそ「サロメ」は、「脳貧血」という新たな身体的表現の導入によって、「失《な》く」される(=揚棄される)ことになったのである。

七　脳貧血の美学——文学による「心の自由」を求めて

ここで、ふたたび「催眠」に関する少々専門的な説明に戻らなければならない。当時、医学以外の学術的ないし知的サークルにおいて、「脳貧血」の用語が頻繁に用いられた擬似科学的な、それゆえに越境性のある領域は、ほとんど専売特許と言ってよいほどに「催眠術」の解説の中か、もしくはより学的体系を整えた「催眠心理学」の中であったからである。むろん、その生理的原理は、人為的か否かの区別を除けば、「睡眠」の医学的解説に等しいものであったから、単体の理論として新奇なものではなかったかもしれない。しかし、ある通説がいかなる言説との抱き合わせのなかで流布したのかは、別様の問題である。

この時期から二十年ちかく遡って、初期の催眠術紹介書のひとつ、近藤嘉三著『心理応用魔術と催眠術』（穎才新誌社、一八九二年八月）を取り上げてみても事情は変わらない。同書の主題である「魔術」の驚異的現象についての解説は飛躍が多く、記述の体裁は未熟であるが、催眠術を脳に人為的に機能障害を起こす方法として、生理学的、心理学的知見に即しながら次のように説明している。

> 催眠術ハ一種の法方に由て他人の精神作用を休止せしめ独り運動反射の機能のみを逞ふせしむる者なれハ大脳表皮の灰白質に血液減退し従て其の機能に障害を起し且つ脳の中部即ち線状体視神経丘等に充血を起して反射的運動機能を抗進する者なるへし故に僅微の刺戟に由りても反射運動を起すに至る者ならん（二一頁）

この理屈によれば、催眠術の典型的手法の一つである「物体の一定点又ハ光輝ある物体を凝視せしむるか如き」注意凝集法が有効なのは、「視神経及ひ視神経丘に充血を起さしむる手段にして従て他の部に貧血を起す」ためにほかならない。「視神経」に血液が偏るため、大脳表皮の神経細胞に血液が行き渡らず、睡魔を引き起こすという理屈である。むろん、現代の医学的知見における有効性を問う必要はない。とりあえずは催眠（睡眠）＝脳貧血の理論が、この時期からすでに通用していた事実の確認である。催眠時にいずれの部位が貧血し、反していずれの部位が充血するかに関しての説は多少の異同をみせるものの、催眠学の権威として知られつつあった福来友吉の著作においても、わざわざ実験図（左図）まで載せた比較的取扱いの大きな生理面の解説項目であっ

第七圖

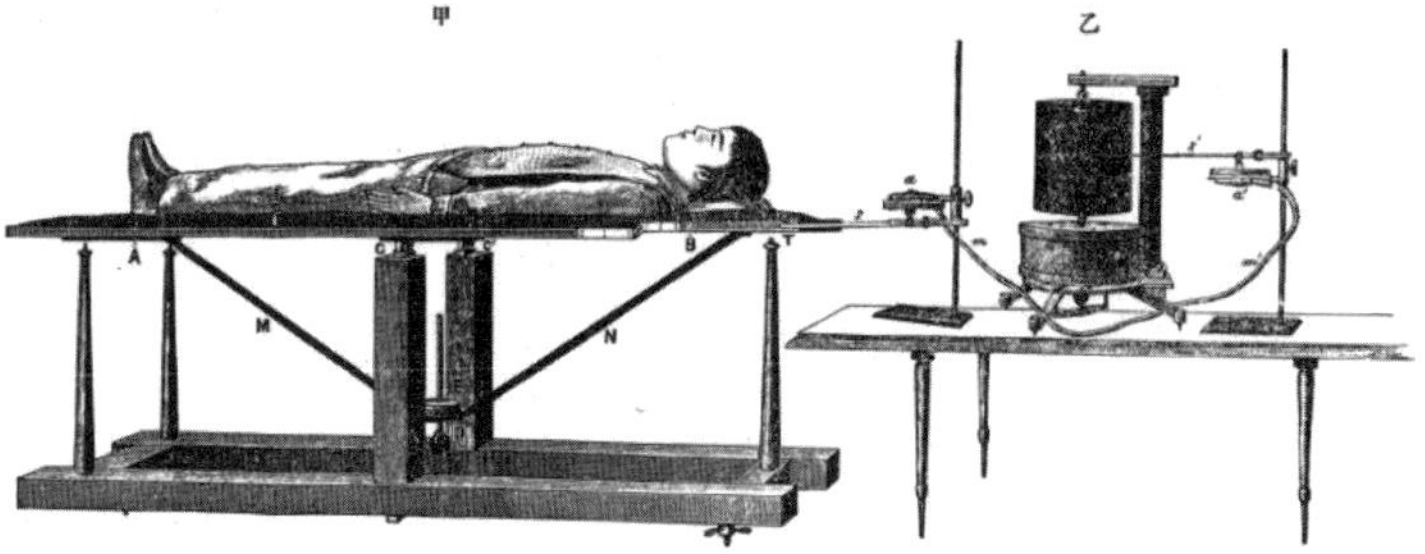

福来友吉『催眠心理学』（成美堂、1906 年）より

たし、志賀のテクストの草稿時、催眠術関係の書物が大量に出揃った時期に至っても、どれも似たり寄ったりの「脳貧血」論が採用されていた。[*47]

さらに、その点に関して付け加える必要のある通俗的知識が、催眠状態と禅学（座禅）における悟りの理論との類縁性である。一九〇三年以降の催眠術の一大流行の文脈において、『催眠術治療法』（大日本催眠術協会、一九〇四年）や『独習自在自己催眠』（博士書院、一九〇八年）等、複数の関連書を精力的に著していた古屋鉄石は、並行的に隆盛をみていた禅ブームに乗じる意図もあってか、[*48]『坐禅独習法』（博士書院、一九〇九年）で「自己催眠」の方法としての「坐禅」という考えを改めて整理してみせている。その具体的な坐禅の行い方（調心法）の解説に添えられるのは、予想に違わず、「此調心法を自己催眠上より観察せんに之は即ち自己催眠を行ふと同一理なり何となれば自己催眠法の原則中生理的の基礎は脳貧血を以て其尤なるものとす故に思ひを脚頭に凝めて其脚頭に血液を集め脳を貧血状態に導き精神を沈静せしむるなり」（二一頁）という文章であった。座禅とは、血液を膝頭に偏らせ、脳貧血を引き起こすことで瞑想的境地にいたり、精神をリフレッシュする方法なのである。

また福来友吉は、『催眠心理学概論』（一九〇五年）やそれを母体にした大著『催眠心理学』（一九〇六年）を上梓するのに並行して、催眠学の探求とは別に心理学の担当教員として『心理学教科書』（一九〇五年）

と『心理学講義』（一九〇七年）を出版しているが、例えば後者の最終章（第一五章）「精神と身体の関係」の第一節「精神活動と血液分配との関係」においても、「脳髄中の血液供給の不足は、脳中枢神経活動の休息を結果し、脳中枢神経活動の休息は精神活動の休息を意味す。故に醒覚の脳髄は或る程度の充血状態にありて、睡眠中は或る程度の貧血状態にあるべきなり」（六六〇頁）とまとめている。その上で、第二節「丹田の注意と精神修養との関係」にて、精神を「丹田」に向けて「脳中に鬱積する血液を下して脳を冷静にする」人為的方法としての坐禅や類似の精神修養の現代的効用を説いている。「脳中に鬱血すること長年月に亘る時」、そのまま手を施さなければ「終に神経衰弱症に罹る」からである。福来において「神経衰弱」の実体は、実に単純に持続的な「脳充血」に還元されていた。こうした知識連合が構築されてきた背景を勘案すれば、例えば、独学で催眠術を研究して治療法を施したという森下幽堂が著した、その名も『心理応用脳神経衰弱必治策』（博文館、一九〇九年）の内容も推し量れようというものである。

最後に、ここまで概観してきた文脈と志賀のテクストの関連性を述べなければならない。東京帝国大学では一九〇四年に心理学専修が独立することはすでに言及したが、一八九〇年代から心理学講座を担当してきた日本の心理学の祖である元良勇次郎に「変態心理学」の研究を勧められた福来友吉が、「催眠」を専門として博士号を取得するのが一九〇六年八月、同年九月にそれまでの成果をまとめた催眠心理学の包括的研究書『催眠心理学』（成美堂）を出版、講師職から助教授となるのが一九〇八年である。志賀らと共に学習院高等科時代に『白樺』創刊（一九一〇年四月）に参加し、後に「民芸運動の父」と呼ばれる柳宗悦（一九一〇年九月帝国大学入学）は福来の直接の指導を受けたと言われるが、[*49] そこまで密接した影響関係を根拠とせずとも、一九〇六年に帝国大学に入学した志賀や、その親友で一九〇九年入学の里見弴らの世代が、新たな基礎的教養として催眠関係の知識に触れる機会は少なくなかったと想像される（実際、一九〇七年前後に関連書の出版数は極端に多くなる）。しかし、この関係をいう最も肝心な根拠は、学術的言説のほうにあるのではない。志賀本人が「当時流行の催眠術を、武者たちと見に行くなど、催眠術・暗示などの心理」などに対する極めて通俗的な関心を通過していた足跡を残していたことにある。[*50] その記載の一つは、「武者小路実篤『彼の青年時代』所収日記の明治41年11月13日」に存在している。

「鳥尾の病気」を考察する上で、実篤の日記の内容が決定的に重要なのは、その日、一九〇八年一一月に、実篤が志賀と木下利玄と一緒に「中央会堂」に催眠術を観に行った直接の証拠としてなどではない。その術を鑑賞中に実篤が「脳貧血」で倒れた事実が克明に記されていることによってである。日記は次のように書かれている。

> 昨夜お貞さんと彼女の夢を見た。どんな夢か知らないが、覚めたら馬鹿に淋しかつた。
> 午後から志賀、木下が来た。六時頃一緒に中央会堂に催眠術を見に行つた。
> 〔中略〕
> この時自分は一種舟酔の始めの様な不快を感じた。皆と一緒に笑はうと思つても、少しもお可笑しくなかつた。
> その内に冷汗が額に出る。吐きさうな気がする。だん〳〵四方がボンヤリする。このまゝにゐたら大変と思つたので、隣りに居た志賀に気分が悪いと云つた。〔中略〕
> だん〳〵気が遠くなる様に思へた。だん〳〵ものがハツキリ見えなくなつた。
> 〔中略〕志賀がしつかりしろ〳〵と云ふのもよく聞えてゐたが、いくらしつかりしようと思つても駄目だ。もうこれで死ぬのかと思つた。
> 〔中略〕とう〳〵石の上にたほれてしまつた。これで死ぬのかと思つた時、一寸母がどんなに心配するだらうと思つて、死んではいけないと思つたが、それも痛切には感じなかつた。
> 〔中略〕
> 病院に行く迄にだん〳〵正気になつてきた。
> 病院の門に達した時には、余程よくなつてゐた。反つて志賀の方がふるへてゐた。

〔中略〕
医者が中々出て来ない。その内にもう殆ど全快した。医者に聞いたら、脳貧血だつたのだ。
脳貧血ならさう心配しないでもよかつたと大笑ひ。
〔中略〕
吃驚《びつく》りした事、本当に死ぬかと思つた事など大きな声で話しながら、大笑ひに笑つて家に帰つた。しかし
何だか帰つても調子が狂つてゐた。
九時過ぎに木下も心配して来てくれた。十時迄。[*51]〔傍点及び囲み線引用者〕

志賀が後の「続創作余談」[*52]において「その時の経験を使つた」と述べているとおり、日記に描写された状況は、小説における脳貧血の場面と酷似している。実篤は、催眠術の興行を見ているうちに、あたかも自身がそれに犯されたようになった。「その内に冷汗が額に出る。吐きさうな気がする。だん／＼四方がボンヤリする」という体験描写もさることながら、その後に「これで死ぬのかと思つた時、一寸母がどんなに心配するだらうと思つて、死んではいけないと思つたが、それも痛切には感じなかつた」という〈死〉を夢想する部分、そして、そのまま志賀に介抱されて病院へ行き、「脳貧血」と診断された帰り道、志賀と一緒に「吃驚りした事、本当に死ぬかと思つた事など大きな声で話しながら、大笑ひに笑つて家に帰つた」結末までの話は、大きな変換も施されずに、志賀の小説に生かされている。この体験面に限れば、実篤が鳥尾のモデルである（パーソナリティとしては志賀自身であるとしても）。強調するが、「脳貧血」は催眠術の最中に引き起こされたのである。

しかも、日記の「四方がボンヤリする」の箇所に対応するかのように、草稿「神経衰弱」では、鳥尾は車内で脳貧血を起こす瞬間、「私」の「オイ。どうした」の問いかけに、「何だか妙にボンヤリして来た」と答えている（この台詞も、なぜか改稿時に消去されている）。「ぼんやり」については、本章の第二節で「催眠」との関連性

及びその働きと合わせて漱石文学を中心にやや詳しく論じたわけだが、大正期にかけて様々な作家に多用された同語の語用例は、トランス状態（彼岸）への移行を表わす場合と、単に頭の回転の鈍さをネガティヴに形容する場合――いわゆる正統な自然主義作家のほか鷗外なども好んだ使い方である――と、大きく分けて二通り存在する。実篤の催眠術見学における「ボンヤリ」は、むろん前者に属するが、同類の効果的な使用例は『坑夫』（一九〇八年一月連載開始）に一番多く見られたのだから、やはり志賀（や実篤）による同語の使用法も、始点は漱石に置かれるべきかもしれない。漱石から志賀へと内々に継承されたもの及び差異についてはこれまでも幾度か言及してきたが、引き続き次章でも検討する課題である。

さて、その後の志賀の作には、「脳貧血」の文学的・美学的効果というべき「さびしさ」の情感が表立って表現されることは少なくなる。ところが、一九一四～一七（大正三～六）年にかけて続いた執筆空白期を経て発表した代表作「城の崎にて」（『白樺』一九一七年五月）では、対比的役割を担うべき脳充血はあとかたもなく棄却された一方で、「淋しさ」がテクストの空間を全面的に覆っていた。佐藤春夫は志賀の作を評して「一貫した性格的な淋しさがある」[*53]と評したが、それは「城の崎にて」の出版後にしか有り得なかったコメントだったろう。同じ頃、志賀の盟友里見弴は、「善心悪心」（『中央公論』一九一六年七月発表。題材は一九一二年の春から一三年の夏までの実際の出来事と推定される）のなかで、主人公・昌造に次のような思考を預けている。

> 自由とは畢竟《ひつきやう》「意識の自由」であることは論を俟《ま》たない。人はごく不自由な自分を自由であると意識する自由も、決して失ふことはない。悪はたゞその「意識」が外的な何物かに支配されるか否かに帰する。絶対の自由とは開放されたる意識である。外的な何物をも含まない「人格的意識」――もつと砕いて言ふなら「自然な心」「素な心」それだけが自由だ。僕は近頃から思つて、為たいことを為、思ひたいことを思ひ、全くなんの目標もなく、批判もなく暮してゐる。が、併しどうも淋しい。

引用前半は、まるでベルクソンの『時間と自由』[*54]を参照したような「意識の自由」であり、また後半は、あたかも江戸期に始まる「自然」、国学的な〈おのづから〉の精神を「人格的意識」という哲学的語彙によって敷衍したような「自由」の境地である。出所はなんであれ、それをひと言で表すなら「淋しい」のである。引用箇所の少し前に、同じ様な趣旨の言葉を並べて、「俺は永い間望んでゐた心の自由をやつと近ごろ得たやうな気がする。所がそれは、言葉を換へて言ふなら、「自棄的傾向の少い放埒《はうらつ》」と言ひ換へてい丶やうなものだつた。俺に於ては、それは淋しい空虚に等しかつた」とも、昌造の「哲学」は言い表されている。一昔前に日本に輸入されてきた「日本人の性情にはピタリとは合ひにくい「自然主義」といふもの」、それが彼なりの心に適応するように「形をとつて働き始め」た「哲学」であった。もしかしたら、その「淋しさ」の本当の由来は、「催眠」導入に際して施術者や装置が必要であったのと同じように、意志的・倫理的な自主の力を行使しないでこそはじめて「開放されたる意識」に到達できるのだという、強烈な逆説にあったのかもしれない。

　なお、ようやく里見が獲得したという「心の自由」の哲学的ニュアンスが、「日本人の性情」に沿うものとして同時代に再評価されてきた「さび」の俳句精神とも強い親和力を持っていることについては、十年ほど下って寺田寅彦が論じた内容も参考にできる。歌人と俳人の性格の相違を述べるなかで、寅彦は「俳句に於ける作者の自己の特殊な立場は必然の結果として俳句に内省的自己批評的或は哲学的な匂ひを附加する」と述べている。「さび」といふのも畢竟は自己を反省し批評することによつてのみ獲得し得られる「心の自由」があつて、はじめて達し得られる境地[*55]」なのだ。この文章において、寅彦は――俳文学を潜在意識的芸術と考える論者でありながら――意志的な「自省」の力を少しも疑っていないのだが、写生文の問題から見てきた俳句の美学と「心の自由」との密接な関係を証している点で、簡単には無視できない重みがある。

　このような心境あるいは哲学的発見に関して、志賀は里見のような解説を作中に施すことはしなかった。だが、間違いなくそれは志賀の「淋しさ」でもあり、「哲学」でもあったろう。「城の崎にて」はある種の死、すなわち「寂滅」を描いていた内容とも言えようが、そこにおいて「淋しい」は最重要語の感があり、数えると八回使われていた(『静』の字の使用にいたっては十四回ある)。しかも、彼の作家キャリアの始点である「鳥尾の病気」において、悲喜劇の枠組みのなかで一度は相対化された「さびしさ」である。その「さびしさ」は、「城の崎にて」の一人称の使用によって「性格的」に所有された後も、安易に読者にシンパシーを喚起するのとは異なる、哲学的・心理学的なニュアンスを抱えた「さびしさ」である面を残し続けたといえる。

もちろん述べたように、その「学的」という観点からすれば、すでに「鳥尾の病気」を、「神経衰弱」と「脳貧血」が抗争する(鳥尾自身の)機能心理の寓意として読むことは可能であった。だが汽車の車両という内的空間性をメタファーとして最大限活用しているとはいえ、それは小説内世界のなかに入れ子に設置された仕掛けの舞台空間であり、限定的なものに留まっている。あくまで神経衰弱的興奮にたいする「治療」と「和解」の方角へと進むスタート地点にあって、その来たるべき方向性を宣言したという点で役割を果たしたテクストといえるだろう。[*56] 他方、その六年後、「さびしさ」が全面に配置された「城の崎にて」では、小説空間が、一人称の語り手である「自分」の心の内部空間とほとんど一体化したものになっていた。そして、その文脈に応答するかのように、ほぼ同時期に志賀以外の作家の手になるいくつかの小説や詩も、虚構空間を心的構造の寓意として、しかも多くの場合、「さびしい」世界として、描いていったのである。

したがって、本章前半部の議論を締めるには、志賀で話を終えることはできず、あと一人、同時期の「志賀以外の作家」のテクストを分析して、子規の「写生」から追ってきた論題が時代特有の成果として行き着いたところを見定めなくてはならない。その代表になるべきは間違いなく、志賀の「城の崎にて」と同じ年に処女作として発表された内田百閒の「冥途」(『東亜之光』一九一七年一月初出)である。百閒文学の一目で分かる特徴は、その世界がまるごと夢見の心的空間として描かれていることである。しかも、その夢の空間は漱石の用いた意味で「ぼんやり」しているだけでなく、全面的に「淋しい」感情に支配されている。潜在意識の活動を扱う文学の系譜を考えるとき、純度の点で百閒文学を超える同時代文学は存在しない。逆に言えば、詳細な分析によって「冥途」のラディカルさを解剖し、それを適切に時代の思想の内に文脈化することができれば、「冥途」と「城の崎にて」のあいだに明らかに存する高い類縁性は、後者を夢を描いた小説として読むことを可能にさえするだろう。

それゆえ次章では、前半で、日常的生活の「向こう側」、すなわち「彼岸」の世界を「私」の夢見る「心」の構成として描く夢小説の系脈を辿り直し、後半で、百閒の「冥途」の世界から眺める一九一七（大正六）年の文学状況を論じ、最後に、その状況が生んだ大正文学の最良の成果が、やがて昭和年代の文学（第四章の内容）によって否定される見通しに言及する。先に断っておくが、次章前半で前史として扱う小説は、結局、本章で論じた作家と同じで、漱石と志賀の手になるものだ。漱石は、『坑夫』（一九〇八年一～四月連載）の直後に発表された『夢十夜』（一九〇八年七～八月連載）であり、志賀は、「鳥尾の病気」（『白樺』一九一一年一月）の直後に発表された「イヅク川」（『白樺』一九一一年二月）である。そもそも本章の基本設定は、「写生句」や「写生文」の系譜に寺田寅彦のいう「潜在意識的連想」を描く欲望を取り出していくことだったのだから、「潜在意識的連想」がそのまま夢見のことを指している以上、次章で論じる明治末の「夢小説」の担い手も同じ人物になるのは当然である。ある漠とした問題意識の歩みを数十年単位の幅で明らかにするには、視点と角度を変えて論を重ね塗りしていくほかない。

だが、括りをリテラルな「夢小説」に限定することで、はじめて追求できる論点もある。この幅の狭い系脈を明らかにする意義、それは言文一致体によって装いを大きく変えた近代小説が、真に新しい小説の言葉を追求してきた闘いの痕跡を見直せることにある。そもそも夢の原世界と言語的構築性とは決して相性のよいものではない。夢に見た出来事を極力そのまま言葉で「写生」すれば、それはどうしても小説の体をなさない。せいぜいが散文詩か寅彦のいう連句――これも本当は韻律等の細かな制約によって「構築」されている――である。新しい視覚性を根拠に生まれた「写生文」の対象が、百閒文学によって、ついに絶対に「見る」ことのできない意識下の領域に及んだとき、必然的に散文芸術は文体《スタイル》の最も前衛的な課題に向き合うことになった。近代文学史において脇役を余儀なくされ続けてきた百閒を、ひとつの極みの達成として舞台の中央に引きずり出すこと、それが本書のもう一つの、いわば裏の目的なのである。

八 「風流」論へ

余論ではあるが、本章の締めとして話を少し巻き戻し、「鳥尾の病気」で観察されたヨーロッパ象徴派的デカダンスの受容のその後に関して、やや時代を下った大正中・後期まで、「日本文化」の特殊性を主張する言説の形成と合わせて確認しておく。なお、次章の後半や終章で佐藤春夫に言及する際にも、本節の議論と知識が意味をもつことを予告しておきたい。

ハンター・ワッツ演じる日本初サロメを期待に胸膨らませてゲイティ座に観劇にいき、その老いて衰えた肉体に失望した印象記をわざわざ「十四五年」[*57]後に書き残しているという意味で、「サロメ」にまつわる時代の問題関心を共有していた作家に芥川龍之介がいる。[*58]彼は、「「風流」とは清浄なるデカダンスである」[*59]という有名な箴言を残しているが、「清浄なるデカダンス」とは、まさに「脳貧血なる興奮」と同じくらいに意図的に組み合わされた矛盾語法、芥川自身の好んだ言い回しを借りれば「パラドックス」である。

芥川がこのアフォリズムを記す直接のきっかけとなったのは、おそらく一九二四年の「新潮合評会——第十回（二月の創作）」[*60]座談会にて、室生犀星の心境小説を俎上にあげながら、「風流」の定義をめぐって佐藤春夫と久米正雄（その味方として徳田秋声）の間で闘わされた「風流」論争である。春夫の立場は、「むかしながらの風流」（＝「さびしをり」）を犀星のスタイルに読み取るが、久米は犀星の作に宿る「官覚的なところ」を旧時代の「風流」の定義にそぐわないものとした。しかし春夫が頑なに譲らないのは、「官覚的」こそ今も昔も変わらぬ「風流」の基本原理だという主張である。

久米。いや、風流と云ふ心境は、どちらかと云へば意志的なものだ。それを感覚で行けば、近代的のデカタンになつて了ふ。

佐藤、意志だつて？　一種透明にデケイした享楽主義だよ。このデカタン振りは東洋独特のものらしいのだが…。

この春夫の反論に対して久米が伝統的なプロセスとして「意志的な鍛錬」の必要をもう一度強調し、徳田秋声が「官覚」への到達は心的な「禅修業のやうな努力的な修業」の結果であると言葉を添えて久米をサポートするが、一方の春夫にとって、「風流」の「枯木寒厳を生きものとして感ずる感覚官能」の真髄は、あくまで「自己陶酔」にある（むろん、それは「風流」の定義とその獲得の仕方にまつわる原理的な意見の相違で、犀星の作において体現されたところの「心境」の理解はほぼ一致している）。

座談会をきっかけに春夫はこの問題に拘泥し、『中央公論』一九二四年四月号に「「風流」論」を発表した。「風流」とは「あれ」といふ指示詞を使ってのみ示せるところの、だからこそ共感の共同体を形成する素因となりうる「奇異な静寂的陶酔の世界」であり、同じ無想を目指しても仏教的な「一《マイナス》」に働くところの意志を充分に発揮しなければならない」心的活動と違って、自然的な「意志脱落」の瞬間に立ち会い、その状態を芸術としての生活形態とすることである。後年、「再説風流論」で、当時の融通の利かない持論の貧しさを言い訳して、「生活の精神」から「意志」を棄却できないことは認めるものの、「風流」の「その根本的解釈に就ては多くこれを改める必要を認めてゐない[*61]」。

春夫と久米のいずれの作家とも交流の深かった芥川は、「感覚」や「意志」の語を定義しないことには片方の説だけに与することはできない、通常の語感からすれば風流は両要素とも含んでいる、という主旨の発言をしており[*62]、それだけ見れば久米の意見に近いところにいた。しかしながら、両者の論争を目にした後に記されたと思しい「清浄なるデカダンス」と、春夫の言葉「透明にデケイした享楽主義」との類似（「透明」と「清浄」、「デケイした享楽主義」と「デカダンス」の平行関係）は嫌でも見て取れるし、両者の親近性は、直後の箴言として「風流」とは芸術的涅槃である。涅槃とはあらゆる煩悩を、――意志を掃蕩した世界である」と書き付けられたことでもわかる。だが芥川はそれらの定言が孕む不安定さに一言するのも忘れず、「風流」が宿す二つの傾向性を指摘している。一つは仏教的と言うべき「釈迦に発する釈風流」であり、それはやや「憂鬱」に傾くもので、もう一つは、道教（老子）に源を辿ることのできる「老風流」であり、「風流」に潜む享楽的傾向を代弁する（この分類は「意志」の有無とはいちおう別個の問題である）。むろん「二つの伝統は必しもはつきりとは分れてゐない」。だからこそ「清浄なるデカダンス」というパラドクシカルな合成を提示したとも言えるだろう。春夫は「意志」と「感覚」の問題に拘泥しすぎたため、期せずして発した「一種透明にデケイした享楽主義」という自らの言葉に潜む、もうひとつのパラドックス――脳貧血と脳充血の対立に近い（その場合は春夫の言うとおりどちらも「意志」は問題にならない）――に無頓着だった節がある。[*63] だが、芥川はそれに気がついた。

しかし、そうした議論の発展以前に、そもそも春夫が「風流」の中心として論じたのは、俳句の精神、それも蕉風の精神であった。堀まどかのまとめによれば、[*64] 芭蕉ブームは早く一八九〇年代から北村透谷らを中心に、一定の文脈（やや旧型のロマンティシズムとでも言うべきか）の条件の中で開始している。その後、野口米次郎の詩論などによって象徴詩の文脈で散発的な参照がされ、一九〇七（明治四〇）年頃からの写生文の変質と時期を同じくして、散文小説の文壇へと評価が進出・加速していったことについてはすでに論じたとおりである。その後も、芭蕉人気は衰えを見せず、大正中期からは大規模な範囲に及び、アカデミックな研究を伴いながら知的流行と化したのである。この経緯は、「風流」の問題をまずもって芭蕉の評価問題として考える必要を教えるだろう。

したがってすでに「枯野抄」（『新小説』一九一八年一〇月）を発表していた芥川が、「風流」論争に前後して「芭蕉雑記」（『新潮』一九二三年一一月、一九二四年五、七月）を書いているのは当然の成り行きで、その後「発句私見」（『ホトトギス』一九二六年七月）や「続芭蕉雑記」（『文芸春秋』一九二七年八月）等の簡易な俳句論を継続して著している（同じ漱石門下の寺田寅彦も、やや遅れて一九三〇年代前半の五年ほどの間に、俳諧論および俳諧の美学を巧みに融合した映画メディア論を立て続けに発表することになるが、上記の流れの正当な下流域に当たるとみて差し支えない)。一九二八(昭和三)年には、論議の種となった当の室生犀星も『芭蕉襍記』(武蔵野書院)を出版した。

その冒頭の「芭蕉論」の章で、犀星は「自然の大医である芭蕉」と「最も新しい人情の科学者である西鶴」、前者の「静かさ」(さびしさ)と後者の「情痴」を元禄文化の生み出した二つの極端に対照的な気質としてややナイーヴに並べている。「一つは蕭錯たる冬枯の風物の中に咲く薺のやうに幽遠哀寂で、一つは混沌の感情の中に光る一個の露はな人情の猟人である」[*65]。芭蕉が歩いたのは、「空漠に等しい景色」でありながら「また何物をも得られる道」であり、その極北にある「閑寂の地平線」が示していたのは「永遠」の相という他ないものであった。いうまでもなく、それはキリスト教的な天上の「永遠」ではなく、一九三〇年代の日本浪漫派が語法として育んだ、狡賢《さか》しらを相互干渉的に掻き消していくイロニーの精神の、その部分的な形成へと繋がる「永遠」の方に似る[*66]。ちなみに、橋川文三は保田與重郎の文体に、中野重治による評「頽廃期の檀林の俳諧風」を引き合いに出しながら、「俳諧的連想様式の畸型的影響」を見ているから[*67]、その意味では、日本浪漫派の基本路線は、犀星のまとめるような蕉風的風流にたいしては対照的な関係に近いところにあって直接的な連続性をいうことはできない。いうなれば、犀星の趣味には、芥川や春夫が言うところの「デカダンス」、いわば「神経衰弱」や「ヒステリー」の気質が欠けているのである。

話を春夫の「「風流」論」に戻すが、肝心なのは、その「風流」の名において、なべて「嫌味」や下手な「意志」が忌避される様子、「人間的意志のさばり出ること」を厭う態度からは、やはり『ホトトギス』を中心に唱えられた「写生」の理論が思い起こされる点である。本章の第三節で論じたとおり、そのラインは高浜虚子たちによって蕉風の精神を加えた上で志賀に引き渡され、そのまま春夫や犀星まで延長されてきたことになる。しかも、その終端は戦前にはやってこなかった。

フランス文学者で文芸評論家でもあった桑原武夫は、敗戦後すぐに「日本現代小説の弱点」(『人間』一九四六年二月初出)や「第二芸術――現代俳句について」(『世界』一九四六年一一月初出)を執筆して、まさにこのラインを西洋近代の成果を摂取し損ねた日本近代文学の瑕疵として糾弾した。「ルソーにはじまる西洋近代文学」は、古典時代において美的目的しか見ていなかった文学を「倫理化」した。一方の日本文学は、「既成倫理の外に出て文学自らが新しい倫理たらんとする」[*68]ような社会的姿勢を取り込むことはなかった。ようするに日本文学は古典文学以来の在り方に、西洋文学の意匠のみを審美的手段として摂取したにすぎない上に、その変わらぬ態度に日本文学ならではの「特異性」まで見出したのである。いわゆる「近代主義」者である桑原にとって、その元凶の役割を果たしたのが俳句である。

桑原の論は、俳句をほとんどスケープゴートにし、その芸術としての程度の低さを訴える仕方において、わかりやすすぎる嫌いはある。しかし「日本現代小説の弱点」のなかで、詳細は調べていないと断わりつつ、「日本では純文学といふ奇妙な言葉が製造された。これは純粋に憧れるといふ意味において、芸術のための芸術派やサンボリストと脈絡があるやうに思ふ人があるかも知れない」[*69]と述べていることからしても、日本近代文学の非近代的（＝非社会的・非政治的）性格の元凶に俳句的精神をみたのは、かなり的確な認識だったように思える。しかも、桑原は「芭蕉について」（『東北文学』一九四七年四月初出）において、芭蕉は本来、漢詩や和歌などからのパスティーシュを常套手段とするような、前近代的文学の実践者として多数の優れた作を残したのであり、それを近代文学の評価の枠組みで礼讃する倒錯を批判している。その芭蕉受容の道筋を切り開き、踏み固めていったのが、まさに本章の主軸に収まっている諸作家たち、すなわち「西洋学を身につけ当時最新鋭の若いインテリであつた漱石門下の諸子からなる実感派」[*70]だったのである。

だが、ここまで本章が論証してきたように、俳句および関係する小説の技法が、「新しい近代」（主観的視覚の時代）に突入した当の西洋の最新科学（心理学）の知見を陰に陽に引き受けた先進芸術の歩みに呼応していた事実にたいしては、桑原は少々見ない振りをした向きがあった。大正半ばまでの「実感派」は――といっても広いので、その一部にすぎないとはいえ――安直な審美的態度にすがったのではない。桑原のいうように、西洋の近代文学が自然科学の精神に裏打ちされていたのにたいして、日本文学は、それを仕入れると同時に、無自覚に社会との対決を避けて、なじみぶかい芭蕉的自然にすり替えていったことだけに終始したのではない。近代の学的認識を通過した「心の自然」は、一度批判的に解剖され、組成し直された「自然」だった。本章は、そのことを確認してきたのである。

註

＊1　長谷川正人・岩槻歩訳、長谷川正人・中村秀之編『アンチ・スペクタクル——沸騰する映像文化の考古学』（東京大学出版会、二〇〇三年）所収。原論文は、Jonathan Crary, "Unbinding Vision: Manet and the Attentive Observer in the Late Nineteenth Century," in Leo Charney and Vanessa R. Schwartz eds., *Cinema and the Invention of Modern Life* (Berkelay: University of California Press, 1995), pp. 46-71.

＊2　同上書、一四四～一四五頁。

＊3　同上書、一五〇頁。

＊4　その村上の活躍を受けての結論と思われるが、大正中期に催眠現象の理論面を整理した中村古峡「催眠学理一斑」（『変態心理』一九二〇年一〇月）においても、催眠の原因は「注意の固定状態なり」と断定されている——「此の精神状態を作るに必要な唯一の条件は、只吾々の注意を暫時或る単一な観念に集中さへさせれば、それでよいのである。此の間如何なる心理的並びに生理的機構が吾々の脳中に惹起されるかは未だ闡明されてゐないが、兎に角単一な観念に注意を固定させた結果、其処に大脳の禁止作用が行はれ、あらゆる思念が一斉に休止し、遂に無念無想の虚心状態となるのである」。そのため催眠状態は時に「注意三昧の状態」とも言われるが、それを目の冴えた「自覚を伴っている注意三昧」と誤解してはならない。「無意志の注意状態」のことである。付け加えれば、その二年後にも古峡は「催眠」における「注意」の問題について簡単な議論を行っているが（「注意の動揺と固定」『変態心理』一九二二年一〇月）、「催眠」から切り離された単独の「注意」論は、さらに二年余り後に掲載された森田正馬「注意は活動である」（『変態心理』一九二五年一～二月）が本格的である。ここで言われている「活動」は、「注意」の明瞭（緊張）と不明瞭（弛緩）の反復による「律動的変化」（＝リズム）のことで、それが時間の意識を生じさせるという議論は、そのまま第一章の俳句論を補強する内容といえる。

＊5　一八八四年に設立された哲学会の機関誌。本書序章の二二～二三頁参照。

＊6　日本近代における「催眠術」の文化史的考察の詳細は、一柳廣孝『催眠術の日本近代』（青弓社、二〇〇六年）を参照。催眠術の流行における明治三六年という特権的な年に関しても、同書に論じられている。

＊7　同上書、一一〇頁。

＊8　ただしこの「自然」は謹厳な禅修養からイメージされる鍛錬の成果ではなく、極めて他力的に得られる心的状態をあらわす場合も多い。言うまでもなく、その特徴は国学の伝統（やベルクソンの影響）に接続するものであるが、両者に区別を設けるのは、後述する佐藤春夫による「「風流」論」まで受け継がれる論法である。

＊9　福来友吉『催眠心理学』成美堂書店、明治四三年刊の復刻版、日経企画出版局、一九九二年、一五七頁（初版は一九〇六年刊）。述べたように、催眠状態を禅的な「無念無想」に類する言葉（「無意無心」や「無我無心」等）で表現するのは催眠術関連の記事の初期から見られる（「催眠術治療法」『哲学会雑誌』第二冊一五号、一八八八年四月）。しかし肝心なのは、「無念無想」の言葉が最もよく目に触れるのが、明治四〇年前後の「純客観的描写」をめぐる自然主義文学の議論のなかという事実である。

＊10　同上書、二一三頁。

＊11　「暗示 suggestion」の簡易な説明は次のとおり――「今或る刺激がAなる心理的活動（感覚、観念、知覚、運動等）を喚起し、而してAが連合関係によりて、B、C、D、E、F、G、を誘発したりとせよ。然る時はAはB、C、D、E、F、Gの活動を解発したるなり。此の場合に於てAを称し暗示と言ふ」（五七頁）。

＊12　福来の説明では、睡眠と催眠の生理学的同一性は脳髄における血液の不足（「脳貧血」）であり、差異は、前者においては「疲労物質」の刺激によって血液が強制的に身体の外周部の脈管へと送り込まれているため外界からの刺激に反応できないが、後者は人工的・一時的に意識中枢から退けられているだけなので、暗示にたいして即時に必要な血液供給を得て感応が働くことができる点である。

＊13　図は福来の著作（一九〇六年）から引用。図示されているAは「暗示」で、A～Gまでの連なりが、Aが解発する「観念連合」である。

＊14　フッサール的に言えば「判断中止《エポケー》」の身体的実践法である。また催眠学と現象学のすりあわせの喩えでいえば、催眠によってその能力を得るとされる「透視」は、ある意味で、現象学における「本質看取」に相当する技といえる。

＊15　一九世紀も半ばを過ぎてジョージ・M・ビアードがアメリカ的文明病として再定義したとされる neurasthenia（神経衰弱）の語も、「神経 neuro」＋「無力・虚弱 asthenia」から来ているので、原義だけみれば「神経無感覚」の意に誤解されかねない。文学的修辞としての「神経衰弱」の意義からすれば、neuraesthesia とでも表記して「神経美学」を含意して欲しかったところである。

＊16　冒頭の歩行によって絵の中に夢幻的に入り込む小説としては、掌編ではあるが堀辰雄のその名も「風景」（『山繭』一九二

六年三月）がある（「僕は〔波止場付近の〕むしろ人気のなさそうなところを、ところを、と拾ひながら歩いてゐた。すると突然、僕は或るへんてこな一区域に迷ひ込んでしまったのである」）。おそらく文字どおりの「風」の「景」という言葉遊びなのだろう、やたらと風の強いその海の動的な景色（「波の絶え間ない動揺は、刻々に、この風景の緊張した脈膊をつたへてゐる。……」）には、アンリ・ルソーの世界が重ねられている。西洋画ということにはなるが、ルソーが描いたのは普通のリアリズムとは縁遠い「超風景的」な美であることは言うまでもない。

＊17 野島秀勝「漱石における「自然」」『国文学 解釈と鑑賞』一九七〇年九月。「漱石は常に「自己を解消せしめることの出来る『救い』の存在する場所」としての「自然」を求めつづけた。それは南画の「懸物の前に独り蹲踞《うづく》まつて、黙然と時を過すのを楽みとし」ていた少年期から、『明暗』執筆期における画作と漢詩制作への没頭に至るまで終始変わらぬ彼の姿勢ではあった」。

＊18 他者による「呼びかけの意味作用自体の中」に「自分」を投棄してしまい、コミュニケーション的な主導権（主体）を奪われることから物語が動き出す点に『坑夫』を読む要がある（小森陽一『出来事としての読むこと』東京大学出版会、一九九六年、第二章第一節）。

＊19 この「稀薄」さが「電話で話しをする位」という比喩で言い表される点、および一つ前の引用で、視界が「焼き損《そく》なつた写真の様に曇つてゐる」と比喩される点に、〈自我〉をテクノロジカルにイメージすることの萌芽が見られる（次章で論じる弟子の百閒も、蓄音機やスクリーンといったアイテムを「私」の主観的世界を形成する媒介として積極的に用いている）。さらに国外に目を転じ、「頭蓋の中の幻影とテクノロジー」に固執したサミュエル・ベケットの存在を並置すれば、「近代文学」を縦貫する世界的な問題系を抽出できるかもしれない――田尻芳樹『ベケットとその仲間たち――クッツェーから埴谷雄高まで』（論創社、二〇〇九年）、第I部を参照。

＊20 野島秀勝、前掲論文。

＊21 池内輝雄『志賀直哉の領域』有精堂出版、一九九〇年、二四三頁。

＊22 江藤淳、前掲論文。

＊23 『室生犀星全集』第三巻、新潮社、一九六六年、三五七頁。

＊24 「彼らの独歩――『文章世界』における「寂しさ」の瀰漫」『日本近代文学』一九九八年一〇月。

＊25 日露戦争前数年は特に「青年」層を中心に、意志強き人間像の造型に寄与する「個人主義」の観念――本来それは国家主義と対立するものでありながら同胞国家を一主体とみなす国家的個人主義の形では共鳴しうる――が社会的に高揚をみたが、当然ながら、戦後の揺り返しの直撃を受けたのも「彼ら」である。高山樗牛の文章に端を発した一九〇一年から数年間のニ

ーチェ・ブームと「個人主義」思想の隆盛との連動については、石神豊「歴史の中の個人主義――日本におけるニーチェ受容にみる（その1）」（『創価大学人文論集』二〇一〇年三月）などを参照。

＊26 「自然主義文学の移入あれこれ――ハウプトマンの「寂しき人々」をめぐって（一）～（四）」『日本古書通信』二〇〇九年一一月～二〇一〇年二月連載。

＊27 森林太郎『ゲルハルト、ハウプトマン』春陽堂、一九〇六年、八七～八八頁。

＊28 「独歩論」『趣味』一九〇七年四月。

＊29 「三十九年文章界概観」『文章世界』一九〇七年一月（第二巻第一号）。

＊30 このような純客観の方法的主張からの屈折は、画家の意見――そもそも「写生」は虚子が証言するには西洋画家中村不折の提唱を借り受けたもの――でも同様に生じる。同誌同特集掲載の黒田清輝「写生の方法とその価値」は、日本画の「兎も角も実物らしく出来れば、それで宜しい」という感覚と異なり、西洋画の写生は「写す人が座つて居るか、立つて居るか」等、観察者のわずかな立ち位置の変化に応じて対象との距離、関係、具合など全てが変化する、その全体性を厳密に捉える必要を強調している。つまり、それは観察者の媒介項がなければ成立しない個的なパースペクティヴの厳密性であり、いずれ「印象」の重視から心的風景へ、という理論的屈折が生じるのは想像に難くない。ただし絵画では、観察者の立ち位置の問題から、「感情」や「思想」の問題まで達する道のりは平坦ではない。

＊31 『風流懺法』中央出版協会、一九二一年、序一頁。

＊32 「虚子著『鶏頭』序」の題で『東京朝日新聞』一九〇七年一二月二三日初出（『漱石全集』第十六巻所収）。

＊33 西尾実「さび」（『日本文学の美的理念・文学評論史』日本文学講座、第七巻、河出書房、一九五五年所収）。

＊34 先行した同種の動向として伊藤左千夫の「野菊の花」（『ホトトギス』一九〇六年一月）が候補に挙げられなくはないが、虚子のような徹底性に欠ける。

＊35 『志賀直哉全集』（第十巻、岩波書店、一九七三年）の「後記」参照。

＊36 吉田城「神話の変貌――フランスの作家はモローをどう見たか」（『象徴主義の光と影』宇佐見斉編著、ミネルヴァ書房、一九九七年所収）。

＊37 「催眠による治癒の一例――「対抗意志」によるヒステリー症状の発生についての見解」一八九二～九三年初出、『フロイト全集』第一巻、兼本浩祐訳、岩波書店、二〇〇九年所収。

＊38 「催眠（事典項目）」一八九一年初出、渡邉俊之訳、同上書所収。

＊39 専門家であっても文脈によってはヒステリーと神経衰弱を同列に扱う文章は散見される。例えば、ハヴロック・エリス

「宗教的催眠現象——此の一文を大本教徒に与ふ」（『変態心理』一九二〇年三月）は中村古峡が『男と女』第五版（一九一四年版）の部分を抜粋して訳したものだが、宗教的発揚は精神障害の症状として説明可能であり、その原理は突き詰めれば全て「高等知的中枢」の働きの減退にあることをいう結論部で、「硬直状態及び感覚脱失に於ては、高等なる諸種の行動が全く鎮静され得る。夢や法悦や催眠状態に於ては、是等の高等なる行動は比較的不統制なる範囲に誘はれる。幻覚に於ては其等の活動は普通の範囲に止まる代りに、倒錯される。神経衰弱とヒステリイに於ては、単に高等中枢が少しばかり其の統御を減ずる。」（傍点引用者）として、二者を一まとめにしている。

＊40　そもそも「ヒステリーであると同時に神経衰弱であることはあり得る」わけで、「ヒステリー性神経衰弱」をヒステリーそれ自体から区別する作業は決して簡単とは言えないがゆえに、シャルコーにとって明確に解決すべき課題であった（エティエンヌ・トリヤ『ヒステリーの歴史』安田一郎・横倉れい訳、青土社、一九九八年、一九六頁）。

＊41　ワイルドの代表作『ドリアン・グレイの肖像』（一八九〇年）の中にはドリアンを虜にする「黄色い本」が登場するが、ユイスマンスの『さかしま』のことである（谷川渥『文学の皮膚——ホモ・エステティクス』（白水社、一九九七年）の第八章「表面と象徴——『ドリアン・グレイの肖像』について」を参照）。

＊42　「サロメ」の包括的な受容史は、井村君江『「サロメ」の変容——翻訳・舞台』（新書館、一九九〇年）を参照。本論で扱う「サロメ」関係の知識は、多く同書に負っている。

＊43　同上書、六四～六五頁。また、池内（前掲書）の、特に註7（一一七頁）を参照。

＊44　荒井均「「志賀直哉」論——「鳥尾の病気」など」（『解釈』一九九四年四月）等。

＊45　伊藤佐枝「志賀直哉『鳥尾の病気』のコミカル・トラジェディ＝トラジ・コメディ」『都大論究』二〇〇七年六月。

＊46　池内（前掲書、一一〇頁）に指摘があり、それを志賀による耽美派（反自然主義系）に対する訣別の所信表明として捉えている。ただし志賀が採択した新たな文学観が「白樺派」的という以外に具体的に何なのか、「脳貧血」の意味と結びつけた考察はしていない。

＊47　雑誌『変態心理』が特集した「催眠術革新号」（一九二〇年一〇月）の巻頭論文は、同誌主幹の中村古峡による「催眠学理一班」で、「催眠」についての最新の知識をまとめているが、その時点で「脳貧血」説はほぼ全面的に否定されている。なお同論文によると、睡眠の「脳貧血」説は、イタリアの生理学者アンジェロ・モッソの実験によって流布し、それをそのまま催眠の原因に適用したのがドイツの精神科医レオポルト・レーヴェンフェルトで、福来はそれを祖述したとのこと。古峡自身は、催眠の原因はそのような生理学的なものではなく純心理学的なものとみて、「注意」の特定の状態を問題にした（註4を参照）。

＊48　その流行を支持した代表的な心理学者が元良勇次郎である。

＊49　佐藤達哉「心理学と「変態」――大正期『変態心理』をとりまく文脈」（小田晋ほか編『『変態心理』と中村古峡――大正文化への新視角』不二出版、二〇〇一年所収、七一～七二頁）を参照。

＊50　細江光「『黒犬』に見る多重人格・催眠・暗示、そして志賀の人格の分裂」『甲南文学』二〇〇三年三月。

＊51　『彼の青年時代』（叢文閣、一九二三年）初出、『武者小路実篤全集』第一巻、小学館、一九八七年、二七六～二七七頁。

＊52　『改造』一九三八年六月初出、『志賀直哉全集』第八巻、岩波書店、一九七四年、三一～三二頁。

＊53　「志賀直哉氏に就て」『新潮』一九一七年一一月初出、『底本佐藤春夫全集』第十九巻、臨川書店、一九九八年、六五頁。

＊54　一八八九年初出、『ベルグソン全集』第一巻、平井啓之訳、白水社、一九六五年所収。「時間と自由」は通称で、原題は Essai sur les données immédiates de la conscience（「意識に直接与えられているものについての試論」）。

＊55　「俳句の精神」『俳句作法講座』第二巻（改造社、一九三五年）初出、『寺田寅彦全集』第十二巻、岩波書店、一九九七年所収、一四六頁。

＊56　虚子の小説を「俳味禅味」と評した時点を挟んで、漱石は自身の小説世界の骨組を『草枕』（一九〇六年九月連載開始）の水平性から『坑夫』（一九〇八年一月連載開始）の垂直性へ、そして『夢十夜』（一九〇八年七月連載開始）の内部性へと移していった。その縮約的な変化は、志賀らが実現していった潜在意識を空間化する方法の先駆とみなすことができる。ただし、漱石はテクストにおける語り手の反省的自意識を常に保持するため、大正作家たちに比べるとラディカルさに欠けて見える。

＊57　「Gairy座の「サロメ」――「僕等」の一人久米正雄に」『女性』一九二五年八月初出、『芥川龍之介全集』第十二巻、岩波書店、一九九六年、二六四頁。

＊58　「サロメ」（『芥川龍之介全集』第二十二巻、岩波書店、一九九七年所収）と題する未定稿の戯曲を残している（「大正十二年頃」の文末メモ付）。

＊59　岩波書店発行の最新版『芥川龍之介全集』（第二十一巻、一九九七年）では、「「雑筆」草稿」の題のもと、「雑筆」（『人間』一九二〇年九、一一月、二一年一月）の草稿として本引用文を含む「風流――久米正雄、佐藤春夫の両君に」の章を収録しているが、内容から考えて「風流」論争後の記述と判断するのが正しいのであれば、執筆時期は符合しない。

＊60　『新潮』一九二四年三月。

＊61　『文芸懇話会』一九三六年一一月初出、『底本佐藤春夫全集』第二十一巻、臨川書店、一九九九年、二七六頁。

＊62　「東西問答」『時事新報』一九二四年五月八、九日初出、『芥川龍之介全集』第十一巻、岩波書店、一九九六年所収。

＊63　春夫は後の「再説風流論」で、芥川説を受けて「釈風流」と「老風流」という輸入概念に、国産の「みやび風流」を加えて議論の回収を図ることになる。

＊64　「芭蕉俳諧は究極の象徴主義？——野口米次郎が開けたパンドラの箱」（鈴木貞美・岩井茂樹編『わび・さび・幽玄——「日本的なるもの」への道程』水声社、二〇〇六年所収、第二章）。

＊65　『室生犀星全集』第三巻、新潮社、一九六六年、三五六頁。

＊66　次のような評言はその一端を示している——「発句が幾たびか英訳されてゐながらその十分の一すら味ひ甘《うま》みを伝へることのできぬのは、民族の遺伝的風習や生活様式の相違ばかりではない「分りかねる」ものが未来永劫にまで「分りかねる」ことであり、解らうとしてもその解るべき性質を根本から失うてゐるからに過ぎない」（同上書、四三七頁）。

＊67　『増補 日本浪曼派批判序説』未来社、一九九五年、三九頁。

＊68　桑原武夫『現代日本文化の反省』白日書院、一九四七年、四頁。

＊69　同上書、一四頁。

＊70　同上書、一一四頁。

第三章　〈気づき〉の神秘主義――内田百閒と夢小説

一　「気づく」ことのテーマ性

本章は前章の第七節で予告したように、夢小説の極みを内田百閒の「冥途」（『東亜之光』一九一七年一月初出）を中心に考察する。ここでも端を発するのは漱石であり、志賀を媒介し、その最大の深化を、百閒という一般的には特異と思われている作家（および周辺の二、三の作家）において見定めつもりである。

なお、はじめに再確認しておきたいのは、本書は、遠く子規に始まった「写生文」の基本コンセプトおよび可能性の中心を引き受けた最終走者を百閒とみなし、その観点から議論を構成していることである。第一章で寺田寅彦のエッセイを引いて論じたように、俳諧に夢の「推移」を描写する側面があり、その俳諧を散文の原理に取り入れようという試みが「写生文」なのであれば、それが「夢の記法」へと滑り込む欲望と可能性を絶やすことは簡単ではない。そして前章で論じたように、漱石からその一派を介して志賀へと写生文の小説化が進んでいくのに際して、描写の照準を外的風景から心的様態に合わせていく必然があったのなら、その先達たちに大きなリスペクトを払っていた内田百閒のテクストが「夢を写生する小説」の性格を発現したとしても何ら不思議はない。その目論見は、処女作品集『冥途』（稲門堂書店、一九二二年）（と二冊目の作品集『旅順入場式』の多く）に結実して、百閒小説の骨格を作り上げた。考えてみれば、本書は立論のところで、新しい「視覚性」の登場に近代文学の展開を根拠づけるアプローチを宣言したのである。その問題を、「夢見」という本当に視覚的に「見ている」といえるのか否かわからない臨界点まで推し進めた百閒を無視したなら、本書はその責任を全うせずに潰えたも同然だろう。

百閒の登場をいちはやく評価したのは、すでに親密な友人関係にあった芥川龍之介である。『新小説』（一九二一年一月）に掲載された「冥途」（総題）の短章六編（「冥途」ほか五編、内三編が初出）を、「見た儘に書いた夢の話」[*1]として称讃した（さらに芥川は、昭和になっても文壇で無視されていた百閒の存在を世に推す絶筆「内田百間氏」において、その作風は「多少俳味を交へ[*2]」ていると評したことは重要だろう）。書評の主旨は、漱石の描いた夢にくらべて百閒の独自性を強調するものであったが、結局は師である漱石との二者関係という枠組みのなかで、その独自性なり模倣性なりの理解が帰せられている点では、現在の百閒理解と大差はない（逆に言えば、このとき芥川が提示した枠組みが今に踏襲されて衰えていないのかもしれない）。百閒の『冥途』が漱石の『夢十夜』（『東京朝日新聞』一九〇八年七～八月）、なかでも「第三夜」に構想の多くを負っていて、実際細かな対応関係が指摘できることはほとんど定説となっていて、本書の立場も、その事実を否定するものではない。その上で、芥川は漱石の『夢十夜』を「夢に仮託した話」として、つまりプロットの良く練られた物語として、夢を「見た儘に」に描いた世界ではないものと考えた。漱石という明治の「夢」から、百閒という大正の「夢」へ、ひとつの飛躍が成されたことを重要視したわけである。

あらかじめ注意したいのは、芥川がいう夢を「見た儘に」描く難しさというのは、あくまで小説における叙述の話である。夢とは畢竟、イメージの連鎖に思われるが、これを小説という言語情報に組み込むために、たいていは解釈的創造による整形が施されるものである。夢そのものを感じさせるスタイルという課題にじかに取り組んだ小説に出会うことは今でもそれほど多くなったわけではない（映画やアニメなどの動画の場合は話は全く違ってくるが）。大方の夢の言語描写が物語への奉仕の役割を与えられているのが理由で、夢は物語らしさの要素として組み込まれるのが普通だからである。[*3]

文学の問題とは別にしても、夢の実態をいかに把握するかは時代のアクチュアルなテーマのひとつであった。「冥途」初出の半年後（一九一七年五月）に元小説家にして漱石門下でもあった中村古峡が日本精神医学会を設立し、一〇月に雑誌『変態心理』[*4]を創刊して、通常のアカデミーの心理学が対象外とする種類の心理――夢の心理も含まれる――についての考察を一般読者に提供し始める。同年に高峰博が『夢学』（有文堂書店）を、そして翌年には小熊虎之助が『夢の心理』（江原書店、一九一八年九月）を出版した。小熊はその約半年前（一九一八年二月）にすでに『変態心理』に「混乱せる夢の性質」という文章を寄せているが[*5]、夢にはいつも両極の概念が並存して共通の普遍的性質が挙げにくいなどの「混乱」の様子を説明している。また同誌同号の「読者欄」には、夢の内容報告が二、三連続して掲載されていて、そのひとつは「死んだ夢（日記の一節）」と題されており、内容はまさに百閒の小説を思わせるものであった[*6]（イニシャルによる筆名「B・U生」からしても本人ということはないと思われるが、「冥途」や「道連」の初出は『東亜之光』一九一七年一月号なので、真似られた可能性はある）。その後も小熊は、次節でも取り上げるベルクソンが一九〇一年に行った講演「夢」の英訳版を翻訳（「ベルグソンの夢の説（一〜四）」『変態心理』一九一九年一〜二、四〜五月）しているし、神経質に対する治療法「森田療法」を提唱した精神科医の森田正馬は、副題を「夢の研究」と統一する五回の論考（「夢の本態〔上下〕」「夢の叙述」「夢と関係ある諸種の現象」「夢と迷信」）を同誌（一九一九年九〜一二月、一九二〇年二月）に連載した。

いずれにしても知的流行に過敏な芥川の意見である。夢にまつわる時代の科学的言説の高揚を汲み上げるかたちで生じたものだろう。それゆえ芥川の指摘はあくまで表面化した徴候として読むべきもので、本章の第一の課題は、百閒の世界へと特殊化された土壌を明らかにして、そのなかに「夢を夢らしく」描き出そうとした夢小説の系脈を探ることである。だが、残念なことに、芥川は「雑筆」（『人間』一九二一年一月）中の一九二〇年一〇月二五日付の「夢」という文章において、この「夢を夢らしく」の言葉を用いて、科学的な視点にも耐えられるリアリティを持った夢小説はほとんど存在しえないことを示唆し、唯一の例外として、志賀直哉の小品「イヅク川」（『白樺』一九一一年二月）をあげた。翌月の『新潮』（一九二一年二月）で称讃した百閒の「冥途」（ほか五編）をそれに加えても二作にしかならない。つまり「系脈」はきわめて限定された実例しか示していない[*7]。

だが、幸いなことに、この論を進めるにあたってのキープレイヤーである漱石と志賀の名が前章の議論と完全に共有されていることは、ここでいう「系脈」の探求を前章の内容の副産物／続編とみなすことを可能にするに違いない。前章では、漱石と志賀のあいだに虚子をおくことで大正期の志賀文学の特異性を理解する道がみえたのと同じように、漱石と百閒のそれぞれの「夢」の方法を橋渡す媒介的存在とでもいうべき位置に、こんどは志賀をおいて百閒の達成の明瞭化を試みる。その作業により、前章で扱ったテクスト同士のネットワークは本章のそれを増幅かつ重層化して、百閒文学の文学史的根拠と意義を浮き彫りにするはずである。

そのうえで、さらに本章は、これらの個々のテクストの詳細な分析を通して、明治後半から大正への「夢見」の小説が担っていた思想的な意味を、より大きなコンテクスト——二〇世紀の転回期に世界的に流行する「神なき時代の神秘体験」という問題圏——とのシンクロニシティによってあぶり出すことを第二の目的としている。本章は単体の百閒論を目指しているわけではないからである。そのために、ここでは、その「神秘体験」を特に既視感覚《デジャ＝ヴュ》のテーマに代表させる。私たちが日常的に経験することもある、あの啓示的ともいえる突発的な既視の衝撃である。理由は、既視感覚のメカニズムは「夢」の神秘性の究極的なかたちを示しているために、「夢小説」の文学的想像力が、その思想的問題を象徴的に受け止めることのできるテーマとしてあったと考えられるからである。それでは一体、既視感覚の神秘性は「夢見」の経験のなかの、いかなる特徴の突出によって説明されるのか。

夢の問題を考える上で注意を喚起しておくべきは、どこかに〈覚める〉という局面が——たとえ未然であっても——必ずともなうことである。前章で、催眠（≒夢見）のメカニズムを確認したさいに、坐禅も身体のエクササイズを要する「心の治療」として類縁的な方法であることに言及した。両者がほぼ同時期に流行したことで、漱石が催眠術言説のみならず、坐禅（禅学）にも傾倒していた事実には少しの謎もない。ただし一点、両者が内容を明らかに違える箇所をいうならば、催眠や夢見において強調されるのは催眠状態という持続的な時間であり、坐禅においては、〈悟る〉という突発的な出来事、俗流にいって〈覚める〉という一瞬の非持続的な時間（覚悟の瞬間）が重要視されることである。[*8] とはいえ、夢見の状態あっての目覚めであり、瞑想の持続があってこその〈悟り〉である。逆に、〈覚める〉という段階があってはじめて、夢の時間はそれとして認定されるともいえるだろう。実際、本章で始点におかれる『夢十夜』において、〈悟り〉は、ほぼすべての夜の話において読み取れるテーマである。「第二夜」が真っ正面からそれを扱っているだけでなく、「第一夜」も「第三夜」も解釈しだいで同じテーマを旋回している（ただし、『夢十夜』は後半に進むにしたがって覚めない夢に埋没していく特徴がある）。

なぜ、前章でも言及した「「風流」論」において、佐藤春夫は「風流」の根底にある「無常感」の原形を、「無意識的に自然の偉大と人間の微小とを感得したその一瞬間の驚き」（傍点引用者）として説明するのか。なぜ、志賀の「城の崎にて」の「私」は、何の説明もなく、突然、「凡ての事が解つたやうな気」になってしまうのか。いや、もっと卑近に言って、なぜ、百閒の小説には、一人称の主体が〈はッと気がつく〉という描写が執拗に、頻繁にあらわれるのか。

天や神に因をもつ、かつて「啓示」と呼ばれた神秘的体験に類するものが、日常的にはそこにしか残されていなかったからである。近代の発明である自然科学の考え方を通過したあとに、主体の意識が味わうことのできる最後の「神秘」が、驚きを添えた「気づき」の瞬間だった。科学的解説と実証の時代を迎えてもなお「心」の秘密に忠実であろうとした一部の文学が、超越的なものの支えを外されていったのち、仏教における〈悟り〉という半宗教的な知識の助けを得て、この認識に到達しない理由はどこにもない。ある意味で、それは生理学・心理学的な知によって、ぎりぎりまで俗化され矮小化されてしまった、しかし、なお神秘の名に留まりうる心理機能だったのである（百閒は当時の日記中に「私の心の中の神秘」[*9]を書きたいと表白し、一方で友人の森田草平が「冥途」ほか五編を「決して神秘」[*10]を描いたものではないと評した認識の差は、この辺に起因するかもしれない）。

したがって「気づき」のテーマを頻発させた大正時代の文脈と、芸術家（作家を含む）が異常さを誇る「天才論」の盛り上がりの気運とが手を取り合っていた可能性はある。寺田寅彦も述べているが、近代科学は実験による「量的の研究」を中心に置いて成立しているが、いつの時代も当の科学に飛躍を与え、新しい世界認識に導くのは「質的発見」、すなわち「思ひ付き」である。[*11] しかも、「思ひ付き」はそれ以上分解できない「質」の単位であって、当然、事前に発生を準備することもできず、ひたすら「到来」を待つほかに能動的な働きがほとんど功を奏さないことにおいて、「啓示」と同じ神秘の一点を最後に残している。ただ、ふつうは「ユリイカ!」と叫ぶほどの発見でもない限りは、「神」の字を噛ませるのは憚られるほど、「気づき」は主体の日常的な能力に全的に還元されてしまっているのも確かではあろう。

既視感覚と「気づき」とは、基本的に同じ原理にもとづく心理現象である。だが、その神秘性の濃度においては対極の関係にある。既視感覚は、「既に視た」ということ自体の認識に何らかの弾みで瞬間的に達する、つまりは〈現在〉の「知覚」と「想起」〈過去〉の感覚の露骨な矛盾が全く同時に発生する心理現象である。しかも何の生産性もないため、ほとんど病理的な印象があるが、それゆえに神秘性の衝撃度も高い。反対に、「気づく」ことも、無意識的にすでに知っているはずのことに何らかの弾みで瞬間的に達する心理現象と考えることはできるが、必ずしも「想起」の感覚が伴うとは限らないし、その場合でも、〈現在〉と〈過去〉の完全なる矛盾を体現するわけでもない。しかも、「気づき」の内容は、生活の文脈にうまく合致すれば、たいてい〈智恵〉として何らかの有用性を持っている。だが、後のテクストの分析で確認していくように、いずれの現象のプロセスにおいても、注意の不足によって減退した意識状態、知覚や感覚の曖昧な様相、すなわち「ぼんやり」した心が発生のベースとなる点では同じなのである。

一方の極みに、日常的で頻度の高い「気づき」があり、もう一方の極みに、神的で稀な既視感覚がある。あいだを埋めているのが、非日常的ではあるが神的とも言いにくい、文字どおりの夢見を媒介にする覚知の経験である。本章は、外見的には、心理学的に夢らしい夢を描いた小説の登場を主題としているので、その「あいだ」の世界だけ扱えば良いのだが、夢的体験のスペクトルはその境目をはっきりしない。そのため議論の切り口として、最も限定されているがゆえに象徴度のたかい既視感覚の構造に注目をして、そこからのアプローチを試みることにした。次節で瞥見する同時代の学説にしたがえば、既視感覚は、「目覚める」(自分を取り戻す)という瞬間的なフェイズを融合的に折り込んだ極限的な「夢見」の体験として、無即有ならぬ、夢見即覚醒の形態を具現している。本章に登場する作家たちによっても特別の扱いを受けてきた理由である。

二　既視のメカニズム

ここで、具体的なテクストの分析にうつる前に、日本や文学に限定されない広範な流行をみていた既視感覚(より正確には既知感覚というべきか)のテーマが、欧米の科学的な言説においていかに解説されたのか、後の議論に応用可能なかたちで抽出しておきたい。

既視感覚が科学の問題として扱われるようになった背景には、一九世紀後半のイギリスにおける脳神経科学の発展がある。一八七〇年代に、ジョン・H・ジャクソンは、特にてんかん患者に頻繁に観察される強迫的な思い出の回帰や、いま初めて知覚するものに対する突発的で奇妙な親しみの感情に、「夢幻状態 dreamy state」の名を与えた。本来は時代に限定されるような精神現象ではないはずだが、オリヴァー・サックスの解説を覗けば、医学文献以外の描写としてディケンズとテニソンが引用されているし[*12]、ニーチェの「永劫回帰」が『ツァラトゥストラはこう言った』で公に提唱されるのが一八八五年であるから、一九世紀を待ってようやく脱領域的にクローズアップされた現象とは言えるかもしれない。神の死が謳われ、医学の発達が精神を脳神経のメカニズムに還元していく時代に、そのようなスピリチュアルな意味を伴いがちな体験もまた、比較的俗なものとして検証のテーブルに乗せられていったのである。前章までに幾度も言及した一九世紀のパラダイム転換にしたがって、ジャクソンの神経生理学的な成果も、当然心理学の分野で集中的に検討される論題となった。

ジェームズ・クリチトン・ブラウンは、一八七八年にジャクソン(ともう一人デイヴィッド・フェリエ)とともに学術誌『ブレイン〔脳〕』を創刊する精神科医である。彼は一八八五年に「夢幻精神状態 Dreamy Mental States」と題された、側頭葉のダメージと、てんかんの発作の前兆、そして既視感や幻覚の発生の関係について講演を行った。約十六年後に、そのブラウンのレクチャーに言及した心理学者がウィリアム・ジェームズである。ジェームズは、その『宗教的体験の諸相』の「神秘主義」の章で、「神秘的経験」の第二のレベルとして、「いつかの昔に、まさにこの場所で、まさにこの人たちと共に、ちょうどこんなことを話していたかのような、「以前ここにいたことがある」という、しばしば私たちに押し寄せてくる突然の感情[*13]」について説明し、ブラウンをいささか否定的なかたちで参照している（中程度の「神秘的経験」の例を提示するジェームズの目的からすれば、精神病理の根本的な解明をねらうブラウンの主張は、本来些細な現象にすぎないものにたいして「ずいぶんと人騒がせな見解」を取っていると見えたようだ）。

ジェームズは、「言表不可能性 Ineffability」と「知的質 Noetic quality」の二つが条件として揃った体験を、神秘的体験とみなしている。ほかに「一過性 Transiency」と「受動性 Passivity」を補足的な属性として挙げているが、必要条件にはしていない。もちろんいずれも「夢幻状態」にあてはまる。「言表不可能」な得も言われぬ感覚であり、同時に「知的質」をそなえるという関係は、それなりにあやうい両立である。この場合の「知的」なものは、したがって、「言説的知性《ディスカーシヴ・インテレクト》によっては計り知れない真理の深層を洞察する」ような啓示的状態を指している。神秘は、言葉で表せない知的で感情あふれる体験でなくてはならない。[*14]その境位に危うくバランスを取る成立条件が、神秘体験の一種である「既視」の内実を考えるうえでも大きなヒントになる。

ベルクソンは哲学的観点から、同じ問題を一九〇八年に「現在の回想と誤った認知」という論考でジェームズよりもはるかに本格的に取り扱っている。「誤った認知 fausse reconnaissance」とはまさに既視感覚のことで、心理学のテーマとしてフランスでもひとつの流行をみたという背景があった。断るまでもないが、ベルクソンにとっても、それは現在の経験と、それと似た過去の経験の漠然とした不完全な記憶とが「ゆっくり混乱して来て」、懐かしい感情を抱くという、ありふれた体験ではまったくない。あくまで、「ある人に瞬間的に押し寄せて、また瞬間的に去って行」く劇的な体験であり、過去の経験との完全な同一性を味わう感覚のことである（それゆえ神秘体験の特徴として、「人格の全体を揺り動かすことがある」[*15]という意見はジェームズと共有されている）。

だが、いくら特殊な体験といっても、そのタイトルが示すように、ベルクソンの考える既視感覚の正体が認知の錯誤であることには変わりない。ここで第一に問うべきは、その「錯誤」それ自体の内容である。心という実体のよくわからないものにおいて「錯誤」の発生を論理的に説明するには、まず二つの機能領域に分割してしまうのがよい。それぞれに働きの独立した二つの領域の併存は、働きの衝突や手順の誤りの発生の機会を高めてしまう基本の図式だからである。この心的機能の二重性と錯誤という発想は、既視感覚を説明しようとする他の論者にとっても基本の枠組みとして採用された。たとえば、顕在意識と潜在意識の分割を使って考えてみよう。ある景色に対する認知のプロセスにおいて、たまたま意識的な知覚の処理（顕在意識の働き）は一時的に滞ってしまったが、潜在意識のほうで整形されない情報を漠然とした印象として受容していたとする。そして、そのすぐ後に顕在意識における知覚が正常な働きに復帰して、同じ景色の情報を鮮明に受容したのなら、この処理のずれと遅れは、潜在意識による印象のほうを古いイメージとして認知する可能性がある。つい今しがた知らぬまに受け取っていた曖昧な印象をもとに、この新しい経験について何だか前から知っていたような気がする、という感覚が生じるわけだ。ただ、この説明の仕方において、先行した印象は内容の薄い、それも部分的で不完全なものにすぎない。時間差ははるかに狭いとはいえ、過去の類似の情景を漠然と想起する経験と区別がつけにくい。それゆえ現在と過去の経験の全的同一性を感覚するためには、二つの同一のイメージが形成され、片方が片方の再生の関係を結ぶ必要がある。だが、そのような同一イメージを二重にする心理活動の必然が言えたとしても、その二つに質の差や時間的前後関係がないのであれば、片方だけから「すでに」という〈過去〉の印象を受け取る理由を説明するのは容易ではない。既視感覚が生じるためには、現在と過去のイメージが完全に重なり合う必要があるわけで、その条件を満たすには、二つのイメージの同一性と非同一性を同時に保証しなければいけないのである。顕在意識と潜在意識の区別が問題なのではなく、潜在域に属するイメージだけが、なぜ〈過去〉を帯びるのかを言う必要があるということである。

ベルクソンはその答えとして、既視感覚の基本構造は、「一面では知覚、他の面では回想という二重の現象として記述」[*16]される、つまり、「知覚」と「回想」（思い出／記憶）のオーヴァーラップ（二重化）によって説明されるとした。常識的に考えれば、回想は知覚の後に続いて形成されると思われているが、実際には、脳の中で回想と知覚は同時に形成されるとベルクソンは主張する。この場合、意識は「回想」に伴われていることを「知覚」しないが、「回想」は決して「知覚」に遅れることなく、「物体の影」のように「知覚」と相並んで現れている。もっと具体的な比喩を用いるなら、「知覚」の対象である物体を手前に置いた鏡の向こう側に、それと一対一の関係を結んで、並んで存在する像が「回想」である。

わたしたちの現実の存在は時間の中に繰りひろげられるにつれて、このような潜在的な存在によって、すなわち鏡の中の像によって二重にされる。だからわたしたちの生活のすべての瞬間は二つの面を示している。すなわち現実であって潜在的であり、一面において知覚であり、他の面において回想である。わたしたちの生活のすべての瞬間は繰りひろげられると同時に二つに分かれる。と言うよりもむしろそれはこの分裂において成立する。[*17]

認知のプロセスにおいて、「現在はどの瞬間にも、ほとばしり出ること自体において二つの左右均衡の線に二重化し、その一つは過去の方へ落ち、他の一つは未来の方へとんで行く」[*18]のだが、未来の方へとんで行く「知覚」が関心の中心を占めている限りは、過去へと落ちる「回想」は表面化しない。だが回想は知覚の発生に本来的に遅れているわけではない。言い変えれば、同一のイメージの分裂をその度に脳内で作りだす作業じたいが認知なのである。そして、そのとき関係を結んだ知覚の姿でいずれ「再生」されるかもしれないイメージ（＝回想）は、かならず「過去」のしるしを付けて、潜在的なものとして保存される。この説によるなら、既視感覚は、「現在」

という認知の瞬間に複製された回想のイメージを、何らかの理由によって知覚と同時に意識に上らせることと説明されるだろう。[19] それは知覚の対象が一度失われた後に、部分的に意識に描かれる回想ではなく、「現在におけるこの瞬間の回想」以外の何物でもない。それは「形について言えば過去のもので、素材について言えば現在のもの」[20] なのである。そして、もし現瞬間が「回想されたもの」であるなら、いかなる瞬間もまたそうである可能性が自動的に推論されてしまう。この体験に襲われた人が、日々の生活においてあらかじめ定まった行動を演じることを「避けられない」という機械的受動性に囚われ、生《せい》の未来完了的な感覚に支配されることも頷ける。かつてまるで同じ生を生きたという永劫回帰の信念は、そこから生まれるのである。

それでは、この「現在の回想」を可能にする基本構造が正しいとして、その時々に、実際に現在を回想する事態を生じさせる原因はなにか。つまり、何が「現在の回想」という錯誤を引き起こすのか。それは有り体にいってしまえば、生活に対する「注意」の不足・減退がまねく正常な心的機能の失調あるいはゆるみによる。結局、ベルクソンの議論も、本書の第二章冒頭でクレーリーの論文にみた、一九世紀後半以降の「注意」と「気散じ」の機制をめぐる社会的関心に完全に合致するものであり、いわばその極端なかたちを哲学の対象とするために既視感覚のテーマが選び出されたのだと理解できる。ベルクソンは、「現在の回想」の性質に関して「注意がこれ以上頑固に遠ざかる回想はない」と述べて、既視感覚と不注意との相性の良さを強調している。意識は注意を集中し、緊張を高じる意志の力によって行動を可能にするが、注意が減じれば減じるほど、その意識は限りなく「夢」の様相を帯びた状態に近づくのだ。

ベルクソンの説では、一般に夢を見ている状態とは、「心的生活の全体から集中の努力を引き去ったもの」[21] で、ようするに通常の意識活動において必要とされる緊張から弛緩している状態である。その弛緩によって解《ほど》けてしまうのは、現実において成立したはずの知覚と回想のイメージの結びつきである。つまり、夢見の最中は、回想(過去のマークの付いたイメージ)をその過去に知覚したときのかたちで適切に再生(＝心内で知覚)することができない。そのため制約の外れた連想によって現れる連続的イメージは、通常の基準からすれば不整合であり、それに対するむりやりな理解――もしくは、イメージの自己組織化とでも言うべきか――が夢の不可思議な物語を作る。[*22]大きく見れば、これも知覚と回想のヒエラルキカルな関係が壊れることを原因として説明されている点で、既視感覚に類縁的な経験だとわかるだろう。ジェームズと同じくベルクソンも既視感覚にともなう神秘性の要素として、懐疑の余地（＝自意識）を奪う「受動性」を挙げていたが、夢の世界にもまた経験の絶対的受動性が認められる。夢の内側にいるあいだ、人は自分がいま夢をみていることを疑っていても、なおその体験を切実なものとして受け取らざるをえない。文脈が緩んでいるために回想のイメージを特定の過去の世界に位置づけることができず、それでも「過去」のしるしが付いているために起こる「知っている」という親しみの感覚。そこに、既視感覚と根本のところで共有される「懐かしさ」が漂う。これに加えて、既視の衝撃の体験者たちがこぞって「夢のような印象」だったと証言している事実を合わせれば、既視感覚とは夢見の一種、つまりは眼を開いたままにみる夢の特殊形態だとするのは自然な結論である。夢見における心的錯乱の状態が「誤った認知」の発生を許す隙となるのだ。

ところで、ベルクソンの考え方では、「注意」という力は、本来「錯乱」した振る舞いをするのが普通であるべき心理を、目覚めている生活の関心と行動のために強制的に束ねる力である。したがって、病気などによる幻覚などの症候は、何か新しい心的現象を付加されて生じたのではなく、本来の「夢の生活という散漫な心理生活」に戻っているだけの状態ということだ。「夢の中ではたらく知覚や記憶はめざめているときのものよりも自然」[*23]なのである。心理を緊張させ、連続的に注意を更新させていく作業は「意識の躍動」を保証するが、ひとたび機能停止に見舞われれば、たちまち夢の中に自我が漠然と広がっている光景が開示されるのである。漱石が「焦点波動」と名づけた心的活動は、このベルクソンのいう「意識の躍動」にほとんど同じと思われる。が、創作の側の人間であってみれば、その「躍動」の舞台を支えている夢の世界（「心の自然」）をこそ直接に描いてみたいという文学的誘惑は強烈だったに違いない。

ベルクソンは、最終的に、精神が恒常的な夢見の世界に入り込んでしまう状態と、一瞬の既視の体験とをくらべ、日常生活に対する前者の害の大きさと後者の少なさから考えて、前者の予防として後者の機能があることを結論した。勝手に例を身近なパーソナル・コンピュータにとってみるなら、OSが大きなクラッシュに見舞われて永続的な機能不全に陥るよりは、時折、瞬間的なフリーズを起こさせて毒抜きをし、すぐに通常動作に復帰させる機構を用意しておいたほうが害が少ないのと同じである。脳の一時的なフリーズの際に夢の世界を垣間見て、そこから回復する一瞬の途上に経験するのが、既視感覚なのである。つまり、既視感覚は夢見の一種とはいっても、それと密接に結びついた「覚める」プロセスなくしては生じえない。本章が、夢小説に描かれた「気づき」の神秘を問題とする以上は、この「現在の回想」の象徴性の理解を避けて通れない理由である（なお、念のため事前に断っておくが、ベルクソンが解説したような既視感覚の純粋な発現は、物語を展開させる仕掛けとならないため、そのまま小説に描かれることは極めて少ない。それでも、その特殊な心理現象の原理的メカニズムを知ることは、本章で取り上げる小説家がそれに惹き付けられてしまった必然を理解するために不可欠の手続きである）。

三　漱石という端緒

本節からは、以上の夢や既視感覚の理解を、文学的想像力やその実作の問題に返すことにしたい。夢の神秘体験は古くより、生の向こう側を通過してくる臨死体験に同じものと見なされて、仏教説話や夢幻能など種々の文芸でその世界が表現されてきた。自分が死んでいる体験とは、現世の論理が通用しない異界に自分がいる体験に同じであり、夢の中にいるのと基本的に等価であるため、死後と夢の重ねあわせは自然な想像力の表れである。また見てきたように既視感覚は夢と目覚め（覚知）の体験を純粋なものとして開示するため、夢小説の根本的な構造と狙いを考察する手掛かりとなる。それらの要素の組み合わせ――死後と夢（潜在意識）、夢と既視感覚、既視感覚と覚知、覚知と神秘――を統合的に表した小説の例として、やはり漱石の『夢十夜』（発表はベルクソンの論考と同年の一九〇八年）を避けて通ることはできない。*24

周知のとおり、先のジェームズの『宗教的体験の諸相』を最も早くに読んだと推測される日本人の一人が漱石である。『吾輩は猫である』の迷亭が「不思議な経験」として語るエピソードでもジェームズの名が言及されるのは有名である。迷亭が首くくりの名所に行って実際に首をくくる気分に誘われた顛末の部分であるが、その理由を本人に、「今考へると何でも其時は死神に取り着かれたんだね。ゼームス抔に云はせると副意識下の幽冥界と僕が存在して居る現実界が一種の因果法によつて互に感応したんだらう」と語らせている。*25 心理の勝手な振舞いでふと自殺に誘われるなどは、とりたてて「不思議な経験」とは言えないのだが、ここでは「副意識《サブコンシャス》」（＝潜在意識）の概念が「因果法」を介して「現実界」と往来できる「死」の世界に同じものとされているのが鍵である（それに続けて、寒月が暗い水のなかから呼ぶ女の声に応じて橋から飛び降りかけた挿話と、苦沙弥が行きたくない歌舞伎座へ妻と出掛ける直前に吐き気に襲われ、時間切れの四時を知らせる「柱時計がチン／＼チン／＼」と鳴ると同時に全快するという、催眠暗示を思わせる挿話も披露されている）。

『夢十夜』の中で（百閒への影響という意味でも）要とみなされる「第三夜」は、「自分」が眼の見えない「六つになる子供」を負ぶって、夜の田んぼを背景に森に向かって歩いている場面ではじまる。まるで親を試すかのような子供の「対等」の態度である。嘲りの込められた言葉のいちいちが「自分」の機先を取るものである。


「此所《こゝ》だ、此所《こゝ》だ。丁度《ちやうど》其《そ》の杉の根の所だ」

　雨の中で小僧の声は判然《はつきり》聞えた。自分は覚えず留《とま》つた。何時《いつ》しか森の中へ這入《はい》つてゐた。一間《けん》ばかり先にある黒いものは慥《たしか》に小僧の云ふ通り杉の木と見えた。

「御父《おとつ》さん、其《そ》の杉の根の所だつたね」

「うん、さうだ」と思はず答へて仕舞《しま》つた。

「文化五年辰年だらう」

成程《なるほど》文化五年辰年らしく思はれた。
「御前がおれを殺したのは今から丁度百年前だね」〔第十二巻、一〇八～一〇九頁〕

こうして百年前に「一人《ひとり》の盲目《めくら》を殺したと云ふ自覚が、忽然《こつぜん》として頭の中」に現われる。背中の小僧（盲目の我が子）は、「自分の過去、現在、未来を悉く照らして、寸分の事実も洩らさない鏡の様に光つてゐる」のだが、この全知の存在が無知の「自分」に実は既知であった自覚をもたらすのである。これは既視感覚の文学的な翻訳のひとつの在り方と言える。

「第三夜」は一種の（キリスト教的な）原罪的不安を表しているという解釈もあったようだが、むしろ単純に、江戸文学や民間伝承（民話）に根ざしたテクストであると考えるほうが自然である。相原和邦が、「第三夜」と河竹黙阿弥や鶴屋南北などの戯曲との類似、またラフカディオ・ハーンの再話による日本昔話との類似をまとめている。[*26] 相原によれば、江戸文学の系列は、「第三夜」の舞台設定や出来事の局所的な描写にアイデアを提供しており、いっぽうの民話の系列は全体の筋の骨格において「第三夜」に似るという。しかしここで着目するべきなのは、むしろ「第三夜」独自の、二系列のどちらにも回収されない相違点の指摘である。たとえば漱石の夢物語には前近代の物語と異なって「勧善懲悪」の訓戒じみた要素が欠けている。またそれに関連して、金銭にまつわるトラブルを理由にして物語が構成されていない。特にプレテクストでは主人公は罪の自覚をはじめから抱えており、それを子供に指摘されるという展開をとるが、「第三夜」では、「「今に重くなるよ」「もう少し行くと解る」と言われても、主人公にとっては、そのことばの意味するものが全く見当つかず、不可解な事実が漸層的に集積して、重苦しさが増すばかり」という重要な差異がある。つまり、「予言的なことばの方が事実に先行」し、「時間の流れに一種の逆転」があり、「未来への展開がそのまま過去への回帰を意味するという時間構造の特殊性」が生じているのである。

だがこの論点を本章のテーマに接続するためには、もうひとつ「第三夜」の特殊性に関して付け加えなくてはならない。「自分」は指摘された予言的出来事を、なるほどそうだった、というかたちで追認する点である。主体の体験のありかたは、遅れてきた自覚の表明にあらわれる。言われてみれば、「自分」はこのような晩の体験を「何だか知つてる様な気」がするのだが、それが何であるかは「分らない」。先述した意識の「二重」性が分離することで、「知っている」と「分かる」の差異が露呈している。また子供によるディレクションを追認する以外の選択が「自分」に不可能であるのは、その体験が夢の絶対的受動性によって特徴づけられていることを如実にあらわしている。[*27]〈道行《みちゆき》〉とは、もはや意志の力で引き返すことができない状態を、歩行の筋と物語の筋とを重ねて描く古典的な手法なのである（先行する『坑夫』の冒頭に描かれたのも同じ種類の歩行である）。

さて、この「第三夜」が百閒の小説にもたらした影響は多数の先行研究で指摘されてきた。その浸透の深さを正確に測る術はないが、彼の小説全般にわたって、物語の主体が意図せずして彼岸にいる主題への執着は絶えることがなかったのは事実である。すでに漱石の影もだいぶ薄くなっておかしくない第二次大戦後の短編「とほぼえ」（一九五〇年一二月）から類似の描写を参照してみよう。[*28]

話は主人公（「私」という一人称すら使われない主体意識）が、どこかからの帰路に立ち寄った氷屋での（亭主との）対話劇で構成されている。はじめから亭主の様子がおかしいのだが、店の周囲で近頃頻繁に起こっているらしい怪談の報告が進むにつれて、その「おかしさ」はついに主人公のほうに裏返ってしまう。


　亭主がにじり寄る様な、しかし逃げ腰に構へた様な曖昧な様子で顔を前に出した。

「本当を云ふと、お客さんは、この前の道を来られましたな。この道の先の方に家は有りやしません」

「さあ、もう帰るよ」

「墓地から来たんでせうが」

　頭から水をかぶつた様な気がした。

「さうだよ」

「さうら、矢つ張りさうだ」

「さうだよ」

「お代なんか、いりません。早く行つて下さい」〔第六巻、一四二頁〕

「さうだよ」と思わず答える箇所は、漱石の「うん、さうだ」の発話と完全に同型である。その肯定の表明の瞬間まで、主人公の遅延した意識（自分は現世に属していないこと）は無自覚に留まっている。むしろ「知っている」ことの表明が先立ち、意識と理解が後から追いつくかのようである。言表の瞬間まで自分が死者の側にいることを自覚していなかった。しかしそれは自分にとって既知の事柄であるから肯定するのにやぶさかでない。「言われてみればそうだった」という認識、これは死者の主体的な（すでに十分に矛盾した言い方であるが）記憶の時制をあらわす共通文法のようである。

ただし漱石のテクストとはひとつ微妙な違いがある。「第三夜」冒頭に近い箇所で、「だつて鷺が鳴くじやないか」と子供が言い、「すると鷺が果たして二声ほど鳴いた」という認識順序の純粋な逆転の描写があるのだが、そのような細部の仕掛けを古典的な物語の枠組みに回収するのが漱石の特徴である。例えば「第三夜」で表される時制のレトリックは、仏教概念の範疇でも十分に説明が可能である。[*29] 輪廻の思想において、生前の個体的記憶は次の生に持ち越されないから、ようは忘却されている。事実、「自分」が「盲目」を殺害したのは、一人生のスパンを明らかに越えた百年前である。それが身体的ともいえる無意識の運動の奇跡によって想起され、その跳躍を保証するための「夢」となっていた。過去と現在、そして死と生が、まさに「因果応報」のかたちで結ばれるのは、『吾輩は猫である』のなかでジェームズに言及して、幽冥界と現実界、そして潜在意識と意識が「因果」の呼応をすると語られたことに重なっている。そこに「父殺し」ならぬ「子殺し」の精神分析的な図解を見ることも可能だろう。[*30] だが、そのような「因果」の物語的枠組みにのっとる構成を、夢の心理の働きを描いた小説と考えるのは難しい面もある。子供の存在を抑圧された無意識の回帰として捉えることが、（フロイト的な）「精神分析」の解釈、つまり神話や民話に対するような読解を綺麗に許容する代わりに、「科学的心理学」の知見からは離れてしまったきらいがのこる。

対する百閒は、似たような既知感覚の表現を、高次の目的（たとえば道徳的目的）に奉仕するものとして価値づけるような説話的な枠組みを設けていない。それは、漱石と違い「見た儘に書いた夢の話」だと芥川が形容した一編である処女作「冥途」（『東亜之光』一九一七年一月初出、芥川の言及は『新小説』一九二二年一月版にたいして）においてすでに描かれていたことであった。

「冥途」、すなわち彼岸に続く道は、水際の土手の中間地帯としてあらわれて、「私」はその下の「一ぜんめし屋」の小屋の中に留まって幽冥の話し声を聞くことしかできない。最初は、忘却していた過去の内容を自然に想起するかたちである。「私」は声の主が「父」であると悟った。

> 「お父様」と私は泣きながら呼んだ。
> けれども私の声は向うへ通じなかつたらしい。みんなが静かに起ち上がつて、外へ出て行つた。
> 「さうだ、矢つ張りさうだ」と思つて、私はその後を追はうとした。けれどもその一連れは、もうそのあたりに居なかつた。
> そこいらを、うろうろ探してゐる内に、その連れの立つ時、「そろそろまた行かうか」と云つた父らしい人の声が、私の耳に浮いて出た。私は、その声を、もうさつきに聞いてゐたのである。〔第一巻、六六頁、傍線引用者〕

しかし直後の声にたいしては、「私」が実際にそれを聞いてから、完全に認識するまで奇妙な時差が表現されている。みんなが腰を上げたすぐ後に、「私」が「さうだ、矢つ張りさうだ」と言った台詞は、その前の文（「みんなが静かに……」）の直前に挿入されるべきだった「そろそろまた行かうか」という「父」の声を、「私」が受け取った証拠だろう。「矢つ張り」と言っているのだから、一行目で声の主が「父」であると悟ってから、そこでもう一度「父」の声を聞いたことになる。にもかかわらず、声の具体像の知覚は遅れてきた。本来は、次のような並びになるべき描写だったのである。

「お父様」と私は泣きながら呼んだ。
けれども私の声は向ふへ通じなかつたらしい。『そろそろまた行かうか』と云つた父らしい人の声が、私の耳に浮いて出た。みんなが静かに起ち上がつて、外へ出て行つた。
「さうだ、矢つ張りさうだ」と思つて、私はその後を追はふとした。けれどもその一連れは、もうそのあたりに居なかつた。

完了的な事柄をすでに知っている。既知の出来事が意識にのぼらない。その既知の出来事が現象する。そしてすでに知っているという意識が生じる。たしかにデジャ゠ヴュの性質を形式的に備えている（この場合、視覚像ではないが）。物語としての解釈の枠組みに頼らず、認識の撞着を描写するために、心理のメカニカルな働きを小説の寓意の力によって実現してみせた方法である。ただ一文を取りだして別の箇所に置きなおしたという、メタレベルの文をオブジェクトレベルの物体として扱うかのような遊び方は、文章が説話的な効果を目指していないことの表れであり、漱石のほうが「理屈つぽい[*31]」という印象や、『冥途』のほうが「「夢十夜」のより意識的な、そして純粋化された展開によって踏み出されている[*32]」という感想を引きだす理由なのである。

四　媒介項としての志賀直哉

かくして夢小説の最も前衛的な地点に立ち、その後も生涯を通して夢の表現的な可能性を探求し続けた百閒であるが、当たり前ながら、たった一人で踏破することのできた行跡ではない。本書の立場は、芥川の作家としての眼力を参考に、その案内役の位置に志賀直哉を置くものである。芥川が「夢」（一九二〇年一〇月二五日付）という章題のついた文章（「雑筆」『人間』一九二一年一月）を書いたのは、百閒の「冥途」ほか五編（『新小説』一九二一年一月）を賞讃したのよりせいぜい二、三ヵ月早い程度で、ほとんど同時期である。つまり、夢というテーマの関心が芥川のなかで間違いなく高じていた時期である。その文章の中に、過去の優れた夢小説のただ一つの例として、志賀の「イヅク川」（『白樺』一九一一年二月）があげられていたことの意味は決して小さくない。

志賀も終生、まちがいなく夢に執着した作家であるが、起点に置かれるべき作が「イヅク川」である。その後も夢の内容を忠実に描こうとしたテクストは多く、はやくに日比野正信が三つのタイプ別に分けて十五作ほど列挙している。[*33] そのなかで芥川が右の「雑筆」を書く以前のものは、発表順に、「イヅク川」「祖母の為に」「クローディアスの日記」「児を盗む話」「断片」「夢」「焚火」となっている。それぞれに重要な夢の特質をテクストの課題にしており、たとえば「児を盗む話」では、夢と知っていながら体験を切実なものとして恐怖するという先述した夢の特徴が表現されている。

そうした志賀の先取的な動向は、本章第一節で述べた夢についての学術的言説が急速に出回ってきた事情と相俟って、芥川の強い関心の対象となっていたに違いない。いずれにしても芥川が特権的に言及したのは、「イヅク川」である。それは「夢の原型、夢の処女作といえる佳品」であり、それによって志賀の「夢の作品化は口火を切ったのである」[*34]。必然的に、芥川の近くにいて文学の新たな力学を夢に模索していた百閒も「イヅク川」の磁場に浴していた可能性があるわけだ。志賀という個体を越えて転生していく、このテクストのもつ原型的な意味を摘出してみる価値は大きい。

「イヅク川」は、何の断りもなく夢の描写からはじまり、それが夢であったことを解説するパートが小さく付随する構成である。

雨降り挙句のやうでもないが道が濡れて居る。近道をするつもりで道から右へ小さな草原《くさはら》へ入ると、踏む毎にジュク〳〵と水が枯草や芥ににじむ。

〔中略〕

自分は会いたい人があつて、此丘を越す方が近いと思つて歩いて居る。

間もなく大きな池のふちへ出た。澄んだ水を一つぱいにたたへて居る。底の水草《みづくさ》の蔭に小魚の動くのが見える。これがイヅク川だな、と思ふ。右は丘の側面で、遙か下の方に、薄靄の中に淡《うす》くぼーッと町の家並《やなみ》が見える。会ひたい人は其所に居るのだ。成程もう直《ぢ》きだと思ふ。

池は浅いが広くて、水が歩いて居る足元と殆ど同じ高さまでたたへてある。池の彼方《むかう》に杉の森が頭だけを見せて居る。如何にも平和な風景である。白鷺のやうで嘴のそれ程尖つて居ない鳥が池の中の所々《ところ〴〵》に立つて居る。イヅク鳥と云ふのはこれだなと思ふ。皆眠つて居る。

此所で自分は或知人とすれ違つた。挨拶をして直ぐ別れたが、暫くして振り返つたら彼方《むかう》の角の藪かげから一寸顔を出して笑つて居た。

夢はさめた。さめても此夢から受けた美しい感じが頭に漾《ただよ》つてゐて、かなり明かに其景色を想ひ浮べる事が出来た。〔中略〕そして、イヅク川、イヅク鳥と云ふ名を想つた時に、川と云つたのが池で、鳥と云つたのが白い鳥であつた事を考へて興味を感じた。イヅクは何処《いづこ》のなまりで、それも面白く思つた。

知人は元、同じ学校に居た、海江田《かいえだ》のやうでもあり、豊次《とよじ》のやうでもあつた。後《あと》から顔を出して笑つて居たのは確に豊次だつた。して見るとすれ違つた時は其人は海江田だつたらしい。

会ひたいと思つた人は思ひ出せなかつた。*35

前半部の夢のパートは、いかにも寝起きに急いで記憶をスケッチしたような、さりげない体裁ながらも凝集した美しさがある。この夢が非常に強い印象を志賀に刷り込んだのは、十五年以上も後の「蘭斎歿後」（一九二七年四月）に相似の描写が出てくることでもわかる。[*36]

そして後半部の語り手によって付される簡単な解説は、精神分析的なものでは全くなく、夢の叙述特有の痕跡をいくつか指摘しているだけである。しかしそれらの特徴が芥川をして「夢を夢らしく」描いたと言わしめている理由でもある。

まず夢らしさの表徴として指摘されているのは、記号的な矛盾である。水辺ははじめ「池」と認知されながら、二文飛ばして、語り手の心中の言葉として「イヅク川」と表記される。それからまた二文とばして、もとの「池」に戻っている。また同じように、「白鷺のやう」と認知されながら、名としては「烏」と心のなかで言表され、白と黒の色が矛盾をきたしている。これら二つの夢らしい異常は、テクストとして表されると微妙な問題を孕んでいる。

「川」も「池」も、結局のところ表記された言葉である。しかし「池」は語り手による風景の描写としてあり、とりあえず「川」は「自分」の心内の言表を書き写したもの（信念）としてある。したがって「池」の意味は言表主体＝語り手（の時間）に属しており、「川」は、その記述の内容を「自分」が抱いている以上、「自分」に属している。したがって同一対象の記述が二人の主体によって別々に行われていると考えれば、それぞれが異なる言葉を採用する事態は普通にありうることになる。「池」のポテンシャルは、他者がそれを「川」と認識するまではあくまで表記に隠れており、その広がりを露わにするものではない。問題は、この文章が一人称の語りであり、「二人の主体」が同一人物であり、二者間の距離がほとんど無いものとして設定されながら、なお両者の判断が分裂した点である。

あらゆる間接話法に「記述が誰の信念に相対的か」という問いが付きまとうのは、言語学の基礎的な知識が教えるところである。[*37] このテクストの場合、「池」の表記が「自分」にとっては「川」の表記であるべきところを、語り手の認識を介して「池」と表記されていることになるので、「川」は「池」に対する事象的様相の関係にあるといえる（そうではなく、もし「自分」が「池」と思った信念の内容を語り手が引き受けて、そのまま「池」と表記されているのであれば、「池」は言表的な様相である）。発話の主体が「語り手」のみの客体的描写なら、言語が抱える原理的な様相性の振れ幅は、本来表記のうちに同一に密着してゆるぎなく見える。しかし夢の記述において、「自分」の「イヅク川」といういかにも固有名に聞こえる信念の言葉に引っ張られるかたちで（おそらく「イヅク池」というのは、この夢見る主体にとって語呂が悪いのである）、二つの現勢した文のあいだにコンフリクトが生じた。それによって記述の様相性が分裂したのである。言い方を換えれば、描写に潜む分裂性を表面的な一元性のうちに綴じ込めているのが言表的な様相なのだが、そのような包摂的に働く言語の欺瞞性を事象的な様相が曝してしまっているのである。同様の説明は、「白鷺」と「イヅク鳥」との関係にも言えるが、そちらは省略したい。

　こうした一人称記述の矛盾が、人間の「知っていながら分かっていない」認知の可能性を露呈しているのは明らかで、それは言語構造を介してのみ明らかになる。百閒は、一九四二年の講演録「作文管見」のなかで、「夢を見る。夢は言葉でなくても見られさうに思ひますけれども、その夢が我我の記憶となつて、昨晩はこれこれの夢を見た様だと云ふぼんやりした事を思ひ出すには、矢張り言葉でなければ思ひ出す事は出来ない」（第四巻、四〇九頁、傍点引用者）と述べている。夢は思考や感情を言語的束縛から逃れさせる可能性を感じさせるが、同時にその夢の内容を意識の上に取り出すには再記述（言語化）による拘束が避けられないことを強調している。また、作文が苦手な人は「思つたことが書けぬと云ふのでなく、書けぬ事を思つてゐる」からだと独特の捻くれた言い回しをしているが、夢の記述は、まさにこの「書けぬ事」と書ける事との境界線、すなわち意識の「二重性」の母体を顕わにする行為になるだろう。そのような二重様相性の世界こそ、仏語でいう「中有」の場でもあるのだ。

　さらに、その問題に関連して興味深いのは、イズクは「何処」のなまりであるという解説である。この夢には、夢の内容を具現せしめた作用因《エフィシャント・コーズ》を示唆するものは見当たらない一方で、夢の主体を歩行に駆り立てる動因

（＝目的因《ファイナル・コーズ》）が置かれている。それは誰であるか特定されない「会いたい人」である。「会いたい人」は何処《いずこ》にいるのか？という問いかけが、イズクを冠する固有名の地に実体化している。疑問詞という問題の所在を指示するメタレベルの記号（非固有性）が、地名という言葉と物との原初的契約のレベルにある記号（固有性）に転位している。そのことによって、いまだ発生の初期状態にあるような場が目的論的なものへと組織化され、そのなかでの「自分」の一定の歩行が保証される程度には確固とした空間に転化しているのである。

　直接には書かれていないが、この空間は複数の回想イメージが自由に複合して出来た懐かしい空間のはずである。「会いたい人」が何処にいるのか知れていなければ、そこに向かって歩くことはかなわない。目的論的対象は不在のままに、「何処」を具体化した世界は、まさに知りながら分かっていない場で、それは夢中の心的特徴を代弁するものだ。したがって三段落目末尾に書かれる「成程もう直《じ》きだと思ふ」の「成程」は、先ほどの漱石の引用文の最後から二行目「成程文化五年辰年らしく思はれた」と書かれるときの、遅れてきた自覚をあらわす「成程」と同じ重さがある。「成程」という言葉には、提示された情報にたいする再認と納得のニュアンスが含まれる。「町の家並」が見え、「会いたい人」がそこにいることを意識して、「成程」だから今、「自分」はそこに向かって歩いているのだと理解した。目的地に到達するのが「もう直き」であること自体に納得しているのではない。「もう直き」の距離に目的地があるということは、「自分」は「成程」ちゃんと目的をもって歩いていたのだということを遅れて理解したのである。「成程」の意味は、その認識に掛かっている。非常に穏やかではあるものの、これも既視感覚の表現の一種といえるだろう。

　最後に、一見して奇妙でいながら夢中における「主体化」の困難に関して重要な箇所が、知人とすれ違う場面である。語り手の説明は、その説明自体にさらに解釈が必要な謎めいたものである。夢の中で最後に振り返ったとき笑っていたのはどうも「豊次」らしかった、だから先にすれ違ったとき挨拶した相手は「海江田」に違いない、というのである。この「だから」という理由の論理についてはコメントが全くなされていない。夢を振り返る語り手は、なぜかすれ違った前後の人物が同一ではないということを前提にしていて、前後で人物が入れ替わったと感じたのである。そして豊次と海江田という二者の連想関係が彼の脳内できわめて強固だったらしいということが、私たちには推測できるのみである。たとえば「自分」を加えて、昔よく一緒に遊んでいた三人組のうちの二人だったというように。しかしこれは本当に異なった二人の人物だったのだろうか。

百閒が一九五一年に発表した「ゆふべの雲」という短編の冒頭近くに、この「イヅク川」と共鳴する文章がある。

どうも気分がよくない様だ。さつき行火《あんくわ》でうたた寝をした時、青地が玄関を開けて、上がつて来たので、相手になつてゐたら、青地ではなくて、青地の様な顔をしてゐるけれど、豊次郎が化けて来たのだつた。こちらで気がついたら、ゐなくなつたが、後後まで不愉快である。豊次郎も青地も、もとから知つてゐる若い者で、二人の間柄ではお互に化けたりするなぞと云ふ関連もなささうに思ふ。私をおどかすつもりでした事なら承知出来ない。〔第六巻、一四九頁〕

百閒の他の小説に馴染まない人は、この描写に接しても何のことか判断しかねるはずである。百閒は小説中の「私」の固有名をしばしば「青地豊次郎」と表していた。名の由来は、無類の鳥好きの百閒が上と下の名に「アオジ」と「ホオジロ」を当てたもので、元々は単独の人物である。しかし引用箇所では二人に分離している。この描写の導入が「うたた寝をした時」と書かれることから、すでに「私」は夢の内部に移行していると解釈することができる。夢のフィールドにおいて「私」を構成する同一性は二者に分裂するどころか、「不愉快」をもたらす他者にまで転化しているのである。もしくは分裂した段階で、それは他者的なもの（幽霊）として回帰しているのである。アオジホウジロウの音はたしかに鳥の名から来ているはずであるが、漢字の出自はまた別のはずである。「豊次」と「豊次郎」の類似は言わずもがなだが、「海江田」と「青地」という苗字がどちらも青いフィールドを表していることも、偶然の一致には思われなくなる。

そして逆に百閒のテクストの照り返しのなかに「イヅク川」を置いてみれば、夢見る主体が遭遇したのは「海江田豊次」という同一人物である可能性が捨てられなくなるだろう。自己同一性《アイデンティティ》とはそもそも本源的に分裂しているからこそ「同一性」の様態が主張されるのであり、その分裂を作り出すと同時に補綴するのは人間の認識活動に介在している表記のレベル（言語）であり、またそうした原理的二重性を浮き彫りにするフィールドが夢なのである。「知りながら解っていない」という夢見の特質がもたらす意識の「二重性」は、いずれ主体の文字どおりの分裂を引き起こさずにはいられない。『冥途』とは異なる世界に百閒が踏み出した「山高帽子」（『中央公論』一九二九年六月）の最後に、こんな描写がある。

何日か過ぎたある夜明けに、突然私は自分の声にびつくりして目がさめた。何を云つたのだか解らなかつたけれど、恐ろしく大きな声だつた。喉咽一ぱいに叫んだらしかつた。しかし別に悲鳴をあげるやうな夢を見てゐたのでもなかつた。〔第一巻、一〇七頁〕

横たわる「私」は、睡眠による夢のフィールドを通過して、内なる他者としての「私」に出会う。「私」はもう一人の「私」（恐ろしく大きな声）に驚異を感じて目を覚ますが、「何を云つたのだか」、その内容は「解らない」のである。

この小説以降、次第に百閒は夢を直接描く小説を離れ、より日常的な風景のなかに、その日常の原則をじわりと揺さぶる〈他者〉を召還する方法を発展させていった。[*38] だがそれが最初に芽吹いてきた大正の土壌は決して百閒一人によって耕されたものではない。足を踏むたびに「ジュク〳〵と水がにじむ」ような、「イヅク川」と同じ湿潤の地で育まれてきたのである。

五　「崇高」と「美」のはざまに

ところで、ここまで論じてきた既視感覚の文学的描写に関して言及を控えめにしていたことがある。もしかしたら「哲学的なもの」と「文学的なもの」の二種に分類可能であったかもしれないそれを、若干混淆して扱ってきたのである。百閒が登場する一時代前、小山鼎浦は「神秘派と夢幻派と空霊派と」（『帝国文学』一九〇六年二月）という文章で、日露戦争後の思潮的大変化について述べながら、「神秘主義の如き、恐らくは現に成暢《ちょう》しつつあり、漸く円熟せんとしつゝある、好産物の一つとならむ」と書き出して、当時の「神秘主義」について解説をしたことがある（その翌月に島崎藤村『破戒』が出版されて、「自然主義」が一気に伸してくる一瞬前のことである）。曰く、それは大きく三つの特質に分けられる、神秘派と夢幻派と空霊派である。そのうち、前の二者の定義は次のようにされている。

神秘派の特質として、宇宙人生の神秘を観じ、描き、伝ふるや、其の態度は飽くまで省察的、倫理的、宗教的なれども、夢幻派に至つては、殆んど此特質なく、或は意識して、或は意識無くして、人生の神秘に触れ、自ら之を筆端に写しつゝも、そは心界に浮泛し来る刹那の感興たるに止りて、〔中略〕。故に神秘派が頗る道徳的なるに反して、夢幻派は飽くまで遊戯的なり。而して特に夢幻派の特質はと言はゞ、世の所謂ローマンテックの語最も適当に之が答解たらん〔後略〕。

また、空霊派は次のごとくである。

彼等〔空霊派〕は綺言麗語を綴りて宛ら神界の窈冥を辿り、霊境の玄微を開くが如くなれども、その神と呼び霊と言ふもの、畢竟修辞の上の粉飾に止りて、何等実感の生気を伝ふる者に非る也。即ち此種の作家は神秘を恋ふが如くして、実は空霊を恋へる也、否、恋へるに非ず、只恋ふるが如くに歌ひ、且つ語る也。〔傍点引用者。原文の強調記号はすべて省略〕

もとより、こうした仮の分類に厳密性がないことは鼎浦も断っているが、最後の「空霊派」にたいして語調が冷淡なことは明らかに見て取れる。いわゆる象徴派詩人のものする「象徴詩」は、大体このカテゴリーに括られると言うのだが、そこで思い浮かべられているのが「修辞の上の粉飾」ばかりに専心する空虚さであるならば、とりあえず考察の対象からこれを除外して差し支えないだろう（つまり、象徴詩と俳文学の類縁性はここでは無視する）。残り二つの分類が、既視感覚の二つの性質——「哲学的なもの」と「文学的なもの」——を理解する補助的な枠組みとなる。

ここで近代哲学の祖カントが著した小論「美と崇高にかんする観察」（一七六四年）を思い出しておきたい。カントは、高雅なロマン的感情の依って来たるところを分析し、大きく「崇高」と「美」の二種に分けた。アメリカの文学研究者スティーヴン・シャヴィロはその議論に言及しながら、「脱構築」の戦略を駆使したフランスの哲学者ジャック・デリダを「崇高」の思想家として捉え、一方、二〇世紀前半期に活躍し、一九二九年に主著『過程と実在』を出版した英国の哲学者ホワイトヘッドや、その継承者としてのドゥルーズを「美」の思想家として捉えている。[*39]「ホワイトヘッドにとって、世界の目的——それはつまり、神を含めた、世界内のあらゆる存在者の「主体的目的（subjective aim）」のことだが——は、善や真ではなく、美（Beauty）である」と指摘するシャヴィロの狙いは、「道徳的」ふるまいが隠し持っている欺瞞性を打ち破るため、「美」のポテンシャルを支持することである。仮にホワイトヘッドの「万物の目的論《テレオロジー》は、美の生産に捧げられる」という定言を本章の「イヅク川」の分析に援用すれば、「何処《いずこ》」という目的ならぬ「目的」を内在化した「知りながら分っていない」空間と、その描写の美しさの関係の説明として読むこともできる。この種の美的なものを志向する文学を分類すれば、鼎浦のいう「夢幻派」に属するだろう。

対して、「崇高」は、一瞬間に襲われる自己否定と自己超越の同時的感覚、それはほとんど倫理的ともいえる畏敬の感情である。仏教的にいえば「悟り」の経験であり、「智恵」の獲得ともいえるだろう。デリダの提唱した「脱構築」が引き起こす瞬間の破壊力が、まさにその種の思想を体現している。『夢十夜』の「第三夜」の最後、「おれは人殺《ひとごろし》であった」という「自覚が、忽然《こつぜん》として頭の中に起った」体験や、「冥途」の「私」が、神ならぬ「お父様」の存在に「泣きながら」気がついた瞬間的な智恵の獲得を、「美的」な経験と言うのは難しい。W・ジェームズやベルクソンが既視感覚の特性について揃って述べたように、それは「知的感情」の一種なのである。その「省察的、倫理的、宗教的」な志向は、まさに鼎浦のいう「神秘派」の態度に属するだろう。

本節のはじめに、既視感覚の神秘主義の側面を「文学的なもの」と「哲学的なもの」に分類できるとしたのは、この「夢幻派」と「神秘派」の区別を考えてのことである。が、既視感覚の下位に種類が二つあると考えるよりは、第二節で紹介したベルクソンの議論が、夢の種類を通常の形態（睡眠中に夢を見ている状態）と特殊な形態（いわゆるデジャ＝ヴュ）の二つに分類していたことに対応させるほうが、図式的には明快になると思われる。「イヅク川」で描かれているのは、夢中の持続的世界だから、それは「美」の感覚で溢れているのであり、百閒文学で「気づき」が描かれるとき、その描写は「崇高」の感情に浴している。

ただし、文学に描かれる夢の要素として「夢幻派」に属する傾向を「文学的なもの」と称し、「神秘派」に属する傾向を「哲学的なもの」と称する偏りで明らかなように、小説の形態においては、夢の持続的世界のほうが一瞬の既視感覚よりは表象されやすい点があるのは否めない。

だがここで、そのような差異を考察したのは、実際には文学的実践のなかで明瞭な区別ができるわけでもなく、また、百閒文学においてきわめてヴィヴィッドに表現される「気がつく」という感覚を捉え損なわないためには、逆に、両者に完全な区別を設けないことこそ必要だと思われたからである。第一節で論じたように、「気づき」は夢幻的世界を切実な体験として通過することを媒介し、そこから「覚める」という局面を、夢幻的体験の一部として織り込むことで成立する。少なくとも、百閒に関しては、「崇高」を描いた作家とも、「美」を描いた作家とも称するにはやや違和感がある。仮にどちらの要件も欠いているのであれば「空霊派」に押し込めるほかないが、実際には、どちらの特徴も十分に備えているように見える。両者の融合点としての「恐怖」を描いた作家としておくのが、とりあえずは一番無難なのかもしれない。

六　「ぼんやり」から「はっきり」へ――「冥途」論

さて本節では、ふたたび「冥途」に立ち戻り、当時の最新の心理学的知識を通して、「ぼんやり」という夢見の心的状態のなかに「気づき」の神秘性が巧みに織り込まれている様相を明らかにしていきたい。「冥途」を代表として扱う理由のひとつは、百閒の名において最も知られたテクストであると同時に処女作でもあること、もうひとつは、第三節で論じたように、このテクストには既視感覚を表現する遊びに近い実験的な方法が施されているのだが、それが影絵・幻灯・活動写真を興行する芝居小屋を思わせる舞台装置によって演出されていること、つまり回想イメージを素材とした脳内の夢の表象（父との出会い）を映画の上映に見立てていることである。とりわけ後者のことは、「冥途」という小説空間全体を心理の処理にかかわる装置、それも視覚メディア的な装置として寓意的に読むことを可能にするため、「視覚性」の変容を軸に問題を構成してきた本書にとっては大きな意味がある。第一章では子規の写生句の理論から、心的活動（潜在意識）の利用による映画の時間の表象を見て取ったが、「冥途」では視点が心的活動の内側に完全に入り込むにいたって、逆に、映画の仕組みを利用して心的機能が空間的に表象されることになったのである。ここに一つの「視覚性」を体現した時代の成熟と終わりの予兆をみることも間違いとは思えない。ちなみに、『鶴』（三笠書房、一九三五年）に収められたエッセイ「蓄音機」の冒頭に、「トーキーの活動写真なんか、ちつとも見たくない様な気がする」（第二巻、八一頁）と書かれたように、百閒にとって映画とはサイレント映画のことである。そのメディアの特性を最もよく表しているのは、第二冊目の創作集『旅順入場式』（岩波書店、一九三四年）所収の短編――本名の内田栄造の「栄造」を題に掛けた――「映像」（『我等』一九二二年一月初出）だろう。[*40] 後述するように、「冥途」の世界において鍵となるのは制限された視界よりも、実際には「声」というべきなのかもしれないが、それは後から映像にかぶせられた弁士の声のごとく、動きと全く同期しないのが特徴である。

加えて肝心なのは、「冥途」は、短編集『冥途』（稲門堂書店、一九二二年）に収録されたとき、全十八編の一番最後に置かれたことで、短編集全体によって物語的に構築された夢世界からの帰還を描いている点である。[*41] 短編集のなかで第一話としておかれた「花火」は、「私は長い土手を伝つて牛窓の港の方へ行つた」という一文によって、冥界（ないし夢の世界）の途上を意味する土手に立ち、いわば死出の旅路に立った状態で開始される。それが最終編「冥途」に至ると、舞台は土手の道からは脇に降りた「小屋掛けの一ぜんめし屋」に逸れている。しかも、その結末は、「それから土手を後にして、暗い畑の道へ帰つて来た」として、「私」は境界域からこちらの世界に引き返しながら、まさに夢から覚めようとするかたちで終わる。したがって、他の収録短編と比べて、〈覚める〉という局面がテクストの主題に内在的に関わるのは当然といえる。そして、そのような問題意識によって処女作を構成したという事実が、百閒文学のオリジナルな志向を考える上で重要なポイントなのである。

ここからテクストの解体作業をするにあたって、著作権者の特別な許可を得て、「冥途」の全文を引用する。

高い、大きな、暗い土手が、何処から何処へ行くのか解らない、静かに、冷たく、夜の中を走つてゐる。その土手の下に、小屋掛けの一ぜんめし屋が一軒あつた。カンテラの光りが土手の黒い腹にうるんだ様な暈《かさ》を浮かしてゐる。私は、一ぜんめし屋の白ら白らした腰掛に、腰を掛けてゐた。何も食つてはゐなかつた。ただ何となく、人のなつかしさが身に沁むやうな心持でゐた。卓子の上にはなんにも乗つてゐない。淋しい板の光りが私の顔を冷たくする。

私の隣りの腰掛に、四五人一連れの客が、何か食つてゐた。沈んだやうな声で、面白さうに話しあつて、時時静かに笑つた。その中の一人がこんな事を云つた。
「提燈をともして、お迎へをたてると云ふ程でもなし、なし」

①私はそれを空耳で聞いた。何の事だか解らないのだけれども、何故だか気にかかつて、聞き流してしまへないから考へてゐた。するとその内に、私はふと腹がたつて来た。私のことを云つたのらしい。振り向いてその男の方を見ようとしたけれども、どれが云つたのだかぼんやりしてゐて解らない。その時に、外の声がまたから云つた。大きな、響きのない声であつた。
「まあ仕方がない。あんなになるのも、こちらの所為だ」

その声を聞いてから、また暫らくぼんやりしてゐた。すると私は、俄にほろりとして来て、涙が流れた。②何といふ事もなく、ただ、今の自分が悲しくて堪らない。けれども私はつい思ひ出せさうな気がしながら、その悲しみの源を忘れてゐる。

それから暫らくして、私は酢のかかつた人参葉を食ひ、どろどろした自然生の汁を飲んだ。隣の一連れもまた外の事を何だかいろいろ話し合つてゐる。さうして時時静かに笑ふ。さつき大きな声をした人は五十余りの年寄りである。その人丈が私の目に、影絵の様に映つてゐて、頻りに手真似などをして、連れの人に話③しかけてゐるのが見える。けれども、そこに見えてゐながら、その様子が私には、はつきりしない。話してゐる事もよく解らない。さつき何か云つた時の様には聞こえない。

時時土手の上を通るものがある。時をさした様に来て、ぢきに行つてしまふ。その時は、非常に淋しい影を射して身動きも出来ない。みんな黙つてしまつて、隣りの連れは抱き合ふ様に、身を寄せてゐる。私は、一人だから、手を組み合はせ、足を竦めて、ぢつとしてゐる。

通つてしまふと、隣りにまた、ぽつりぽつりと話し出す。けれども、矢張り、私には、様子も言葉もはつきりしない。しかし、しつとりした、しめやかな団欒を私は羨ましく思ふ。

私の前に、障子が裏を向けて、閉《た》ててある。その障子の紙を、羽根の撚れた様になつて飛べないらしい蜂

④が、一四、かさかさ、かさかさと上つて行く。その蜂だけが、私には、外の物よりも非常にはつきりと見えた。

隣りの一連れも、蜂を見たらしい。さつきの人が、蜂がゐると云つた。その声も、私には、はつきり聞こえた。それから、こんな事を云つた。

「それは、それは、大きな蜂だつた。熊ん蜂といふのだらう。この親指ぐらゐもあつた」

さう云つて、その人が親指をたてた。その親指が、また、はつきりと私に見えた。何だか見覚えのある様ななつかしさが、心の底から湧き出して、ぢつと見てゐる内に涙がにじんだ。

「ビードロの筒に入れて紙で目ばりをすると、蜂が筒の中を、上つたり下りたりして唸る度に、目張りの紙が、オルガンの様に鳴つた」

その声が次第に、はつきりして来るにつれて、私は何とも知れずなつかしさに堪へなくなつた。私は何物かにもたれ掛かる様な心で、その声を聞いてゐた。すると、その人が、またかう云つた。

「それから己の机にのせて眺めながら考へてゐると、子供が来て、くれくれとせがんだ。強情な子でね、云ひ出したら聞かない。己はつい腹を立てた。ビードロの筒を持つて縁側へ出たら庭石に日が照つてゐた」

私は、日のあたつてゐる舟の形をした庭石を、まざまざと見る様な気がした。

「石で微塵に毀れて、蜂が、その中から、浮き上がるやうに出て来た。ああ、その蜂は逃げてしまつたよ。大きな蜂だつた。ほんとに大きな蜂だつた」

「お父様」と私は泣きながら呼んだ。

けれども私の声は向うへ通じなかつたらしい。みんなが静かに起ち上がつて、外へ出て行つた。

「さうだ、矢つ張りさうだ」と思つて、私はその後を追はうとした。けれどもその一連れは、もうそのあたりに居なかつた。

そこいらを、うろうろ探してゐる内に、その連れの立つ時、「そろそろまた行かうか」と云つた父らしい人の声が、私の耳に浮いて出た。私は、その声を、もうさつきに聞いてゐたのである。
月も星も見えない。空明りさへない暗闇の中に、土手の上だけ、ぼうと薄白い明りが流れてゐる。さつきの一連れが、何時の間にか土手に上つて、その白んだ中を、ぼんやりした尾を引く様に行くのが見えた。私は、その中の父を、今一目見ようとしたけれども、もう四五人の姿がうるんだ様に溶け合つてゐて、どれが父だか、解らなかつた。
私は涙のこぼれ落ちる目を伏せた。黒い土手の腹に、私の姿がカンテラの光りの影になつて大きく映つてゐる。私はその影を眺めながら、長い間泣いてゐた。それから土手を後にして、暗い畑の道へ帰つて来た。

〔第一巻、六五〜六七頁。以下、本章の引用中の飾り類はすべて引用者による〕

文字どおり黄泉を思わせる奇異な世界に「私」はいる。大きな土手が走っている。その脇に「小屋掛けの一ぜんめし屋が一軒」あり、「私」はその店の「白ら白らした腰掛に、腰を掛けてゐた」。隣には「四五人」（＝死後人[42]）一連れの客が居て話をしており、同じ小屋の中でありながら、その一連れの「様子が私には、はつきりしない。話してゐる事もよく解らない」（③）。どうやら「私」と彼らの場の間には、両者を分け隔てる見えない奇妙な空間差がある。まるで半透明の壁が遮るかのように、相互の空間はうまく通じていないのである。

向こうの話す言葉は最初「私」には分節できず、次第に「はつきり」はしてくるが、「私」のほうの声は最後まで向こうへ通じることがない。視覚的にはなおさら「私」は彼らを判別できず、明瞭に「私」の眼に映ずるのは蜂のみである。この蜂は「私」の幼児の体験の記憶が外在化したものであるが、それだけが物質的な生々しさをもって存在し、双方の空間から認知されている。「私」と彼らの場を往復できるリアルなものは記憶の蜂だけであり、「私」の現在における音声や視覚はスクリーンを無抵抗に透過することができない。情報が向こう側とこちら側の境を乗り越え交通するとき、認知に混乱が生じ、まるで壊れた映写機による映像が音声と同期しないでばらばらに投影されているような現象を生む。生と死を分け隔てつつ曖昧化するスクリーンが、既視感覚の発生を用意する錯誤、すなわち「知る」と「分かる」の非同期性を作り出す装置である。*43 つまり本章で繰り返し述べてきた認識の二重性を、「冥途」は空間的内容として具体化しているのである。その結果の、第二節で述べた「父」の声の遅延であったわけだ。

ところで確認しておくと、現在流通している「冥途」（右の全文引用）は、『新小説』一九二一年一月号に掲載され、翌年二月発行の単行本『冥途』（稲門堂書店）に収録された際に若干修正されたものが元になっている。しかし、その原型版は、はやく『東亜之光』一九一七年一月号に掲載されており、文章の細部に細かな異同が見られる。まずは前半部にある次の描写を確認してみよう。

「提灯をともして、お迎えをたてるといふ程でもなし、なし」

私は、その言葉が、何の事か解らなかつた。しかし、何故だか、気にかかて、聞き流してしまへないので、考えてゐた。さうすると、私は、解つた。私の事を云つたのらしい。私は、腹を立てて、その男の方を見ようとした。けれどもどれが云つたのだか、ぼんやりして居て、解らない。その時に、外の声が、かう云つた。

さすがに文体の巧拙だけ比べれば、一九二二年版（全文引用箇所①）のリズムの良さに軍配が上がる。再掲の際に、百閒はその点を気にして少々書き換えたと見える。しかし、「解らなかつた」――「解つた」――「解らない」という〈理解〉の有無に関する執拗なこだわりは、こちらの方が見て取りやすい。そして、この〈解る／解らない〉の境域を作り出しているのが「ぼんやり」という表象なのである。

百閒の小説は、どこを取り出しても不可思議な雰囲気を醸すが、この箇所の描写が特に奇妙な印象を与えるのは、「私」の経験が通常の主体の認識プロセスを踏んでいないからである。一般に人が対象を認識する過程を心理学的に分解して考えると、まず、対象に関する「感覚（刺激）」を受容し、次にその対象を「知覚」して観念とし、最後に、その対象について概念的な思考をする、というおよそその順序を経るものである。仮に対象をメロンとすれば、メロンの緑色や球形を網膜が感受したり、その匂いを嗅覚が捉える第一段階の〈感じ〉があり、続いて、それを「メロン」と知覚した後、その対象について述語的に「思考」し、場合によって肯定的なり否定的なりの「感情」を随伴させる。通常、この仮定的に分解した認識プロセスは、ほぼ一瞬で同時的に為されるものである。

しかし①の箇所において、「私」はまず「空耳」で声を聞いた。聴覚を「空耳」(聞いていないのに聞いている)と言い切ることの異常さもさることながら、その内容を「解らない」とすることで、「感覚」から「思考」までの連続性に断絶が生じているのが特徴である。「私」は一生懸命「考へて」は見るが、「何の事だか」、「どれが云つたのだか」、容易には「解らない」。つまり、耳という感覚器官から得た声の情報を処理して、意味内容に分節し、そして文意を把握するまでに〈遅れ〉が生じている。この場面では、まだ〈遅れ〉程度に留まっているが、続く②の箇所になると、ほとんど聴覚失認が起こっている。「その声」を知覚して、それを処理する中途に「ぼんやり」を挟み込んだために「解る」まで到達しない。到達しないままに涙(生理現象)に引きずられて「悲しい」という感情が生じ、しかしその「源」をいくら考えても「解らない」のである。昔ながらの心理学モデルであれば、「理解」を経過しない限り、「悲しい」のような情動性の感情は起こらない(実は、近年の比較的新しい心理学的知見では、情動は知覚の対象にたいする独立した価値評価であり、続く意思決定と行動を促す表象であるという説が有力のようで、情動が先行すること自体はおかしくない。だが、その場合でも、理性的思考による知的評価がいつまでも追随せず、乖離してしまったままである点ではおかしな心理状態であることに変わりはない)。

いずれにしても、「冥途」の空間においては、「知覚」から特に「思考」に及ぶ範囲の機能の衰弱が見て取れる。つまり、「私」と隣の客達の間に表象された空間差が、そのまま時間差(や時間錯誤)を作り出す働きをしている。[*44]そして、その「差」を発生させている原因が、「ぼんやり」という「私」自身の心的状態なのである。となれば、「冥途」の空間を「私」の心象的空間を象った脳内空間とみるのは自然な想定だろう。その空間が「ぼんや

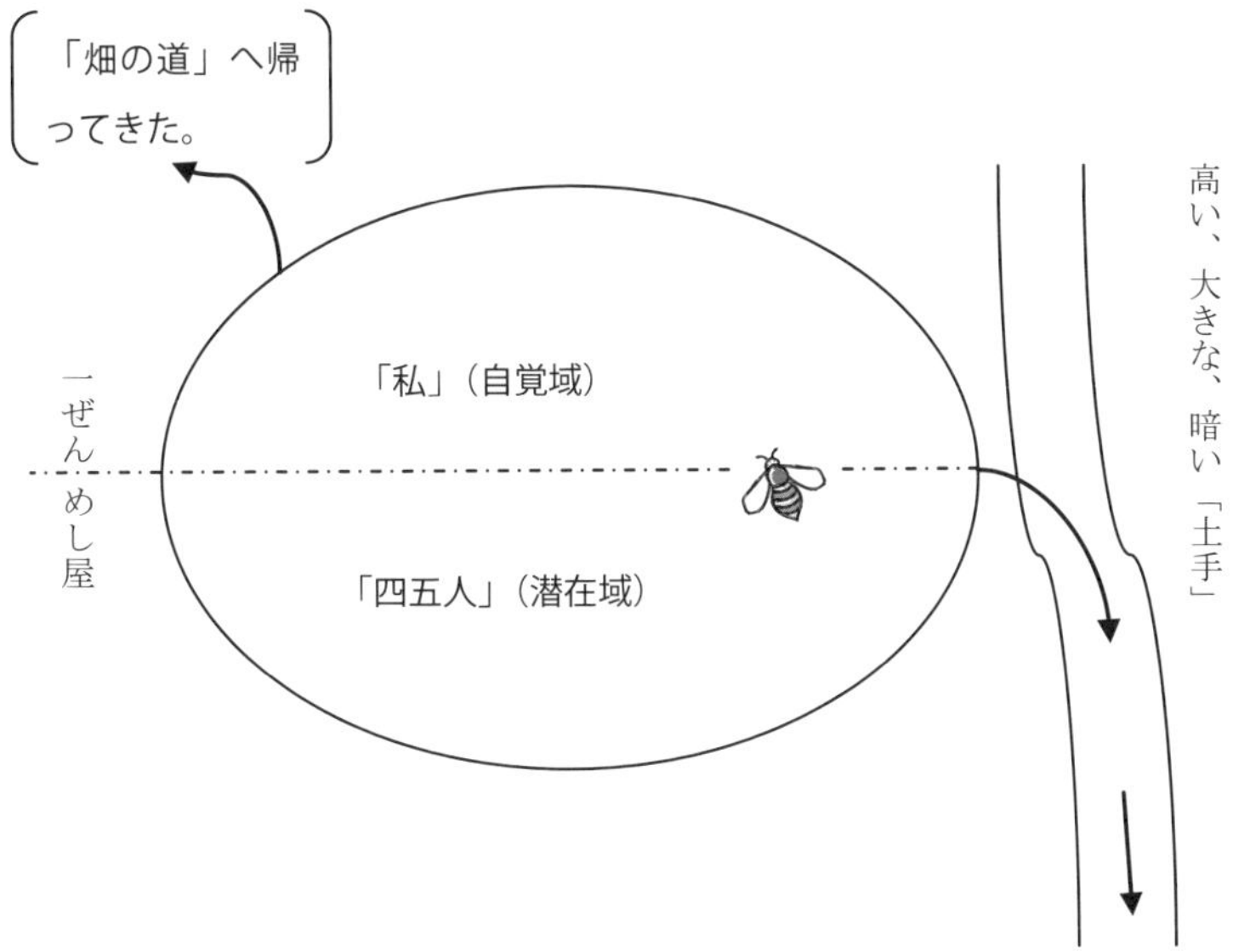

り」しているのは、それが通常の意識の表象ではなく、「夢見」の状態、すなわち「潜在意識」の直接的表象を寓意しているからである。漱石が「冥途」初出の六年ほど前に「吾々の意識には敷居《しきゐ》の様な境界線があつて、其線の下《した》は暗く、其線の上は明《あき》らかであるとは現代の心理学者が一般に認識する議論の様に見える」[*45]と述べているのだから、百閒にとって心的空間の分割は当然の知識だったはずである。試みに「冥途」の世界を図解してみた。

一ぜんめし屋の小屋を円く括りだしたのは脳内を象ってのものである。「私」は向こう側の空間（潜在域）と接する境界域ぎりぎりにいるので、脳内においても特に中枢部をイメージしている。「私」の所在が、かろうじて思考域（＝自覚域）にあるとすれば、「四五人」（＝死後人）の所在は下等な感覚域（＝潜在域）にある。「私」の側からみて、「四五人」との間を隔てている目の前の「障子」が「裏を向けて、閉《た》ててある」ことから、「四五人」のいる側がこの場全体の内側になる（ふつう日本家屋では、障子のおもて面――桟の組子が見える面――が室内側である）。見てきたように、「私」の認識力は、感覚（刺激の受容）が機能していないわけではないのに、それを思考域で十分に処理することができない。理由は、両者の場の間に偏差があるからである。[*46]

忘れてはならないのは、「冥途」の話は最後、「私」が（彼岸へと死者たちを搬送する）「土手」の道に向かわずに、反対方向の「暗い畑の道」に引き返していく形で終わっていたことである。それは「私」が完全な自覚域へと「覚醒」する結末、つまり、此岸の「意識」という日常的場へ復帰する結末を示唆している。ならば、この短編中最も強い印象を残す「蜂」の存在（④）はどのように位置づけたらよいのか。この「蜂」の意味を考える上で、思い出すべきなのが、前章で漱石と催眠の関係を論じた際に提示した暗示現象の原理である。

「私」に「はっきり」と見える「蜂」は、こちらと向こうの空間差（＋時間差）を越境することのできる最初のものである。そして、「私」の脳内空間においてその存在は、〈過去〉として潜在する記憶（「父」にまつわる思い出を形成する観念群）を連鎖的に引きずり出すトリガーの働きをしており、まさに催眠心理学で言うところの「暗示」の役割を正確に果たしているのだ。つまり、前章二節で引用した脳構造の二重の円のモデルを「冥途」の上下分割した図解に重ねてみるとき、蜂はAに当たろう。幼時における父の記憶等の、潜在的観念連合（B～G）に導火する「暗示」である。つまり、「蜂」をきっかけに、「親指」→「庭石」→「父」へとつづく連想が、〈声〉の鮮明度の上昇とともに進行する心理的プロセスが描かれている。私はまさに「気づき」つつあるのと同時に、「覚め」つつあるのだ。また、その見立てを推し進めれば、作中で非常に存在感のある、「何処から何処へ行くのか解らない、静かに、冷たく、夜の中を走つてゐる」土手を、脳髄に繋がる同じ中央神経系の脊髄の形象と見なすのも不可能ではないはずである。「土手」は、それを通して無数の不活性の観念群（＝死者たち）を身体の末端（＝感覚域）の方向へと流れさせる道筋なのである。

やや唐突だが、ここで漱石の俳句にたいする定義の一つ、「扇のかなめのやうな集注点を指摘し描写して、それから放散する連想の世界を暗示するもの」を思い出しておこう。「冥途」で実現されているのは、その連想作用を散文芸術によって展開した事態に他ならない。となれば、イメージの連鎖を辿ることで作品の下層に組織されている前反省的な世界を浮き彫りにするというジャン＝ピエール・リシャール流の〈テーマ批評〉に準ずる読み方が、大正期の小説に成り立ちやすい理由も自ずと見えてくる。大正期は、語り手が一人称の視点を介して、テクストの全的空間と心象空間を一致させるタイプの小説が極端に多くなった時代だった。そこにおいて、小説を綴るレトリックとしての連想作用は、時に、そのまま主人公の心的潜在領域を明かす象徴の機能をもつのである。そのことを念頭において、「冥途」とまったく同時期に発表された夢小説の一種、百閒とほぼ同世代の佐藤春夫による「西班牙犬の家」を次に考察し、彼らが共有する時代（一九一七年頃）の芸術的イデオロギーの特定につとめたい。[*47]

七　佐藤春夫「西班牙犬の家」の夢空間

佐藤春夫が『星座』一九二一年一月号に発表した処女小説「西班牙犬の家」は、「冥途」と極めて高い類縁性を感じさせるテクストである。春夫は百閒のほとんど実験的ともいえるスタイルに親近感を抱いていた。事実、百閒の処女創作集『冥途』は、当時さしたる評判とはならなかったにもかかわらず、芥川龍之介、森田草平、そして寺田寅彦といった漱石門下と並んで肯定的な評価を与えた作家が春夫であった。[*48]

そのことを前提にした上で、春夫が「西班牙犬の家」の副題として「夢見心地になることの好きな人々の為めの短編」という一文を添えていたことに注意したい。[*49] この「夢見心地」は「ぼんやり」とほぼ同義と考えて差し支えないと思われる。以下は「西班牙犬の家」の導入部であるが、春夫はその情景を一九世紀的文学観との決別を宣する形で書き出している。

フラテ（犬の名）は急に駆け出して、蹄鍛冶屋《ひづめかじや》の横に折れる岐路のところで、私を待つて居る。この犬は非常に賢い犬で、私の年来の友達であるが、私の妻などは勿論大多数の人間などよりよほど賢いと私は信じて居る。〔中略〕奴は時々、思ひもかけぬやうなところへ自分をつれてゆく。で近頃では私は散歩といへば、自分でどこへ行かうなどと考へずに、この犬の行く方へだまってついて行くことに決めて居るやうなわけなのである。〔中略〕おれは〔中略〕犬について、景色を見るでもなく、考へるでもなく、ただぼんやりと空想に耽つて歩く。

著名な国木田独歩「武蔵野」（『国民之友』一八九八年一、二月初出）の、「武蔵野に散歩する人は、道に迷ふことを苦にしてはならない。どの路でも足の向く方へゆけば必ず其処に見るべく、聞くべく、感ずべき獲物がある」という観照態度を想起させる文章である。[*50] さらには、自らの「意志」を否定して動物（飼い犬）に従って歩く、という主従反転の方法論的決意から小説を始めている。「私」は人と犬との主従関係を逆転するルールの設定によって、「散歩」という自主的な行為を意図的に転倒している。「だまってついて行く」という本来は飼犬の行為を自ら模擬するのである。いやむしろ、「だまってついて行く」という、いかにも犬らしい行動を模擬することによって、「私」は犬そのものになっている（それゆえ後半部で「私」は物語の目標としての異界の拠点、「西班牙犬」の住まう「家」に辿り着くことができる）。ここでも「ぼんやり」は、そのようにして準備された戦略的な心的状態として、不可欠の意味を与えられていることが見て取れる。春夫が後年のエッセイ「自力か他力か」[*51]で、宗教的態度の可能性を「他力」と言い切っている事実から振り返れば、飼い犬に「道案内」を託す方法的態度（＝「ぼんやり」）は、ある種の「信じる」態度（信仰の領域）を示して見える。[*52] さらに、前章でも扱った春夫の「「風流」論」（『中央公論』一九二四年四月）が、「風流」の根底にある「無常感」の原形質として、「無意識的に自然の偉大と人間の微小とを感得したその一瞬間の驚き」（第十九巻、二二八頁）を言い、それを「我々がぼんやりとした折ふしに我知らず第一に思ひ出される」（傍点引用者）ものとしていたことを思い出しておきたい。これは春夫流の既視感覚の神秘性の説明にほかならず、百閒と同様、「ぼんやり」はその「感得」のための不可欠の条件となっているのだ。[*53]

実は、模擬行動によって動物的〈他我〉に成り変わる[*54]、というテーマには一世代前を先行するテクストが存在する。ふたたび漱石である。*55「永日小品」中の一編である「心」（『大阪朝日新聞』一九〇九年三月四日初出）の前半部では、つと寄ってきた名の知らぬ「小鳥」と「自分」が対峙する。「自分」は、「此の鳥はどんな心持で自分を見てゐるだろうか」と考える。その想像を契機として、「自分」と「鳥」の自他反転の可能性が準備された。後半部になると、「自分」は夢を住処とする永遠の「女」に出会う。そうして「自分」は「小鳥」になる。

其《そ》の時《とき》自分《じぶん》の頭《あたま》は突然《とつぜん》先刻《さつき》の鳥《とり》の心持《こゝろもち》に変化《へんくわ》した。さうして女《をんな》に尾《つ》いて、すぐ右《みぎ》へ曲《まが》つた。右《みぎ》へ曲《まが》ると、前《まへ》よりも長《なが》い露次《ろじ》が、細《ほそ》く薄暗《うすぐら》く、ずつと続《つゞ》いてゐる。自分《じぶん》は女《をんな》の黙《だま》つて思惟《しい》する儘《まま》に、此《こ》の細《ほそ》く薄暗《うすぐら》く、しかもずつと続《つゞ》いてゐる露次《ろじ》の中《なか》を鳥《とり》の様《やう》にどこ迄《まで》も跟《つ》いて行《い》つた。〔第十二巻、二〇五頁〕

「西班牙犬の家」の冒頭、基本的に「私」で進められる一人称表記が、「おれはその道に沿うて犬について、景色を見るでもなく、考へるでもなく、ただぼんやりと空想に耽つて歩く」と「おれ」に変ずる文が、上記の「自分」と「女」の関係を想起させる箇所である。人称表記の変化自体に狙いがあるかは微妙である。内言を書き表す部分だけに「おれ」を使用しているという説もあるようだが、実際に全文中で十回弱出てくる「おれ」の表記がすべて内言を表しているようには見えず、法則性は特定できない。とはいえ、たとえば、「私は「おれは今、隠者か、でなければ魔法使の家を訪問しているのだぞ」と自分自身に戯れて見た」という部分の「おれ」の使用例をみれば、内言説が出てくる必然性はうなずける。もちろん、春夫が執筆時に、どこまで意識的に叙述の階層を分けて書いていたかはわからない。もしかしたら、志賀の「イヅク川」の分析で、一人称表記でありながら、語り手の思惟と「自分」の思惟が無自覚に分裂した可能性について述べたのと同じ事態が、「西班牙犬の家」の「私」と「おれ」の間に起きている可能性もある。その真意は完成形の内容からは、推測はできても証明することはできない。だが何にしても、春夫が数回の改稿のチャンスを無視して、その人称の乱れを修正しなかった事実から、「西班牙犬の家」が「夢見」の空間であることの表徴を意図的に残したと考えるのは間違いだろうか。

「おれ」表記が最初に表れる一文に、ある種の所信表明のごときものが凝縮して見て取れるのは確かなのである。付け加えれば、野口武彦は、人称の問題に留まらず、より広く「文体」の観点から、「西班牙犬の家」には一人称話者による風景描写から受ける「独特の不鮮明な印象」があるとして、それを「曖昧語法」と名付けている。たとえば、「やうだ」や「見える」という「判断の不確実性の示す文末」や、叙述の進め方における「脈絡の欠如」などによって「意味の輪郭をはっきりとは与えない」こと、そうした文体的な演出による「対象指示の不完全さ」が「かえって対象の喚起力を強め」、通常と異なる「特殊な凹凸感」を持った風景を幻出させる。その「空間に満ちている不思議な異郷感」は、まさしく「夢見」の世界において甘受される美的感覚に同質といってよいものだろう。*56

粗雑な類比であることを断った上でだが、仮に「犬について」いくことが意識における個人的な「意志」の作用を否定しているとすれば、「見るでもなく、考へるでもなく」に表現されているのは、「景色を見る」という認知の機能と、「考える」という思惟的側面の二つを合わせた「知性」の否定である。つまり、「おれ」は心の働きを表す「知情意」（知性・感情・意志）の古典的三概念のうち、「知」と「意」のいずれの態度も拒絶し、「ただぼんやりと」する第三の道（＝「夢見心地」）を、「情」という感受性の作用を促進する方法として選んでいる（もちろん、この「情」を漱石の『草枕』で否定された世俗的「人情」の意味で捉えてはいけない）。でなければ、むしろ単純に「見る」と「考える」の対照性に注目し、前者を客観的態度、後者を主観的態度の表現と捉えて、「ぼんやりと」を、それら二元論的主客分離以前にひかえる、統一的な潜勢力としての「知的直観」を引き出す方法と考えても良いかもしれない。

「知的直観」は、西田幾多郎『善の研究』（弘道館、一九一一年）で用いられた概念である。同書で一番の中心概念として提唱されたのは「純粋経験」であるが、その最深の基底層を成している、通常の知覚的「経験」を超えた知覚が「知的直観」である。*57 また、西田は「知覚」も「思惟」も、究極的には区別なく「純粋経験」となりうることの説明のために、「夢」の経験を引き合いに出していた。西田の考えでは、通常、表象や心像は「思惟」という反省的意識の要素にすぎない。「併し表象的経験であつても、其統一が必然で自ら結合する時には我々は之を純粋の経験と見なければならぬ、例へば夢に於てのやうに外より統一を破る者がない時には、全く知覚的経験と混同せられるのである」[58]。つきつめて言えば、「知覚」という客観的対象を扱う機能と「思惟」という主観的に限定された機能との境界を無化し、「純粋経験」の本来の特徴である非限定性をわかりやすく表している状態が「夢見」になる。

また、小説の後半部に西班牙犬の住む部屋を「半野蛮」と形容する文があり、「夢見」の主体が動物になるというテーマとの呼応が指摘できる。言葉自体は、高山樗牛の動物的「美的生活」論から、岩野泡鳴の「半獣半霊主義」の提唱（『神秘的半獣主義』左久良書房、一九〇六年）に至る評論の影響もあるのだろう。が、「西班牙犬の家」の世界観に泡鳴のいう「破壊的主観」のような「悲痛苦悶」[59]の熱情はない。それよりも、漱石の『坑夫』において、炭坑の下層部に住まう坑夫たちを評するのに用いられた「半獣半人」の言葉のほうがよほど近いといえる。「西班牙犬の家」と同時期に執筆された春夫の代表作『田園の憂鬱』は、その意味で、前者の牧歌的雰囲気と裏表の関係にある世界を描いている。Anatomy of Hypocchondria の目論見として難産を余儀なくされたそれは、病める「神経症《ノイローゼ》」文学である（「ヒポコンデリア」（心気症／憂鬱症）は神経症の一類型である）。他方の「西班牙犬の家」は、「わがさびしさを託する」ために、まるでフランスのシュルレアリスムの一派が提唱した〈自動《オート》筆記《マティスム》〉のごとく、「原稿紙」の「反古」のうらに「鉛筆で興の赴くままに走り書きを」[60]してできたと主張される「夢見心地」文学であるから、前者の一部の「身構へに充ちた嫌味な文章」（傍点引用者）とは「好一対をしている」[61]。第二章でも志賀の「鳥尾の病気」を中心に多少言及したが、日本の自然主義は欧州から世紀末「象徴派」の理論を吸収して、広く「神経衰弱」の文学を産出していった。それは懐疑・不安・焦燥・憂鬱を発生する「神経症」――少々専門的に細分化すれば、ヒステリー、強迫神経症、そして不安神経症など――と未分化なままに大正期の文学へと展開したのである。

度会好一の整理によれば[62]、欧州の一八世紀後半には、「神経系ならびに精神の病気で非炎症性のものをすべて神経病」（傍点引用者）とする流れが確立し、しかしこの生理的現象と精神的現象とを一緒くたに扱う「神経病」（＝「脳病」）の括りは、「次に百年を越える時間をかけてしぼんでいき、ついには内因性精神病（統合失調症と躁鬱病）よりも軽い精神障害とされた「神経症」の領域に限定」（一四頁）されていく背景があった。フロイト等が活躍を始める一九世紀末の転回である。しかしながら、日本の大正期の心の病を押し出す文学が、実際、おしなべて精神分析に適合した「神経症」の水準にあったかと言えば、その想像力は専門的語彙を先取りしてはいるものの、いまだ「神経病」の生理的次元を多分に残した形であったとしておくのが無難だろう。度会が述べるように、「神経病」を処する医療と後の精神分析治療の時代の間に「前・神経症時代」というべき過渡的状態を考えることができ、その時代の中心的病名こそが「神経衰弱」であった。生理的機能障害としての「神経病」から心因的な「神経症へとやせ細っていく歴史の流れのなかで、「神経衰弱」が脚光を浴びるつかの間の時代」（一六頁）が両義的段階を橋渡ししたわけである[*63]。その結果、一八九〇年代に翻訳語として徐々に定着した「神経衰弱」は、日露戦争後に一気に隆盛を見たあと、大正期以降に至っても多くの精神的な病にたいして汎用的かつ一次的なイメージを与える名称として機能し続けていた。それゆえ結局は、大正期の文学に広く描かれた「神経症」もまた、前章で論じた鳥尾の「神経衰弱」と同じく、言語的思考の裏に身体を基盤にした生理的次元（感覚）の「美」を形成する条件とみなされていたのである。

　当時の心理学関係の書を繙けば、神経症の代表型である「歇私的里《ヒステリー》」患者と催眠者の精神状態は（基礎的部分において）同一視されることが多い。つまり、思念の蓋を外した剝き出しの潜在意識という発生の条件において、神経症も催眠も同じ基盤に成立するということである（それは当然一九世紀末にパリのシャルコー派が唱えていたヒステリーと催眠状態の同一視の話に根を持っている[*64]）。ただし、文学的にレトリカルな応用を考える上での重要な差異が、それらの精神状態を水面に喩えた場合、神経症は波立って荒れているが、催眠は鏡面のような凪（「湛々寂々として一の微波をも揚げざる静水のやうなもの[*65]」）である点に存したことを記しておきたい。そして前者が欧州流の「頽廃」美であるなら、後者は日本の蕉風俳句的な「さびしさ」の美である。心の乱れ（脳充血）を清浄化する治療としての催眠の効用は、この凪状態（脳貧血）へのリセットによって発揮されるのだ（だが、それは決して美的であることを放棄しているわけではない）。

その意味では、『田園の憂鬱』とちょうど対照的に、「さびしさを託する」（傍点引用者）ために書かれた「西班牙犬の家」における「私」／「おれ」の「夢見心地」は、ある種の催眠状態にあることに等しいといえる。ただし、この「西班牙犬の家」は、同じ一九一七年の「冥途」や次節に論じる「城の崎にて」と横並びにしてみた場合に、決定的に欠いている要素があることを断る必要がある。「覚める」という局面が描き込まれていないのである。春夫が「「風流」論」のなかで、「我々の心の奥底に〔中略〕深く刻まれてゐて、我々がぼんやりとした折ふしに我知らず第一に思ひ出されること」、すなわち「無意識的に自然の偉大と人間の微小とを感得したその一瞬間の驚き」の体験を「風流」の原形質とみなしていた事実を考えても、既視感覚が含有する「覚知」の意味に無自覚だったとは思われない。だが、その「「風流」論」を書かせることになった「風流」論争において、久米正雄や徳田秋声が「蕉風」を参考にして唱えた「風流意志説」に反発し、「風流」とは徹頭徹尾、「感覚官能」による「享楽」を指すとしたところに春夫の文学的志向がよく現れてもいる。春夫の小説には仏教的な謹厳さや枯淡といった趣味を感じさせる要素が見当たらない。つまり、理論の上では蕉風の美を支持しながらも、それを文学的に実現しようとする性向は弱い。前々節の議論を借りるなら、春夫の小説は相当に「夢幻派」寄りなのだ。したがって「さびしさを託する」の言葉は、神経症の治療的役割として「さびしさ」それ自体をテクストに体現することではなく、通俗的な意味での「さびしさ」を埋め合わせるための執筆という意図を読むしかない。実際、童話風とも評される「西班牙犬の家」は、春夫の他の作のなかでも抜きん出てほのぼのと明るい作である。とすれば、おそらく第二章で論じた意味での文芸理論的な「さびしさ」こそ、その一部を禅宗的な由来に支えられて、「覚知」を物語に織り込む必要条件だったのである。『田園の憂鬱』にも鬱々とした雰囲気や荒涼感は描かれてはいるが、写生文小説がその特徴とした哀感ののった「さびしさ」はやはり見当たらない。百閒や志賀の文学と似たような特徴を揃えながらも、「さびしさ」に自身の文学を託する意味をほとんど認めなかった点が、春夫を両者から多少の距離を置いてみせる理由である。

次節は、その春夫によって「一貫した或る性格的な淋しさがある」[*66]とまで評されるほど、テクストを「さびしさ」の美と一体化させた一九一七（大正六）年前半期の志賀の小説に分析を戻すことにする。数年の執筆中断期を経て、その後の志賀の作家活動を「中期」として仕切り直させることになった「城の崎にて」（『白樺』一九一七年五月）である。前章では、その「さびしさ」を切り口に漱石や虚子らとの縦の関係に置いて考察したわけだが、ここでは百閒や春夫らと比較する横の関係に位置づけて、その「夢小説」としての隠れた相貌を明らかにする狙いである。

八　照応する「城の崎にて」――夢の軌道

発表時期は「冥途」（や「西班牙犬の家」）よりも一季ほど遅れるが、「城の崎にて」を、「冥途」との間テクスト的な関係にあるものとする先行研究は存在する。[*67] 考えてみれば、百閒とおなじく、死出の旅とそこからの帰還を描いたという説が時折見られる「城の崎にて」の構造が、「冥途」のそれと類似性をもつことに不思議はない。冒頭部分は次のようになっている。

> 電車にはね飛ばされて怪我したその後養生に一人で但馬の城崎温泉へ出掛けた。背中の傷が脊髄《（ママ）》カリエスになれば致命傷だが、そんな事はあるまいと医者に云はれた。〔中略〕
> 頭は未だ何んだかハッキリしない。物忘れが烈しくなつた。然し気分は近年になく静まつて、落ちついたい丶気持がしてゐた。稲の穫入れの始まる頃で気候もよかつたのだ。
> 一人きりで誰れも話相手はない。読むか書くか、ボンヤリと部屋の前の椅子に腰かけて山だの往来だの見てゐるか、それでなければ散歩で暮らしてゐた。

第一文目から、いきなり「電車に跳飛ばされ」た話である。電車の走行速度はわからないが、普通に想像すれば、まるで冗談の書き出しである。その「後養生」のために「自分」は温泉場へ「ボンヤリ」としに来た。具体的な活動といえば、やはり「散歩」ばかりしている。「歩く」主体を配置するだけで小説が成立するという発想は、「道」の意が題辞に含まれる『冥途』にも（「西班牙犬の家」にも）共通するポイントといえるだろう。*68

この短編が、発表時の四年前（一九一三年八月）の盆、志賀が里見弴と交遊した後の帰宅途中に新橋駅近くで見舞われた実際の事故と、秋に養生のため城崎温泉に逗留した体験に基づくことは断るにも及ばないと思われる。*69 だが小説の構成として、これ見よがしに列車に轢かれた経験、それも中枢神経系（脊髄）を収めている脊椎の破砕の可能性と、それがもたらした意外な精神の安定作用から書き出された事実にたいしては、別途の創作上の意図を読み取らなくてはならない。列車を、まさに象徴的な轢死体（＝脳の変性）を作り出す装置として捉える発想である。

致命傷になりかねない事故の結果、「自分」は、いまだ頭が不明瞭であり、時間を整序する記憶力の減退＝「物忘れ」を来している。しかし、それゆえに、気分の静まった「落ちついたいゝ気持ち」の状態にある。すなわち、身体の象徴的〈切断〉によって生み出された忘我的状態《トランス》にある。健忘の傾向、「ボンヤリ」とした曖昧な意識、そして付随する「いゝ気持ち」――これらは、ほとんど典型的と言っていい「催眠状態」の心理的属性を示している。*70

「催眠」と「鉄道」の二つの文学的想像力が重なるのは偶然ではない。近代の黎明期、民俗空間の沃野を鋼鉄の線によって切り開き、時刻表を介して時間を管理した文明の象徴的存在としての列車に対する批判は、漱石を含めて枚挙にいとまがない。だが、その態度は同時に、決して「寓意」とは割り切れない、通俗的時空間を攪拌する幻覚体験への物理的・身体的魅惑をともなうことで、常に両価的である。鉄道の体験がもたらした新しい身体感覚のなかでも、単純すぎて言及をはばかられる事実が、その「催眠」効果である。

炭坑（＝精神の下層部）へ向かう汽車の中で入眠した「自分の魂」が「何処までもとろん」として「ある特殊

の状態」にいる漱石の『坑夫』や、また『三四郎』の冒頭部でも採用されたように[*71]、規則的な揺れのなかで気の付かぬうちに人の意識を失わせるプロセスを「人工的睡眠法」以外の何と呼ぶのか。第二章で論じた志賀の「鳥尾の病気」において、鳥尾が「脳貧血」を起こして倒れるのが汽車の中であったことの重要さは今さら指摘するまでもない。他にも、時代を少々下って宮澤賢治の「銀河鉄道の夜」や、突如トンネルの先の真っ白に浄化された異界（浄土）の地へと展開する川端康成の『雪国』など、応用例は幾らも挙げられる[*72]。日常生活の中に通俗化した慣習的自己を死に至らしめ、某所の「潜在的」領野へと導いていく装置。それが二〇世紀前半期に果たした列車の文学的ステータスであった。フロイトが神経症をもたらす外傷《トラウマ》的経験の具体例として、しばしば「鉄道事故に遭った際の恐怖体験」を挙げていた事実も思い出されるだろう。そして、その神経症と不即不離の関係にあるのが、「治療」としての催眠なのである。

「城の崎にて」のなかの鉄道は、冒頭部のほかにもう一度、重要な役割を担って現れる。蜂と鼠の二つの死に立ち会った「自分」は、「或夕方町から流れに添ふて一人段々上へ歩いていつた。山陰線のトンネルの前で線路を越すと道幅が狭くなつて路も急になる」。つまり、象徴的境界としての「線路」を越えることで、さらに一段と「ボンヤリ」した心的空間へと歩を進めるのである。そこで、風もないのに桑の木の「或る一つの葉だけがヒラ〳〵、ヒラ〳〵」と不気味に揺れる有名な場面である。「自分」は、その「不思議」な様を観察していると、にわかに風が吹いてくるのだが、逆に葉は動きを止めてしまう。「城の崎にて」発表の約三年前（一九一四年）に書かれたといわれる草稿「いのち」の段階では、「他の物には感じられない微かな風を其向きと、ジクの弱さ加減とで其葉だけ感じてゐたのだ。それは時計のセコンドのやうな細かさでいつまでも動いてゐた。而して他の物も感じるやうな風の吹く時には反つてそれは止まつた」というように、説得力のあるものではないにしても一応の理由が書かれていた[*73]。にもかかわらず、出版に至るまでの過程でそれを消去してしまった。その上で、最終形では、「源因《（ママ）》は知れた。何かでかういふ場合を知つてゐたと思つた」と、「自分」の勝手な悟りを告げられるのである。

原因がおのずから「知れる」ことに、説明のための言葉の連なりは要らない。[*74] それは知性のはたらきによって、いわば通俗的な意味で「解る」べきことではなく、ただ唐突にやってくる。その既知感覚は「自分」がすでに夢幻的な場（冥途的異界）にいることを証してしまっている。[*75] 現実と逆向きの原理が支配しているために、風がなくても葉は動き、風が吹けば動きを止める世界に「自分」は立っている。その文章的効果をどこまで把握していたかは置いて、結果的に明示的な言語を省略してしまったことが、志賀の作家としての巧者ぶりを示している。「冥途」や「西班牙犬の家」と同じく、「城の崎にて」も、意識の彼岸、すなわち潜在意識の中（夢見の空間）を「散歩」する小説と考えておかしくはない。

ちなみに、漱石門下のよしみか、寺田寅彦も、その名も「夢」（『明星』一九二二年三月）という短編を書いている。百閒の初創作集『冥途』の出版（一九二二年二月）に触発された創作らしく、小説の文体としては拙いが、多くの語彙とアイデアを共有している。その第一節中の文章である。

私は非常に淋しいやうな心持になつて来た。そして再び汀の血紅色の草に眼を移すと、其葉が風もないのに動いて居る。次第に強く揺れ動いては延び上ると思ふ間に何時かそれが本当の火焔に変つて居た。

「非常に淋しいやうな心持」は百閒の文そのものにも見えるし、志賀の好んだ「淋しい」とも重っている。とりわけ重要なのは、「葉が風もないのに動いて居る」という「城の崎にて」のイメージが百閒的世界と合成されている点である。余談だが、春夫の『田園の憂鬱』にも、「裏の竹藪の或る枝に、葛の葉がからんで、別に風ともないのに、それの唯一枚だけが、不思議なほど盛んに、ゆらゆらと左右に揺れて居る」という一文が記されている事実をみても、文学的価値観を共有する作家たちの間ではよほど強い印象を残す描写だったらしいことがわかるだろう。加えて、「夢」の第二節は、「私」が桟橋の上にいる場面で始まり、次の描写に終わっている。

其内に向ふから大きな荷物自動車が来た。何かしら梶棒のやうなものを数十づつ一束にしたものを満載して居る。

近づいて見ると、その棒のやうなものはみんな人間の右の腕であつた。

私は何故かそれを見ると凡ての事が解つたやうな気がした。

最終文の「解つた」は、「城の崎にて」の「源因は知れた」と同じレベルの明示されない悟り方であると同時に、百閒文学に多用される「気づき」の瞬間である。ようするに、寅彦の創造的読みを媒介することにおいて、「城の崎にて」と「冥途」は同種の潜勢的心象空間を実現した小説であることが見えてくる。「城の崎にて」で描かれているのは、ほんらい世間にたいして「自我」として振る舞うべき「自分」が、その「自我」の内部世界を歩き巡る姿であり、その内的な歩行の中で、「自分」は「自分」の内部に〈構成〉される「他我」、それも三形態に分裂した、蜂、鼠、そしていもりに対峙するのである。小動物との接触を描くこと自体が、大正期に頻繁であった。例えば同じ一九一七年に「神経症時代」（『中央公論』一九一七年一〇月）を発表した広津和郎には、「ある夜」（一九一八年四月）のげじげじ、「線路」（一九一八年一〇月）の縞蛇、「やもり」（一九一九年一月）のほか多数の小品がある。超経験的主体と動物の親和性。「疲れた心」は動物と交感する。[*76]

志賀の動物好きも有名だった。百閒の「冥途」でみたのと同様、「自分」の心の内部の一点をまず「蜂」（の死骸）が占め、それが「自分」の〈死〉をめぐる連想の連鎖によって、「鼠」→「いもり」と変化する。「冥途」において潜在意識から引きずり出されてきたのが、幼少時（自己形成）の記憶の核だったことを考えても、「城の崎にて」の「自分」が、心的空間に構成された蜂、鼠、いもりの三小動物のいずれの「他我」とも同一化しようとする傾向があるのは当然だろう。そして、もっとも重要な一者が「線路」を踏み越えた先に現われるいもりであるのは言うにまたない。昔、「自分がいもりだつたらたまらないといふ気をよく起こした。いもりに若し生れ変つたら自分はどうするだらう」と、自己同一性の根本にまで据えたことさえある当のいもりである。たとえその感情が現在、顕在的に否定されているにしても、潜在域に身を浸している「自分」にあって、嫌悪の情は気のつかぬ領域で運動している。それは心の中の一点の染み、「黒い小さなもの」として連想の果てに特定され、浮上してきた。したがって「自分」の投げる石は、どんなに偶然を装っても、この憎しみの対象をとらえるだろう。どれほど現実において「ねらつて投げる事の下手な自分」であるかを説明しようとも、「自分」の心的潜在空間において投げた石の軌跡は、言表レベルの〈意識〉に反して確実に対象をとらえるからである。夢の中の世界において人がコントロール音痴であることなど、ありえない。むしろ狙っていないからこそ当たる。[77] 本来は、当たるはずのないものが当たってしまったこの行為こそ、「源因は知れた」と直覚されるべきなのだ。「自分」はそうして、「妙にいやな気」を覚えながらも、「いもりは偶然に死んだ」ことを強調しながら、心の内に芽生えた「精神の障碍」を無意識的意志によって抹消したことに最後まで無自覚なままである。[78] 志賀の抑圧的なくらさ、そして静謐さは、あたかも完璧な被催眠者であるかのように、思考と行為の連動性を切り離してしまうこの種の性癖に由来している。[79] 百閒が描いた世界の仕組みと同型に近い構造を取りながら、「覚める」という終局において異なる種類の境地があることを示した作だといえる（あるいはより悲観的に、二度と「覚めない」――自覚の起こらない――安心の境地への到達を描いているとも解釈できる）。

なお、里見弴が志賀の「城の崎にて」の翌月に発表した「或る年の初夏に」（『新小説』一九一七年六月）では、「私」が下宿の部屋に次々と出没するムカデなどの「イヤな虫」に文鎮を投げつけて「百発百中」の殺戮をし、「凶暴《きやうばう》な愉悦《ゆえつ》」を感じる場面があり、志賀の「偶然」を強調する自己正当化の描写と好対照である。そもそもこの短編自体が、「大正四年、志賀直哉と共に過ごした雪州松江での或る夜の出来事をそつくりそのまゝの直写」であり、「永年の間、年長《としうへ》の友達からうけ続けて来た、愛情に伴《ともな》ふ身心への圧迫から遁《のが》れ得た喜悦の亢奮が、事後二年の、適当な期間を経ての執筆」（傍点引用者）であったために「会心の出来」だったという本人の弁がある。[80] 文末に大正「六年五月作」との記載があることを考えれば、まさに一対の、志賀の作に対する直接のレスポンスとして書かれた作と見なせるだろう。「或る年の初夏に」において、毎晩「イヤなこと」として部屋に出現する虫たちの代表はムカデ以前に「守宮《やもり》」であり、「守宮《やもり》は虫《むし》のなかでも一番私《ばんわたし》の嫌《きら》ひなヤツだつた」という文は、「城の崎にて」の「自分」の「やもりは虫の中でも最も嫌いだ」という文をおそらく正確に反映している。それは単に志賀の影響下に里見がいた証拠のみならず、「二年」前の「事実」に取材した作であることを考慮すれば、逆に循環的に里見の影響下に志賀がいたことを、里見が主張する文とも取れるのである（そもそも彼らのように極めて近しい関係にある場合、どちらの発想が真に先行したかを特定するのは難しい）。そして、志賀の描く「自己」の暗く「圧迫」的な性格は、殺戮による素直な「喜悦の亢奮」を表現する里見の「自己」によって、作の中で見事に相対化されている。さらに言えば、この時期、およそ一年ほど前から絶交状態にあったことが原因で、志賀は事故当時に常に側に付き添っていた里見の存在を「城の崎にて」の「自分」の宇宙からほとんど消去してしまったのだが、まさにその時抑圧された「内なる他者[*81]」の印しこそ、嫌悪の対象として浮上し、石をもって無自覚に殺したイモリだったという強引な解釈も全く不可能なわけではない。

補足すれば、翌々年に発表された芥川龍之介の短編「蜜柑」（『新潮』一九一九年五月）も、日頃の生活に精神的に疲れ切った「私」が汽車の揺れのなかで一種の催眠状態に落ちるのだが、そのとき心的空間に進入してきた「小娘」という「他我」と接触する内容として解釈できる短編である。[*82]出発直前、田舎者らしい「小娘」が三等切符を握りしめながら二等客車に誤って乗り込んできたとき、その「愚鈍な心」――日々の疲労と倦怠をつくっている「退屈」の象徴――にたいして「私」は「腹立たし」さしか感じない。ほどなく汽車がトンネルに入ると、「電燈の光」で夕刊を読んでいた「私」はすべてを放り出して、「窓枠に頭を靠《もた》せながら、死んだやうに眼をつぶつて、うつらうつらし始め」る。それから「ふと何かに脅かされたやうな心もち」で目を上げると、「小娘」は必死にガラス窓を上げようとしているのだが、ついにそれに成功し、「煤《すゝ》を溶《とか》したやうなどす黒い空気」に室内を襲わせてしまう。だが、汽車がトンネルを抜けたその瞬間、村はずれの踏切に見送りにきた弟らしき三人の子供たちの労に報いて、窓から「小娘」が蜜柑を放り投げたとき、「私」の鬱屈した心情は一息に氷解する。「城の崎にて」や、その作中で言及される「范の犯罪」（『白樺』一九一三年一〇月）、そして里見の「或る年の初夏に」のいずれにも似て、物を〈投げる〉という行為のドラマチックな効果が活用されたのである。

するとその瞬間である。窓から半身を乗り出してゐた例の娘が、あの霜焼けの手をつとのばして、勢よく左右に振つたと思ふと、忽ち心を躍らすばかり暖な日の色に染まつてゐる蜜柑《みかん》が凡そ五つ六つ、汽車を見送つた子供たちの上へばらばらと空から降つて来た。私は思はず息を呑んだ。さうして刹那に一切を了解した。[*83]

小娘の「赤い頬」→「霜焼けの手」→「三等の赤切符」→「蜜柑」→「頬の赤い三人の男の子」という〈赤色〉の連想（心的空間のイメージ連鎖）を経て、志賀にも（百閒にも）共通した「了解」という「気づき」の瞬間が捉えられる。しかしながら、その結末が「小娘」の社会的他者性を介して「私」が自我の健全さを一時的に回復するナイーヴな教訓譚としてまとめ上げられたのと、志賀の結末は似ているようで大きく異なる。芥川の色鮮やかな蜜柑が外の世俗の空間へと交通する方向（踏切にいる「頬の赤い」子供たち）に投げられた一方で、志賀の鈍色の石は、まさに直接に自己嫌悪（黒い核としての「他我」）の消去に向かったのである。志賀が表現しえた没社会的な「夢」の強度を悟りきれなかったことが、〈眠る意志が眠ることを妨げてしまう〉性癖の芥川をして、最後まで志賀を憧憬せしめた理由だったのかもしれない。

九　「新感覚」の先へ

以上、一九一七（大正六）年のテクストを分析しながら、その空間的本質を「夢見」の心理状態が形成する「美」的領域として解釈し、それを介して啓示の瞬間を脱宗教的に感得すること、すなわち広義の「覚知」のテーマが各々のかたちで賭けられていることを見てきた。

欧州では一九二四年にアンドレ・ブルトンによってシュルレアリスム宣言がなされ、無意識や夢の世界を詩的かつ露骨に捕らえていくことになるが、シュルレアリスムの前には前世紀末の象徴主義《サンボリスム》があった。本書が提示してきた系譜の根元にもおそらく象徴主義《サンボリスム》の強い影響力が絡みついていることは示唆してきたとおりである。とはいえ、本章で「夢小説」と称した散文が、欧州のものとは異なる趣の世界観によって組成されていることは改めて論じるまでもないだろう。「象徴」に関するアイデアが「日本自然主義」や芭蕉の流行に対する評価（特に明治四〇年以後）を通過し、心理学の科学的知識と融合する過程でいっそう薄く〈無〉化して催眠的特徴に転じている部分や、また見てきたような、現実的な小説空間の全体と心的構造を巧みに同一化したテクストの質の高さ、そして何よりも、宗教が機能不全に陥った神なき時代において、なお「気づき」や「悟り」といった叡智を文学の効用として目指していることは、やはり大正期特有の成果と言えるのではないだろうか。

　散文における「夢」の描写という観点からすれば、時系列的に次に要請される課題は、それが一九二四年以降の新感覚派（横光利一、川端康成、中河与一、片岡鉄兵、今東光など）の理論へと相転移するプロセスの分析だろう。新感覚派は、夢が抱える「ぼんやり」とした感覚の集合から新たな表現を創出するために、いわば「夢」を形象化した。つまり、夢見の体験に象徴的〈置き換え〉の作業を介在させ、その結果テクストを記号の遊戯の場へと変じていったために、本章が扱ったタイプの催眠的世界観は否定されていった。それは見ようによっては、象徴主義《サンボリスム》への揺り戻しと捉えられても仕方のない動向だったといえる。それでも、新感覚派の工夫の対象は散文の文体であって韻文ではなかったし、言語の外面が内容を先取るという形式主義は、おそらく同時代に勢いを増した「無産者階級」文学のいう唯物論の刺激もあって、意味を生産する下部構造とみなすほど形式《フォーム》の力を主張することになった。つまり、通常の言語の層から隠された内容を単に「象徴」化する文学という括りには留まらなかったのである。いずれにしても、新感覚派は本章で扱った種類の小説の乗り越えを図った後続の流派であって、決して時代錯誤の文学ではない。それでもなお忘れてならないのは、新感覚派がつかみ取ろうとしたのは依然として「感覚」の一種であって、非実体的な表象の無限（＝夢幻）の組み合わせの次元に囚われていたことである。だからこそ、新感覚派の論客・片岡鉄兵が表現のスタイルとして固執したのは「万物の流動」という液体的態度だった。第一章から論じてきた一九世紀末から二〇世紀第一四半期に至る潜在意識的「写生」の文学圏のしんがりを務めたのは、やはり新感覚派だったのである。

その「液体的態度」について付け加えれば、同時代に圧倒的に多く描かれた共通のアイテムは、文字どおり〈水〉や〈雨〉であり、そして〈水辺〉であった。それは潜在意識（催眠、夢、死後世界……）が顕在意識（陸地）に拮抗するメタファーとして相当数の作家に使われたのである。その最も典型的かつ先駆的な例として、「自分」が「八番抗」という「どん底」に連れていかれたとき、水がまさに下半身を浸すほどにせり上がって来た『坑夫』の場面を前章で取り上げたわけだが、言い添えるなら、その後も漱石文学にとっての水の重要さが潰えることはなかった。特に後期三部作の最後に当たる『こゝろ』（一九一四年四～八月）では、重要な導入として海水浴場で「私」は「先生」と出会うのであり、赤の他人ながら「先生」と呼びたくなるほどの後の濃厚な関係は、「どうも何処《どこ》かで見た事のある顔の様に思はれてならなかつた」（第九巻、七頁）という既視感覚によって保証されている。[*84] 極端に言えば、「私」は潜在意識の稼働する夢うつつの状態において「先生」へと導かれたために、「先生」を他の誰でもない出会うべくして出会った運命的な人物とみなしたのである。

そして本章に登場した漱石以外の主要な三作家のテクストもすべて水浸しであった。百閒の創作集『冥途』の冒頭におかれた短章「花火」の世界を貫いている「土手」も、文字どおりの汀《みぎわ》の表象にほかならず、その向こうに広がるのは「話にきいた事もない大きな波」が打つ荒々しい海である。しかも、動揺する海の水はどうしてか土手までは上がらずに、「私」はただ黙々と「波と葦との間」を歩いている。また、春夫の描いた「西班牙犬」の住まう家の「中央」には、象徴的な物体として「膝《ひざ》まで位」の高さの大きな石の水盤が置かれ、あろうことか、「その真中のところからは、水が沸立っていて、水盤のふちからは不断に水がこぼれている」。水は石の床を塗らし、一体どういう構造なのか、堅牢なはずの石造りの外壁の周囲に流れ出ている。そして『田園の憂鬱』の中心を占める家の周囲の景色には、灌水用の渠が縦横に張り巡らされ、常に浅く清い水に満ちている。同様に、志賀の「城の崎にて」は、温泉場を舞台としているだけでなく、それ以上に、蜂、鼠、イモリのすべての死が雨水や川水に流されるという、動きのある水の力強さを湛えている。いずれの例も、潜在意識が溢れ出てくることの寓意性を主張してはばからない。[*85]

このような〈水〉にゆらめく夢を象った認識的世界は、芥川が催眠薬を大量に服用した自殺の際に「ぼんやりとした不安」というアイロニカルで神経衰弱的な言葉を掲げ、その「ぼんやり」の気分と殉教したことを潮にひとまず終わった。牧野信一の小説などに代表される昭和年代の「新しい夢」は、ある種の心理的な防衛機制を強めて、想像的な〈仮装〉を現実に押し付けるタイプ、すなわち妄想としての夢（空に描かれる虚構）——小林秀雄が「理智の夢」[*86]と称した夢——であり、方向性は見事に反転することになる。

註

*1 「点心」『新潮』一九二一年二月初出、『芥川龍之介全集』第七巻、岩波書店、一九九六年所収、二五四頁。

*2 「内田百閒氏」『文芸時報』一九二七年八月初出、同上全集第十五巻、一九九七年所収、二九二頁。

*3 「普通夢と称せられるものは（中略）放縦なる観念連合からなる統一なき夢想を、醒覚後若くは時日を経て後に追想し、其内容を補充、除外、変形し、之に修理を立て、自己の日常経験及び判断に相当する様に組み立てゝ、一定の説話として叙述したものである」（森田正馬「夢の本態」『変態心理』一九一九年九月）。

*4 アメリカ心理学会発行の学術誌 *Journal of Abnormal Psychology*（1906-）の存在が示すような正統な研究カテゴリーの和訳——現代なら「異常心理学」——であるが、古峡の出自をみても明らかなように『変態心理』は研究誌の体裁を持ちつつもジャーナリスティックな啓蒙誌的色合いが若干濃い。日本の言論界はこの種の境界域にある学的言説を盛り込むことでアカデミーに拮抗し、あるいは乗り越える勢力を形成していったと思われるが、その強いられた半端さによって逆に文学者ら専門外からの関心の対象になりやすかったとも言える。

*5 当時の「変態心理学」を取り巻く状況と、小熊が果たした役割については、竹内瑞穂『「変態」という文化——近代日本の〈小さな革命〉』（ひつじ書房、二〇一四年）の第一章を参照。

*6 「自分が死んだ夢だつた。自分の歩いて行くところは、灰色の枯れ切つた、丈の高い草が両側に生ひ茂つてゐる広野の中の細道であつた。か細い声がしきりと耳のあたりに漂つて来た。そして先頭には白い旗を立てゝ誰かゞ行く。これらは凡て、目に見えたのでもなく、又心に思つたのでもない。寧ろその中間のものであつて、淋しいかんじが中心をなしてゐた。と今

度はその行く手に当つて、白い煙がふうつと立ち上がるのが凄い位はつきり見られた」。

＊7　ただし、広津和郎「少年の夢」（原題「夜」『奇蹟』一九一二年九月初出、後に改作・改題されて『大観』一九二一年九月に発表）や、同じ『奇蹟』創刊号掲載の葛西善蔵処女作「哀しき父」、そして「冥途」初出と同年に谷崎潤一郎が発表した自叙伝的小説「異端者の悲しみ」（『中央公論』一九一七年七月）の書き出しに描かれる夢うつつ（＝「半意識」）の状態など、本章で扱うテクスト以外にも夢の部分的描写は散見される。それは結局、神経衰弱や神経症の人物ばかりが集中的に描かれた時代であることと無関係ではない。これらの心的失調は眠りを浅くするため、夢を多く見る――当時の一般的な医学的見解である。

＊8　本章が中心的に論じている時期とほぼ同じ頃に書かれた入谷智定「禅宗の悟りに就いて」（『変態心理』一九一八年二月）は、禅客に対するアンケート調査をもとに「悟り」の心理学的研究を試みた論考だが、「悟り」そのものの内容は次のように説明している――「悟とは〔中略〕無念無想の状態から翻然通常の意識状態に復活する、其の時の瞬間的の心的ヒラメキが悟りである。即ち静張状態の認識が悟道である。あゝ此処かと思つた時が悟道である。経験者の話に依ると、此の時こそ一種特有な、それこそ言栓不及意路不到な感じがする相である。〔中略〕緊張の感じは急に遅緩し、一種言ふべからざる大歓喜に打たれる相である」（原文傍点省略）。

＊9　『百鬼園日記帖』（三笠書房、一九三五年）の大正六（一九一七）年の「三十六」（「十月二十日晩」）にある記載（『内田百閒全集』第三巻、講談社、一九七二年、三一三頁）。以下、百閒の引用は断りのない限り同全集（全十巻、講談社、一九七一～七三年）に拠り、巻号と頁数のみ付記する。

＊10　「「冥途」其他」『読売新聞』一九二二年一月二五日初出、酒井英行編『内田百閒・夢と笑い』日本文学研究資料新集22、有精堂出版、一九八六年所収、一〇一頁。

＊11　「量的と質的と統計的と」『科学』一九三一年一〇月初出、『寺田寅彦全集』第五巻、岩波書店、一九九七年所収、二〇三頁。

＊12　オリヴァー・サックス『偏頭痛百科』後藤眞・石館宇夫訳、晶文社、一九九〇年、一五三頁。

＊13　William James, *The Varietyies of Religious Experience* (London: Longmans, Green & Co., 1928), p. 383.

＊14　細かく言えば、noetic は noesis の形容詞形なので、フッサールの現象学でいう意識作用（ノエシス）の中途的状態において開示される「質」が内容的に近く響くかと思われる。西田幾多郎であれば「知的直観」の概念が近いか。

＊15　「現在の回想と誤った認知」『ベルグソン全集』第五巻、渡辺秀訳、白水社、一九六五年、一四〇頁。

＊16　同上書、一三八頁。

＊17　同上書、一六〇～一六一頁。

＊18　同上書、一五五～一五六頁。
＊19　岩野泡鳴が『神秘的半獣主義』（左久良書房、一九〇六年）のなかで、「僕等が道をあるいて居る時、初めて知つた道だが、ふと、これは以前に一度通つた様に思はれることがある」体験に言及し、「これは、一つの霊が歩行中の一刹那に捕へた考へを、一刹那後の霊が想ひ出して居るのである」（八七頁）と説明する仕方に少し近いか。もちろん、岩野の思想は徹底的に神秘主義的である。
＊20　『ベルグソン全集』第五巻、一六二頁。
＊21　「夢」一九〇一年五月講演、同上書所収、一二八頁。
＊22　周知のとおり、この種の、或る意味で一般的ともいえる夢の理解を転倒し、（顕在的な）夢の荒唐無稽さは、潜在的な「夢思想」に対する「夢工作」という改変（圧縮・転換・検閲）の結果であると述べたのはフロイトである。つまり夢内容は本来的に分裂しているのではなく、その一見して理解不能な分裂性は二次的な心的操作の産物であるから、その本来的姿を復元するには（顕在的）夢内容に対する夢分析という「解釈」が必要になる。それは、夢の初源がそもそも分裂的状態であると考えていた生理学的な説に反駁する論であった（「夢について」一九〇一年初出、『フロイト全集』第六巻、道籏泰三訳、岩波書店、二〇〇九年所収）。議論の文脈上、本論はフロイト的でない理解をベースにしているが、背景に両者の理論的な対立関係があることはおさえておきたい。なお、フロイトはいちど荒唐無稽化した夢をさらに整合的な形に構成する、いわば第三次の心的操作があることをこの時点で想定しており、その意味では二元的な生理学的理解よりも、文字どおり一段階深い領域を探るのが精神分析である。
＊23　『ベルグソン全集』第五巻、一五一頁。
＊24　デジャ＝ヴュに関連した表現が漱石の専売特許だったわけでは全くない。二〇世紀の初頭に、永劫回帰や既視感に類する思想は、ダンテ・ガブリエル・ロセッティの詩“Sudden Light”を目印に、それを訳した蒲原有明や青木繁など広範囲に浸透している。ラファエル前派が「明治期後半、日本の文学・美術に親しく迎えいれられた」ことの「深い理由として、ロセッティにいちじるしくあらわれているような輪廻なり転生の思想が世紀末イギリスの芸術家たちと遠い極東の芸術家たちを結びつけたということがある」（岡田隆彦『ラファエル前派――美しき〈宿命の女〉たち』美術公論社、一九八四年、二四二頁）。ただし、単に主題の使用だけでなく、心理学的知見を散文構造に巧みに応用したという点で、漱石を新しい時代に区分することは不当でないと思われる。
＊25　第二章で主に扱った福来友吉は、「催眠」を解説するなかで、「首くくり」の誘惑を次のように説明している――「地方を旅行してある人は『首縊り松』なるものに出会ふこと往々あるべし。地方人の言によれば、此の松にて首を縊りて死したる

もの多数あり、依りて之を『首縊り松』と称すと。是れ最初何人か一定の松にて首を縊りたることの流言が暗示となりて、他の人をして首縊りの行動に出てしめたるものに外ならず」（福来友吉『催眠心理学』日経企画出版局、一九九二年、四二〇頁）。

*26 相原和邦『漱石文学の研究——表現を軸として』（明治書院、一九八八年）の第四部第二章「第三夜の背景」を参照。なお江戸文学の要素に関しては、明治三〇年代後半、日露戦争前後の日本回帰の風潮や、明治近代化政策に対する文化的反動の一種として「元禄趣味」の流行があったので、その辺りの影響を考えるのが自然かもしれない（岡田、前掲書、二二三頁）。『夢十夜』に内在する独特のバタ臭さと「日本的」伝承の融合を理解する上で、「日本の近代美術は、P・R・B〔ラファエル前派〕などを通して、江戸文化を逆輸入することで、みずからの文化遺産が豊かであり、いまに甦っていいことを自覚した」（二四二～二四三頁）という説明は示唆的である。

*27 「不安」にもとづいた「受動性」は、後述する「神経症」を描いた一連の文学にも、しばしば観察される。広津和郎「神経症時代」（『中央公論』一九一七年一〇月初出）の次の描写を参照——「（前略）遠山のその小さな行為が、定吉の神経に与えた打撃の結果は恐ろしかった。彼の神経にはまるで一つの方向が与えられたかのように、一寸した刺戟を受けると直ぐにもその方向に向かって、彼の理性はそれを否定するのに、それだのにどうしてもそうならずにいられない苦しい方向に向って、進み始めるのであった」（『広津和郎全集』第一巻、中央公論社、一九七三年、一三二頁、傍点引用者）。こうした夢や神経症の原理的性格にオートマティスムがあるという心理学的知識は、いずれフランスのシュルレアリスムにおける自動筆記の方法論へとつながっていく。

*28 註55にも記したが、漱石の「琴のそら音」から一部アイデアを借用していると見受けられるため、影響は露骨に残っていたと言うべきかもしれない。

*29 逆に大岡昇平は、漱石初期小説の「幻影の盾」や「薤露行」のなかに中世英文学の知見に基づく西洋的な「呪い」に関する主題を見ており、その観点から「第三夜」、ひいては『夢十夜』全体を読むことを促している（大岡昇平『小説家夏目漱石』（筑摩書房、一九八八年、二八～二九頁）。だが大岡も示唆しているが、その漱石の嗜好は、仏教的な、広い意味での「因果応報」の話型に背理するわけではない。

*30 漱石が養子として「捨児」同然の幼少期を過ごした伝記的事実が想起される（大岡、同上書、二九七頁参照）。

*31 森田草平「「冥途」其他」『読売新聞』一九二二年一月二六日初出、酒井英行編『内田百閒・夢と笑い』日本文学研究資料新集22、有精堂出版、一九八六年所収、一〇二頁。

*32 伊藤整「昇天」、内田百閒『昇天』（新潮文庫版、一九四八年）の解説として初出、『伊藤整全集』第十九巻、新潮社、

一九七三年、四四〇頁。

＊33　日比野正信「志賀直哉の夢について」『愛媛国文研究』一九六五年一二月。

＊34　町田栄「志賀直哉論——墓所ひとり詣での夢想家」『国文学解釈と鑑賞』一九八七年一月。

＊35　『志賀直哉全集』第一巻、岩波書店、一九七三年、二七五頁。

＊36　蘭斎の最後の妻・お幾が見る夢の描写に以下の箇所がある——「お幾は浩を抱いて家《うち》を逃げ出す、然し蘭斎が何処にゐるのか全で的《あて》がつかない。左側に渓流のある石高《いしだか》の山路《やまぢ》を苦しい思ひをしながら登つて行く。その渓流が幅広くなつた場所へ来た。水面は道と殆ど同じ高さで脛位しかない浅い池で、綺麗な水が細い水草《みづくさ》を一方へ揺り動かしながら流れてゐた。しかも池の中には色々な雑木《ざうき》が立つてゐて、それは山奥の自然の庭と云ふ趣だつた。お幾は蘭斎が此池の彼方《むかう》に庵《いほり》を結んでゐると思ふ」（同上全集第三巻、四一八～四一九頁）。お幾は反対する両親から逃げ出すかたちで蘭斎と一緒になった。蘭斎の生前からお幾が蘭斎について見る夢は、決まってその強迫観念にもとづいた話である。池の描写が似ているだけではない。彼が「何処にゐるのか全で的《あて》がない」ところからはじまりながら、池の「彼方《むかう》」に蘭斎が「庵《いほり》を結んでゐる」といつのまにかお幾は確信している。その意識の推移も類似した構造である（結局目的に辿り着かないのも同じ）。

＊37　今回参考にしたのは、ジル・フォコニエ『メンタル・スペース』坂原茂・水光雅則・田窪行則・三藤博訳（白水社、一九八七年）に付属の「解説」（二三五頁）である。特に「事象様相」と「言表様相」の区別を借り受けたが、厳密な言語学の議論をする意図はないので、用語をそのまま使用することは避けた。

＊38　日常と夢の干渉点に現れる「女」たちの意味について、戦後の傑作「サラサーテの盤」（『新潮』一九四八年一一月）を分析した拙論「内田百閒「サラサーテの盤」における第三の「女」」（『日本文学』二〇一〇年一一月）を参照されたい。

＊39　Steven Shaviro, *Without Criteria: Kant, Whitehead, Deleuze, and Aesthetcis* (Cambridge, Mass.: MIT Press, 2009), p. 152.

＊40　「私」は毎夜、横になった寝床から見える「縁側の障子」の「切り込みの硝子」から覗く「私」自身の顔に出会うようになる。怖ろしいのは、この「私」の顔は完全な静止画ではなく、あたかもスローのコマ送りのように「少しずつ動く」ことである。しかも六回目に「顔」が現れる結末では、「硝子」という境界を越えて、「顔」だけが障子を開いて入って来る。「眼の中の赤い血の條まで見え」るほど極端なクロース・アップになる。このように身体の部分、それもアップの部分だけが切り離されて現象する奇異な描写は、やはり映画的認識を介して生まれたと考えるのが自然の推測だろう。この想像力がサイレント映画のメディア的特性に拘束を受けている可能性は、「顔」が登場し運動する夜は、すべての物音が必ずいちど止む点からも主張できる。

　家に帰つてから暫らくすると、風が出た。日暮れからまた寒くなつて、雨が止んだ。雨が止んでからも、風は吹き荒れてゐた。さうして何時の間にか吹き止んだ。気がついて見ると、あたりはしんとしてゐた。何の物音も聞こえなかつた。何故こんなに静かなのか解らなかつた。近所のどの家の門も開かなかつた。何処にも子供の泣き声が聞こえなかつた。犬も吠えなかつた。時計を見たら丁度十時だつた。家の者はもう寝てゐた。私は独りで寝床をとつて、寝た。その夜、私はまた私の顔を見た。〔第一巻、一二一～一二二頁〕

風が止み、物音が途絶えるのが、入眠への境を越える象徴的儀式であることは見やすい仕掛けである。したがって、「私」は夢の一形態として「私の顔」（分身）の上映に臨んでいる（「顔」ははじめ「ぼんやり」していて「次第にはっきり」してくる）。無声映画の時代において、幽霊がべらべら喋ることはありえない。というよりも、幽霊が緘黙を信条とするからこそ、「沈黙《サイレンス》」の時代には幽霊的なものが跋扈するのである。

＊41　小野友子「〈夢〉を生成する読者――内田百閒『冥途』論」（『日本文學論究』一九九六年三月）に指摘がある。

＊42　「四五」を「死後」と読む可能性は、短編の終わり間際、「彼ら」でも「父等」でも書き表せそうな箇所で、ふたたびわざわざ「四五人」と指示していることからも補強される。なお、芥川龍之介の短編「死後」（『改造』一九二五年九月）は、主人公がすでに死んでいる自分を夢に見る内容だが、ここにも死後と睡眠中の夢の世界を結びつける定型的な発想をみることができる（おそらく百閒の小説に触発されて書いた作と思われる）。

＊43　この場面では、「知る」は「聞こえる」（聴覚）と、「分かる」は「見える」（視覚）との分離におよそ対応するといえる。

＊44　二つの時空がずれたまま併存している世界は、夏目漱石『夢十夜』の「第六夜」に描かれている運慶のいる空間（鎌倉時代の時間）と見学客のいる場（明治時代の時間）との共存とすれ違いの場面を思い出させる。

＊45　「思ひ出す事など」『東京朝日新聞』一九一〇年一〇月～一九一一年二月初出、第十二巻、四〇七頁。

＊46　この場面に関連の深い先行描写が、漱石の『坑夫』において、主人公が炭坑を奥深く下っていった先で出会う三人（「自分」を案内している「初《はつ》さん」を入れて「四人《よつたり》」）の炭坑夫である。そこは空間自体が視界の疎外された覚束ない状態にあるのだが、その中の一人に「顔中ぼんやり」して、「笑つても笑はなくつても、顔の輪廓が殆ど同じ」男がいる。

＊47　春夫の次に再検討する志賀の「城の崎にて」を含めて、後世の文学史上の分類では派の異なる作家たち（百閒は芥川と同じく新現実派、春夫は詩を出発点とした新浪漫派、そして志賀は人道主義を標榜した白樺派）が、しかし非常に似通った三作を発表した一九一七（大正六）年は――前章冒頭で四方田犬彦による映画史の時期分類（「活動写真の時代」は「1896～1918」で、「無声映画の成熟」は「1917～30」）に言及したが――いわば「前映画時代」の終端を示している。

＊48　「このほど、内田百閒氏の「冥途」といふ本を見た。実に面白い本だ。その本がそつくりそのまま当世百物語だ。不思議なチヤムのある作品集だ。ただ私にとつてはやはり少し古い気がする。といつてその感じ方ではない。ただ取材が古いだけで、

感じ方はむしろ斬新だ。」（「怪談」『中央公論』一九二三年五月初出、『定本佐藤春夫全集』第十九巻、臨川書店、一九九八年、一六三頁。以下、春夫の引用は同全集（全三十六巻、臨川書店、一九九八〜二〇〇一年）に拠り、巻号と頁数のみ付記する）。芥川の絶筆「内田百閒氏」（『文芸時報』一九二七年八月初出）にも、「僕は佐藤春夫氏と共に、「冥途」を再び世に行はしめんとせしも、今に至つて微力その効を奏せず。」（『芥川龍之介全集』第十五巻、岩波書店、一九九七年、二九二頁）と、春夫の名前があがっているので、その評価は一過的なものではなかったと思われる。

＊49　直接の由来は、森鷗外編訳『諸国物語』（国民文庫刊行会、一九一五年）収録のアルベール・サマン「クサンチス」の中に記されている「夢見心になることの好きな人に読ませる為めに」の文である。

＊50　春夫にたいする独歩の影響力が甚大だったことは、春夫自身の「自分は二十歳前の四五年間独歩の崇拝的愛読者であった」という証言によって疑うべくもない（「国木田独歩序論」、佐藤春夫編『国木田独歩傑作選』小学館、一九四二年初出、第二十二巻、二一〇頁）。

＊51　『浄土』一九三六年一〇月初出、第二十一巻所収。

＊52　「「信仰」も催眠の一つであることは世間一般の意見とまったくかみ合わないものだろうが、「信仰」は催眠にほかならない。」とはフロイトの言葉である（「催眠（事典項目）」一八九一年初出、『フロイト全集』第一巻、渡邉俊之訳、岩波書店、二〇〇九年所収、一四二頁）。

＊53　約十年の後になるが、堀辰雄『美しい村』（野田書房、一九三四年）にも、「私」はある茂みを前に「ただ茫然として、何を考へてゐたのか後で思ひ出さうとしても思ひ出せないやうなことばかり考へてゐた。〔中略〕その野薔薇とそつくりそのままのものを何処かで私は一度見たことがあるやうに思へて、それをしきりに思ひ出さうとしてゐたかのやうでもあつた。――それはすこし長い放心状態の後では、しばしば私にやつてくるところの一種独特の錯覚であつた。」（傍点引用者）という文章がある。春夫の『田園の憂鬱』の世界のシンボルが「薔薇」であった点からすると、直に参考にした可能性もある。

＊54　福来は、精神が催眠状態にある場合に生じる暗示現象をいくつかのタイプに分けていて、そのうちの一つが「模擬運動」である（「催眠の心理学的研究」、国家医学会編『催眠術及ズッゲスチオン論集』南江堂、一九〇四年所収）。「模擬運動」は催眠導入の際に、初期段階にある被験者の催眠状態を把握するのにわかりやすい基準である。例えば、施術者の何気ない動作を被術者が知らず真似するようになっている時、その人はすでに半ば催眠状態にあることがわかる。

＊55　春夫が漱石を参照する頻度は高い。『田園の憂鬱』の後半にある犬の遠吠えが遍在する場面は、「琴のそら音」からの借用だろう。百閒はそれを「とほぼえ」（『小説新潮』一九五〇年一二月初出）で又借りしている。また漱石の一歩前に、動物を模擬する小説として国木田独歩「春の鳥」（『女学世界』一九〇四年三月初出）があり、自由に考えること能わざる「白痴」

の少年が、鳥の飛ぶ真似をして死に至るという身も蓋もない内容である（ただし心理学的描写を施したものではない）。

＊56　「雑木林の洋館――佐藤春夫『西班牙犬の家』」（『文化記号としての文体』ぺりかん社、一九八七年所収）。なお、私見では、春夫と一歳しか違わない宇野浩二こそ、「夢」的世界を幻出させる「曖昧語法」の最も洗練した使い手である。「夢みるやうな恋」を独特の語りくちでだらだらと綴った戦後の代表作『思ひ川』（『人間』一九四八年八～一二月）では、「ナニガシ」さん、ナニナニ町、「なにがし」神社、「なにがし家」、「それがし家」等々、少々異様なほど固有名の記述が避けられる（ほかにも例えば「かういふ事」など、対象を暈かす指示表現を反復したり、会話中に「…」を過剰に用いたりするのも顕著な特徴である）。語りは主人公の牧の主観に同化しているため、そうした表現の特徴は牧の記憶の不鮮明さに由来するともいえるが、テクスト全体の一種幻影的な雰囲気を作るのに一役買っているのは間違いない。『思ひ川』までの頻度ではないが、饒舌体が宇野の代名詞だった初期作品においても、名前を「なになに」とする言い回しや「あれ」といった不分明な指示詞は好んで使われていた。

＊57　ただし西田が意識現象の三分類である「知情意」の内で、最も根本的なものとして重要視したのは「意志」である。「ぼんやりと」が、「意志」をこそ否定している態度と見るならば、ここで西田の概念に比較するのは見当違いに思えるだろう。だが西田が「純粋経験」の事実として考える「意志」は、「衝動的意志」（意識に上らない意志）のことであり、分析的判断を介しているために真の自由を失している「選択的意志」（通俗的な自由意志）のことではない（ショーペンハウアーの議論も思い出したい）。そのことを考慮すれば、「ぼんやりと」を新種の「意志」の体現として捉えることは不可能ではない。さらに補えば、この「知情意」中、「情意」の連結が強いことは一般に自明視されていたが、西田も例外ではない。知／情意、もしくは真／美善という結合力の差によって二層構造のモデルを考えることができるのだが、その場合、上下の区別は大枠で顕在意識／潜在意識に相当する。

＊58　『善の研究』（弘道館、一九一一年）初出、『西田幾多郎全集』第一巻、岩波書店、一九四七年、一三頁。

＊59　後藤宙外「自然主義比較論」『新小説』一九〇八年四月。

＊60　「うぬぼれかがみ」『新潮』一九六一年一〇月初出、第二十六巻所収。

＊61　佐藤春夫「思ひ出と感謝」『新潮』一九二四年四月初出、第十九巻所収。

＊62　『明治の精神異説』岩波書店、二〇〇三年。

＊63　参考までに一九世紀末のフロイトの分類を挙げておけば、ヒステリーと強迫表象は、いわゆる「精神神経症」にあたり、「現勢神経症」にあたる「神経衰弱」とは病因を異にする。いずれも「性的なこと」が症状の形成に大きく関わっているのは前提としても、前者のカテゴリーでは、病因は「先史的な人生の時期、つまり早期幼年期に属している」が、後者のカテゴ

リーでは、「患者が知っていることであり、現在のことがらに属する。もっと正しく言えば、それらの〔病因的〕契機は、性的成熟以降の人生区分に属する」。言い換えれば、前者の病因的契機は過去時制的であって発見が難しく、後者は現在時制的である。遡行的思考を信条とする「精神分析」が十分に活躍する場は、当然前者の治療においてだろう。加えてフロイトは、「神経衰弱」の型を、通常のもの（頭の圧迫感、易疲労性、消化不良、便秘、脊柱過敏といった症例）と、それとは異なって「不安」に関係する症状を中心的に表す「不安神経症」とに分けている（「不安」の主原因は、現在的な性的欲求の挫折とされる）。したがって「不安神経症」は「神経衰弱」と同分類の「現勢神経症」に属するため、ヒステリーや強迫表象とは異種とみなされている（「神経症の病因論における性」一八九八年初出、『フロイト全集』第三巻、新宮一成訳、岩波書店、二〇一〇年所収）。

＊64 フロイトもその点に関してシャルコー派を支持して、「ヒステリー者が催眠の適応にならないというのは正しくない。むしろヒステリー者こそが、純粋に心理学的な干渉を受けて、特殊な身体状態に関するあらゆるサインを伴って催眠状態が生じるのである。」と述べている（「催眠（事典項目）」一九八一年『フロイト全集』第一巻、渡邉俊之訳、岩波書店、二〇〇九年所収、一四三頁）。ただし、現代の心理学では、精神病理学の対象となる病態と催眠状態との間に明確な関係はないとする見解が有力のようである。被催眠者の高い精神的感受性は精神病理学的な症状を容易に模擬するため、現象面で両者は密接した連絡関係を有して見えてしまう。したがって、催眠状態への導入によって別人格が現れ出る事例の多さも解離性同一性障害（多重人格）の証拠ではなく、往々にして被催眠者による無自覚な創作の産物ということになる（Daniel M. Wegner, *The Illusion of Conscious Will*, p.284 を参照）。だが断るまでもなく、本論は当時の学説をベースに議論を行っているので、現在の定説はさほど重要ではない。

＊65 福来友吉、前掲書、一九〇四年、三五頁。

＊66 「志賀直哉氏に就て」『新潮』一九一七年一一月初出、第十九巻、六五頁。

＊67 上田穂積「往還する蜂——百閒と直哉」『徳島文理大学比較文化研究所年報』二〇〇七年三月。

＊68 ジョナサン・クレーリーのいう「注意」と「気散じ」の「相互体制」の時代に入ってから「遅れ」て登場した「日本近代文学」において、「散歩」という気晴らしの仕方は二重三重に増幅した意味を負うテーマとなった。「独りで歩く」という名を持つ国木田独歩の「武蔵野」の行き着く果ては、「散歩」文学のいわばパロディとみなすことのできる江戸川乱歩「屋根裏の散歩者」（『新青年』一九二五年八月）だろう。逆に、西欧まで歴史を遡行するならば、一七七〇年代末頃にジャン＝ジャック・ルソーが晩年の不遇と失意のなかで「散歩」と「夢想」に慰めを見出していった心境を遺言のように記した『孤独な散歩者の夢想（*Les Rêveries du Promeneur Solitaire*）』あたりに辿り着くだろうか。憂苦をもたらす功利や利得の観点を離れ、「自

然」が含み持つ感覚の愉楽に触れることの幸福を綴った文章中から次の一節を引用しておこう――「僕はぼんやりと森や山をほっつき歩いたが、自分の傷心を刺激することを恐れて、ことさら考えようはしなかったのである。苦しみの対象を避ける僕のイマジネーションは、周囲の物象の軽快にして甘美な印象に、僕の感覚を委《ゆだ》ねさせておくのだった」（青柳瑞穂訳、新潮文庫、一九五一年、一三一頁）。ルソーによる自然観照を思索の糧とする散策のスタイルは、一八世紀後半から一九世紀前半にかけて――特にロマン主義の興隆に合わせて――近代的知識人（教養市民）の嗜みの一つとして流行し、明治後半の日本にも流入した。米国の超越主義者エマーソンや英国詩人のワーズワースを介して、日本の文学の世界に「散歩」の重要性を持ち込んだのが独歩である。いっぽうの欧州は欧州独特の、散歩中に遭遇する諸々の人物、出来事、随伴する意識や夢想を、冗長で饒舌な「散歩的」語りによって報告するドイツ語作家ローベルト・ヴァルザー『散歩（*Der Spaziergang*）』――ちょうど「城の崎にて」と同じ一九一七年に第一版が出版された――の描法などもあり、同じ「散歩」文学でも、大正文学と異なる形態に行き着いた例がある点は改めて考察に値する問題かもしれない。

*69　里見弴の執筆によって知ることのできる事件時の様子は、短編「善心悪心」（『中央公論』一九一六年七月）を参照。

*70　小林幸夫は、この「落ちついたいゝ気持ち」という「オープンドアの状態」において「自分」の眼力に現実的限界を超えた拡張（＝透視）があること、その結果、「鼠に「動作の表情」といった精神内容が見え」、さらには「自分」が死んで埋葬された場合の姿や「足は縮めた儘、触覚は顔へこびりついたまま、多分泥にまみれて何処かで凝然《ぢつ》としてゐる」蜂の死骸といった「地中や〈いま・ここ〉以外の場所」、すなわち「非在が見える」と論じていて、示唆に富む（『認知への想像力・志賀直哉論』双文社出版、二〇〇四年、一二七～一二八頁）。また、他作品をみても、例えば短編「焚火」（『改造』一九二〇年九月）には、Kさんが過去に家路の雪道で遭難しかけた際、自宅で横になっていたKさんの母が彼の呼び声を聞き取るという、催眠術の題目の一つである「精神感応《テレパシー》」に類するエピソードが書かれている。Kさんの様子を母が感知するのは、Kさんが死にかけて「気持ちが少しぼんやりして来た時」である。

*71　三四郎は、相乗りの「女」を非常に「注意」して見ていたために疲労を感じて眠っていた。前章の議論のとおり、注意の一点凝集は催眠導入の基本的方法である。

*72　特に前者に関して付言すると、『【新】校本宮沢賢治全集』（第十巻、筑摩書房、一九九五年）において「初期形」（一～三）と呼ばれる草稿段階では、「夜の軽便鉄道」に乗って銀河の「幻想第四次」世界を見て回るジョバンニの体験は、「ブルカニロ博士」の行った一種の催眠実験によるものだったという設定になっている。博士の声は、ジョバンニの夢の中にしばしば外から「セロのやうな声」で介入しさえする（「ひかりといふものは、ひとつのエネルギーだよ。お菓子や三角標も、みんないろいろに組みあげられたエネルギーが、またいろいろに組みあげられてできてゐる。だから規則さへさうならば、ひかり

がお菓子になることもあるのだ。たゞおまへは、いままでそんな規則のとこに居なかっただけだ」などの「考え」を伝える)。ジョバンニはこの夢の実験の旅を経て、「みんなのほんたうのさいはいをさがしに行く」という「決心」、すなわち仏教語でいう「覚悟」を成果として持ち帰るのである。その点で、本章の「気づき」の主題に合致する内容といえる。

＊73 約四十年後に書かれた「続々創作余談」(『世界』一九五五年六月初出)では、「何故その葉だけが一枚動くかといふと、葉《えふ》柄《へい》が真直ぐに風の来る方に向つてゐて、最初何かで、葉が一寸動くとあとは振子のやうに微かな風に吹かれつつ運動が止まらなくなつたのである。それが人体にも感じられる風が吹いて来て、却つて運動が止つた」(『志賀直哉全集』第八巻、岩波書店、一九七四年、四四頁)と説明されており、だいぶ納得のいく内容となっている。第二章で論じたように、意識のレベルで感知できない作用によって同一運動を自動反復するほどに被影響性が亢進した身体性こそ、神経症や催眠が剝き出しにする潜在意識的な感応性に基づくことに注意したい。

＊74 小林幸夫(前掲書)は、「城の崎にて」の「〈自分〉はアメーバのように、もしくはアモルフな大気さながらに言説を覆い尽くして」おり、その世界が「言説の身体化、〈自分〉の無定形な拡大」によって成立している以上は、問題の箇所は「原因は知れた。」と一行書いただけで通り過ぎることができるのであり、この自己の知覚に対する理由づけの自己決着のありようは、物語内容と小説の機構とを同時に体現する〈自分〉のあり方からして、当然の理」(一一九～一二〇頁、傍点引用者)であると論じている。言い換えれば、このテクストが「自己内既決着を等閑したまま表現行為を遂行する人物」(一二二頁)の認識的世界によって編成されていること、しかもその意義に安着していることを桑の葉の描写は象徴的に露出している。

＊75 なお佐藤春夫『田園の憂鬱』(定本版、一九一九年六月、新潮社)の冒頭部で、武蔵野の南端に位置する新居を眺めながら、「この家ならば、何日《いつ》か遠い以前にでも、夢にであるか、幻にであるか、それとも疾走する汽車の窓からででもあつたか、何かで一度見たことがあるやうにも彼は思つた」(傍点引用者)と記述されるが、夢の既視感覚と汽車の体験が並列されていることに注意。

＊76 片岡良一『片岡良一著作集』第四巻「現代文学諸相の概観」中央公論社、一九七九年、四二三頁。昭和年代でも梶井基次郎「冬の蠅」(『創作月刊』一九二八年五月)はすぐに思い当たる類例だが、「交感」相手の蠅が瀕死の状態まで衰弱してしまっていることが、時代の変化を象徴的に示してみえる。

＊77 佐藤春夫は、これと同じ心理的原理をエドガー・アラン・ポーの探偵小説に見出していて、自身の探偵小説「指紋」にも生かしている。拙文「春夫の〈犬〉――無意識の導き」(河野龍也編『佐藤春夫読本』勉誠出版、二〇一五年所収)を参照。

＊78 現在普及している本文には、「素より自分の仕た事ではあつたが如何にも偶然だつた。」(『志賀直哉全集』第二巻、岩波書店、一九七二年、一八二頁)という一文が存在するが、本書で用いている初出掲載時の文章はそれが「素より自分の仕た事

ではなかったが如何にも偶然だった。」（傍点引用者）となっている。原稿を活字に起こした際の間違い程度のことだったのかもしれないが、故殺を執拗に否定するこの場面を解釈する上で示唆的ではある。

＊79　詳細な精神分析的読解は、山田宏昭「固着と転位」（小林康夫・松浦寿輝『テクスト――危機の言説』東京大学出版会、二〇〇〇年所収）を参照。

＊80　「あとがき」『里見弴全集』第二巻、筑摩書房、一九七七年、五九七頁。

＊81　「城の崎にて」において見事に描出された「自分」一人の世界の均衡が、里見という他者の〈消去〉の跡を残すことによって逆説的に成立している事情に関しては、十重田裕一「志賀直哉と他者――「城の崎にて」、忘却される起源」（『国文学 解釈と鑑賞』二〇〇三年八月）を参照されたい。

＊82　「蜜柑」の心理的構造（と社会主義運動の理論）に着目した読解は、藤井貴志『芥川龍之介――〈不安〉の諸相と美学イデオロギー』（笠間書院、二〇一〇年）に詳しい。

＊83　『芥川龍之介全集』第四巻、岩波書店、一九九六年、二三五頁。

＊84　なお、この感覚は双方向的ではない。「私」はその奇妙な既視感を覚えたことを「先生」に告げるが（第九巻、一〇頁）、返答は「何うも君の顔には見覚がありませんね」と素っ気ない。「先生」は先ず一方的に見出されたことによって次第に「私」を見出していく。

＊85　高橋世織『感覚のモダン――朔太郎・潤一郎・賢治・乱歩』（せりか書房、二〇〇三年）は、主に宮沢賢治のテクストに描かれる「〈触覚〉＝リミックスされた感覚機能」に開かれた境界線上の身体性（〈耳人間〉）の復権を謳って「水際の身体」というコンセプトを示している。本書の問題意識とは異なる層の議論ではあるが、むしろ対象とする作家名が重ならないことも含めたそのずれ方において、相補的な接続が可能と思われる。

＊86　小林秀雄「アシルと亀の子」『文芸春秋』一九三〇年六月初出（『宇野浩二と牧野信一・夢と語り』日本文学研究資料新集25、有精堂、一九八八年所収、一一一頁）。

第二部

第四章　発声映画《トーキー》の時代——横光利一の〈四次元小説〉論

一　昭和文学への転換——「新感覚」のパラダイム

第二部は、本書の後半部となり、第一部とは時代を変えて主に昭和年代（一九二〇年代後半以降）の議論となる。前章までは、正岡子規にはじまる近代俳句から内田百閒まで、潜在意識を動的に活用する文学の道筋をみてきたが、文学史の一般的な知識としてもよく言われるように、昭和年代は、個的な心の精査よりも、急速に勃興してきた「大衆社会」やそれと連動して広まってきた社会主義思想の流入によって、広義の社会的コミュニケーションや共同性のテーマが文学の動向を支配するようになった時代である。前章で論じた「夢」や「覚知」といった内向的な問題系は、表舞台からは瞬く間に払拭されていったのである。それゆえ、外見上は全く同等にみえる概念も、この理論的枠組みの転換以前と以後とでは、大きく意味するところを変えている場合も少なからずある。

例を一つあげてみたい。百閒の小説は発表当時は文壇的にも世間的にも評価されることはほとんどなかったが、一九三三（昭和八）年後半にはじまる「文芸復興」の波に乗ったのか、『百鬼園随筆』（三笠書房、一九三三年）によって世に周知され、翌一九三四年には再刪《さいけつ》版（新組再版）の『冥途』（三笠書房）および第二創作集『旅順入城式』（岩波書店）を立て続けに出版して人気を博することになった。百閒の小説において描かれ続けてきた健常な主体化を拒まれる「私」の「不安」が、「共産主義運動の挫折以後」という時代の「不安」の気分にうまい具合に便乗したことが理由だった可能性はある。しかしながら、百閒の描いた「不安」の質を凝視してみれば、それはやはり心理学でいう意志決定機能としての「統覚」を欠いた「夢」（潜在意識）の世界に特有の自我の「おびえ」に由来するものである。ひるがえって、本章で扱う横光利一の長編小説を原理的に駆動している「不安」は、一九三〇年代半ばに知識人たちが見舞われた社会的「人間」性の「曖昧」化に由来するものであり、たとえ結局それも心理的な問題に帰着するとしても、要点においては異なるレベルに属するものと言わなくてはいけない。しかも、横光においてそれは、個々の人物の行為が各々の意識と一致しないままに、互いに競合・共同して織りなされている世界が必然的に抱える不安定さを指すところまで行き着くことになる。横光が一九三〇年代半ばに集中的に執筆した「純粋小説」は基本的には、その種の「不安」に染められた小説世界を構築していた。そして、もし百閒の小説の「不安」の発生の要因が「私」一人が内に抱える識閾下の世界の「曖昧」性だったという言い方ができるならば、一九三〇年代の横光を通して「曖昧」の概念の位置づけも大きく転換したのを見ることができるはずである。

ならば、そのような「転換」はいつ頃に始まったのか。結論からいえば、それは横光が新感覚派を哲学的に基礎付けようとした時期――一九二五（大正一四）年頃を中心――に起こっている。そして、この価値観の変更を支えた思想が姿を変えつつ、一九三〇年代半ばの「純粋小説論」の骨格を成すコンセプトである「偶然性」の問題に差し込んでくることになる。本章の主目的は、正岡子規から辿ってきた「曖昧」の系譜が捻れつつ達した戦前の終着点としての「純粋小説」の理論および実作の分析にある。が、まずは一通り中途の転換プロセスを跡づけることから始めよう。

周知の通り、「新感覚派」という言葉は、一九二四年一〇月に創刊された『文芸時代』同人に対して翌月に千葉亀雄が命名したものだ。その有りがた迷惑な括りは多くの当事者から拒絶反応を引き起こしたが、横光は、それを一端受け入れた上で、理論的な定義を施すことを律儀に試みた作家の一人だった。しかし、外から与えられた「新感覚派と云ふ名称」によって、その文学が「主として感覚に重点をおくべきものと推断される懼れ」[*1]を払拭する作業には少々手こずったようである。

そもそも「感覚」は、子規派や漱石門下、そして志賀までを貫く価値基準を代表するキータームである。説明調を支える理屈や賢しらを排して、対象を直にヴィヴィッドに感受することを重視した彼らは、それゆえ「実感派」と通称されることになる。ただし、この「実感」はやがて正宗白鳥流の「生活実感」のニュアンスを持つ勢力が強まったことで、文学史のなかでも見えづらくなった。後者の方は、「私」が極めて身近な範囲で経験する「私小説」の原料となる情報である。横光の言葉（「形式物と実感」『文藝春秋』一九二八年三月）を信じるなら、それを明確に規定してみせたのが久米正雄の私小説論だった（第十三巻、九一頁）。代わりに、もともとの「実感」の方は、百閒などを除いてはかろうじて心境小説の側で細々継承されたと言えるかもしれない。[*2]ただし、このように自然主義陣営の一部から私小説へと収束していった流れと、子規派に源流をもつ流れと、仮に二通りの「実感」があるとしても、横光はどちらにも味方しなかった。両者共々、葬り去ろうとしたのである。

横光は、文芸における「実感物」の対立として「理屈物」を置き、後者を「実感そのものよりも形式を重んじる傾向」（九〇頁）とみなした。その上で、自分は「形式」の側の人間であることを言う。しかも、さらには「だんだん形式が産み出す実感と云うものが分つて来た」（九一頁、傍点引用者）とも言うのである。相対立する概念がせめぎあう境位を捉えようとするのが、横光流の議論の進め方である。「新感覚」という言葉を腑分けして、「感覚」は旧来どおりの意味を担い、反対に「新」が理屈／形式を指すというように、内部分裂を抱えた概念と考えるとわかりやすい。

ようするに、横光の基本的な考えは、「感覚」の言葉を自分の理論的方向性に適合させるために、「近代の感覚派は悟性を中心としたものでなければ新感覚とは云ひ得ないと主張」[*3]することだった。当然、「感覚」的であると同時に「悟性」的というアンチノミーが一つの概念の内に生じるために、その亀裂を縫い繋ぐような、危うい言葉の作業によって残された横光の評論は難読である。とはいえ、そのような理論的な作業を経ることで、生活や事物にたいする「実感」を元手とする「自然主義的リアリズム」＝「古いリアリズム」の文学や心境小説を退けて、文そのものに象られる「形式」を「物体」に基づくものとして「感覚」する「新感覚派」＝「新しいリアリズム」を追求する姿勢が確立されたのである。これにより、物体の運動に根拠をおく唯物論と横光の「新感覚」論は通じ合うことになり、プロレタリア文学陣営の理論を出し抜くかのような「唯物論的文学としての新感覚派」、さらに言い換えて「形式主義としての唯物論的文学」という主張がなされることになる。その後、物体の運動に規定されていた「形式」は、さらに人物の「心理」（の外形）と同一視されて、「新心理主義」と呼ばれる一時期の流れを形成した。後述することだが、ここまでくれば「純粋小説論」を支えた思想の成立まであと一歩という見通しになる。

以上のような「感覚」と「悟性」の調停が理論の課題となったあたりで始まる流れを、夢小説の系譜的な観点から、次のようにも言い換えられるに違いない。新感覚派による奇妙な形容描写の羅列は、潜在意識の表象としての夢が形式物として析出され、文体の上に結晶化したもの――フロイト的にいえば〈形象化〉したもの――である。つまり、文学の描写の対象であった大正時代までの潜在意識の内在面（不可視の観念のネットワーク）が、言語の形式を介した形象として文の表面に外在化（＝記号化）させられたのである。そこにどうしても作用する必要があったのが「悟性活動」である。

西田幾多郎も述べたように、夢は感覚と直接に結びついた物質性――主観と客観の区別を無化する認識の最も低次の様態――を示すものである。ドゥルーズも『シネマ』においてベルクソンの議論を引きながら、夢における「主観的」と「客観的」の分別不能性に言及している。本道からは若干逸れるが、映画の枠組みによって文学の位置を測定するという本書の趣旨にのっとり、その議論を瞥見しておきたい。

ドゥルーズは、「運動イメージ」を「知覚イメージ」「感情イメージ」「行動イメージ」の三種の下位のモンタージュに分類し、その組み合わせで構成されるものとした。その内の「知覚イメージ」を議論する際に、映画のショットという単位が、小説で言えば視点人物の主観を通した映像なのか、それとも非人格的カメラによる客観的なものとして表現されているのか、私たち観客からみて最終的な判定は不能であることが論じられている（ドゥルーズはパゾリーニの考えを引きながら、これを映画の「自由間接話法」的特徴とする）。ただし、言語における話法の喩えで説明しているだけでは、「主観的」と「客観的」についての「名目的」な議論をしているにすぎない。したがって次には、哲学的・原理的な観点まで突き詰めて、「主観」と「客観」という「二つのシステム」の「実在的な定義」に議論が進められる。

> ベルクソン哲学は、わたしたちに、以下のような定義をしていた——知覚において、諸イメージがひとつの中心的かつ特権的イメージ〔＝人間〕に関連して変動する場合、その知覚は主観的であろう——物のなかにあるがままの知覚において、すべてのイメージが、おのれのすべての面において、おのれのすべての部分のなかで、相互に連関して変動する場合、そうした知覚は客観的であろう。このような定義が保証するものは、知覚の二つの極どうしの差異だけでなく、さらに主観的な極から客観的な極への移行の可能性でもある。というのも、特権的な中心〔＝人間〕は、おのれ自身を運動させればさせるほど、ますます、諸イメージが相互に連関して変動するような中心なきシステムに向かい、或る純粋な物質の相互作用と振動に戻ろうとする。妄想、夢、幻覚よりも、さらに主観的なものは何かあるだろうか。しかしまた、妄想、夢、幻覚を措いて、光波と分子的相互作用からなる或る物質性にいっそう近いものは、ほかに何かあるだろうか。*4

夢や幻覚は普通に考えて心中にのみ現れる主観の産物の最たるものに思われるが、夢や幻覚の支離滅裂さほど、身体や脳における生理的（＝物質的）レベルの、統覚を欠いた細部の自律的な活動に直接結びついている表象もほかにないというわけだ。ドゥルーズの議論において、この映像の「実在的」な本性は、やがてフランス戦前派（ジャン・ルノワールなど）が好んで描写した「水」のイメージに具現される「分子的な状態」へと到達し、その「主観」と「客観」の区別を液状と流動のなかに完全に消散させるだろう。が、さしあたって映画史を彩った固有名は重要ではない。議論を借用したいのは、引用文で「主観的な極から客観的な極への移行の可能性」と述べられた「主観」と「物質」の両極の一致が、「夢」において保証され、「水」において表現されている点である。

「水」の不定形性は、主客の区別を無化するイメージを代表する。何度も論じてきた漱石には、水蒸気でその空間を満たした『草枕』や、雨が重要な役割を果たしている『それから』、初期短編の「琴のそら音」といったテクストがあるが、最後を所収した『漾虚集』（樋口五葉装丁、大倉書店、一九〇六年）の表紙は藍染めの布が張られている（「漾」は中国語で「水面がかすかに揺れる」と「液体があふれ出る」の二つの意味がある）。百間川に名を由来する百閒の小説に出てくる土手という場も、志賀の「城の崎にて」の〈死〉を浸す水も、佐藤春夫の『田園の憂鬱』や「西班牙犬の家」も、皆、テクスト空間に描かれる水や水辺の表象が、「顕在意識」の領域に横溢してくる「潜在意識」（＝夢）の意味を担って描かれていたことを思い出したい。だが横光のいう新感覚は、そのような「ぼんやり」とした境域に「悟性的活動」を介在させて、その世界を文体レベルの形態へと析出する形式化の作業を含んでいる。簡単にいってしまえば、それまでテクストの内容として機能していたにすぎなかった夢の表象を、直接、文体的に体現するために「理智」的な工夫を凝らすのが新感覚の方法である。

もう少し詳細に「新感覚」の意味を説明してみよう。横光は、「自分の云ふ感覚と云ふ概念、即ち新感覚派の感覚的表徴とは、一言で云ふと自然の外相を剝奪し、物自体に躍り込む主観の直感的触発物を云ふ」[*5]と定義することから始めているが、これではまだ何も「新」たる所以を説明していない（と本人も断っている）。横光の考える「主観」とは「物自体なる客体を認識する活動能力」（傍点引用者）を指し、その「認識」は「悟性」と「感性」の「総合体」としてある。このどちらが主観の構成に占める割合を多くしているのか——それが単なる「感覚」と新しい「感覚」を分ける基準になる。

感覚とは純粋客観から触発された感性的認識の質料の表徴であった。そこで、感覚と新感覚との相違であるが、新感覚は、その触発体としての客観が純粋客観のみならず、一切の形式的仮象をも含み意識一般の孰れの表象内容をも含む統一体としての主観的客観から触発された感性的認識の質料の表徴であり、してその触発された感性的認識の質料は、感覚の場合に於けるよりも新感覚的表徴にあつては、より強く悟性活動が力学的形式をとつて活動してゐる。

外在的客観物を心的内在面に受容する第一次レベルに生じる「感覚」と異なり、「新感覚」は「形式的仮象」などの二次的「表象内容」も材料として「感性的」に認識する。その主旨は理解できるが、厳密な哲学的議論として成立しているのかはよくわからない。しかし文学者が自らの文学に施す後付けの理屈の瑕疵を事細かにあげつらっても仕方がない。

それよりも、通常の感性的な感覚表徴に属する「官能」から「新感覚」を差別化する説明のなかで、「新感覚的表徴は少くとも悟性によりて内的直感の象徴化《シンボライズ》されたものでなければならぬ」（七七頁）と述べている部分、また「感覚的表徴は悟性によりて主観的制約を受けるが故に混濁的清澄を持つほど貴い」と述べている部分は、横光の発想をだいぶ捉えやすいものにしている。もちろん極論をするならば、「象徴化《シンボライズ》」の語からもわかるように、新感覚派は、世紀の変わり目に流行した象徴詩の方法を散文の文体的特徴として応用したにすぎないものと見なすことは可能だろう。しかし、重要なのは見てきたような経緯である。

おそらく横光は、いくら「感覚」の名を引き受けたからといって、その「新感覚派」の文学が「非自然」的な語彙や言葉つかいを意識的に選択した上での文体の錬成によって成立していた以上、それを「純粋客観」の「直感的触発物」だけで定義するわけにはいかないことを思っていたに違いない。かといって、高次の知性や理性、道徳観などによって統制的に支配された「正しい」文章とは目指している場所がはじめから根本的に違う。いわば描写の〈異化作用〉によって日常性を打破し、物体の手触りを浮上させせようとした点で、物質性と直に向き合う「感覚」の語は譲れなかったと思われる。カント哲学のような階層化された認識モデルの概念に説明を頼っている限りは、異なる二つの論理をオーヴァーラップさせるかのような一種の矛盾語法の使用は不可避だったというわけだ。
大まかな結論として、「新感覚」は、大正期半ばまで勢力を持っていた〈主客同一〉的な認識論が退けられたあとに、「理智」的部分を上乗せした上層と旧来の生理的な「感覚」的下層との間の拮抗関係を利用する文学理論として新たに生み出されたものといえる。「新感覚派」の登場と全く同時期、福本和夫がドイツから最新のマルクス主義の解釈を引っ提げて帰国し、一九二四（大正一三）年一二月から執筆活動を開始、一九二六（大正一五）年頃には思想界を席巻しているが、レーニン主義に基づく彼の主張（「『方向転換』はいかなる諸過程をとるか我々はいまそれのいかなる過程を過程しつゝあるか」『マルクス主義』一九二五年一〇月）が、理論的先鋭性を担うべき前衛党を〈大衆〉の「実感」から一度切り離すこと、すなわち、「結合」する前にまず「分離」しなければならないという「分離・結合論」であったのは偶然ではないだろう。
「夢」という表現の主題に話を戻せば、ここで一言、同時代の〈夢見る〉作家として一定の評価を受けている牧野信一にも言及しておきたい。牧野は一九二七（昭和二）年発表の「西瓜喰ふ人」（『新潮』二月）や「鱗雲」（『中央公論』三月）あたりを境に作風を意識的に転換して、その後「夢」の作家というレッテルを貼られることになるが、[*6]彼の夢が百閒のそれと全く印象を違えているのは、右で述べてきたような種類のパラダイム・チェンジを経た後の「夢」だからである。小林秀雄はそれを指して、文字通り「理智の夢」[*7]と評した。牧野は、後世の評価からすれば少々違和感があるものの、最初は自然主義的な私小説のジャンルに収まるかたちで文壇に登場した作家である。その印象が途絶えるのが一九二七（昭和二）年頃で、これを仮に牧野文学の「第二期」の開始点とすれば、その世界観は一九三一〜二年辺りにピークを迎えている。その後は、一九三三（昭和八）年前後から作風に「土俗的イメージ」が徐々に現れて次なる段階を迎え始め、三五年に明瞭に「第二期」に対して決別を表明し、翌年一一月に自死するまでが「第三期」という区切りになる。[*8]
ここで注目する第二期は、仮装の世界を現実から切り離す〈芝居〉をもって、音楽と集団的舞踊を天空に遊戯せしめる牧野文学の真骨頂ともいえる作風が謳歌された時代である。なかでも、それまで主人公の仕事部屋に割り当てられていたテクスト内の私的な聖域が、俯瞰的視点を寓意する「魚見櫓」へ姿を変えた「吊籠と月光と」(『新潮』一九三〇年三月)は、小林秀雄も特別の評価を与えたように、ひとつの里程標になるだろう。[*9] 日常的現実(地上)にたいして、仮装を施した祝祭的な世界を文字どおり一段上に作り上げたのである。牧野文学に現れる「夢」は生理的・幻覚的な映像ではなく、メタレベルの悟性の方に浮遊していく「夢」である。よって、小林は「吊籠と月光と」を、その「理智の夢」の鮮明さにおいて「急激に格調を破り、光彩を増した」作品と評しながら、「西瓜喰ふ人」以来の牧野文学を一種の芸術論として見て取ったのである。このように文学作品を「論」の体現とみなす評言自体、マルクス主義の理論的衝撃を経たことによってようやく違和感がなくなった時代の産物である。三〇年代に広義の「メタフィクション」が隆盛したのも、この時期の文芸評論を遠因とするところはあるだろう。

「理屈と云ふものは現実に羽根の生えたものだから、始終現実を放れて飛び上りたがつて仕方がない」[*10] とは、「コンミニズム文学」を指しながら横光が述べた命題である。この現実から上昇へと遊離する志向――「悟性的活動」――をもって夢を描きうるのであれば、明治後半から大正期の〈水〉の夢に対抗して、牧野文学は、さしずめ「空」の夢を描いたというべきである。戦後の一九六〇年頃に三島由紀夫がSF的趣味に走り、大江健三郎が「空の怪物アグイー」(『新潮』一九六四年一月)を書くまで続く、いわばキャンバスとしての「空」に描かれる理智的な「想像力」、あるいは幻覚剤による幻視や覚醒剤的な飛翔・多幸感の系譜の始点に、横光の新感覚論はある。催眠剤・睡眠剤で(時に自死することに)美を見出そうとする時代は終わったのだ。夢という不可知的な表象は、昭和に入って、通常の意識を上に突き抜けた位置へと活動の場を反転させた。その意味で一九三〇年代半ばに、文学のみならず、思想界全般で流行した「自意識」という概念は、牧野の「第二期」を支えたのと同じ〈時代精神〉に根ざしている。「自己」を超え出る「自己」という超俗の視点には、単に一九三三年の「共産主義運動の挫折以後」の〈自己の見つめ直し〉の気分が預けられていただけではない。それよりも以前から、新しい夢と想像の可能性が賭されていたのである。

二 〈超‐現実〉の心理――「曖昧」の「朦朧」からの脱離

西脇順三郎は、一九二五(大正一四)年に留学先のイギリスから帰国し、慶應義塾大学文学部教授に就任した。後に「超現実主義詩論」としてまとめられる一連の論考の最初の一編「プロファヌス」は、『三田文学』一九二六年四月号に掲載されている。ここで過程をつまびらかにすることは適わないが、前節で述べてきた文学が尊ぶべき領分の転換は、西脇順三郎の初期理論において最も顕著に示されている。

横光が新感覚論を本格的に論じ始めるのが一九二五年初頭である。両者が同じ思想圏に属するというのが本章の前提であるにしても、西脇には約一年の遅れがあった。また、西脇が横光と直接的な交流をもって、文壇における共闘の関係にあったという事実はない。だが、一八九六年の朦朧体論争における「朦朧」や正岡子規の俳論における「曖昧」といった評言の使用から見てきた文学的コンセプトが、新感覚論以降、〈転倒〉といってよいほどに内容を変じていった道筋を理解するには、愚直なまでに明快な理論を提唱した西脇を経由させるのがおそらく最善の策である。

事実、横光は一九二八年一一月の『文藝春秋』に載せた「文芸時評」の末尾に、「附加――「詩と詩論」の中で、ただ、J・Nと署名してあるだけの評論家の論文「超自然詩学派」は、近来あまりに出ない優れた論文であつた。作者は西脇順三郎氏だと聞かされた。」(第十三巻、一五七頁)と記しており、共鳴するものがあったことがわかる。ならば最初に、その「超自然詩学派」(『詩と詩論』一九二八年九月初出。後に「超自然詩の価値」に改題)の次の部分を見てみたい。

ポエジイのつくる意識の世界の構成上の形態には二つの相反する方向がある。いまかりに意識の世界を幻燈の種板にたとえるものとする。幻燈画を拡大にすればするほど朦朧となり遂に消滅する。この消滅する方向の形態をとるものを超自然的詩とす。これに反して幻燈画の範囲を制限して明瞭とならしめ確然たる意識の世界を構成する方向を取るものを自然主義的詩とす。
意識の世界の形態を構成せんとするものと、それを朦朧とせしめて遂に消滅せしめんとするものとの、二つの詩的運動である。[11]〔傍点引用者〕

面白いのは、意識を「幻燈の種板」というテクノロジーにたとえながら「朦朧」の語を積極的に使用していることだろう。振り返れば、漱石の『文学論』においても、「吾人の意識の特色は一分と、一時と、一年とに論なく朦朧たる識末に始まつて明晰なる頂点に達し、漸次に又茫漠の度を増して識末より識閾に降下す」〔傍点引用者〕と述べられていたように、心的「朦朧」は有意義に捉えられていた。そのため、引用箇所だけをみる限りは、西脇のいう「朦朧」が示す領域は漱石のものと大差なく思えるかもしれない。ところが、実際には、西脇のいう意識を「朦朧とせしめて遂に消滅せしめんとするもの」は、漱石の考えていた「潜在意識」（や無意識）を示すものとは正反対の内容である。概念の価値が転倒したというよりも、もっと根底的に、理論に占める位置が転倒したのである。西脇は、「朦朧」へと「消滅する方向」にある「崇高なる無感覚の世界」を作るのが「純粋芸術」の役目であり、一方の、通常の経験的な意識の世界を作るものを「不純芸術」とみなした。[12]「純粋」なる意識は、現実的意識を超越する意識、いわばハイパー意識とでも名付けるべき領域である。これまでの「夢」の問題系に則していうなら、西脇は明治・大正的な「夢」の表現を、文学の対象として端的に拒絶したのである。

断っておかなければならないが、西脇は「超現実主義」という名から想像されるフランス系シュルレアリスム（アンドレ・ブルトン）の方向性をほとんど認めていない。そのため、「〔夢などの〕無意識の表現は芸術でなく単に無意識の盲目の感情それ自身にすぎぬ[13]」だとか、「夢又は無意識を表現する詩は現実である。即ち夢は人間の経験である。無意識は無意識の経験である。所謂スュルレアリスムの詩の多くは故にその名称に反して現実である[14]」だとか、ほかにも「感覚感情などの含まれている世界は、現実の世界（レアリスム）であるとすれば、超現実という厳格の意味は、寧ろシュルレアリストの考えているものと反対に、完全な意識でなければならない」[*15]などの言葉を連ねている。シュルレアリスムに対して批判的なスタンスを取った文学者は数多くいたとは思われるが、それが描く世界はそのじつ「現実」にほかならないと主張したのは西脇くらいではないだろうか。

　このように、（睡眠下の）夢さえも、経験的なもの＝「実感の世界」にすぎないと断定する西脇の狙いは、もちろん、「モア（moi）の世界を消滅せしめる」[*16]こと、つまり広い意味での「私小説」批判である。だが、思い出しておきたいのは、子規や漱石周辺の文学者たちも「実感派」と呼ばれた事実である。つまり、西脇の批判は、明治後半から大正までの文学界の中枢を担っていた思想を丸ごと射程に収めてしまっている。文学制作において、「連想を破ること」、そのために「連想の最も遠きものを連結すること」[*17]を推奨する西脇の考えは、必然的に、漱石が潜在意識の知識に基づいて示した観念連合による「推移」（＝連想）の理論を正面から否定したことになる。調和しないもの、表現と対象の性格の相反するものを意図的に組み合わせることで、主観の世界や現実から脱離し、意識の極み（自由の世界）に立つことを、西脇は「理智的想像」とも「イロニイ」の想像力とも呼んで、来たるべき文学に必要欠くべからざるものとしたわけだ。そして、「超現実的思考に立つ思考」（あるいは「作品としての思考」）と「現実的関係に立つ思考」（あるいは「作者又は読者の心にある思考」[*18]）という二元論を積極的に作り出して、前者を支持した。「曖昧であること」あるいは「不明瞭であること」は、かつての「識閾下」のレベルから「超現実」（純粋芸術）を形容する言葉に移り変わったのである。

　前章までの議論で「催眠」について繰り返し言及したが、「催眠」によって潜在意識にアクセスし、「連想」を誘発する方法が「暗示《サジエスチヨン》」であったことを思い出したい。催眠術師とは「暗示」の使い手のことである。ところが、西脇は芸術における「暗示」の効用を拒否して、同じように「暗示」に否定的立場をとるトルストイの言葉――昨今の新しい「芸術家は暗示によりて表現する他に方法がなくなった。これ等の暗示的表現は教示を受けた人達にのみ理解し得ることであって他の人達には曖昧なるものである」（傍点引用者）――を引いている（トルストイは暗示芸術の社会的に開かれていない様態を批判している）。とはいえ、西脇は「曖昧」の語自体に対してはトルストイのように否定的ではない。次のように、「曖昧」の語の新しい指示内容を提示するのだ。

Eliot の如き文学上の暗示をもって生命とするパロディストの詩は特にこの Tolstoy の非難を受くべきものである。〔中略〕Tolstoy は無学なロシアの農民にも理解出来なければ悪い詩ということになるのであるから極端なる論である、要するに我々は Eliot の如きパロディストは良くないことであると思う。けれどもポエジィが曖昧になったということは超自然主義の必然の発達としてみなければならない現象である。経験を破るために破られた吾々の心理作用は実に不完全な曖昧なものである。曖昧なることは超自然的活動の当然の結果である。曖昧なることを享楽しているのではない。[*19]〔傍点引用者〕

西脇の考えている「曖昧」は、暗示芸術の性格としての「曖昧」ではない。予期せぬ異質なもの同士をぶつけ、「その関係を出来るだけ不明にしたもの」として表出する「曖昧」を意味している。「連想を破る」論理によって生まれる葛藤や闘争の心理は「享楽」の対象とはなりえない。つまり、徹底的なまでに「理智的」な世界であって、ここにおいて大正以前の文学者に多用された「朦朧」の意味が、昭和年代的な「曖昧」の意味の方向へと根本的に更新されたことが了解されるに違いない。

以上のように、西脇は「曖昧」に新しい価値を付与した重要人物ではあったが、その後、一九三〇年代頃には理論の表舞台からは姿を消してしまったに等しい。この流れを代わって継続・発展させたのが、またしても横光というわけだ。偶然か否か、西脇の「純粋芸術」と同じ「純粋」の名を冠した「純粋小説論」(『改造』一九三五年四月)を唱えることになる横光は、そのエッセイを出版するちょうど一年前に次のような文章を記している。

一つの心理には常に同時に二つ以上の心理があるといふことは、確実なことにもかかはらず、われわれはいつの場合に於ても、その一つより表現することは出来ない。総ての小説の嘘はここから発する。われわれはリアリズムがあり得るものと思はなければ何の仕事も出来ないが、しかし、リアリズムがあり得ると思つた場合に生じるこの虚偽をいかに処分してゐるものか私は知りたく思ふ。[*20]〔傍点引用者〕

「一つの心理には常に同時に二つ以上の心理がある」というのは大きな命題である。西脇のいう「吾々の心理作用は実に不完全な曖昧なもの」という説明をより散文的かつ戦略的に言い直したとみてもよい。「同時に二つ以上の心理」を描写し尽くす言葉をリニアに配置できない小説は、真実を捉えることがかなわない表現手段でしかない。少なくとも、描写が「生き生き」と読まれるような、「うまく」語られた小説は偽物である。時代を考えれば、まったく斬新な理論的認識といえるだろう。そして、このことは小説に留まる原理ではなく、同じ書き言葉の表現である評論においても当てはまる。

評論といふものは心理ではないとわれわれは思はない。それならこの場合、うまく語るとはどういふことを云ふのであろうか。顕微鏡の度を合して焦点の合つたところを見るが良いとこのときヴァレリイはいふ。しかし、それなら度の合わぬ朦朧たる部分は虚偽であらうか。彼はここを鸚鵡〔ママ〕といふが、このときの明瞭でないといふことは心理のレンズが二つ以上重なつてゐるからではないか。〔中略〕このとき重複にさいして誤る誤りそのものは、誤りとしての特有の実体を持つ場合に、これを保存する能力といふものはいったい何者であらう。われわれ作家はこの保存されたる誤りの実体に頭を突き込まねばならぬのだ。このとき作家の頭脳は感覚的か知性的かと考へる要はもう入らない。〔傍点引用者〕

評論もジャンルは違えど、小説と同じ課題を抱えている。「誤りの実体」を塗り込めるのではなく、そのクレバスを避けがたく抱え込まざるをえないものとして認め、凝視しきることに散文の意義がある。

ここで興味を引かれるのは、横光がヴァレリーの言をもとに、西脇と同じく「朦朧」をレンズという光学的な比喩によって表していることである。しかし西脇とちがって、その「朦朧」として見える本当の理由は「心理のレンズが二つ以上重なつてゐる」せいであることを示唆し、ぼやけていることを指す単純な意味での「朦朧」の表現自体がもはや心理の形容として適切ではないことを暗に主張している。それは少なくとも、互いに異なる体系《システム》間の衝突を含意する「曖昧」をもって名指すべき状態だろう。例えば、ある症状が身体に生じたり、ある特定の社会現象（今日は何故か電車がいつもより空いている……）が起こったとき、その原因となる病気や社会的欠陥を特定するのに、たった一つの外見的な変化から推測する方法では限界がある。まったく同種の症状や現象が、複数の異なる原因から発生する可能性はたいてい払拭できないからで、つまり、現象の背後で複数の体系的原因が可能性として重なり合っている。また、その重なり合いを生みだしているのは、そのように観察を施している人間の信念の複数性である。現在一般の語義としては、このような信念の競合的状況を指して「曖昧」とは言えても、「朦朧」とは言えないだろう。先の西脇の一九二八（昭和三）年頃の議論における「朦朧」と「曖昧」の共存あたりを最後として、一九世紀末の「朦朧体」論争以降、文学の議論の中で生きながらえてきた「朦朧」の理論的命脈はついに尽きたとみえる。

その証拠に、「純粋小説論」の九ヵ月後の一九三六年一月に新聞発表した文章をみると、横光は同じ「心理」の問題を論じて、もはや漱石の小説が実現した「論理的心理描写」では収まらないこと、それに関連して、評論も（単線的な）論理では立ちゆかなくなった時代の変化を強調しているが、そこでは「朦朧」の語は跡形もなく「曖昧」の語だけが繰り返し使われている。

私は随筆や感想を書く時に、これは論理的ではないといふ注意を受けるが、論理の立ち得る場所かどうかを考へて云はれたことは、あまりなかつた。私は論理よりも今の所、論理の裏の心理の方を重大に思ふので、云ふこと書くことは曖昧にならざるを得ない。しかし、曖昧とは、論理が心理に引き摺られることだ。論理の立ち得ない場所を見つけて仕事をしなければならぬから、論理は心理に引き摺られてこそ、時には有効である。〔中略〕近ごろの特色は、論理よりも心理を重大に考へねばをられぬところに、新しい視野が開けて来たのだと思ふ。ここ二三年来活動して来た新しい評論家の文章を見ても、明らかだが、それが昭和十年ころになると論理と心理の一致に、一層努力が払はれて来た。従つて書かれた文章の曖昧さは、論理の曖昧さでもなければ、心理の曖昧さでもない。論理と心理の一致を見出す言葉の曖昧さであつて、この二つを一致させる言葉が、従来の日本語にあつたかどうかといふ曖昧な疑問が、問題を起こすのである。[*21]〔傍点引用者〕

つまり、従来は論理に心理を従属せしめるのが正当な物書きの態度であったが、社会と人間の関係の複雑さを増した現代（特に「昭和十年ころ」以降）は、先の「一つの心理には常に同時に二つ以上の心理がある」という命題の真理に気がついてしまった。[*22]そのため、論理の方を心理に従属せしめること、いわば心理による論理の脱構築を行うことが必要になったということである。それは当然ながら、言語の描写能力の限界を晒し、論理と心理の結びつき自体が曖昧であることを露わにする。右に引用した二つの評論に時期的に挟まれている「純粋小説論」も、こうして一人物が抱える多重化した心理の捉えがたさが、さらには（その人物の）行動（の意味）を不安定に陥らせる仕組みに注目することで、「思考」と「行為」の間にどうしても働く斥力の重視を促した。思っていることと行っていることの齟齬（＝「心理」の表象不可能性）が露わな状態を無理にも「一致」させて描こうとすれば、当然、その人格自体が曖昧の相を帯びることになる。そして、そうした登場人物が寄り集まった物語のコミュニティは、互いに衝突している行動を仮に統一的なヴィジョンのもとに整序しようとしたところで、その下にうごめく各々の心理の自由な揺らぎを許容せざるをえない以上、コミュニケーションの十全な秩序にまとめることはできない。それゆえ「純粋小説」期の横光の描く世界は、融和へと一元化しない一種の群像劇の体裁を取ることになる。そこにあえて共同性の存在をみるなら、根本の原因である「思考」と「行為」の間の齟齬を、どの登場人物の人格もが共有して抱えている事実によって、否定的なかたちで成立する繋がりをいうしかない。簡単な結論をいえば、一九二〇年代後半に西脇によって考えられていた詩的言語の曖昧性の概念は、「昭和十年ころ」には小説の登場人物の人格的曖昧性にまでその問題の焦点を移すことで、いわば「ポリフォニック」（多声／多音的）な小説世界の提唱を理論的に可能にしたのである。

　ここでいささか安易に「ポリフォニー」の言葉を持ち出したのは、汎用の批評理論として認知されている手頃な概念だったからだけではない。ミハイル・バフチンと同じく、横光の「純粋小説論」も直接にドストエフスキーの小説から学んだ成果だからである。横光はエッセイ「悪霊について」（『文芸』一九三三年一二月）において、「夏目漱石はドストエフスキーほど頭の悪い男はないと云つた」（第十四巻、二一五頁）という逸話に言及しながら、かえって頭脳の「狂い」と思われる所に小説の可能性があることを指摘する。横光は、ドストエフスキーの『悪霊』の小説空間を、「偶然が偶然を生んで必然となり、飛躍が飛躍を重ねて何の飛躍もない。秩序は乱雑を極めながら整然としてゐるにもかかはらず、めまぐるしい事件の進行や心理が一時間後に起る出来事の予想の片鱗さへも伺はせない」世界と評している。「純粋小説」の理論と実践は、この自らの構造をきしませながら話をめまぐるしく展開していく独自の仕組みを一つの目標とすることになった（理論面は除いて、『悪霊』の直接的な影響だけをいうなら、読書の時期からして『改造』一九三四年一～九月連載の『紋章』が一番大きいと思われる）。西脇が「曖昧」の語を使用していたとき、念頭にあったのは主に詩的言語で、ある意味で非常に単純な芸術の領域を指示していたにすぎないが、「新感覚」論を脱した横光が一九三〇年代半ばに向かうなかで、それは社会をその内に取り込む小説特有の複合性・複雑性を表す原動力のようなものにまで役割を変えていったのである。

　その具体的な過程を明かすため、次節以降では一九三〇年代初頭から「純粋小説」の理論の提示までをとりまく文化的文脈に深入りするが、手がかりとなるのは、やはり「純粋小説」の特徴を「多声／多音的《ポリフォニック》」という「音」にまつわる概念で比喩的に説明することの妥当な印象である。実は、横光自身が「純粋小説論」の方角へと進む理論形成のなかで、心理を物理的な音声に見立ててきた事実があるのだ。横光にとって、音声と心理の共通点とは何なのだろうか。

「純粋小説論」を執筆した翌年、先の心理と論理の「曖昧」を論じた文章の二ヵ月後に、横光は「心理といふものは言葉にはなく、音声にあるものだ」[*23]という断言を書き残している。このエッセイは切れ切れの断章のつなぎ合わせで構成されているため、文章の前後関係を考慮しても唐突な主張の印象がぬぐえない。しかし再読してみると、結末間際に出てくるこの主張とエッセイの書き出し部分が「モンターヂュ」の語によってかろうじて呼応していることが見出せる。冒頭の方は次のように書かれている。

私は文学に於ける良心といふものをときどき考へてみるが、しかし、これは第一番に大切なものでもなければ、重要なものだとも思はない。一番重要なものは良識を根幹としたモンターヂュである。モンターヂュに現れたリアリティ、これが優れた近代小説を造るのだと思ふ。〔第十四巻、二〇五頁〕

注意を促しておきたいのは、ここに言及されている「モンターヂュ」は、サイレント映画の成熟期に最大限に発展した狭義の映画技術を指してはいないことである。そのことは最後、「心理といふものは言葉にはなく、音声にあるものだ」という断言がされた直後に、次の文章が続くのをみればわかる。

音声といふものは、文章には表現することが不可能である。しかも、心理を書かずに小説はない。あるものはただ文学と芸術だけである。これに気附いたとき、文学とはも脱けの殻だ。これにしがみつき、死身になるとは、何事であらう。小説にモンターヂュの必要なことはここから起る。ヂッドの贋金造の批評も、ここを脱して何もない。良識はモンターヂュに一番に現れる。〔二〇七頁〕

「音声」が究極的には言葉で表すことができないのと同様に、「心理」も文章で描ききることが不可能であるから、「心理」＝「音声」である。その不可能性を捉えようとする限りにおいて小説は小説独自の意義を持つのであって、さもなければ、「文学」や「芸術」という空っぽの作品は残っても、それは「小説」ではない。ならば論理の優位に立つ「心理」を描くという困難な作業をどのような方法で攻めればよいのかといえば、それが「モンタージュ」である。つまり、横光は、論理が壊れてしまう心理独自の運動を、編集という網によって掬い上げる手段を指して「モンタージュ」と言っている。そして、「心理」と「音声」の同一視が議論の前提にされているのだから、この時の横光の考える「モンタージュ」は「音声」の編集に他ならない。

しかし、これらの発言の事実を証拠として並べても、なぜ、横光が「心理」という最も抽象化された内在的な対象を物理的な「音声」と同一視したのか、という問いに完全に答えたことにはならないだろう。それも、複数の映像の組み合わせによって文意を作り出すモンタージュという映画の視覚的技術を比喩として用いて、「音声」という聴覚的な対象をつかまえようとする理由は何なのか。ただ単に、「音声」も「心理」も文章に捉えがたい点で共通するから、という答えで十分なのだろうか。それでは、コラージュを用いた造形美術や音楽の用語ではなく、わざわざ映画の技術を比喩として使う理由が説明できないのではないか。本章は、これらの疑問の解明の鍵が、横光の文学理論が新感覚論から唯物論や新心理主義などを挟んで、最終的に「純粋小説論」に辿り着くまでの間に、身をもって体験したメディア環境の変化にある、と考える。すなわち、「発声映画《トーキー》」の登場である。

日本に発声映画が流入を開始したちょうどその時期に書かれた横光のエッセイ「文学的実体について」（『読売新聞』一九二九年九月二七日初出、原題「もう一度文学について」）のなかに、次のような「音」にまつわる文章がある。

> 近代文学の特長とは、果して何が最も特長であらうかと云ふ疑問である。それは常にただ一つに限るのだ。〔中略〕そのただ一つの最大の特長とは、騒音である。〔中略〕
> 騒音とは何であらうか。私は思ふ、それはただ真実であると。騒音以外に真実はない。現実とは騒音そのものに他ならない。〔第十三巻、一三七～一三八頁〕

「近代文学」の最大の特徴を問われて、「騒音」を挙げることの不思議さが何を意味するのか、それを環境的な文脈（外部的な要因）を見ないで理解するのは難しい。横光は、引用部に続けて、「騒音」を解剖することによって「思想」を手に入れることの愚かさをいう。「思想とは、騒音を明確に変形した思考である」がゆえに、「思想は最早や変形し整理された思考の明朗性のために、現実性を追放した形骸」なのだ。この「騒音」（＝現実）と「思想」（＝形骸）の関係の議論が、約五年後には「心理」と「論理」の一致することの困難な関係に置き換えられるわけである。試みに各々の語を置き換えてみよう。「論理とは、心理を明確に変形した思考である」、また、「論理は最早や変形し整理された思考の明朗性のために、心理を追放した形骸である」という具合になって、文意は通るだろう。

ただし正確にいうなら、この横光の発想は、いまだ新感覚論を脱してはいない時期の産物である。ここでいう「騒音」は、文体の表面に外在化した物質性のことを指していて、それは形容詞の過剰という新感覚派特有の文章を肯定するのと大差ない。よって、このような「思想」に対置された「騒音＝現実」の主張が、三〇年代半ば、「論理」に対峙された「音声＝心理」の主張へと姿を変えるまでには、まだ埋めなければならない距離がある。横光の関心は、その間に、小説の表層である文体的な次元から小説の全体を支える仕組みの次元へと大きく移行したからである。

それでも、「音」という要素が、三〇年代の横光の小説理論のなかで抜き差しならぬ重要性を帯びていく始まりの姿を、とりあえずは一九二九（昭和四）年後半に出現した「騒音」の語にみることができたとはいえる。繰り返すが、それは「発声映画《トーキー》」の存在が一気に人口に膾炙した時期に正しく符合する。次の三節と四節では、時代背景の知識として、「発声」という映画史における一大革命がもたらした文学史的な意味について、横光自身の説明をからめながら確認していきたい。

三　トーキーの思想圏——発声という革命

一九二九（昭和四）年当時、日本製の映画はいまだサイレントの時代である。国外に市場を確保できない上に生産数だけは群を抜いて多かった日本映画は、経済的な余力に乏しく、トーキーの製作にはなかなか手が回らなかった。一九二七年頃には関係者のあいだだけで鑑賞されたパートトーキー『ふるさと』（溝口健二監督）を公開したのは日活が国産トーキーを採用し、浅草オペラのスター藤原義江を主役にしたパートトーキー『ふるさと』（溝口健二監督）を公開したのは一九三〇年のことである。そして初めての全編本格トーキー（土橋式トーキー採用）の登場は、松竹の『マダムと女房』（五所平之助監督）が公開された一九三一年夏だった。ところが海外でトーキー時代は数年早く到来しており、件《くだん》の一九二九年から続々とアメリカ産のトーキー映画が輸入・上映され始めたのである。一方の日本映画産業界における「トーキー時代」への移行は、仮に『マダムと女房』の上映までを初期段階（準備）とするならば、各映画会社が全面的にトーキーの製作へ乗り出す三三年以前を中期段階、松竹が本格的なトーキー製作のために撮影所を大船に移転し、小津安二郎が重い腰を上げてトーキー一作目を撮る一九三六（昭和一一）年までを最終段階として、時間をかけて進行した。ようやく（横光が欧州に渡航する）一九三六年頃には輸入映画と国産映画の区別なく、映画界全体がトーキー色に染められたといえる。横光の三〇年代の理論の淵源には、この新メディアの発展にたいする関心が間違いなく渦巻いていた。「純粋小説論」への成熟は、そのタイムスパンにおける「音声を発する映画」の動向と完全に軌を一にしていたのである。

一九三〇（昭和五）年前後、昭和初年代に発声映画《トーキー》の登場がもたらした文化史的衝撃の大きさは、比較的よく知られているだろう。しかし社会学的な評価は別として、そのメディア史上の地殻変動と、文学テクストの思想形成との内的連関を探る分析はいまだ物足りなく思える。横光が映画産業に直接コミットしたと見えるのは一九二六（大正一五）年で、衣笠貞之助がマキノ・プロダクションを辞め、前年に監督した『日輪』の原作者であった縁から、横光は川端康成や片岡鉄兵ら『文芸時代』同人を集めて「新感覚派映画連盟」の設立に協力する（その成果が川端原作、一九二六年九月公開の『狂った一頁』である）。しかし、ここではそうした「製作」の領域に携わったか否かの表向きの情報にとらわれず、主題やスタイル、また方法論や世界認識の点において、トーキーの浸透と明らかな照応性が認められる一九三〇年代の理論の展開を俎上にのせていきたい。

そのために、まずは小説に焦点を限定せずに、トーキー導入期の文化史的な情況と、その思想史上の意義を素描する敷設作業からはじめることが不可欠である。だが、そのような前提を前にして、そもそも「トーキーの時代」をジャンル横断的な思想的パラダイムの定規にするという発想が正道の議論でないのは認めなくてはならないだろう。同時代に〈声〉に特化したメディアとしては他に放送ラジオの発展が並行してあり、その方がむしろ生活世界では浸透が著しかった。さらには、ほぼ同時期に、世界規模で恐慌が起こったという歴史的背景がある。文化的上部構造の動きをみるのに、経済的下部構造の動向を探るほうがより基底的なものに触れている印象が生じるのを、単に古めかしい発想と切り捨てることは難しい。個々の文学的テクストに観察される時代の変化を集約して、その全体的秩序に関係づけようとする分析において、所詮は文化的現象にすぎない「トーキーの時代」の到来を、経済的事項に優先させるのは違和感がある。それは普通の感覚に違いない。

しかし明治期における「言文一致」運動という近代化のプロジェクトが、文学というフィクションの制作実践を媒介として国民国家形成に預かった役割の大きさを認めるなら、一九三〇年代（特にトーキーの定着期）において最大の娯楽文化産業であった映画の変革がもたらした「表現論」上の意味は、いくら強調しても強調しすぎることはないだろう。結局、狭義の文学と同じく映画も、まとまった〈内容〉を受け手に享受される時間芸術という意味では同じカテゴリーに属していたのだから、両者の形態学的なシンクロ率の高さは疑いえないのである。

本書が第一章から採用してきた文学の視覚性に着目する分析方法にかんしては、日本文化における言語芸術と視覚芸術の関係に限定するならば、はやく加藤周一が著した『日本文学史序説』（上下巻、筑摩書房、一九七五、八〇年）の一番最初に、「日本文化のなかで文学と造形美術の役割は重要である」と指摘されている。「日本人の感覚的世界は、抽象的な音楽においてよりも、主として造形美術、殊に具体的な工芸的作品に表現された」。その理由は、「おそらく日本文化の全体が、日常生活の現実と密接に係り、遠く地上を離れて形而上学的天空に舞いあがることをきらったから」である。現代の人文学的倫理からすれば、このような、無時間的ともいえる長い歴史から「日本文化」の普遍の性格を抽出する「日本文化本質論」の手続きをそのまま受け入れることはできない。それでもなお、「日本文学」の考察において、言語表現史のパースペクティヴに視覚表現史の視線を交差させる体系的な分析方法が試みられたのは極めて重要なことだった。加えて、加藤は、文学と美術の癒着的状況を次のようにも言い換えている。

> 日本の文学は、少くともある程度まで、西洋の哲学の役割を荷い（思想の主要な表現手段）、同時に、西洋の場合とはくらべものにならないほど大きな影響を美術にあたえ、また西洋中世の神学が芸術をその僕としたように音楽さえもみずからの僕としていたのである。日本では、文学史が、日本の思想と感受性の歴史を、かなりの程度まで、代表する。*24

野口武彦も『江戸思想史の地形』（ぺりかん社、一九九三年）の一章一節目において、（中世の仏教者や）江戸の儒者たちにとって「文学」とは古来の教えを具現した文書典籍のなかに探求すべき「道」であり、また「道理」とも言うべき「思想」の体系的全体であって、両者の区別の困難を述べている。「もしどうしても『思想』と『文学』という二分法を使う必要があるのだったら、この両者はいわば未分化のまま近世儒者たちの『文学』という範疇のなかで抱合していた」（一五頁）というのだ。しかしながら、近世を通じて「道」の超越的性格（ホーリスティックな体系性）が崩れ始め、「およそあらゆる文学の根底にある存在への関心、いわば存在論的関心とでも呼ぶべきもの」（一六頁）が呼び覚まされ、現代性を重んじる戯作文学的関心からの「人間の性情のあらわな自己主張」が為されるにつれ、「文学」は狭義の（しかし外延的には増大した）近代的ジャンルとして独立した方向に進むことになる。

この考えに従えば、加藤のように「文学」の同位体である「思想」の構造を媒介にして、文学と視覚芸術との直接的連絡を考えるのは、近代以降の分析においては、近代以前ほど十分に機能しない可能性があることになる。

だからといって、全く無用と考えるのは、なお馬鹿げている。確かに近代美術がタブローや台座の上に独立し、生活スタイルと密接することを止めた時点で従来の連動性は解かれたのかもしれないが、近代には近代の、それを補塡する新たなジャンルが登場したからである。加藤は二〇世紀以降の文学史の記述においても映画に言及することはなかった。しかし二〇世紀において仏教美術、物語絵巻、狩野派、南画、琳派、浮世絵……と同レベルの、すなわち単に視覚的内容伝達の機能を持ちえただけでなく、それぞれの享受者たちの生活環境の、全体的な美学化とも言うべき事態に貢献した最大の芸術ジャンルは間違いなく映画だった。本書が子規の写生論からはじめて、一貫して議論の軸の一つに映画の技術的な発展を考えてきた根拠もそこにある。まして、大衆社会が本格的に到来し、大衆へのアピールなくして文学を書くことがかなわないと横光らが考えた時代——少なくとも一九三〇年代以降、テレビが登場するまでの数十年間において——の最大の大衆芸術が、映画、それも有声の映画だった以上は、事態はなおさらそうだったはずである。

およそあらゆる変革は、目的は新たな利権の獲得であれ、あるいは人類の幸福を希求するのであれ、一抹の希望を糧に同時多発的に発動されるが、それが引き連れてくる不安も甚大である。サイレントからトーキーへの移行によって、その産業に携わる人員構成の再編と異動がもたらした動揺は計り知れないものがあった。また、そのような一次的な影響に続いて、表現論のレベルでは、映画が芸術的に「退行する」というトーキー反対論者の失望があった。トーキーでは、場面《シーン》における音声の一貫性を保つことを優先させるため、あるいは会話のやり取りだけで物語が成立してしまうため、サイレント時代に様々な創意によって発展してきた大胆なカット割りが制限される。この制限によって作り手の芸術的欲求が妨げられてしまう、とは一つの言い分だが、その見通しが一部のベテラン監督、役者、弁士、楽士たちの失業にたいする防衛反応によって形成された面はどうしてもあっただろう。そして最後にもう一つ、映画製作者の興行的関心と、批評活動に携わる人々の社会・政治的イデオロギーのレベルで生じた不安が、いわゆるナショナリズムの懸念だった。

トーキーの時代の到来が、それ以前の「サイレント」の時代との間に生んだ明確な対比は、言うまでもなく、個々の〈声〉の現れである。たとえそれが複製技術の産物であろうと、弁士の解説と異なって、発話者（物語の当事者）と声が一体化することは、より生の、外の世界との剝き出しの接触を観客に感じさせたはずである。そして文化的流行の先端を担っていた大衆が話題にする映画の大半が、外国から輸入された映画であることはサイレントの時代から二〇世紀末にいたるまで変わらない（二一世紀は一概にそう言えない状況となったが）。当たり前のことだが、外国映画の特徴は、台詞が外国語で発せられることである。その事実は、当時、一部の識者たちが盛んに指摘していたように、世界的コミュニケーションの非共約性を露わにする可能性があった。萩原朔太郎は、トーキー導入初期に、「音響映画《サウンド・トーキー》」はサイレント映画の美術的方向性をさらに発展させる見通しから歓迎するものの、いわゆる「全発声映画《オール・トーキー》」（会話映画）は、「舞台劇への後もどり」によって確実に廃れる予測を書いていた。その理由は単純に、「僕等のやうな一般の民衆には、映画全巻を通じてペラペラしやべる異人の会話が、殆んど全く唐人の寝言であつて、少しも意味を聴きとることが出来ない」ことに苛立ったからである。

> 要するに発声映画は、それが会話を主とする発声映画である限り、世界市場への普遍価値を無くしてゐる。単に市場価値ばかりでなく、民衆娯楽としての普遍的世界性が無いのである。この点で従来の無声映画は、美術や音楽の類と同じく、言語の差別を越えて普遍であり〔中略〕。それ故トーキーの発明は、折角世界的普遍に発達した活動写真を、特殊な民族間に限定して、区々の島国的封鎖をしたやうなものである。[*25]

早い話が、トーキーの到来は、大正時代において「大衆」の活力の向上にあわせて推進されてきた文化消費の〈国際化〉の努力が、ふたたび排他的な〈民族化〉に引き戻されてしまう懸念を関係者間に引き起こしたのである。実際、一九二〇年代末から技術的に先駆けてトーキーへと移行した輸入映画は、当の言語の制約によって、短い期間にせよ、観客動員力を失っている。[*26] その時代にも現役を続けていた活弁士たちによる「説明」は、映画の場面自体から発せられる（と見なされた）音声と干渉して、ときに耳障り以外の何物でもなかった（朔太郎は

「混線して二重に聴きわけが困難になる」と言っている）。裏を返せば、朔太郎も属していた広義の象徴派詩人たちが、その究極において「万国語なる沈黙の声」[*27]の表象を目指していた一時代前の精神は、奇しくもサイレント映画がもたらした超言語的なコミュニケーションの可能性によってメディア論的に担保されていたともいえるのだ。他文化の風俗・習慣を直接に享受することを可能にし、近代的〈国際主義《インターナショナリズム》〉の理想を先駆けたのは、無声映画の視覚性（＝無意識の沈黙）であった。

　興行的に文化が国境線を越えられなくなること、それは単にグローバルな映画産業に経済的な打撃となる可能性があっただけでなく、言語と身体を統一する「国民」化の問題が――そのことは言文一致運動期に決定的な階梯を登ったわけだが――再燃する可能性を孕んでいたということである。早世の天才映画監督として名を馳せた山中貞雄が、機運が熟すのを待ってトーキーの撮影に乗り出したのが一九三五年後半。その前夜の一九三四年に、山中はトーキーの制作に対して二の足を踏む理由として、「僕は江戸つ子でないですから、トーキーを撮つたら又ボロクソにやつゝけられるのだらう」[*28]と、「訛り」の有無を判断できない不安を語っている。「話し言葉」が、単一的・国民的身体を形成する抜き差しならぬ基盤であるのは言うまでもない。それに加えて動画は他の芸術と異なって、投影されたイメージに対して観客の想像的同一化を促す傾向があるため、「主体形成」の精神分析的な比喩としてもしばしば用いられる媒体である。映画の総動員数を考えれば、全国民的教育の課程に組み込まれた言文一致のプロジェクトには比べられないとはいえ、当時の中産階級的大衆は現在よりもはるかに頻繁に映画を観に行く習慣があった。作家や批評家ら、文化人を自認する連中においては言わずもがなである。彼らが表明する不安は決して無根拠なものではなかった。それでも、無論、そこにはトーキーがもたらすはずの明るい未来を語る声も含まれていた。

　トーキーがもたらす表現の可能性の縮減を「限定」ないしは「制限」の言葉で表すとすれば、反対に増大する可能性を表すには「統合」あるいは「総合」の言葉が適当である。発話という音声と身体的次元、もしくは物音などの音響と場面とを一元的に「統合」する志向のことである。これらの、表向き二つの相反する評価が作り出した不安定な境域を、ポジティヴに捉えるのか、ネガティヴに捉えるのか。トーキーへ移り変わりゆく歴史の節目を時代の内側から考察した資料に、飯島正『トオキイ以後』（一九三三年三月）があるが、なかに次のような証言が残されている。

かつて、トオキイの初期、横光利一氏は、いろいろな外国語のトオキイがそのまま解説なしに上映されてゆくにつれて、やがて、国際的な一つの言語が生じはしまいか、といふ考へを僕に話したことがあった。[*29]

一九三三年三月刊行の書物に「かつて」と書かれているのだから、横光の実際の発言は、その数年は遡ると推測される。また、トーキー時代の到来を予測する記事は大正末から出始めるので正確には限定できないものの、外国産トーキーが本格的に上陸を開始した一九二九年以前にそのような問題意識を話題にしたとも考えにくい。加えて、スクリーンに直接日本語を焼き付けた字幕《サブタイトル》（スーパー・インポーズ方式）が初めて使用されるのが、朔太郎のエッセイの一年後、一九三一年二月日本公開の『モロッコ』[*30]においてである。それを機に「一種の字幕ブーム」が起こったので、[*31]横光のいささかユートピアンな見通し（エスペラント語のような人工的共通言語というよりはクレオール的な混淆言語の発生）はそれ以前の産物と考えるのが妥当で、具体的な数字をいえば一九三〇年頃のはずである。その頃の横光の念頭に「満州国」（一九三二年成立）の「五族協和」に託された大陸性の多言語空間のイメージはない。だが、横光には「上海」という想像力を飛翔させるに足る分割統治区域（共同租界）の体験があった。

一九三九年に発表されたエッセイ「支那海」（『東京日日新聞』一月五日～一三日連載）のなかで、横光は『上海』の執筆によって「共同租界」が「いつも考への舞ひ戻る、私の問題の故郷の一つ」となったことを述べ、そこにおいてのみ形成される「共同国家」の可能性を示唆している。

共同租界の問題といふのは、世の中の問題の中で、一番判明されない、また同時にここには、未来の問題ばかりのある所だ。いたつて簡単なことだが、ここほど近代といふ性質の現れてゐる所は、世界には一つもない。また、各国が共同の都市国家を造つてゐる場所、といふ存在は、世界には租界以外には一つもない。従つてここを考へることは、世界の縮図を考へることになる。〔第十三巻、四三九頁〕

「世界の縮図」――それはまさに新時代の小説が丸ごと描こうと企図したものである。前節では、一九三〇年代半ば過ぎに、横光の理論において「音声」（＝「心理」）のモンタージュが小説の描くべき世界と見なされていくプロセスを追ったが、その問題意識の発端もおそらく上海の「共同租界」という場にあった。実は、一連の「音声」に仮託した文学的世界のイメージの生成は、現実に横光が上海の映画館において、トーキー映画を観た経験から進行した可能性が大きい。その名も「外国語」（一九三〇年六月）と称されたエッセイがある。

上海にゐたときのこと。私はその時まだ時間の来ない映画会館のホールの階段に立つてゐた。私を包んだ各国人の言語の渦が私を中心に巻き上つては笑声の中へ吸ひ込まれる。それらの言葉は前後左右の夫々のグループから煙のやうに立ち昇つては最早や再びとは帰つて来ないのだが、その殆ど言葉の意味の通じ合はぬ一団の密集した肉体の発する音を私はその時手帖へ書き連ねておいた。*32

「肉体」に属する、無意味に混交した「音」という「無機物」の羅列を、一体どのように筆記するのだろうか。その表記法自体に興味を覚える証言だが、それらが並列・統合された次元は、「私の動く鉛筆の尖端へまくれ込んで来たものに過ぎない」と比喩的な断り書きがされるように、究極のところ、想像的にしか把持されえないものである。

その奇怪な無機物の群生とも云ふ可き音響の高低と強弱は、恐らく相場市場に於ける物価の高低とも等しい確実な連立をもつて絶えず人々の運命を決定しつつあつたにちがひなく然も夫々のグループは夫々の言葉のために縛られながら親しみ合ひ苦しめ合ふ。さうして彼らを縛る言葉の輪は漸次に他の異つた言葉の輪を侵害し合ひつつ更に一つの大きな輪を造り、いつの時代にか共通の一つの輪となつて力を紛失するのであらう。〔傍点引用者〕

本章の第九節では『家族会議』（一九三五年）を論じるが、それが相場師の物語であることを考えれば、映画館の音響と相場市場の物価の高低の問題がアナロジカルに結ばれている引用前半部は是非とも押さえておきたいポイントである。が、いま注目するのは、飯島正が聞き取った横光のトーキーにたいする「考へ」が見事に書き残されている後半の部分である。

この引用部に続けて、横光は上映中の館内の体験を語り、無声映画時代では、「睡眠」という言葉の無効によって定義され得た映画の「共同」性に対して、「異国の声を立てる映画」がもたらす新たな体験と可能性を文学的に表現する。かつて「睡眠」と「陶酔」、すなわち「同化」を志した芸術は、新たに「闘争」の場に変ずるのである。

しかし、突き放されることによつて、再びわれわれは異なる国から常にもとめようとする美しさを求め出す。即ち同化出来得るものよりも同化出来得ざるものを慕ひ出す。此の感情を分析すれば恐らく戦争の意義にまでさかのぼらねばならぬであらうが、〔後略〕

「戦争」の意義という少々きな臭い表現の可否は問わないとして、上海の映画館に鑑賞に現れた「各国人」の言語的相克とトーキーというジャンルの力、そして、多国籍の人物を登場させた『上海』において夢見られた小説の理想郷のイメージとが、見事に重なり合っている。つまり、横光にとって「上海」は、外国語がそれぞれの独自性の「制約」のなかで自律的（勝手気まま）に使用され続ければ、いつしか「統合」の「国際的」言語へと〈止揚〉される場所、そのような可能性を秘めた「小説」的場所の隠喩《メタファー》でもあったのである。

このような多数の文化的差異を差異として保持したまま包摂する新しい共同性の場――「限定」を単なる制約の意味とするのではなく、それを想像的に乗り越えるための〈媒介〉として、すなわち弁証法的な意味での「総合」にいたるための否定的媒介として認識するレトリックは、一九三〇年代の思想的状況における一つの新たな型であった。特に小説的現実の構築においては、各登場人物がそれぞれの国の言葉で語る内容を、あたかも互いに理解できているかのように日本語で書いてしまえば良いのだから、その課題を疑似的に解決することは不可能ではない。ただし、その形は結局のところ目で読む「日本語」であって、新たな国際語を主張する欺瞞は拭いきれない。その意味では、右のエッセイの発表後一年も経ずして、日本語字幕による「日本版」外国映画が急速に普及したことは、横光の「かつて」の理想が矮小化されて実現した姿と言えるかもしれないのだが、最終的に、それは横光が希望を託す形態とは成らなかったようである。その後の「純粋小説」の構築とトーキーの美学との交渉は、「国際言語」とは多少異なる関心と理想に収斂していくことになった。だが、いずれにしても、右の一九三〇年時点のエッセイに描かれたトーキーにたいする鮮烈な印象が、一九三〇年代における彼の全般的な問題意識の在り方を方向付ける結果になったことは見て取れるはずである。

もちろん場合によっては、以上のようなトーキーのもたらす新たな世界観を国家的事業のレベルで捉え、文芸の世界との相関性を考えるのは大袈裟にすぎると言う向きも予想される。しかし衣笠貞之助も所属していたマキノ・プロダクション率いるマキノ省三の息子にして後継者、マキノ正博[*33]がトーキー製作のために一時（一九三四年）身を寄せた「映音研究所」（一九三〇年四月設立）の主宰者太田進一は、早くから純国産フィルム式トーキーの開発・発展を指導していた人物であるが、同時に大日本国粋会の幹部でもあった。映音の仕事は「主に、東京日日新聞社製作の「東日サウンドニュース」や日本電報通信社製作の「電通ニュース」といったニュース映画や、三映社による輸入フィルムのトーキー化、東京シネマ商会や赤澤キネマ製作の航空映画の録音」[*34]などを内容としており、マキノが京都映音設立の中心として働くまでは、専らニュース映画の製作に軸足を置く業務内容だった（マキノは自伝で、映音在籍当時、世は満州事変のさなか、現場から輸送されるフィルムをいち早くトーキー映画化する悪戦苦闘ぶりを生き生きと描写している）[*35]。マキノが「マキノ・トーキー製作所」（一九三五年一一月）を設立して独立した後も、東京の映音は海外の戦況を伝えるニュース製作業務を中心に「躍進」を続けたという[*36]。純国産のトーキー・システムの開発と運用は、戦時下における国家事業（あるいは超国家的事業）の一翼を担うために急がれたのである。

文芸の領域に話を戻せば、このような背景から抽象される三〇年代の理論的状況は、ひと言で表すなら、映画史で通称される「リアリズム」の時代の始まりである。周知のとおり、文学の世界では、平易な書き言葉への改革が目論まれていた明治後半の国民国家の青年期（各国の帝国主義に対抗可能な国家を台頭させようとしていた時代）にすでに、「ロマン主義」と双璧をなす「写実主義」の大々的推進があった（坪内逍遙に代表される）。しかし、皇国思想と適度に抑制された近代的な文化相対主義とのせめぎ合いの中から、さらには多民族的なナショナリズムの思想を育みはじめる新時代――それは経済的段階でいえば後期資本主義、あるいは消費主義の時代と言ってもよいかもしれない――の「写実性」が、国民国家形成期のそれと完全に同じ性格に揺り戻されたものであるはずはない。

それゆえ本書は、昭和モダニズムという変化過程から、第二次世界大戦期を経て、一九六〇年頃まで連続する思想的パラダイムを、文学の領野にも通底するものとして、「写実主義」とも「現実主義」とも、まして「自然主義」とも区別して、あえて片仮名で「リアリズム」の時代と呼ぶことにしたい。それは「トーキー的リアリズム」の省略語としての「リアリズム」の意を暗に込めた名称である。世界の映画史の研究において、一九三〇年代以降（一九五〇年代まで）をリアリズムの時代とするのは通説である。それ以前の映画が表現主義的な傾向が強かったのにたいして、「音声」を場面に入れ、真の総合芸術を完成させようという目標は、映画草創期の記録的な意味でのリアリズムとは別種の、虚構空間にリアリティをもたらすための演出法の開発とシナリオの長大化を促した。それを指しての「リアリズム」の時代である。

少なくとも日本の近代文学史において世界大戦をまたぐ同期間を連続的かつ大胆に括る名称は存在しない。しかし、この時代区分が、小説における「社会性」とそれを描きうる「長編」が好まれた時期に符合するという認識は衆目の一致するところである。仮にその二つの嗜好によって目指されたものを、自立した虚構空間における社会的リアリティと言い表して違和感がないのなら、映画史的な「リアリズム」を文学史に適用することはそれほど突飛な考えにはならないはずだ。一九三〇年代半ばに向かって、横光が「音声」の複数化し競合する空間を、社会的リアリティのモデルとして自然主義的・私小説的なものと対比しつつ強調していったことが思い出されるべきである。

加えれば、プロレタリア文学の推進もその流れの一種として含まれ、あくまで「リアリズム」の時代への移行の初期の現象を担っていたといえる。後にその非芸術性を揶揄された「社会主義的リアリズム」運動は、徒花のように潰えて見えた後も、形を変えて戦時下の報国的な文学の技術へと継承されていく点において、文芸の基層の思想を共有していた。[*37] 既存のカテゴリーではばらばらに見えてしまう諸現象を支えるその基層を丸ごと捉えるには、トーキー的「リアリズム」の圏域としておくのが簡便なのである。

四　矛盾的同一体としてのトーキー

おそらく映画史でとりわけ多く言及されてきた、サイレント時代を代表する弁士は徳川夢声だろう。社会学者の北田暁大は、述べてきた一九三〇年代のトーキー到来がもたらす美学を、「声」の映像（視覚）にたいする「意味論的従属」として否定的に言い表している。その上で、実は、夢声はすでに大正年代からパフォーマンスのスタイルを改革し、その来たるべき「従属」の状況を先取りしていた事実を論じている。[*38] 古き良き時代の遺物である「浪花節的なもの＝《香具師的なるもの》」と訣別し、こう言ってよければ、映像に同調した「吹き替え」のような近代的スタイルを作り上げることによって、である。そして、弁士が即興的演出をおこない、観客のノリに合わせて現前させるノスタルジックな「遊動空間」は、観劇方法を「近代化」する新たな映画館の構築の進行（や「前説」の廃止などのスタイルの変化）とともに次第に萎んでいき、「映像というエクリチュールと聴覚というエクリチュールの不可避的なズレ（の痕跡）の隠蔽をその理想型とするトーキー」へと推移していったという。大正・昭和初期に現象したメディア史上最重要の変容の一つである。

観客――弁士の現前的な交流（「見物と説明者との面接する機会」）が失われることによって、弁士には観客を魅惑する才能（talent）よりは映像を上首尾に説明する技量（skill）が求められるようになり、また、観客の欲望の対象は〈イマ－ココ〉に居合わせているスクリーン外部の弁士から、スクリーン内の俳優あるいは物語へと移行していく。弁士の匿名化と、スクリーン――内――出来事の前景化――前説の廃止という事件は、「声」の空間としての活動小屋が、スクリーンの「向こう」にある物語世界の再現前＝表象を請け負う映画館へと変位するという、観客性（spectatorship）をめぐる「構造転換」を表徴していたのである。〔原文の太字は通常体に変更〕

トーキーは、映画草創期の香具師的「声」から統制的な「声」へと観客を従属的に固定化し、その意味論的可能性を視覚と聴覚の一元化へと縮減させるものである――この論理は見取り図としては整理されたものだ。しかし三〇年代前半、欧米に比べて技術配備に手間取っていた日本の製作者たちにおいては特に、トーキーにおける聴覚と視覚の関係は「ほんの数年間の揺らぎの時節を経ただけで」安定したとは少々言いにくいのも事実である。[*39] とりわけ本章が俎上にのせている派生的な思想や文学理論への取り込みは、いかにしても現実の後追いを余儀なくされる事情によって、かえって言説の「揺らぎ」の豊穣を持ちえた面がある。

技術的な問題一つとっても、たとえば寺田寅彦のエッセイ「生ける人形」（『東京朝日新聞』一九三二年六月一六〜一九日）をみれば、視覚と聴覚の〈一致〉が容易ならなかった当時の状況だけでなく、その〈分裂〉に逆説的な可能性をみるところにも考察が及んでいたことがわかる。寅彦は、文楽を初鑑賞した際の感想として「発声映画劇と文楽との比較研究は色々の面白い結果を生むであらう」と綴り、さらには「西洋のあらゆる芸術のうちで、文楽の人形芝居にもつとも近いものは、恐らく近頃の芸術的映画、殊に発声映画ではないかと思はれる」とまで述べていて示唆ぶかいのだが、その主張は少々意外にも、「発声」の仕組みに関して文楽の優位を結論する（つまり、発声映画のほうが文楽に学ぶべきことを言う）。

例へば、スクリーンの映像では、その空間的位置がちやんと決定されて居るのに、音響の方は、聞いただけでその音源の位置を決定する事が出来ない。〔中略〕〔逆に〕例へば、酒屋の段のお園が手紙を指して「ふ、う、ふ、と書いてある」といふところがある。その音源は〔中略〕上〔か〕み手〔て〕の太夫の咽喉と口腔にあるのであるが、人形の簡単なしかし必然的な姿態の吸引作用で、この音源が空中を飛躍して人形の口へ乗り移るのである。この魔術は、演技者がもしも生きた人間であつたら決して仕遂げられないであらうと想像される。[*40]

寅彦はこの人形浄瑠璃が体現する「声」のリアリティの秘密を基本的には不明としながらも、考えうる一説を披露している。人形は決して声を発しないという前提を観るものが持っているからこそ、その人形の巧みな身振りが表情を暗示し、台詞が聞こえてくることを最大に期待させるまさにそのとき、発せられた声は、音源がいかに遠かろうとも、逆説的に人形に「乗り移る」のではないかと言う。これが発声映画のように本物の人間が役をする場合には、その口の正確な位置から音声が出てくる強い期待がもともとあるため、同一人物の声であっても、録音や音声編集、そして音響システムの未発達な段階ではずれや違和感が生じやすい。ここで読み取るべきは、寅彦が文楽とトーキーを並べた根拠を、この前提としてのずれにおいた点である。当時のトーキーの技術レベルでは、ずれるのが普通で一致することのほうが稀なのが音声と表情（視覚される身体）の関係なのであって、その逆ではない。だからこそ寅彦は、もともと音源が切り離されている人形浄瑠璃が逆説的にそれを克服していることを見物して、現在からみて比較の対象としては少々奇異な感を覚えるトーキーを持ち出したのである。

　ところで、一九三四年四月一日号『キネマ旬報』掲載の岸松雄「小津安二郎のトーキー論」[*41]が、当時、すでに日本映画界のエース格と目されていた小津のトーキー論をまとめているが、この問題を技術論以上に表現論、ひいては思想史の観点から捉えるきっかけとして参照に値する内容である。小津は一九三六年九月公開の『一人息子』までトーキーに手を出すことはなかった。ただし、その主たる理由は技術の未成熟さに帰せられるべきもので、具体的には小津組カメラマンであった茂原英雄が開発した「茂原式トーキー」の完成を待っていたとされ、サイレント時代へのノスタルジーとは無縁の話である。小津はトーキーが新たにもたらす可能性として、まず全般に表現が容易になることを言い、続けて以下のような明瞭な例を示している。

> 例へば、気まづい思ひで話し合つてゐる二人の姿を撮す場合を想像して見る。そして、サイレント映画なら、一人に十づつ、合計二十の字幕が要ると仮定する。この気まづい対話には、複雑な感情が含まれてゐる。だが、トーキーなら、この複雑な感情も極めて容易に表現し得るのだ。顔は笑ひながら、針のやうに皮肉な言葉が口から出る。焦々した面持になればなるほど、言葉は益々丁寧になる。さうした感情と言葉の相剋に無用の描写を施す必要がなくなる。[*42]

　小津がトーキーの最大の効果として的確に予想したのは、まず第一に、現在ではトーキー導入史の通説となっているカット数の減少である。第二の慧眼は、そのカット数の減少によって生まれる表現上の長所を、「逆説」の表現可能性に代表させた点である。さらに小津は引用部の後に、「サイレント映画の場合、字幕はつねに画面の後に出て来るやうな関係に立つてゐる。或る種の感情にまで画面で盛りこんで来て、しかる後に、字幕になるのだ」と補足している。つまり、サイレントにおいては、事前に用意されたイメージに対して、言葉が後からその意味を画定するという事後関係が成立する、と言っている。その場合、イメージ（表情）は俳優に属する一方で、言葉は――小津の言い方を借りれば――「映画作家の意図」に属することになる。そもそもサイレントの字幕は撮影されたカットに直接焼き付けられず、カットの合間に挿入される形を前提にして発展してきたのだから、両者の帰属する次元が分離するのは避けがたい。

しかしトーキーでは、まず台詞（言葉）が先行し、「そしてその台詞の進行に供つて、表情や動作が行はれ出す」。そのため、サイレントとは逆に、「台詞（字幕）の後の表情が大切となつて来る」わけだが、実際には、トーキーにおいては言葉もまた身体から発せられるものとして役者に帰属する点が大きな違いと言うべきであり、イメージと言葉の前後関係というよりも〈同時性〉こそ強調されるべきだろう。そして、この〈同時性〉を条件にしてはじめて、いたずらな混乱を危惧せずに「逆説」が使用可能となるのである。ただでさえ小説のような直接の心理の解説が難しい映画にあって、大げさな表情の演出を入れない限り、無声の表現で「逆説」を濫用するリスクは大きかった。その代わりとして、次第に洗練され、幅を利かせたのがモンタージュの概念である。

モンタージュという方法論のもとでは、イメージは記号化され、直示と共示を織りなして言語的に構成される。その前提にあるのは、意味の一次性（映像のボキャブラリーである各ショット）と二次性（文意となるコンティニュイティ）の協同であり、時に対立である。しかしトーキーという全体的な再現性を得たことで、二次性の水平的な連結力（統語的な力）は格段に弱まらざるをえなくなった。その分の比重を移して、単一のまとまりあるショットやシーンにおいて言ってることと行ってることとの内的矛盾の可能性が強く表れることになったのである。ただし念のため断る必要があるのは、聴覚で受容される「言」と視覚で受容される「行」は表現の次元がもともと異なることで、サイレント時代に、心では悲しいが明るく見せている（泣き笑い）とか、無関心なようでいて興味を抱いている、などの心理と表現の矛盾は（特にコメディにおいて）普通に描かれていた。だが、それは演技力のある役者の表情や身振りの視覚的平面のみで、つまりは目に見える視覚情報として両義的に表現されるべきもので、「言」と「行」という分割可能な原理に従うものが、同一の画面内時空に再統合された際に生じるコンフリクトとは別の話である。

〈言‐行〉の矛盾は、「完全」な現実性の獲得によってはじめて生まれる。だいぶ遅れて第二次大戦後になるが、世界的な「ヌーヴェルヴァーグ」の流行に最大の理論的影響力を持ったと言われる映画批評家のアンドレ・バザンは、サイレントにはなく、トーキーのみにおいて映画のなかに確保される存在論的な次元を“ambiguïté”（曖昧さ／多義性）として持ち上げた。飯島正がまとめた文章の孫引きになるが、バザンによれば、モンタージュは「イメージが客観的にはもっていないが、それらの関係からのみ生じる意味の創造[*43]」のことであり、所詮は「観客の意識の面にうつされたイメージの影」にすぎない。トーキーの普及を追って、「イメージの影」ではなく「イメージのなか」のものに隅々までピントを合わせるパン・フォーカスに優れたカメラが出現するに及んで、クローズ・アップのような非日常的イメージを喚起する撮影スタイルは頻繁には用いられなくなっていった。仮にサイレント時代の記号論的スタイルにも多義性の指摘ができるとすれば、それはコンティニュイティに依存した文脈の数に応じて現れるカットのうわべの意味（投影）の変化にすぎず、一方のトーキー時代の「曖昧さ」が、一画面における対象それ自体が抱える存在の多義性のことであり、「リアリズム」と両立するのとは異なる。

バザンの発想は実存哲学が顕揚した、実存的主体が抱えている存在の根源的不安定さの議論を背景に生まれたものであることは間違いない[*44]。象徴的な意味以上のものではないが、三〇年代以降の思想に唯一無二の影響力を持ったハイデガー『存在と無』が出版される一九二七年は、世界初の長編トーキー『ジャズ・シンガー』の公開年にあたる[*45]。それは小津の議論が要約しているように、フィルムと編集作業に依存するモンタージュという「映画のトリック」ではなく、俳優と場所の力に依存する「現実のトリック」こそが尊重される時代への移行を意味していた。「リアリズム」の時代において現れる現実の「再現性」は、自然主義の時代に反復強化された主客対称性のイデオロギー（素朴な実在的自然と表象の二元的関係）ではなく、同一の身体や存在的次元が内に抱える亀裂や多義性を露わにしてしまうのである。参考までに加えるなら、それは大日本帝国の内地と外地を分割しながら統一する統治政策のイデオロギーや、ロゴスと非言語（基礎経験）の矛盾を架橋することを目指した三木清の「人間学《アントロポロギー》」、そして西田幾多郎の「絶対矛盾的自己同一性」や浪漫派のイロニーまで、いわゆる〈三〇年代の思想〉との連関を示唆する思考のアーキタイプと言えるかもしれない。その具象的姿が発声映画《トーキー》というメディアによって浮かび上がってくる。

　とはいえ当然、一朝一夕に新旧のパラダイムが入れ替わることはない。少なくとも日本では、一九三〇年前後から、声のイメージにたいする「意味論的従属」が顕著になる一九三〇年代後半まで、不安定であるがゆえに創造の多様なざわめきを胚胎する「移行」の幅があった。一九三〇年代初頭に始まるサイレントとトーキーの間の実質的グレーゾーンは五年強であるが、過渡期は時間を下るほど指数関数的に変化量が多くなるので、日本映画のキープレイヤーたちの目に見えて顕著な転換期は、文芸の世界で一般に転換期と呼ばれるマルキシズム後退（一九三三年）以後の数年の時期にほぼ対応している。日活が国産を諦めてウェスタン・トーキーと提携するのが一九三三年五月で、その情景をマキノ正博が面白おかしく回想しているが、やはり役者たちの従来の発声法では簡単にＯＫが出なかった。マキノは音と画は別取りして後でシンクロさせるほうが無駄が少ないという感想を覚えたという。[*46] そして、千葉伸夫は一九三五年を「作品の傾向として確かなもの」がまだ明瞭に出てきてはいないながらも、日本映画においてトーキーへの「移行が決定的」な形勢となった時期とし、翌三六年に「トーキーによるリアリズムがはっきりした傾向を示す」としている。[*47] 強調しておきたいのは、中村光夫が自然主義の運動（一九〇五〜六年）に対して「時代精神の巨大な流れのなかにも、やがて歴史の必然によつて刈りとられる幾多の不運な芽が並んで萌え育つ青春期[*48]」と評したのと同じような意味において、その有音への「移行」の幅（一九三三〜三六年）のなかに見え隠れする映画のスタイルの可能性であり、同時期の文学的思考の可能性との関係なのである。

　次節では、以上を踏まえたうえで文学の議論に焦点を戻し、音声の問題から「純粋小説論」が派生する詳細を追う。が、その前にこそ、この「移行」の状況に関わっていた横光以外の小説の一例を確認しておきたい。牧野信一は一九三三年頃に、それまで一貫したテーマとして扱ってきた「演技」・「観劇」（覗き）・「スクリーン」といった芝居・幻灯・無声映画《サイレント》に関わる要素に加えて、「音声」や「発声」の描写を対位法的に舞台にのせるようになった。すでに論じたように、横光も「音声」の気ままな振る舞いを捉えることを課題とすることで一九三〇年代用の小説論を鍛えていったわけだが、しかし、そのはじめの着眼点が「音声」と論理的言語との間に生じる〈齟齬〉にあったのと、牧野の関心の次元は異なっている。牧野の場合は、もっと素朴に身体（表情や身振り）と「音声」の間に生じる初期トーキーに典型的な〈齟齬〉をそのまま作中に描いたのである。牧野は、横光のように新しい時代の小説の方法論を原理的・哲学的に考察したりすることには関心がなく、自分の小説によって実現される世界の内容以外には興味を払わない作家だった。その代わりに人一倍の鋭敏さによって、身振りや表情から声が遊離してしまう時代特有の現象を寓意的に捉え、それを作中人物の自己意識にたいする違和の感覚として見事に描き出してみせている。それは新しいメディアへの「移行」期においてのみ発見しえた人間存在（の根源的な矛盾）を造形する一つの斬新な仕方といえるものだ。

　先に言及した山中貞雄が監督した映画は、一九三八年に夭折したこともあって僅か三本（すべてトーキー）しか現存しないのだが、その失われた作品の一つである山中初のトーキー『雁太郎街道』（一九三四年一一月公開）にたいする同時代評のなかに、「千恵蔵は次第によくなつて来た。時々、台詞と仕草が分裂する事があるが、大体に於いては無難の方だらう」*49（傍点引用者）という言葉が残されている。サイレント時代からの時代劇・剣劇スターであった片岡千恵蔵に限定した感想なのだから、映像と音声の同期を取るのが難しかった初期トーキー装置の技術的な問題を言っているのではないだろう。サイレント時代用に適合した千恵蔵の演技がトーキーの枠組みに置かれた際に、言葉と動作の分離という形で表出してしまう振る舞いの〈齟齬〉、そして、それが徐々に均されていく途上にあることが報告されているのだ。この話からわかるのは、「分裂」は、映画の制作者や受容者（観客）の俯瞰的立場においてのみ観察されたのではなく、映画内世界の身体を借りて、まさに〈生きられる場〉で生じたということである。

そのことを念頭に、牧野の短編「天狗洞食客記」(『経済往来』一九三三年七月初出)をみてみたい。要約の困難なストーリーなので中途を省くが、ある日、「私」は天狗洞という兵術指南所の師匠の食客になることに決まる。ただし次の段階に進み、実際に道場へ入って稽古をつけて貰うために通過すべき予備訓練がある。身の回りの世話をする美人の小間使(一番弟子)のテルヨに少しの色目も使わず、完璧な克己心を持ち合わせていることを証する必要である。天狗洞は「私」が居住する庵に沿う池の向こうの遠方に隠れて、テルヨの酌で酒を振る舞われ続ける「私」の一挙手一投足を観察している。「私」は近頃、奇妙なコミュニケーション能力不全の症状に見舞われ、社交的であるべき場合ほど、逆に、胸を張り、顎を右手で撫でながら、左手を横に伸ばして、「憤つた武悪面」とでもいうのか、笑いも涙も萌さない気難しく尊大な表情を作る癖がついていた。そのために図らずもその奇妙な試練に耐えてしまっていたが、途中より、テルヨが無表情を保ったまま、耳の遠い師匠の天狗洞を小馬鹿にする会話を始めたのである。

それから私たちは食事の度毎にそれとなく四方山のことなどをはなすやうになつたが、顔つきや口つきを全く動かすことなしに言葉を吐くといふことは妙なもので、「言葉」といふものが全々発声者とは関はりなく、夫々游離して、明らかに空間に於ける別個の存在物と感ぜられた。私は、私と小間使がとり交す言葉の凡てが、眼にこそ見えないが、眼に映る凡ゆる物象と同様に、あれらの転生宗教家連が信ずる如く夫々命を持つてたゆたうてゐると思はれた。[*50]

留意すべきは、このような表情と発声の分離する場面を遠目で観察している天狗洞の存在(=観客)である。彼の眼に映る限りでの「私」とテルヨの所作はサイレントである。だが実際には、天狗洞はトーキーが可能性として抱える〈言-行〉不一致の半分を見せられているにすぎない。重要なのは、この分裂を体験する「私」が〈小説-内-世界〉にポジションを取っていることである。つまり、千恵蔵がスクリーンの向こう側の虚構空間で身をもって体現していたような「私」の実存的次元の出来事が描かれている。「実存的次元」の形容は大げさな印象を与えるかもしれないが、さもなければ一九三六年というトーキー完成年に自殺したほど、本節が論じている思想的パラダイム特有の困難を直に抱え込んでしまった牧野の文学の苦闘を正当に評価できなくなる。

「天狗洞食客記」の最後は、いよいよ修行が開始され、第一の課題として逃げるテルヨを素手で捕まえるべく天狗洞に続いて「私」は追走を始めるが、連日の飲酒がたたって息絶え絶えのなか、終いには眼下の夢幻的な空間に紛れ込んでいく。そのとき「私」の発したと思われた声が、「私」自身に帰属せず、瞬く間に空（メタレベル）に取り上げられてしまう次の描写は、初期トーキー時代のスクリーン内の存在のみが体現しうる新しい身体感覚を巧みに示すものといえるだろう。

> 舞を夢見てゐるかのやうな振袖姿と、黄八丈の袖無を着て杖を振つてゆく師匠の後姿の、その上を踏んでゆく光景が此世のものとも思はれぬ明るい、止めどもなくさんらんと明るい、実にも怪奇な滑稽美を放つて私の眼に溢れた。
> 「ひゆう……るるるる……」といふやうな不思議な叫びをあげて私は立ち上がり、腕を構へ、頤（鬚）を撫でゝ、ぎよろりと彼等の姿を視守つたが、忽ち柱のやうに前へのめつて、悶絶しかゝつた。〔中略〕
> 限なく紺青に晴れ渡つた空では、一羽の鳶が階調的な叫びを挙げて、悠々たる大輪を描いてゐた。今、私は自分の感嘆の叫びとおもつたのは、どうやら空を舞ふ鳶の声を聴き間違へたものであつたらしい。[*51]

なお時期を同じくして、牧野がこの種の問題意識を抱えていた証拠としては、他に短編「まぼろし」（『文藝春秋オール讀物』一九三三年四月）の存在をあげることができる。オールトーキー『疑惑晴れて』（一九二九年）でデビューし、アメリカ映画初のヴォイス・オーヴァーを使用したことで知られるルーベン・マムーリアン監督の映画『市街』[*52]（一九三一年、主演男優はゲーリー・クーパー）によって、日本でもある程度認知された米国の銀幕スターが

「シルビア・シドニー」である。「まぼろし」は、その彼女に似ているとされる百合子を巡って、五人の若者が求愛行動をとる他愛のない内容である（なおS・シドニーは他のハリウッドスターの美形と比べて短身かつ愛嬌ある扁平な顔で知られ、髪型や化粧の具合で日本人が真似できそうな容姿だった）。クライマックスの場面では、逢い引きの誘いを個別に受けて、それと知らず彼女の家の庭にまとめて呼び出された男たちが、暗闇に浮かぶステージとしての窓際に現れた百合子（の黙劇）にたいして、合図としての唱歌の口笛を一斉に吹き始める。つまり、五人の求愛者たちは、あたかも5.1chサラウンドのスピーカー・システムを体現するかのように、家屋の窓に向かって一斉に合唱する。このスクリーン（窓）を囲む音響システムが置かれた場所は、映画館内の寓意以外の何物でもない。しかも五人のうち、主な焦点人物は音田という名前で、「音ちゃん」と呼ばれているのだ。[*53]

他にも例を挙げれば切りがないが、最後に「沼辺より」（『新潮』一九三三年三月）という短編も紹介しておきたい。この作は大きく二つの場面で構成されていて、一つは、どこか現世との隔絶を思わせる水車小屋の暗い内部空間であるが、身を絶えず震わせているその家屋は過剰に「轟然たる音響」に満ちていて、どんなに声を張り上げても吸収されてしまう。そのため、中で労働に従事している「僕」たちは、逆説的にも「聾唖者」のごとき黙劇によって無声のコミュニケーションを交わさなければならない。端から見れば、それはあたかも「人形芝居」なのである。一方、「僕」が仕事の合間に休息する鬼涙沼のほとりはいつも静謐さに満ちているが、ひとたび発声すると周囲から多重の山彦となって響き渡る空間である。

> 眼の前に現れてゐる人物が吶鳴《どな》つたり喚いたりしてゐるのに一向に言葉が通じない小屋のうちに引きかへて、ここでは咳払ひをひとつあげても、姿は見えぬがあちこちの木蔭にいくたりもの人が隠れてゐる通りに呼応して来る鮮やかさに僕は土人のやうに胸を躍らせるのであつた。ここの地形は余程珍奇なサウンド・ボックス風になつてゐると見えて、反響の具合が極めて敏感で、然も連続的に合唱して来るのであつた。はじめの反響が更に反響を呼んで縦横から折り重なつて来るのだ。[*54]

その場所では、友人の妹のお雪に英語を教えている「僕」自身の朗読の声も、「空のレコードに吹き込まれた自分の声を改めて聞くやうな感じ」の「つくり声」として頭上に響き渡る（映画の問題としてみるなら、これが英語であることは重要）。声がすべて周囲の甚大な音響に吸い取られてしまう抑圧と搾取の空間である水車小屋と、どんなささやかな声の入力もアンプのごとく増幅させる沼のほとりは、互いに反対の働きをする音響空間でありながら、自分の声が自分に帰属しない原則を前提として共有する。たしかにトーキーは、その発展とともに声を発声者に従属させることで観劇スタイルの〈近代化〉の片棒を担ぎ、統制的な声を保証する空間の現出に一役買った面は否定できないだろう。だとしても、一九三三年頃を中心とする過渡期には、音声と身体のフレキシブルな関係から生じる別種の存在感覚が、あたかも「サウンド・ボックス」の中で引き起こされた反響のように、いまだ多様な方向に開かれていたのである。

実は、牧野の音響描写に関する執着という点だけをみれば、この一九三三年以外にも一九三〇年に発表されたテクストから集中的にサンプルを採取することができる。[*55]外国製作のトーキーが一気に流入した年であり、しかも満州事変（一九三一年）を期にラジオ放送が急激に普及する前夜であることを考えれば何の不思議もない。しかしながら、特に「声」が身振りや表情から分離して複数化し、交錯・共鳴しあう虚構空間（＝ボックス）のなかに登場人物が内在しているという、来たるべき「声」の統制にむかう一歩手前の、最も可能性豊かな空間体験の描写を牧野が試みたのは、やはり一九三三年頃だった。この牧野の関心の歩みは、横光が一九二九年に「思想」と「騒音」の対比によって小説の〈外部〉としての「音」の問題を導入してから、一九三六年の「論理」と「音声」（＝「心理」）の相克の問題へといたるまで――ちょうど発声映画が無声映画に完全に取って代わるまで――の間に、その理論的な意味合いを微妙に変えていったのとほとんど並行する現象だった。そして、その一九三六年に、一月違いで横光は文壇を追い出されるように離れてフランスへと発ち、牧野は自殺してしまう。彼らの文学から多形的で奔放な音声の響きが消えたとき、時代は一つの局面を終えたのである。

五　有声を支える四次元

ここまで主にトーキー映画の動向にからめながら、視覚化可能な外面的な現象にたいする「音声」の遊離とその自律的な運動に着目した文芸思想が生まれていた概況を見てきた。しかし、横光が「音声」をめぐって書き残したエッセイをいくら追ったところで、「音声」に関連する語が一度も現れない「純粋小説論」（『改造』一九三五年四月）抜きに横光の一九三〇年代の文学論および実作を分析することは、その影響力からしても許されない。「純粋小説論」で検討すべき項目は、何よりも、その核となる「四人称」であることは誰の意見も一致するところであり、本章もその解明を目指している。ただし、これとて実は「音声」の問題に無関係ではないのである。

先に結論じみたことを提示しておくなら、「純粋小説論」のなかに現れるこの奇妙な人称は、先の横光関連の議論で見てきたように、思うことと行うことのずれを抱えた「曖昧」な登場人物たちの「多声／多音的《ポリフォニック》」な共演――各々の登場人物たちの表象不可能な「心理」によって〈世界〉は多極化・複数化されていく――というコミュニケーション的現実を産出し続ける「無」の容れ物そのものを指している。「四」の数字については、これも後に分析を追加するが、「四次元」の「四」に多く由来することを主張したい。とすれば、「純粋小説論」の議論を深めるための課題は、トーキーの到来による「音声」への関心と物理学的な発見から来た「四次元」との創作論上の橋渡しである。果たして一見無関係な両者を接続する言説は存在していたのかと問うならば、答えは簡単である。存在していた――それも当時世界的に最も名の知れた理論派であると同時に、日本文化にも多大な関心を示していた映画監督、エイゼンシュテインによる議論である。

ただし、エイゼンシュテインは、自身のモンタージュ理論を四次元によって解説することにそれほど熱心だったわけではない。それでも、本章第三節で確認したようなトーキー導入による芸術的後退（モンタージュ理論の衰退）の懸念が多くのサイレント映画関係者に広がっていた一九二八年、エイゼンシュテインはヴェ・プドフキンとゲ・アレクサンドロフとの連名による「トーキー映画の未来《計画書》」をもって、正面からその可能性に支持を表明した数少ない世界的映画監督だったことは重要である（底本のソ連版全集の註によると、同宣言の起草はゲ・アレクサンドロフ、手直しはヴェ・プドフキン、最後の註釈のみがエイゼンシュテインの手になるとのことだが、サインをしている以上は細部にいたるまでエイゼンシュテインの意見とみなしてよい）。しかも、その宣言には、トーキーが舞台演劇をそのまま録画したような映画を量産する「懸念」に対処する方法の一つとして、次のような条件が付けられていた――「視覚的なモンタージュ断片と音との対位法的な利用だけがモンタージュの発展と完成に新しい可能性を与えるだろう」。言い換えるならば、「音についての最初の実験的作業は、視覚的な映像と音との鋭い不一致という方向に向けられなければならない」。[*56] そして彼の映画理論の文章中に「四次元」の語が登場するのが、ちょうどこのトーキーという新しい道具にたいする理論化の必要を待ってからであったのは、捨て置けない事実である。その名も「映画における第四次元」と題された論文（一九二九年八～九月執筆）に、次の文章が記されている。


視覚的オーヴァートーンは四次元の……本物の断片、本物のエレメントによって現れる。

三次元空間では空間的に表現されない。四次元的空間（三次元プラス時間）のなかでのみ発生し、存在するものである。

四次元⁈

アインシュタイン？　神秘主義？

四次元――この「いやなもの」に驚嘆するのをやめるべきときである。

四次元によって決定される映画技法――それはその原始的な形態である運動の感覚においても四次元的であるが――のようなすぐれた認識手段を私たちはもっている。〔中略〕

オーヴァートーンのモンタージュは、いままで私たちの知っている多くのモンタージュ過程のなかで、新しい種類のモンタージュである。

その手法を直接に応用する価値は非常に大きい。

現代映画の最も熱い問題――トーキー映画にとって、まさしくそうである。[*57]

この箇所を含む論文前半(I部)は『キノ』紙(モスクワ)一九二九年八月二七日号に「四次元の映画」という見出しで発表されたのだが、その初出形では、最後の文は「だからこそ、この論文が有音映画の特集号に掲載されるのである」[*58]だったようである(全集は最終版を原典としているため完全に同一ではない)。注目したいのは、「有音映画の特集号」に掲載される事実を「第四次元」という概念の新しさと結びつけて述べていること、および発表の期日が、先に何度か引用した「騒音」について横光が言及したエッセイ「文学的実体について」の発表(『読売新聞』一九二九年九月二七日)の直前(ちょうど一月前)であることだ。ところで、ここでいう「オーヴァートーン・モンタージュ」とは何だろうか。

オーヴァートーンの語は、辞書を引けば「倍音」と出てくる通り、音にまつわる理論的な概念ではある。しかし、ここでの使用は、映画に付帯する音声だけを分離して意味しているわけではない。エイゼンシュテインはこの論文でオーヴァートーン・モンタージュの方法について具体的に解説しているが、後半(II部)では、モンタージュの仕方をオーヴァートーンにいたるまでの(弁証法的な)発展的段階として四つのタイプに分けている。そのすべて――メトリック・モンタージュ(韻律)、リズミック・モンタージュ(律動)、トーナル・モンタージュ(音調)、そしてオーヴァートーン・モンタージュ(倍音)――が音楽的な比喩で表されたものである。この先に招来されるはずのモンタージュとして、もう一種「知的モンタージュ」が想定されているものの、とりあえずはオーヴァートーンが、歴史的に複雑化してきたモンタージュの現時点における究極形態であり、弁証法的な到達点として示されている。ここに最新の「四次元」のアイデアが隠喩的に結びつけられたのは、それが単に段階的に第「四」番目のモンタージュだったからという理由もあったかもしれない。が、その主張の内容面に絞って、もう少し積極的に「四次元」に託された意味を読み込むことも可能である。

前三者の「韻律」「律動」「音調」によって表されるモンタージュの方法論についての説明は省略しよう。さしあたって、これらの三つの概念が、視野の狭い次元から次第に統合的・包括的なマクロの方向に「発展」させられていることは直感的に了解されると思われる（つまり、「韻律」∧「律動」∧「音調」という不等号関係がある）。倍音モンタージュは前三者に共通する〈単線性〉を否定することで、さらに「大」なる概念となっている。従来のモンタージュは、単一のショット内部から単一の意味のみを抽出する編集であり、応じてショットとショットの間に交わされる単線的な意味作用の操作として考えられていた。たいして、「倍音」の音楽における効用は複線性によって説明される。

これは音響学に（とくに器楽で）現れる現象と完全に対応している。器楽では、基本的な支配的トーンの音と並んで、いわゆるオーヴァートーン（倍音）やアンダートーン（下の倍音）など、多数の副次的な音響が生ずる。相互に衝突したり、基本的なトーンと衝突したりする二次的な音響の大群が、基本的なトーンを包囲している。

たとえ音響学では、これら副次的な音響は「妨害」的な要素にすぎないとしても、構成的に計算された音響では、進歩的な作曲家たち（ドビュッシーやスクリャビン）にとって、最もすばらしい働きかけの手段の一つとなる。*59

これを光学的な映像に応用して考案されたのが視覚的オーヴァートーンの原理である。「副次的な音響」とは、ある「モンタージュ的断片系列」を結合し、各断片の意味を一方向に規定する「支配的な（主要な）特徴」の外を、すなわち知覚の脇（「生理」の多様性《プルーラリティ》）を繋げていく、しかし確実にショットの統合的意味形成に参与している別働のモンタージュの作用を指す。つまり、「断片内部に属する個々の刺激が衝突したり、結合したりして発生する」ところの「断片内部の独自のモンタージュ」をさらに「複合したモンタージュ的複合体」（視覚的な倍音複合体）を意識的に作り出すのがオーヴァートン・モンタージュという技術である。映画の理論を強調するために「視覚的」という限定はあるが、実際には、視覚的刺激と聴覚的刺激は「量」としては区別されても、「生理的感覚」の次元に統一的に扱われることで、映像と音の「対位法的葛藤」を作り出すのが原理である。二つ前に引用した文章には、「四次元」は「三次元プラス時間」と括弧書きされて、あたかも時間＝四次元のように見えるかもしれないが、やはりエイゼンシュテインが「倍音」の語に託していたのは単なる時間的要素のこととは言いにくい。時間的次元を考慮したうえではじめて生成する複数の続発的な生理的・感覚的な意味作用の軌跡――悟性的には完全に掌握することのできない映像を意味化する多様な「刺激」――その全体の生滅運動を指して「四次元空間」の比喩を借りて来たと読むべきところである。その発想は、横光が同時期に主旋律を逃れる「騒音」の意義を唱え、それがやがて「音声」へと発展して、ポリフォニックな「心理」の競合／協同の場としての「小説」を論じる方向性と強く親和している。

ところが、横光が一九三〇年代半ばに「四人称」を提唱したとき、それは小説の全体的構造を決定する因子として、横光が「音」の捉えがたさに託してきた如何なる説明の形よりも機能的に洗練された概念として現れ出てきた。そして、一躍、横光の文学論の中心概念に躍り出た。以下では、文学概念としてはあやふやで使用しにくい「四次元」（≒倍音の生滅運動）が、小説の理論に組み込まれる中で「四人称」へと練り直されていった必然的な経緯を、同時代の思想的状況をからめながら把握していく。そのために、まずは当時の「思想的状況」の中心にあって、当事者たち自身によって思想の新しさを代表するとみなされた哲学的概念――「自意識」――を再確認する必要がある。

一九三〇年代中頃は、一九三三年の佐野・鍋山転向声明により、マルキシズムの挫折が決定的となった「不安」の時期である。プロレタリア文学などの革新派の波は絶え、代わりに、後世からみて反動的なイメージの強い「文芸復興」のスローガンが唱えられた。横光はそのなかで、徹底的な「見る」ことの過剰である「自分を見る自分の眼」という距離の感覚によって、小説の力を再定義した。「四人称」という概念の直接的な発生元である。「自分を見る自分の眼」がメタレベルの自己存在を前提としていることからもわかるとおり、それは「不安」に結びつけられた当時の流行語「自意識」を、文学理論として有用に読み替えたものである。分析の準備として、時代背景を覆っていた「不安」とはどのようなものか、その内実を簡潔に把握するために、一九三四年九月、哲学者三木清によって書かれたエッセイ「シェストフ的不安について」[*60]を覗いてみよう。

このエッセイは、同年一月に河上徹太郎たちが翻訳刊行したレオ・シェストフ『悲劇の哲学』（芝書房）が、論壇や文学者の間で広く受容されたことを背景に書かれたものである。同書によって特に広まった思想は「シェストフ的不安」と呼ばれるが、三木ほどそれを明快に整理した人物は他にいない。マルキシズム亡き後、多くのインテリゲンチャが主義主張の立ち位置を一時的に見失っていた。シェストフの思想は、そんな転換期のただなかに置かれた彼らの「自意識」が醸成する「不安」を象徴的に反映していたのであり、そのために広範な流行をみたといわれる。三木によれば、シェストフの思想は、所詮はニーチェの亜流である。また、ハイデガーをヒステリックに俗物化したようなものである。だが、時代の気分には極めて適切に訴えるのも事実である。それゆえ人間における「不安」の本来的性質を考えるための、またとない機会と材料を提供した。

まず、シェストフの論理は、人間の性質を大きく二種にわける。一つは、「自然的な眼」という、平均的で日常的な側面——普遍性、必然性、自明性——によって体現される性質である。対して、その「自然的な眼」を克服・解放する「死の天使」がくれた「第二の眼」が存在する。それが体現する人間性は「地下室の人間」と呼ばれるが、「不安」の思想家シェストフが支持を表明するのは、当然、後者の「眼」である。そして三木は、その人間存在が内包する二重性をハイデガーの議論に引きつけて、「存在的中心」と「存在論的中心」の二種に当てはめた。自己がみずからを一なる空間的時間的統一として限定し、周囲の「環境」に対して抵抗や反応の中心としてある、いわば自然的存在が前者。他方、人間は、その手の「存在的中心」の自己と距離の関係を作り、かえってエクセントリック（離心的）であることができる特殊な生き物である。「中心から離れている」ということは、自己自身の客体から主体への超越を意味するわけで、人間はその離心性において世界の上ではなく、「無」の上に立っていると言わざるをえない。これが「自意識」的中心ともいえる後者のあり方である。

このように人間は世界に「出て来てある」ものとして、その立脚が「無」であることを前提にすれば、「人間は主体的にその存在論的中心ともいふべきものを定立しなければいけないし、またこれを定立する自由を有する」と述べて、三木は話を一段階進める。社会との齟齬を経験し、「無」の上に立つという自意識の「不安」こそが、人間存在が「無からの創造」であり、「無の弁証法的性質」を備える根拠となるのだ。したがって「不安」とは、むしろ可能性であり、自由というべきである。そして、そのようなアイロニカルな論理は最終的に、「エクセントリックになつて、地下室の人間として自覚することは、世界へ出て行くことの意味を考へ、新たに決意して世界へ出て行くためでなければならぬ」とまとめられるのである。

ようするに、ここで三木は二一世紀以降の現在もふくめ、転換期に定期的な流行をみせる「決断主義」の語り口を提供した。その手の言説がどの程度、当時の転向知識人を間接的に支え、国家主義を主体的に選び直す「決意」を促したのかまでは即断できない。ただ、三木自身は翌年のエッセイ「行動的人間について」(『改造』一九三五年三月)で同じ話題を引き継ぎ、同時代に溢れ出てきた「能動主義者」(=行動主義者)たちに対しては、それを浅薄なものとして批判していた事実を書き留めておきたい。さきほどの分類でいうと、彼らは「存在論的」に成りきれずに、あくまで「存在的」な役割機能を担って「能動主義」を選択しているにすぎない、と。そのような機能主義的な態度では「統一的人格」の回復は望めないのだ、と。もともと三木の哲学の基本は、マルクス主義の流入によって過剰に強調されるようになった「社会」をふたたび相対化するための「人間学《アントロポロギー》」の主張にあったのだから、「不安」を乗り越えた先に「人格」の統一性を希求するのは自然の成り行きだった。「文芸復興」の標語にシンクロしたわかりやすい結論として安易に受け止められても仕方のない外見だったことは否定できないだろう(のちには横光も、そうした二元論的宙吊りから主体的決断として現状肯定という一元性を選び直す――時局の呼びかけに応じてしまう――短絡の言説に堕していった結末にはなるのだが)。

ちなみに三木は、右のエッセイ「行動的人間について」のなかで、「小説」の意義について、フランスの行動主義者フェルナンデスの論を紹介して自身の意見を肩代わりさせている。フェルナンデスは、「人格」（ペルソナリテ）を考察するにあたって「人物」（ペルソナージュ）、すなわち創作される人間（＝登場人物）の考察から出発した。一般に世間はある人物を外的行為の観察によって知るが、当人は自分自身を意識の内側からしか捉えられない。つまり、「内部生活」の様態によってしか知ることができない。この人物の真の〈現実性〉は、それらの主体的理解と客体的理解が互いに分離されている以上、通常の世界において完全に表現されることはない。その〈現実性〉は、内部生活と外に表れる生活との媒介もしくは両者の一致からのみ組み立てられる。この外部と内部とを同時に見うる唯一の観点が、いわば「小説的な観点」であり、その提供に創作の最大の意義がある。

たしかに人間は単にペルソナージュであるのみではない。人格の本質は役割における人間といふことに尽きるものではない。しかしまたペルソナリテはペルソナージュであることを除いては考へられない。両者の統一が問題であり、この問題の解決は人間が創作家として自己の役割を書き得ること、しかもこの創作がリアリティを有することを前提する。現代的不安はかかる創造の問題に面接している。[*61]

若干ずれる部分はなくもないが、先のシェストフの議論に関係づけるなら、ここでいう「ペルソナージュ」が「存在的中心」に相当し、「ペルソナリテ」が「存在論的中心」に相当する。三木自身の論調が変化したところは、約半年を経て「エクセントリック」の重要性よりも二つの存在性の「統一」の方が強く謳われるようになった点だろう。変わらないのは、その「統一」を導き出す「行動」や「創作」の重要性である。ちなみに、ここで統一をもくろまれる二面性（客観的象面と主観的象面）は、それぞれドイツ哲学・文学的な「世界歴史性」（マルクス主義等）と、フランス哲学・文学的な「日常性」との思想的差異にも対応する。

このようにみてくると、この「小説的な観点」を「行動の観点」に等しいものとする考え方は、たしかに小説というジャンルを詩歌から切り離して肯定する新動向として、決して軽視されるべきではない。が、それを統一的人格の形成という三木的ヒューマニズムにおさめていくところには、やはり疑義を差し挟む余地がある（ただし後述するように、小説論を離れれば、この時期の三木の哲学はそのような単純さを拒むものである）。たいして横光による小説理解は、同じ流行語の「自意識」などを使用しながらも、独特の概念である「四人称」を設け、それを「三人称」＋「一人称」という断裂した非対称性の接合の場（「統一」を脱構築し続ける潜在的な「無」の場）として案出したと読める点で、より可能性を秘めている。そのことを見ていきたい。

従来、横光の「純粋小説論」（『改造』一九三五年四月）といえばすぐ、「純文学にして通俗小説、このこと以外に、文芸復興は有り得ない」の一文が脱文脈的に挙げられてしまう状況が長くあった。文学史の説明に頻繁に引用されてきたこの言葉ほど、無感動に看過されてきた主張も多くない。純文学（私小説）もいいかげん娯楽要素を取り入れて売れるものにしなければならないという考えは、当時もいまも一般の時代風潮だからである。しかし戦後ならおそらく「中間小説」と呼ばれ、また蔑称なら「折衷小説」とも呼ばれてきた指針に、「純粋小説」はおさめたくてもおさまらない。実際には「純粋小説」は相反する二つのカテゴリーの単純な折衷ではなく、純文学と通俗小説の内的結合によって性質転換した化合物として、「最も高級な文学」としてイメージされたのである。その結果、「さまざまな誤解をまねいた」のであり、いまもまねきがちな部分を残すことになった。

ところで、「純粋小説」という名の直接の由来は、ジイドの『贋金つくり』のなかに出て来る「純粋小説論」である。そこでの「純粋」の意味は、むしろモダニズムの一つの強迫観念でもあった「ジャンルの純粋性」の意味、すなわち小説を小説たらしめる小説性の具現体の謂いもあったはずである（西脇の「純粋芸術」が詩に特化して考えられていたことを思い出したい）。詩でも歌でもなく、小説にしかできないこと、それは何なのか。この問いは、あきらかに三木の、内部生活（主体＝自意識）と外的行為（客体）の統一としての「小説的な観点」と共鳴している。だが述べたように、横光のアイデアは、もうひとつ捻れが深かった。同じ「自意識」の「不安」を問題にするところで、こう述べている。

登場人物各人の尽くの思ふ内部を、一人の作者が尽く一人で摑むことなど不可能事であつてみれば、何事か作者の企画に馳せ参ずる人物の廻転面の集合が、作者の内部と相関関係を保つて進行しなければならぬ。このときその進行過程が初めて思想といふある時間になる。けれども、ここに、近代小説にとつては、ただそればかりでは赦されぬ面倒な怪物が、新しく発見せられて来たのである。〔中略〕それは自意識といふ不安な精神だ。この「自分を見る自分」といふ新しい存在物としての人称が生じてからは、〔中略〕作家は最早や、いかなる方法かで、自身の操作に適合した四人称の発明工夫をしない限り、表現の方法はないのである。もうこのやうになれば、どんな風に藻掻かうと、短篇では作家はただ死ぬばかりだ。純粋小説論の起つて来たのは、すべてがこの不安に源を発してゐると思ふ。〔第十三巻、二四一頁、以下、傍線はすべて引用者〕

このあとすぐ、横光は現代の人間に備わる三つの眼――「人としての眼」、「個人としての眼」、そして「その個人を見る眼」――の出現と、その扱いの難しさに言及しながら次のように続けている。

けれども、ここに作家の楽しみが新しく生れて来たのである。それはわれわれには、四人称の設定の自由が赦されてゐるといふことだ。純粋小説はこの四人称を設定して、新しく人物を動かし進める可能の世界を実現していくことだ。まだ何人も企てぬ自由の天地にリアリティを与へることだ。〔二四二頁〕

さて、ここで明瞭とは言いがたい「三つの眼」と一緒に突然現われる「四人称」であるが、第一に、なぜそもそも「四」なのか。「四人称」は文脈上あきらかに、「自分を見る自分」という眼の登場によってはじめて可能になった小説的人称なわけだが、その「三」番目の眼の介入において、では、なぜ「四」なのか。

その理由は、三つの眼が等価に並べられているのではなく、三番目の「眼」のみが前二者とは異なるレベルに属しているからである。「人としての眼」＋「個人としての眼」＝「その個人を見る眼」という計算式によって開示されるべき三つの眼の関係が、あたかも同一の基準に従うかのように語られているのだ。それはしたがって、人称に当てはめると、「三人称（行為）」＋「一人称（内面意識）」＝「四人称」となり、これは暗に、かつ自然に予想されることとして、「三次元（空間）」＋「一次元（時間）」＝「四次元」、すなわち、ミンコフスキー的時空間のアナロジーになる。

ちなみに、横光が内面意識（心理）を時間とみなし、客体を空間とみなしたことは、たとえば執筆年月不明の断片的メモに「時間とは人間の主観である。客観物とは地球である」（第十六巻、四八七頁）という言葉が残されていることからも十分確かめられる。特に心理（内面意識）を時間と考えていた証拠は、彼が一九二九〜三〇年の間に発表した文章に集中的に現れている（一九三一年四月に「時間」と題した小説を発表することを考え合わせると、半ば当然の思索のテーマだったのかもしれない）。ここに列挙するならば、第一に一九二九年三月発表の評論「文字について――形式とメカニズムについて」があげられるだろう。

　われわれの描かんとするものは事物ではなくして、心理ならどうであらうか。これまた、事物と同様に、不可能なことである。何ぜなら、心理とは、心の推移であり、時間である。時間を文字でその時間と等しく表現すると云ふことは可能であらうか。曰く、不可能だ。[62]

そして一年後、一九三〇年三月の新聞に掲載された評論文になると、同じように心理＝時間が説かれるにしても、文学のもつ統合力がより積極的に捉えられている。

　科学はその科学的なことに於て科学的になり得られるが、非科学的なことに於てまで科学的な正しさを保つことは出来ない。譬へば、われわれ人間の心理を、その心理の進行することを時間と見る場合、その時間内に於ける充実した心理や、心理の交錯する運命を表現し計算することの出来得られる科学は、芸術特に文学において他にはない。[*63]

一方で、これらの例に加えて、両者の引用に挟まれた一九二九年九月の文章をみると、

現実とは何であらうか。時間と空間の合一体だ、としてみると、かくのごとく現実について明瞭に認識し直す機会はまたと再びないのである。[*64]

と書かれていて、時間＋空間＝現実という計算式の提示がされている。ただし、答えに「現実」が素直に導かれている限りにおいて認識の新しさはなく、この計算式から「四人称」が支える「まだ何人も企てぬ自由の天地」の「リアリティ」が導出されるような気配もない。しかし、前後の文章において「時間」＝「心理」が主張されていたことから、これを代入してやれば、心理＋空間＝現実という式が得られ、「純粋小説論」で主張される新しい小説的〈現実性《リアリティ》〉に向かう理論的準備が、この段階である程度整っていたことがわかる。そして、その約一年後、一九三〇年六月の文章ともなると、

仮説に関連して運命といふものを考へなければならない問題だ。運命とは、時間と空間との連絡体で、現実そのものなのである。運命に関する新しい解釈を常に忘れてはならない。[*65]

と主張されることになる。間違いなく、ここには何か決定的な認識の更新がある。というのも、時間＋空間が指し示すのは、二つの概念を橋渡す「連絡体」としての「現実そのもの」であって、我々が一般に認知する通俗的な「合一体」としての「現実」ではないのだ。先の計算式に当てはめて考えるなら、心理と空間の間を連絡する媒介性が「現実そのもの」になる。「連絡体」という発想はまさに、五年後に横光が考える小説構造における

「四人称」の位置に他ならない。さらには、その「連絡体」が「運命」と同一視されていることも抜き差しならぬ重要性があるのだが、議論の散開を憂慮してここでは考察を控えておきたい。とりあえず次節では、「純粋小説」の理論の中に、概念的発展を遂げた「連絡体」（あるいは中間体）がどのように組み込まれているのか、アナロジーとしての「四次元」の意味をとおして詳細に追っていく。

六　小説の「連絡体」としての四次元

アインシュタインがもたらした相対性理論と、またそれを像的な対象に幾何学化することで広く理解を助けたヘルマン・ミンコフスキーの四次元時空という話にたいして、横光は無知にはほど遠いところにいた。一九二二（大正一一）年には、アインシュタインの来日という空前のジャーナリスティックな事件があった。また、京都学派の中核である西田幾多郎や田辺元に及ぶ広範な思想上の影響力があった（事情は、金子務『アインシュタイン・ショック　第Ⅰ部／第Ⅱ部』[*66]に詳しい）。横光のいくつかの短いエッセイにも、アインシュタインの名前は登場するし、遺作である『微笑』（一九四八年）では、「アインシュタインの相対性理論の間違いを指摘した」といわれる青年も登場する。それらを考慮して、ブキッシュで分析体質の横光がその理論的重みに無理解だったと考えるのは無理がある。間接的にも、先に論じたように、エイゼンシュテインが「オーヴァトーン・モンタージュ」を「映画の第四次元」と呼んで盛んに説いていた動向は知られていたはずだし、宮沢賢治の詩を、彼の死（一九三三年）によって読む機会をえて驚愕し、いちはやく全集の出版を提案した横光なのである[*67]（『春と修羅』の序文は、周知の通り、「第四次延長」の言葉で締められる）。

だが問題は、「四次元」という物理学の概念を文学というジャンルに摂取した一例として、横光の名をカウントすればすむ話ではない。賢治の四次元と横光のそれとの間には、百閒の詩的「不安」と、横光の散文的「不安」との間に見られるのと同じくらいの懸隔がある。横光が考えるのは、いつだって旧概念や通用概念の批評的な組み替えなのである。そこで、ひとまず、横光における「四」の性格を把握するために、金子の言葉からミンコフスキー的四次元時空の骨子を引用してみたい。この説明において重要な点は、相対性理論は、それが説明する様々な現象の相対性を保証するために、基準となる絶対性を措定しているという発想である。

相対性理論はその名に反して、究極的には絶対世界、一つのイデア的世界を描くのである。〔中略〕ミンコフスキーの四次元時空の幾何学的世界は不朽の静止的絶対世界として描かれる。

「いかなる世界点に於ける実体も、常に適当な空間と時間とを選ぶことにより、静止しているものと見做すことができる。」

という要請をミンコフスキーは基本公理と呼んでいる。すなわちここでいう世界点（Weltpunkt）は、ある時刻におけるある空間の点、すなわちx, y, z, tのまったく同格な四つの数値の組、四次元時空（世界）における座標をさしている。この世界点は別の座標系（慣性系）によってx', y', z', t'と表されようとも、その世界を表す法則はつねに一定不変であることを保証する。そのような座標系の変換は、ローレンツ変換と呼ばれている。[*68]

ようするに、空間と時間は、ともに四次元という数学的基底軸から派生する射影的現象であり、その現象上の組み合わせの恣意性において、相対的である。したがって記述される現象は座標系に応じて各々異なった〈見え〉となりうるわけで、それらを相互変換する規則がローレンツ変換となる。すなわち、「すべての現象は観察者に相対的である」ことを支持する絶対性の局面を、四次元的世界という。

　この理論を押さえた上で、例えば西田幾多郎の文章を参照したなら、ミンコフスキーの名が次のように引かれている箇所では立ち止まることを余儀なくされるだろう。

絶対矛盾的自己同一的世界に於て、唯一なる縦の直線となると云ふことは、唯一なる横の直線となることでなければならない、一度的なものが永遠となることでなければならない。それは矛盾的自己同一的に、作られたものから作るものへの創造的世界の一線として、即ち絶対現在の一線として、創造的となることでなければならない。物理学的には、ミンコフスキーの世界線の如きものとなることでなければならない。絶対否定を媒介として自己自身を限定する、絶対否定即肯定の世界は、創造的世界でなければならない。而して何処までも限定するものなき限定、絶対無の自己限定として形相と質料との矛盾的自己同一的に、形が形自身を限定する世界でなければならない。[*69]

西田の晩年を彩る「絶対矛盾的自己同一」は奇妙なほど魅惑的な響きのする概念だが、究極的にはすべての対立的・相対的現れの初源とみなされることにおいて、四次元時空における「世界点」に近似している（それはまた、同論文にて西田が頻繁に使用していた言葉――「世界の根元」に通じる概念である）。

簡略して述べれば、自己の存在は、常に自己自身と「矛盾」していることを「絶対」の条件とし、その限りにおいてアイデンティティ（「自己同一」性）を保っている。ラカン派精神分析が図式化したように、主体は自らの内に根源的な分裂と相克を含んで、はじめて主体たりうる。西田は、その根源的な裂け目を指して、ミンコフスキーの「世界線〔／点〕」に比べているわけだ。「裂け目」は主体自身によって決して認識されない無であると同時に、主体の様々な有り様が状況に応じて相対的に現れ出ることを保証する〈生成〉の源である。そのため、「四次元の世界の世界線は物理的形成的であるが、創造的世界の世界線は歴史的形成的でなければならない」（二二四頁）と留保がつけられるように、あくまで西田において「自己」の確立は、「歴史的身体的」であるがための「矛盾的自己同一」の立場から説明される必要がある。その立場は、物理学の観察対象としてのみ思考されるミンコフスキー的四次元時空よりもはるかに人文学的であり、「創造的なると共に表現的である」。

> 我々は自己そのものを対象として考へて見なければならない。然らざれば、〔哲学は〕第一原理の学とは云へない。自己が自己を対象とすることを、反省と云ふ。併しそれが可能であるか、如何《いかん》。〔中略〕併し我々は自覚の事実を否定することは不可能であり、自覚の事実に於て、考へるものを考へるということは、対象論理的には既に自己矛盾である。我々は自己を考へる、即ち反省する時、我々は既に対象論理の立場を越えて居るのであらう。それは歴史的自己のポイエーシス的自覚の立場、創造的自己の自覚の立場でなければならない。*70

「反省」という「自己が自己を対象とする」メタレベルの思考を必須としている点で、間違いなく一九三〇年代半ばに流行した「自意識」に呼応した考えである。西田が練り上げたオリジナルな哲学的概念としては「場所」がよく知られているが、それも、「自己自身の内に自己を映すことによつて、自己自身を形成し行く自覚的世界」と言い表わされるように、かつて三木が「無」と表現した創造の場との類似を思わせるものだ。ただし、「動物的生命」を離脱し、人間が人間としてある「自覚的自己」とは、客観化されると同時に内在的である「自己自身」の絶えざる形成であり、そこに〈世界〉の生成としての原基的な景色が見出されるという主体的運動のイメージが強い点が異なっている（結果、その議論は現代のオートポイエーシス論の装いを呈することになる）。西田の論理の哲学的厳密さと修辞的な冗長さは、この類いの思考が「主客合一」論という落とし穴に足を取られる危険を執拗に回避するのである（西田が「主客合一」や身心一元論を受け付けないのは、そのような同化の論理では、相互否定的な「媒介性」のダイナミズムが生じえないからである）。

横光の理論は、西田とくらべると主体的ダイナミズムのほうは抑え気味で、小説内世界の全体をシステム論的に捉える見方に寄っているところがあり、その意味ではミンコフスキー的四次元との相性は若干良く思える。さしあたって「四人称」が「四次元時空」という概念に通じるものがあるとすれば、それは空間と時間という現象が四次元の時空連絡体という絶対的な「同一性」（＝世界点）へと還元される可能性にあるのではない。金子の解説にみたように、逆に絶対的な局面が、それを表現する各々の現象体（一次元と三次元）の相互の接続関係を恣意的にする可能性になくてはならない。つまり、仮に「四人称」は「絶対矛盾的自己同一」的な人称であると極論できるとするなら、その「絶対」や「同一」よりも、「矛盾的」であることを横光は重要視していたといえるだろう。もちろん、西田の議論と同様、それはミンコフスキーの「世界点」のような「物理的形成的」なレベルに留まるものではない。

しかし西田の議論との類似性を挙げ連ねたところで、横光の理論があくまで具体的な創作によって成り立つ小説の理論であることを忘れてはいけない。文学者は哲学者たちが抽象的な思念をいじりまわすのとはまったく異なる困難に立ち会わなければならない。その解決として俎上にあげられるのが「人称」の問題である。したがって、もう一度、「四次元」と「四人称」の摺り合わせをするならば、先の「自分を見る自分」の眼という「四人称」は、「人としての眼」（三人称的空間）と「個人としての眼」（一人称的時間）とが相対的関係としてぶつかり合うような、各々の現象を生み出し支える条件そのものを意味している。先述の三木清の「小説的な観点」の必要を説く議論は、ほぼ同じ発想から出発しながらも、横光でいう「人としての眼」と「個人としての眼」にそれぞれ相当する「ペルソナージュ」と「ペルソナリテ」を一致させること、すなわち、最終的に、三人称的行為と一人称的内面の二元間を統合するべきだという、人格（統一）論によって説明をまとめていた。横光は同根の話を、次のように異なるかたちで理論化する。

〔人間は〕行為をし、思考をする。このとき、人間にリアリティを与へる最も強力なものは、人間の行為と思考の中間の何ものであらうかと思ひ煩ふ技術精神に、作者は決定を与へなければならぬ。〔中略〕この一番に重要な、一番に不明確な「場所」に、〔中略〕このやうな介在物に、人間の行為と思考とが別たれて活動するものなら、外部にゐる他人からは、一人の人間の活動の本態は分り得るものではない。それ故に、人は人間の行為を観察しただけでは、近代人の道徳も分明せず、思考を追求しただけでは、思考といふ理智と、行為の連結力も、洞察することは出来ないのである。そのうへに、〔中略〕思考の起る根元の先験といふことだが、実証主義者は、今はこれを認めるものもないとすればそれなら、感情をもこめた一切の人間の日常性といふこの思考と行為との中間を繋ぐところの、行為でもなく思考でもない連態は、すべて偶然によつて支配せられるものと見なければならぬ。〔第十三巻、二四二〜二四三頁〕

横光にとっては、三木のいう「統一的人格」を裂開し、引き離しつつ取り結ぶ「重心」を占める「自意識といふ介在物」こそが「偶然」をつかさどる「場所」なのである。そして、この非実体的な「場所」を、あたかも人称的イメージを所持する形態として表す概念が「四人称」である。となれば、必要な作業は、こんどは、この「偶然」の語が担っている理論的意味の大きさを様々な角度から解きほぐしてみることだろう。

先のミンコフスキー的「四次元時空」についての議論を思い返すなら、横光がここで言っている「偶然」は、三次元＝「人としての眼」（三人称的空間）と、一次元＝「個人としての眼」（一人称的時間）との関係が一義的に決定されておらず、幾通りもの接続関係が可能であるという恣意性のことを指している。そして少し遡るが、一九三三年一二月に横光がドストエフスキーの『悪霊』を高く評価して書いたエッセイは、すでに一度引用したものだが、ここでの「偶然」の使用方法を理解する上で重要な文章である。前後の文脈をからめて再掲しよう。

私はやはりこの作の優れたところは、ドストエフスキーの新しい時間の発見だと思ふ。ここでは偶然が偶然を生んで必然となり、飛躍が飛躍を重ねての何の飛躍もない。秩序は乱雑を極めながら整然としてゐるにもかかはらず、めまぐるしい事件の進行や心理が一時間後に起る出来事の連想の片鱗をさへも伺はせない。しかるにもかかはらず、私たちはどうしてこれらの脈絡なき進行から必然を感じるのであらうか。新しい時間はここに潜んでゐるのである。この新しい時間の中では、突如とした一行為が心理を産み、心理が行為か行為が心理か分らないうちに、容赦なく時間は次ぎから次ぎへとますます新しい行為と心理を産んでいく。[*71]

この引用部には「新しい時間」という言い方が用いられていて、小説時空の結節部に「連絡体」として機能する「四人称」という概念はまだみられない。だが、「偶然」の位置づけや、結果として目指している小説の理想形に関しては、ほとんど「純粋小説論」と変わりのない主張がなされている。「偶然」は単独では「偶然」だが、積み重ねれば「必然」となる。「飛躍」は連続すれば、自明の進展であって「飛躍」ではない。引用部で横光は、物語のなかで読者の興味を引き立てるような予想外の出来事が起こることを指して「偶然」と述べていると思われるが、それを利用するのが通俗小説の条件である。しかし、そのような「偶然」の出来事の一つ一つの規模を小さくし、代わりに絶えず連続するように配置したならば、「偶然」の発生の常態化した新種の物語の流れが形成され、それはもはや俗的な意味での「偶然」とは言えなくなる。そのようにして、大衆社会の到来において勢いを増す通俗小説的要素を拒絶せず、内側から脱構築していくこと、それがドストエフスキーから横光が読み取った小説の可能性である。

しかし、議論はそれに留まらない。その「偶然」の「出来事」を何気なく「事件の進行や心理」という言葉で置き換えて「心理」の項目を自立させたところに、横光ならではの論理のアクロバティックスがある（なお、この「心理」は、後の「心理」＝「音声」の主張がされるときの「心理」とは少々異なり、通常の「内面／思考」の意味合いで用いられている。後の「心理」はここでの「新しい時間」のほうにむしろ近い概念である）。その結果、引用後半では、「偶然」を絶えず連続させるプロットの進展によって「心理」と「行為」が分離し、各々が互いに連動しつつ背理し、次々に新たな「心理」と「行為」を増産していくところまで、小説の可能性を求める思索が一段推し進められている。ようするに、横光が文学に関わる概念として提示した「偶然」には二段階のレベルが存在している。物語の中で起きる偶然的な出来事（物語を進行させる常套手段）の「偶然」と、そこにかかわる登場人物の、本来同一であるべき「心理」と「行為」が分離し、互いにきっちりと組み合わさらないという意味での「偶然」の二つである。横光の言説のなかで、その二種性が併存している問題については後に改めて取り上げる（実際、裏側から見れば、両者の意味は連続している）。だが当面、「純粋小説論」にフォーカスする限りでは、後者の方をより強く念頭においておけば話は間に合う。

ところで、言うまでもないことだが、行為と心理が次々に互いを生成の条件とし、完全な一致を見ないまま目まぐるしく展開していく小説を「短編」で実現することは不可能である。横光の「新感覚派」時代の理論が、文体における記号の物質的な運動である外面と、描かれる意味内容としての内面という二項のうちおもての関係に問題意識が集中していたとすれば、「長編」の必要を言い出す後期横光の理論においては、三人称的な小説内空間にひろがる客観物（以前の外面に相当する）と、登場人物の心理という一人称的時間（以前の内面に相当する）、そして、それらを「偶然」によって捻り繋ぎ、小説世界全体を統括する「無」に立つところの四人称、の三項立てになっている。

しかし、この第三項目を考えるとき、少々注意せねばならない。それは古くからある一神教の実在論的な視点や、今村仁司が唱えた「第三項排除論」のような構造的に統括的位置を占める第三項と同一視できるものではない。実体を持たず、構造的に安定しないために相当に捉えがたい三項目の役割をめぐって、同時代の人文系の思想家たちが共有していたイメージはどのようなものだろうか。それを引き写すには、『作品』（一九三五年六月）誌上で行われた座談会「「純粋小説」を語る」（出席者：豊島与志雄、深田久弥、三木清、河上徹太郎、谷川徹三、中島健蔵、横光利一、中山義秀、川端康成、小野松二）が最も参考になる。議論に参加したのは、横光を除いては事実上、豊島与志雄、中山義秀、谷川徹三、河上徹太郎、三木清であり、深田、川端、小野は傍聴といった様子で、意味ある発言はほとんどない。特に豊島と河上に共有されてみえる「四人称」の位置の解釈、加えて中山のそれが自立した意見としての質と量を持っている。以下に各々の発言を瞥見してみたい。

まず豊島は、シェストフのいう「虚無よりの創造」を取り上げて、その「虚無」のことを「ナッシングではない」と主張している。それを受けて河上は、その「虚無」が「主観の一つの形式」であること、また、横光のいう「第四人称の設定」に「幾分か通じるものがある」ことを補足している。「虚無」が主観の一形式であれば、人称として設けられた「四人称」の概念と置き換え可能だという河上の発想は、現在の私たちからみて十分突飛に見える。ところが、座談会の場では、ほとんどの参加者たちに共有されている考え方なのである。何よりも先に、その状況の特殊さを理解しておく必要があるだろう。河上は続けて、「四人称」は特にドストエフスキーの『悪霊』の「私」によって理想的に体現された人称ではないか、と意見するのだが、豊島は次の異論をもって答えている。

豊島　あの「私」は、或る点まで存在してゐる人物になつてゐる、「私」が肉体を少し持つてゐる。然し、全然存在しない人物で肉体が少しもない、さういふ「私」といふものが四人称でせう。〔第十五巻、一九八頁〕

この豊島の発言にたいして、こんどは横光が八割方は納得してみえつつも、最後の一点で同意しない。それは豊島が右の言葉をより定義らしい説明に置き換えたときの、横光の反応にはっきり表れている。豊島は、仮に名目を残していても、存在を消した非存在的な「私」という人称は、「作者の立場であり、もの見る観点なんだ」と言い切るのだが、たいして横光は「さうなると四人称どころぢやない」と強めに反発している。そして一連の応答のなかで、「フローベルなんか見てゐると四人称は三人称に密着してゐて、これを密着させると鈍重になる代りに、非常に客観的になる」と述べて、いわゆる「三人称小説」が持つ客観性と退屈さを指摘する。フローベールのテクストは、豊島のいう非存在としての「作者の観点」が神の視点のような距離に措定されて、そこから描写を施すスタイルである。そのような形では、現代社会の小説に求められる心理と現実が絶えず交錯し食い違って進むような疾走感は生じないから、横光は四人称を「観点」という概念で切り離すことに同意できない。かといって、「四人称」を「「私」といふ一人称にくつつけてしまふと大困りです」とも言っている。「作者の立場」や「観点」のような抽象的かつ統括的な主観が「私」語りの「私」の実体に同化してしまったら、それは当然、横光が旧時代の形式として否定した、経験的事実を告白する「私小説」への後戻りになるからだ。したがって、横光が志向するのは、三人称と一人称のどちらにも従属しない浮動の中間体であり、それを指して「四人称」と名づける他ないのである。それは作者の位置に還元できもしなければ、「私」や「彼／彼女」という登場人物の位置にも還元できない。

続いて中島が議論を引き受けて、この中間体の説明のために提出する言葉は「エネルギー」である。

中島　一体さういふところがさつきの本当の虚無ぢやないかね。虚無からの創造といふやうな行き方で動いて行くんだと思ふがね。〔中略〕その四人称が肉体を持つとなると、「私」になつたり「私」以外のものになつたりする。〔中略〕作者がある事件を進めるエネルギーのやうなものになつてしまふといふ事は問題ではありませんか。〔二〇〇頁〕

「エネルギー」とは事象の生成変化を支える原動力である。「作者ではなくても、何か表面では大した役割はないやうでゐて、細工をして、全部を動かしてゐるものがあつて、而もそれがとにかく直接に作中の人物の一人として関与してゐるといふやうな」ものであり、「非人称的な、非人称ではあるけれども、一種の人間性を持つてゐるもの」（三木）である。谷川はすぐに、それを「場」の言葉で言い換えることを提案する。

谷川　それを場と言つちやいけないんですか。〔中略〕一般に小説といふものは現実の空間時間に於いて行はれるもんぢやない、一種の特定の場がある。次元と言つてもいい。三次元に対して四次元といふやうな事を言ふでせう。さうすれば観点といふやうな場合の主観を持たないし、いつたい場といふものは一つのエネルギーを持ち得るんだしね。〔二〇一頁〕

ここに喩えではあるが「四次元」の言葉が提出される。おそらく谷川の意図とは無関係に、「四人称」という概念を派生してきた思想の「起源」に触れた発言といえるかもしれない。しかし、物理学的な用語である「エネルギー」にしても「場」にしても、それらの言葉を適用した瞬間に、客体的な分析対象となる小説の機構のみが問題となっているように見えるのは避けられない。一方、作中の人物もふくめた主体形成の点で、つまり主体に内在的な視点を含めている点で、いちばん精緻な哲学的議論を披露しているのは、やはり三木清である。

横光は「純粋小説論」で、小説が描くべき「行為と思考の中間」を繋ぐ連態を「すべて偶然によって支配せられるもの」としていたが、おそらくその発想元なのだろう、「三木さんはつまり、思ふ事と行動する事との間のことを擬態と言つていらつしやるんですね、あれを一つ。」と横光に解説を促されて、三木は独自の第三項として「姿勢。アティテュード。」の答えを提出する。ある「行動」や「行為」に言及する場合、普通、その行動の主体としての「私」が措定されているが、主体に成りきっていない「姿勢」に対応するのは「行為」の形成過程であって結果ではないから、「私」はまだ措定されていない。三木は、いまだ未決定の様々な方向性に開かれた「姿勢」を指して「自由」（＝創造性）の様態としたのである。約言すれば、「姿勢」は「行為にでるまでの行為」、つまり事前の行為である。

〔それは〕私の行為とも云ふことのできぬもので、私のものとして決められてゐるのは普通に云ふ意味の行為で、行為されてしまつた行為であると思ふ。私は何かに動かされて居るのであつて、その場合に動かしてゐるものは私でありながら私でないといふ意味を持つてゐる。〔中略〕虚無は私を動かして居るものですが、それは別に客観的にあるものでなく、私でありながら私として決められない、まだ決められてゐないものです。〔二〇二～二〇三頁、傍点引用者〕

行為は仮にそれが自分以外のほかに誰も動因となった者がないにしても、事後において、結果からの遡りによって文脈化がなされ、その意味を確定したときにしか行為者に所有されない。したがって、行為は「思ふ事」に対して常に否定的にふるまうものである。三木は、その「思ふ事」をより厳密に、「論理的に必然的に発展して行かうといふ内的論理」と言い表しているが、さらには簡潔に「フォルム」とも言い換えている。絶えず流動する思考は、その結果として行為をうみだすが、確定した行為はいつでも否定的・媒介的に思考の絶えざる形成へと逆向きに働きかける。思考はそのように「フォルム」として象《かたど》られて、はじめて「生命」を宿す。それが行為が持っている「否定の可能性」である。行為なくして「生きたフォルム」は生まれず、逆に、（いまだ主体ならざる）主体の内的傾向である「フォルム」なくして行為の原因は存在しない。ようするに、ここで三木は思考と行為の間にかならず介在するずれを哲学的な可能性の幅として取り上げているのだが、それを文学的な可能性の幅として議論するには、ふたたび人称の問題（＝言語の問題）を重ね合わせる作業が必要になるだろう。

「私でありながら私でない」状態において、「私」を「動かしてゐるもの」、すなわち行為と思考の中間体としての「私」を言語学的に示すならば、おそらく真っ先に思い出されるのは、言語学の守備範囲に一回的発話（ディスクール）を含めることの重要性をいったエミール・バンヴェニストの言葉である。「話し手が当該言語を言として現働化する行為の特性[*72]」を、すなわち現前した話の全体をつかさどる行為体を意識しなくては、言語学は片手落ちに留まる。この「現働化」をもたらす発話行為の可能性そのものが、先ほどから中島や三木の発言にみてきたように、通常の一人称としての「私」とは異なる、肉体を消された「私」である。それでは、この行為体を小説の仕組みの中に位置づけ直したとき、どのような文学概念として定義されるのか。一言で結論してしまえば、それは現代の文学理論における「語り手」の存在と非常に似た姿をしている（「語り手」は、小説全体のいわば「自意識」として抽出された機能体でもある）。

少し原理的に言い換えてみよう。すべての小説は（いわゆる「一人称小説」や「三人称小説」などの分類に関わりなく）、陰に陽に、語り手の潜在的一人称「（私）」が発話する小説と考えることができる。語りの記述は、「私はバカだ」とか「彼はバカだ」という実際に記された文の背景に、「（私は）私はバカだ（と語る）」とか「（私は）彼はバカだ（と語る）」という同一水準の、非人称的人称の潜在態が前提にされなくてはならない。この「〈私〉」が、「吾輩」「ぼく」という様々な形をとる表現的な一人称や、「彼」「彼女」あるいは固有名の三人称を、相対的自由をもって現勢化するヴァーチャルで透明な小説の基盤である。この意味において、横光のいう四人称とは、小説に潜勢した創造的「無」のことであり、個々の人称を懐胎する虚焦点を指している。四人称は他の人称にも「どこへもくつつく」のだ。「これのくつついたことを意識した表現といふものは今までの日本文学にはない」（傍点引用者）というのが横光の認識であり、そこに新しい文学としての「純粋小説」の可能性をみた。[*73]ならば、四人称は、近代小説の「語り手」論を半世紀ほど先駆していることは評価されても、現代において新たな認識的価値を持たない概念なのではないかという失望の声があるかもしれない。だが、それは正しくない感想である。四人称は、定式化された「語り手」の概念では収まりきらない時代特有の問題意識によって求められたものである。忘れてはならないのは、横光の四人称が創作論を目的として設定されていること、また、この方法によって小説の内部に自律的な「自由」を確保することが企まれていることである。「純粋小説論」はあくまでも、書くために「意識」する理論である。事実、横光らが四人称の運用の必要を強調しているのは、物語世界のなかに、それを駆動していくリアリティとしての偶発性（ずれ）を組み込むためである。横光は座談会のなかで、「僕は日常性〔＝必然〕といふのは、偶然性の集合だと思ふ」として、偶然と必然の差をアスペクトの差にすぎないものと発言した。小説世界に置き換えていうと、個々の人物や物事の動きは作中の内在的視点から眺めれば、すべて偶然によって進行しているとみなされるが、ひとたびそれらを俯瞰的な位置（外在的視点）から集合的に眺めれば、すべての結末は決定されているとみなされる。それゆえ、必然＝偶然の認識は、あらかじめ小説の機構として担保された考えである。その機構自体を人称に置き換えた概念として、四人称は見出されたのである。

　本節はここまで長々と「純粋小説論」の抽象的な議論を解剖してきたが、最後にもう一点、横光が「純粋小説」に託した、不安と不穏の時代の新しい「倫理」の在り方に言及しておきたい。次節で扱う『寝園』が、直接にそれを主題とするからである。そもそも「純粋小説論」に示された、「思考」と「行為」が不一致に陥る運動を積極的に描こうという方法論は、単一のイデオロギーに主体が回収されることを妨げる点で、きわめて倫理的な態度にもとづくことには誰も異存がないだろう。しかも、この時期の横光による「偶然」の重視は、半ば信仰に近い程度を示していた。

意外に見落とされがちなのが、座談会「「純粋小説」を語る」の冒頭、本格的な議論に入る前に横光が発言した内容である。横光は最初に、別の箇所で谷川が「外国ぢや小説では、昔から神といふものを思索してきた」と発言したことを引いて、そうした思索の故郷として常に寄りかかれる「外国の神に代わる何か」、その役割を引き受けるものとして「純粋小説」を構想したことを告げているのだ。この発言が話の糸口を作るための気まぐれから出たものでないことは、座談会の末尾にいたって円を描くように、ふたたびこの問題に立ち返っていることからも間違いない。その最後の箇所で横光は、「外国の神」（＝一神教の神）に対置して、東洋的な「自然」をおいてみることの意義を推している。小説のなかでどんなにわざとらしい通俗的な偶然の事件が起きても、それを神の意図した仕業と考えれば言い訳は立つ。しかし、その種のものを持たない日本の小説は、他にどのような倫理的正当性を得られるのか。西洋の偶然に対立するものとして東洋的な偶然を考えてみるなら、それを根拠づけるものは「自然」以外にみつからない。

したがって、本当に「神に代わる何か」として「純粋小説」が構想されたのであれば、そこに「おのずからそうであること」の意の「自然」に近似した偶然、つまりは物事の生長の一刻一刻に作用している微分的な偶然の肯定を読み取る必要が出てくる。それが理由で、横光は新聞小説という連載形式にこだわり、書くことの即興性の肯定に向かったともいえるだろう。とはいえ、そのような変種としての偶然性を忠実に突き詰めれば、いずれ俳句の世界にでも遡らずにはすまなくなる（実際、横光はこの時期に俳句に関する二、三のエッセイを書いている）。

結果をみれば、横光は小説という表現手段を捨て去ることはしなかった。だから、その代わりに、一八世紀頃のヨーロッパに端を発する近代的小説という古い形態が保証していた神の意志としての偶然と、二〇世紀になって再評価されるようになった東洋的自然という美学が体現する偶然と、双方を同時に肯定する装置として「純粋小説」をイメージしていたのかもしれない。言い方を変えれば、近代的小説という古い器のなかに二〇世紀的な「超近代」の文学の可能性を注ぎ込もうとした。仮に一八世紀に産業資本が登場したこと、つまり〈土地〉から切り離された労働力という生産過程を取り込んで資本が自立的な肥大化を遂げたことが、「近代小説」という自立性の高い文学の形態が栄え始めたことと軌を一にしているという比較が許されるなら、さしずめ横光の考える「純粋小説」は、産業資本に銀行資本が注入／合体されることで生まれた、二〇世紀特有の金融資本を体現する小説形態だったとでもいうべきかもしれない。

ただし、このような類比は純粋小説の負の面を強調しすぎるきらいは拭えない。事実、横光が「純粋小説」を語るとき、過剰に偶然性を肯定することによって、そのロジックは成熟した資本主義社会の〈悪〉と同化せざるをえない面を浮かび上がらせている。しかし、たとえそうであっても、この新しい小説論を提出した時期の横光は明らかにそこに倫理的可能性を探っていたことは認めなくてはいけない。なんといっても、「神」の役割の代替が模索されていたのである。

次節では、個別具体的な例の一つとして『寝園』を取り上げる。『寝園』は、横光が「純粋小説」についての考えをまとめる際に、おそらく遡及的に「はじまり」として見出された小説である。ほとんどすべての純粋小説が偶然性と倫理の関係を描いているが、『寝園』は、それをテクストの中心に最も露骨かつ直截に置いてしまった小説である。しかも、その偶然性を誘発する背景に株式の相場の問題があることを描いている点で、純粋小説の集大成である『家族会議』の世界の祖型ともなっている。締めくくりの『家族会議』論に向けて、先発の分析対象となるべきは『寝園』をおいて他に見当たらないだろう。

七　偶然性と倫理――プロトタイプとしての『寝園』

横光がエッセイ「純粋小説論」の中で自ら純粋小説としてあげたのは、その時点で「上海、寝園、紋章、時計、花花、盛装、天使」で、この後に執筆される『家族会議』（一九三五年八～一二月）を付け加えれば、全部で八作である。一目して明らかなのは、『寝園』（一九三〇年一一～一二月、一九三二年五～一一月）は二番目の純粋小説ということである。だが、座談会で「四人称」の模範例として常に『紋章』（一九三四年一～九月）が言及されていたように、横光が「純粋小説」というコンセプトに見合う小説を意識的に書いていたのは、おそらく一九三四年からである。『寝園』の連載開始は一九三〇年一一月で、[*74]『上海』はさらに二年遡るが、それぞれ中断期間を挟んでおり、脱稿するのは共に一九三二年中である。そのため、一九三一年中に連載された『花花』を含めた前半三作と後半五作の間には一九三三年という時期的な空白がある。その空白期の終わりを跨いで書かれた「新小説論」（『新文芸思想講座』第一、二、三、八巻、文藝春秋社、一九三三年九月～三四年五月初出）の第一回に、「小説といふ文学形式」は明瞭にあるとも全くないとも言い切れない、極めて「曖昧」なもので、そのことは「野心家にとつても「小説論」の新しい動機ともなるが、又一歩あやまれば危険な「絵そらごと」ともなりをはるべき至難な業である」（第十四巻、三八三頁）と述べられており、横光がその「曖昧」さを容れる形式を可能な限り理論化する「至難」な――やがて「純粋小説論」へと辿り着く――道を歩み始めたことが窺われる。したがって『紋章』以後の小説はそのような意識のもとで執筆されていた反面、それ以前の作品はおそらく「純粋小説」の方向性を意識せずに書かれ、後に純粋小説として「発見」されたものだろう。つまりは、一九三三年前後には作家の創作意識の上での隔絶もある。それにもかかわらず、横光が「純粋小説論」の発表後、最後の純粋小説として執筆した『家族会議』のプロトタイプに『寝園』が選ばれた意味は小さくない。

『上海』は、たしかに一般に評価されるように「新感覚派の手法の集大成」の面が少なくない。参木を中心とした人物が、事物の外面的運動に流され、その行為を埋もれさせていくさまがよく視覚化されていて、これを「新感覚派の手法」に収めて考えることは無理ではない。しかし、同時に、その運動の軌跡にともなって発生してくる参木や芳秋蘭やその他の登場人物たちの分裂した内面や意見が、入れ替わり立ち替わり浮かび上がってくる。

それぞれの人物の内面が得手勝手に生起し、しかもそれぞれの外面的行為は別の事物のルールに引き摺られ、互いに一致を見ない。その小説世界の様態に照明を当てるなら、それは「純粋小説」の特徴といって嘘はない。横光が一九三五年に「純粋小説論」を発表した際、言わば後付けによって、『上海』を最初の純粋小説に認定した所以《ゆえん》である。

おそらくカントの哲学を念頭に置いて、「上海は東洋の物自体だ」[*75]と横光が発言したことがある。だが、その言葉は『上海』の執筆期間中に発せられたのではなく、ようやく一九三四年五月に行われた東京帝国大学の講演「仮説を作つて物自体に当れ」において記録されたもの——つまり、意識的に「純粋小説」に取り組み始めた時期に発言されたものである。「物自体」とは究極的に認知不可能な対象であるから、それをつかまえるための様々に相対的な認識はその周囲を巡って右往左往するしかない。つまり、認識の盲点を占めるのが「物自体」であり、俯瞰的・全体的に見る限りにおいては、「四人称」の位置に似ている。そのように「四人称」は、多元的に浮遊する内面心理の源として逆説的に見出された「物自体」を、小説の人称の理論へと発展させていったものと考えることも可能だろう。

ゆえに「上海は東洋の物自体だ」の発言は、物理的・社会的な存在としてのアジア全体を、上海を中心に演じられている虚構的群像劇に見立てるような発想といえる。このような横光の思考は、大正期におけるツーリズムの空前の流行以来、上海を「魔都」と崇めるようになったオリエンタリズムとは無縁である。また、当時流行の「行動主義者」のように、とりあえず「行動する」ことで意図と理由を担保し、それがいずれ短絡的に導くミリタリズム（や植民地主義）の対象として上海をみたのでもなかった。オリエンタリズムもミリタリズムも認識的にはうらおもての関係にすぎない。双方の立場のあいだに、楔のように打ち込まれた「四」の次元によって、「純粋小説」は初発から小説という形態の論理的な要請に応えようとしていたのである。

一方で、『上海』と時期的に補い合うように執筆されたのが『寝園』である。そこは『上海』のような多国籍が一堂に会すスケールの大きさはなく、国内の小さな仲間づきあいが描かれているだけだが、以後の純粋小説は基本的にすべて国内に舞台を制限している（純粋小説には属さないとされる『旅愁』も、舞台の面積は広いものの、『上海』のように多文化が共存をしている様子はなく、日本人同士が寄り集まるコミュニティの規模は小さい）。そして『寝園』の最大の特徴として、「物自体」としか言いようがない一義的解釈を拒む事件があからさまに物語の中心に置かれ、それを巡って右往左往する人々の内面心理が勝手に活動している様が丁寧に描かれている。うわべは『上海』を引きずっている部分も少なくないが、『寝園』において特筆すべきは、偶然性が抽象的な機能のレベルだけでなく、具体的な事件として描かれている点だろう。いわば小説全体の機構に仕組まれた偶然性が小説内世界のオブジェクトレベルに描かれている。そのため、ある意味で「純粋小説」の原質的構造を剥き出していて、それがやがて「成熟」していく上での過渡的形態を残しているのだ。

物語の筋は、仁羽という夫のいる奈奈江と梶との愛人未遂とでもいうべき根深い関係が主軸となって展開する。そこに奈奈江の「死んだ兄の妻の妹」で仁羽夫婦の家に居候している藍子、経済の研究を専門とする大学院生の高、仁羽をほとんど公然と愛している木山夫人らが介在して、主要な人物には必ず二人以上の恋愛対象が設定されている。つまり、いかなる場面においても三角関係の糸が張り巡らされている。しかしながら、後の純粋小説に見られるような濃厚な競争への発展はなく、基本的には、奈奈江と梶の結び付きがもっぱら注目の対象である。これらの人物関係の中で、その均衡を支える外郭に位置しているために、物語の顚末を見聞きして、それを事後に語り伝える古典的な「語り手」に昇格できそうな者を無理遣りにあげるなら、経済学者の高である。高は、小説で中心となるコミュニティからは半ば余所者の位置を取りつつ、半ば彼らに関わっている。いわば観察者と読者への報告者の視点を担っている存在である。研究者という肩書きも狙った設定だろう。

もともと奈奈江と梶は「幼馴染《をさななじみ》」で、仁羽が現れる以前から無意識的には相思相愛の「結婚すべき筈の」仲にあったものの、「一寸した誤解から、どちらも腹を立てて失敗した」。そして奈奈江は、その原因となった仁羽との縁談を承諾した。仁羽は梶の性格とは対照的であり、奈奈江が何をしようとも「いまだに懐疑の精神を働かせたことがない」ほどの人の好さをもつ、非常に「豪《えら》い」男である。いわば現代人の象徴である「自意識」が存在しない男である（時代錯誤であるために、かえって周囲から愛される存在である）。しかし結婚後、時の経つにつれ、奈奈江は「ばか」や「愚鈍」とまで内々評すことになる仁羽に満足できず、梶と「再びもとの鞘へをさまりかかつて」いるのが現在の人間関係の状況である。なお職業としては、仁羽は羅紗問屋を営み、梶は綿布問屋を営んでいる。この小説で描かれるコミュニティは、二人が経営者であることからもわかるように、射撃場のクラブハウスを社交場としている「富豪」（資本家階級）たちである。ところが、仁羽の商売が順調である反面、梶が「全能力をあげて」買い溜めていた「関東織物会社」の株は、その会社の売り上げの大半を担っている「酒巻羅紗商店」の商況が不良債権を抱えて落ち込んだことにあわせて急激に下落し、梶を破産の危険に追い込んでいる経済的な現況がある。恋愛と商売とのどちらに対しても共通しているのは、梶は悩むだけで為す術がないことだろう。成り行きをただ悶々として見守るしかない。それどころか、梶はわずかばかりの資産を残す算段にけちけちするのに嫌気がさし、持ち株を投げ売りして破産を加速してしまう。梶の問題点は、奈奈江と結ばれることが不可能な状況を、自分の資産が急落している金銭的状況に結びつけるアナロジカルな思考——恋愛に対する心理を株価の上下運動と連動させる傾向——にあり、「貧乏すると不思議に女はもう入らないと思ふやうになる」ために、わざと自らを破産に追い込んだ面が少なからずあることだ。

そもそも、このような状況を導き出したのは、梶が「懐疑の精神」に旺盛すぎること、あまりに文学的に現代人すぎることに起因している。[*76] 彼が射撃場で放つピストルの弾が標的にかすりもしないのは、「煩悩」（迷い）が強く作用しているからである（一方、隣で高の放つ弾丸が標的を確実にとらえるのは、学者であって商売人ではない彼が物語中において何の人生も賭していないからである）。逆に、仁羽は、射撃において「標的を狙へば当るより能がなく、クラブ切つての銃の名人となることぐらゐ何の不思議もない」と奈奈江にからかわれる通り、株式の上下運動（や恋愛感情）に心を簡単に左右されないことが、確実に利益を出す理由となる存在である。そもそも、射撃場の仁羽を含む「富豪」連が主に興じているのはトラップ・ショッティング——「鳥を真似した素焼きのクレー」が飛び立つのを「散弾で撃ち落とす」競技である。小粒の弾丸を小円の網のごとく散開発射させて、高速に動く対象を捕捉する技術を用いる遊戯である。メタファーとして読むなら、金融市場における相場変動のスピードを追随可能にする現代的な技術ともいえるだろう。ところが、梶がやっているのは、一発の弾丸が直進するピストルである。それも「今年初めてやり出した」と記されており、まったくの同時期に株式に関わる商売の苦戦が始まったとみて間違いない。梶がピストルで狙うのは静止した標的であり、弾丸は散開しない。無慈悲に変動する現代型の市場に向き合ったとき、梶のクラシカルな趣味はかえって弾丸を標的に当たらなくする。物語中、時折、ピストルによる「決闘」のイメージが喚起されるように、梶は古き良き道徳精神に心傾ける性質があって、そのことが彼を金融資本社会における不適合者にし、そして死に急ぐ高潔な人物にするのだ。

先ほど観察者的な位置にいると述べた高の専門は、ドイツの経済学者ルートヴィヒ・ポーレで、物語の序盤、梶はポーレの説く「恐慌論」の内容を高に質問している。資本主義社会において「恐慌」は必ず周期的に起こる。梶が経験したのは「恐慌」ではなく一企業の転落にすぎないが、身を切って最悪を免れるための策――二、三の方法が作中にも示唆されているが――を忍耐強く繰り出すしか手がない敗北不可避の性格を持つ点では同じである。技術革新により大量の資材を一時に投下する発展した近代社会において、戦争も経済もポイントは後退戦である。利益率が高い反面、損失に転じた際の下落幅は甚大なのだ。そのとき、「運命」に対してどこまで抵抗できるか――持ち直しのための余力を残せるか否か――という忍耐力が勝負の分かれ目になるだろう（国家独占資本主義が整えられる理由である）。それを投げ出した梶のほとんど自暴自棄の「運命論」的な「あきらめ」の態度は私的な破滅を招く。たかだか株価の急激な下落にすぎない出来事を、偶然的なものと捉えるか、必然的な啓示のようなものとして捉えるか、仁羽と梶を分かつラインがそこに引かれている。

「運命」――これが本テクストにおいて、もう一つ重要なテーマである。正確とは言いがたいことを断ったうえで、運命とは、ある出来事がある主体によって出会われ、経験的出来事として受容されたとき、その偶発的な結びつきを第三者的視点から保証するような何か（通常は神）が介在することによって、必然的性格を帯びるものである、と定義しておこう。仁羽は、偶然にすぎない出来事を偶然のまま見ることが可能なパースペクティヴの中に生きている。「自意識」が限りなく薄いから、出来事の裏に根拠の不明な別の意志を想定したりしないし、まして、株価と恋愛の成否を連動させるような比喩的な思考はしないからである。梶はそうはいかない。彼の文学的ともいうべき懐疑的性格は、偶然を必然に転化し、また必然を偶然として見直すという絶えざる反転の中でしか生きられない。そして同じく主役の奈奈江も梶以上にその手のパースペクティヴに生きているということが、本作を純粋小説とする条件になっている。株式にコミットしているわけではない奈奈江に用意されるのは、極めて即物的な事件である。

射撃クラブに出入りする猟銃連が集まって毎年恒例の猪狩《ししがり》に天城に行ったとき、その決定的な事件が起きる。猪に襲われかけた犬の仁羽を奈奈江が鉄砲で撃ってしまうのである。このテクストの中央を大黒柱のように支える出来事は、通俗小説、それも恋愛小説の出会いの筋書きによく見られる、いかにも取って付けた「偶然」である(言うまでもなく、物語世界を俯瞰する視点からみれば「必然」であるが、これは今は考えない「必然」である)。しかし、それだけでは済まない。「偶然」をめぐる問いは、事件の原因たる行為者である奈奈江個人の心理を――たいていの通俗小説とは逆に――ますます無指向的なものにしていくからだ。発砲してしばらくの間、奈奈江にまつわる記述は徹底して外面のみの描写に抑えられている。彼女が、実際に夫を救おうとして猪を狙ったのか、それとも夫のほうを思わず狙ってしまったのかは、わからない。つまり、夫を意志的に狙ったことによる必然的な着弾なのか、ほんとうに偶然に当たったのかは、わからない。それだけでなく、あまたの目撃者のいるその出来事の、その意図は、やがて内面描写される当人によってさえ、事後いつまでも決定されないのである。おそらく、演芸中に奇術師が妻をナイフで刺し殺す志賀直哉の「笵の犯罪」(『白樺』一九一三年一〇月)からヒントを得て描かれたこの事件は、行為をした当人自身が偶然か必然かの判断を決定できないことに面白さの要点がある。行為の意味が決定不能であるとは、行為と思考が根本的な齟齬を来たしていることを意味する。

夫が病院で死に瀕すると、あれは梶を思って撃ったに違いないと奈奈江は罪悪感にかられ、状況が落ち着けば、いや、あれは猪を撃とうと思って撃ったのだと再確認し、梶が病院に駆けつけてくると、ふたたびあれは梶のために撃ったのではないかと心がぐらつき始め、見事仁羽を危急から救い出した勇気ある行為に感激したと知人から褒められれば、「なるほどさういふ勿体ない解釈の仕方もあつたのだ」と、おもわず微笑が湧き上がってくる。ようするに、この事件では、出来事があまりにむき出しなのである。それゆえ意図の決定不可能性を事後認識することによって罪意識から解放されるという自己正当化《セルフ・ジャスティフィケーション》の心理作用から、仕出かしてしまった事実をただ恐怖する反応まで、奈奈江の心理はめまぐるしく変わり始める。奈奈江が最後に出奔する直前、自問するのは次の言葉だ。

> しかし、どうしてこんなに自分の気持ちはくるりくるりと変るのだらう。どれがいつたい自分の本当の心だらう。——

このことは奈奈江に留まらず、梶（や奈奈江の妹）の迷える心理にも波及する。事件以来、行為の意味（たとえば所用で梶が奈奈江に会うことの意味）が、状況と条件の変化に応じて次々に変わるため、それを捉えようと右往左往する内面もおのずから次々と変転して、誰もがしだいに行為と思考の乖離を広げる一方になる。この事態を導いたのが、仁羽を撃つという、物語をドラマチックにする通俗的な「偶然」だったのであり、それはまた、登場人物たちの心理に偶然と必然の決定不能な一撃を加える事件となった。繰り返すが、横光のいう偶然は二つの種類があって、一つはストーリーの展開に必要な偶然的な出来事（＝驚き）のことで、一般に通俗小説に必要なものとして理解される偶然である。もう一つは、ひとりの人間における行為と心理の関係が一義的には決まっていないという、そのずれないしは意図の決定不能性を担保する偶然である（本章全体で論じてきたのは後者の偶然が主である）。執筆当時の横光の自覚いかんにかかわらず、『寝園』では結果的に二つのレベルの「偶然」が最も上手に合体した事件が選ばれたのである。後に「純粋小説論」において、前者は娯楽性による長編小説の復権をいうために、そして後者はそれを「最も高級な文学」と主張するために必要となる要素である。実際のところ、そのどちらか一方が欠けていても小説は成り立つが、横光が優れた小説の範として仰いだドストエフスキーの小説が両者を共に備えていたことの意味は小さくなかったに違いない。

ようするに、『寝園』を「純粋小説」の原形とみなすべき理由は、小説として優れているからではない。二種の偶然の一元化を図ったその形式的な露骨さにおいて、後の理論化をみごとに先取りしたモデルケースになっているからである。物語の真ん中に杭打たれた偶然の衝撃は、テクストのうちに配された行為と内面の間にひそみ遍在する微分の偶然を徐々に呼び覚ましていく――唯一、行為と内面のあいだに偶然の進入をゆるさない、愚鈍にも近い「統一された人格」の体現者である仁羽を除いて（もし仁羽という人物の人称をいうなら、四人称の対蹠点に位置すべき人称――動物的ゼロ人称？になるだろう）。結果として得られるのは、数多のディスコミュニケーションが張り巡らされた複相的な構造体としての小説である。それが「純粋小説」の存在条件であり、「倫理」の根拠なのだ。

仁羽の危篤の知らせを受けた梶は、「仁羽が死んでそれから後の莫大なあの仁羽家の財産はどうすることであらう」と、金銭的な対象として奈奈江の存在を考えなかったわけではない。しかし、実際に仁羽が死ぬこともなかったし、梶は奈奈江と結婚することも選ばなかった（もしくは、選べなかった）。そこに「純粋小説」がまだ萌芽期にあったがための、ほとんどナイーヴともいえる倫理への矜持があった。

物語の最後、前日から家に帰ってこない奈奈江のせいで仁羽は、その顔面に微かに「不安な影」を漂わせている。しかし、全快祝賀の猟銃競技会での一発目の銃声によってそれはたちまち消え去り、「眼を細めながら、うつとりと空の一方を見上げたままにこやかに笑つてゐた」という描写に取って代わられる。まさに「懐疑の精神」の敗退を示した描写にはちがいない。が、逆に言えば、そのような虚無を抱えない純な精神の前に屈してこそ、裏で「懐疑の精神」はその本質を変化させることなく存在感を保ち続けているともいえるだろう。ところが、「純粋小説」シリーズの最後方に位置する『家族会議』では、金融にまつわる話の素材や展開は似てみえても、最後の最後に倫理的な抑制が外されることで、主人公の「精神」は敗北の形勢を逆転して勝利に終わる。つまり、結末は完全に反対側に落着する。「懐疑の精神」は被虐の立場によって自身の輪郭を確かめるのではなく、それ自身を乗り越えることによって「超克」されていくのだ。そのとき、純粋小説という事業は一つのライフサイクルの終わりを迎えた。次節では、その終局へと至る道のりを論じることにしたい。

八　「純粋小説」における恋愛の意味

ここまでの「純粋小説論」の説明で見てきたとおり、純粋小説の中枢をしめる「四人称」は、小説内世界の「偶然」的な進行を司る原動力として仮定された概念である。あえて言うなら、すべての登場人物のいずれの主語とも成り代われるような、それら総体の虚焦点に位置づけられた非実体的な行為体《エージェンシー》である。「四人称」に「人称」の名が付けられているのは、そのように文学特有の主体性の問題に関わっているからである。

ところで、純粋小説は、なぜフォーマットとして「長編」を選ぶのだろうか。トーキーの議論の中でも確認したが、観客がその中へ没入可能な虚構世界のリアリティを十分に自立させることが、娯楽作品を成立させる必要条件だからというのが一般論として一つある。だが、横光の理論の中身を優先して、その核である「四人称」を存在させるためという言い方もできる。「四人称」が小説世界の虚焦点に結ばれるためには、物語世界の偶発的な出来事のいちいちに対して、複数の登場人物が心理と行動をばらばらに右往左往させる様態を描くに足るだけの、相応の分量が必要なのである。

しかし、そうした形式的な側面以外に主題や内容の面においても、「長編」にしか表現できないことは存在する。その最たるものが通俗的な「恋愛もの」、英語で言うなれば、“dating game”であり、横光の「純粋小説」は例外なくそれを主軸として扱っていた。しかも、重要なのは、この内容面の選定が結局は「純粋小説」の形式を条件としていて、それに分かちがたく結びついていることだ。中村三春も『寝園』を論じて、「恋愛とは、テクストそのものである」[*77]事態を体現した小説としている（その定義は横光の三〇年代半ばの作に広く妥当するだろう)。したがって、横光のいう「純文学にして通俗小説」は、「今までの日本文学にはない」表現を実験的に追求する四人称小説の意と、このうえなく通俗的であることを厭わない「恋愛もの」の意を兼ねる言葉だったと考えてもよい。

両者の結びつきの必然的な成り行きについて、先にひとつ、俗流の「恋愛もの」が「純粋小説」の仕掛けに見事にシンクロすることを証する物語上の現象を指摘しておくならば、それは〈迷い〉である。主人公が特定の相手に対して恋愛を成就させることなく、常に複数人と距離を保つことを余儀なくされることが「恋愛もの」、すなわちゲームとしての恋愛を成立せしめる条件である。先に引用した一九三六年一月(『家族会議』連載終了直後)に発表された文章に、「曖昧とは、論理が心理に引き摺られることだ」と述べられていたように、複数の欲望が対立することで心理の複数性が生まれ、それを整合的な論理で説明しようとする言葉はどうしても「曖昧」になり、それに基づく現実の行為は心理から乖離してみえる。つまり、〈迷い〉が招く発話の曖昧化によって、どのような行為も完全には正当化されないために、循環的に行動主体は〈躊躇《ためらい》〉を余儀なくされる。結果として、コミュニティ(社会)を構成する人間同士の「曖昧」な関係と物語の複雑さを導き出す。主人公の〈躊躇《ためらい》〉の性格は「恋愛もの」を成立させる十分な長さに物語を引き延ばす最良の手段なのである。極端な話、条件面だけを見れば、「恋愛もの」こそ純粋小説の理想形に一番近い姿といえるだろう。

むろん、異性にもてながらも、相手を定める決意をせぬままに様々な逢瀬をする筋というのは、考えようによっては相当に低次の通俗性の体現である。だが、当時の文化状況に鑑みて、そのような時代の要請と最新鋭の理論的な模索との間に落としどころを見出したのは横光の才覚である。この観点からすれば、なにゆえ横光の後期テクストには、主人公、もしくは準主人公が「にやにや」笑う場面が散見されるのか、という疑問に対する仮説も導かれる。「にやにや」は多く、他者からの批判に晒されて身動きできないときや、判断を保留せざるをえない境遇に一時的に追い詰められたときに発生する。〈躊躇《ためらい》〉の緊張状態を免れるための、一種の「自嘲」や「苦笑い」であり、それは言い方を変えれば——現在の私たちの語感からは若干ずれる印象があるかもしれないが

――「ニヒルな笑い」である。全く同じ時期に『偶然性の問題』（岩波書店、一九三五年）という大著を出版した哲学者の九鬼周造は、別に、江戸の町人文化・遊郭文化をベースにした「いき」の美学を哲学的に考察していた（『「いき」の構造』岩波書店、一九三〇年）。仮に、「にやにや」のニヒリズムを江戸時代に移し替えたとしたら、さしずめ「いき」な男の含羞と韜晦を帯びた笑いとして現象したであろうような心的態度だったかもしれない。逆にいえば、横光が造形したのは、いわば一九三〇年代版の「粋な男」だったといえる。

だが、世界恐慌を招くほどに高度に発達した資本主義と大衆文化が浸透した一九三〇年代以降にあって、それは「にやにや」というずいぶんと趣を減じた形でしか表現されなくなってしまった。江戸時代、重商主義への移行過程において、急速に発達した市場経済のもとに育まれた「いき」の文化と、後戻りできぬ恐慌から不況へと進み、マルクス主義の箍《たが》が外れて資本主義が本性を表し出した一九三五（昭和一〇）年前後の転換期との距離が、そこに反映されている。ただ、いずれも市場や資本の問題があらわになる時期に関わっていることは、少なからぬ意味がある。そして、以上の〈長編‐恋愛‐経済〉の三位一体が最もあからさまに具現されたテクストが、「純粋小説」の極みであると同時に終局となった『家族会議』（一九三五年八～一二月）だった。最後にこれに分析を集中する理由である。

したがって書き加えておくべきは、「純粋小説」期の横光の企画には、「国民的」文芸の「復興」の目論見が少なからず含まれていたことである。[*78]「国民作家」という点では唯一無二の存在ともいえる漱石は、恋愛をプロットの主軸とした長編のスタイルによって、経済小説ともいえる金銭と人間関係の問題を追及し、それを新聞小説という形式で世に出した。横光の純粋小説も、漱石を意識した社会的経済小説としての側面を多く持っている。横光は『家族会議』執筆の二年後に、その「茶番小説」の収入によってヨーロッパ行きがかなったことを自嘲的にコメントしながら、「金銭を不潔と見る東洋精神でヨーロッパの知性を身につける苦しさは、作品をどのやうに変形させるかと気付いた最初の一人が夏目漱石である。〔中略〕日本文学も愈ゝ金銭のことを書かねば近代小説とは言ひ難くなつて来た」[*79]と述べている。執筆料という作家自身の金銭問題からいっても、横光は漱石と同じく長編の新聞連載を理想としていた。しかも、前節で論じた『寝園』(内容的に『家族会議』の前身である)は、最初一九三〇年一一月から一二月まで『東京日日新聞』および『大阪毎日新聞』において新聞連載されていた点で、その理想をすでに実現していた。にもかかわらず、翌年は執筆中断、一九三二年以降の再開時は雑誌の『文芸春秋』(五〜一一月)に発表媒体が切り替えられている。いわば一度新聞小説の試みは挫折していたのである。横光にとって『天使』(『京城日報』一九三五年二〜七月)と、特に『家族会議』は内容面と媒体面を合わせての再挑戦の意味があったのだろう。結果的には、純粋小説の成熟をまって、それは成し遂げられることになった。

掛野剛史によれば、[*80]『家族会議』が連載された昭和一〇年前後は、新聞小説がもつ大衆的訴求力の見直しによって、「純文芸的長編小説」の失地回復が目指されたそうである。横光は言う――「日本の長編小説の最大傑作の七割までは新聞小説である。漱石、藤村、花袋、秋声、紅葉、鏡花、潤一郎、寛、正雄、有三、國士、士郎、麟太郎、思ひ浮ぶままにも以上の人々の傑作はほとんど総ては新聞であつた」。[*81]彼らが描いたものは「純文芸的長編小説」とはいっても、通俗性の取り込みをはかる「純粋小説」の理想の一部を体現していた。純文学の精神に惹かれること少ない大衆をターゲットにした新聞小説は、「文学者ばかりに問題となることと、群衆のみに問題となること」との両方に目配りを怠らない必要があったからである。「この二つの一致点を見つけ出す批評精神が新聞小説」である。

ただし中村光夫などは、横光と武田麟太郎の名を挙げて、「「紋章」や「銀座八丁」の作者の企てたことは、自然主義によつて確立された私小説中心の伝統的文学理念を打破して、小説を或る意味で硯友社の昔にかへして、その社会性、仮構性を恢復しようとすること」[*82]だったと述べて、古き良き「硯友社」のみに「恢復」の意味を代表させている。実際、横光自身が硯友社を高く評価していたのだから、その説に一理あるのは間違いない。しかし、横光による漱石評はその作家活動の長きにわたって時折顔を覗かせるのだが、高評価と否定的意見とのバランスは時期に応じて結構な変動がある。この頃、横光が小説の最重要項目として恋愛と生活経済の相関性の探究、そしてそれを適切に貫く心理描写の方法を考えていたのであれば、市民社会の「市民」という中間項に信を置いていた「漱石」の「復興」をこそ目論んでいたとするほうが正しく響くだろう。その点を見逃すなら、「「紋章」にせよ「家族会議」にしろ、事実上、現代の衣裳をまとつた硯友社小説の復活にすぎなかつた」[*83]という貶めの結論しか出てこない。

ところで、本書は第二章から四章まで漱石の文体《スタイル》の影響を色濃く受けて大正期（前半）に活躍した作家たち――志賀直哉、佐藤春夫、内田百閒など――の各々の文学に頻繁に現れる「ぼんやり」という修辞に込められた意味を考察した。そこでの結論は、その語は多くの場合、登場人物が夢見ないしは催眠の只中にあって、潜在意識の働きが最大限活発化した心的状態にあることを示す役割を果たしていたというものである。そして「ぼんやり」の使用自体が、芸術思想が大きく変化した昭和年代において完全に潰えたわけではないのは、それを横光が好んで用いたことからも窺える。その点でも、横光を漱石の再来あるいは乗り越えを目指した作家と見なすのは不可能ではない。だが興味深いことに、昭和一〇年前後の横光の認識を通して、同じ言葉に与えられた文学的意味は次のように変化した。それは、ほとんど激変といってよいレベルである。

男でも女でも、一人ゐるときにぼんやり物思ひに耽つてゐる人を、そつとこちらから見てゐるとき、〔中略〕男は女のことを女は男のことを、考へてゐる場合が大部分ではないかと思ふ。よく人は知り合がぼんやりしてゐると、何をぼんやりしてゐるのといつて、何事でもないのに冷かすところをみても、それぞれ思ひあたるところがあるからである。男でも女でも、私はぼんやりしてゐるときの顔が一番に興味がある。[*84]

ここでの「ぼんやり」も、潜在意識が十全に活動している時間にあることを教えている。しかし同時に、欲望のコミュニケーションが登場人物の男女間で密かに取り交わされている状態を示す符牒へと大きく機能を傾けている。何か別の事柄に専心しているために社会的事柄が疎かになる様子が客観的に強調され、そのことによって、逆に彼／彼女たちが社会的存在であることを思い出させる「ぼんやり」である。つまり、広い意味でのコミュニケーション障害が生じた時に、かえって当事者たちのコミュニケーション的関係がありありと意識されるような機能的意味をもっている。大正時代の「私」という一人称に縁取られた世界内に生じる「ぼんやり」は、三人称的観察によって把握される「ぼんやり」へと移り変わったのである。

　このエッセイの発表日時は一九三五年九月号であり、『家族会議』の新聞連載は一九三五年八月九日から開始されている。そして小説中、同語が最初の方（二回目）に使用される例が、「忍が、ぼんやりと物思ひに耽るときどきの泰子を、よくからかつた」（第七巻、二九八頁）という、まさにエッセイの内容に忠実な文である。二つの事実を考え合わせれば、『家族会議』において、横光の「ぼんやり」の使用頻度がほとんど偏愛といっていい程の多さなのにも納得がいくだろう。厳密な計量分析に意味があるとは思えないので一通り数えてみただけだが、約三十回の使用は長編であることを差し引いても多い。ただし、これらが大正時代のものとは文学的意味を大きく変じていたとはいっても、明治後半頃から大正期の近代文学における同表現の濫用に気がついていたからこそ、横光はあえてそれを我流に引用し、方法的な使用を宣言をしたというべきである。*85

　とにかくも、この新しい「ぼんやり」の使用法が、男女間の文脈によって説明されているのをみても、純粋小説は、「恋愛もの」の近代文学としての成れの果てを、「不安」の時代の構造的反映として表現することに狙いがあったことがわかる。その先には、「恋愛」の定義じたいに含意される遅延された状況を、「結婚」という「正しい」ステータスに対照させながら乗り越えること、すなわち、「懐疑の精神」の内なる「超克」が、「結婚」の概念の拡張によって目指されることになる。

九　「懐疑」と「会議」――『家族会議』における〈幸福〉への決意

『家族会議』における「結婚」の意味を考察する前に忘れないでおきたいのは、基本的に純粋小説の括りに入る作品において、「結婚」がプロットに占める位置は、物語の最終目的として掲げられていても、テクストの最終目的ではないことである。その差が、約束の地に到ろうとして到れない人物たちが繰り広げる恋愛ゲームの自縛性（＝躊躇《ためらい》）を強調する役割を果たす（その宙吊りの持続によって、物語は長編になる）。

　時期的には少し下って『旅愁』の後半部分に詳しく解説される概念なのだが、おそらく純粋小説の当初から、そのゲーム性の基本的ルールとして横光が念頭においていたものが「排中律」である。「排中律」とは、「Aであるか、またはAでない」の排他的な二つの選択のみが与えられ、「Aでないわけではない」という思考の中間領域を認めない論理学の思考である。横光はそれをもっと非厳密的かつ通俗的に、AかBのどちらかの選択を強要される「二者択一」の原理とほとんど同一視して、一九三〇年代に高じた思想的規範として捉えていた節がある。Aを選ぶか、Bを選ぶか、どちらか以外の選択肢の存在しない状況に置かれた人間が常に求められるのは、状況をドラスティックに更新する意志的な「決断」である。AとBを混淆する、あるいは折衷する形に向けて一歩一歩模索しながら進んでいく手が許されない以上は、選択はどちらか一方の徹底的な排除を結論する。究極的には〈殺されなければ殺される〉という危機的状況に象徴されるこのロジックは、やはり国際的な戦争関係に入りつつあった時代を背景にして、人々のメンタリティを捕らえていったのだろう。しかし、未だそこまで切迫していない状況設定においては〈迷う〉ことの第三選択肢が与えられており、最終決断を保留する限りは——小さな局面局面での選択行為は不可避としても——一つの物語はいつまでも結末を迎えない。

　横光はそのような適度な「状況設定」として執拗に「恋愛もの」を書くようになった。「恋愛」という言葉が明治以降の「近代」に現れた翻訳語であることからもわかるとおり、「Aか／Bか」式の排中律的関係は、近代以降の恋愛関係によってもっとも適切に表現されている。逆に言えば、排中律こそ、近代的恋愛という近代社会の基盤を明かす——あまりに自明なために忘れられがちな——定式なのである。生まれると同時に決定されている血縁の関係は、選択肢不在の「一択」を原理とする。また、幼児期から築かれていく第一次の社会的関係としての友情関係では、AとBのいずれとも「友達」の両立可能性が成立している。しかし、子供から大人へと移行する「成長期」（＝「転換期」）に初めて発生する「恋愛」関係の倫理において、現代人はいざ知らず、近代人は

AとBを同時に愛することを許されていない。主体が〈充実〉とは反対の〈欠如〉に休みなく駆動される状況という意味では、心安まらぬ時間なのである。

たとえば『時計』(『婦人之友』一九三四年一～一二月)の最初の場面をみてみよう。中心人物の名は、宇津である。冒頭だけで物語全体の縮図のような伏線が描かれるのは、横光に限らず近代小説の常だが、これも例外ではない。宇津が千早家の雪枝と一緒に出かけた先は音楽学校の演奏会で、到着時、演奏されていたのはメンデルスゾーンの「春の訪れ」である。会場には、この小説に参加する主要人物のほとんど——宇津のほか、音楽学校ピアノ科を卒業目前にしている明子、雪枝の姉である瀧子、瀧子の前夫である三笠幹高、瀧子が結婚前に恋愛していた峰——が一堂に会しており、その場に居合わせない青木も、宇津の心理を介して幾度か召還される。

場面設定がコンサート会場であることの意味は、江戸時代より歌舞伎座が見合いの場に使われた伝統の踏襲の意もある——『家族会議』における冒頭の歌舞伎座の場面は正しくその目的に使われている——が、ここでそれ以上に重視すべきは、やはり混声合唱を含む複雑な西洋音楽の旋律と宇津の心理の揺らぎとの重なりが描写されていることだろう(横光の文学理論と音声の関係を思い出したい)。宇津は恋愛劇の渦中にいる身として、各人の「心」を次々と憶測せずにはいられない。

宇津はしばらくコーラスの変調する波の間に間に、再びとりとめのない追想の馳け廻るのを感じていつた。すると、突然、急激に高まり出した男性のバスにひきよせられたと思ふ間に、雪枝の姉の瀧子の顔が眼に浮んだ。瀧子は、何故今日に限つて雪枝を残してひとり銀座へ出ていつたのだらう。演奏会にならー緒に雪枝と出て行くべきではないか。——〔第六巻、五頁〕

宇津の心は、こうしてコーラスの「波」に乗って目まぐるしく「馳け廻る」のだが、それは各旋律のそれぞれに乗っている他者の心に振り回されることに同じである。憶測はいかにも「音声」の性質に引きずられるらしく、無根拠かつ自律的なリズムを際限なく刻み続けてしまうだけで、理性的かつ現実的な判断への着地は妨げられる。だから直後に、宇津の日頃の心がけが次のように記されるのである。

「しかし、これは自分は疑ひすぎる。」

「何ものも疑ふな。」――かういふ風な場合に、こんなに自分を圧へることは宇津の日常の精神を指導してゐる一つの道徳ともいふべきもので、彼はこれを使用して、むらがりよつて来た想念を整理する度に、いつもその日は良い行ひをしたと、先づ一応は思つて喜ぶ習慣を持つてゐた。

「シェストフ的不安」の流行に象徴されるように、思想は定点を失って相対的に散開し、信念の対象を失った「懐疑主義」に取り憑かれた時代の真っ最中である。横光はその思想的状況の苦しみを、恋愛感情の忖度の苦しみに大胆にもなぞらえる。もちろんここで「懐疑」は克服の対象であるが、その実現は、日々の「指導」を要するくらいに容易ならないのだ。宇津は、「人といふものはめいめい勝手に、今の自分のやうに目に映つた特種なものを継ぎ合せて、自然に独特の世界を構想して、それで世の中を見ようとしたがるものだ。そのそれぞれの勝手な構想が入り混つて、初めて客観世界を造つてゐる。」という突き放した思想の持ち主である。自分の憶測が「特種なもの」の一つにすぎず、常に相対化される無根拠なものであること、また、その自覚（＝自意識）のみが「客観的世界」を垣間見る俯瞰的な立場にかろうじて立つ唯一の方法であることを承知している。ようするに、疑うだけ無駄であることをよく知っている男なのである。にもかかわらず、宇津は相手の心を推し量る〈読み〉を際限なく行い続けることを抑えられない。

ところで、「懐疑」の哲学的な対立概念は何かというと、直観である。宇津は主人公らしく少し秀でた能力を持っていて、直観で現実を言い当てることができる（と本人は思い込んでいる）。会場で明子とその姿を観察する男（峰）の間に何やら深い関係があることを推量して、それが「当つた」とき、「彼は前からかういふ場合に働く自身の勘を信じる癖がついてゐて、またそれがいつもぴつたりと当るので、あんまり度度あたると自分ながら時々脱れて欲しいと思ふことさへある」と解説されるほどである。問題は、彼の勘が描く対象がつねに「漠然とした不安な気持ち」に基づく――「このままでは安全にすすんでいきさうにも思えぬ」――ネガティヴなものであることだ。つまり、その直観は懐疑の克服に働いて積極的な行動を促すのではなくて、たとえば〈彼女が自分に見せる愛の素振りは偽に違いない〉というかたちで、二の足を踏む方向に働くのである。あたかも、彼が直観と信じているものは実は直観ではなく、不安から現状維持を望む負の願望の変形した姿であるかのように。

『時計』の内容は、うわべをまとめれば、宇津、青木、峰の三人の男たちによって繰り広げられる明子をめぐる争奪戦、とりわけ宇津と青木の間における友情のモラルとライバル心をない交ぜにした関係を主軸にし、副軸として宇津に結婚を迫る瀧子と元夫の三笠の三角関係がからんで展開する。プロットだけでいえば、典型的というべき通俗的な恋愛劇である。そして宇津の「不安」の通り、青木の積極的な求愛行動は空振りに終わり、相対的に膨らむ宇津の優位も実を結ばず、作中では内面の完全に隠された謎多き男である峰が勝利者となって終わる。その結末は、当初の予定通りの関係に還っただけであり、また、瀧子と三笠がよりを戻したという点でも、結局、状況は少しも進展しなかった。特に焦点人物である宇津からみれば、そのような終わり方は、結局いつまでも「人を疑ふ」（一七二頁）ことを止められないままに、しかも「〔そ〕の決断は最後の場所を撰んで、依然として逃げ仕度をする」（一九七頁）彼自身の一貫した性格が用意してしまったものである。つまりは、物語は「懐疑主義」の克服に関しては失敗に帰した。しかし「排中律」的恋愛の性質を生かす「純粋小説」の理論的側面だけから判断すれば、一つの模範例に数えられる内容ともいえる。

　ところが、「排中律」に基づく思考は、ただの恋愛の戯れに留まっている間は純粋小説の原理を支えるが、ひとたび巨視的なイデオロギーのレベルに拡張された場合は端的に危険である。『旅愁』のように、西洋の側に立つのか、日本の側に立つのか、登場人物がいずれかの態度決定を迫られ、AもBも有りという調停策の模索を拒まれたなら、文字どおりの排他的な思想や実力行使以外の道を見つけるのは容易ではない。『旅愁』の物語の基本設計は明らかに『家族会議』を踏まえたもので、共有するところも多い。しかし、両者の発表のあいだに欧州滞在を挟んで、思考と行為の齟齬であるとか、多声的なコミュニティだとか、広く人物関係が構成する社会の「曖昧」さを積極的に描こうとする方ではなく、そのようなテクストの運動を駆動する原因であるずれをいかに解決し終息させるかのほうに横光の関心は移動してしまった。『旅愁』では、恋愛はまったく他者との競争関係には置かれていないのである。背後では、知識人たちによる負の思想的遺産として戦後に強く批判されることになる「近代の超克」をめぐる議論が、この時期から四〇年代へ向けて次第に活発化していた。「排中律」的な恋愛関係が仮にも「近代」の産物であるなら、その「超克」をめざす恋愛はまったくの別ものになるほかないだろう。

だから厳密な意味での純粋小説は『家族会議』で終わるのだが、それまでの「恋愛ゲーム」は「結婚」という最終目標への到達を遅延させることでしか成立しないのだから、裏を返せば、『家族会議』でのその解決は「結婚」への決意が中心主題となってのみ果たしうるわけだ。ただし、そのゲーム性を「超克」せんとする模索の階梯は『家族会議』の前作である『天使』からすでに始まっていたと見るべきである。後者は一九三五年二月連載開始で七月終了、前者は続いて同月から一九三五年一二月までの連載なので、基本的には両者は「純粋小説論」（一九三五年四月）より後に執筆された小説といえる。この二つのテクストの性格が、それ以前の純粋小説から揃って離脱しつつあったとみえる間接的な理由である。注意したいのは、「純粋小説論」という文章は、それまで数年にかけて横光が発表してきた小説の、いわば総括を念頭に置きながら書かれたのであって、以後の小説の来たるべき姿を丸ごと織り込んでいるわけではないことだ。内容面では、もともと横光の描く「恋愛」は純粋な「自由恋愛」とも違っているのだが、特に『天使』と『家族会議』においては「結婚」は家同士を結ぶものという古式の意味合いを強めたことを重要事項としてあげてもよいだろう。ここから近代的恋愛の原理の「超克」へ向かう一歩が踏み出されたのなら、それも必然の成り行きの一環だったといえる。

ただ『天使』に関しては一つ、物語中に用いられる「結婚」の語がほとんどフィジカルな「性交《セックス》」と同義にまで貶められ、いくらでもやり直し可能な出来事として最も軽く扱われている点で、それまでの純粋小説とも『家族会議』とも馴染まない特徴がある（『時計』にも同じ傾向は出ていたのだが、程度がその比ではない）。しかし、この手続きを一過的な反動にして、物語で希求すべき真の「結婚」というものが、肉体的達成とは無関係な、まったく別個の次元（メタフィジックス）の問題であり、物語世界を支配する思想的対立を結びつけるほどの大きな意味を担うべきことが、逆説的に確認されたともいえる。直後の『家族会議』から欧州滞在後に執筆開始される『旅愁』まで、横光はそのような神聖化にちかい「結婚」の描き方を次第に深く追求することになった。

『家族会議』は、株式仲買店を営んでいる主人公・重住高之《しげすみたかゆき》が複数の困難を乗り越えて仁礼泰子《にれやすこ》との「結婚」にいたる話である。この物語の大前提は、二人の母親同士が「裏千家のお茶友達」であった事情から幼馴染であり、親戚たちもいずれは「結婚する羽目になる」と思っている間柄であったことである。つまり二人の結婚はもともと既定路線であった。

しかし、一昔前、東京で商売をしていた高之の父が、大阪最大の実力者である泰子の父・文七による株式投資戦略の犠牲になり、心労のあまり寝ついて世を去ったため、高之はその死が「泰子のお父さんの仕業も同じ」（第七巻、二七〇頁）という遺恨を抱えている（泰子はそのことを知らされていない）。そのため泰子とだけは結婚できないと考えている高之は、好意は漸増し続けるものの、あと一歩を踏み出すことができない。それでも三角関係の形成や商売に関わる大きな事件を経て、そして文七という心的かつ物理的障害を乗り越えて、結局は、高之は「結婚」を決意する。ただし、そこからもう一度翻意して、ふたたび「結婚」の決意にいたる心理的プロセスの起伏が後半に控えており、結末の感情を高めると同時に、当初から決まっていたはずの執筆量を全うさせる働きを果たしている。「新聞小説」という制約に加えて映画化が連載中に発表され、同時に役者のオーディションも募集されていた状況を考えれば、分量に関しては意識的に調整した部分も多かっただろう。家同士の抗争から結婚型ハッピーエンドへという中世的なラヴ・ロマンスの筋を枠組みに採用したナイーヴさという意味だけでなく、長編であることがテクストの内的構造以外に外的理由に要請される面も強くあったという意味でも、『家族会議』はそれ以前の横光作品とは一線を画している。

この小説は、冒頭三文目にして、「高之は独身であつた。しかし、もう結婚しなければならぬ」という文章で始まるのだから、結句のところテクストの全体構造によって同時代の思潮を文学論的に体現してきた純粋小説の役目を、「結婚」によって終わらせようとする小説である。また、この小説が書かれた時点で、その後の『旅愁』の思想へと回収される物語の方向性はほとんど示されたといってよい。ようするに、翌年二月から八月までのヨーロッパ旅行への出立を前に、ひとつの大きなプロジェクトが一端締められた。そのしんがりを務めた点において、傑作とは言いにくい出来の評価をおいても多少の分析をほどこす意味がある。そこには、決して横光一人にとどまらない、一九三五年以降の知識人において一つのパターンとして現れることになる時局への妥協を肯定するメンタリティ――「日本的」と形容したくなるような、いわば「あきらめ」の構造――が先駆けて描出されて見えるからである。

物語のはじめ、高之は、同業の株式仲買店の娘で若くして未亡人となり、何かと高之の世話を焼きたがる春子によって、梶原清子に引き合わせられる。その「簡単な見合」の場となった歌舞伎座で、舞台の菊五郎の姿に、長く想いを寄せ続けている仁礼泰子《にれやすこ》を透かし見ながら、高之は心につぶやく――「俺はもう、恋愛だけは苦手だ。早く身を堅めて、こんな商売はやめなくちや」（二六四頁）。つまり、高之の認識においては、「恋愛」と「こんな商売」が同一視されており、「結婚」は「こんな商売」の収束を意味している。それが『家族会議』のプロットを成立させている大前提である。そして、その認識に付け加えられる執拗な価値評価が「幸福」の一言である。

「いくら好かれたつて、迷つちや、幸福ぢやない」〔三八一頁〕

「そのうち、僕もこんな商売は、やめますから、この商売をやつてゐる間は、幸福といふものは、分かりませんからね。同じ一生なら、貧乏しても、幸福な方が、気楽でいいですよ。」〔三八五頁〕

高之が近年辿り着いたと思われる結婚と恋愛の対立が、前者を「幸福」という上位価値に結びつけて明瞭に提示されている（あからさまな二項対立の提示と、何らかの形によるその克服というのが、一九三〇年代半ば以降において横光が採択した方法論の基本形であり、排中律の重要視もその流れに乗っている）[86]。『家族会議』中の基本要素を取り出し、適当に割り振って図示すれば、

幸福：結婚／終息（泰安）／必然／貧乏／理想・精神
不幸：恋愛／株式業（相場の運動）／偶然／裕福／現実

という具合である。そして左右の分割が、概ね文七の地元である大阪と高之が住む東京の対比に重ねられるわけだが[87]、物語全体の展開を司るのは、いわば下部構造ともいえる左側（大阪）にあたる。「意図」のままにならない、「普通一般の道徳ぢや、分らない」次元に運動するのが相場である。裏をかえせば、相場のラインチャートだけが、その別次元の道徳を具現し、「恋愛」の進行を刻む。また、そのまま執筆の問題に目を転ずるなら、『家族会議』のプロットの進行は「新聞小説」が書き進められるために要請される偶然的インプロヴィゼーションの展開に相即するということである[88]。ただし急いで断るが、「即興性」が必ずしも実験的・前衛的なストーリー展開を実現するとは限らない。とくに「新聞小説」という保険をかける必要がある形式の場合、執筆にともなうアクシデント（偶然性）に対処して、人間関係が元の鞘に収まるという「回帰」のプロットを設定しておくのは自然の成り行きだろう。高之と泰子はもともと結婚を定められていたのだから、どれほどの障害を通過しても、最後を当初の予定に戻してしまえば、物語は文字どおり大団円を迎えることができる。むろん、出来上がりの外見が通俗的かつ保守的になるのは避けられない。中村光夫による硯友社文学の真似事という批判は、ここに至るまで横光が小説の最上形態を模索してきた経緯を考慮しなければ、たしかに妥当な面はあるのだ。ちなみに横光自身が『家族会議』執筆にあたって述べた長編執筆の「インプロヴィゼーション」についての（ある意味で無責任な）

言葉は以下の通り――「いつも長編の場合は、筋の進行推移は、最初の計画通りに行つたためしがない。今度も恐らく、途中から意外な方向へ進んでいくことと覚悟を定めてゐる。〔中略〕しかし、作品は作者一個人で巧妙に出来るものではなく、読者と共同の編輯をしてこそ良いものが出来る例の如く、この度も、作者一個人に責任を負はせられなければ、幸甚何よりである」[*89]。

それにしても、株式売買の主題を恋愛小説に持ち込むことの狙いは何なのか。相場とは、上がるか下がるか、の排他的二者択一性――「排中律」――によって進行する世界であり、それこそ、時代特有の疑心暗鬼うずまく「懐疑主義」の場に他ならなかった。この相場の苛酷さが真に露呈したのは、世界大恐慌（昭和恐慌）以降の不安定化した社会状況においてである。だからこそ、横光は一九三五年現在に、旧時代のデータを再構成することで「恐慌」を文化論的意義に塗り替えて再演してみせたのである[*90]。

高之によれば、通常の心理と道徳理念が真逆に反転してしまう場こそ、「物質の動く法則」に準じる相場の世界である。その相場の全体をコントロールできるのは泰子の父の文七だけであり、言うまでもなく、彼の存在は『家族会議』中にあって「神」の地位の具現である。同時期に、『偶然性の問題』（一九三五年一二月）を出版し、あらゆる偶然の連鎖を遡行した先に辿り着く究極の「原始偶然」を、「形而上的地平」に基づく「絶対的必然」（運命論）と同一化しようと思索を繰り広げた九鬼周造の表現を借りれば、文七は、まさに「形而上的絶対者」[*91]である。彼は相場変動という究極的な偶然性の世界を逆説的に掌握し、東京の地に関東大震災（天災）以上の打撃を一人で与えうる存在であり、大阪と東京を見下ろす超越的父性であり、そして映画の比喩を持ち出すならプロット全体の「監督」（director）なのだ（泰子の行動も父として「監督」している）。高之の文七評に「これをしようと思ふと、どんなことでも、実行してしまふ人」とあるように、現世のゲーム内に住まう高之たちの「迷い」を生じせしめる「実行」の絶対者に他ならない。

以下では、この高之による「結婚」（の実行）をめぐる「迷い」の〈相場変動〉の軌跡を追って、話の順に内容を確認していこう。先述のとおり、最初に泰子のライバルとして現れるのは、東京で高之と同じ株式仲買を生業とする梶原家の娘、梶原清子である。高之と泰子は両想いでありながら、文七への遺恨から結婚できないと考えている高之は、「出来ることなら、今しばらく彼女と交際をして、清子と結婚したい希望があつた」（第七巻、三一六頁）。しかし、高之と泰子は、母親同士が裏千家を介した「姉妹以上の仲」である事情から、二人の間を取り持とうと奮闘する大阪の洋反物問屋の娘・池島忍を含めて、幼いときから「裏千家の仲間」という関係である。それも「裏千家のお茶友達といふのは、常人には理解しかねるほど親しいもの」（二七四頁）であるため、彼らは、単に過去を一緒に過ごした記憶を共有しているのみならず、「京都の吉住では、いつでもお部屋が足らんと、高之さん、あたしらと、一緒ですのよ。」（三〇五頁）という忍の台詞が証するように、現在でも「裏千家の習慣」において同室で寝る仲である（ただし泰子を補助する忍も条件を同じくしており、後に泰子の最大のライバルとなる面を持つ）。初期設定において結婚すべき人と最終的に結婚する（俗な言い方をするなら、初恋の人と結婚する）、というこの物語が採用した大枠の古典的プロットに照らした場合、この「同室で寝る仲」という既成事実こそ重要な伏線として見出されるわけで、「親戚達」もいずれは「結婚する羽目になるのであらう」とみなすような〈承認〉を、高之はとうの昔に得ていたことになる。高之の父が死去したのは物語の現在より十七年前になるが、それが文七に起因することを高之は「大きくなるまで、知らなかつた」のだから、泰子との第一次の「お交際《つきあ》い」は、それ以前に果たされたわけだ。つまり、障害さえ除ければ、二人は「自然」に結婚するのであり、物語はこの障害との葛藤だけを集中的に描けば足りるのであって、純粋小説が持つべき本来の複雑さは相当に縮減されてしまったといえる。

　その代わりというべきか、金銭という「物質の動く法則」と、高之の細かな心理的相場変動との連係は密着しており、その「障害」となる心理が単純には元の「自然」の気持ちには従いえない状態が細かに描かれる。物語中に起こる第一回目の大きな事件は、文七が仕掛けた、大阪製紙による東京製紙買収である。この一連の騒動において、高之は上手に立ち回り、損害を免れるだけでなく、儲けを出す（十四万円[*92]）。高之は、そのとき相場が一時的に落着した状況下で、一回目の、泰子との結婚の決意をする――「あなたがその気でゐて下さるなら、僕も決心しませう」（三八四頁。ちなみに泰子は一方的に高之を愛するだけで心理的ブレを演ずる権利は与えられていないため、このような高飛車な物言いになる）。先述した「こんな商売は、やめますから」や、「同じ一生なら、貧乏しても、幸福な方が、気楽でいい」などの台詞は、この直後に添えられるのだが、皮肉なことに、結果論的には、高之は「貧乏」の危機にいるときには泰子との結婚を決意することがない。泰子の「泰」の意味が、物語内容に即して精神の安寧を表すのであれば、「高之」という名の字面に込められた意味が「貧乏」の真逆になっている逆説に注意すべきである（ついでに「忍」は両者の関係の脇に忍ぶの意だろう）。彼が「決心」を遂行できるのは、一時的にせよ、株式ゲームが中断している時、それも利益がプラスに振れた時だけで、なんら主体的なものではないのである（先の表に見える通り、表向きは「泰安」と「貧乏」は相互に依存しており、「裕福」とは相容れない二項図式がある以上、その矛盾の乗り越えが物語及び高之の無自覚な課題となっている）。

泰子とは結婚しないという決心を簡単に翻したことを春子に咎められて、高之が言い訳に答えるのは、「けれども後悔した後で、この事件は起つて来たんだから、何とも僕も、挨拶の仕様がないのだ」という、冗談にしても奇妙な時間的倒錯の論理であり、「仕様がない」という諦念的言い回しであった。春子がそれを聞き咎めて、「何の後悔も、してらつしやらないわ」と、高之を「エゴイスト」呼ばわりするのは極めて妥当な反応である。そもそも高之と泰子が結婚すれば、「両家」が一つの「家族」に再編されることによって、高之の店の番頭的役割を果たしていた尾上（春子）の家は切り捨てられる定め（「尾上さんのゐる以上、重住さんの店は、駄目」[*93]）なのだから、結末の春子による文七の殺害は半ば必然の結果である。

春子の存在とは何か。機能的には、冒頭で高之に清子を引き合わせることで、恋愛心理（迷い）の乱高下を生じせしめる原因であり、結末において除去される「障害」である。だが、もしさらに、その機能を割り当てられる根拠を問うのであれば、彼女は若くして夫と死別した女、つまり「離婚」したも同然の女でありながら、業界の最大権力者である文七の誘いに応じないからである。すなわち決して「再婚」しない女であり、懐疑主義を打破し、秩序を再建しようとする『家族会議』の世界を成立させるための供犠《スケープゴート》だからに他ならない。

ところで、高之と泰子は幼なじみであった事実によって、すでに物語の現在時以前に一次段階の「交際」を経て特別な仲となった経験を有していると述べたが、「現在時」の途中においても、擬似的な婚姻の成立を指摘することができる。高之が一回目に泰子との結婚を決意した後、高之、泰子、忍、そして意地を張ってついて来た清子が一緒に訪れた六甲から、高之と泰子の二人だけが無断で泰子の有馬の別荘に行ってしまうエピソードがそれである。直後に、京極練太郎（丁稚上がりの文七の片腕で、株式及び泰子をめぐる高之の競争相手）が二人を「有馬」に追うのだが、この時、高之と練太郎が互いの肉体を衝突させる殴り合いの喧嘩をする（争いの終盤では、練太郎が誤認して、止めに来た泰子さえも引っ摑んで暴力を振るおうとする）。両者の子供じみた粗野な振る舞い（「全く、この争ひは子供のやうになつた」）は、『上海』の執筆以降、横光が傾倒していた「大陸的」な態度を一部反映していると思われるのだが、*[94]「機械」（『改造』一九三〇年九月）に描かれた文字どおりの自動的《オートマテイック》な暴力場面とは違い、ここでの「児戯」は擬似「自然」状態への退行の儀式といえるだろう。「有馬」は、高之の日常生活における共同体から遠心的に離脱した地点であり、社会的日常とは異なる原理の働く場である。後学の社会的関係性によって生じた障害が除けられ、「自然」の形（＝昔）に戻ることは、高之と泰子にとっての「結婚」の成就と同義である。泰子は帰宅後、高之との今後の接触を文七に禁じられると、「まだ何のやましいこともしてゐない」（四三八頁）と思うのだが、それは要するに、したと思われても仕方ない状況にいたということである。この日を境に、人物間の関係性が編成し直され、連動して物語内容が更新される。

したがって、「有馬」のエピソードを全体の物語枠の内に据えられた擬似的なエンディングと考えるなら、次に伴われるのは再度の試練としての「別れ」のステップになるわけだが、それも擬似的な「別れ」あるいは比喩的な「離婚」である以上、修辞的用法の常として二重の形で生じることになる。ひとつの形は、物理的な障害を伴う「離婚」である。泰子が文七によって大阪の実家に幽閉されることになったとき、高之は、「泰子と自分を引き裂いた」のは直接的には「練太郎の仕業」と考える。練太郎は、生家の営みが「農家」のため、「丁稚上がり」であり、文七の「物質主義」を引き継いでいると同時に、何事も「ずばずば云う」ような大阪的「実行」の男である。高之と泰子の逢瀬を妨げる現実的な力がこのように介在したことによって、「結婚」は泰子が長く温めていた夢の領域にふたたび放擲される（泰子の手紙には、「東京へお邪魔にあがる楽しみは、今は夢でございます」と書かれる）。物理的な障害に抵抗する個人的な力のない泰子であるから、空間的な引き裂かれは彼女のほうに強く作用している。

そして、大阪‐東京間の象徴的価値の対立に基づいて類推されるもうひとつの「離婚」の形は心理的なものであり、それが生起するのはもっぱら東京人の高之の内においてである。高之と泰子が物理的に分け隔てられた後、文七の「第二の大きな計画」――「東京の兜町の取引所を全部根底から、ひつくり返さうといふもの」――によって、高之の店（＝家）は廃業に追い込まれてしまう。そのとき、高之の心が急速に泰子から離れていった理由は何だろうか。表向きは、相場での完全な敗北によって、彼は「全く生まれ変つたみたいになつて頭が妙な風」になり、「結婚だとか、希望だとか、金銭だとか、そんなことは、どうだつて、かまやしない」心的状態に還元されたからと一応は説明される。しかし、そのような状態にあるからこそ、忍が高之の家を救済するために、その店の主人となって高之と泰子の間に割って入ってくる事実は看過しようがない。高之が自立した判断と思い込んでいるのとは裏腹に、実際の彼の意志決定は、金銭の有無の問題からまるで自由ではない。文七の娘であることを理由に「泰子は、もういやだ」（五三一頁）と高之が思うのも、破産が決定した直後のことである。すでに泰子と別れる「決心は、定つてる」（五五九頁）裏では、忍がポケットマネーで高之の家を買い取ったことで、高之の商売と地位が救われることになったという生々しい現実が横たわっている。しかも、高之は忍との会話によって「心が清く」なるだけでなく「幸福な喜びを覚え」（五五八頁）ている。ここに「幸福」という鍵語が使われた意味は軽くない。ただ、その金銭の力を高之の「精神」は直視しようとしないから、常に彼の心は現象に対して倒立して見えるだけである。忍は、そのような高之の意志相場のルールを把握しているがゆえに、高之を泰子に引き合わせようとしたとき、返答に、「僕の店は、もうあなたのお店ですから、それを泰子さんに、云つて下さい」という言葉を貰って――おそらくは、そこに「僕は、もうあなたのものですから」という真意を聞いて――

「ぎくりと」するのである。

高之の精神のメカニズムの働きは、文七の死を経て、改めてふたたび泰子との結婚を決断するまでの最後のプロセスにおいても、その原則を違えることはない。文七の死後、いまだ頑なであった高之の心が再度反転した切っ掛けは、直接には泰子が突然高熱で倒れた事実であるかもしれない。しかし、最後に彼が選んだ泰子は、莫大な遺産を相続した泰子なのである。したがって、「いったい、何のために、逃げてゐたのであらう」と不意に思い返し、「つまり、俺は、仁礼文七といふ、英雄と闘はねば、肚の虫が納まらなかつただけなのだ」という、諦めにも、悟りにも似た高之の最後の自己認識は、ある意味で正しい。何度もいうが、高之は文七に一時的に勝利したとき（金がある時）は結婚を決意し、敗北したとき（金がない時）には翻意していた。その原則を「精神」の変換装置を通してしか受け止めなかった「彼の意気」が、泰子が倒れると同時に「消え失せてしまった」ことで、彼はそのことを知ったのである。京極練太郎さえも文七の死と同時に「どこかほつとした顔」を見せるほどの、統括的権威（命令《ディレクション》の権威）がもはや存在しないことの再認によって、高之は超克的視点を獲得した。そして、「一つ大手を振って泰子の財産をひっ摑もうと決心した」のだが、実は、二つの家の合一と相続の問題を考えれば、文七の生前に高之が為した結婚の「決心」と結果が異なるわけではない。そうであるからこそ、彼はそれを再決心する、つまり、知った上で為す事を知ったのである。

泰子が継いだ四千二百万円[*95]の財産は、結婚をしてしまえば「俺」のものであることに変わりがない事実、つまり、冷静に考えれば文七に勝とうが負けようが金銭の得は出ている事実の再認と肯定をもって、「誰がおづおづ使ふものか。誰が俺の使ひ方を知るものか」という台詞のような、大阪と東京ないしは物資と精神に分裂していた価値の一元化が生じた。言い換えれば、倫理的判断における分裂が価値判断へと落とし込まれることによって解消された。外面現象としての二元的概念が融合したり、二元のうちの一方の項目が失われて一元化するのではない。もとの二元性を保ったまま、「どちらでも同じ」（究極的には同じこと）という意識が起こるのは、いわば価値判断が一元化することであり、それによって罪意識から解放されるのである。

『家族会議』では、二元的分裂をある種の現状肯定によって無効化する、このような決意の結末が事前に暗示されている。文七がすでに殺害されていることを知らないまま、東京に高之を追って来た泰子が、「ちらりと高之の顔」を覗いたとき、「その瞬間、どうしたものか、高之の微笑が、自分の父そつくりに見える」（五八二頁）のだ。つまり、高之は結末において泰子という「妻」の対立項である「夫」になると同時に、相場を支配した泰子の「父」の役割をもはたすのであり、空位の超越的父性を肩代わりすることを運命付けられている。そのような答えの出し方は、やがて『旅愁』において明瞭に現れることになる一つの思想であった。

これ以前の純粋小説が理想とした恋愛ゲームの世界においては、目的達成が妨げられる限りにおいて、人は常に二者択一的状況から、一方を選択し、一方を排して、あるいはどちらも選択できずに、次なる二者択一的状況に直面し続け、選択という強要された行為へと永遠に駆動されなければならなかった。横光にしてみれば、一九三〇年代半ばの時代状況に対応する小説は、そのような〈場〉を体現した仕組みを備えているべきだったのである。『家族会議』で描かれた株式市場も、作中の〈世界〉が、値が〈上がるか／下がるか〉という相場の二者択一性に見事に規定されていた点では、そうした考えの集大成とみることもできる。だが同時に、その〈世界〉には極めてイデオロギカルで誇大な関係として「東京」対「大阪」の二者択一性も重ねられた。その対立的な緊張関係を最後に壊したのが、文七が仕掛けた「恐慌」だった。そのとき、ある意味で「二者択一」の呪縛は乗り越えられたともいえるのだが、それはあくまで主人公の外部からくる不可抗力である。結局は、「恐慌」後において高之は株式仲買店を再開したのであり、一方の大阪では京極練太郎が文七の商売を継いだことで、大阪と東京の二項対立を消去することは見送られたのである。

さらには『旅愁』ともなると、相場に準えられた微分的な二者択一の世界は描かれず、「イデオロギカルで誇大な関係」としての──それも東京と大阪どころか、日本と西洋にまで規模を拡大した──二者択一性に対する煩悶ばかりが、テクストの〈世界〉を覆うことになる。そして、このような肥大した想像上の対立を論理学用語を使って「排中律」の支配する世界と呼び、それを内在的あるいは意志的に断ち切る必要を、『旅愁』の矢代は奇妙なほどの切迫感を示して訴えるのである。見てきた経緯からすれば、良くも悪くも、これが純粋小説の定義にあらかじめプログラムされていた末路だったのかもしれない。

　コミュニティ（人間関係）の多声的な戯れを下方から密かに支えてきた「排中律」的な思考は、いつのまにか小説世界を覆う巨視的なイデオロギーの二項対立へと完全に姿を変じてしまった（戦後文学がその構造に反映せざるをえなくなった「冷戦」による〈世界〉の二分割とその解決の課題はここから始まったと見ることもできる）。しかも『旅愁』は、そのような巨視的なイデオロギーの分断を限定的な信念（日本主義とカトリック教）で象徴し、さらにその合体を、ほんらいは矢代と千鶴子の「結婚」という物語中の一出来事にしかすぎないはずの行為で置き換えることで、「近代の超克」という限りなく困難な問題の解決を図ろうとする。そして、その「超克」のために矢代が自身の日本主義を彩る特殊な力として持ち出すのが「古神道」という奇妙な宗義だった。[*96] いにしえの神道の形態が日本主義者に背理するはずはないが、さらには西洋の他宗教などもお構いなしに一切合財を認めてしまう無限定の洞（ほら）あるいは虚（うろ／うつろ）のような非実体的な信仰である。『旅愁』における最終形態としての矢代と千鶴子の「結婚」に、この「古神道」と同じ規模の物語的役割が与えられたことで、結末がどれほどうつろに膨張したものなのか考えるまでもないだろう。『旅愁』は一応は未完とされているが、その意味においては完結しているも同然である。もし終結部が書かれていても、それは書かれなかった現状と大差のない終わり方だったにちがいない。

　一つだけ確実に言えるのは、一九三〇年代半ばにおいて鋭く提示されていた「曖昧」であることとの横光の方法的倫理は、この時点で「近代の超克」を横光なりに支える思想のほら／うろのなかに完全に取り込まれ、効力を消失してしまったことである。それは、ある意味で最も古典的な「自然」主義への復帰の姿である。一九三五年の座談会「「純粋小説」を語る」の最後で、横光が純粋小説は東洋的「自然」を「思索の根源」とするべきことを帰結したとき、その成り行きは決していたのかもしれない。次章では戦後を代表する作家である大江健三郎が、「曖昧」と、あわせて「虚」の論理的な力を全くの別形態で解し、小説の思想的根拠や方法論として展開していった様を追っていく。

註

＊1　「ただ名称のみについて」『文芸時代』一九二五年七月初出、『定本横光利一全集』第十四巻、河出書房新社、一九八二年、八四頁。以下、横光利一の引用は同全集（全十六巻、河出書房新社、一九八一〜八九年）に拠り、巻号と頁数のみ付記する。

＊2　「私小説」と「心境小説」の差異に関しては当時から様々な使い分けの基準が示されてきたが、現代の科学哲学（心の哲学）による「自我」論の知見を援用するなら、それぞれ「物語的自我」と「現象的自我」の二極におよそ対応する一人称的観点の世界を描いていると言えるのではないか。「物語的自我」の立場において、人間は自分自身の過去の体験の記憶から未来に経験するだろう出来事まで通時的な流れの中に自己を定位し、自我の同一性を構成している（このような自己イメージは必然的に自己の行為に対して道徳的責任を負っている）。だが、自我は物語的な文脈への関心を常時維持しているわけではない。「現象的自我」は、その「非 - 物語的自我」の側面を説明するもので、基本的にはその時その時の経験に従って意識に生じる現象（の総体）にのみ根拠を置く自我である。ただし、一時に生起する視覚経験や聴覚経験といった複数の経験を共時的に統合した意識状態を「自我」とみなすことは、人生的経緯に根拠をおく自我の「私」性の説明を難しくする。独歩が「武蔵野」で用い、漱石が『坑夫』や『夢十夜』で印象づけ、志賀も好んだ「自分」という抽象度の高い人称は、この「現象的自我」を表す符牒とみなせるかもしれない（なお逆は真ならずである。一般性の高い「私」という人称の使用が「物語的自我」に限定されることはない）。「物語的自我」と「現象的自我」についての概説は、福田敦史「自我性を求めて――物語的自我・現象的自我・脳神経科学――」（信原幸弘・太田紘史編『シリーズ新・心の哲学Ⅱ　意識篇』勁草書房、二〇一四年、第五章）を参照。

＊3　「覚書一」（原題「覚書」）『文芸』一九三四年四月初出、第十三巻、一九三頁。

＊4　『シネマ1＊運動イメージ』財津理・齋藤範訳、法政大学出版局、二〇〇八年、一三七頁。

＊5　「新感覚論――感覚活動と感覚的作物に対する非難への逆説」（原題「感覚活動――感覚活動と感覚的作物に対する非難への逆説」）『文芸時代』一九二五年二月初出、第十三巻、七六頁。

＊6　安藤宏「「鱗雲」とその周辺――夢の自律するとき」（『早稲田文学』一九九六年一二月）は副題から分かるとおり、牧野文学における「夢」が現実から脱離する分岐点を「鱗雲」（『中央公論』一九二七年三月初出）としていて異論はないが、真に問題にすべきは、「夢」の種類が神経衰弱的なものとは根本的に変化したことである。

＊7　小林秀雄「アシルと亀の子」『文芸春秋』一九三〇年六月初出（『宇野浩二と牧野信一・夢と語り』日本文学研究資料新集25、有精堂出版、一九八八年所収、一一一頁）。
＊8　以上の時期の分類は、柳沢孝子『牧野信一　イデアの猟人』（小沢書店、一九九〇年）を参考にした（九頁）。
＊9　大森澄雄「牧野信一と小田原」（『解釈と鑑賞』一九七五年五月）を参照。
＊10　「形式物と実感物」『文芸春秋』一九二八年三月初出、第十三巻、九〇頁。
＊11　『西脇順三郎コレクション』第Ⅳ巻、慶應義塾大学出版会、二〇〇七年、九八〜九九頁。
＊12　「ESTHÉTIQUE FORAINE」『三田文学』一九二七年五月初出、同上書、四六頁。
＊13　「詩の消滅」『三田文学』一九二七年一月初出、同上書、三一頁。
＊14　「超自然主義」『三田文学』一九二八年二月初出、同上書、七〇頁。
＊15　「シュルレアリスム批判」初出未詳、同上書、一七〇頁。
＊16　「ESTHÉTIQUE FORAINE」同上書、五二頁。
＊17　同上書、五八頁。
＊18　「Satura の文学」初出未詳、同上書、一四九頁。
＊19　「超自然主義」『三田文学』同上書、八二頁。
＊20　「覚書一」（原題「覚書」）『文芸』一九三四年四月初出、第十三巻、一八六〜一八七頁。
＊21　「文芸雑感――漱石批評　評論家の文章」『読売新聞』一九三六年一月九、一〇日初出、第十四巻、一九九〜二〇〇頁。
＊22　通俗的興味に訴える手法が主とはいえ、早くから意識の多重性（単一人物における人格の複数化）を物語構造の問題として徹底追究していた作家に、一九三五年に集大成『ドグラ・マグラ』（松柏館書店）を出版する夢野久作がいる。久作の小説には「変態心理」の語が頻発するが、彼の創作アイデアに大きな影響を及ぼしたと推測される雑誌『変態心理』主宰の中村古峡は、「二重人格の少年」（一九一七年一〇〜一一月）や「二重人格の女」（一九一九年一〜三、五月）といった日本で最も早い多重人格（解離性同一性障害）の症例報告及び分析の連載記事を執筆しており、後者については、その後の継続研究の成果や考察を加えて単行本『二重人格の女』（大東出版社、一九三七年）を出版した。一九三〇年代半ばに、小説における「人格」の問題が浮上することについては後述するが、その分裂と統合を論じる上で、本来なら久作の研究は欠かせない。
＊23　「覚書」『文学界』一九三六年三月初出、第十四巻、二〇七頁。
＊24　『日本文学史序説 上』筑摩書房、一九七五年、七〜八頁。
＊25　「発声映画に就いて」『新潮』一九三〇年四月初出、『萩原朔太郎全集』第九巻、筑摩書房、一九七六年所収、三三二〜

三三三頁。
＊26　朔太郎の同エッセイの証言によれば、弁士の通訳付きトーキーは最初の二三ヵ月は物珍しさから十分な興行成績を上げたが、「この一月〔一九三〇年一月〕以来トーキーの映画は不入りを極め、興行的大不安に陥入つてゐるさうである」（三三二頁）。
＊27　野口米次郎「ステフエン、マラルメを論ず」『太陽』一九〇六年四月。この論は無声映画の「サイレンス」とは無関係であるが、同時期に愛でられた「沈黙」の美学の射程を捉えるのに有効である。
＊28　【座談】「山中貞雄氏に訊く」『キネマ週報』一九三四年三月二三日初出、『山中貞雄作品集〈全一巻〉』実業之日本社、一九九八年、八八四頁。
＊29　『トオキイ以後』日本映画論言説大系（第Ⅱ期：映画のモダニズム期）、十七、二〇〇四年、ゆまに書房、一九一～一九二頁。
＊30　ジョセフ・フォン・スタンバーグ監督、パラマウント映画製作、一九三〇年一二月米公開。
＊31　トーキー移行期における外国映画「字幕」の混沌とした使用状況については、北田理恵「トーキー時代の弁士――外国映画の日本語字幕あるいは「日本版」生成をめぐる考察」（『映画研究』第四号、二〇〇九年）が詳しい。
＊32　『婦人之友』一九三〇年六月初出、第十四巻、一四七～一四八頁。
＊33　マキノは生涯に職業名を複数回変えたことでリファレンスが困難なのが知られるが、本章が対象とする時期は「正博」を名乗っていたため、その表記に統一する（ただし註35の筆名は「雅弘」）。
＊34　紙屋牧子「「映音」についての記述」『日本映画史探訪：映画への思い』（田中純一郎記念第5回日本映画史フェスティバル実行委員会、二〇〇二年）所収、一五七頁。
＊35　『映画渡世・天の巻』平凡社、一九七七年、二五二～二五七頁。
＊36　紙屋、前掲論文、一六〇頁。
＊37　吉本隆明の提出したプロレタリア文学運動の「二段階転向論」は、その方法論的スタンスの連続性（「社会主義的リアリズム」→「国家主義的リアリズム」）を描いた論のひとつと言える。以下の概略になる――「前期は、いわば弾圧によって、運動史的な欠陥をつかれ、孤立し、後退し、転向していった過程であり、後期は、かつてプロレタリア文学最盛期に習いおぼえた腕っぷしと理論をつかって権力に迎合し、その文芸政策を合理化した積極転向の過程である。前期の転向は、小林多喜二の専制主義による虐殺に象徴されるように、弾圧がその主要原因であり、後期は、これを権力の弾圧にきすることができず、いわばプロレタリア文学運動自体がもっていた文学理論、実作、組織論、の欠陥が自己転回して再生産されていった過

程である」（『民主主義文学批判――二段階転向論』『荒地詩集1956』一九五六年四月一五日初出、『吉本隆明全著作集4』勁草書房、一九六九年所収）。

＊38 「誘惑する声／映画（館）の誘惑――戦前期日本映画における声の編成」『岩波講座近代日本の文化史6 拡大するモダニティ』（岩波書店、二〇〇二年）所収。

＊39 例えば、マキノ正博が（旧マキノプロダクションで）ディスク式トーキーの『戻橋』を一九二九年に撮影してから、三四年初めに、太田進一率いる映音でトーキーの技法の習得に本格的に取り組み、京都映音を発足して数多くのフィルムの録音を請け負うようになるまで五年以上の歳月が経っている。マキノは三五年秋にマキノトーキー製作所を設立してふたたび映画製作の道を邁進する（が、製作所自体はトーキー製作が大規模資本化する時代の趨勢に飲まれて三七年春に解散）。三三年末に日活を退社後、トーキーの技術面に注力していたマキノの「空白」の三四年における動向は、紙屋牧子「マキノ正博の1934年――トーキーと『泡立つ青春』」（『アート・リサーチ』二〇〇三年三月）を参照。

＊40 『寺田寅彦全集』第八巻、岩波書店、一九九七年、二〇五～二〇六頁。

＊41 田中眞澄編『小津安二郎全発言（1933～1945）』泰流社、一九八七年所収。

＊42 同上書、二七～二八頁。

＊43 飯島正『ヌーヴェル・ヴァーグの映画体系I』冬樹社、一九八〇年、一四三頁。

＊44 野崎歓「映画を信じた男――アンドレ・バザン論」（『言語文化』一九九五年一二月）を参照。

＊45 ハイデガーの議論をアナロジーとして借用するなら、映画はトーキーの衝撃を経て〈映画―内―存在〉のパラダイムを形成したのであり、その「本質的な諸構造は、開示態を中心としている」のである。

＊46 『映画渡世・天の巻』平凡社、一九七七年、二三七頁。

＊47 その源を特定することは本論の目的ではないが、参考までにあげると、田中純一郎『日本映画発達史II』（中央公論社、一九七五年）は、プロレタリア映画（「傾向映画」）の流行が失速した一九三一年一二月公開の内田吐夢監督『仇討選手』を、現代劇と時代劇の接近と評している。

＊48 『風俗小説論』河出書房、一九五〇年、五頁。

＊49 小竹昌夫「雁太郎街道」『映画評論』一九三五年一月初出、千葉伸夫監修『監督山中貞雄』実業之日本社、一九九八年所収、二六八頁。

＊50 『牧野信一全集』第五巻、筑摩書房、二〇〇二年、一四九頁。

＊51 同上書、一五七～一五八頁。

＊52 『市街』（原題：City Streets）はその名のとおり、最新のトーキー・システムを誇示する意図からか、冒頭から都市の中心部に特有の喧噪に満ちた雑音の交響が演出されていた（走行中トラックのタイヤのアップと路面を擦る音、次いでビール工場の稼働中のベルトコンベアと無数の瓶がぶつかりあう音の雨、その中で始まるギャングたちの会話、さらには、その「騒音」の中でギャングの一人は口笛さえ吹き、そのまま樽にビールが注がれる水泡の音色に切り替わっていく）。

＊53 逆に、前年の「鬼の門」（『中央公論』一九三二年八月初出）には音無（＝サイレンス）という名の「慾深男」と呼ばれる村の資本家が出てくるが、音の無／有で悪徳な権力者と陽気で純粋な庶民との位置関係を表している可能性を読むのは穿ちすぎだろうか。

＊54 『牧野信一全集』第五巻、筑摩書房、二〇〇二年、七六頁。

＊55 「ラガド大学参観記」（『文芸春秋』一九三〇年一月初出）には、音響を分離してストックする町のシステムが描かれていて、音響に関する科学的かつ寓話的興味が相当に強く展開している。また、一九三〇年七月初出の「出発」（原題：哄笑の森）は、谺が主要に描かれるという意味で一九三三年の「沼辺より」の原型となった印象がある。

＊56 『エイゼンシュテイン全集』第二部「映画――芸術と科学」第六巻「星のかなたに」、エイゼンシュテイン全集刊行委員会（田中ひろし）訳、キネマ旬報社、一九八〇年、七九頁。

＊57 同上書、九七頁。

＊58 エイゼンシュテイン『映画の弁証法』佐々木能理男訳、角川文庫、一九五三年所収、六二〜六三頁。

＊59 キネマ旬報社、一九八〇年、九四頁。

＊60 『改造』一九三四年九月初出、『三木清全集』第十一巻、岩波書店、一九六七年所収。

＊61 同上書、四二一頁。

＊62 原題「形式とメカニズムについて」『創作月刊』一九二九年三月初出、第十三巻、一一五頁。

＊63 「芸術派の真理主義について」『読売新聞』一九三〇年三月一六、一八、一九日初出、第十三巻、一四二頁。

＊64 「文学的実体について（原題「もう一度文学について」）」『読売新聞』一九二九年九月二七日初出、第十三巻、一三七頁。

＊65 「どんな風に発展するか」『文学時代』一九三〇年六月初出、第十四巻、一四九頁。

＊66 河出書房新社、一九八一年。

＊67 「宮沢賢治氏について」（『文芸』一九三四年四月初出、第十四巻、一七五頁）を参照。

＊68 金子、前掲書（第Ⅱ部）、一五八頁。

＊69 西田幾多郎「自覚について」『思想』一九四三年五、六月初出、『西田幾多郎全集』第十巻、岩波書店、一九五〇年、五一八

頁。

＊70　同上書、五五七頁。

＊71　「悪霊について」『文芸』一九三三年一二月初出、第十三巻、二一五頁。

＊72　エミール・バンヴェニスト『一般言語学の諸問題』岸本通夫監訳、みすず書房、一九八三年、二三四頁。

＊73　「私」は〈いま・ここ〉に居合わせない「彼／彼女」を観察したり心中を覗き見することはできないという常識に惑わされず、四人称は「どこへもくつつく」原理だけに忠実であれば、『紋章』における「移人称」的な語りの出現も問題なく許容されることになる。「移人称」は渡部直己が、ここ十年ほどの間に発表された一群の現代日本語小説に共通する奇妙な特徴として、頻繁に「語りの焦点が、一人称と三人称とのあいだを移動し往復する」ことを指した言葉である（『小説技術論』河出書房新社、二〇一五年、一六頁）。渡部は、その理論的な祖型として横光のいう「四人称」を取り上げ、その唯一の実践形態として『紋章』を分析して、「純粋小説」という志の中途半端さを批判している。だが本章は、ここまで論じてきたように、「四人称」の概念が「移人称小説」を派生する可能性を抱えているのは確かとしても、それを主目的としているとは捉えていない。もちろん現在、旧来の約束事を無視した視点移動を意識的に駆使した小説が一定の勢力を持っていること、またそれらの大方が「描写性」を減衰させ「話者性」を表立たせる傾向があることは重要な指摘である。後者の観点は、高見順「描写のうしろに寝てゐられない」（『新潮』一九三六年五月）に象徴されるような一九三〇年代の「語り」優位の状況との照応性も帰結するだろう。ただ、現在の「移人称小説」を、その観点からはどうしても未熟な「純粋小説」の実例に無理につなげる必要はないように思われる。それに以上のことは、そのような近年の現象を「人称」の異常として捉えた場合の話であるが、その内の何人かの小説家においては、「移人称」は表向きの現象にすぎず、描写にたいする意識の原理的なレベルで、もっと別の新しい事態が進行した結果の可能性もある。たとえば「語り手」というレイヤーが希薄になり、替わりに「書き手」の存在感がせり出してきた可能性である。この場合、現代小説に「話者性」優位の趨向を見ることはできなくなるが、「語り手」と「書き手」の区別からしてすでに本書を逸脱するテーマである。稿を改めることにしたい。

＊74　正確には一九三〇年一一月八日から『東京日日新聞』『大阪毎日新聞』にて連載開始。一九三一年中は中断。一九三二年五～一一月まで『文芸春秋』で連載再開。一九三二年一一月、同題にて中央公論社より単行本刊行。

＊75　一九三四年五月一八日の講演記録「仮説を作って物自体に当れ」（『東京帝国大学新聞』一九三四年五月二一日掲載）。当日の題は「旅行者」とつけられていた（全集第十五巻「編集ノート」、七一〇頁を参照）。ただし横光自身は五年後にこの題を「上海と知性」と記憶している様子である（一九三九年六月二一日東京帝国大学講演の速記原稿「転換期の文学」、第十五巻、六五二頁参照）。

＊76　念のため断っておくが、ここでいう「懐疑」は自省（自己の立場が一義的に同定されていることを疑うこと）に関わる態度であり、辞書的に言えば「複数の判断の可能性によって、断定を差し控えている心的状態」のことであって、たとえばパラノイア患者に極端な形で現れるような、他者の見えないところでの悪行――友人Aは私の居ないところで私の悪口を吹聴しているなど――を根拠なく断定する類いの疑いではない。後者において問題となるのは、その疑いの内容に対する反省的自覚がない点であり、前者の「懐疑」の意味とは正対する。

＊77　中村三春「『寝園』――テクストとしての恋愛」『解釈と鑑賞』二〇〇〇年六月。

＊78　直前の、たとえば「国民」を階級によって、また「文学」を「形式と内容」によって分裂に導いたプロレタリア文学やモダニズム文学の短編群が、恋愛心理のゲームを主題として描き得ただろうか。

＊79　「覚書」『文学界』一九三七年一〇月初出、第十三巻、四四九頁。

＊80　「新聞小説の可能性――横光利一「天使」から「家族会議」へ」『論樹』二〇〇六年一二月。

＊81　「新聞雑感」『文芸懇話会』一九三六年一月初出、第十四巻、一九六頁。

＊82　『風俗小説論』河出書房、一九五〇年、一八三頁。

＊83　同上書、一八四〜一八五頁。

＊84　「現代の青年」『婦人公論』一九三五年九月初出、第十四巻、一八六頁。

＊85　なお、『家族会議』における物理的な視界の「ぼんやり」は、軽井沢における「霧」の場面が相当する。これも、男女関係の出会いと、コミュニケーションの複雑化の手段として使われている。

＊86　しかし、位田将司「横光利一『微笑』という「視差《パララックス・ヴュー》」――「排中律」について」（『日本文学』二〇一二年二月）によると、「あからさまな二項対立の提示」は、「純粋小説」期に限定される嗜好ではないようである。とりあえず印象論ではあるが、本章では、それをプロットの構造に露骨に同化させる傾向に関しては同期間限定の特徴としておき、初期の方法意識との差異（の有無）については別の機会の考察に譲りたい。

＊87　前年のエッセイ「大阪と東京」（『大阪朝日新聞』一九三四年一二月四日初出）に、その頃流行の「不安」が、大阪では「物質の不安」となって現われると述べられ、その「物質の不安をなくするためには、根は実行力よりないのだから取引先より一歩先廻りをして実行すれば後は当然ついて動かねばならなくなる。〔中略〕とにかく、停ってはならぬのだ」（第十三巻、二八七頁）と書かれている。不断の「実行」のみが「大阪」の現実を作っているわけだが、この物資還元のトポスのイメージは「上海」に根を持つことは明らかである。

＊88　掛野（前掲論文）には、新聞小説連載の形式と偶然性の関係についての分析がある。

＊89　「作者の言葉――『家族会議』」『東京日日新聞』一九三五年七月二八日初出、第十四巻、一八五頁。

＊90　横光が描いた株式市場の騒動の事実性（元ネタ）と虚構性については、河田和子「『家族会議』――東京と大阪の株式戦とその背景」（『解釈と鑑賞』二〇〇〇年六月）を参照。

＊91　『九鬼周造全集』第二巻、岩波書店、一九八〇年、二三五頁。

＊92　試しに日本銀行が公表する企業物価指数（卸売物価指数）を用いて現在の貨幣価値に換算してみた場合、ちょうど一九三五年前後の総合指数が一、二〇〇五年の指数が六六五・〇なので、一億円弱である。

＊93　五四三頁。引用は練太郎による間接話法中の文七の言葉。

＊94　「大陸的」というアイデアが十五年戦争期に相応の流行をみたのは、横光自身による「島国的と大陸的」（『東京日日新聞』一九三八年五月一〇、一一、一二日初出、第十三巻所収）というエッセイの存在からもわかるが、その言葉に喚起されるイメージの中身はどのようなものだったのか。小津安二郎と上野耕三の対談「小津監督に物を聴く対談」（『映画之友』一九四二年一二月号初出、田中眞澄編『小津安二郎全発言（1933～1945）』泰流社、一九八七年所収、二三三頁）の次の発言を一例として挙げておく――**上野**〔中略〕『戸田家の兄妹』の主人公が最後の方で殴るところがありますね。私の聞いた範囲では大陸に一年やそこら行ったからとて、大陸風を吹かして殴るようないやなやつをそのまま出すということは、作家として怪しからぬじゃないかという意見が非常にあったのですね。そう言われてみると、大陸風を吹かして殴る、なるほど、きざかな？　という気も一寸したのですが、しかし、あれがあるので実は胸がスッとしたわけです。〔中略〕**小津**　やはり、大陸に一年行って来たから殴るというのでなしに、もともとあの男にはどこか一面に野生的なものを持たせたかったのです。――彼らが話題にしているのは、小津監督『戸田家の兄妹』（松竹製作、一九四一年三月公開）の主人公戸田昌二郎の性格描写に関してである。ただし佐分利信演じるところの昌二郎が拳を振るうシーンは、諸々の理由で現存していない。

＊95　註92と同じ計算をした場合、二百八十億円弱である。

＊96　「古神道」についての詳細は、河田和子『戦時下の文学と〈日本的なもの〉――横光利一と保田與重郎』（花書院、二〇〇九年）の第三章を参照されたい。

第五章　一九六三年の分脈――大江健三郎と川端康成

一　「曖昧」から「あいまい」への受け渡し

本章では、これまでの議論において「曖昧」に向けてきた照準を微調整して、その戦後的展開をみていきたい。とりわけ、文学史的観点からみて戦後最大の転回点と思われる――その主張自体を以下に証していくのが本書の目的の一つなわけだが――「六〇年前後」というモダニズムの崩壊期をめぐる考察が中心になる。もちろん、このテーマで取り上げるべき筆頭の作家は、ノーベル文学賞の受賞講演で「あいまい」の語を掲げて、本論考の指針もそこから借り受けることになったところの大江健三郎である。しかし、そこに大江の対照的作家として、もう一人のノーベル賞作家・川端康成の分析を交差させることで、転換期の文学状況の〈豊穣さ〉をよりいっそう浮き彫りにするのが本章の狙いである。

断るまでもないが、大江と川端を対照的にあつかう図式を提出したのは大江自身である。それも一九九四年の大江の受賞講演どころか川端の受賞（一九六八年）さえ待つまでもなく、「六〇年前後」からすでに明確に主張されていたことだ。そのとき、大江によって問題視されたのは川端のある種の反動性といってよいだろう。しかし、仮にこの時期にモダニズムの崩壊が始まり、代わってポスト・モダニズムが急速に発芽しつつあったという事後的・大局的な理解が正しいとするなら、大江が批判していた対象に、ポスト・モダニズムが原理的に抱えている

「反動性」——モダンの否定はプレ・モダンに似てしまう——が気づかぬうちに含まれていた可能性もあるのではないだろうか。つまり、「六〇年前後」に世界文学者たろうと国際ペンクラブ副会長（一九五八年就任）を務めながら国際的アピールをはじめた川端を、その種の「現代」的な冷戦後作家の先駆けとして読むことの誘惑が捨てきれないのである。

主義や価値観の合わせ鏡のような状況だけに孕まれる、あり得たであろう文学の複数の方向性を俯瞰できるのが転換期を〈読む〉魅力である。そして、その多様な可能性を了解するためには、象徴的な整理を施して議論の複雑さを縮減する作業が欠かせない。二人のノーベル賞作家という強力な二項対立を導入し、それを柱に〈時代〉を分析する方法に有効性を見出そうとする理由である。それだけではない。彼らが活躍した戦後の昭和は、政治上の冷戦構造による強大な二項対立が思想の隅々まで効力を発揮していた時代である。五五年以後の政治体制に即して登場する「新左翼」などは確かに、そうした二大陣営的な構図の乗り越えをはかる思想の傾向を指していた。だが、俯瞰的に整理してしまえば、弁証法的な「止揚《アウフヘーベン》」や戦前の「超克」論の復活というかたちに単純に収まってしまう場合も多く、ベースとしてのイデオロギー対立はかえってまがまがしく前提にされていたともいえるだろう。政治の季節と呼ばれた時代の文学が持つ独特の爆発力は、そのような枠組みを条件としてしか生じ得なかった。本論は歴史化したテクストをその歴史の枠組みに寄り添って論じるスタンスにより、ミイラ取りがミイラになる体の、象徴的二項図式が頻発する可能性をあらかじめ断っておきたい。

だが、何よりも先に、本章のテーマは戦後の「あいまい」である（なお、戦後文学に関しては、大江にならって平仮名の「あいまい」で表記する）。前章まで論じてきた戦前の「曖昧」と「六〇年前後」のそれとの間に大きな時間の懸隔がある以上、その概念の連続と不連続について最低限の説明を提示しておく必要があるだろう。

前章で扱ってきたのは、時期的には昭和初年代（一九二〇年代後半から三〇年代中頃まで）である。西脇順三郎の詩論を交えつつ、おもに横光の文学理論の形成のなかに「曖昧」の概念が取り込まれ、機能していったプロセスについて論じた。明治から大正時代にかけての文学関係の文章で比較的頻繁に使われていた「朦朧」や「曖昧」の語は感覚的・美的領域を指すことがほとんどで、横光もはじめその語用を引き継いでいたが、西脇と同様、すぐにそれらを悟性的・倫理的領域を指すものへと組み替えてしまった。特に一九三四〜五年にかけては、散文が描くべきものとして「論理と心理の一致を見出す言葉の曖昧さ」をあげ、しかも、「一つの心理には常に同時に二つ以上の心理がある」ことを前提としたうえで、さらに、その「心理」を「音声」と同一視していた。この場合、議論の仕方が抽象的であるから、基本的には一人の人物内の言語的に捉えきれない「心理」の様態を言っているように見えるが、一人物内の「曖昧さ」は、その時期の小説の実作や「純粋小説論」を考えるかぎり、小説に登場する複数の人物各々によって担われる別々の「心理」が集合・対立・共存する様態としても意識されている。つまり、純粋小説の全体像は、複数の人物たちの目まぐるしく変転する「心理」(=音声)が現実の行為を通してぶつかり合い、あるいは共働するような「曖昧」な場——「多声法《ポリフォニー》」の概念に近接した世界——として認識されていたといえる。

音楽の「多声法」は中世の時代に、ラテン語に密着した基礎的なキリスト教典礼聖歌がアルプスの北方へと波及する際に、その地が伝承してきた世俗的な旋律と言語(ゲルマン語族)を組み入れることで、旋律の複数化と異言語による分担(一種のパラフレーズ化)を抱え込みつつ形成されていったという。[*1] 同様に、横光の関心も、戦争の時代への突入と相俟って、小説世界における多言語の共存・共演の問題、そして各々の言語的母体である(と考えられていた)「民族」の多元性の問題を取り込んでいくことになった。だから横光のいう「心理」(=「音声」)表現の「曖昧さ」が一人物のミクロな問題に留まらず、複数の人物が個々に担っている「心理」の動線が互いに衝突し、共鳴し、尊重しあうマクロな社会的次元にも拡大しうるのは半ば必然的な話である。ただし、横光の小説の理論がそこまで共同体の問題に展開してしまった上で、なお「曖昧」という語に中心的意味を託すことの妥当性は別の問題である。「不安」の思潮の只中で「曖昧なもの」と化した「人間」の回復を唱える哲学的議論(三木清)までならともかく、多元的共同性の様態を指して「曖昧」という形容を当てることに、普通の語感からすれば多少の違和感を禁じえないだろう。そのため、戦後、大江によって多用される「あいまい」との間には系譜上の小さな断絶が生じる結果となった。

そもそも大江が活躍をした時代の文学者が好んで使用した「あいまい」の語は、おそらく直接的な由来の先をジャン＝ポール・サルトルの実存主義やアルベール・カミュの「不条理」の思想で使用されていたambiguïtéの翻訳としている。サルトルの実存主義は、「実存は本質に先立つ」という命題に代表されるように、人間性にかんして非本質主義の立場に立つものである。世界に現れ出た人間存在をあらかじめ意味づけ保証する根拠などは何もない。意識存在は先行して「無」を根拠とし、たえざる決断と反省によって事後的に世界における自己を所与として肯定しながら、その「意味」を作り出していくしかない。このように脱自的に「無」を核として形成されることで「可能性」を抱え、行為によって止むことなく自己を否定し更新していく実存は、生をつねに「演じている」に等しく、どうしたって一義的には確定されない。つまりは、「あいまい」な存在である。第四章で、一九三四年に流行した「シェストフ的不安」の内容が、「無」に立脚する人間存在の「不安」と「可能性」であることを説明したが、それを素地としてサルトルの実存主義および「あいまい」の概念が戦後日本の思想に抵抗なく受容されていったのが実情だとすれば、そこに戦前と戦後の連続性をみるのは当然のことに思える（そのことは、なぜambiguïtéの語が、「両義性」や「多義性」だけでなく、「あいまい」と訳されることが多かったのか、という疑問に対する一つの答えを示唆してもいる。本論でみてきたように、戦前の文学論の歴史において「曖昧」の語はそれだけ十分な市民権を得ていた）。とは言いながらも、その「シェストフ的不安」の影響を元にして横光が作り出した多元的・共生的志向の小説論や、そのなかで直接に使用されている「曖昧」の意味（心理と論理、ひいては〈思っている〉ことと〈行っている〉ことの不一致）と、サルトル的な「あいまい」の影響を元に「五五年体制」以降の文学が実現した小説の姿とのあいだに、外見上の差があるのは事実である。具体的なテクストの縦の繫がりだけを辿って、戦前戦後を連続する「曖昧」の変遷を詳細に記述するのは本書では手に負えない課題というしかない。とりあえずは戦後の「あいまい」が着地した結果の確認を目指すことから始めることにしたい。

戦後、大江以前に小説中での「あいまい」の使用を好んだ作家としては、先輩格にあたる武田泰淳があげられるが、その代表作「ひかりごけ」(『新潮』一九五四年三月)などは、構成からしてその概念の戦後的特徴をよく体現している。北海道の羅臼《らうす》で起きた食人事件を客観的・紀行文的にレポートする部分(=現実)を前半に置き、一転、その食人が行われた時の当人たちのやりとりを「想像」し、「読む戯曲」――小説と演劇との間――というあいまいな形式(=虚構)で描いた部分を後半に置き、両者を重ね合わせて衝突を引き起こす方法が採られている(さらに後半の戯曲の部分が「第一幕」と「第二幕」に分けられている関係も、同じ枠組みの入れ子になっている)。前半部の終わりぎわには、「私」が現場の調査を終えて帰宅するバスの中から見た風景として、唐突に次のような描写が現れる。

バスが標津に近づくころ、東方海上のあくまで青い天空には、国後島によく似た形の白雲が見うけられました。底辺が水平線のように一直線で、上方には、国後島の山々の起伏そっくりの凹凸《おうとつ》がある、まるで長々とのびた島の形を白紙に剪《き》りとったような、雲でありました。遠望したところ、海上の島影と、空中の白雲は、大きさまでが一致していました。

この直後に、調査結果を一体「どのような形式の小説」にまとめたらよいのか、「私」が思案する文章が続くのだから、描写の意図は明白である。現実としての黒く陰った島影と、あたかも白紙に切り抜いたような白い雲が並行して対比されているのは、この小説を書くにあたっての「方針」をメタフィクショナルに宣言するために他ならない(このような風景と内面との隠喩的呼応をナイーヴに描写してしまうところに泰淳の「現代作家」としての大きな欠点を見ることはできるが、いまはその是非は問わない)。[*2]

肝心な点は、極限状態におかれた人間が「人間性」の境界で食人を行う、というあきらかに実存主義的な「不条理」の問題意識からきた「あいまい」を、それが実際に起きた事実のレポートであるという「現実」の側面と、証言者不在の内容を想像によって描くという「虚構」の側面とを対立させることで、小説という形式のもつ寓意性の力に翻訳して表現しているところである。つまり、先ほど述べた「無」を根拠とする実存の根源的な「あいまい」さのうち、その実存が抱える「無」の側面を文学の「虚構」の要素として、また他方で、同じ実存が抱えるすべてに先立つ存在の事実性の側面――この定立がなければ実存は世界に働きかけることができない――を文学の「現実」の要素として腑分けし、寓意的にテクストの構造のレベルに変換して表現している。実体の「あいまい」な白い雲と完全に同形の黒い島影とが対比される描写は、物語的には何の意味もないがゆえに、この小説の方法意識についてのシンプルな説明図とみるべきだろう。

もちろん戦前にすでに「虚構」と「現実」の要素をテクストの構造として鋭く対立させてみせる試みはあったどころか、一九三〇年代はその趣向が広範に浸透した最初の山場であった。前章で検討したことだが、一九三四年の「文芸復興」期に巻き起こり、横光の「四人称」の種ともなった「自意識」の問題圏も、広い意味での文学的虚構の可能性を卑俗な現実と対比しながら擁護する思想のヴァリエーションだったといえる。すでに西脇が述べていたように、「自意識」とは「意識」の現実性のメタレベルに確保されるべき「超現実」の領域だからである。これみよがしに『虚構の彷徨』三部作というメタフィクションを出版した太宰治の活躍もその典型といえるだろう[*3]。もちろん、文芸思想における「虚構」の超越性の重要視は古典にも遡れそうな普遍的テーマであって、ことさら歴史の小さな区分に押し込めるべき話ではない。しかし、マルクス主義によるまったく新しい形の科学的思想がもたらした衝撃力が、一九二〇年代から文学の政治的役割あるいはその逆を問題提起する「政治と文学」論争を浸潤させ、そのテーマ性を文壇を覆うほどに増幅させることになった意味は小さくない。

「政治と文学」の対立は、その初期形においては、「政治」がマルクス主義や前衛党を意味するのは当然として、「文学」は既成文壇の主流とみなされた自然主義（私小説）的傾向によって代表されていた。つまり、「政治」は当時最新の理論的な「思想」を体現したのに対して、「文学」は身辺事象や社会的現実に執着する、良く言って実証的な、悪く言って反動的な姿勢を意味していた。ところが、一方で有島武郎「宣言一つ」（『改造』一九二二年一月）が浮き彫りにしてみせた「思想と実生活」あるいは「芸術と実生活」の問題意識は早くからあって、この場合、「思想」や「芸術」の側に立つのは当然ながら「文学」であり、また、「実生活」はブルジョワ的境遇で書かれた文学によっては届きえない「政治」的な現実を指していた。したがって一口に「文学」派といらだけでは、その超現実的な虚構性の力を信じているのか、あるいは生活の実感や抒情を重んじているのか、また逆に「政治」派というだけでは、「前衛」的な革命思想に奉じているのか、労働者階級の困難な生活に降り立つ態度なのか、判断できないことがまま生じることになった。たとえば「文学」の下位に分類されるジャンル同士の関係の場合、「詩」と「散文」の対立であれば、西脇順三郎のように「詩」の超現実性に価値を置くにしても、広津和郎のように「散文」の社会性を重要視するにしても、「詩」は「思想」派、「散文」は「実生活」派とみなすのが普通と思われるし、また「新興芸術派（モダニズム文学）」と「プロレタリア文学」の関係においても、前者を「文学」主義的傾向の強いもの、後者を「政治」的存在として対立して考えるのが自然である。しかし、後者の組み合わせに三つ目のグループである「自然主義文学（私小説）」の項をくわえた場合、本来は水と油の関係にある「新興芸術派」と「自然主義文学」は共に「文学」派として括らざるをえず、また、同じように「プロレタリア文学」と「自然主義文学」も共に「実生活」派として括らざるをえない。「政治と文学」のような大ざっぱな二項のカテゴリー対立は、歴史的な状況の変化を越えて長めに運用されると、特にその下位に多くのサブカテゴリーの対立軸を抱えている場合に意味のねじれを抱えやすい。そうした事情もおそらく関わって、特に佐野・鍋山転向声明（一九三三年六月）後の「文芸復興」期、多くの作家たちに態度決定を迫り続けた「政治と文学」論争の構図の一角からコミュニズム的な「政治」が脱落するという状況が現出したとき、彼らは政治思想の先導性を捨てて大衆的生活の実感へ帰着することで、転向してなお「政治」的立場であることの良心を保つことができた。他方で、それ以前は現状（＝日常生活）の打破の情熱を「政治」の革新性（非合法性）に見出していたロマンチックな若年者たちは、消費社会の隆盛とともに力を強めた大衆文学や「復興」した既成文壇（旧私小説作家）に対抗する新勢力として、政治的挫折の後も情熱を「芸術」や「思想」に注ぎ込むことができた。実生活や大衆的欲望を直に反映する文学を「現実」の側に押し込めて、代わりに「虚構」（演技）の可能性を信奉する太宰のような文学者が一時的に勢力を持つことになったのである（だが当然ながら、戦中には「虚」の勢いは押し留められる状況となる）。

そして戦後の生活状況が急速に改善しつつあった一九五〇年代にサルトルの実存主義が広まったとき、文学の「虚構」性の意義がふたたび強く打ち出される情勢となっていた。戦後において文学主義を特に支持する動きは、復活した旧左翼的な「政治」の力が相対的に弱まり、日常性の牢獄が盛んに嘆かれはじめる五五年体制の開始時期（「太陽族」の登場）から勢いを増していったのである（より本格化した第二波は、ちょうど一九三三年の「文芸復興」期のように、「六〇年前後」の大規模な学生運動・社会闘争が無力化した直後であり、数々の実験的な〈表現〉が花咲いた直後の虚血現象が起こった時期にあたる一九六三年頃になる）。退屈な生活に捕らわれた「現実」の超越を「虚構」的世界に託すという戦後評論のあちこちに頻出する凡庸な構図が、ここに確立する。それは裏返せば、敗戦後の価値喪失による虚無感をあえて積極的に活用するという捻れた考え方にも重なる図式である。そこにちょうどサルトル哲学の提示していた「可能存在」と「現実存在」、あるいは「対自」と「即自」――「それがあらぬところのものであり、それがあるところのものであらぬような存在」（＝意識存在）と「それがあるところのものであり、それがあらぬところのものであらぬような存在」（＝事物存在）――の矛盾的対立が文学者たちの思考の型と合流し、互いに増幅し合いながら諸表現領域に広範に浸透していった。つまり、一九五〇年代に活躍をはじめる新世代の文学者たちの恣意的で粗い理解をとおして「実存」の図式的還元を招いたことが、サルトル哲学がジャンルを越境して過去に例のないほどの影響力をもった理由の一つだったのかもしれない。戦後数十年間は、サイレント映画期における活弁士のように、文学者が哲学や思想を「大衆」に媒介する解説者として大いに存在感を持っていた時代だったのである。結果、安部公房を筆頭にして泰淳の「ひかりごけ」にも見られるような、小説における大胆な「実存」の寓意的転用・応用が戦後に進んだことで、同じ存在論哲学をベースとしながらも、一九三〇年代半ばの太宰流のメタフィクションや横光の純粋小説などの実現形態とはだいぶ異なる小説が登場してきたのである。周囲を見渡してみれば、埴谷雄高『虚空』（現代思潮社、一九六〇年）や中井英夫の反推理小説に付けられた『虚無への供物』（講談社、一九六四年）という題も、蛇足を言えば松本清張の『ゼロの焦点』（光文社、一九五九年、初期連載時の原題は「虚線」）といったタイトリングのセンスをとってみても、「虚」や「無」にアイロニカルな可能性をみること、あるいはその克服という文学的な課題が昭和文学史を一貫して性格づけてきたことがわかるだろう。

そして、この種の戦後特有の文学的立場を正しく実践した作家として、大江健三郎がいるわけだ。大江が、「空の怪物アグイー」（『新潮』一九六四年一月、以下「アグイー」と略記）と、書き下ろし長編『個人的な体験』（新潮社、一九六四年八月）の二つのテクストを正反（あるいは、障害を持って生まれた子供を殺した場合と、生かした場合の「虚」と「実」）の関係に組み合わせて提出した時、おそらく「あいまい」のコンセプトは最も鮮鋭に実現をみた。泰淳が一つのテクストで行ったことを、大江は二つのテクストに分離し、さらにそれぞれのテクストにおいて虚実の対決の構図を入れ子的に組み上げたのである。しかしながら、むろん本章の狙いはこれを結論とすることではない。注意深く同時代の文学の動向に目を凝らしてみるとわかるのだが、この「あいまい」を重んじる戦後文学の圏域は、まったくの同時期に、その内部に崩壊の傷を広げ始めていた。そのことを最も効果的に浮き彫りにするための対照的な存在として、大江と同じように、「眠れる美女」（『新潮』一九六〇年一月〜六一年一一月）と「片腕」（『新潮』一九六三年八月〜六四年一月）という二つのテクストの重ね合わせを構築してみせたノーベル文学賞の先達、川端康成を置いてみたいのである。最終的には、「眠れる美女」でさえも時代の価値観として請け負った虚実の戯れという問題意識を、いわば無効化する方向を示したテクストとして「片腕」を読むことになるだろう。消費文化社会と半ば親和していく特徴から、良くも悪くも「新自由主義」の時代意識を織り込んだ平成文学の系譜の起源として。言うまでもないが、この二大作家の対決の構図は、（越権行為ともいうべき）恣意的選択によって現象させるもので、実体ある歴史の相貌ではない。あくまで、「一九六三年」という転換期の兆候が集中して現れた〈時代〉の象徴力を利用することによって、一九世紀末から始まり、一九二〇年代末に段階的変革を経て、六〇年頃に一サイクルを終えたかにみえる「曖昧」の系譜学に、ここで区切りをつけようというのが本章の見通しである。だが、まずは、大江の「アグイー」から論じなくてはならない。

二　サルトルの「想像力」

とはいえ「アグイー」の内容分析に進む前に、まだ必要な準備作業が残っている。「アグイー」が「現実」との対立において描き出す「虚構」に預けられた意味を突き詰めて考察するうえで、大江自身が好んで用いた「想像力」という概念の哲学的説明に踏み込むことが避けられない。先ほど戦後における文学的「虚構」の重要視がサルトル哲学の図式的理解を広範に促した可能性を述べたが、そのような合流の具体的な論理を、サルトルが最初に売り出した「想像力」についての議論をとおして確認することができる。

サルトルは、処女小説である『嘔吐』（一九三八年）の出版を間に挟みつつ、『想像力（*L'imagination*）』（一九三六年）と『想像力の問題（*L'imaginaire*）』（一九四〇年）の二著書によって、文字通り「想像力」について哲学的な思索を繰り出した。前者は哲学史的な背景の考察に多くを割き、後者はより息の長い原理的な考察を展開している。一九四三年に続いて出版される大著『存在と無』のなかにも、それらの成果が多大に入り込んでいるのは疑うべくもないわけだが、哲学の議論のいたずらな膨張も避けられるに越したことはない。「想像力」の概念のみを援用する本章の目的に照らして、もっぱら前二書の参照に留めて差し支えないだろう（ここでは、日本における知名度からいっても、考察の深度からいっても、『想像力の問題』を『想像力』よりも重視する）。

サルトルが「想像」についての思索で徹底して行ったこと、それは誤解を恐れず単純化してしまえば、「想像」という領域を自律的なものとして扱い、「現実」の大地との癒着からはがす作業である。「現実」と対峙し、それを受容する心理のプロセスは「知覚（perception）」である一方、「想像力（imagination）」の働く心的領域は、その働きからは切り離されている。つまり、現実的対象物を感覚するのが「知覚的意識」であるが、「想像力」によって心に生じる「像《イマージュ》」はそうではなく、「意識がもつ、その対象物を思念する（狙う）ある仕方」[*4]のことである。そして、この「仕方」という言い方からわかるように、像《イマージュ》はそれ自体が実体のない「意識」であるがゆえに、好みの形をとりうる可塑性と可能性を特徴としている。両者の間には、たとえば三次元の世界に属するものと四次元のそれとが交わることができないのと同じように、明らかな差がある。結果として、「知覚は私をあざむくかも知れぬが、像《イマージュ》は私をあざむくことはない」[*5]。なぜなら「知覚」は事物が孕む無尽蔵の細部と予見できない変化（時間性）によって絶えず修正を迫られ続けるほかないが、想像された像《イマージュ》の存在には「私」が知っていること以上の情報を一切付加することができないからだ。言い換えれば、「不在」あるいは「非在」を思念する作用そのものが「想像力」である。現実的対象物に「質量感《マッシヴテ》」があると認めるなら、反対に像《イマージュ》の性格は「本質的貧困性」[*6]と、そして「曖昧」さによって説明されることになる（「曖昧」という語に違和感があるなら、「多義的」と考えるのがよい）。「私をあざむくこと」がなく、かつ「曖昧」というのは分かりにくい話かもしれないが、この議論の重要な押さえどころである。想像を支える思念の働きは一義的な同定が不可能である以上、その内容は常に「多義」だが、いかなるぶれにも意外の念を覚えようがない点で安全な境域だということである。それは「現実」を否定することによってのみ逆説的に「現実」と関係を持つことのできる否定的存在であり、そのため、必ず「或る種の空無《ネアン》を内包している」[*7]存在である。

　サルトルが出している例では、心的像《イマージュ》ではなく、物質的対象物としての外部的像《イマージュ》に対する意識を考えたとき、この違いはより明瞭に見えてくる。なお、心的像《イマージュ》については断るまでもないと思われるが、外部的像《イマージュ》とはそれを物理的な表現に外在化したもの、つまりは肖像画、彫像、映像などのことである。いずれの像《イマージュ》も像《イマージュ》の語で表せるわけだが、一般には心的像《イマージュ》のことを指すことが多いだろう。しかし外部的像《イマージュ》の方は、媒体を介して二次的に現実空間に存在しているものであるから、人が「知覚」と「想像」の二つの異なる意識的態度を使い分けていることを説明するのに便利である。

　仮にAという人物の肖像画や写真を前にしたとき、現にいまここに存在している絵や写真の素材的要素を志向する場合には、絵や写真といった枠組みの認識が外されることなく知覚的対象として現前している。しかし、人物Aを「想像的意識態度」によって思念するときには、媒体としての素材性は一切意識の俎上から消え失せて、Aという人間存在の像のみを生々しく意識の内に宿す。つまり、絵画や写真をとおしてAを想像しているとき、絵画や写真にたいする知覚は停止している。逆に、現在時空の内に物理的に位置づけられる絵画や写真の客体を観察しているときは、Aそれ自身の存在性は脳裏から抹消される。ようするに、外部的像《イマージュ》を前にして意識は常に二つの分離した世界――心的像《イマージュ》と知覚的対象――に向き合っており、しかも両者は「お互に排斥し合う」[＊8]。もちろん議論の流れからいって、サルトルが重視したのは、意識における「自由」の問題に最終的に結びつくことになる心的像《イマージュ》、すなわち「不在の対象物（objet-absent）」の方である。が、それはあくまで、「不在」と「素材」、あるいは「想像」と「現実」の間を互いに否定的に結び付ける緊張関係あってのものだということを忘れてはならない。意識の「自由」を保証するのは、逆説的にも、現実的世界の束縛なのである。

> 私たちは、現実界の全体とは、それが意識によってその意識のための総合的状況《シチュアシオン》として把握されるかぎり、それはこの世界そのものであることを知つている。それ故ある意識が想像力をはたらかし得るための条件は以下のように二重となる。すなわち、意識は世界をその綜合的全体性のうちに措定出来ると同時に、意識は想像の対象物をこの綜合的総体の力の及ばぬものとして措定し得ることが必要であり、すなわち世界を像《イマージュ》に対して空無《ネアン》として措定出来ることが必要である。
>
> 〔中略〕
>
> 一言にしていえば、意識は自由でなければならぬのだ。かくて非現実的定立作用は私たちに否定作用の可能性をそれが成立するための条件として示すものであるが、ところでこの否定作用とは、全体としての世界の《空無化《ネアンティザシオン》》を通じてのみ可能であり、そしてこの空無化《ネアンティザシオン》は意識の自由そのものの裏面であるものとして私たちの意識にあらわれたのである。しかしこの場合二、三の点に注意することが是非とも必要である。何よ

りもまず、世界を綜合的全体として措定する作用と、世界に対して《一歩後退した態度をとる》作用とは、同一不二のものであることを考慮に容れなければならない。[*9]

長く引用したが、サルトルが「想像力」の行使を「空無化《ネアンティザシオン》」による「否定作用」と同義とみていることが明快に示されている。想像された像《イマージュ》的対象物は、多様な可塑性と可能性を抱えるために、実体なき「空無」を存在の要件としている。裏返していえば、それは「空無」であるがゆえに「自由」を与えられている。「世界を綜合的全体として措定する作用」とは、単純にいえば、「知覚」が担当する意識の働きである。しかし現実に従属している働きにすぎないので、「心理学的決定論」による枷《かせ》の外で何かを生み出す可能性を持たない。「世界に対して《一歩後退した態度をとる》作用」とは、その枷を超越することであることで、現実を空無化することで、現実の束縛を離れた「自由」を得るのだ。しかし繰り返すが、何よりも重要なのは、この両方の意識は、理論上分けて考えてはいても、互いの働きを条件とする「同一不二」なものであることである。サルトルは、これを「現実界の空無化はつねに現実界が世界として構成される作用のうちにふくまれている」とも言い表して、意識の二面性が表裏一体であることを条件とせずには意識の活動はないことを強調している。知覚が現実の世界をトレースするたびに、その現実を空無化する想像作用が起動し、逆に何かを想像するたびに、その想像の土俵としての現実が構成されるという、振り子の運動が人間固有の意識なのである。次節で分析する大江の「アグイー」に採用された想像力の問題を扱うためには、素通りしにくい論点の一つである。

なお本書で言及した哲学者の内で、このサルトルの「想像力」に対比するに適した人物は西田幾多郎だろう。第三章でも記したことだが、明治末に『善の研究』を出版した西田は、そのなかで「純粋経験」という、全ての通俗的経験を基礎づける根底的かつ物心一元論的な概念を提出した。「物心一元論」という言い方でもわかるように、西田の初期はベルクソンの哲学に似ている部分を多々見つけることができるが、『想像力』においてサルトルが主な攻撃対象としたのがベルクソンであったから、やはり「純粋経験」や「知的直観」などの西田の哲学概念はサルトルの「想像力」とは正対するものである。西田の場合、サルトルであれば峻別していた「知覚」と「思惟」の双方とも、また、後者の「思惟」という意識作用によって作り出される「心像」も、すべて「純粋経験」に一元的に還元されうるのだ。西田は、そのことを解説する際に、了解しやすい例として「夢」の経験を出している。人は睡眠中に夢を見るとき、その内容を心的に蓄積された情報を合成することによって作り出すが、夢を見ている当人の意識からすれば、心外から来る経験とそれとを区別する術はない。像《イマージュ》のような「表象的経験であつても、其統一が必然で自ら結合する時には我々は之を純粋の経験と見なければならぬ、例へば夢に於てのやうに外より統一を破る者がない時には、全く知覚的経験と混同せられるのである」*10というわけだ。「知覚」は客体を直接に受容する機能であるから、もともと「純粋経験」に近くみえるのは当然である。しかし、それを「思惟」や付随して生じる像《イマージュ》といった非現実的世界における意識活動（主観）と比べても、両者の間に決定的な境界線を引く判断はできないというのが「純粋経験」という概念の教えるところである。それを証する最適の経験が「夢」なのである。

しかしながら、西田の主客同一論は、「ぼんやり」した世界を重んじ、それを「水」が湧出してくる隠喩を用いて表現することの多かった明治末から大正期までの小説を論じる時には有効だった反面、サルトル（の時代）は、この種の「混同」を徹底的に拒絶した。たしかに睡眠下の夢は像《イマージュ》と知覚を一致させてみせるが、それは妄想性障害のような精神疾患にも起こる現象が、睡眠の一時期にあっては通常の精神にも現れるという特殊な事例を示しているにすぎず、一般化するべき話ではない。前章の最初の議論（西脇の「超現実主義」と横光の「新感覚」論）を思い出さずにはいられないことだが、サルトルにとって、想像力は悟性と「連続的に結びついている」*11。そして、「像《イマージュ》とは、思念の無生気な支柱であるかわりに、それ自体がある形式をもった思念そのものである」*12。それゆえ像《イマージュ》は「減弱」したもの、明晰さを失ったもの、あるいは「あいまいな」ものとはいえ、あくまで「思念」の一形態である。反対に、知覚は感性的領域に属している。本書で分析した明治後半の文芸評論で使用された「曖昧」は「朦朧」の意味に近似していたが、それらのほとんどが知覚的な「曖昧」を指していた。肯定するにせよ、否定するにせよ、彼らが考えていたのは感性的領域における「曖昧」であり、意識朦朧の「朦朧」だったのである。サルトルにとって受け入れがたいのは、もし、そのような条件に従って像《イマージュ》が感性的存在であるなら、それは「事物《もの》」として因果と連想の法則に従属してしまい、想像力の「自由」や「可能存在」としての像《イマージュ》の根拠が奪われてしまうことである。それを避けるためにも、サルトルは像《イマージュ》をヒュームの《印象》論が導く「不透明」な感覚的存在とみなすことを退ける必要があった。代わりに、それは思念の透明性を保持している「空無」な「心的実在」でなくてはならない。だからこそ、本書では大正期に散見された潜在意識としての夢と「水」のイメージを同一視する傾向と対比して、「空《そら》」に想像された夢を描く文学を昭和年代の産物として括りだしたのである。事実、あたかも戦争のスタイルが制空権の争いへとシフトしていった昭和年代の趨勢にならうかのように、牧野信一も、堀辰雄も、戦後の三島由紀夫も、そして次節で分析する大江健三郎も、方法としての「空」への志向を描いていったのである。

三　「空の怪物アグイー」論——空の夢、あるいは映画の空

「空の怪物アグイー」は、次のような事実の提示によって始まっている。

ぼくは自分の部屋に独りでいるとき、海賊のように黒い布で右眼にマスクをかけている。それは、ぼくの右側の眼が、外観はともかく実はほとんど見えないからだ。といって、まったく見えないのではない。したがって、ふたつの眼でこの世界を見ようとすると、明るく輝いて、くっきりしたひとつの世界に、もうひとつの、ほの暗く翳って、あいまいな世界が、ぴったりかさなってあらわれるのである。そのために、ぼくは完全舗装の道をあるいているうちに不安定と危険の感覚におびやかされて、ドブを出たドブ鼠のように立ちすくんでしまうことがあるし、快活な友人の顔に不幸と疲労のかげりを見出して、たちまちスムーズな日常

茶飯の会話を、困難な渋滞感につきまとわれた吃りの毒で、台なしにしてしまうことがある。しかし、やがてぼくはこれに慣れるだろう。〔傍点引用者〕

奇妙な書き出しである。というのも、「ぼく」が語る物語内容のほとんどは、「ぼく」が語りの現在からみて「十年前」にあたる異常な経験――アグイーという空の怪物を見てしまうようになった音楽家Dの「外出の附添い」役に雇用されて、クリスマス・イヴにDが死ぬまで行動を共にした体験――にまつわるからだ。その内容と、「この春」に「ぼく」が右眼を傷つけ、現在、その視力がほとんど失われている事実とは基本的に関係がないはずである。しかし、結末に明かされるように、「子供らの一群」から「不意になんの理由もなく」投げられた「石礫《いしつぶて》」によって片方の眼をつぶされたとき、「ぼく」は忘却していたその「十年前」の体験を忽然と思い出した。「十八歳」の当時、まだ「《時間》の意味をごく子供らしいやり方でしか」捉えていなかった「ぼく」は、「十年」の歳月を経て、当時の音楽家Dと同じ歳（二十八歳）になった今、片眼の視力を半ば失うことによって、Dと同じような「やり方」で世界を見るようになっていた「成長」に気がつく。十年前には全く信じることのできなかった「あいまいな世界」（とそこに住まうアグイー）の存在を、十年後の「ぼく」は〈受け入れざるをえないもの〉として認めたのである。

以来、「ぼく」の世界を認識する仕方は、「快活」の背後に「不幸と疲労のかげり」を見、「スムーズな日常茶飯」の裏に「困難な渋滞感」を見出す。現実生活のパースペクティヴに「ぴったりかさなってあらわれる」もう一つの世界、すなわち「あいまいな世界」である。ここに前節で論じたサルトルによる「想像力」論の、ほとんど直にちかい借用があるのは明らかだろう。ただ断っておかねばならないのは、「かげり」や「渋滞感」という濁ったイメージは、その文脈では本来、「想像」と比べられた上で「現実」の方において発見されるべき形容だった。つまり、サルトルのいう「嘔吐」の対象たるべきものは「想像」を介して「現実」の上に再発見されるのであって、「想像」の世界そのものに「かげり」はそぐわなく思われるのだが、所詮はアイデアの参照先にすぎない哲学との整合性を文学であげつらっても無益である。[*13] いずれにしても、やがて「ぼく」は、この〈視差《パララックス》〉を抱えたままに生きる二重生活に「慣れる」だろう。逆にいえば、十年前の「ぼく」は「あいまいな世界」を認知する特殊な視力を欠いていたため、一度たりとてアグィーの存在を信じることができなかった。小説の末尾近く、サイクリングの最中に見舞われた危機を通して「ぼく」の気持ちがDの信念に最も近づいたように見えたときでさえ、「プラグマティックな十八歳のおれらしくもなく！」という自制の内言がそれをたちまち妨げている。人間の意識が現実と非現実（想像）の二重性に生きることを余儀なくされている以上、「非現実の対象物にはたらきかけるためには、私自身が身を二つにして、自分の身を非現実化する必要がある」[*14] とサルトルが述べているように、まず自身を空無化した存在としなくては、想像という「あいまいな世界」へアクセスすることはできない。Dはそれを実践していたからアグィーと共に生き、一方の十八歳の「ぼく」の理解からその想像的生物は排除されたのである。

それでは「十年」の間に「ぼく」の何が変化したのだろうか。物語の末尾では、「怯えた子供らの一群から石礫を投げられた」ことで「ぼく」が右眼に深い傷を負った顛末が明かされる。「ぼく」が彼らの何を脅かしたのかは全くわからない。だが眼から血を滴らせていたその瞬間、「ぼく」はDと会ってから十年目にして初めて、アグィーの存在を実感した。

> そしてぼくは見知らぬ怯えた子供らへの憎悪が融けさるのを知り、この十年間に《時間》がぼくの空の高みを浮遊するアイヴォリイ・ホワイトのものでいっぱいにしたことをも知った。〔中略〕ぼくが子供らに傷つけられてまさに無償の犠牲をはらったとき、一瞬だけにしても、ぼくにはぼくの空の高みから降りてきた存在を感じとる力があたえられたのだった。

冒頭に呼応して奇妙なエンディングであるが、反復して使用されている「子供」が一つの鍵語だろう。連係して《時間》、そして「無償の犠牲」の「無償」の意味の重さが合わさって、このテクストの主題が構成されてみえる。これらの概念が重要なのは、冒頭のプロローグ部分の最後で、現在の「ぼく」が次のように言っていることからも明らかである。

〔右眼をだめにしたことで〕《時間》は推移したのだ、石礫《いしつぶて》にうたれてつぶれた眼球を踏み台にしてジャンプした《時間》。ぼくがはじめてあのセンチメンタルな狂人に会ったとき、ぼくは《時間》の意味をごく子供らしいやり方でしか理解していなかった。背後の《時間》に見つめられ、前方の《時間》にも待ちぶせされるという苛酷《かこく》な感覚をもったことはまだなかった。

「子供らしいやり方」で捉えていた《時間》が「推移」したなら、辿り着いた先は「大人らしいやり方」で理解されるべき《時間》のはずだ。片方の眼球をつぶされたとき、「ぼく」は十年の間に成されていた「成長」と「喪失」に気づいた。「子供たち」が怯えたのは、「子供たち」の《時間》と決定的に敵対する《時間》を生きる存在を目の前にしたことの寓意的表現だろう。したがって、「十八歳」になる「ぼく」が「自分の生涯《しょうがい》ではじめて金を稼《かせ》いだ体験」を物語るという枠組みは、労働という《時間》への参与と「成長」の起源を見つめ直すために設定されたものといえる。しかも、小説が発表されたのは『新潮』の一九六四年一月号であるから、その「現在」より十年前は、ちょうど日本の高度経済成長期のスタート地点と言われる「五五年体制」確立の前夜にあたるわけで、戦後国民国家の「成長」を反省的に捉え返す試みが同時に掛けられたことになる。

だが、そのことを踏まえたうえで、「ぼく」が行う「仕事」が普通のものでなかった特別な事実も無視するわけにはいかない。基本的には週一度Dの外出時に付き添うだけの「仕事」は、そもそもの「仕事という言葉があいまい」であることを露わにするような「仕事」である。考えてみれば、大江は「奇妙な仕事」（『東京大学新聞』一九五七年五月）や「死者の奢り」（『文學界』一九五七年八月）でも、学生の本分を外れた奇妙な内容のアルバイトをテーマとし、しかも必ず徒労に終わる結果を描くことで、それこそ作家という「あいまい」な「仕事」を本格的に開始したのである。具体的に、前者は、大学付属病院の実験用の犬一五〇匹を殺すバイトで、後者は、同じく医学部の死体処理室に保存されている解剖用死体を新しいアルコール水槽に移し替えるバイトだが、それぞれ、肉ブローカーに雇われていたことの発覚と医学部事務室の手ちがいで「むだ」な労力を費やした結末になる。いずれも、日常的な疲れから社会の「卑劣さ」に対しても持続的な怒りを保てない「僕」が、本来その社会と接続する練習であるべきはずの、しかし実情はほとんど反社会的ともいうべき異常なアルバイトに手を出して、結局、報酬は支払われそうにない。大江は、そのように「あいまい」な「仕事」、あるいは「仕事」本来の「あいまい」さを執拗に描いてきたのである。何のためにだろうか。

この二作とも、登場人物は三種のカテゴリーにわけられる。①アルバイトをする「僕」および同世代の学生、②犬殺しのプロや死体管理室の管理人など「僕」たち学生を直接指示する現場のリーダー、そして③彼らをまとめて使役している背後の雇用主である。「僕」はいつのときも、雇用関係と技術的な監督者からの二重の権力にからめとられている。ただし、お互いに被雇用者である現場の上司と「僕」ら学生の間には半ばの不信感と同時に半ばの連帯感が生まれている。他方で、雇用側の顔はほとんど見えない。「僕」らの仕事が最後に「むだ」に終わるのは、その雇用側の不正かミスによるもので、「僕」はそのような「状況」に対して徹底的にヴァルネラブルな存在として描かれる。そして文字どおりの動物性に触れて手を汚す「仕事」を通じて、閉塞的な社会の「卑劣さ」が浮き彫りにされる。ここに告発の狙いとは言わないまでも、戦後文学の率直な批評的精神を見出すことはできる。「僕」の立場の「あいまい」さは、賃労働による強制的な従順に対して、主体性を維持できるのか否かという不安定さの問題に大部分は還元されるのだ。アルバイト（日雇い）は、集団組織による社会保障という要因を排除しているために、労働と対価の関係が純粋になり、個人的な主体性の問題が描きやすくなる点でも意味ある選択である。

労働にかかわる三種の役柄分担は「アグィー」にも踏襲されている。「ぼく」、音楽家のD、そしてDの父親である銀行家の三人であり、一応「ぼく」は銀行家に雇われた格好になっている。しかし、「ぼく」が「雇傭主」と名付ける相手は銀行家ではなくD本人だし、その「仕事」の内容は汚れの伴わない楽なものといってよい。しかも「ぼく」は結果的に十分すぎる程の報酬をもらうことになるのだから、同じ学生アルバイトの設定でありながら一人称の主体の脆弱さ《ヴァルネラビリティ》は明らかに低減した。つまり、初期の二作ほどの構図的な明瞭さがない。「ぼく」の仕事はその内容面だけでなく、社会的現実の中における立ち位置の点でも、いっそう「あいまい」になったのである。そこに一九五七年から六年以上を経て、東京オリンピック開催を間近に控える時代に執筆されたという、高度消費社会へと複雑に成熟しつつある世相の反映を見るのも間違いではないだろう。物と物との関係、さらには記号の体系が人間関係を支配するという物象化論が説得力をもって迎えられる時代には、もはや直接に抵抗する対象としての〈抑圧〉の権力は容易には捕捉できないのである。

それでは、一方の主役であるDの主体的な立場はどのように設定されているのか。アルバイトを「ぼく」に持ちかけたDの父親は経済成長の象徴的存在である銀行員だが、その息子のDはほとんど対義の〈芸術〉に仕える「音楽家」である（演奏会にいった経験のない「ぼく」にとって彼は映画音楽家として知られる）。Dは過酷な《時間》の圧力のなかで、頭部に畸形腫を持って生まれた赤ん坊を誤診から殺してしまったために、現世の《時間》に生きること（＝賃労働）を拒絶し、「不在」の赤ん坊アグイーが住まう「空」の世界ばかりを想像する存在となっている。そのためDの外見は頭部が突出して大きく、「じつは大男になるべき人間だったのに幼児期のなにかの障害でこういう小柄な人間になった」と思わせる「成長」の中断を具現している（フロイト的にいえば、これは喪失した赤ん坊の姿に同化したメランコリーの表現である）[*15]。反対に「ぼく」は、洋書を購うために《時間》の切り売りを始め、Dのことを当てつけがましく「雇傭主」と呼び、アルバイトに慣れた後も、Dに対する愛でもアグイーという幻影に対する愛でもなく、改めて「単にこのアルバイトを愛している自分を」見出してしまうほど実利的な論理に生きることを決めている若者である。Dの生き方は、受動性を余儀なくされる被雇用者の立場を拒否している点で一見主体性を奪回しているようでいながら、想像された死後の世界のルールに束縛されている点で、別の種類の被虐性に捕らわれている。他方の「ぼく」は、一見弱い位置に追いやられていながらも、「雇傭主」に精神的に同化することを意識的に避け、アグィーの存在を信じるふりをする「仕事」の奇妙さ・違和感を放逐しようとはしない。これを政治運動の問題として語れば、六〇年代末に後藤明生が採った「仮装」あるいは「不参加」の戦略に発展するだろうような、現代的な「あいまい」を図らずも先取りして生きている。そのため、かえって「ぼく」はDよりも露わに主体性を確立する難しさと不安定さを請け負っており、その意味で、まさに子供の《時間》からの離脱をしつつある「成長」過渡の人間なのである。

Dが死ぬ直前のクリスマス・イヴに「ぼく」に「腕時計」をプレゼントする行為は、時間労働者の認定証の授与として十分に意味深であるが、それ以上に、道路に飛び出たDを轢いたのが「少年労働者」という、「子供」かつ「労働者」という捻れた存在であり、「大人」でありながら「非労働者」でもある「甘ったれている」Dの在り方を正面から否定する寓意性は無視できない。Dが生きようとしたのは「労働の時間」からは切り離された別個の「想像」の《時間》、結論を先取りしていえば、それは「映画の時間」なのだ。戦前より消費文化を代表してきた映画産業は、テレビの普及によって六〇年代から観客動員力を失い始めるが、[*16]小説の舞台は日本で映画が黄金期を迎えていた五〇年代の設定である。戦前の日本映画界を代表する伊丹万作の娘であり、役者と監督の二面で戦後の歴史に名を留める映画人・伊丹十三——一九六一年に大映を退社して独立し、一九六三年五月に初の自作映画『ゴムデッポウ』を公開していた[*17]——の妹でもある人を妻として生まれた子が中心におかれた最初の小説である。視覚メディア論的な読解を掘り下げてみる意義は小さくないはずである。[*18]

さり気ない自己言及ではあるが、「ぼくはあのころじつにたびたび映画を見た、あのころのぼくの教養の95パーセントが映画からとりいれたものだったような気さえする」と述べる当時の「ぼく」の目を通してこのテクストが描かれている設定は見逃してはならない要目である。アグィーという生物自体、一九五〇年一〇月にアメリカで封切られ、一九五二年二月に日本で公開された『ハーヴェイ』という、「ジェームス・スチュアートが、熊ほどにも大きい架空のウサギと一緒に暮している男に扮《ふん》した映画」から採られている。両者のキャラクターの大きな違いは、映画ではハーヴェイはPooka（Púka）というケルト民話の妖精とされていて、皆の目に見えないだけで現実に存在している約束だが、小説のアグイーは最後まで実体なき「架空」の存在——Dの想像力を文字どおり空に架けて具象化したもの——である点だ。異なる表現メディアへ翻訳する上で、この設定変更は「アグイー」の構造を成り立たせるためには不可欠の手続きだった。サルトルのいう像《イマージュ》の「空無」あるいは「虚無《リアン》」の性質をアグイーに体現させ、あの時赤ん坊を生かしていたら幸福に継続していたはずの可能性の世界を「空《そら》」に用意するためである。

ほかにも映画関係ではDの「かつての情人」の映画女優が登場するが、その額の生え際には「大人の拇指がすっぽり入りそうな窪み」が存在の「空無化」のしるしとしてある。何よりも、「ぼく」が初めて会ったとき「音を失ったフィルムのなかの顔のように笑っていた」Dこそ、あるいは、「この《時間》に生きることを拒否して、「一万年後」という遠い未来の「《時間》からの旅行者」となっているDこそが、編集《モンタージュ》による〈時間的倒錯〉の操作によって作られた実体なき「映画の時間」の住人といえるだろう。先に「アグイー」に描かれた「夢」の原理に準えるべきメタファーは「水」ではなく「空」だと主張したのは、この意味においてである。アグイーがそこから飛来してくる空は、その向こう側に別種の想像的世界の広がりを持つ映画のスクリーン（超現実の空域）に他ならない。[*19] 現在のアカデミーにも十分浸透した「視覚文化論」の先鞭をつけた英国の画家にして美術評論家、そして小説家でもあるジョン・バージャーの言葉を借りるなら、文字通りの「映画の空《フィルムスカイ》」とも言い表せる。

バージャーは映画メディアの特性を論じたその美しいエッセイで、映画の起源を（イタリアのパドバにある）スクロベニー礼拝堂の壁に描かれたジョットの連続的なフレスコ画としながらも、結局は、絵画と映画には乗り越えられない差異があるという。絵画には、向こう側に広大に控える世界をこちら側の小さな室内の世界へと連れてくる収集と所有の原理が必ず働くのだが、映画はそうではない。

映画は反対に、観客を劇場から個別かつ単独に連れ出し、知られざるところへと送り届ける。仮に同じシーンが二〇テイク撮影されるとしても、実際に採用されるテイクは、ただ一度きり起こったもの（a First Time）として、もっとも説得力ある光景と音を備えているために、選ばれるのだ。

　では、この一回的な出来事はどこで起こるのか？　もちろん、撮影セットの現場ではない。ならばスクリーンの上だろうか？　しかし照明が落とされれば、スクリーンはたちまち表面であることをやめ、奥行きの空間をはらんでしまう。それは、（礼拝堂の壁画を収めるような）壁ではなく、もっと、空のようなものだ。出来事と人々でいっぱいの空。映画の空（film sky）以外に、いったい他のどこから連中がやってくるというのだろう？

〔中略〕フィルムが終端に達しても、あの登場人物たちは空の向こうに生き続け、その生を歩み進めなければならない。彼らは執拗に私たちの眼に追い回された挙げ句、最後には私たちから逃れてゆくほかない。映画とは永遠に、別れについて、のものなのだ。[*20]

Dが常に面しているのは、このような「別れ」を存在理由《レゾン・デットル》とする者たちの住まう「映画の空」である。その限りで、Dは常に映画の世界の存在を信ずる正しい観客であろうとしている。彼はあたかも「タイム・マシンによる過去への旅行規約」に従う時間旅行中の人間であるかのように振る舞い、地上の生の時間を拒絶し、「なにごとかをあとに残すようなこと」を決して行わず、空の住人たちの時間に共に生きている。だが本来、それはいずれ「別れ」るべき時間である。もしその別れを受け入れないのなら、己の存在の時間を完全に断ち切って空の住人になるほかはない。先に引用した「非現実の対象物にはたらきかけるためには、私自身が身を二つにして、自分の身を非現実化する必要がある」というサルトルの言葉の通り、最終的にDはトラックにはねられて現実の命を失うことで、この虚構としての「空」の世界への移行を果たすのだ。

　それにしても、ほとんど躓《つまづ》いたに等しい、よわよわしい決死の低空ジャンプである。その否定しがたい貧しさの印象は、他者の救済のための自己犠牲が、「甘ったれている」自己欺瞞すれすれの行為にみえてしまう限り、どうしても避けがたい。たしかに彼はもしかしたらありえていたかもしれない可能性としての空に向かって飛んだ。いわば決死の行為として「自己投企《プロジェ》」したのであるが、そこから通常の意味での実存的印象を受けることが難しいのも事実だろう。「投企」というより「投棄」であって、やはり一種の「あきらめ」の形なのである。その点からすれば、逆に「あいまい」な主体的位置に立ち続けざるをえない「ぼく」の在り方のほうが、かえって「実存的」の形容にふさわしいのかもしれない。その十八歳当時、「とくに重要なものをなくした」経験を持たなかった「ぼく」が、ようやく「空」の世界を「現実」に拮抗する有意味なものとして認識するようになったのは、Dと同じだけの「喪失」の経験を蓄積し、「欠落の感情」による自らの「貧困化」と「空無化」を進めた十年後――すなわち一九六三年であった。[*21] 労働という「有償」の行為ではなく、自分が成長過程で打ち棄ててきた「子供ら」（という《時間》）に石礫を投げられて「無償の犠牲」を払ったとき、ついに「ぼく」に明らかになった「あいまい」な世界である。

　続いて一九六四年夏に出版された『個人的な体験』は、以上のような「アグイー」の物語要素を共有しながら、その内容と結末を見事に反転させた長編小説である。つまり、各テクスト内の構造――「想像」の世界と「現実」の世界の対決――をふたつのテクスト間の関係としてリテラルに実体化するために、「アグイー」の対称として書かれたのが『個人的な体験』である。畸形腫《きけいしゅ》をもって生まれた赤んぼうを殺してしまった場合を描いた「アグイー」と、最終的にそれを生かす決意をする『個人的な体験』という対蹠的でアイロニカルな可能的平行世界《パラレルワールド》の組み合わせ。後者の主人公の鳥《バード》は、いつの日かアフリカ旅行を敢行し、「アフリカの空」と題した冒険記を出版するという果たされない夢を抱える賃労働者である。冒頭で彼が見つめるアフリカの地図は、その大陸を巡る海が「冬の夜明けの晴れわたった空のように涙ぐましいブルー」で描かれているが、それは「アグイー」の結末でアグイーが帰って行く空の色の描写「冬の生硬さをのこす涙ぐましいブルーの空」に照応したものである。しかしその海に浮かぶ大陸の輪郭は、「アグイー」の空に住まう「かつて喪ったもの」たちを表す「アイヴォリイ・ホワイトの輝き」とは反対に、「アイヴォリイ・ブラック」の「肉太な線」で描かれている。つまり、鳥《バード》にとってアフリカは最終的に行くことを為しえない夢の「可能性」の海をふさぐ大地であり、Dが赤ん坊と一緒に虚体化して本当に赴いてしまった「可能性」の空と見事に対比されている。それはまた二つのテクストの、一方はホワイトの空が身体を通過させてしまう「虚構」として、もう一方はブラックの大地がそれを拒む「現実」として、それぞれ性格付けされたことを示している。[*22] いずれを欠いても反語法《アイロニー》の強度は失われ、残された片割れのテクストは説得力を失うだろう。両者の組み合わせにおいてのみ、サルトル哲学を文学的に最も効果的な形に転用するという方法的意識の極みが示され、大江自身の作家としての「成長」の転換点が示された。作家というそれ自体極めて「あいまい」な職業の上にあえて進みゆくことの新たな自覚が宣言されたのである。

関連して、大江のテクストに縦断的に登場する「穴」や「窪み」の問題にも言及しておこう。デビューから六〇年代にかけて集中的に表象される大江の「穴」の描写は、基本的には主体の欠如性（喪失の経験）を物理的な欠損による寓意として表しており、実際、初期のそれは身体の表面に小さな窪みを作っていた（「奇妙な仕事」の脚気の女子学生が押してみせる脹脛《ふくらはぎ》の「窪み」）。だがその凹みの形態学的意味は次第に拡大されていき、「D」においてそれは欠如体――サルトルのいう「可能存在」――そのものの具象にまでなる（物語の最後、Dは死に瀕してベッドに横たわるが、仰向けに横たわるDはまさに「窪み」の形象《D》である）。[*23] この「穴」の空無性はその後も肥大をやめず、身体の外へ広がり巨大化し、「アグイー」の直後の「ブラジル風のポルトガル語」（『世界』一九六四年二月）には、「包虫」が寄生し腹が腫《ふく》れる少年の病気をきっかけに二年のあいだ村民がぽっかりと消え失せた「窪地」の集落が描かれる。さらに、〈六八年〉という象徴的な年に発表された「狩猟で暮らしたわれらの先祖」（『文芸』一九六八年二〜五、八月）には、住宅街に囲われた空き地――当時のバリケード闘争を思わせる――の中に、流浪民一家が聖域として掘った「ただやみくもに深いだけの竪穴」が出現し、「穴」はほとんど物語空間を占拠する規模となった。「欠如」が身体の上にまず現象し、それを離れて外在化し、やがて身体を包摂していく過程。その先に大江が物語の神話的虚構空間の構築へ向かうのは、それが歴史の軸を「虚構」的記憶という「可能性」のなかに空しくすること、すなわち歴史の「空無化」を意味する点で、ほとんど必然的な流れといえる。それはマス・メディア（テレビ・雑誌）の肥大や消費文化の成熟がもたらすシミュラークル社会の確立により、「虚構」が主体形成に先んじる「環境」と化してしまったことに応じる——内在的批判の——手段だったのかもしれない。しばしば指摘されるように、七〇年代以降の「虚構」と主体の関係は、それ以前と比較してアベコベに見える。これまでの議論の内容を材料として言えば、サルトル哲学において示された自己という存在の大部分が「虚」（可能態）によって構成されているモデルから、いつのまに、その「虚」の部分が切り離され、社会的環境の側に組み込まれてしまう思想上の変革が六〇年代を通して起こったのである。主体は「可能性」を担保として社会に預け、引き替えに生存を保証される時代に入っていく。七〇年代以降、サルトルが急激に忘れられていくのはそのためだろう。

ちなみに「六〇年前後」にピークを迎えた戦後の前衛的な造形作家（美術家）の仕事も、やがて六〇年代末に向けて最新のテクノロジーを無節操に取り入れて、文字どおりの「環境芸術」というジャンルに発展していった。それは大江の巨大化した「穴」や神話空間と同様に、「虚構」のメディア的空間が身体を囲み尽くしたことの縮図だったともいえる。余談になるが、後藤明生の一連の団地小説——「何？」（『文学界』一九七〇年二月）「誰？」（『季刊藝術』三月）「書かれない報告」（『文芸』八月）等——は、大江のこの問題意識を引き継ぎ、写像の連なり（複製）のような集合団地の形態的特徴を生かして、主人公の「男」のアイデンティティが位相反転してしまう「凹みの意識」あるいは「意識の凹み」を描いている。それは正しく実存の問題に触れているともみえるし、むしろ七〇年代以後の新しい文学の模索を先駆けて実存主義を戯画的に描いているともみえる。少なくとも、文学的テーマとしての「穴」の一つの展開だったとは言えるだろう。

話を少し巻き戻せば、大江の六〇年代の集大成といわれる『万延元年のフットボール』（『群像』一九六七年一～七月）も、「人夫たちが浄化槽をつくるために掘った直方体の穴ぼこ」に身を下ろす場面で始まるが、その身体を包み込む規模の「穴」の中で「僕」が思い巡らすのは、「朱色の塗料で頭を顔をぬりつぶし、素裸で肛門に胡瓜をさしこみ、縊死した」、つまり、文字どおり（男性）身体の穴を前からも後ろからも窒息させて死に到った友人だった。おそらくその奇妙な姿態の意味は、近代的主体性への執着が必然的に抱える「空無」に耐えられなくなったために、文字通り「穴」を密閉せんとしたことにある。

　しかし『個人的な体験』では、逆に自らの「空無」を受け容れることで「成長」にいたる鳥《バード》の男性性と主体性の回復の転換点に火見子との肛門性交が位置している。このとき鳥《バード》は正常なコミュニケーションが取れなくなったから、倒錯的な「穴」を志向することで〈他者〉とのコミュニケーションを倒錯的な形で回復しようと試みているのではない。それは〈他者〉の「穴」ではない。鳥《バード》自身の発言のなかにある「世界から孤立している自分ひとりの竪穴《たてあな》を、絶望的に深く掘り進む」営み、「不毛で恥ずかしいだけの厭らしい穴掘り」という「個人的な体験」を実践することにほかならない。自分自身の「熱いかたまり」にふれる「自分だけの孤独なオルガスム」という「穴」との自己同一化（＝空無化）を経ることによって、赤ん坊を生かそうという結末の突然の決意と「成長」は達せられたのである。この鳥《バード》の振る舞いは「アグイー」のDが自己を徹底的に空無化していったのと同じ種類の行為に見えるかもしれないが、主体を丸ごと抹消して想像の空へと自己を解消してしまうのと、主体の内に空無を抱え込んで「恥ずかしさ」と「厭らしさ」と共に生きることを決意するのとでは大きな差がある。

　ところで、「アグイー」と『個人的な体験』を執筆する直前の時期、息子・光が生まれて間もない一九六三年夏、大江は二年後に『ヒロシマ・ノート』の一章にまとめられる広島旅行をした。一九六二年一〇月の「キューバ危機」後、最初の原水爆禁止世界大会（第九回）を傍聴したのである。同日、米英ソ間で調印される「部分的核実験禁止条約」にたいする態度決定の違いから、開催自体が危ぶまれたこの大会を機に、原水爆禁止日本協議会（原水協）から社会党・総評系の原水爆禁止日本国民会議（原水禁）が分裂した。その結果、翌六四年の原水爆禁止運動は、前者が京都、後者が広島を会場として別々に大会が開かれることになった。それぞれの会場から敵意を除いたことで、六四年の大会が「円満」かつ「和気藹々」とした「充実」の空気を漂わせる様子を大江は次のように記述している。

去年、この会議の演説を痩せひからびさせ不毛にしたのが、致命的に対立した二つの勢力の敵意の毒だったとすれば、広島での中ソ対立が消費したエネルギーのうちには豊かな意味をはらむはずのものもあったにちがいない。〔中略〕

そしてこの二つの微笑こそは、いったんそれらが再会すれば冷たく硬化してしまうべき微笑なのだ。この二つの、あいへだたった会議場の雰囲気がそれぞれ円満であればあるほど、この二つの微笑の対立の根は深く裂けめは深い。[*24]

述べられているのは、一つの平和運動が平和裡に行われるために分裂せねばならないアイロニーである。この六三〜六四年にかけての分裂は、もちろん平和運動という左派陣営内部の分裂だが、「部分的核実験禁止条約」は「キューバ危機」がもたらした直接の帰結の一つなのだから、その後、冷戦体制が「平和共存」路線へと安定化していく流れと歩調の合った相同的な出来事だったとみても間違いとは言えないだろう。加えて、〈思想〉の持つジャンルを越境する潜在的連結力を信じるのであれば、「アグイー」と『個人的な体験』の組み合わせが一つのストーリーの分裂として書かれた事実と、両者が『ヒロシマ・ノート』の執筆とぴたりと重なる時期に書かれた事実とが、何らかの類比的関係にあると考えることも許されるに違いない。現に大江はノートの終わりに、「僕は昨年出版した『個人的な体験』の広告に、《すでに自分の言葉の世界にすみこんでいる様ざまな主題に、あらためて最も基本的なヤスリをかけようとした》と書いた。そして僕はこの広島をめぐる一連のエッセイをもまたおなじ志において、書きつづけてきたのであった。」と記している。

だが急いで付け足すが、大江は分裂による二項対立の形成じたいに運動や思想の推進力を託していたわけではない。特にノート後半からは、庶民（被爆民）の「威厳」の問題へと下降して、上層（政治的力関係）の分裂の意義を否定する考えを展開している。数多の例を通して示される原爆被害者たちが「威厳」を帯びるのは、「屈辱あるいは恥」という媒介的な感情との闘いを経ることによってだ。例えば原爆の被害にあってケロイドのある顔を持った若い女性が、疚しさも負い目も感じる必要が論理上なかろうとも、やはり恥や屈辱の視線を感じてしまうとき、心理的対処の仕方は大きく二通りに分かれる。「そのひとつの生き方は、昏《くら》い家の奥に閉じこもって他人の眼から逃れることである」[*25]。「ケロイドのある娘たち」（恥と屈辱の被虐者）が、図らずも生じてしまった「そうでない他のすべての人間たち」（心理的な加虐者）との非対称的な関係を解消する仕方の一つではあるだろう。が、さしあたって大江は、それをネガティヴに「逃亡型」と括らざるをえない。「アグイー」と『個人的な体験』の対立でいうなら、Dの生き方は広い意味での「逃亡型」に属する。そしてもう一方の型《タイプ》はといえば、「核兵器の廃止をもとめる運動に加わることで、人類すべてのかわりに自分たちが体験した、原爆の悲惨を逆手にとり、自分の感じている恥あるいは屈辱に、そのままみずからの武器としての価値をあたえようとする人びとである」。あるいは、白血病を発症して二年の余命を知った後、病気を隠して印刷会社に就職し、死の直前まで働くことで「真の現実生活」を「本当に生きようとした」青年のことである。不可抗力の「個人的な体験」を、あたかも「人類すべてのかわり」として経験したかのように、「仕事」と自己嫌悪の吐き気とともに生きる決意をしたときの鳥《バード》はこちらに属する。だが直後に書き続けられるように、「こうした迂遠な分類は、本当は必要でない」のかもしれない。

一方の極みには、至近距離で被爆した者たちだけを結びつける、「どのような沈黙よりも、もっと苛酷に徹底した沈黙」の輪があり、一方には、〈発言〉を通しての言語行為論（発話媒介行為）的な力に、社会的生の積極的意味を託そうとする連帯の感情がある。その振れ幅を欠いてしまったら、結局はいずれもが価値を崩落させてしまうに違いない。大江の「あいまい」は、「想像力」だけが立ち入ることのできる「沈黙」の領域と「仕事」を介してのみ体験可能な「現実生活」との間の「振れ幅」にこそ適用されるべき形容である。繰り返すが、「アグイー」と『個人的な体験』は互いにアイロニカルな裏表の世界を構築しており、双方が「ぴったりかさなってあらわれる」とき、その文学史的な価値を真に発現するのである。

四　川端康成の何が「あいまい」なのか

これまでの議論の段階を踏んで、ようやく本書がもう一人のキーパーソンとして指名した川端康成の動向に目を転じることができる。すでに言及したように、論じてきた「虚」と「実」の緊張関係を二つのテクストへの分離によって実現するという方法は――若干見えづらい形ではあるが――同時期の川端にも採用されている。川端が還暦を迎えてから著した二つの短編「眠れる美女」（『新潮』一九六〇年一月～六一年一一月）と、連載最終話を「アグィー」と同誌同月号に載せた「片腕」（『新潮』一九六三年八月～六四年一月）の間に見られる、奇妙なほどの対称関係がそれである。しかしはじめに断ったが、その当時の川端を大江は仮想敵視していた。仮に後に証するように、時代の問題意識を両者が共有し、しかも揃って「二つで一組」の戦略を採用したという作家的センスに一致があったとして、それでもなお、大江に川端のスタイルを受け容れがたく感じさせていた理由は何なのだろうか。

大江は一九九四年一〇月にノーベル賞を受賞した。同年一二月にストックホルムで行われた記念講演を「あいまいな日本の私」と題し、川端の講演「美しい日本の私」をもじることで、川端に対するオマージュならぬ批評的スタンスを示した。川端が同賞を一九六八年に受賞してから正しく四半世紀後のことである。だが、実際に大江が「あいまい」の語でもって川端を批判したのはそれよりもさらに十年近く遡ることができる。大江は『新潮』一九六〇年六月掲載のエッセイ「川端康成の文章の多義性」のなかで、「多義性」と同義の語として「あいまい」を並べながら川端の文体を難じた。[*26] 不思議なのは、「多義性」に対応する英語は ambiguity の方で vague ではないにもかかわらず、ここで大江は「あいまい」の語をネガティヴ一辺倒に用いていたことなのだが、一九六〇年の五月頃といえば安保闘争がクライマックスを迎える直前である。「六〇年前後」は、あらゆる芸術に関わる発言が、現実的実効性のある政治的言説に座を譲るという動きを強めた特別な時期であるから、言葉の使い方に一時的な影響を与えた可能性はある。何にしても、「あいまい」の語とつねに一揃いで、大江が意識し続けていた存在が川端だったことを確認できれば十分だろう。

大江の「あいまい」の語の使用の仕方については、その六〇年前後限定の小さなブレよりも注意せねばならないことがある。一九九四年の講演で使われた「あいまい」の意味は、ソヴィエト連邦が解体し、世界的な冷戦構造が消滅したことで、五、六〇年代と比べて少なからぬ修正を施された後のものという事実だ。当時の日本は、一九九三年に非自民・非共産連立政権である細川護煕内閣が誕生したことで「五五年体制」の崩壊した政治情勢にあった。翌九四年には戦後直後の片山哲内閣以来の社会党首班内閣（村山富市総理大臣）が誕生するものの、村山は一九九六年一月には自党を「社会民主党」に改称して、実質的に日本社会党の幕を一度下ろすことになる。大江の一九九四年末の講演は、その状況の変化を目の当たりにするさなかに行われたのだから、その「あいまい」のイメージが、冷戦構造と「五五年体制」に依拠していた六〇年代のものと完全に同じであるはずはない。にもかかわらず、文脈の異なる「あいまい」の語から引き出された批判の矛先は、相も変わらず川端なのである。ならば見方をずらして、川端の批判のされ方は、一九九四年末の文脈においてどのように変化したのだろうか。大江が一貫して自身と川端を対立的な位置に据えようとする根本の理由は、その答えの中に潜んでいるように思われる。

大江が一九九四年の記念講演で使用した「あいまい」の意味の背景にあるのは、冷戦後世界におけるグローバリゼーションの進行である。「正直にいえば」と断って、大江は川端に対する「親近」の念を持たない旨を告白しながら、川端の「あいまい」を英語のvagueに対応させるのに反して、自らの「あいまい」をambiguousで訳すべき内容と説明した。それが講演の題を「あいまい《アムビギュアス》な日本の私」とした理由であるとして、次の言葉を続けている。

> 開国以後、百二十年の近代化に続く現在の日本は、根本的に、あいまいさ《アムビギュイティー》の二極に引き裂かれている、と私

は観察しています。のみならず、そのあいまいさ《アムビギュイティー》に傷のような深いしるしを刻まれた小説家として、私自身が生きているのでもあります。[*27]

「傷のような深いしるし」を負って「あいまい」の世界に作家という「あいまい」な仕事によって生きる者という自己措定は、「アグイー」の冒頭を想起させる点も少なくない。が、ここで大江は、その「あいまい」の位置付けを、まずもって「日本」と「近代化」の問題として解説した。この箇所に続けて説明されるのは、西欧に追随する近代化の道と、アジアに属しながらアジアへの侵略者となった歴史、そして西欧からもついには理解不能の影の部分（「近代化のひずみ」）を抱えることになった現在の「日本」の「あいまい」な立場である。つまり、グローバル化した世界における「日本」のポストコロニアルな「孤立」の緊張をもって、「あいまい」の意味が解説されている。冷戦後の文脈転換を考えれば、必然的な焦点のシフトといえるだろう。それゆえ大江が課題とするのは、「世界の周縁にある者」の自覚によって、「消費文化の肥大と、世界的なサブカルチュアの反映としての小説とはことなる、真面目な文学の創造をねがう」ことである。また、世界経済のなかで一九九〇年代に急速な発展を見せる経済的な――時間的な――アジアに便乗するのではなく、「永続する貧困と混沌たる豊かさをひそめたアジア」（から文学的想像力を汲み上げる作家たち）と――空間的に――連帯することで一面化する資本主義文化を異化し、地域主義的な限定を超え出る「文学の世界性」に到達することである。そして、このような形での「世界性」の道を歩もうとした先駆的な存在として指し示されるのが、西欧先進国、アフリカ、ラテン・アメリカ、そしてアジアといった「世界」を構成する地域との結びつきにたいして、日本近代文学史上、「もっとも自覚的で、かつ誠実だった」と大江が評価するところの「戦後文学者」たちであった。

ところで、このテーマに関して、大江はノーベル賞受賞発表の四日後（一九九四年一〇月一七日）に「世界文学は日本文学たりうるか?」という題で予備的な講演を行っている（ストックホルムでの記念講演の二ヵ月弱前）。実は、戦後の日本文学を世界文学的な視野に据えようとするこの講演の中でも、すでに「あいまい」は、水平的な、あるいは空間的な位置取りの問題として論じられていた（なおタイトルの捻れ――本来は「日本文学は世界文学たりうるか?」と書かれるべき――も大江流のあいまい化や異化の手法にのっとっている）。

大江によれば、日本の戦後文学は世界文学的な観点から三種のラインに分類可能である（この論法の祖型をいうなら、平野謙が提唱した昭和文学の「三派鼎立」論だろう）。ひとつ目は、「世界から孤立している」ためにかえって日本の特殊性をありがたがる海外の読者を持つ作家で、谷崎潤一郎や三島由紀夫に代表される。ようするに、オリエンタリズムの対象として愛でられるラインである。川端が分類されるのもここである。もうひとつは真摯に「世界の文学からまなんだ」にもかかわらず、立場があいまいなために長らく不遇だった――読まれない、売れない――ラインで、安部公房、大岡昇平に代表されるが、その末端に大江は自分を位置づけている。そして三つ目が、村上春樹や吉本ばななに代表される「サブカルチュア」として、はじめから市場的な世界性を実現しているラインとした。この三つ目のグローバル化の産物は、しかし、消費物品（商品）としての世界性の獲得であって、「文学の世界性」とは無縁であることが言外にほのめかされている。

そうすると、世界的に認められているラインは、谷崎、川端、三島、そして村上、吉本ラインで、中間に陥没があることになります。この、へこんでいるところに大岡、安部、大江が落ち込んでしまっているわけですね。

大江がノーベル賞記念講演で支持を表明した「戦後文学者」は、もちろん、第二のラインに重なっている。したがって、「あいまいな日本の私」という題には、この中間の「穴」に落ち込んだ己のポジションを自虐的に見据えながら、いまやノーベル賞を受賞するほどまでに「世界的に認められ」た逆転の矜持も見え隠れするわけだ。第一のラインに入れた川端による「美しい日本の私」の、いわばパロディという距離の置き方によって「あいまいな日本の私」というタイトルが考案されたのも、そうした事情による。だが繰り返すが、このように「世界性」の問題を基準にして川端流の「あいまい《ヴェイグ》」を対比する仕方は、冷戦後のグローバル社会のシステムが露わになり始めた一九九四年後半という文脈に多くを負ったものであり、そして表面的な構図である。

そもそも、六〇年代当時の大江の「あいまい」は、東西冷戦の世界的な分割という政治に間接的にシンクロする問題提起でありはしたが、直接的には「アグイー」の分析に見たように、青年期、仕事、出産、成長、実存といった主体性の形成をめぐるテーマをマイクロスコピックに描く際に浮上してくる言葉だった。加えて、戦後、特に六〇年代前半の川端が「世界から孤立している」ことを戦略的に選ぶことで「世界性」の獲得に励んでいたとは評しにくい。日本ペンクラブが国際ペンクラブに復帰した直後の一九四八年から六五年まで同会長（第四代）を務めた川端は、国際ペン大会を日本に招致して一九五七年に開催、翌年には国際ペン副会長に選出される。その後は自作の翻訳者であるサイデンステッカーとの交流や国際的会合への出席などの理由で海外出張の機会が急増していく。六〇年代、すなわち還暦を迎える時期に、川端は、直でノーベル賞とは言わないまでも、世界的作家の地位を意識的に取りに行く動きを示していた。本章で論じる「片腕」も、かつて昭和初期にインターナショナルな作家を志していた頃に愛でていた絵画のシュルレアリスムの手法を、六〇年頃より盛り上がってきた前衛芸術運動の流れに乗じて想起し応用した感がある。「日本」を偲ばせる要素を欠いた無国籍的な童話風も、意地悪く言えば、先進的西欧や世界で流行しつつあった南米文学の幻想的リアリズムにおもねった作風であって、決して「孤立」を志向していたのではなかった。

実は、大江が第一のラインとしてあげた作家は、すべてサイデンステッカーが最も好んで訳していた三人である。しかもその作品の取捨選択は『雪国』を筆頭に「オリエンタル」な印象を与えるものに集中している。つまり、「世界性」の観点において、ほかならぬこの三者が「孤立」を特徴として括られているのは、英語圏に日本の同時代文学を紹介する第一人者であったサイデンステッカーが、世界の舞台に売り出すために戦略的に選んだ特徴だからである。世界性の観点において、彼らの文学を語る方図ははじめから固められていた。一九九四年に大江は、この括りを事後的に借用して、川端をそこに属する作家として距離を置いて扱った。しかし、もちろん実際には、それは海外での受容の観点からみた限定的な括りである。川端がそのような受容の期待に自らの作家活動をアジャストしていった面は少なからずあろうが、一九六〇年代前半の川端の作家的プロジェクトの全方位を汲み尽くしたものとはいえない。したがって、六〇年代から一貫して、大江をして川端の作家的センスを許容しがたく感じさせていたもの、大江と川端の作風を相反するものとして並べるべき根源的な理由——おそらく大江自身もはっきりとは意識していない——を他に求めなくてはならないだろう。仮に、その結論が一九九四年の大江による川端理解の枠組みに回収されるとしても。以下、「アグイー」と全く同時期に執筆された「片腕」の分析を中心に、そのことの所在を探ってみるが、やはり最初の手がかりとなるのは、先行する記念講演「美しい日本の私」である。

川端がノーベル賞記念講演を行ったのは一九六八年一二月一〇日である。奇しくも、その約一月後に警視庁の機動隊が東大安田講堂に突入するという時代の節目に当たっていた。羽織袴を着用して登壇し、和歌を主題にして日本語によるスピーチを行ったことの愛国主義的な印象は、事後的に振り返れば、ある一つの時代の終わりを印していた。その外面的な日本の「美しさ」を称える保守反動性によってではなく、もっと原理的な主張によってである。少なくとも大江が四半世紀後に作家的直観によって真に応答したのは、後者の方に対してだったと思われる。

「美しい日本の私」の主な内容は、約してしまうなら、大部分はステレオティピカルな「もののあはれ」の解説である。鎌倉初期の道元の歌「春は花夏ほととぎす秋は月／冬雪さえて冷《すず》しかりけり」や明恵上人、そして江戸後期の良寛の歌を取り上げながら、日本人は自然を客体として対象化せず、それと「合一」する性格によって、「山川草木」のみならず、友に対する「人なつかしい」という「人間感情」をも含めて「森羅万象」を「美」的に愛でるとする。しかも、死を前提にした者の「透《す》み渡った」眼は、そうした自然を「なほ美しく」する。川端は、佐藤春夫の「風流論」とはちがって、「美」を享楽の対象とは考えていない。やはりある種の「峻厳」によって錬磨されるべきものとみなしている。川端は、そのことを説明する言葉として、芥川が遺書に記した「末期の眼」について語り、かつて同名のエッセイの中で川端が言及した「前衛画家」（古賀春江のこと）の描いた美も同様に自殺を思う精神から生まれたこと、そして一休禅師もまた例外でなかった伝聞をあげて、ふたたび禅と日本の美的特徴の問題に話を返していく。

しかし、ここまでの前振りに大した意味はない。同時代の知識人は、講演の前半部分に多く反応し、時に批判の対象ともした。が、大江が「あいまい」の争点を見て取ったのは、一休の逸話に沿って次に展開される主張ではなかっただろうか。川端の所蔵する一休の書「仏界入り易く、魔界入り難し。」にも表現される禅の心強さ（自力本願）の本源となるべきもの、それが「無」の精神である。

禅宗に偶像崇拝はありません。〔中略〕そして、無念無想の境に入るのです。「我」をなくして「無」になるのです。この「無」は西洋風の虚無ではなく、むしろその逆で、万有が自在に通ふ空、無涯無辺、無尽蔵の心の宇宙なのです。〔中略〕思索の主はあくまで自己、さとりは自分ひとりの力でひらかねばならないのです。そして、論理よりも直観です。*28〔傍点引用者〕

川端は、このような「無」を美学化し、「自然」と合一する感性と一体化したところに、日本の芸術の本質を見た。「無」という、ようやく中世に禅宗の輸入を通して定着した概念をもって日本芸術を一般化する手続きの危うさを、今更ここで槍玉にあげる必要はないだろう。講演の最後、川端は話をふたたび明恵上人に返し、その弟子喜海《きかい》の記した文章から、明恵上人のもとを西行法師が訪れ、「歌を読む」ことの意味を語った内容――「紅《こう》虹《こう》たなびけば虚空色どれるに似たり。白日かがやけば虚空明かなるに似たり。しかれども、虚空は本《もと》明かなるものにあらず。また、色どれるものにもあらず。我またこの虚空の如くなる心の上において、種々の風情を色どるといへども更に蹤跡《しょうせき》なし。この歌即ち是れ如来の真の形体なり。」――を引用して、結論する。

日本、あるひは東洋の「虚空」、無はここにも言ひあてられてゐます。私の作品を虚無と言ふ評家がありますが、西洋流のニヒリズムといふ言葉はあてはまりません。心の根本がちがふと思つてゐます。〔同上書、三五八頁、傍点引用者〕

実は、大江の記念講演の「あいまい」の語が、彼の創作活動の中に三十年以上前から鍵概念として使用されていたのと全く同様に、右のごとき東洋的な「無」を重要視する川端の問題意識も、一九六八年の記念講演時の三十年以上前から保持してきた信念に基づいている。川端が講演中に引用した「末期の眼」(『文藝』一九三三年一二月)は極めて主題の見えにくい散らかったエッセイだが、詰まるところは、川端が生き延びるための持論として抽出した「無」の肯定を、芸術の目的として表明した内容と要約できるのではないか。直接には、先述の「前衛画家」、古賀春江の夭折に触れてその画風を評価する箇所に、そのことが記されている。

私がシユウル・リアリズムの絵画を解するはずはないが、古賀氏のそのイズムの絵に古さがありとすれば、それは東方の古風な詩情の病ひのせゐであらうかと思はれる。理知の鏡の表を、遙かなるあこがれの霞が流れる。理知の構成とか、理知の論理や哲学なんてものは、画面から素人はなかなかみ読みにくいが、古賀氏の絵に向ふと、私は先づなにかしら遠いあこがれと、ほのぼのとむなしい拡がりを感じるのである。虚無を超えた肯定である。従つて、これはをさなごころに通ふ。童話じみた絵が多い。単なる童話ではない。をさなごころの驚きの鮮麗な夢である。甚だ仏法的である。[*29]〔傍点引用者〕

ここで気がつくべきは、「空の怪物アグイー」を通して見てきたように、「空」や「虚」といった問題関心を奇しくも共有しながら、大江が思想的根拠として参照したサルトルのいう「否定」が、この川端の考え方とほぼ真っ正面から対立していた事実である。なるほどサルトルのいう「否定」によって規定される存在は、多義に開かれた「可能存在」のことであって、川端の批判する伝統的西洋の「虚無」主義とは異なる（虚無を政治的に肯定するとファシストが生まれると言ったのは三島由紀夫である）。しかし、像《イマージュ》の「空無」から始まり、やがて実存の抱える「空無」を積極的に捉え直すスタンスと、川端の想定する「無」の肯定との「心の根本が違う」ことも確かだろう。前者は、伝統的な「虚無」を巡る価値観をアップデートした哲学である。「状況《シチュアシオン》」という現実的条件を前に、弁証法的な対立項として媒介的に働き、「実存」を危うく成立させる原動力として「空無」はある。

思い返しても、大江が五〇～六〇年代に描き続けてきた窪みは、メランコリーを溜め込むことはすれ、決してポジティヴな感情を醸造する容れ物ではなかった。大江が核戦争の危機に瀕する時代に「想像力」の重要性を訴えたとき、想像されるべき内容が核戦争が起こった最悪の事態のことであったように、そこでの想像的虚構は抑止的に働くこともあるのであり、それを介して「現実」更新の志向を含み抱えるのである。『個人的な体験』における鳥《バード》の「成長」も、イニシエーションに伴う心の空虚さを受け入れるという、現実によって限定される自己とその存在の空無化のあいだの葛藤によっていた。

なお、同時代の他の創作活動に目を転じてみれば、当時の前衛的な造形芸術家たちが選んだ方法にも類似の認識が浸透していたことがわかる。典型的な動向は、一九六〇年に始動し、一九六三年の読売アンデパンダン展を最後に幕を閉じた「反芸術」運動に代表されるだろう。アメリカでいう「ポップ・アート」に相当するそれは、アメリカ型の大衆消費社会が流入し、大量の「既製品《レディ・メイド》」が文化と社会の間を埋め尽くしていく時代にあって、かえって積極的にそれらをオブジェとして引用し、「現実」がすでにマス・メディア等によって半ば虚構化されている状況を露わにして見せた。言い方をかえれば、その方法は大衆社会における真の「現実」の不在性の自覚もあらかじめ含意していたことになる。彼らの多くの創作行為は、シミュラークルとしての社会が徐々に勢力を広げてくる中にあって、事実を材料に取り入れてリアリティを回復したり、アクチュアリティを主張したりするルポルタージュ的な論理だけを働かせたのではなかった。むしろ「現実」の「虚構」性を露わにするために「メディア」や「大衆的《ポップ》」な環境を利用したのである。とりわけ視覚的情報で訴える造形芸術においては、モデル小説のように単にドキュメンタリー的要素を表現に取り入れてみせても、古びたリアリズムを為して見えるだけである。「現実」の「不在」のリアリティを現前せしめることをこそ、求められていたのだ。大江の描いてきた「穴」の意味や「あいまい」のスタンスも、この文脈を共有するものとして理解しなくてはならない。

最初期の大江の文学は、蝟集する〈動物〉や〈物体〉――「奇妙な仕事」の犬や「死者の奢り」の死体など――のアナロジーによって戦後的大衆のイメージを示唆する悲観的な態度を示していた。だが、少なくとも「アグイー」の時点では「大衆的《ポップ》」なものが宿す空虚な「可能性」(=「不在性」)に目を向けていたように思われる。考えてみれば、「アグイー」というキャラクターは大衆芸術の最たるものであるハリウッド映画から引用されているのだ。大江の表す「空無」は、「想像」の世界への逃避を意味するのではなく、卑俗な「現実」に同語反復的に踏み留まる行為として受けとめるべきだろう。とはいえ、大衆的なアクチュアリティをもとめながら同時にそれを脱臼するような「あいまい」な方法は、いずれは単純な娯楽作品をもとめる大衆読者の理解を得られにくくするほかないのも事実だった。

本章の焦点となっている六〇年代初頭は、折しも『週刊読書人』一九六一年九月一八日号に載った平野謙の文章が「純文学論争」を起こしていた。平野は、文芸誌『群像』の創刊十五周年を祝しながらも、「マス・コミュニケーション」の語の流布とともに今日の「新しい問題」が生じてきたと述べ、『群像』が「現代文学全体の俗化あるいは中間小説化の機運に抗して、いわゆる純文学の擁護をハッキリ自己の目的として揚げ」てきた方針の見直しを求めたのである。大江の文学は私小説に代表される「いわゆる純文学」でもなければ、かといって松本清張などに代表される「中間小説」でもなかった。二十五年後、戦後文学史のなかの「へこんでいるところ」に落ち込んだ文学と自嘲気味に総括するまで、つまり、ますます「大衆」の可能性が見えづらい現代的消費社会が安定していくなかで、大江流の〈書くこと〉の倫理は苦闘を余儀なくされていったのである。

対して、川端の「無」は――プロセスにおいて「謹厳」を課せられるものの――いずれ、それ自体を美学的に「現実」と同化せしめる方角を目指していた。そのようにして、主体の内包する緊張を解除するのである。「ほのぼのとむなしい拡がり」のなかで主体性を「あいまい《ヴェイグ》」にすること、それは一種の「病ひ」を思わせるし、川端が自分の身を睡眠薬（Valamin）に溺れるにまかせていったのも故なきことではなかったといえる。意識的か否かを問わず、三十年を経て文脈が変わっても大江が川端を認められなかった要因は、この「無」の取り扱い方をめぐる――ほとんど作家的生理に関わるといってもよい――原形的な対立に基づいていたのではないだろうか。「アグイー」がふたたび召喚される大江の『晩年様式集《イン・レイト・スタイル》』（講談社、二〇一三年）の締めくくりに掲げられた、「八十歳の定点に向かう私への（中略）手紙」として、七〇歳の時に書かれた「ともかくも希望が感じられる」詩――その中にある「私も、老年の／否定の感情を深めてゆくならば、／不確かな地面から／高みに伸ばす手は、／何ものかにさわる／ことが　あるのではないか？／否定性の確立とは、／なまなかの希望に対してはもとより、／いかなる絶望にも／同調せぬことだ……」の文句には、なおも変わらぬ「否定性」の倫理が息づいている。

五　虚無を解消する方法――「片腕」論

さて予告したように、ここからようやく「片腕」を論ずるが、それにあたっては「眠れる美女」（『新潮』一九六〇年一月～六一年一一月）の参照を外すことができない。両テクストの間には見事な対称関係が見られるからである。双方の冒頭部分を確認してみよう。

たちの悪いいたづらはなさらないで下さいませよ、眠つてゐる女の子の口に指を入れようとなさつたりすることもいけませんよ、と宿の女は江口老人に念を押した。（「眠れる美女」）

「片腕を一晩お貸ししてもいいわ。」と娘は言つた。そして右腕を肩からはづすと、それを左手に持つて私の膝においた。（「片腕」）

どちらとも与える立場にある女の発話であることを共有し、しかし四十半ばの「宿の女」と「娘」、江口という三人称と「私」の一人称、そして何よりも、禁止の言葉「いけませんよ」と許可の言葉「してもいいわ」が綺麗に対比されている。

このように六〇年と六三年のテクストが、ちょうど川端が睡眠薬中毒の極みに達して入院をした時期を挟んで対蹠の関係を作っている事実――これを分析してみると、戦後の川端が新種の文学への挑戦を捨てて保守化したという批判を素直に受け取ることはできない。晩年においても川端は川端なりの「前衛」的な仕方でもって、文学のアクチュアリティの問題に取り組んだと考えるべきである。ただし、「眠れる美女」から「片腕」へという執筆の順序は、大江が「アグイー」から『個人的な体験』に進んで現実的な状況へのコミットに帰着した流れと方向性を共有していないのは確かだ。現在では海外研究者などに人気の高い「片腕」の作風を著して以後、未完に終わった中編『たんぽぽ』を含め、川端の創作が低調に陥った原因の一部を、そのような実生活空間からの離脱に帰すこともできる。

現に、大江と付き合いの深かった音楽家の武満徹（「アグイー」のDのモデルと思われる）も日本初のノーベル賞受賞作家に対する嫌悪感を口にしていたが、川端の老獪な印象は若手の表現者たちの反面教師にされた面が少なからずあった。彼らに嫌悪感を持って迎えられたノーベル賞受賞まで、そのまま時勢からフェードアウトしようとしていた川端を、しかしポストモダン文学の、さらに限定すれば九〇年代に活躍する特に一部女性作家の傾向――松浦理英子、多和田葉子、小川洋子、[*30]笙野頼子、川上弘美など――の先駆者の一人として位置づけ直すこと。妥協というかたちではなく、ある意味で後期資本主義社会の性格を親和的に取り込み、かつ大衆文学から距離を置いたスタイルを期せずして志向していた川端を改めて文学史のなかに位置づけること。大江がノーベル賞受賞時に先ほどの戦後文学史観（三つのライン）を提示したとき、一方では、「純文学論争」で平野謙が推した中間小説とは似ても似つかない、しかしポジションとしては似通った「J文学」の台頭がジャーナリスティックに言祝《ことほ》がれていたのである。第三のラインからはこぼれ落ち、第一のラインからも逸れていった消費文化社会に適応した純文学の来たるところを見定めるのが、本節の目的ともいえるだろう。

あらためて「片腕」に関して特筆すべきは、物語の基本的色調が「肯定」によって彩られていることである。「眠れる美女」の冒頭において提示された〈禁止〉の境界は導入されない。ほとんど性交の合体を意味する腕の挿げ替えさえ、「お持ち帰りになったら、あたしの右腕を、あなたの右腕と、つけ替えてごらんになるようなことを……」、「なさってみてもいいわ。」というかたちで、物語のはじめから許可されている。『源氏物語』をあげるまでもなく、古今東西、性の禁止の命令とその侵犯によって物語が駆動される通例――「眠れる美女」はそれに忠実に従っている――に真っ向から対立する書き出しに現代文学の〈挑戦〉をみなくてはいけない。その肯定の調子は、ちょうど中盤の、

「そんなことをしてもいいの？」

「いいわ。」

「………。」私は娘の腕の声を、はてなと耳に入れて、「いいわ、つて、もう一度……。」

「いいわ。いいわ。」

という娘の「いいわ」の繰り返しによって、さらにテクスト全体の性格を決定づけるものとなる。それも、登場人物の直接の発話の次元に話はとどまらない。肯定のメカニズムは、テクスト内世界を生成するレトリックの原理とも同調する。

このテクストに描かれる世界は「もや」の湿度に満ちている。片腕を持ち帰る途中、薬屋のラジオからは、「ただ今、旅客機が三機もやのために着陸出来なくて、飛行機場の上を三十分も旋回している〔中略〕。こういう夜は湿気で時計が狂う」し、「時計のぜんまいをぎりぎりいっぱいに巻くと湿気で切れやすい」と注意を促す放送が聞こえる。漠然と漂う「旅客機」や「時計」という機械的機能が働かず、堂々巡りを意味する「旋回」や狂

った時間を余儀なくされる場を、もやが用意している。もや空間は、視界を遮る代わりに、匂い、触覚、声・音（動物園の猛獣たちの吠える声は「アグィー」のDの録音を思い出させる）を増幅する。のみならず、「たれこめた湿気が耳にまではいって、たくさんのみみずが遠くに這うようにしめった音がしそうだ」（触覚と聴覚の互換）や、「香水をじかに肌につけると匂いがしみこんで取れなくなる」（触覚と嗅覚の互換）といった文に示される〈共感覚〉が、視覚に伴う距離感の狂いによって強調されている。アパートに到着後も、部屋に置かれていた泰山木の花は、今朝つぼみだったものがもう満開になって「しべを落ち散らばせて」いるし、窓の外に見る「夜は距離を失い、無限の距離に包まれて」いる。時空の平衡と限定がもやによって失調しているのだ。

このもやがテクスト空間の〈地〉を作っている。それが保証するのは、「私」の比喩的想像力をそのまま実体化する特殊な作用である。必要最低限の箇所でのみ表現されるので気がつきにくいが、物語の要所で起こるモノの活動は「私」の言語的思惟によって事前に用意されている。たとえば、最初のほうに「もし腕がものを言うようになったら、返して頂いた後で、あたしがこわいじゃありませんの。」と娘による牽制の言葉が置かれているように、設定上は片腕は声を発しないものだった。しかし、「私」がアパートの部屋の中に片腕を連れ込んだとき、「「なにかこわがっていらっしゃるの？」と娘の腕は言つたやうだつた」（以下傍点引用者）として、あくまで「私」の直喩の主観的印象をきっかけとして、それは話し始める。現実に発言を聞いたのではなく、「私」が聞いたように思えるから、現実に聞いたことになる世界。ほかに「片腕」の上に現れた「ほほえみ」も、後から筋肉の微細な動きと光の加減の効果にすぎないことがきちんと説明されているし、また、「私」は部屋のなかの小型ラジオのスイッチを入れようとして止めたにもかかわらず、「しかし、ラジオはこんなことを言つてゐるやうに思はれた」として放送の内容が示される。

このルールを前提とすると、実は何の前触れもなく片腕を外してみせる冒頭の異常な行為も、同様のレトリックが作用した結果であることが疑われる必要がある。後説の形にはなるが、片腕の分離を導いた比喩も確かに律儀に描かれている。「私」が娘を普段「やや斜めのうしろから見ると、肩の円みから細く長めな首をたどる肌が掻きあげた襟髪でくつきり切れて、黒い髪が肩の円みに光る影を映してゐるやうであつた」という回想の描写がそれで、娘はあくまでその形容を忠実になぞるように「肩の円みをつけたところから右腕をはずして、私に貸してくれた」のだ。言語的思念の現実化によって生成しつづける世界は、端的にいって睡眠下における夢見の原理にもとづいている。「片腕」は、大正時代の百閒文学にみたような伝統を引き継いで、夢の内的経験を描いた世界なのである。

ところで、「片腕」の主軸となるテーマは、大胆にまとめてしまえば、「虚無」に由来する「孤独」の問題になるだろう。記憶定まらぬ幼児期に父母を亡くし、その後十年のうちに祖母と姉を立て続けに失った川端の元来の「孤児」感覚に鑑みるならば、逆に「孤独」にもとづく「虚無」とする方が正しいかもしれない。そのことを踏まえると、次のごとき謎めいた描写の必然性も朧気ながら了解される。

> 「窓をしめる。」と私はカアテンを引こうとすると、〔中略〕窓ガラスに私の顔がうつっていた。〔中略〕私はカアテンを引く手をとどめなかった。私の顔は消えた。
>
> ある時、あるホテルで見た、九階の客室の窓がふと私の心に浮かんだ。〔中略〕幼い女の子が二人、窓にあがって遊んでいた。〔中略〕ふた子かもしれなかった。西洋人の子どもだった。二人の幼い子は窓ガラスを握りこぶしでたたいたり、窓ガラスに肩を打ちつけたり、相手を押し合ったりしていた。母親は窓に背を向けて、編みものをしていた。窓の大きい一枚ガラスがもしわれるかはずれかしたら、幼い子は九階から落ちて死ぬ。あぶないと見たのは私で、二人の子もその母親もまったく無心であった。しっかりした窓ガラスに危険はないのだった。

自分のアパートの窓ガラスの描写から、突然、過去の情景の連想に文章が流れるのだが、なぜこのタイミングで、この特定の記憶なのかは理解しづらい。共通項は「窓」のみで、窓に対する言及は他にも何度かあるからである。考えられる解釈の一つは、両者の接続を「窓」自体ではなく窓を媒介にして表現された「孤独」の連携とみなすことである。ガラスの向こう側に明かりがあれば、それは窓本来の透過性を発揮する。幻想的にライトアップされるのは家族の幸福である。幼い子が「ふた子」らしいのは、このテクスト以外にも川端が一貫して扱ってきた〈分身〉（一人では欠けているという主題）に関わる描写であり、また、その家族が異人であり、「九階」の高みに位置し、二重にも三重にも「私」から疎隔して、決して触れえぬ世界として現象していることが重要である。この場合、窓はこちらの世界と向こうの世界とを分け隔てる越境不可能性を体現している。一方で、窓の向こう側が暗闇であれば、ガラスは媒体性《メディウム》を露わにして鏡と変ずる。「私」の視線を「私」自身にはね返して「私」自身の〈分身〉性を浮かび上がらせ、「一人では欠けている」空漠さを照らし出す。いずれも「孤独」の認識をまぬかれない。

　よって、この小説の目的はあからさまに、その「孤独」の克服を目指して、欠如を抱える「私」とそれを補いうる最も美的なものである「片腕」との合体、すなわち完全なる自己充実へと向かって進んでいくことにある。だがそのプロセスは容易ではない。川端が用意したのは、「孤独」の器となっている「虚無主義《ニヒリズム》」にフェティシズムを対抗としてぶつけることで、一時的にせよ、〈充実〉のナルシシズムへと退行する道を開く策である。

　断っておくと、一般にナルシシズムとフェティシズムとは共に正常的精神からの逸脱の烙印を押されている点では「異常」の仲間関係を結んで見えるが、理論上は、もともと両者は相対立する性質によって定義されている。フロイトのリビドー理論では、心的存在としての人間のセクシュアリティは大ざっぱに、自体愛→自己愛《ナルシシズム》→対象愛という形で成長するとみなされた。自体愛は人間としての境界自体が不分明な原初的な状態である。精神分析の説明では、次の段階の自己愛と対象愛の、すなわち自我欲動（個の保存）と外界への性欲動（種の保存）の対立関係が枠組みとして参照されることが多い。ところでフェティシズムはいかに外見上倒錯にみえたとしても、リビドーが外界の対象へ向かうことに違いはないので、「対象愛」にカテゴライズするしかない。ナルシシズムとフェティシズムが原理的には互いを否定し合う理由である。

フロイトのフェティシズム論は単純で、一言でいうなら、「不在」という現実の否認のことである。子供は幼少期に母を通して女性における ペニスの不在を目撃するが、その事実を心的な防御によって否認する。つまり、お決まりの「去勢不安」の乗り越えが問題になるのだが、当初のペニスに対する関心を何か他の「代替物」に振り替えることで、この「外傷的な印象」を健忘する作業の結果がフェティシズムになる。フェティッシュ（執着の対象物）として下着や足が選ばれやすいのは、「不在」の認識から目を逸らすために、そこに関心や視線が到達する直前の「実在」のモノに性的欲動が固着することによる。むろんそれは代替物への逸脱なので「正常」ではない。しかし、外界の対象にリビドーが方向付けられているのは事実だから、ナルシシズムに比べれば多少は成長した状態だというのがフロイトの見解である。フェティシズムは性器への直接の興味を失っているために人間社会への建設的効果を持たないが、代わりに性的満足は容易に得られ、精神が重い障碍を被ることもない。つまりは健全な「倒錯」なのである。先の発達段階の説明に引きつけるならば、ナルシシズムから対象愛へと移行する中途的状態に位置づけてもいいだろう。

もう一点確認しておきたいフロイトの主張がある。「女性はそれでもなおペニスを持っている」として現実を代替物によって「否認」するフェティシズムの心的態度は、その実、現実の抹消を遂げるわけではないことだ。心は事実を「認識」していないが、それを薄々知っている。知覚に否定的認識の覆いをかけただけでは、経験の事実自体が最初からなかった状態にリセットすることはできない。フェティシズムはあくまで、「望まぬ知覚の重みと反対欲望の強さの葛藤の中」において、「二つの妥協」が模索された結果なのである。

ところで、フェティシズムとナルシシズムは性格を対立させるものの、両者は発達段階的には隣り合っているのだから、後者から前者が発生する関係について説明の整合性が求められる。フロイトは次のように述べている。男の子が女性のペニスの不在を目の当たりにして、それを去勢後の姿とみなし、将来自分もそうなる恐ろしい可能性を考えるとき、「自然が用意周到にもこの器官に備え付けておいたナルシシズムの一部が反抗する」[*31]と。つまり、男根が切除される危機を感じて、自我保存のエネルギーが「否認」の所作を導く。それゆえフェティシズムは、結果的にナルシシズムへの志向と対象愛への志向の相反する両方をそれぞれ半端なまま抱えていることになる。そこで、この条件を逆手にとり、まずフェティシズムを表現し、それを媒介することで、初源的な本来のナルシシズムへ遡る可能性が浮上してくるわけだ。

なぜ、遡りの作業が必要なのか。「孤独」はナルシシズムを基にするのではなく、他者との接続（対象選択）をあきらめる結果として生まれた後学的な自己への愛――エゴイズム――によって支えられている。初源的なナルシシズムは他者あるいはその不在の認識などが判然としない無差異の場である。「虚無」に抵抗するのに異性愛の追求や変形をもってしては埒があかない、逆に一時的に〈退行〉する以外の手がないと、少なくとも川端は直観していたに違いない。とりわけ「眠れる美女」において「東洋の無」というよりは西洋風の「虚無」に近い認識への誘惑と格闘し、それへほぼ殉じる結末を描く結果になった後においてはなおさらである。[*32] 川端の作家活動にとって終始一貫して切実だった文学的課題、ひいては〈サルトル‐大江〉の議論にみてきたような同時代の文学的課題を引き受けた方法の模索として、この「片腕」を位置づける必要がある。

実際、物語のはじめの方で、娘の片腕を大切に抱える「私」の恰好は、「娘の腕をたしかめるのではなくて、私のよろこびをたしかめるしぐさであつた」と、まるで自分自身を抱き締める姿態として、いわば描写の伏線が張られている。片腕というオブジェは「私」の文字通りの部分的対象愛であるから、典型的なフェティッシュといえるだろう。しかも、その腕を提供した娘は処女であると同時に母――「濃い青の絹」の服を象徴的に着ている女、すなわち聖母マリアの〈純潔〉――を体現している。このテクストは川端の全作のなかでも相対的に宗教的コノテーションが多い。宮沢賢治の掌編「マグノリアの木」は涅槃の在り方を扱っているが、その世界を満たす霧、きらめき漂う「琥珀の分子」、そして「寂静印」としてのマグノリアの木（泰山木）など、共通する仏教的イメージが「片腕」の舞台美術にも頻出する一方で、プロットにかかわる思想的な道具立ては――新約聖書の文句が度々引用されることからも――キリスト教である。したがって青色の対照である「朱色の服」を着て車を運転する女はマグダラのマリアに付された娼婦性の体現ということになる。「マグダラのマリア」の名の言及は本文中にないが、娘の片腕が「私」の肩につけられた直後に、関連する聖書の一節が引用されている。「女よ、なぜ泣いているのか。誰をさがしているのか。」というのがそれで、イエス・キリストが復活した際、その復活に気づかず墓の傍らで泣いていたマグダラのマリアにかけた言葉である。


「脈も消えてないね?」と私はまた聞いた。

「いやあね。お信じになられないのかしら……?」

「なにを信じるの?」

「御自分の腕をあたしと、つけかえなさったじゃありませんの?」

「だけど血が通うの?」

「(女よ、誰をさがしているのか。)というの、ごぞんじ?」

「知ってるよ。(女よ、なぜ泣いているのか。誰をさがしているのか。)」

「あたしは夜なかに夢を見て目がさめると、この言葉をよくささやいているの。」


この場面の前、「私」の右腕の代わりに娘の片腕が付けられた直後、あたかも娘が母から自立したかのように、片腕が「あたし」という自称をはじめる(といっても実際は例のごとく「言ったようなひびき」がしたにすぎないのだが)。ひとつの身体の上に二つの意識(一人称)が並存することによって、片腕は他者を丸ごと代象する存在になる。その〈自‐他〉の拮抗関係の成立の段階を経て、「私」の恐怖は次第に片腕になだめられ、脈が同期し、血が通い、「遮断と拒絶」が知らず消えて、自他融合の至福の安眠に到るプロセスへと続く。右の会話は、その入り口で交わされた内容である。おそらく聖書のエピソードから片腕の娘が読み取った意味は、本当は何も喪失していないのに、最も大事なものをあたかも喪失したかのような悲しみに捉えられ続けるのが人間存在の根本の姿である、ということだろう。フェティシズムの強引な解決とは違って、たとえ「不在」が現実であっても、それが非喪失であることに気づかせしめるのが「信じる」態度なのだ。だから夜中に夢から覚めて「孤独」が心に襲来する瞬間に、娘は祈りの言葉としてイエスの台詞を囁く、「孤独」のまやかしを砕くために。そして「私」は片腕が発声したその文句を「永遠の場で言われた、永遠の声のように」聞いて不安を溶かす。片腕は悪魔のしわぶきを消すといって「私」の耳を塞ぎ、「過ぎた日の幻」を消すといって「私」のまぶたを覆い、「私」は「うっとりとろけるような眠り」に引き込まれていく。仮に全体の物語空間を寓意的に夢の中にいる状態と捉えるなら、「私」はここで二重に睡眠の深みに沈んでいくことになる。

片腕の母体は聖母を象徴するから、片腕との合体は純潔の母との交合＝自他同一視の願望に他ならないと考えるのはナイーヴにすぎる解釈かもしれない。が、やはりこのテクストは想像的起源（想像界）への退行と心的充実性の回復を、とりあえずは志向して書き進められた点は否定しがたいだろう。フロイトも、睡眠下はリビドー（心的エネルギー）が外部の対象を離れて自我を循環する状態（あるいは自我の生成の途上）にあることを言って、ナルシシズムによる充足と回復の場と考えていた。とは言いながら、ここで話を終えるほど平凡な結末を川端が選んだのなら、そもそもこの短編を論じる価値はほとんどない。至福の「幼い子の寝つき」の獲得のあと「私はいなくなった」という「私」性の消滅に達した矢先に、「ああっ。」という「自分」の叫びに驚いて「私」はたちまち目を覚ましてしまうのである。

これは川端のような不眠症患者にはありがちな、眠りに陥る瞬間、意識の無化（＝死）の恐怖に突き上げられる衝動の表現ともいえて、なるほど高次の自我を捨てきれない「私」という自己意識の惨めさにみえる。つまり内田百閒を中心に論じてきた「気づき」の表象と外形は似ていながらも価値を転倒した平凡な覚め方のようにもみえる。しかし、そのまま「私」の反射的な振る舞いが、娘の腕をもぎ取って元の腕を付け戻す「魔の発作の殺人」にまで及ぶ直接の原因は平凡ではない。睡眠中に、切り離された自分の「右腕」が「不気味なもの」として「横腹にさわっていた」のである。「私」が「私」の無へと限りなく接近したとき、「私」は「私」自身の肉体（片腕）の生々しさに触れる。言い換えれば、「私」は物語を通して意識の内の内へと潜り込んでいき、ついに無と同化（消滅）する、その最奥で「私」の〈もの〉性に触れてしまう。*33

「不気味なもの」という言葉を見て、フロイトの著名な論文「不気味なもの」*34を思い出さないわけにはいかない。川端の意図したことかはわからないが、「片腕」で扱われている多くのテーマ――ドッペルゲンガー、ナルシシズム、アニミズム等々――がフロイトのいう「不気味なもの」を形成する諸要因にそのまま当てはまることは指摘しておきたい。まずフロイトが語源の分析において注目したのは、「不気味なもの unheimlich」の語彙に「わが家の」を表す heimlich が含まれていること、したがって後者の語用は、ふつう「馴染みのもの・居心地良いもの」を指すのだが、なぜか「隠されたもの・秘密にされているもの」、さらには「危険なもの」、ついには「不気味なもの」という正反対の語義をもつようになったことである。接頭辞“un”は否定の役割をもつので、家にいる時の「馴染み」の反対語が「不気味」になるのは語彙の自然な派生といえるが、元の heimlich までが単独に「不気味なもの」を意味してしまう両価性は何に原因を持つのか。また、そうなれば“un”の役割をどのように理解すればよいのか。そこでフロイトは提案する、“un”を heimlich な〈もの〉を抑圧している印のようなものと考えたらどうか、と。つまり、「慣れ親しんだもの heimlich」が抑圧下におかれるとき、それは、秘密なもの・危険なものとして一層の内側に隠されるが、本質的には heimlich であることに変わりはない。そして何らかのきっかけで回帰してきた親しみ深いものに出会うとき、それは「不気味なもの」として眼前に現れる。抑圧モデル自体は「片腕」にそのまま適応可能とは言い難いが、語源に「わが家」が含まれるなどは、「私」が「片腕」を自分の「家」に持ち帰る理由そのものと言えるし、また抑圧を取り除ける睡眠中にこそ「不気味なもの」に出会う理由にもなるだろう。ようするに「私」は自他の境界を無くした涅槃《ニルヴァーナ》（ラカン的にいえば想像界）を突き抜けて〈リアルなもの〉に触れてしまったのである。たちまち「私」は自分自身の腕を反動的に取り付け、自己という鎧をまとい直すのだが、その時、「自分のなかよりも深いところからかなしみが噴きあがって来」る。「孤独」は根源の露わな姿を垣間見せたことでかえって強化され、その克服の狙いは物語的には失敗に終わったのだ。それが一つの結論である。

ところが、テクストの自律的な運動はそこで終わらない。娘の片腕はなおも現前しているからである。「私」の腕が生命を取り戻す代わりに、娘の片腕は冷たく硬化し、すでにものも言わなくなった。「私」が「ように」の言葉で繰り返し強化していた夢の幻想（＝魔法）が遂に解けてしまったことで、片腕は生命を失った。だが、その片腕自体はそのまま「不気味なもの」に転化し、なまなましい物体として残されている。果たして「私」は今、現実に帰ったのだろうか、それとも未だ夢の続きにいるのだろうか。川端が描いた「不気味なもの」の存在感は、何を理由／目的としてテクストに招き入れられ、どのような歴史的意義をもっているのか。

この考察に及んでフロイトの議論で特別に注目したいのは、「不気味なもの」との遭遇においては、「知的な不確かさ」[35]がもはや問題にならないと述べられることである。フロイトは「不気味なもの」を解説する最初の例として、E・T・A・ホフマンの小説「砂男」（一八一六年）を持ち出している。主人公のナターナエルが幼少期に出会った「砂男」なるものが青年期にも「眼球を奪いに」反復強迫的に現れて、ついに彼は発狂して自殺してしまう物語である。フロイトは、この作品の「不気味な効果」の由来を、眼前に繰り返し回帰してくる砂男が、果たして主人公の幼年期のトラウマと妄想から想像的に生まれたものなのか、作中の現実として本当に存在しているのか、その判断がつかない「知的な不確かさ」に帰すことに反対する。つまりここでの主観的な「不確かさ」は、「現実」と「想像」の間で宙吊りにされる心的状態を指しているわけだが、その上で、「知的不確かさなるものは、この不気味な効果を理解する上で何の役にも立ちはしない」とフロイトは主張するのである。ホフマンは空想か現実かを「確かに意図的に明かさない」ようにしているが、登場人物の心的な眼を通して「不気味なもの」が差し迫ってくる生々しい強度を前にして虚実の問いは不毛である。それが妄想にすぎないものだと仮に「解明されたからといって、不気味なものの印象はいささかも薄れないのだ」[36]。

同様に、川端の描く片腕も、夢空間と現実という認識の境を自在に行き来する〈もの〉性を帯びた存在とみなす必要がある。テクスト空間を設定している「私」の主観と客観の区別をこぼれ落ちる残余という言い方もできる。もちろん、この手の〈もの〉が近代文学の歴史の中で描かれなかったわけではない。第三章で論じた内田百

小出楢重『めでたき風景』（創元社、1930年）より

開「冥途」に出てくる蜂や、宮沢賢治「銀河鉄道の夜」でジョバンニが三次空間から持ち込んだ「不完全な幻想第四次の銀河鉄道なんか、どこまででも行ける筈」の「通行券」や、他にいくつもあげられそうだが、物語の中心主題と一致するほどの扱われ方をした例を「片腕」以前の小説に見つけるのは簡単ではない。そもそも「切断された身体」という現象学的還元をうながすような衝撃力のある夢見の描写は、物性に疎い文学よりも、手足のもげたギリシア彫刻や仏像彫刻――いずれも神的物体である――の先例をかかえて発展してきた美術のパースペクティヴに置くほうが理解の座りがよいかもしれない。[*37] 紙幅の都合で詳細な検討は避けるしかないが、事実、六〇年代にラディカルな芸術運動の再来を迎えて、川端は贔屓にしていた昭和初年代の「稚拙」を志向した新傾向の絵画、例えば先述した古賀春江の「をさなごころの驚きの鮮明な夢」や日本近代画家には珍しい小出楢重の量塊性のある絵画など、かつての前衛的芸術の精神を思い返した様子がある。[*38] 図はその小出楢重が著した随筆集『めでたき風景』（創元社、一九三〇年）の「グロテスク」の章にある挿絵である。「片腕」の「私」は、初出時には「三十三歳」と年齢が書かれていたが後に削除された。ただの偶然とは思われるが、発表時の三十三年前、つまり「私」の生まれた年がちょうど出版年にあたっている。

ただし、外した片腕の関節が動くように娘が唇を当てて魂《アニマ》を吹き込む描写があったように、新時代に即した現代風の特徴――比喩や非人間的部分の人格化――を加えているのが物語構造をもつ小説ならではの大きな差だという指摘はできる（その点ではむしろアニメーションの美学の影響を考えたくなる）。[*39] また、「片腕」の内容から誰もが思い当たる人形愛《ピュグマリオニズム》のテーマ性にかんして、六〇年代に唯一無二の存在感をもった人形作家・四谷シモンの登場は無視しがたいが、高原英理がシモンを論じながら広く提出した「ゴシック」の美学的流派の開祖の一員とするわけにもいかない。[*40] ハンス・ベルメールの紹介やそれに範を仰いだ四谷シモンの人形の猟奇的な毒々しさは、同じ六〇年代といっても少々後ろにずれ込んで流布した様子だし、そもそも川端が具現した世界は、それよりはるかにリリカルな色の濃いものである（とはいえ、川端の片腕が肩にもつ奇妙な「円み」が球体関節人形のそれに見えることは看過しにくいし、四谷シモンの人形にはベルメールにないナルシシズムの要素が強く現れ出ているため、[*41] ベルメールの日本的受容において川端とシモンの間に共通点を読む作業も考えうるのだが）。

同時期の他の文学者に目を転じてみるならば、一九六三年は「三島由紀夫が「林房雄論」（『新潮』一九六三・二）を書き、保田与重郎が論壇に復活し、林房雄の「大東亜戦争肯定論」（『中央公論』一九六三・九―一二）が論議を呼んだ[*42]」年、つまり「戦後民主主義」の念誦が効き目を失いつつあった年でもあり、佐藤泉によれば、そのような「動き」を代表する文芸評論家が磯田光一だった。その時期、磯田は三島をめぐる議論を軸に、「政治的副作用が問題にならない領域に文学」の「切り出し」を行い、「現実と小説との分割線を引くという象徴闘争」を行う。現実の政治は政治のプロが取り組むべき領域であって文学のあずかり知らぬことである。文学は、思想の内容を評価してヒューマニスティックな「現実的効力」の観点から左右の対立のいずれかを支持するのではなく、「ただ至高の理念に殉ずる者の心情に向けられる美学的関心」だけを表象すれば本望というわけだ。だが、「美しい死」への憧れを糊塗したら文学は形骸化の一途を辿るばかりという危惧は、やはり反動的なメンタリティの一つの形を表していたと言わざるをえない。深沢七郎「風流夢譚」（『中央公論』一九六〇年一二月）が引き起こした嶋中事件（一九六一年二月）等の政治的現実と密着した直接の事件以外にも、あらゆる表現ジャンルで既成権力との闘争が行われ、「純文学」論争でいくら「純文学」を擁護しようとも「社会派推理小説」の勢いが止まらなくなった「六〇年前後」――それから数年を経た反動として、一部作家の心情の空白は殉教の「美」という信念によって埋め合わせられることを求めた。「現実」にたいする文学の「虚構」の超越性を重要視する流れが一九六三年頃にふたたび山を迎えた理由は、そうした事情による。一九六〇年一月に連載が始まり、途中ペースを崩しながら、一九六一年一一月に連載を終了した川端の「眠れる美女」も、時期的にやや前倒しの感はあるものの、磯田のいう「美しい死」を虚無の中に志向する小説として受容されても致し方のない内容だったのは間違いない。

ところが、問題の一九六三年執筆の「片腕」は、実生活とは無縁の非現実的な世界を描いているとはいっても、「至高の理念」やそれに殉じる「美しい死」に向かう「美学的関心」が描きうる世界とはまるで異なる。「片腕」のそれは物質的自律性を帯びて不可思議な生々しさをもつもので、もちろん、「アグィー」（や『個人的な体験』）の分析で確認した空無と現実のあいだに育まれる「あいまい」で倫理的な主体にも伴わない性質である。「片腕」を作り上げている「美」の原理は、端的に「虚」と「実」の拮抗関係を解消し、別種の〈現実感《リアリティ》〉を作るのだ。大江が文学的認識の原点として守り続けてきた「否定」という実存を前進させる態度に対して、「片腕」は言葉の運用それ自体（比喩）が持つリアリティの「肯定」へと主調を向けている。

そして改めて考えてみれば、「近代文学」の終焉が自明視された冷戦以後においては、この種のリアリティこそが、むしろ一般的な文学的リアリズムとして認識される状況に成り変わり始めていたのではないだろうか。マンガ・アニメ・電子ゲームなどを通して「不気味なもの」は巷に溢れ出て、その驚異を希薄化しつつ、小説家たちが表現すべき世界の「風景」と化した。大江が一九九四年に抵抗の堤として引いた戦後文学の三本のラインがその自律的かつ横断的な運動を囲い込むことは、各々のラインに与えられた定義からして無理だったのである。たまたま川上弘美が同じ一九九四年に――もちろん一人で時代を代表すると言うのではないが――ファンタジーとリアリズムの同化したマジカルな小説世界を描いた「神様」（『ＧＱ』七月）によってデビューした。彼女が影響を受けたことを公言した作家は内田百閒である。だからより正確にいうなら、その時期に終焉したのはいまさら「近代文学」ではない。実存と虚無の問題を俎上にのせ続けた「戦後文学」、あるいはその時代の思想をパースペクティヴとして編み上げられた旧来の「近代文学史観」がとどめを刺されたのである。

六　「あいまい」の行方

最後にまとめとして再確認するが、一九六〇年頃の大江の「あいまい」はそれこそ使用範囲が若干曖昧なところがあって、川端からイメージされる美的な「漠然」と、大江自身の理性的・弁証法的なかたちでの「捻れ」とを腑分けするような発想はなかった。むしろ、人間の主体形成において必要不可欠の〈否定〉性の契機を問題化した概念だった面がつよい。いわゆる戦後の「近代的主体」をめぐる論争の枠組みから外れていたわけではなかったのだ。

ところが、一九九四年の記念講演において「あいまい」の説明は、直接的には戦後的文脈における日本の主体的ポジションの「あいまい」によってなされた。つまり、アジアに属する日本が西洋の近代化に便乗していく過程で、被植民地的立場から転じてアジアの諸国を植民地化していった歴史的捻れの形容にあてられている。そのようなパースペクティヴに振り替えられた事実は、この概念の意味するところの最後の変形を考えるうえで無視できない。六〇年頃には、冷戦体制下における各種〈陣営〉のヘゲモニー争いや、戦前の思想への内省と戦後の思想の立ち上げという国内の世代論的な視点は強くあっても、歴史的記憶が現在のグローバルで日常的な力関係を配置し続けているというような、ポストコロニアルの問題意識は高くなかった。だが終戦五〇周年を迎える直前、問題の基準は真に「世界」になっていたのである。

川端の「美しい日本の私」の講演時、すなわち一九六八年は世界システムの転換の突端にあたっていた。一九七一年に実質的にアメリカ一国支配だった戦後体制の崩落を意味するニクソン・ショック（ドルと金の兌換の停止）を大きな目印として、一九八〇年代に新自由主義社会が推進され、やがて冷戦体制崩壊後の一九九〇年代にグローバリゼーションの運動があらゆる場所で表面化していくことになる。その意味では、川端の振る舞いに〈抵抗〉の気概を読むことも可能なわけだが、実際には逆に、多くの新世代の表現者や現在の評論家から、状況認識の甘さや鈍感さの指摘を誘発することになった。大江の「あいまいな日本の私」は、この端境の位置にある川端の講演を批判的に引用し、それをスプリングボードとすることによって、「あいまい」の意味を九〇年代的状況にあわせて更新して見せたのである。その結果、大江はグローバル社会における自らの日本語文学の立ち位置の困難さを理知的に明らかにして、その困難さの自覚ゆえに多数のさまざまな〈他者〉（特に第三世界）にも読まれうる「世界文学」になりえていることを主張することになった。そのとき大江は、もしかしたら、一九六三年を境に作家としての困難な自立を果たした自分と、その後ついにまともな小説を書くことがなかった川端との交代劇を、「世界」の舞台において ambiguous の倫理が vague の美学を乗り越えた出来事として読み直していたのかもしれない。

だが果たしてそんなに単純に整理してよい議論なのかどうか。『個人的な体験』の赤ん坊を生きさせるという責任を選ぶことは「現実」に降下することであり、「アグイー」のいわば選ばないこと（否定すること）に浮遊する「虚構」との緊張関係をつくる。そのように考えた場合、この「緊張関係」に踏みとどまる者のみが、妥協的現実への順応でも、想像的逃避でもない、可能性としての現実を請求できる。その「あいまい」さが「ノンセクト」かつ「ラジカル」な現実改革を支持する六〇年代的メンタリティの拡がりの中で、大江健三郎という作家がもった力の秘密の一つだったのだろう。しかし、一九六三年当時、虚実の境界の取り外しを試みた川端の「片腕」のほうは、後に大江が提示した vague という形容によっては収められない奇妙な逸れ方をしていたと映らざるをえない。

もし一九九〇年代になって、大江のなかで文学の世界性の問題を整理するために「あいまい」における ambiguous の意味を強調し、その対抗の対象として vague を括りだす作業が必要になり、そこに先行する宿敵の川端を押し込めたのだとするなら、「奇妙な逸れ方」をしたテクストはその枠組みに対してまさに異物としての性格と存在感を抱えてみえるのは避けられない。むしろ視点をずらして、九〇年代から二十年経った現在の文学状況の結果を知った立場から、九〇年代における文学の「世界性」の配置を読み直す手がかりとしての価値を

「片腕」にみることも可能である。論じてきたように、「片腕」は、明治三〇年代から大正期中頃までの識閾下に沈潜する内向性をもつ文学を復活させた面をもちつつ、同時に、高度消費社会が生み出すシミュラークルの速度と流動性のなかで表現のヒエラルキーが崩れ、日常空間に紛れ込んでくる「不気味なもの」や「比喩的なもの」のマジカルな「現実」化によって、事実的にはありえない別種の生活ルールを描き出す現代文学を先駆けていたと言うこともできるのだ。先に名をあげた松浦理英子、小川洋子、多和田葉子といった九〇年代から活躍を始める作家たちが、文学の圧倒的な大衆化の波に対してかろうじて内向きに保っていた距離は、六〇年代の川端が大衆化の問題から微妙に身を逸らしていった在り方に似ている。

大江は戦後文学の三つ目のラインを〈サブ・カルチャー〉の文学と述べて、その代表として村上春樹をあげていた。が、最初期のものならともかく、九〇年代の村上を指して〈サブ・カルチャー〉と規定するのは、現在から見る限りやはり違和感がある。すなおに〈ポップ・カルチャー〉（大衆文化）寄りの文学と見なすのが自然ではないか。同じ三つ目のラインに属する例とされた吉本ばななも同様である。とすると「九〇年代から活躍を始める作家たち」をその時点では大衆文学の作家とは見なしにくい以上、三つのラインの機能は九〇年代においては不全というしかない。ただし、ばななの作風の背後に少女漫画の説話感覚（サブカル的）を読み取ったり、川上弘美や小川洋子のその後のスタイルの変化と発行部数の飛躍的な増加（大衆化）をみたりするならば、両者の傾向の区別は判然としなくなる。〈サブ・カルチャー〉はネットワーク社会の整備とともに大衆化していき、〈大衆的《ポップ》〉なものとの差異は抹消されていったからだ。

おそらく大江は九〇年代を戦後文学の三分類の考察の対象から外していたのだろうが、もし、このような新しい事態を先取りしていたと、三番目のラインの意味を解釈するならば、それは一九九四年の時点では十分な有効性をもっていたともいえる。だが、三つ目のラインの機能に問題がないとしても、今度は、外国文学に真摯に学んだ第二のラインという「陥没」に定義上の独立性はあるのだろうかという疑問が頭をもたげてくる。村上春樹が日本文学を避けてアメリカ文学の翻訳調による脱日本化の文体を押し出したのはよく知られる事実であるが、大江の文学も伝統的な日本文学には向かわずに何かしらの翻訳を思わせる非流麗の文体と評されていた。その逆に、戦場を体験した大岡昇平の文学に、大江のスタイルと共通するものをどれだけ見出せるだろうか。初期の「奇妙な仕事」「死者の奢り」「飼育」から『個人的な体験』まで、いまだ成長過渡期の「僕」が、澁澤龍彦が肯定的にいう「インファンティリズム（幼児性格）」や「肛門期的性格」の資質をあらわに、卑猥や不潔（グロテスクなもの）を「奇妙な比喩の濫費」*43によって時にコミックに語り出す世界には、既成の「近代文学」の否定としてあるべき「現代文学」の「若者」の感性が類例のないほど満ちていた。三島由紀夫は、一九七〇年に書いた漫画についてのエッセイ「突拍子もない教養を開拓して欲しい——劇画における若者論」（『サンデー毎日』二月）で、劇画の抱える二面性を、近年「啓蒙家や教育者や図式的風刺家」に堕ちてしまった漫画家（手塚治虫や水木しげる）の描く「教養主義」的な教養と「貸本屋的な少数疎外者の鋭い荒々しい教養」の対立として説明した。当然ながら、三島が推奨するのは、体制的な制約を突き抜けてしまう「無垢の民衆」の力を代表する後者の教養であって、前者は「俗衆」（大衆）の教養として退けられる（これはマスメディアを介して堕落した〈ポップ・カルチャー〉と大衆的人気の転覆を期待される〈サブ・カルチャー〉の——当時においてこそ顕在だった——対立に相当するだろう）*44。この二項の分裂を強引に当てるなら、大江の前期の文学が「荒々しい教養」に折々与していたことは否定しがたい。

しかしながら、「アグイー」や『ヒロシマ・ノート』の議論で見てきたように、大江は方法論の観点からしても「大衆」の問題を疎かにしなかったのも確かである。これは五・六〇年代の論壇に絶大な影響力を持っていた吉本隆明が掲げた「大衆」の概念が右の三島のいう二面性をもともと含みもっていたことも大きいと思われるが、そのことを詳述する紙幅の余裕はない。何にしても、五・六〇年代の大江文学を振り返ったとき、そこに第三のラインを部分的に定義する「大衆」なり「民衆」なりの欲望の力の実現が多少とも感じられてしまうのである。たとえば村上春樹は、独自の比喩表現に満ちた文体を作り出したという意味においても、七〇年代以降の大江の歩みのように神話的な装いに現実を再構築していく手つきという意味においても、ある種の継承者だったように見える（結果的には全く反対の文学に辿り着いたようだが）。しかし問題は単に両者を直接に比較することの可否ではない。上述した「内向き」の九〇年代の作家たちが、マジック・リアリズム風の手法と〈喪失〉のテーマを巡る一人称のスタイルを駆使して奇怪な世界を構成していったという意味で村上の影響下にあり、その村上の上流に大江が控え、そこから安部公房の後ろ姿まで見えるのであれば、大江が自らをambiguousの系譜として屹立させ、他から分け隔てようとした陣営の差異はもはや「不明瞭《ヴェイグ》」というしかない。逆に言えば、その不明瞭さにおいて「現代文学」は出発点を共有していた。最初期から観念としての「穴」を作品内にリテラルに（物理的に）描いてきたことからもわかるように、魔術的な現実感は大江が率先して好んだものであり、ノーベル賞記念講演でも積極的に支持した方法である。

ノーベル賞受賞直前に、大江が第二のラインは「世界からもっとも早く忘れられてゆく者らではないか？」と自嘲気味に認める背景にあったのは、文学をめぐる状況の変化によって、その第二のラインの存在を維持する区別自体の無効化がもはや取り返しのつかないほどに進行していた事実である。そのような状況に大江があえてambiguousとvagueの対立関係を仮構し立ち上げて守ろうとしたものを戦後文学史を遡って探すとき、「一九六三年」の緊張のなか、すなわち「アグイー」と『個人的な体験』の関係のなかに、それは見出される。だが、まさにその場所において、一九九〇年代に表面化する新しい「状況」がすでに胎動していたことが、川端の「片腕」を通して浮かび上がってしまう。その意味において、「一九六三年」は、「昭和文学」あるいはより限定して「戦後文学」の精神の終わりと、「現代文学」あるいはより限定して新自由主義時代の「平成文学」の始まりがかち合った原風景らしき姿を垣間見せている。もちろん、それは大きく川端と大江を対照する本章の枠組みのなかでのみ導き出される象徴以上でも以下でもないし、ノーベル賞受賞講演に際して、川端とふたたびマッチアップする構図にすることの意味を大江がそこまで考えていたとは思わない。だが、もしかしたら、いまさら川端に固執するつもりなど毛頭無かったにもかかわらず、現代文学が刻々と「否定性」の力を失いつつあることへの憂いが、正しくも無意識的に大江をして川端という呪力を封じ込めさせようとしたのかもしれないのである。

註

＊1 T・G・ゲオルギアーデス『音楽と言語』（木村敏訳、講談社学術文庫、一九九四年）を参照。

＊2 保坂和志は猫や犬など動物をそれ自体として描写する文章の必要について述べながら、「武田泰淳の『風媒花』があって、その終わりあたりに野良犬だか迷い犬だったかの子犬がゴミを捨てるために掘っておいた穴に落っこちて死ぬ場面があったけれど、別にそれは子犬のことを書きたくてそれが出てくるわけではなくて、主人公の内面の反映として子犬という身近な小動物が都合よく使われている」という批判をしていた（「やっぱり猫のこと、そして犬のこと」『アウトブリード』朝日出版社、一九九八年、一二～一三頁）。

＊3 ただし、戦後、太宰は入水自殺の一年前に「フォスフォレッセンス」（『日本小説』一九四七年七月）を執筆しているが、これは第三章で扱った百閒的な夢小説の要素も含み持っており、「現実」に「虚構」の力を拮抗させる太宰の典型的スタイルが、回帰的に大正期の特徴と「合一」した印象を与える。テクストの詳細な分析は、大國眞希「太宰治「フォスフォレッセンス」論」（『日本近代文学』一九九九年一〇月）を参照。

＊4 「想像力」『サルトル全集』第二十三巻「哲学論文集」平井啓之訳、人文書院、一九五七年、一五三頁。

＊5 『サルトル全集』第十二巻「想像力の問題」平井啓之訳、人文書院、一九五五年、二三頁。

＊6 同上書、二五一頁。

＊7 同上書、三〇頁。

＊8 同上書、二二七頁。

＊9 同上書、三五一～三五二頁。

＊10 『善の研究』（弘道館、一九一一年）初出、『西田幾多郎全集』第一巻、岩波書店、一九四七年、一三頁。

＊11 「想像力」、前掲書、一六頁。

＊12 同上書、八六頁。

＊13 日常現実の世界に「ほの暗く翳っ」た二重写しの様相を幻視する「眼」は、むしろ「日本近代文学」の成果として遺された梶井基次郎の仕事（昭和初期）に正しく見出される。谷川渥『文学の皮膚――ホモ・エステティクス』（白水社、一九九七年）の第二章「梶井基次郎の〈影〉」を参照。

＊14 前掲書「想像力の問題」、二三五頁。

＊15 ジークムント・フロイト「喪とメランコリー」（『フロイト全集』第十四巻、伊藤正博訳、岩波書店、二〇一〇年所収）を参照。

＊16　一九五〇年代半ばに登場したテレビは一九五九年のミッチー・ブームによって全国的に普及したが、さらに一九六〇年にカラーテレビが登場し、一九六四年一〇月の東京オリンピック開催前に各社が大々的に宣伝するまでの間に、そのメディアとしての首座の地位を確固たるものにしていた。文学の一九六三年問題とは、メディア論的認識の定規によって刻まれた跡に、思いがけなくつまずいた現象ともいえるのだ。

＊17　一九六〇年代前半は、通称「松竹ヌーヴェルヴァーグ」の大島渚、吉田喜重、篠田正浩ら革新組が松竹を次々と退社していったように、親元を離れ、自らが責を負うという意味での「独立」（＝「自立」）の動きが俄かに活発化した時期であった。他にも、一九六二年に活動を開始して日本の非商業主義映画の歴史を支えることになった日本アート・シアター・ギルド（ATG）に関わった監督たち（勅使河原宏など）、ちょうど一九六三年を境に絢爛とした画風に変貌してカルト的人気を獲得することになる鈴木清順、そして同じ一九六三年に『甘い罠』でデビューする若松孝二らのピンク映画等々、前衛的な方面での台頭者は枚挙にいとまがない。しかし、一九五〇年代の日本映画の黄金期を支えた黒澤明、溝口健二、木下恵介、そして象徴的に一九六三年末に死去する小津安二郎といったビッグネームを並べて比べてしまえば、好き嫌いは別にして相対的にあだ花の印象をまぬかれないのは事実である。一九七〇年代以降の映画界の凋落は言及するまでもないだろう。モダンの限界とは基本的に映画の限界とシンクロしていたのであり、それ以上のものを映画で表そうとするその後の動向は、何か別の領域で培われた理論なり美学なりを外から注入したものであることを疑う必要がある。この時期の映画史的な重要性については、拙論「松竹ヌーヴェルヴァーグにおける〈ホーム〉の構造」（『津田塾大学紀要』二〇一一年三月）を参照。

＊18　ただし、音楽家Dのモデルであったと思しき武満徹による一九七一年の証言では、大江は「映画嫌い」だったという――「大江健三郎さんみたいに、映画嫌いの人も珍しいなあ。〔中略〕大島さんの『飼育』〔大江健三郎の同名小説が原作〕だって見てないんですよ。ぼくがぜひ見てごらんなさいって何回も言っても、いやですって言うんだ」大島渚・武満徹【対談】「儀式の周辺」（『季刊フィルム』一九七一年七月初出、『「芸術」の予言!!――60年代ラディカル・カルチュアの軌跡』フィルムアート社、二〇〇九年所収、二一一頁）。この発言を見る限りでは、「映画嫌い」というよりも自作の映画化に対して守備的になっているだけにも思われる。

＊19　この文脈において「虚構」とは非実現の「可能性」の世界のことであり、「現実」とは具体化している世界のことと言えるが、この両者の組み合わせを〈可能的現実〉というかたちに一元化したジャンルにSFがある。SFもまた「六〇年前後」からにわかに流行を見るのだが、これに食い付いた一人が三島由紀夫だった。彼の著した『美しい星』（『新潮』一九六二年一～一一月）は出自を宇宙人と考える家族の話だが、SF的要素という意味では、おそらく大江の「アグイー」は安部公房のほかに『美しい星』の影響下にもあり、タイムマシンで未来からやってきた時間旅行者と自らを仮定するDは単に幼形で

あるだけでなく、可能性の空からやってきた未来人（＝宇宙人）の姿でもあろう。「未来人」の到来や思春期の「成長」というテーマで思い出される筒井康隆のジュブナイル小説「時をかける少女」は、その約二年後の一九六五年末から六六年前半まで『中学三年コース』と『高校一年コース』（学習研究社）に連載される。

＊20 John Berger, *Keeping a rendezvous* (New York: Vintage, 1992), pp. 14-15. 拙訳。

＊21 その後の大江文学のライトモチーフとなる息子・光が生まれるのが、一九六三年六月である。

＊22 細江光は、志賀直哉の短編「黒犬」の分析のなかで、「一般に黒いものには、自分が抑圧しているものが投影されやすい」としながら、志賀文学全体に通底する白と黒の対比を、日常現実的でもあり理性的でもある〈正〉のイメージと抑圧の対象としての〈負〉のイメージの対比として意味付けている（「『黒犬』に見る多重人格・催眠・暗示、そして志賀の人格の分裂」『甲南文学』二〇〇三年三月）。白黒の上下関係自体は変わらないものの、六〇年代初頭において「現実」のレベルに〈負〉のイメージが与えられているところに、時代の変化を読み取ることができるかもしれない。

＊23 サルトルは、それ自身の無を抱いている人間存在を、いまだ実現されぬ全体としての満月に向かって絶えざる自己超出を企てる弦月のイメージに喩えている。「欠如者」すなわち「現実存在者」が弦月の可視的部分とすれば、影の部分は「欠如分」である。したがって「現実存在者」と「欠如分」を合わせることで再構成されるであろう想定上の全体は「欠如を蒙るもの」と呼ばれる。Dというイコンは、その弦月の形態を表したものに見えるわけだが、その場合、普通は輪郭線で囲まれた部分を「現実存在者」とみなすところを、あえて本論では「欠如分」の象形と解釈した。いちおうサルトルは、「欠如分」は「現実存在者」と同じ本性のものである。「欠如分」が「欠如者たる現実存在者」となるためには、状況を逆にしさえすればいい。そうなると、「現実存在者」が「欠如分」になるであろう」（『サルトル全集』第十八巻「存在と無」第一分冊、松浪信三郎訳、人文書院、一九五六年、二三五頁）と述べているので、生き方を裏返してしまったDを、本来の「欠如分」の具現とみるのは不可能ではないと思われる。

＊24 『ヒロシマ・ノート』岩波新書、一九六五年、五四頁。

＊25 同上書、九九頁。

＊26 この文体論的批判のなかで、川端の文章が生み出す幽艶な「妖怪」に対置されているのは、外国語（ドイツ語）文学研究者であるために、「あいまいさ、多義性のしのびこむ余地のない」文章を駆使して「妖怪」を現出せしめた内田百閒である。百閒の描く世界は現実離れした幻覚的なものではあるが、その文体自体は硬質であり、文意の曖昧性に頼るものではないという指摘は的確に思われる。ちなみに、この百閒に対する理解の仕方は、百閒の友人だった森田草平の書評に良く似ている。森田は百閒の「冥途」ほか五編を評して、「文章は極めて明快なもの」で、「決してぼんやりしたものでも、曖昧なものでも

ない」が、「要所々を晦ましてゐる所に、あの作の技巧がある」と述べている（「冥途」其他」『読売新聞』一九二一年一月二五日初出、酒井英行編『内田百閒・夢と笑い』日本文学研究資料新集22、有精堂出版、一九八六年所収、一〇一〜一〇二頁）。

＊27　『あいまいな日本の私』岩波新書、一九九五年、八頁。

＊28　『朝日新聞』『毎日新聞』『読売新聞』をはじめ各紙の一九六八年一二月一六日付朝刊に一斉掲載、『川端康成全集』第二十八巻、新潮社、一九八二年、三五二頁。

＊29　『川端康成全集』第二十七巻、新潮社、一九八二年、二一頁。

＊30　左腕が付け根から抜け落ちる短編「バックストローク」（『まぶた』新潮社、二〇〇一年所収）がある。また、川端の晩年の未完作品『たんぽぽ』は、人の身体の部位が見えなくなってしまう「人体欠視症」なる精神的病い（?）に苦しむ女性の存在を中心に語られるが、小川洋子の諸作品に——特に『密やかな結晶』（講談社、一九九四年）などに——顕著に描かれる「消滅」への志向に直に連なるモチーフといえる。

＊31　「フェティシズム」『フロイト全集』第十九巻、石田雄一訳、岩波書店、二〇一〇年所収、二七六頁。

＊32　この点に関わる「眠れる美女」の分析は、本章の原形である初出論文「1963年の分脈——川端康成と大江健三郎」（『言語態』第十一号、二〇一二年八月）の第二節を参照されたい。

＊33　この川端の描写に最も近似しているのは、第二章で言及した漱石『坑夫』の八番坑で「自分」自身の「死ぬぞ……」の声に目覚める場面である。起こっている出来事としてはほとんど同じだが、漱石の「自分」はその声に救われる点で川端とは価値付けが逆にみえる。ただ、漱石はその目覚めの原因を、潜在意識の働きが跳躍的に呼び込んだ「神」を錯覚させる「自分」の声にしている一方で、川端の場合は自己から疎外された自己自身の肉体にしている。その点に時代の知見を反映した新しさがある。

＊34　『フロイト全集』十七巻、藤野寛訳、岩波書店、二〇〇六年所収。

＊35　英語訳は、"intellectual uncertainty"。

＊36　ドイツ文学者の平野嘉彦は『ホフマンと乱歩　人形と光学器械のエロス』（みすず書房、二〇〇七年）のなかで、フロイトは同時期の別の文章で「心的現実性」と「物質的現実性」の混同に注意を促していることを指摘して、この「不気味なもの」におけるフロイトの主張の矛盾をみている（九二〜九四頁）。「心的現実性」が「ひとつの特別な実在形式」であることを認めることは、かえって「物質的現実性」との差異を際立たせるはずで、それは私たちの現実の世界の話のみならず、「全体がフィクションであり、非〈現実〉である小説作品にも、それは妥当するのではないか」という。これに対する本章の見解は、

至極単純に、「妥当しない」のではないか、である。フィクションという語りの機構においては、その混同が解決不能なかたちで実現されうると見る。とすれば、フロイトの主張も矛盾しない。もし矛盾するとするならば、むしろ逆に、その手の「混同」が現実の世界においても妥当する可能性の考察を断ってしまった点においてフロイトを批判することもできる。

＊37 主題級の扱いでないならば、身体の分断を引き起こす夢の内部世界が湿潤のイメージと重ね合わされたサンプルを日本近代文学から全く採取できないわけではない。その系譜を遡行すると、例えばテクスト一面に水路と雨の描写が行き渡る佐藤春夫『田園の憂鬱』（定本版、一九一九年六月、新潮社）の描写がある。「ふと彼の目の前へ人間の足の形が浮んで来た。〔中略〕それを見て居るうちに……つと、白い手の指がまた現はれた。それはエル・グレコの画によくあるやうな形をした手なので、拇指と人差指とが何か小さなものを撮んでゐる指であつた。……そのうちに手の方は消えたが、唯さつきの足だけがやはりそこに動いて居て、それがぴよこぴよこと、何かを踏むやうに動き出した。動く度ごとに爪先が上下して、そこに力がはいつて、その都度足の指は尺取虫のやうにかがんだり伸びたりする」。さらに遡れば、夏目漱石『それから』の代助が風呂場で自分の足を見つめていると、それが自分とは無関係に「変になり始め」て「如何にも不思議な動物」に思えるという描写にも行き当たる。

＊38 古賀は一九三三年初秋に亡くなったのだが、一九三一年に他界した小出楢重を「対蹠的な画家」として並べて、一九五三年末に神奈川県立美術館（鎌倉館）が「二人展」を催している。川端のエッセイ「古賀春江と私」は、その企画展にまつわるもの（『芸術新潮』一九五四年三月初出、『川端康成全集』第二十七巻、新潮社、一九八二年所収）。

＊39 日本におけるアニメーションは、ちょうど一九三〇年頃に頂点を迎える「エロ・グロ・ナンセンス」の風潮に合わせて急速に輸入量が増えて発展する。また、今井隆介「描く身体から描かれる身体へ――初期アニメーション映画研究」（加藤幹郎編『映画学的想像力――シネマ・スタディーズの冒険』人文書院、二〇〇六年所収）は、ジャンル論的観点から初期のアニメーションと非人称的な「手」のイメージとの相性の良さを教える。

＊40 『ゴシックハート』講談社、二〇〇四年。

＊41 巖谷國士は『四谷シモン 人形愛』（篠山紀信写真、美術出版社、一九九三年）収録のエッセイ「聖シモンとその自動人形」のなかで、人形の魅惑と不気味さは、人間存在が虚無によって構成されていることを教える「空虚でありしかも快楽である曰く言いがたい感覚」に由来すると述べながら、特にシモンの「作品自体の呈する特殊なナルシシズム」が古来の「人形の真実」を露わにするのに一役買っていることを言う。実際、シモンは作品集『NARCISSISME』（篠山紀信写真、佐野画廊・書肆山田、一九九八年）に集約されるように、「ピグマリオニスム・ナルシシズム」などのセルフ・ポートレイト型の作品によって、かねてより彼の主要なテーマであった人形愛と自己愛の一体化を前面に押し出して追求するようになる。ベルメール

にこの種の嗜好はおそらくない。

＊42　『戦後批評のメタヒストリー――近代を記憶する場』岩波書店、二〇〇五年、二一〇頁。

＊43　澁澤龍彦「日本文学における「性の追求」」大岡昇平ほか編『性の追求』全集・現代文学の発見、第九巻、學藝書林、一九六八年、四七八〜四七九頁。

＊44　大塚英志は江藤淳論のなかで、肯定するべき「可能世界としての『近代』」と、アメリカと同化した否定すべき「現実の『近代』」の分類によって〈サブ・カルチャー〉に含まれる二面性を論じているが、ほぼ同型の議論といって差し支えないと思われる（『江藤淳と少女フェミニズム的戦後――サブカルチャー文学論序章』筑摩書房、二〇〇一年、五八頁）。

終　章　「意志」をめぐる攻防

明治維新以降、西洋から輸入された思想の全体を一言に縮約するのであれば、それは「個人主義」と名指される考え方の基盤であった。封建社会における武士階級などに限定されることなく、立身出世の可能性を与えられた〈市民〉において、一過的な誘惑に流されない「個」を鍛えることは美徳である。近代文学者たちは、個々人の独立した内面を掘り下げて描くことで、社会との葛藤の中でいかに個としての「意志」を屹立し、同時に近代社会との調和を見出すのかという問いを主要な動力源とした。それはどんなに陳腐に見えても、近代文学を語る上で壊そうにも壊せない額縁である。ところが、本書前半部でみてきたように、一九世紀末頃から大正期にかけて、究極的にはまさにその個のポテンシャルの十全な解放のために、クリティカルな態度で「意志」の力を問題視する文学史上の流れが生じ、連動して、文学において「曖昧」であることの美的な価値が新しく形成されていった。断るまでもないが、本書のタイトル「意志薄弱の文学史」は、その動向を中心に指している。初動の時期である一九〇〇年頃の「意志」をめぐる思想的背景に関しては、序章の後半で簡単に概観しておいたが、第一章以降では文学概念としての「曖昧」の変遷に光を当てることが多かったので、本書を締めくくるにあたっては、大正期から昭和年代、そして戦後へと「意志」の問題系が新たな形で再生される流れの要点を短くまとめ直してみたい。その簡潔さを担保するために、本章の導入に用いるのは、ちょうど大正期の中頃から「純文学」のあいだでも関心が一気に高まった探偵小説、その芯の部分を作っている「犯罪」を取り巻く認識である。

「犯罪」と「意志」

言うまでもなく、「犯罪」と「意志」の問題は切っても切り離せない一心同体の関係にある。小説の題材となる種類の「犯罪」に対する処罰の軽重を考えるとき、その対象とされる行為が「故意」であったのか否かは、極めて重要な判断基準となるからである。そして、あらゆる近代的規範と同様、その認識の定着は近代文学の「成熟」の進度に並行している。明治が始まって間もなく政府は列強諸国の要請により近代法典の急速な成立を進め、草案作成の中心人物としてフランスからボアソナードを招聘、一八八〇(明治一三)年に現在の通称である旧刑法を制定した(一八八二年施行)。そこには「故意」について定めた一条項が独立して設けられており、「罪を犯す意なきの所為はその罪を論ぜず。ただし法律規則において別に罪を定めたるものはこの限りに在らず。」(第七十七条)として、「意思」なき行為は罪としないことが明文化されるに至ったのである(ちなみに民法では「故意」だろうと「過失」であろうと不法行為であれば損害の責任は生じる)。つまり、近代刑法は犯罪行為の方は当然として、非「意思」の方の行為も主題化した。そして「意思」が俎上にある以上は、行為の意味が心理状態に還元されるか否かを問う法解釈(学説の形成)の現場にも、多少の心理学的な議論が呼び込まれたのは想像に難くない。

なお明治以降、旧刑法が効力を有していた期間をまたいで、犯罪は右肩上がりに増加した。「故意」の条項に見られるように、近代法は個人にたいする罰則が緩く、救済の幅を広げる印象があるので不可解な結果とは言えないのだが、やはり旧刑法だけに責任を押しつけるのは不当だろう。犯罪の高い発生率を許すのは広く近代国家の問題であって、近代刑法の問題ではなかったと思われる(ただ、事実として犯罪の数と種類の増加があったことは、文芸の世界で探偵小説が急速に受容されていく素地となったのは間違いない)。そうした旧刑法の実効性にたいする疑念もあり、早くから改正の必要が言われた結果、現行法が一九〇七(明治四〇)年に制定され、一九〇八(明治四一)年に施行されている。だが「故意」を規定する条文に関しては変更の余地少なく、第一項は、「罪を犯す意思がない行為は、罰しない。ただし、法律に特別の規定がある場合は、この限りでない。」(第三十八条）となっていて、「罪を犯す意なきの所為」を「罪を犯す意思がない行為」に語彙修正するなど、細部を明確化した以外は旧刑法の主旨がそのまま引き継がれた。一方の文芸の世界では、この一九〇七〜八（明治四〇〜四一）年が、ちょうど本書が第二〜三章で論じた「写生文の小説化」が生じ、意志を麻痺させる催眠や夢の原理を摂取した小説（漱石の『坑夫』と『夢十夜』は共に一九〇八年発表）が系譜的な端緒として現れた時期、すなわち明治の終わり頃から大正に続く新しい文学状況への移行の開始時期に符合するのだが、さすがに普通は疎遠な「法」と「文」の現象の間に直接の連絡を打ち立てるのははばかれる。しかし少なくとも、旧刑法の施行から現行刑法の制定へと繋がる時代に、高等教育課程をとおして最新の哲学や心理学、そして法学の知識にも接してきたはずの同時代の作家たちの認識の総体において、「意思」の問題が多面的に省みられる機会が生じていたことは確かだと思われる。

ところで、「意思」と「意志」の使い分けは——語感は個人差も大きく、厳密な定義は種々の学説の領分だと思われるが——前者がある行為の元になる思いや考え（思考の内容）という漠とした部分だけを指すのに対して、後者は、より積極的な意向や願意を含むもの（行為に直結する力）とされるのが一般的ではないだろうか。もともと法律用語としての「故意」は、それほど〈強い〉意味を持っていない。例としては、「未必の故意」という言葉があげられる。積極的に障害の行為をなそうとしたわけではないが、その結果の発生の可能性を認識しており、しかもその実現を認容していた場合には、傷害罪が適用されうる。実験目的でも何でも良いが、高いビルの屋上から混雑した路上に石を投げて、ある人物の頭部を破壊した場合、その人物を傷害すること自体を意図していなくても、人に当たる可能性のあることを認識し、かつ、それが現実に起こっても構わない、と結果の発生を認容して石を投げたのであれば、それは犯罪行為に当たるとするのが普通の感覚である。そして、実際にそのような状況下で石を落としたのであれば、「認容」はされていたとみなされて、反論するのは難しい。しかし、もし、その場所がほとんど人通りのない区域であって、人に当たったら大変なことになるが、よもやそれはあるまいと考えて投げた石が、突如物陰から現れた人間に当たったとすれば、その行為は「認識ある過失」として〈故意ではない〉と裁定される可能性が高い。その悲劇的な結果を、投石の時点で心に思い描いていなかったといえば嘘になるが、決して「認容」していたわけではないからである。

　このように法的な意味での「故意」と「過失」との間には微妙な線引きの難しさがあるのだが、結果の「認容」を「故意」の条件としても、当該の人物に障害を与えようという意識を持ってはいなかった場合や、さらに「認容」もなくただ心的表象を抱えたのみで「故意」の認定をするケースも必要だという議論もあるのだから、その意味するところは「意志」の「志」の語に対する一般的な感覚よりも相当に〈弱い〉部分に切り込めるほうが都合が良い。司法の場において「意思」の語の使用は理に適ってみえる。

　対して「意志」は、前者が法学に基づくのと同じ程度において、心理学、あるいはその上位分野とみなされた哲学に基づく用語と考えたい。心理学において主に考察の対象となるのは、個別の「意思」の記述内容ではなく、その力の働き方あるいは志向性じたいであると考えれば「意志」の語の方が適切には違いない。そして近代文学はその性格から明らかなとおり、心理学や哲学の概念の流用に基づいて心のメカニズムを描写することを創作的狙いとしているのだから、本論ではこれまでも今後も「意志」の語を用いて議論を進めていく。参考に、近代の政治哲学の骨子として「一般意志」の概念を作り出したことでも有名なジャン＝ジャック・ルソーが、そのような大層な意味合いでは全くなく、不遇を託った晩年の日常生活で発したぼやきに近い次の言葉を引用してみよう――「われわれに起る災厄において、われわれはその結果よりもその意志のほうを重要視する。屋根から落ちてくる瓦のほうが一層われわれを傷つけもしようが、しかし、悪意ある手から故意になげられた石ほどにはわれわれの心を痛めさせない。石ははずれることもままあろうが、意志は必ずその打撃を与える」[*1]。言葉遊びにすぎるだろうが、ここで「意志」は投げられた「石」の意味である。それが相手の物理的外面から逸れたとしても確実に内面に届いてしまうのであれば、右の「意志」の文脈は、ある個人の心と他者の心がぶつかりあう出来事の説明であり、近代文学の問題に他ならない。当たり前だが、ルソーは加害責任を問うて起訴の可能性を思っているわけではないのだ。しかし、本章が注目しているのが文学に描かれた「犯罪」という法的規定の下にある行為であってみれば、無駄に法学の定義を参照してきたつもりもない。ただ、その「犯罪」を人間の心理的ジレンマを最も先鋭化させる手段として活用することが文学の主立った目的だとするならば、議論の用語は「意思」よりも「意志」に統一するのが妥当だろうということだ。

では、「意志」の問題を扱う形式としての「犯罪」が、当時の文学においてどれほど有効視されたのか。たとえば、一九一八（大正七）年七月『中央公論』臨時増刊「秘密と開放号」（第三十三年第八号）の「創作」欄の小特集「（芸術的）新探偵小説」に寄せた「開化の殺人」を読む限り、芥川龍之介に探偵小説を執筆する才があったとは到底いうことができないのだが、視線を少し傾ければ、彼の事実上の処女作である「羅生門」（『帝国文学』一九一五年一一月）は、下人の「没落への意志」（ニーチェ）を一種の犯罪心理として解剖してみせた小説だったと言うことはできる。*2 大正の中頃の探偵小説（犯罪小説）の流行にやや先駆けて、最大に負荷の掛かった心理状態を描くのに、他者の死に（加害者として）関わる「犯罪」に類する題材を選ぶことが、明治の終わり頃から一部の「純文学」において試みられていたのである。一九一四（大正三）年作の漱石の『こゝろ』も、自らの行為がKの死を「意志」したものか否か、悩まされ続ける存在として先生を描いていた点で、その例外ではなかったといえる（しかもKの遺書には「薄志弱行」が自殺の理由として記されていたのだから、結末は、先生の意図せぬ邪な意志がKの尊い意志を叩き潰してしまったという構図になっている）。

谷崎潤一郎の犯罪小説

同時代の「犯罪」の連鎖はこれに留まらない。谷崎潤一郎が執筆した「前科者」（『読売新聞』一九一八年二～三月）は、自堕落な生活を送る画家の「己」（語り手）が自分の才能を糧に、美術批評家としての名もあるディレッタントのK男爵に繰り返し金銭をせびった挙げ句、最後に証文を介したやり取りをも踏み倒したことで詐欺罪として収監された顚末を告白する物語である。やや強引な見方をすれば、二人の青年が図らずも金銭上の関係で強固に結びついている点や、Kというイニシャル、そして「前科者」である所以を告白する「己」が犯罪者である事実によって『こゝろ』の小さなパロディとも読め、逆に『こゝろ』に潜んでいた探偵小説的要素を炙り出す可能性を読むこともできる。ただし、『こゝろ』の人物設定とは反対に、語り手の「己」の方が天賦の才に恵まれた貧乏人で、Kの方が特別の才能はない資産家になっているだけでなく、目先の生活の欲望のためにKから幾度も金を借り倒している「己」の方が、そうした自分の駄目人間ぶりを繰り返し自虐的かつ堂々と「薄志弱行」と語っている（反対にKの方は金を貸す度に「自分の行為が他人の意志に支配されて居ると云ふ意識」[*3]に襲われることを嫌がっている）。つまり、「己」にとって「薄志弱行」の性格は自分の画家としての天才性を担保するものだから、開き直って甘んじるべきであって直す気などさらさらなく、逆に凡才のKの矜恃は意志の強さだけは譲ることができない。その意味でも正しく『こゝろ』のパロディといえるのかもしれない。そこでは、「薄志弱行」の価値が頽廃的な形で一歩好転しているのだ。

　また、芥川の「開化の殺人」が掲載されたのと同じ一九一八年七月『中央公論』臨時増刊号の小特集「（芸術的）新探偵小説」に谷崎が寄せた「金と銀」（原題「二人の芸術家の話」）は、「前科者」で描かれた天才と凡才の依存と憎しみの関係というテーマを反復した内容で、ディレッタントの男爵の代わりに世間的評価を勝ち得ている芸術家の大川、天才だが荒んだ生活のため大川以外に認める者のない青野、そして青野の欲望につけ込んで手玉に取っているモデルの栄子が登場人物である。筋は、才能に嫉妬した大川が青野の殺害に及ぶというモーツァルト対サリエリ型の話にすぎないが、証拠を残さない殺人に成功した大川が、何の罪責感にも苦しむことなく青野の天才性をすべて継承するという谷崎らしい悪意ある終わり方が特徴である。だが今問題にするのはプロットではなく、青野の性格造形がやはり「多くの人に比べて遥かに意志の弱い人間」として描かれていることであり、加えて、その意志の弱さの向かう先が、栄子を相手にした「変態性欲」としてのマゾヒズムであることだ。青野にとってのマゾヒズムの魅力は、女を前にして「自分自身の意志と云ふものの全くない、是非善悪の分別すらも失つた、彼女の為めなら何処までゞも止めどなく堕落して行く痴呆」[*4]（傍点引用者）になれる点であり、自制心のない生活に流される彼の弱い心が性的嗜好のレベルに一致している。現在の文学研究では、興味本位の谷崎＝マゾヒストという安い作家論的見解は定番化しているが、その性的嗜好を盛んに小説に登場させるのも、〈時代〉の要請に応じた谷崎なりの方法論として見直す必要があるのだ（実際、第二章で論じた内容に即すかのように、日頃から青野は「神経衰弱」であり、栄子との過度の交わりで「脳貧血」を起こしかけている）。

さらに続けて、谷崎の犯罪小説の行く末として言及しておくべきは、「或る罪の動機」（『改造』一九二二年一月）という短編である。話は、ある幸福な一家の主人である博士の書生を忠実に務めていた中村が、ある日、何の前触れもなく博士を殺害した事件についてのものだが、犯罪を立証することは物語の開始の段階ですでに済んでおり、小説の内容として描かれるのは主に中村による殺人の動機についての告白である。端から見る限り、一家の幸福を共有し、務めに満足を覚えて見えた中村の殺人には理由が見当たらない。それにたいする中村の答えは、要約すれば、自分には殺人の「意志がなかつた」のであり、だからこそ殺したのだという捻れた主張であった。中村が語るには、そもそも自分は昔から忠僕で品行方正と評価されていたが、それは「強い意志があつたからではなく、実は少しも意志がなかつた」[*5]からで、誰か「他人の意志」に指図されることがなければ生きられないという虚無的な厭世観に囚われ続けていたのである。ところが、一方の博士一家は偶然に不自由ない境遇に生まれ落ちただけのことにすぎないにもかかわらず、正しく生きることに「旺盛な意志と情熱」を傾けて幸福を貪っている。中村の殺人は、世の中のおかしなアンバランスさを是正するために、一家の良心を支える幸福が本当は無根拠なことを悟らせる方向に進んだ結果であって、「意志の働きと云ふよりは、水が自然に流れたやうなもの」[*6]であった。事前に綿密に立てたように見える殺人計画も実行の意志はなく、空想を楽しむためのものであったのが、つい「ウツカリやつてしまつた」にすぎない。

この中村のロジックに整合性と説得力があるか、またその結果としてこの作品が優れたものに成り得ているかの判定はおくとして、創作の狙いは、犯罪において最も肝心な要素が「意志」であることを逆手にとって、その不在の犯罪者を描き出してみる実験にあったのは明らかである。意志不在の中に意志の兆しを探り出す――虚無の中に意志を根拠づける――この作品の執筆によって、谷崎の探偵小説および「犯罪」の主題にたいして持続した関心は、来たるべき昭和年代の思想を前に一つの区切りを付けられたに違いない。同年同月（一九二二年一月）の『新潮』に発表された芥川龍之介「藪の中」が、いわゆる裁判物の変種であり、単一の「真実」の言表不可能性の問題に踏み込んでいるのは周知の通りだが[*7]、それはまた犯罪の意志の特定不可能性の問題にも繋がることを考えるなら、犯罪と意志のテーマが次世代の形に移行しつつあるという認識が文学者たちの間で無意識裡に共有されていた可能性がある。いずれにしても、「動機」を追究するプロットに見て取れるように、日本の探偵小説史の形成に一役買ったとして名高い谷崎であっても、いわゆる謎解きの面白さよりも、犯罪者の視点から見た「犯罪心理」が発展するプロセス（あるいは被害者の視点による認識と現実とのずれが生み出す悲哀）を描き出すといった心理学的関心に強く導かれていたのは間違いない。

志賀直哉の犯罪小説

だが、いわゆる非大衆的な「純文学」系でありながら、先駆的に犯罪と意志のテーマを「心理学的」なものとして意識的に追求していた作家をいうのであれば、実のところ本書が中心に論じてきた志賀直哉こそ最初に言及すべき名であった。たとえば、明治末頃、まだ駆け出しの作家であった志賀は、理髪店を営む剃刀の名人の芳三郎が、もともと癇癖の強い性質の上に、風邪で発熱したことによる極度の疲労感から眠気を払拭できない朦朧とした意識障害の状態で客に剃刀を当て、肌に傷を付けたことをきっかけに発作的に刃を頸動脈に切り込ませて殺してしまうという、故殺を証拠づけられない精神病理的な――いわゆる「心神喪失」の行為として免責を主張しうる――犯罪を描いている（「剃刀」『白樺』一九一〇年六月）。また、似たような殺人の主題を継承した代表作として、演芸師の范が妻を的《まと》に立たせて行うナイフ投げの演目で見事に妻の頸動脈を射貫いてしまい、故殺か過失かを裁判する「范の犯罪」（『白樺』一九一三年一〇月）がある。中国人の奇術師である范は、「女」を戸板の前に立たせて、その輪郭を次々にナイフで打ち込むという演芸の最中に、その「女」の役目を務めていた妻の頸動脈を切断して殺してしまった。小説で中心に描かれるのは、事件の顛末ではなく、事後に裁判官が目撃者及び范本人を事情聴取をし、その有罪／無罪の判断を下すまでの一部始終である。この事件の最大の問題は、観客も含めた「大勢の視線の中心に行はれた事でありながら、それが故意の業か、過ちの出来事か、全く解らなくなつて了つた」ことにある。妻と不和の状態にあった范は普段から妻が「死ねばいい」と思っていたことに加え、事件前夜に喧嘩をした直後には「殺さうといふ考」さえ抱いており、動機は十分だった。しかし、はじめは「故殺」の自覚があったのに、「前晩殺すといふ事を考へた、それだけが果して、あれを故殺と自身ででも決める理由になるだらうか」と思い直し始めた范は、自分でも、故意か過失かわからなくなり、ついには、「もう何も彼《か》も正直に云つて、それで無罪になれる」ことの確信に得も言われぬ「興奮」を感じるにいたる。「私にはもうどんな場合にも自白といふ事はなくなつた」からである。「志賀直哉氏の『范の犯罪』は他の人には書けぬものである」（「文壇のこのごろ」『大阪朝日新聞』一九一五年一〇月一一日初出）と述べて、漱石が特権的に題名をあげて褒めた心理劇だけのことはある。裁判の言説制度の盲点を突くことで「自白」それ自体を抹消するという見事な結末といえる。[*8]

范が「前晩殺すといふ事を考へた」のは確かである。だが、寝床でいつまでも眠れないでいるうちに漸く体は疲労してきたものの、それは「疲れても眠れる性質の疲労」ではなく、ただ気持ちだけが「ぼんやりして来」る。その結果、「張り切つた気がゆるんで来るに従つて人を殺すといふやうな考の影が段々にぼやけて来た」。続いて生じたのは、「悪夢におそはれた後のやうな淋しい心持ち」（傍点引用者）であった。そして翌朝は、「前晩のやうに殺さうといふ考はもう浮べはしなかつた」のである。前夜に思惟したことを翌日の特定の行為の「意志」として無条件に確定することは、厳密な議論においては認められるものではない。つまり、范が妻の頸動脈を狙ってナイフを投げたことは証明できない。それ以上に范自身が自分の「意志」を分かっていない。范の表向きの思惑とは裏腹に、昨夜の「ぼんやり」のプロセスで沈潜させられた潜在意識は、舞台の上で前晩以来はじめて妻と「眼を見合わせた」ときの生理的感覚によって再活性化され、眼前に現れた「恐怖の烈しい表情」という暗示を受けて運動し、意識下の欲望にとっての真なる狙いを確実に打ち抜く。いわゆる後催眠現象である。だが、それが意識的プロセスによる行為でない以上、范の犯罪の「意図」はどこにも存在しない。「どんな場合にも自白といふ[*9][*10]

事はなくなつた」のである。この後、約三年間の執筆休止期間を経て復活した最初の作「城の崎にて」（一九一七年五月）には、「自分は「范の犯罪」といふ短篇小説をその少し前に書いた。范といふ支那人が〔中略〕その妻を殺す事を書いた。自分はそれに范の気持ちを主にして書いた。然し自分は今は范の妻の気持を主にして、仕舞に殺されて今は墓の下にゐる、その静かさを書きたいと思つた。「殺されたる范の妻」を書かうと思つた。」と記されている。そして物語の最後、「自分」が投げた石に当たって死んだ「いもりの身に自分がなつて其心持ちを感じた」のであってみれば、「静かさ」の心境にいる「自分」が自己同一化するいもりとは「范の妻」に同じであり、まさに「「城の崎にて」こそが、この書かれなかった「殺されたる范の妻」にほかならない」[*11]。第三章で分析した、「自分」はいもりに対して「石」を「意志」的に投げたのか否か、罪の自覚があるのか否か、という問いの重要性は、以上のような明治の終わり頃から大正期にかけての――一見無関係な――「犯罪文学」の流行の文脈に置いて改めて本当に理解されることなのだ。[*12]

佐藤春夫とポー

それゆえ同様に、その大正期も終わり頃になって、佐藤春夫が「「風流」論」（『中央公論』一九二四年四月）を書き、久米正雄のいう「古来の正しい風流は意志的なものであつた」という見解に対して、執拗なまでに徹底的に反論することになった美学的な潜在意識についての議論も、春夫がこれら先行文芸が示した〈意志不在〉の価値にたいする理解者だったことを考慮に入れる必要があるだろう（もちろん、それは伝統的な「風流」の定義の問題なのであるから、彼らの現在の文芸的趣向とは無関係の話なのだが、そうとも割り切れないのが芸術方面の論争である）。もともと春夫は、初期の創作活動においてほとんど心酔の扱いをしていた探偵小説の創始者の一人であるエドガー・アラン・ポーを、潜在意識を解放することのポテンシャルを体現した作家として受容していた。当初の副題を「――私の不幸な友人に就ての怪奇な探偵物語」とした「指紋」（『中央公論』一九一八年七月）は、「潜在意識と直覚能力との信用」が証拠品や財宝への奇跡的な到達を導くという、元祖探偵小説が描いていた筋の作り方を忠実になぞったテクストである。十数年の洋行の後、阿片中毒患者として帰国した「R・N」（「私」の友人）は、帰国後も中毒を断ち切れずに長崎の阿片窟を訪れ、そこで薬にふけって「うつらうつらと魔睡の夢を見つめて居た」。その夢の世界はR・Nには馴染みのもので、前景に広がる湖水の向こうに巨大な古城がそびえるロマンチックな情景であり、その「自然の風景」の寸法は全て約「十二倍」に拡大されている（明らかに大スクリーンによる映画の上映に喩えている）。[13] すると古城の中から突然、城壁をすり抜けて「武装をした騎士」が現れ、これまたいつの間にか、湖水に浮かんでいた「全く身動きせずに横はつて居る一人の人間」を槍で突き殺してしまった。R・Nが目を覚ますと、現実に目の前に血を流して今にも死にそうな男が呻きながら横たわっている。つまり、漱石の『それから』冒頭で、門前の誰かの足音が代助の夢の中に俎《まないた》下駄《げた》がぶら下がっている映像を作り出したのと同じ理屈で、R・Nが浅い眠りのなかで見ていた夢の中に、外部世界の感覚的情報（暗示）が夢独自の物語情景に変換されて現れていたのである。こうしてR・Nは図らずも殺人事件に巻き込まれた。そして、阿片窟の主人に死体の処理を託した後、もう一度床について二度目の「魔睡」の世界に入り込んでいたさなかに、目の前の壁の中を「透視」して金色の時計を発見するのだが、その蓋の裏に残っていた指紋と、その後、「私」の家に身を寄せて阿片中毒の治療に苦しんでいた時期に鑑賞した『女賊ロザリオ』というアメリカ映画に出てくるクローズ・アップされた指紋のショットとの完全な一致に気づいたR・Nは、犯人が俳優ウィリアム・ウィルソンであることを確信し、その証拠を調べ上げる。

長崎で自分の寝ている脇で起こった殺人事件の犯人の指紋を直後に手に入れ、その模様を超人的に記憶して、しかもそれが遠く海を渡った国で制作された映画のなかに登場し、偶然にそれを鑑賞していたために犯人を特定するという、物語の展開としてはあるまじき飛躍である。[14] だが、その奇跡の一致を保証してしまうのが、「潜在意識と第六感」なのだ。もともとR・Nは、帰国直後に自らの堕落を「私」に物語ったとき、「私の一生は多分、「人間はあまり沢山の好奇心とあまり少しの意志とを持つてはいけない」といふモオラルになることだらう」と、ちょうど「歩きながら」の「私」が自分の「意志薄弱」ぶりを自嘲していたのと同様のことを述べていたが、逆に「あまり少しの意志」の持ち主でなければ犯人の特定はかなわなかったに違いない（第三章の「気づき」のテーマの議論において三者のテクストを並列したとき、春夫の「西班牙犬の家」のみ、「気づき」の局面が積極的には描かれていないことを述べたが、一年半程度の発表の遅れを許容すれば、それは「指紋」において顕現したということはできる）。「魔睡」という「潜在意識」下の十全なる活動を介してのみ、正しく答えに辿り着く。もし現代の通俗的な物語が似たような材料で構成されていたら、薬によって作られた人工的な朦朧状態において出された答えは、結局、事実無根の幻覚や妄想だったという結末になるのが普通の筋書きだろう。だが、シャーロック・ホームズ（アーサー・コナン・ドイル作）はいざ知らず、[*15] C・オーギュスト・デュパン（ポー作）にとっては、「潜在意識」の働きや「直覚」の方が「信用」に値する力だった。春夫が「探偵小説」の名において関心を持っていたのは、正しき目標への人知を超えた導き手として神秘性を帯びた「特別の注意」の力、つまり、個人的な執意としての「意志」を剝ぎ取ったあとに、あたかも神の「意志」を代替する如く機能する「潜在意識」の力である。その意味では、第三章で論じた「西班牙犬の家」の「私」が、「夢見心地」の状態によって物語の核である「家」に導かれるのと原理的に大きな区別はない。「犯罪」として裁かれるべき事件に巻き込まれるか否かの違いがあるにすぎない。

江戸川乱歩の探偵小説

ところで、大衆文化時代の探偵小説の礎を築いた人物といえば、大乱歩こと江戸川乱歩で間違いないだろう。しかし、その用地を均した業績に、見てきたような谷崎や春夫や宇野浩二といった先行の「純文学」作家たちの成果を含めるのを忘れてはいけない。大正期文学全般の息吹を吸収しながら探偵小説の新時代を確立していった江戸川乱歩の登場は、実はそれほど早くない。谷崎が意志なき犯人という新しい造型の試みによって時代に一つの区切りを付けた作品として先に言及した「或る罪の動機」の頃（一九二二年）よりも後、あたかも選手交代するかのように登場してきたのである（「二銭銅貨」『新青年』一九二三年四月）。

乱歩はその名を馳せるにつれ、異常な犯罪心理や性癖を通して幻想や怪奇への趣味が濃厚に描かれる「変格」的な探偵小説の名手と目されるようになったが、まだ初期作品の頃はトリックや推理の理知的な面白さを見せる「本格」的な探偵小説を主に追求していたと言われる。確かに、明智小五郎を初登場させた「D坂の殺人事件」（『新青年』一九二五年一月増刊）や、特に、その評判しだいで専業作家になるか否かを決めるつもりだったと言われる翌月発表の「心理試験」（『新青年』一九二五年二月）が、本格派の推理を志向した結果であることに疑問はない。が、その実、先行する谷崎らの問題関心を引き継いで、犯罪者の視点から「犯罪心理」や「変態心理」のプロセスを描き出す心理学的関心もすでに色濃く現れていたことも間違いないのである（実際、「D坂の殺人事件」はサド・マゾ関係にあった不倫の男女が事件の当事者である）。

「心理試験」は乱歩ファンにすれば、その理に走りすぎた印象から批判の対象となりやすい作品だが、本章で辿ってきた犯罪と意志の関係をテーマとする文学の系譜に照らすなら、無視できない重要なメルクマールである。主人公であり犯人である青年の蕗屋清一郎《ふきやせいいちろう》は、友人の斎藤に部屋を貸している老婆が結構な額の現金を貯めて家の中に隠していることを知り、彼女を殺害して金を奪い、しかも斎藤に罪を着せることに一時的には成功する。だが、題名から推測できるように、その犯行の内容と過程はあまり重要ではない。話の佳境は、その種の心理学の知識に長けた笠森判事が執り行う心理試験（嘘発見のテスト）を蕗屋がいかにパスするかにある。蕗谷自身の理解では、心理試験には大別して二種あり、一つは犯罪に関わる質問をされた被験者の発汗や脈拍などの生理的反応を測定してそこに異常性を探す方法、もう一つは「言葉を通じて試験する方法」、つまりは「あの精神分析家が病人を見る時に用ゐるのと同じ方法で、連想診断という奴《やつ》」であり、この後者に注目した駆け引きが本作のすべてだといって過言ではない。言葉を使う連想診断とは、様々な用語を次々に被験者に読み聞かせ、各単語に対して自然に連想される語を瞬時に答えてもらい、その答えた単語と答えるまでの速度を記録していくのだが、最初の用語リストに事件に関わる語を仕込んでおくことで、犯罪に対する犯人ならではの知識を露呈させる方法である。もし被験者が故意に犯行とは無関係な連想語を答えた場合でも、反応の速度の記録からその抑圧の「思考」の時間が読み取られてしまうし、また二巡目の試験を行えば、自然連想した単語は同じ場合がほとんどなのに、「故意」に作り上げた連想からはたいてい別の単語が出てくるために、そこに働いた過剰な意識が発覚してしまうわけだ。蕗屋はこの仕組みの裏をかき、仕込みの単語に対して、わざと無邪気に「何等《なんら》やましい所のない証拠」として、犯行に関わる連想語を答える練習を反復しておいた。少々深く考えれば当然なのだが、被疑者として試験を受けていながら、身近に見聞きした事件に関わる情報を連想しない方がおかしいのであって、〈否定〉のそぶりがかえって怪しまれる余地を作るからであり、実際、その場しのぎで無実を装った斎藤の動揺のほうがよほど犯罪者に見える結果を示してしまう。だが最終的には、明智小五郎の登場によって、蕗屋が犯人であることは同じ心理試験の結果から特定されてしまった。あまりに周到に準備しすぎたために、犯行に関わる語を答える速度が通常の連想よりもわずかながら速くなっていたために、蕗屋の作られた「無邪気主義」、あるいは「無技巧主義」はかえって痕跡を残してしまっていたのである。ここには、谷崎が「或る罪の動機」で辿り着いた意志なき犯行というテーマの変奏が見られると言ってもよい。本論の文脈において、この話が特に重要なのは、まず第一に連想診断というものが本書の前半部で扱った「潜在意識」の働きを直に利用する方法であること、したがって第二には、「潜在意識」の働きを「意志」的に押さえ込むことが可能なのか否かが俎上に載せられていることである。「無技巧主義」というのは、意志の力に邪魔されずに「潜在意識」の自然な働きに身をゆだねていることを装うために、かえって異常なほど強靱な意志の力を作用させるというアイロニカルな方法なのだ。本書が問題にし続けた昭和年代（特に一九三〇年代以降）の新しい文学イデオロギーが再導入を試みようとした「意志」とは、このようにあえて行使するところの「意志」というメタレベルの屈折したニュアンスを帯びたのである。

横光利一の「偶然」

昭和年代特有の思考を持つといっていい横光利一もまた、「意志」に関する大正的な問題意識を乗り越えるべきことを自覚していた作家の一人である。横光は、初期に志賀の小説を相当に読み込んでいた形跡があるが、おそらく「范の犯罪」に着想を得て、故意と過失の決定不能性の問題を物語の中心に組み込んだ『寝園』（『東京日日新聞』『大阪毎日新聞』一九三〇年一一～一二月、『文芸春秋』一九三二年五～一一月連載）を執筆した。ところが、『寝園』のなかで「意志」を除けることが果たしている役割を分析してみると、解放された潜在意識の活動にポテンシャルをみるという大正期に頻繁に描かれた主題は消失し、「意志」をめぐる問題系は全く新しい形に組み直されたことは明白である。第四章の『寝園』の分析にみたように、猪に襲われかけた夫の仁羽を奈奈江が猟銃で撃ってしまう大事件は、この小説を成り立たせる通俗物語的な意味での「偶然」であると同時に、仁羽以外の主要な登場人物――梶と奈奈江――それぞれの行為（外面）と思考（内面）の関係を不一致にしてしまう原因となる大本の「偶然」でもある。この事件のビッグバン的な衝撃が、後の「純粋小説論」（『改造』一九三五年四月）で、横光が「一切の人間の日常性といふこの思考と行為との中間を繋ぐところの、行為でもなく思考でもない連態は、すべて偶然によって支配せられるものと見なければならぬ」（傍点引用者）と述べたところの原理的な「偶然」へと洗練されるのである。とすれば、本書が扱った大正期までの文学において否定の対象であった「意志」はどこに場所を移したのか。答えは、人物の「行為」と「思考」が不一致であるというときの、「思考」の所である。「意図」した通りに行為は現象しない、つまり、「思うところ」と、その実行が現実世界において決定される意味との間に根源的なズレが生じること、そのことを長編小説の群像劇によって描くことを横光は課題としていたのだ。したがって、大正期に重視された「意志の否定」は、結局、「思うところ」の実現の障害として介在する「偶然」に姿を変えたと考えるのが妥当だと思われる。ことは横光に留まる話ではない。第四章でも部分的に紹介したように、偶然性あるいは偶発的事故は、一九三五年前後の相当数の文学者たちによって、手を変え品を変えて物語の筋書きや方法論に取り入れられていった。一見すると、文学の理論的概念としての「意志の否定」を一九三〇年代に「偶然性」というタームで置き換える流れは、両者とも意志の無力さの意義を積極的に見出している点を考えれば、なだらかな移行に思えるかもしれないのだが、実際には、前者は、意志の働きを制限して心が潜在意識として抱えている潜勢力を解放し、真の目的に必ず辿り着くことの思想を示していたのに対して、後者は、意図したこと（思惑）がそのまま行為として結果することがありえないこと、つまり、目的に必ず辿り着かないこと、との思想を示していた点において、真逆の価値を担っている。大正文学から昭和文学への移り変わりの間には、かくも大きなパラダイムの転換が生じていたのである。

第四章で繰り返し言及したように、哲学において存在論の流行した一九三〇年代から一九五〇年代末までにおいては、常に「無」あるいは「虚無」という概念が文学を含む思想的言説の中心にあった（ちなみに、「無」の概念を時間的に考えると「偶然」になり、逆に「偶然」を空間的に考えると「無」になる）。そして、序章のニーチェの条でも見たことだが、基本的に「無」の思想は「意志」の必要性を復活させる。ただ、それは意図や自覚といった程度の日常的な意志ではなく、そのような個的な意志を否定するものとしての「無」の絶対的な力を自覚したうえで、なおもそれを乗り越えようとする強靭な意志のことである。一九三四年の文芸復興期に流行したレオ・シェストフの思想も、周囲の環境にその一部として客体的に同化するのではなく、「存在論的中心」という「無」に立脚する「不安」を受けとめ、客体的立場の自己から主体的立場へと〈超越〉することの必要をいう内容だった。シェストフの著作を翻訳して、その思想の流行に一役買った河上徹太郎の解説「シェストフ的不安について」（『改造』一九三四年九月）によれば、人間存在が客体的世界の安定から身を引きはがし、「無」の上に立つことの自覚によって、その「存在論的中心」を定立する自由の可能性を示すものこそ「不安」であり、最終的に、その状態から主体的に「世界へ出て行くことの意味を考へ、新たに決意して世界へ出て行く」ことが促される。一九三〇年代の決断主義の基調を作ったのは、この種の存在論的思考である。

九鬼周造の「偶然」

そのような思想の根本的な流れは戦後においても変わらない。サルトルの実存主義とアンガージュマン（社会参加）の関係をみれば自明のとおり、人間は「無」を根拠にして存在していることを自覚し、生が無意味であることを認めたうえで、はじめて自由な意思決定によって「状況」の束縛を越える自己投企が実践でき、自己存在を「意味」づけ続けることができる。実存においては、意志的行為なくしては、生そのものを見失ふ。「偶然」の語が思想界に最も流行した一九三五年に、博士論文をまとめた『偶然性の問題』（岩波書店）を出版した九鬼周造は、意志や思惟のままならさを意味する「偶然性」と、なおそれを超克せんとする新たな「意志」との関係について、一九二九年一〇月の講演原稿「偶然性」の最終章ですでに次のように述べている。予想外の重大な結果は偶然によってもたらされるが、「重大な結果とは畢竟主観的評価によることである。そこに我々の自由がある。我々が価値を提供することが出来る。さうして、可能性の自己措定の中に含まれて居る仮想的合目的性を、我々自身の事実的目的性によつて置換へることが出来る[*16]」。言い換えるなら、「偶然性の主観的価値を我々自身が価値として創造すること、一切の偶然性の驚異を未来によつて基礎づけること」によって、「偶然性をして真に偶然性たらしむること」が倫理のあるべき形なのである。これをあえて暴力的に敷衍すれば、ようするに何が起きようとも、気の持ちようでいかなるハプニングもポジティヴに捉え返すことができると言っているに近い。偶然的出来事は一切の意図の外から到来するもので、その一瞬の驚異は持続しない。しかし「主観的評価」によって価値提供すること、つまり本来現在時から未来に向けて投影する「仮想的意志」を当の現在時まで、その現在時からみる未来の位置から遡って「事実的意志」として置き換えることで、驚異を真に意味ある驚異、偶然を真に意味ある偶然にすることができる。置き換えるという言葉は適さないかもしれない。まさにそのように為るように意志したものと為すということである。「偶然性の驚異は斯くして未来から倒逆的に基礎づけられる」という言葉に表れるように、これは一種の倒錯か、もう少し穏やかに言って、意識的な「時間錯誤」の発想である[*17]。だいぶ後（一九三七年一月）のラジオ講演の際に、九鬼はそれを優しく言い直して、「他のことでもあり得たと考へられるのに、このことがちやうど自分の運命になつてゐるのであります。人間としてその時になし得ることは、意志が引返してそれを意志して、自分がそれを自由に選んだのと同じわけ合ひにすることであります。[*18]」と説明した。九鬼の哲学は、もちろん偶然性を中心に構成されたものだが、その偶然が存在にもたらす不安定感を逆に人間が自らを更新していく可能性と見なし、その現実化のために意志的行為（決意）を不可欠なものとして要請することにおいて、河上徹太郎などの同時代の思想家や横光利一ら文学者と思想的土壌を共有していることは間違いない。そして、通称「戦後文学」は、この、生を成り立たしめる「意志」の強さの問題に囚われ続けることになる。本書が中心的に扱った大江健三郎の「あいまい《アムビギュアス》」も、たとえば戦後文学の危うい立脚点を自覚したうえで他のアジア文学との連帯を選び取ることを宣していたように、二重拘束的な不安あるいは二者択一の不可能性を前提にしたうえでの積極的な意思決定を含意していたことにおいて、その例外ではなかった。一九三〇年代半ばから六〇年代にかけて、文学の世界における「意志薄弱」は文字通りのダメ人間を表す意味に返されたといえる。

ただし、このように戦後文学の意志の問題をまとめたうえで、急いで若干の前言撤回と修正を施さなくてはならない。存在論的な時代の意志には、それ以前に担っていた意味と決定的に異なる点があるからである。半分はすでに論じた内容に重なることだが、大前提として実存が主体的本質（＝魂）に先立っている以上、そのことを意識する実存的人間による意志的行為は、「無」根拠なものである。行為を本質的な目的のもとに意味づけることなく、逆にその意志的行為によって意味を新たに生成し続けていく、「空無」に駆動されるプロセスである。したがって少々悪くいえば、そこに働く意志は、常に先行して繰り出され、焦燥的に空回りする体のイメージであり、古き良き時代において「意志の強い人」が期待される芯の通った基準のぶれない――将来の利益を見据えた「自己制御[*19]」の力の強い――主体のイメージとは全く異なる。昭和年代に入って意志の時代に単純に回帰したとは到底言えないのである。それどころか、以下に見るように、その意志の過剰によって表されるはずのパラダイムは、相応する新しい文学の表現を通されると、まったく別の相貌をみせるだろう。世界規模の観点から文学様式の展開をみれば、実存主義の流行した時代を「意志優位」の言葉で括ることはためらわれる。のみならず、そもそも実存主義それ自体が従来の意味で意志的な哲学なのか疑わしいのだ。

存在の「無」としてのマジック・リアリズム

そのことを理解するために、二〇世紀後半に「存在と無」への関心を巧みに言語表現がもつ広義の寓意性の力に転換・発展させた文学的手法の一つとして、マジック・リアリズムを考えてみたい。サルトル自身が『嘔吐』で著したような哲理を解説する文学やカミュの不条理文学など、直接に「実存主義文学」と呼びうるものや、それらの問題提起にたいし、直ぐ後から「その実現にむかう」[*20]形態を模索したヌーヴォー・ロマンと大きく外見を違える原因は、その「寓意性」に関わると思われる。古典主義《クラシシズム》や写実主義《リアリズム》ほど決定的な文芸思潮ではないかもしれないが、第二次世界大戦後、ラテンアメリカ文学の代名詞として次第に周知されるようになり、特に一九六〇年代に世界的な流行をみたことで、それらに準じる規模の、二〇世紀後半（ポストモダン社会）において最も重要な〈様式〉となったといえる。

　マジック・リアリズム（魔術的リアリズム）の一番シンプルな定義は、その用語が「マジック」という架空・幻想・魔術的な要素と、「リアリズム」という現実に足の着いた認識に対する志向との撞着語法《オクシモロン》によって組成されていることでも推測できるように、言語のレベルでの綾にすぎない比喩的な発想を文字通り《リテラル》に現実化して描写する手法というものである。たとえば、地獄絵図のような不気味さを比喩的に想像させる真っ赤な夕焼けがあったとして、その架空のイメージを発展させて、作品世界の現実の中で血の雨が降り始めたなら、それはマジック・リアリズム的である。また、たとえば往古の合戦場を訪れて、死者の声を聞く、という隠喩的な経験の代わりに、実際に頭に矢の刺さった死者たちが歩いてきて、その場で饒舌な会話を始めたなら、それもマジック・リアリズム的である。同ジャンルの先駆として認定されているフランツ・カフカ『変身』は、虫けらのような存在価値しかない主人公が、朝目覚めると文字通りの虫になっている世界なのだ。それらが「リアリズム」を欠いたただのファンタジーと異なるのは、細部の描写によってテクスト内の存在に物質的な現実感を与えるか否かの点で、ファンタジーの夢幻的世界は基本的には細部の描写に疎かである。死者や差別を扱う点で主題が類似することが多く、しかも細部の描写にこだわるジャンルにゴシック小説があるが、その成り立ちの差によってマジック・リアリズム特有のコミカルな要素（冗談に基づく世界）を欠いている。また、マジック・リアリズムと文学史上の発展の仕方がほとんど同期しているサイエンス・フィクションも親族的なジャンルになるのだが、前者は空想科学的な知識を用いないだけでなく、細部の描写に〈過剰性を与える〉ことでグロテスクに達した世界を提示する場合が多い。ポストモダン文学の一ジャンルとしてマジック・リアリズムを分析したロリ・チェンバレンの古典的な論文「現実を魔術化する――ポストモダン文学の逆説」によれば、[21] ドイツの歴史家であり写真家であり美術評論家でもあるフランツ・ローが著した『表現主義以後、魔術的《マジカル》リアリズム――最新ヨーロッパ絵画の諸問題』（一九二五年）が用語の起源であり、同書が公刊されてすぐにスペイン語に翻訳された事情があって、ラテン・アメリカの作家に積極的に用いられるようになった。マジック・リアリズムは、対象に焦点をはっきり合わせる（鮮明に描写する）ことでそれを現実以上のものに見せてしまう表現上の傾向である、とローは言う。くっきりした焦点《シャープ・フォーカス》は再現性を目的とするのではなく、対象に魔術的なオーラを帯びさせて、現実がもともと抱えている幻想性を呼び起こすためなのだ（ここでは「焦点」という方法が、「催眠」と文学の関係を論じた時と似て非なる働きをしていることに注意したい）。

以上が、概ね汎用的に定義されるところのマジック・リアリズムの説明である。それでは、なぜこれが実存主義的な「無」の媒介を重んじる時代の文学の着地点の風景として見出されやすかったのか。それはマジカルに描かれる対象物じたいに実体なき空無が抱え込まれているからである。その実存主義からマジック・リアリズムへの形態変化の経緯を戦後日本文学において実感するには、おそらく藤枝静男の「空気頭」（『群像』一九六七年八月）が最適の例だろう。要約の難しい作品だが、ベースとなる表現の型は「私小説」である。なにしろ志賀直哉と彼に兄事した滝井孝作に直接の教えを受けた作家であり、「空気頭」の冒頭も、その滝井から教えられた、「自分の考えや生活を一分一厘も歪めることなく写して行って、それを手掛かりとして、自分にもよく解らなかった自己を他と識別するというやり方」の独言的な私小説を試みるという宣言に始まっている。ところが中間部で描かれるのは、[22]「私」の心境をキャンバスにして、その上に「個別的には幻想でなくて実際に存在証明されたもの」をコラージュして、しかし全体としては非現実的なオーラを帯びた「畸形な世界」の奔流である。[23] 極端な性欲に苦しむ「私」が編み出した異様の治療術「気頭療法」は、結核に病んだ妻が受けていた「気胸療法」を参考にしたものて、「私」の頭蓋の中の「脳下垂体と視神経交叉部との中間に空気を導入してその接触を「離断」することで自我を物理的に虚無化する方法である。禅の悟りの境地である「無」を文字通り《リテラル》に脳髄に注入するのである。

ゾンデを右手に把持し、左手の人差指で左眼の下眼瞼を下に引いてから眼球をできるだけ上転しておいて、ゾンデを眼球の外下方の結膜下に深く突き刺しました。／冷たいゾンデの先端が、眼球壁の硬い鞏膜《きょうまく》に沿い、その丸いカーヴに従って従順に彎曲しつつ、まさぐるように眼球後極に向かって進んで行きます。〔中略〕ほぼ二寸釘ほどの太さを持った視神経繊維束に正確につきあたったことをたしかめたところで、〔中略〕繊維束の下側に沿って奥に進んで行きました。そうしてそれが深く眼窩の漏斗先端部にまで行きついた地点で視神経孔を通過してやっと脳底に抜け出ました。〔中略〕ゾンデの先端が〔視神経〕交叉部に近接しますと、トルコ鞍《あん》の硬い前牀突起の骨に行きあたります。〔中略〕ゾンデはそこで前牀突起に触れてその上をすべりながら一粍《ミリ》一粍と進み、この両者の間隙を経て遂に鞍の後牀突起に達します。そうしてこの点に届いたとき、反対に針先きを約三粍ばかり引き戻してやるのです。*24

こうして圧倒されるほどの専門的な解剖学的描写が続いた後、小孔の穿たれたゾンデの先から「トルコ鞍の入孔部で脳下垂体の被膜を犯し、その部をスポンジ状に浸している腐敗液」を吸引し終わると、コックを送気用に切り替えていよいよ頭蓋底に空気が送り込まれる。

やや聾《つんぼ》になり、しかし生き生きとその感覚を回復しはじめた私の耳の奥の方に、プツープツープツと云ったふうな、水中の間隙を潜り抜ける気泡の音が、呟くようにゆるやかに響きはじめました。脳底深く刺しこまれたゾンデの先きから押し出される生鮮な空気に圧迫されて、視神経繊維束を侵食している腐敗組織が剝がれ、そこに形成された空洞によって更に距てられて縮んで行きつつあるのです。気頭術の成功を告げる呟きに間違いありません。／私は息をはき、重い瞼《まぶた》を挙げて天井を見あげました。左右二〇〇度、上下一二〇度の完全な視野がカッキリと眼のまえにひろがっていました。[*25]

思い返せば第二章でみたように、志賀直哉の心境小説も「脳貧血」という頭蓋の中の生理学的知識に基づいていた部分があったのだから、戦後の心境小説家を自認する藤枝の徹底した擬似医学療法は、そのジャンルの正統な継承の表現であったといえる。同時に、志賀の「脳貧血」的な心境が潜在意識の働きを解放する「ぼんやり」の境地にあったこととは全く逆に、藤枝の空気で充満した脳髄は、通常の働きを超越した覚醒に達し、まさに空に上昇する境地である点で、ジャンル批評的な乗り越えの見事な実現ともなっている。何よりも、日本近代文学の「私」を突き詰める小説の在り方を更新して、戦後、実存における「無」の問題が重要視されていった先に、さらにその「無」を独自のマジック・リアリズム的な手法で——といってもその名称を当人が意識していたとは思われないが——形而下に引き下ろし、パロディックに可視化してみせたところに、このテクストのポスト近代文学としての優れた達成があるといってよい。大江の「怪物アグイー」（巨大な死んだ赤ん坊のお化け）も、単にサルトル的実存主義のいう「無」の問題をもとに発想されているだけでなく、想像力を介した「否定存在」の怪物として寓意的に可視化されているところに、同じような達成があったのである。

大江健三郎と倉橋由美子

しかし、ここまでの様式概念としてのマジック・リアリズムの説明に対して、もう一つ忘れてならないのは、それがラテン・アメリカ文学の代名詞として使用されることで世界的に広がったという、歴史的概念の側面が持つ重要性である。そもそもなぜラテン・アメリカ文学はマジック・リアリズムの言葉に自分たちの文学の特徴をみたのか。ここにはグローバル化する世界における支配／被支配の地政学的な問題が関わっている。中南米という「新世界」において、先住民の文化は圧倒的な異国趣味《エキゾチシズム》に満ちていたが、その驚異は対象に属するのではなく、植民者が宗主国の風習を持ち込むという接触があって、つまりは大きく異なる二つの文化基準の差分があってはじめて発生した力である。それを新たな現実性《リアリティ》として記述し実体化する言語を創造するのが文学の役目であり、「新世界」にマジック・リアリズム的な描写を育む土壌を作ったのだ。そうした経緯ゆえに、虐げられた被支配の（ポストコロニアルな）権力関係を炙り出すこと、支配する側の文化を摂取し、その基準の絶対性を融解し、多様な批判的契機を生み出すこと、そして場合によってはヒエラルキー自体を転覆する可能性に「魔術的」描写の特徴の一面が見出されることになる。そして先のチェンバレンの意見では、一九六〇年代以降、もともとポーやホーソンといった類似の伝統を持っていた北米において、ラテン・アメリカ文学に刺激されて改めてマジック・リアリズムが流行したのは、いまや後期資本主義社会が急激にもたらした技術と消費の新文化――人間が月を歩く様がＴＶ中継され、ドライブイン教会が出現する――が古い価値観との接触面に生み出した驚異を記述するためであり、また女性や有色人種といった台頭するマイノリティの表現行為が、覇権的な白人男性文化に対する内在的な抵抗の方法として驚異を活用したためである。彼／彼女らにとっては、日常性を幻想《ファンタジー》によって超越すると同時に日常性のなかに着地した自家撞着な事物を、その場にありありと現前させることで、日常性に潜む不可視の政治学を浮き彫りにする効力が重要なのである。そして日本では、大江健三郎こそ、ノーベル賞受賞講演のなかで韓国や中国といったアジア諸国のマジック・リアリズムを駆使している作家に対して、同じ非西洋の周縁作家として深い親近感を表明していたように、その種の文学の先駆者とみなされる存在の一人だった。

これらのイメージ・システム〔ミハイル・バフチンが「グロテスク・リアリズム、あるいは民衆の笑いの文化のイメージ・システム」と呼んで理論化したもの〕こそが、周縁の日本の、さらに周縁の土地に生まれ育った私に、そこに根ざしながら普遍性にいたる、表現の道を開いてくれたのです。やがてそれは、いま押し立てられている経済的な新勢力としてのアジアというのではない、永続する貧困と混沌たる豊かさをひそめたアジアという、古なじみの、しかしなお生きているメタファー群において、私を韓国の金芝河《キムジハ》や中国の鄭義《チョンイー》、莫言《ムーイエン》に結びつけることにもなりました。私にとって文学の世界性は、まずそのような具体的なつながりにおいて成立しています。[*26]

なお、ここではバフチン（『フランソワ・ラブレーの作品と中世・ルネッサンスの民衆文化』邦訳版一九七四年、ロシア語初版一九六五年）を参考に「グロテスク・リアリズム」の語が使われている。たしかに「死者の奢り」（『文學界』一九五七年八月）などの初期作は、日常的な事物の覆いを剝ぎ取り、裸形の「存在」（の醜さ／欲望）を露わにして「吐き気」を催させる方法という点で、実存主義と直接の関係をもつグロテスク・リアリズムの括りに入れるほうが適切な印象がある。だが、やはり六〇年代以降の寓意性の高いものは、「空の怪物アグイー」も含めて「マジック」の形容のほうがふさわしいと思えるし、実際、金芝河《キムジハ》、鄭義《チョンイー》、莫言《ムーイエン》はみなマジック・リアリズムの手法を駆使した作風として世界的に評されてきた作家たちである。いずれにしても、六〇年代くらいまでの段階では当事者である作家たちにおいても特に意識してはいなかったはずの細かなレッテルの正誤を、この議論の文脈で問うても仕方がない。[*27]

ところで、このような戦後世代特有の魔術的かつ現実的な文学によって「意志」はいかに処遇されたのか。その種の文学様式においては、意志は意志の排除の志向と同時に求められ、アンビヴァレントな位置に留まっているというのが答えである。私たち読者の側の世界からみれば決定的に奇怪な出来事が起こっているが、その非日常的な状況を登場人物が日常的景色として生活していることで、魔術的な現実は立ち上がる。異常な出来事を半ば自明として受け入れ、その都度開示されるその異常な世界独自のルールに従い、その世界の原則を裏切ることなく登場人物は行動を進めるのである（そのことで私たちの現実的日常性に潜んでいるルールの理不尽さが逆照される）。このとき、その異常な世界は偶然的かつ一方的に与えられたものである点において意志の介在する余地はないが、その都度、その異常な状況における善悪を判断し、その土俵の内側で積極的に行動を選び取っていく限りにおいて、それは意志的である。一九六〇年頃にすでに、この種の小説の仕組みにおける登場人物の主体的立場の曖昧さを原理的に思考していた作家に倉橋由美子がいる。
倉橋は一九六〇年中に発表した短編のみで構成した作品集の自作解説のなかで、発表月順でいえば四作目にあたる「蛇」（『文学界』一九六〇年六月）の執筆の際に意識していたイメージ生成の原理を以下のように説明する（ちなみに「蛇」は、自作の中では「カフカ‐安部公房」的小説に分類されるべき「寓話のような」特徴を備えるが、もう一つの大きな勢力が「サルトル‐大江健三郎」的小説に属するグロテスク型であるという）。

まず仮定がある。ある朝目が覚めてみたらKが巨大な虫になっていたり、逮捕されていたりするのがそれで、この荒唐無稽な異変が小説あるいは空想的構築物の全体系の「公理」となる。公理であるからそれは説明不可能である。ただし全体系はこの公理から「論理的」に演繹されなければならない。カフカの『変身』を読んだ時に発見したのがこの「規則」で、別に小説の方法というような大袈裟なものではないが、これは想像力を働かせて架空の世界を言葉で作っていく場合の「規則」としては大変便利である。私の想像力はもともと「感情移入」を動力にして働く型のものではなさそうで、作中人物と哀歓を共にしながらその生活を描くという型の小説は書けない。公理・演繹体系に似た規則に従って想像力を働かせる方が楽である。[*28]

「公理」という言葉使いに時代を先駆けた斬新な響きが聞こえるわけだが、倉橋の説明する登場人物にはロマンチックな主体が必ず伴う「告発」や「異議申し立て」（現状批判）の意志が全くない。いかに奇妙なことが起こっても、まずは疑念を差し挟まずに現状を肯定し、その世界を規定するルールを受け入れる。つまり「状況」がすべてに先行し、そこに投下された人間を観察する、その「思考実験」の手段として小説が考えられている。登場人物はある種の決定された結末に導かれていく「手がかり」にすぎず、描かれるのは内面ではなく、周囲を形成する「状況」に対処する、その「行動様式」になる。かといって、その小説世界が完全な「必然性」に支配されているとするのは間違いで、内部から観察する限りは、そこで生じる出来事はむしろ「偶然性」によって導かれている。そして人物は偶然の継起を拒みようがない点において「運命論的」ではあるが、それでもなお自らの価値観を背負い、前進し続ける点において闘いを完全には放棄してはいない。つきつめればそれが「公理」の検証過程にすぎないとしても、その内部の闘いに「意志」的な要素が含意されないとは言えないのだ。

実は右の説明は、途中から村上春樹が一九八九年に語った自身の創作方法の話を混ぜ合わせてしまったのだが、[*29]春樹の作品に出てくる人物たちの、世界に対してどこか諦念的に対峙しながらも局面局面で示す行動的なあり方を十分に解説する内容といえる。倉橋も春樹も、それぞれ六〇年安保闘争と六八年全共闘運動が過ぎた後のかえって逃れがたい〈状況〉のなかで、なお創作することの方法論を模索しなくてはならなかった。とりわけ、消費社会の浸透によって記号的文化が日常を覆った一九八〇年代以降の春樹が、一部の北米作家と同じように後期資本主義型のマジック・リアリズムに向かい、日本の文脈に沿って独自のスタイルに発展させていった戦略や、それが一九九〇年代以降の作家へ及ぼした影響の大きさに対して理解を妨げるものは何もない。一九八〇年代と九〇年代の境に発表された「TVピープル」(『par AVION』一九八九年六月)は、日本人で初めて『ザ・ニューヨーカー』(一九九〇年九月一〇日)に英訳版が掲載されたという意味でも象徴的なテクストである。映画の時代を追いやったテレビこそ、〈いつ・どこ〉という限定のない〈毎日〉の最も身近な生活空間に埋め込まれた日常的「驚異」を広く常態化させたのであり、新しい種類のマジック・リアリズムが描くべき二つの体系(虚構的な演出世界と現実)の混淆を環境化したメディアだからである。設置されたテレビのフレームの中から文字通り現実世界に侵入してきたTVピープルは、「僕」の日常生活のあちこちに出没する。そして彼らの存在に注意が奪われて仕方のない「僕」の古い習慣を少しずつ壊していき、やがて妻をも去らせてしまうのだが、ラテン・アメリカのマジック・リアリズム的文学に登場する人々が、意外にも支配的状況に対して〈忍従〉の行動原理に基づいて描かれることが多いように、「僕」はその環境とルールの変化に異議を唱えずに、まずは甘んじて受け入れるしかない。だが、その受け身の態度によって「僕」は「僕」の存在の在り方と自分を取り巻く世界の在り方とを根源的に問い直す「手がかり」そのものとなる。

そのような現代文学の主体性の特徴を考えるならば、ハイデガーからサルトルに続く実存主義にも類似の主張があったことに思い当たる。人間は、決して自分の意志的選択によって望んでこの世界に生まれ出てきたわけではなく、状況の限定のただ中に最初から否応なく投げ出されている存在である（被投性）。裏返せば、有限の存在である人間は来たるべき「死」（＝無限）に常に拘束されている。その事実の自認から実存主義の考えは始まっている。人間存在による「自由」な意志的行為の「意志」はすべて、この初源的な「意志の否定」、すなわち実存とは絶対的な受動態であることを条件としてしか発現しない「意志」なのである。さらには個別の意志的行為にしても、「本質」は決して先行せず、「無」に基づく行為の実際によって作り直され続けるのであれば、自己存在の意味や根拠は、たえず自らの行為によって循環的に外部から与えられ、それを受容し続けることで保たれていることになる。その受容面のみに焦点を合わせれば実存的人間から意志は除かれ、行為の内発面のみに焦点を合わせれば、それは過剰なまでに意志的な存在になる。したがって、ここに端を発した新たな思想の圏域では、求められている「意志」の質が根本的に変わったと考えなくてはならない。

反芸術、イメージの氾濫

しかし、事態はマジック・リアリズムともなると、もはや人物や人間に留まる問題ですらなくなっている。どうしても「驚異」を日常化している事物や環境の方に表現の興味は移るからであり、「意志」の問題もそちらに転位するからである。倉橋由美子が登場した一九六〇年頃は、造形芸術（美術）の領域でも「反芸術」——欧米の「ポップ・アート」に相当するものの、それよりも行きすぎた印象を与える——が登場した時期であり、日本の近代美術は油絵の輸入以来、最も大きな転換期を迎えていた。その「反芸術」の登場の意味を原理的に解説した宮川淳は、戦後芸術が歩んできた「表現行為の自立」への、さらには「表現過程の自立」への道の到着点であったとまとめている。戦後の高度消費社会において、人々の新しい生活環境は目を引く大量の既製品やマスイメージ（複製の表象）で溢れているが、「反芸術」はそれらに直接的に異議申し立てをするのではなく、かえって克明に拡大し、過剰に引用することで、いわゆる「レアリテという古典的な概念を無効にしている」。それはようするに「オブジェ（既成の日用品や廃物）によってであれ、イメージによってであれ、卑俗な日常性への下降」をすることで、芸術の行為と過程を「日常の物体と同じ次元に発見」することに他ならない。

反芸術の日常性への下降が、「事実」の世界への復帰であるかに見えて、かえってレアリテの概念を空無化しているとすれば、それは日常性を導入したものがなによりも表現過程の自立にほかならなかったからである。*30

文学の世界のマジック・リアリズムも、既製品を丸ごと引用するまでは好まれないとしても、すでに流通している決まり文句や冗談の比喩性――例えば「道草を食う」――を克明かつ過剰に描く――例えば本当に道端の草を食べる子供が登場する――ことを積極的に活用する点において重なる部分は多く、倉橋の「蛇」も、「蛇に呑まれるのではなく蛇を呑む」という冗談の発想を現実化したものである（この種の言葉遊びは時代を下るほど進行し、一九八〇年代初頭の高橋源一郎の登場によって極みに達する）。とすれば、造形芸術の表現の行為と過程が事物の側に自立したのと同様に、文学の世界における人物の「意志」的な行為やそれが進めるべき物語過程も、彼／彼女らが存在している小説内世界の事物や環境の側に少なからず自立したことが、この新しい文学がもたらした真に重要な意味である。倉橋の「蛇」の冒頭、「Kは口のなかいっぱいに異物がつまっているかんじで昼寝から目をさました」のであって、人物が「意志」的な狙いをもって蛇を呑む行為に及んだのではない。だが、それをきっかけに物語は勝手に駆動されていくのだし、その中で右往左往する「僕」も、その条件の下で世界に対峙していくしかないのである。

戦前の前衛芸術は、どんなに先駆的にみえても、破壊（と再生）に賭けた「テロル」にすぎず、イメージの存立にたいする深い信頼があった。戦前の文学も同様に、いくら「意志」の価値を貶めて見せたとしても、登場人物の人格と主体性にたいする最後の信頼は揺るぎなかったといえる。ところが、一九六〇年頃の数少ない新しいマジック・リアルな小説は、周囲で「驚異」を作っている事物や環境に行為と過程を部分的に預けてしまうというポスト・ヒューマンな世界の表現へと一歩を踏み出していた。しかし、「反芸術」が後期資本主義社会がもたらした環境に妥協しているのではなく、その日常の欺瞞性を自らの「空無」性によって批判的に炙り出すことに意味があったのと同様に、魔術的かつ現実的な世界を描出する文学の本来の意味は、日常性の批判という意志以外の何ものでもない。大江の描いた「アグイー」という怪物が本書の文脈において重要視されるべき理由も、一九五〇年代を通して流行した実存主義の思想を取り入れながら、ハリウッド映画にもとづくハーヴェイというキャラクター（消費社会に流通する商品的・日常的事物）をそれこそ拡大して引用し、リアリティを文字通り「空無化」している点にあった。アグイーの存在を受け入れるのか否かの「僕」の態度がアンビヴァレントな葛藤の只中に留まるがゆえに、それは日常性批判の力を内在させたテクストなのである。

現代文学の「不気味なもの」

ところが、「無」を内包する「否定存在」であり、怪物はそこにいない、という形で「僕」によって想像されることでしか立ち現れないものであるアグイーとは反対に、川端の「片腕」の「無」は、「ほのぼのとむなしい拡がり」として丸ごと肯定される非存在であり、認識における否定の契機を受け付けない夢の感覚にもとづいている。女の肩から何気なく外された「片腕」というありえない不気味な〈もの〉は、その「無」の「拡がり」が凝固した「無」の代象のようなものだ。つまり、川端の「片腕」というオブジェには、「アグイー」が内在させているたぐいの日常性批判の含意がない。逆に、夢の中に沈潜あるいは後退して現れる世界において、批判の契機が娘の「いいわ」の発話に代表される肯定性によって抹消されている。かといって、あたかも日常的で自然な出来事のように取り外された「片腕」の物質的な生々しさは、大正期の夢小説が依拠していた世界観ともそぐわない。潜在意識の活動を通じた「覚知」の体験を求めてもいないし、探るべき「謎」もない。それは、ただ生の無意味さを体現する「虚無」を慰め、無効にする〈もの〉なのだ。

川端の作品史のなかでも特殊な印象を与える「片腕」は、そのような形で「虚無主義」の克服のひとつの実践を示した。しかし、川端も予想だにしなかったことだろうが、否定性を失い、虚実の区別の無効な「不気味なもの」と化したオブジェは、一世代を跨いだ平成年代の文学を系譜的に先駆けていたのかもしれない。一九九〇年代半ば以降、世間で騒がれ始めたヴァーチャル・リアリティや、もっと身近にマンガやアニメのイメージをそのまま描写対象として取り入れるようになった文学は、まさに「無」の凝固した「不気味なもの」で、その世界を溢れさせていたのではなかったか。冷戦体制に基づく二項対立的な思考が潰えて、経済で俗にいう新自由主義的な混沌の露わになり始めた時代に生まれた一部の文学や美術は、象徴的体系と想像的体系の区別が失調しつつあったネット社会にたいする一種の文化批評的なアイテムとして、この「不気味なもの」を描写することになった。たしかに、作為的な「驚異」のレベルで日常性を批判的に炙り出すという生ぬるさを一息に突き抜けるだけのポテンシャルが「不気味なもの」には元来備わっているのだろう。だが、ひとたび「不気味」の強度が失われれば、それは新しいメディア環境において単なる消費の対象と堕す可能性があるのは否めない。そこは「意志」の価値が、それを「欲望」と取り違えない限り、極めて低く見積もられた場所である。

そして残念ながら、この先に展開すべき文学の形態に関しては本書はもはや語る術をもたない。あくまで大江の提示した対立構図を借りて、舞台を一九六三年という歴史の交差点に設定し、「空の怪物アグイー」との対比の枠組みに置く作業を通したときのみ、「片腕」で最後に示した川端の方向性は、「近代文学」（もしくはより狭く言って「戦後文学」）の終わりと、「現代文学」（もしくはより狭く言って「新自由主義」時代の文学）の始まりを象徴的に語ることができるというだけである。一九六〇年代以降の文学は冷戦体制の安定化を背景に「近代文学」とも「現代文学」とも割り振れない膠着状態に陥ったと考えておくのが無難だろう。最終的には、その冷戦体制という歴史的条件の崩壊によって「現代文学」が一九九〇年代以降に線引きされ直した時、本書が約一世紀にわたって抽出した「意志」の問題設定それ自体が、いつのまにか文学の優先事項ではなくなっていたのかもしれない。だが、結局は、個人性（という自己意識・感情）と社会との葛藤が完全な解決をみない限り、つまりは「近代」の負債を「現代」が精算し切れない限り、同じ課題が新しい〈状況〉のなかで装いを変えて、すぐにも再設定されるだろう。あらゆる表現行為は、それが「起源」とみなす風景に向かって、絶えざる回帰を進むものだからである。

註

＊1　ジャン・ジャック・ルソー『孤独な散歩者の夢想』青柳瑞穂訳、新潮文庫、一九五一年、一五八頁。

＊2　「羅生門」に対するニーチェの影響については、松本常彦「「羅生門」の後景」『近代文学考』一九八九年一一月（『芥川龍之介作品論集成』第一巻「羅生門――今昔物語の世界」、翰林書房、二〇〇〇年所収）を参照。

＊3　『谷崎潤一郎全集』第五巻、中央公論社、一九六七年、二六一頁。

＊4　同上書、三七七頁。

＊5　同上全集第八巻、一一六頁。

＊6　同上書、一二二頁。

＊7　さほど近い過去でもないが、証言の不一致を心理学的に考察した論考として、安東禾村「証人の心理　証人の陳述を判断する標準――裁判心理学の価値」（『変態心理』一九一九年六月）がある。

＊8　第二十五巻、四五〇頁。

＊9　ここで興奮の後に訪れる「淋しさ」の意味は、本書第二章の議論に直接関わる「脳貧血」の「淋しさ」である。

＊10　中村古峡「後催眠現象――催眠学理一班（その四）」（『変態心理』一九二一年五月）の冒頭をそのまま引用すると、「後催眠現象（Post-hypnotic phenomena）とは催眠状態中に与へておいた暗示が、催眠覚醒後に至つて初めて実現される現象に名づけたものであつて、諸多の催眠現象中、最も特種で且つ最も重要な、意義を有するものである」。なお小林幸夫はその種の用語は一切用いていないが、范の行為は「前晩」の「争ひ」の継続の中で、妻を殺すという想念を中核とし、そこに、妻と一緒にいないときには「寛大」でいられ妻が目の前へ出て来て何か動作をしその「からだ」を見たときには「不快」になる原理が、その機能する場に遭遇して自動的に働いてしまったもの」、言い換えれば、「諸条件が揃うことによって発動したという点において、メカニックであり、故意か過失かという意志の有無とは別の層で起こるべくして起こったもの」（傍点引用

者）と述べている（『認知への想像力・志賀直哉論』双文社出版、二〇〇四年、九八頁）。

＊11　山田宏昭「固着と転位」、小林康夫・松浦寿輝編『テクスト――危機の言説』東京大学出版会、二〇〇〇年所収、一九一頁。

＊12　「范の犯罪」は、殺害の自覚がありながら、「何もかも正直に云つて、それで」罪に問われないことを発見したときの「興奮」を描いている一方、「城の崎にて」は、はじめから殺害の罪意識を自覚に至らしめないことによる「静かさ」の境地の獲得を描いている。代償として、「自分」は「助かつた」ことに「感謝」の気持ちは抱いても「喜びの感じは湧き上がつて来ない」。第三章で志賀の「暗さ」を言ったのは、そのような意味においてである。

＊13　堀辰雄「不器用な天使」（『文藝春秋』一九二九年二月）には、映画鑑賞の場面で「実物より十倍ほどに拡大された人間の手足が取りとめもなくスクリインの上に動いてゐる」という描写がある。

＊14　だが、『変態心理』（一九一九年八月）掲載の小記事「催眠術応用に由る逃亡者の追跡」の著者である菅谷宿禰は、逃亡者と何らかの関係を有している人物に催眠術をかけ、「人為的千里眼」を用いて居場所を突き止める実験を数年前から行っていること、残念ながら今回の実験は中途半端な結果に終わったことを報告している。当時は事実としても決して「あるまじき飛躍」ではなかったようである。

＊15　谷崎は「金と銀」の中で、大川の心中思惟を通して次のように書いている――「コナン、ドイルは其の小説の中に、探偵の資格として三つの要素を挙げて居る。第一は観察（Observation）である。第二は智識（Knowledge）である。第三は帰納法（Induction）である。此の三つの力が十分に発達して居れば、必ず犯罪の原因を嗅ぎ出す事が出来るのださうである」（『谷崎潤一郎全集』第五巻、一九六七年、中央公論社、四〇九頁）。

＊16　『九鬼周造全集』第二巻、岩波書店、一九八〇年、三五〇頁。

＊17　ニーチェの『ツァラストラはこう言った』（上巻、氷上英廣訳、岩波文庫、一九六七年）のなかには、「『そうであった』は、すべて断片であり、謎であり、残酷な偶然である、――想像する意志がそれに向かって、『しかし、わたしが、そうあることを意志した！』と、言うまでは。」（二四五頁）と書かれていて、「意志は時間を打ち破ることができない」（二四三頁）こと、つまり「意志者自身のなかに、逆もどりを意志することができないという苦悩がある」（二四四頁）ことが集中的に問題にされている。その意志の不可逆性の原則を超克するためには、「すべての〔主に時間との〕和解よりもさらに高いものを、意志は意志しなければならない」という不可能な課題に直面せねばならず、いずれ「力への意志」に過分な期待を預けるほかなくなるだろう。その点、九鬼は淡々とした文章の論理だけをもって、その「不可能な課題」を乗り越えてしまっているのだが、逆に、そこに些か冷めた印象の九鬼哲学の限界を読むことも可能である。

＊18　「偶然と運命」一九三七（昭和一二）年一月二三日午後六時二五分開始のラジオ講演（三十分）原稿初出、『九鬼周造全集』

第五巻、一九八一年、三四〜三五頁。

＊19 意思決定のメカニズムについて現代の心理学等による説明で用いられる二重システム理論では、欲求や情動に基づく、進化論的に古くに形成された「無意識的で自動的、迅速で、直観的に働くシステム」（＝システム1）と、知的な判断力に基づく、比較的最近の進化の過程で発達した「意識的で制御され、処理が遅く、熟慮的に働くシステム」（＝システム2）の行為決定が不一致のとき、システム2によって行われるシステム1に対する実質的な「自己制御」を「意志」の働きと呼ぶ（西堤優「自己制御と誘惑」、信原幸弘・太田紘史編『シリーズ新・心の哲学Ⅲ 情動篇』勁草書房、二〇一四年、第二章）。古典的かつ一般的な意味での「意志」の機能的な説明である。

＊20 江中直紀『ヌーヴォー・ロマンと日本文学』せりか書房、二〇一二年、一四頁。

＊21 Lori Chamberlain, "Magicking the Real: Paradoxes of Postmodern Writing," in Larry McCaffery ed., *Postmodern Fiction: A Bio-Bibliographical Guide* (New York: Greenwood Press, 1986), p. 7.

＊22 「空気頭」は最終形の内容に先行する複数のテクストがあるが、第二部に描かれる異様な妄想的世界は、「空気人形」（『みづうみ』一九五一年二〜七月）及びほぼ同形の「空気頭（初稿）」（『近代文学』一九五二年三月）を再利用したもので、より普通の「私小説」のスタイルに近い第一部と第三部の間にそれを挟み込んだ構成となっている。そのやや面倒な生成過程の詳細は、名和哲夫「藤枝静男『空気頭』の成立について――『空気人形』『空気頭（初稿）』『気頭術』そして『空気頭』の四つのテクストをめぐって」（『浜松学院大学短期大学部研究論集』二〇〇七年三月）を参照されたい。

＊23 宮内淳子「遠近法の壊し方――藤枝静男の場合」（『日本文学』二〇〇二年一一月）を参照。この論文には、「ひとつひとつの物は細部まできちんとした墨の輪郭をもって実写されている」にもかかわらず、その全てを「不合理な逆遠近法」に従わせているために異様な「一種野蛮な力」の魅力をもつ朝鮮民画を通して、藤枝の創作に対する一つのヴィジョンの自覚が示されている。「メルヘン」では全くなく、「シュール」よりもいっそう統一的意図が見られない、藤枝を惹き付けた非平面的な味わいは「魔術的」と評するのが一番適当に思われる。

＊24 『藤枝静男著作集』第六巻、講談社、一九七七年、七二頁。

＊25 同上書、七三〜七四頁。

＊26 大江健三郎『あいまいな日本の私』岩波新書、一九九五年、一四頁。

＊27 大江を中心とした戦後文学における「グロテスク」の問題およびその周辺事情に関する議論の詳細は、拙論「大江健三郎と〈ポップ〉の系譜――一九六〇年代の〈穴〉」（『津田塾大学紀要』二〇一〇年三月）を参照されたい。

＊28 倉橋由美子「作品ノート1」『倉橋由美子全作品1』新潮社、一九七五年、二六六頁。

＊29　村上春樹【インタヴュー】「山羊さん郵便みたいに迷路化した世界の中で――小説の可能性」（聞き手：柴田元幸）『ユリイカ〈総特集 村上春樹の世界〉』一九八九年六月臨時増刊。

＊30　「反芸術――その日常性への下降」『宮川淳著作集』第二巻、美術出版社、一九八〇年、九四頁。

あとがき

疲れたというのが正直な感想である。いちど脱線するとなかなか元に戻ることができない。すっ転んだ経験もそのまま糧にしようと変な欲が働くからである。結果、外へ外へと遠心運動をしながらあらぬところへ彷徨っていく。ロンドン、NYC、広州と移動してきた。一見、華やかかもしれないが、実態は悲惨なものである。仕事の内容は安定せず、経験が上積みされない。しかも途中、一発逆転の小説家転向をねらって、三〇歳前後の最も貴重な時間を三年ほど無駄にしたあげく、文学そのものに打ち破れた。各地の「生活」にアジャストするためだけにエネルギーを浪費する。疲労体質で、研究論文を書く余力がない。といって結構な借金の返済が待っている。無謀と知っても就職活動をやめるわけにはいかない。去り際には、現地組が、もう諦めなさい、居残りなさいと耳元で囁く。そんな引力を振り払うのも労苦である。

だから局面局面では意志の強靱な、世間に流されない、闘う人としてやってきたつもりだった。ところが、端から振り返ってみると、志を貫徹しない意志弱き人物像がそこにできあがっていた。友人からは、君は忍耐力がないからなあ、とからかわれた。不思議というしかない。こんなはずではなかった、というやつである。大正期の小説を読んでいて、一部の作家のやむにやまれぬ、ほとんど積極的な「意志薄弱」ぶりが理解できたのは、その頃である。日露戦争後、平和ボケといわれる時代に共通の目的や一体感を持てなくなった彼らは、その方向喪失の感覚を文学の住処として、逆説的な自己肯定の方途を見出すようになった。そのことを実感したのは、ようやく最近のことである。

気がつけば、不惑の歳である。後の人生は下るだけである。本書でうまく論じられなかった反省点は無数にあるが、もう目を閉じるしか対処の手がない。だが幸い、こんな形で遅々として進まなかった仕事に区切りを付けることになってみれば、きっと身軽にはなる。次の探求に向かう意欲はかえって出てくるはずである。意外にダウンヒルに適性があるかもしれない。この頃は「老人力」がいや増すばかりで驚くが、頭のネジが一本外れているくらいが、下りの走行にはちょうどいい。いずれ恐れ知らずの、華麗なる突っ込み走法を披露できることを願っている。

＊

本書はここ五年ほどの間の既発表の論文が元になっている。左に各々対応する章を示しておくが、本書全体を一貫した議論にまとめるために、いずれも大幅な加筆・修正を施した。特に第二章以降は原形を留めないほど改稿した箇所も多く、本書とは別個の論考と考えるべき内容となっている。

書き下ろし（序章および終章）〔科学研究費（15K16685）の助成を受けた。〕

「運動する写生――映画の時代の子規」『群像』第六十九巻第六号、二〇一四年五月（第一章）

「シンボリズムとヒプノティズム、あるいは神経衰弱と脳貧血の系譜――志賀直哉「鳥尾の病気」を軸に」『実践國文學』第八十三号、二〇一三年三月（第二章）

「デジャ＝ヴュのフィールド――志賀直哉「イヅク川」から内田百閒へ」『日本近代文学』第八十三集、二〇一〇年一一月（第三章）

「大正催眠小説論――内田百閒・佐藤春夫・志賀直哉」『言語態』第十二号、二〇一三年一二月（第二章および第三章）

「発声映画の文学史（序）――矛盾的自己同一体としてのトーキー」『実践國文學』第八十三号、二〇一三年三月（第四章）

「発声映画の文学史（二）：横光利一『家族会議』論――〈幸福〉の行方」『実践國文学』第八十四号、

二〇一三年一〇月（**第四章**）
「横光利一の四次元旅行」『PAJLS』Vol.8, 二〇〇七年夏（**第四章**）
「1963年の分脈——川端康成と大江健三郎」『言語態』第十一号、二〇一二年八月（**第四章**）

章の並びは基本的には内容の時系列順になっているが、序章と終章には、題名に合わせて「意志」のテーマを前面に出した考察を置き、全体を挟み込む構成にした。人によっては、そこで頻繁に使用されている「意志」の語にたいして、明確な定義が与えられて見えないことに不満を覚えるかもしれないが、それは意図的な放置である。「意志」などという言葉は日常語に近い。定義を厳密にし、それに適合しない「意志」を対象外とするなら、本書の考察は意味をなさない。同時代の様々な作家、哲学者、心理学者、そして法学者らのめいめいの思い込みによる勝手な使用（＝発話）とその無意識の総体をボトムアップ式に捉える態度でなければ、ある概念の周囲に星雲状に形成された「思想」の姿を見誤ることは必至である。このような緩さと曖昧さを前提に論を進めざるをえないのが、他分野の学問から理解されにくい文学研究の宿命である。主観や感覚を内在的に描く文学を考察する限界であり、また比類ない有用性である。念のため、ここに記しておきたい。

＊

泉鏡花の代表作の一つに『草迷宮』（春陽堂、一九〇八年）という作品がある。登場する主人公の葉越明は、幼いときに耳にした究極の手毬唄の文句を求めて旅をする青年である。よく鏡花は古典回帰の精神の権化として理解されることがあるが、小説の体質は近代的である。そのことは幼児期に聞いた手毬唄の文句を奇跡的に想起しようとする明の方法の選択にも見て取れる。明が自分に課しているのは、全国を行脚しながら、さきざきで怪奇な現象に出会う度に、それを愚直に言葉に置きかえる作業である。超常現象の起こる場所に積極的に立ち入って、自らの身体を通して感覚する世界をそのまま言葉に写し取ることで、その言葉が「暗示」となり、識域下に把持されている古層の記憶の観念連合を引きずり出す可能性を期待しているのだ。福来友吉『催眠心理学』（成美堂、一九〇六年）の第十章「催眠と記憶」は、催眠状態で潜在意識の働きが活発化しているときは、記憶の「把住」も「喚想」も通常より容易になること、また、ある観念を「喚想」するとき、どんなにそれが他に心理的原因のない自発的な働きにみえても、必ず何らかの外的刺激を身体が感覚して、それと連合する観念が心面に喚起される他発的な結果だと論じていた。そして、すべての高等感覚（視覚や聴覚）を失ったヘレン・ケラーについて、日頃から音楽を振動の触覚的受容によって楽しむこと、聴覚等を失った生後十九ヵ月以前に耳にしていたはずの郷里の曲をピアノで演奏してみせると、今や十六才のヘレンが感動しながら叫び出した文句に謎の言葉が含まれていたこと、そして、それが十九ヵ月以前に父が膝上のヘレンに歌い聞かせていた別の歌に関わるらしいことを報告したアメリカの研究を紹介している。高等感覚なしで生きるために潜在意識の働きを最大に発達させてきたヘレンは、まさに現在時の身体感覚を刺激として、心に潜む最も古い観念を想起したのである。

葉越明が試みている方法の原理は、これと同じである。「目《ま》のあたり見ます、怪《あや》しさも、凄《すご》さも、もしや、其《それ》が望みの唄を、何人《なんびと》かが暗示するのであらうも知れん」と考えて、「屋根で鵝鳥《がてう》が鳴く時は、波に攫《さら》はれるのであらうと思ひ、板戸《いたど》に馬の影がさせば、修羅道《しゆらだう》に墜《お》ちるか、と驚きながらも、（屋根で鵝鳥の鳴き叫ぶ、板戸に駒の影がさす。）」とありのままを言葉にして口ずさむ。お化けの出現する世界が、「草」に象徴される複雑な外的刺激を入力として、心内に変換された夢見（潜在意識）の作用による現象であるなら、それを直写する言葉の連なりが、奇跡的に幼い時に聞いた唄の文句に一致してもおかしくはない。同時代の科学的根拠さえしのばせる発想である。また、それが「うた」の文句であることは、子規に始まる「写生」の意義を省みさせる重要性もある。『草迷宮』が執筆されていた明治四〇年頃は、本書の議論においても大きな転回点として見られた時期なのだから。

だが明の営為は、ぎりぎり理に適ってはいるが、結局は不可能な探求である。おそらく、あれはこれだと断定できる現実の手毬唄の文句など、彼は幼時にも経験しなかったのだ。それでも、その不可能な探求が、その手毬唄を存在させるのであり、それを捉えんとして惜しくもこぼれ落ちていく言葉たち――文学の原形――を存在させる。創作するのも論じるのも、その点では同じで、おそらく不可能な探求である。しかしその種の不断の探求こそが、この先も人間が新しい価値を生み出しながら文化的に生存していくための、多様性と共生を保証する唯一の手段なのではないだろうか。

＊

小森陽一先生には大学院博士課程の指導教官を引き受けて頂き、特に最近三年間はご多忙の極みのなかで毎月のように論文に目を通して頂いた時期もあった。実はこれを書き始めるまで忘却していたのだが、大学入学して間もない頃、高校時代に好んで読んでいた鏡花の『草迷宮』を扱うと聞いて、小森先生の講義を他学部まで行って聴講したことが、学問としての文学の面白さに接した最初の体験だった。それは振り返れば不幸のはじまりだったのかもしれないが、九鬼周造が曰く、偶然の出来事にたいする「主観的価値」は、どんなに過去のことでも決して確定されてはいない。「偶然性をして真に偶然性たらしむる」可能性はまだまだ残っている。

なお、本書の中身は、実践女子大学の国文学科に二年間居候していた時期に執筆したものが半分くらいを占めている。路頭に迷いかけているところを拾って頂き、また、本式の学問に携わる方々ならではのプロフェッショナリズムを覗き見させて頂いた。今後もアカデミーに関わって生きていく上での大きな糧になったと思う。講談社の『群像』編集部にも、お世話になった。学術的な世界とは異なる文芸の世界を身近なものにして頂いた。本書第一章の元になった子規論の執筆は、もともと、それまで残してきた論文の外伝というか前日譚的なもの、いわば事後的な「扇のかなめ」のような論考を書いておきたいと考えたことがきっかけである。当初は評論性をさほど意識していなかったが、先日三島賞を受賞した蓮實重彦『伯爵夫人』（新潮社、二〇一六年）が、夢の推移（連想）、既視感覚、そして映画といった要素を駆使していた例などを見るにつけて、文学の方法意識や問題意識は、一世紀程度で潰えるものではないことを改めて知った。アクチュアリティに引きつけて論を展開する評論的な態度と歴史的対象に寄り添う研究的態度の、双方が有機的に絡み合った道筋が今はなんとなく見える。

本書を形にするにあたって、現在の勤務先である福岡女子大学からは平成二八年度研究奨励金（研究C）の助成を頂いた。おかげで、安心して作業に取り組むことができた。そして慶應義塾大学出版会の村上文さんには一から十までお世話になった。何の因果か、専門領域の交友関係に乏しい身で、一歩踏み込んだ意見を貰えるような機会がなかなかない。もし村上さんの具体的かつ建設的なアドバイスと励ましがなかったなら、どこかで突発性「やる気出ない病」に襲われて、滞りなく完成に漕ぎ着けることはなかったと思う。心よりお礼を申し上げたい。

最後に月並みではあるが、両親への感謝を添えたい。教育費等の投資をケチらずして、まさかこれほど立身しないとは思ってもみなかったろうが、たまに軽く嫌味を言うくらいで、好き勝手な道を歩ませてもらった。なるべく近いうちに、つまり、お迎えが来る前に、もう一回り分くらい立派な仕事を見せられたらと考えている。

文献一覧

※連載記事（コラム等）の特定の一話を示す場合はその題を〈　〉で括った。

引用・参照文献

相原和邦『漱石文学の研究――表現を軸として』明治書院、一九八八年
荒井均「「志賀直哉」論――「鳥尾の病気」など」『解釈』一九九四年四月
安藤宏「「鱗雲」とその周辺――夢の自律するとき」『早稲田文学』一九九六年一二月。
飯島正『ヌーヴェル・ヴァーグの映画体系Ⅰ』冬樹社、一九八〇年
飯田祐子「彼らの独歩――『文章世界』における「寂しさ」の瀰漫」『日本近代文学』一九九八年一〇月。
池内輝雄『志賀直哉の領域』有精堂出版、一九九〇年
石神豊「歴史の中の個人主義――日本におけるニーチェ受容にみる（その1、2）」『創価大学人文論集』二〇一〇年三月、二〇一一年三月
一柳廣孝『催眠術の日本近代』青弓社、二〇〇六年
伊藤佐枝「志賀直哉『鳥尾の病気』のコミカル・トラジェディ＝トラジ・コメディ」『都大論究』二〇〇七年六月
井上円了「禅宗の心理」『哲学雑誌』一八九三年七月
今井隆介「描く身体から描かれる身体へ――初期アニメーション映画研究」（加藤幹郎編『映画学的想像力――シネマ・スタディーズの冒険』人文書院、二〇〇六年所収）
井村君江『「サロメ」の変容――翻訳・舞台』新書館、一九九〇年
巖谷國士「聖シモンとその自動人形」（『四谷シモン 人形愛』篠山紀信写真、美術出版社、一九九三年所収）
位田将司「横光利一『微笑』という「視差《パララックス・ヴュー》」――「排中律」について」『日本文学』二〇一二年二月
上田穂積「往還する蜂――百閒と直哉」『徳島文理大学比較文化研究所年報』二〇〇七年三月
生方智子『精神分析以前――無意識の日本近代文学』翰林書房、二〇〇九年
江藤淳「リアリズムの源流――写生文と他者の問題」『新潮』一九七一年一〇月
江中直紀『ヌーヴォー・ロマンと日本文学』せりか書房、二〇一二年
大江健三郎『新しい文学のために』岩波新書、一九八八年

大岡昇平『小説家夏目漱石』筑摩書房、一九八八年
大國眞希「太宰治「フォスフォレッセンス」論」『日本近代文学』一九九九年一〇月
大島渚・武満徹【対談】「儀式の周辺」『季刊フィルム』一九七一年七月（『「芸術」の予言‼——60年代ラディカル・カルチュアの軌跡』フィルムアート社、二〇〇九年所収）
大塚英志『江藤淳と少女フェミニズム的戦後——サブカルチャー文学論序章』筑摩書房、二〇〇一年
大森澄雄「牧野信一と小田原」『解釈と鑑賞』一九七五年五月
岡三郎「「哲学会」会員ならびに『哲学（会）雑誌』編集委員としての夏目金之助——「漱石」誕生の原点を探る」『漱石全集』（岩波書店、二〇〇二～二〇〇四年）付録「月報8」二〇〇二年一一月
岡田隆彦『ラファエル前派——美しき〈宿命の女〉たち』美術公論社、一九八四年
小田晋ほか編『『変態心理』と中村古峡——大正文化への新視角』不二出版、二〇〇一年
小野友子「〈夢〉を生成する読者——内田百閒『冥途』論」『日本文學論究』一九九六年三月
掛野剛史「新聞小説の可能性——横光利一「天使」から「家族会議」へ」『論樹』二〇〇六年一二月
梶尾文武「三島由紀夫『美しい星』論——核時代の想像力」『日本近代文学』二〇〇九年一一月
梶木剛『写生の文学——正岡子規、伊藤左千夫、長塚節』短歌新聞社、二〇〇一年
片岡良一『片岡良一著作集』第四巻「現代文学諸相の概観」、中央公論社、一九七九年
加藤周一『日本文学史序説 上』筑摩書房、一九七五年
——『日本文学史序説 下』筑摩書房、一九八〇年
金子務『アインシュタイン・ショック 第Ⅰ部／第Ⅱ部』河出書房新社、一九八一年
紙屋牧子「「映音」についての記述」（『日本映画史探訪——映画への思い』田中純一郎記念第5回日本映画史フェスティバル実行委員会、二〇〇二年所収）
——「マキノ正博の1934年——トーキーと『泡立つ青春』」『アート・リサーチ』二〇〇三年三月
柄谷行人『日本近代文学の起源』講談社、一九八〇年
河田和子「『家族会議』——東京と大阪の株式戦とその背景」『解釈と鑑賞』二〇〇〇年六月
——『戦時下の文学と〈日本的なもの〉——横光利一と保田與重郎』花書院、二〇〇九年
北田暁大「誘惑する声／映画（館）の誘惑——戦前期日本映画における声の編成」（『岩波講座 近代日本の文化史6 拡

大するモダニティ』岩波書店、二〇〇二年所収)
北田理恵「トーキー時代の弁士――外国映画の日本語字幕あるいは「日本版」生成をめぐる考察」『映画研究』第四号、二〇〇九年
河野龍也編『佐藤春夫読本』勉誠出版、二〇一五年
児島孝『近代日本画、産声のとき――岡倉天心と横山大観、菱田春草』思文閣出版、二〇〇四年
小林幸夫『認知への想像力・志賀直哉論』双文社出版、二〇〇四年
小林秀雄「アシルと亀の子」『文芸春秋』一九三〇年六月(『宇野浩二と牧野信一・夢と語り』日本文学研究資料新集25、有精堂出版、一九八八年所収)
小森陽一『出来事としての読むこと』東京大学出版会、一九九六年
小谷野敦『里見弴伝――「馬鹿正直」の人生』中央公論新社、二〇〇八年
酒井英行編『内田百閒・夢と笑い』日本文学研究資料新集22、有精堂出版、一九八六年
坂口周「大江健三郎と〈ポップ〉の系譜――一九六〇年代の〈穴〉」『津田塾大学紀要』二〇一〇年三月
――「内田百閒「サラサーテの盤」における第三の「女」」『日本文学』二〇一〇年一一月
――「松竹ヌーヴェルヴァーグにおける〈ホーム〉の構造」『津田塾大学紀要』二〇一一年三月
佐藤泉『戦後批評のメタヒストリー――近代を記憶する場』岩波書店、二〇〇五年
澁澤龍彦「日本文学における「性の追求」」(大岡昇平ほか編『性の追求』全集・現代文学の発見、第九巻、學藝書林、一九六八年所収)
真銅正宏「偶然という問題圏――昭和一〇年前後の自然科学および哲学と文学」『日本近代文学』一九九八年一〇月
――「通俗小説の偶然性――横光利一「純粋小説論」の偶然概念をめぐって」『人文学』二〇〇三年三月
高橋世織『感覚のモダン――朔太郎・潤一郎・賢治・乱歩』せりか書房、二〇〇三年
高原英理『ゴシックハート』講談社、二〇〇四年
竹内瑞穂『「変態」という文化――近代日本の〈小さな革命〉』ひつじ書房、二〇一四年
田尻芳樹『ベケットとその仲間たち――クッツェーから埴谷雄高まで』論創社、二〇〇九年
田中純一郎『日本映画発達史Ⅱ』中央公論社、一九七五年
田中眞澄編『小津安二郎全発言(1933～1945)』泰流社、一九八七年

谷川渥『文学の皮膚――ホモ・エステティクス』白水社、一九九七年
塚田嘉信『日本映画史の研究――活動写真渡来前後の事情』現代書館、一九八〇年
十重田裕一「「志賀直哉と他者――「城の崎にて」、忘却される起源」『国文学 解釈と鑑賞』二〇〇三年八月
中村古峡『変態心理の研究』大同館書店、一九一九年
中村光夫『風俗小説論』河出書房、一九五〇年
中村三春「『寝園』――テクストとしての恋愛」『解釈と鑑賞』二〇〇〇年六月
名和哲夫「藤枝静男『空気頭』の成立について――『空気人形』『空気頭（初稿）』『気頭術』そして『空気頭』の四つのテクストをめぐって」『浜松学院大学短期大学部研究論集』二〇〇七年三月
西尾実「さび」（『日本文学の美的理念・文学評論史』日本文学講座、第七巻、河出書房、一九五五年所収）
野口武彦『文化記号としての文体』ぺりかん社、一九八七年
――『江戸思想史の地形』ぺりかん社、一九九三年
野崎歓「映画を信じた男――アンドレ・バザン論」『言語文化』一九九五年一二月
野島秀勝「漱石における「自然」」『国文学解釈と鑑賞』一九七〇年九月
信原幸弘・太田紘史編『シリーズ新・心の哲学Ⅱ　意識篇』勁草書房、二〇一四年
――『シリーズ新・心の哲学Ⅲ　情動篇』勁草書房、二〇一四年
橋川文三『増補 日本浪曼派批判序説』未来社、一九九五年
長谷川正人・中村秀之編『アンチ・スペクタクル――沸騰する映像文化の考古学』長谷川正人・岩槻歩訳、東京大学出版会、二〇〇三年
日比野正信「志賀直哉の夢について」『愛媛国文研究』一九六五年一二月
平野嘉彦『ホフマンと乱歩　人形と光学器械のエロス』みすず書房、二〇〇七年
藤井貞和『日本語と時間――〈時の文法〉をたどる』岩波新書、二〇一〇年
藤井貴志『芥川龍之介――〈不安〉の諸相と美学イデオロギー』笠間書院、二〇一〇年
保坂和志『アウトブリード』朝日出版社、一九九八年
細江光「『黒犬』に見る多重人格・催眠・暗示、そして志賀の人格の分裂」『甲南文学』二〇〇三年三月
堀まどか「芭蕉俳諧は究極の象徴主義？――野口米次郎が開けたパンドラの箱」（鈴木貞美・岩井茂樹編『わび・さび・

幽玄――「日本的なるもの」への道程』水声社、二〇〇六年所収）
マキノ雅弘『映画渡世・天の巻』平凡社、一九七七年
――『映画渡世・地の巻』平凡社、一九七七年
町田栄「志賀直哉論――墓所ひとり詣での夢想家」『国文学解釈と鑑賞』一九八七年一月
松井貴子『写生の変容――フォンタネージから子規、そして直哉へ』明治書院、二〇〇二年
松本常彦「「羅生門」の後景」『近代文学考』一九八九年一一月初出（『芥川龍之介作品論集成』第一巻「羅生門――今昔物語の世界」翰林書房、二〇〇〇年所収）
――「弱者の変容・弱者の土壌」『国文学』二〇〇一年九月
――「コダック眼の小説――国木田独歩「忘れえぬ人々」の場合」『香椎潟』二〇一二年三月
宮内淳子「遠近法の壊し方――藤枝静男の場合」『日本文学』二〇〇二年一一月
柳沢孝子『牧野信一　イデアの猟人』小沢書店、一九九〇年
山田宏昭「固着と転位」（小林康夫・松浦寿輝編『テクスト――危機の言説』東京大学出版会、二〇〇〇年所収）
山本昌一「自然主義文学の移入あれこれ――ハウプトマンの「寂しき人々」をめぐって（一）～（四）」『日本古書通信』二〇〇九年一一月～二〇一〇年二月
山本亮介『横光利一と小説の論理』笠間書院、二〇〇八年
湯浅弘「日本におけるニーチェ受容史瞥見(1)――西谷啓治のニヒリズム論をめぐって」『川村学園女子大学研究紀要』二〇〇四年三月
吉田城「神話の変貌――フランスの作家はモローをどう見たか」（『象徴主義の光と影』宇佐見斉編著、ミネルヴァ書房、一九九七年所収）
吉本隆明「民主主義文学批判――二段階転向論」『荒地詩集１９５６』（荒地出版社、一九五六年四月）初出（『吉本隆明全著作集』第四巻、勁草書房、一九六九年所収）
四方田犬彦『日本映画史100年』集英社新書、二〇〇〇年
渡部直己『小説技術論』河出書房新社、二〇一五年
度会好一『明治の精神異説――神経病・神経衰弱・神がかり』岩波書店、二〇〇三年

外国語・翻訳

エミール・バンヴェニスト［Benveniste, Émile］『一般言語学の諸問題』岸本通夫監訳、みすず書房、一九八三年

Berger, John: *Keeping a rendezvous* (New York: Vintage, 1992)

アンリ・ベルクソン［Bergson, Henri］「時間と自由」〔意識に直接与えられているものについての試論〕一八八九年初出（『ベルグソン全集』第一巻、平井啓之訳、白水社、一九六五年所収）

――「物質と記憶」一八九六年初出（第二巻、田島節夫訳、一九六五年所収）

――「夢」一九〇一年五月講演（第五巻、渡辺秀訳、一九六五年所収）

――「現在の回想と誤った認知」一九〇八年初出（第五巻所収、渡辺秀訳）

Chamberlain, Lori: "Magicking the Real: Paradoxes of Postmodern Writing," in Larry McCaffery, ed., *Postmodern Fiction: A Bio-Bibliographical Guide* (New York: Greenwood Press, 1986)

ジョナサン・クレーリー［Crary, Jonathan］「解き放たれる視覚――マネと「注意」概念の出現をめぐって」（長谷川正人・岩槻歩訳、長谷川正人・中村秀之編『アンチ・スペクタクル――沸騰する映像文化の考古学』東京大学出版会、二〇〇三年所収）

ジル・ドゥルーズ［Deleuze, Gilles］『シネマ1＊運動イメージ』財津理・齋藤範訳、法政大学出版局、二〇〇八年

――『シネマ2＊時間イメージ』宇野邦一・江澤健一郎・岡村民夫・石原陽一郎・大原理志訳、法政大学出版局、二〇〇六年

セルゲイ・エイゼンシュテイン［Eisenstein, Sergei］、ヴェ・プドフキン、ゲ・アレクサンドロフ「トーキー映画の未来《計画書》」『ソヴィエト・エクラン』誌一九二八年三十二号初出（『エイゼンシュテイン全集』第二部「映画――芸術と科学」第六巻「星のかなたに」、エイゼンシュテイン全集刊行委員会（田中ひろし）訳、キネマ旬報社、一九八〇年所収）

――「映画の第四次元」（『映画の弁証法』佐々木能理男訳、角川文庫、一九五三年所収）

ジル・フォコニエ［Fauconnier, Gilles］『メンタル・スペース』坂原茂・水光雅則・田窪行則・三藤博訳、白水社、一九八七年

ブルース・フィンク［Fink, Bruce］『ラカン派精神分析入門』中西之信他訳、誠信書房、二〇〇八年

ハル・フォスター［Foster, Hal］編『視覚論』榑沼範久訳、平凡社ライブラリー、二〇〇七年

ジークムント・フロイト［Freud, Sigmund］「催眠（事典項目）」一八九一年初出（『フロイト全集』第一巻、渡邉俊之訳、岩波書店、二〇〇九年所収）
――「講演「催眠と暗示について」についての報告」一八九二年初出（第一巻所収、兼本浩裕訳）
――「催眠による治癒の一例――「対抗意志」によるヒステリー症状の発生についての見解」一八九二〜一八九三年初出（第一巻所収、兼本浩祐訳）
――「神経症の病因論における性」一八九八年初出（第二巻、新宮一成訳、二〇一〇年所収）
――「夢について」一九〇一年初出（第六巻、道籏泰三訳、二〇〇九年所収）
――「喪とメランコリー」一九一七年初出（第十四巻、伊藤正博訳、二〇一〇年所収）
――「不気味なもの」一九一九年初出（第十七巻、藤野寛訳、二〇〇六年所収）
――「フェティシズム」一九二七年初出（第十九巻、石田雄一訳、二〇一〇年所収）
T・G・ゲオルギアーデス［Georgiades, T. G.］『音楽と言語』木村敏訳、講談社学術文庫、一九九四年
マルティン・ハイデガー［Heidegger, Martin］『存在と時間』上下、細谷貞雄訳、ちくま学芸文庫、一九九四年
James, William: *The Varieties of Religious Experience* (London: Longmans, Green and Co., 1928)
ラファエル・フォン・ケーベル［Koeber, Raphael von］「ショーペンハウエルノ「意志」ニ就テ」『哲学雑誌』一八九五年五月
ジョルジ・ルカーチ［Lukács, Georg］『ルカーチ著作集2 小説の理論』大久保健治訳、白水社、一九六八年
フリードリッヒ・ニーチェ［Nietzsche, Friedrich］『ツァラストラはこう言った』一八八三〜八五年初出、上下、氷上英廣訳、岩波文庫、一九六七年
オリヴァー・サックス［Sacks, Oliver］『偏頭痛百科』後藤眞・石館宇夫訳、晶文社、一九九〇年
ジャン＝ポール・サルトル［Sartre, Jean-Paul］「想像力の問題」（『サルトル全集』第十二巻「想像力の問題」平井啓之訳、人文書院、一九五五年所収）
――『存在と無』（第十八〜二十巻、松浪信三郎訳、一九五六〜六〇年所収）
――「想像力」（第二十三巻「哲学論文集」平井啓之訳、一九五七年所収）
カール・シュミット［Schmitt, Carl］『政治神学』田中浩・原田武雄訳、未來社、一九七一年
アルトゥル・ショーペンハウアー［Schopenhauer, Arthur］『意志と表象としての世界』全I〜III巻、西尾幹二訳、中央公

論新社、二〇〇四年
Shaviro, Steven: *Without Criteria: Kant, Whitehead, Deleuze, and Aesthetcis* (Cambridge, Mass.: MIT Press, 2009)
レフ・シェストフ［Shestov, Lev］『無からの創造』木寺黎二・安土礼二郎・福島豊訳、三笠書房、一九三四年
エティエンヌ・トリヤ［Trillat, Étienne］『ヒステリーの歴史』安田一郎・横倉れい訳、青土社、一九九八年
Wegner, Daniel M.: *The Illusion of Conscious Will* (Cambridge, Mass.: MIT Press, 2002)

一次的な引用資料（文学作品・視聴覚作品以外）

芥川龍之介「雑筆」『人間』一九二一年一月（『芥川龍之介全集』第七巻、岩波書店、一九九六年所収）
――「点心」『新潮』一九二一年二月（第七巻所収）
――「芭蕉雑記」『新潮』一九二三年一一月、一九二四年五、七月（第十一巻、一九九六年所収）
――「東西問答」『時事新報』一九二四年五月八、九日（第十一巻所収）
――「Gairy 座の「サロメ」――「僕等」の一人久米正雄に」『女性』一九二五年八月（第十二巻、一九九六年所収）
――「発句私見」『ホトトギス』一九二六年七月（第十三巻、一九九六年所収）
――「内田百間氏」『文芸時報』一九二七年八月（第十五巻、一九九七年所収）
――「続芭蕉雑記」『文芸春秋』一九二七年八月（第十五巻所収）
――「風流――久米正雄、佐藤春夫の両君に」〔草稿の一章題〕（「「雑筆」草稿」第二十一巻、一九九七年所収）
安東禾村「証人の心理　証人の陳述を判断する標準――裁判心理学の価値」『変態心理』一九一九年六月
飯島正『トオキイ以後』（一九三三年発行本の復刻）日本映画論言説大系（第Ⅱ期：映画のモダニズム期）、十七、二〇〇四年、ゆまに書房
五百木良三（飄亭）〈紅塵万丈〉『日本』紙一八九六年一一月二九日
磯田光一『殉教の美学』冬樹社、一九六四年
伊藤整「昇天」、内田百閒『昇天』（新潮文庫版、一九四八年）初出（『伊藤整全集』第十九巻、新潮社、一九七三年所収）
入谷智定「禅宗の悟りに就いて」『変態心理』一九一八年二月
岩野泡鳴『神秘的半獣主義』左久良書房、一九〇六年
遠藤隆吉「意志不自由の社会的結果」『哲学雑誌』一九〇二年五月

大江健三郎「川端康成の文章の多義性」『新潮』一九六〇年六月
――『ヒロシマ・ノート』岩波新書、一九六五年
――『あいまいな日本の私』岩波新書、一九九五年
岡野義三郎「形而上学的根本主義としてのショーペンハウエルの『意志』を論ず」『哲学雑誌』一八九七年一〇〜一二月
小熊虎之助「自動現象の話」『変態心理』一九一七年一一、一二月
――【翻訳】「ベルクソンの夢の説（一〜四）」『変態心理』一九一九年一〜二、四〜五月
小山鼎浦「神秘派と夢幻派と空霊派と」『帝国文学』一九〇六年二月
神木猶之助編『華椿尺牘：学画問答』上下、個人出版、一九一一年
川端康成「末期の眼」『文藝』一九三三年一二月（『川端康成全集』第二十七巻、新潮社、一九八二年所収）
――「古賀春江と私」『芸術新潮』一九五四年三月（第二十七巻所収）
――「美しい日本の私」ノーベル賞受賞記念講演、新聞各紙（「朝日」、「読売」、「毎日」、「東京」、「中日」）朝刊一斉掲載、一九六八年一二月一六日（第二十八巻、一九八二年所収）
九鬼周造「偶然性」（一九二九年一〇月講演原稿）（『九鬼周造全集』第二巻、岩波書店、一九八〇年所収）
――『「いき」の構造』（岩波書店、一九三〇年）初出（第一巻、一九八一年所収）
――『偶然性の問題』（岩波書店、一九三五年）初出（第二巻所収）
――「偶然と運命」一九三七年一月二三日午後六時二五分開始のラジオ講演（三十分）原稿（第五巻、一九八一年所収）
倉橋由美子「作品ノート1」『倉橋由美子全作品1』（新潮社、一九七五年）
黒田清輝「写生の方法とその価値」『文章世界』一九〇七年三月
桑原武夫『現代日本文化の反省』白日書院、一九四七年
小竹昌夫「雁太郎街道」『映画評論』一九三五年一月（千葉伸夫監修『監督山中貞雄』実業之日本社、一九九八年所収）
後藤宙外「自然主義比較論」『新小説』一九〇八年四月
斎藤茂吉『短歌写生の説』鉄塔書院、一九二九年
佐藤春夫「志賀直哉氏に就て」『新潮』一九一七年一一月（『定本佐藤春夫全集』第十九巻、臨川書店、一九九八年所収）
――「怪談」『中央公論』一九二三年五月（第十九巻所収）
――・久米正雄・徳田秋声ほか【座談会】「新潮合評会――第十回（二月の創作）」『新潮』一九二四年三月

――「「風流」論」『中央公論』一九二四年四月（第十九巻所収）
――「自力か他力か」『浄土』一九三六年一〇月（第二十一巻、一九九九年所収）
――「再説風流論」『文芸懇話会』一九三六年一一月（第二十一巻所収）
――「国木田独歩序論」佐藤春夫編『国木田独歩傑作選』小学館、一九四二年（第二十二巻、一九九九年所収）
志賀直哉「続創作余談」『改造』一九三八年六月（『志賀直哉全集』第八巻、岩波書店、一九七四年所収）
――「続々創作余談」『世界』一九五五年六月（第八巻所収）
島村抱月「朦朧体とは何ぞや」『早稲田文学』一八九六年五月
――「今の写生文」『文章世界』一九〇七年三月
菅谷宿禰「催眠術応用に由る逃亡者の追跡」『変態心理』一九一九年八月
田岡嶺雲「余韻と印象の明瞭と」『青年文』一八九六年一二月五日
高島平三郎「夢に関する考究」『哲学雑誌』一八九六年四、五月
高浜虚子〈俳話〉第一章「時間と空間の想像」『日本人』一八九五年一〇月五日
――〈俳話〉『日本人』一八九五年一〇月二四日
――〈俳話〉『日本人』一八九六年五月二〇日
――〈曼珠沙華〉『日本』一八九六年一一月四日
――〈曼珠沙華〉『日本人』一八九六年一一月五日
――〈煤掃き〉『日本』一八九六年一二月二〇日
――「『明治二十九年の俳諧』を読む」『日本人』一八九七年二月二〇日
――「写生文の由来とその意義」『文章世界』一九〇七年三月
高見順「描写のうしろに寝てゐられない」『新潮』一九三六年五月
高峰博『夢学』有文堂書店、一九一七年
高山樗牛「新体詩のけふこのごろ」『太陽』一八九六年二月五日
――「朦朧体の末路」『太陽』一八九七年九月五日
――「朦朧派の詩人に与ふ」『太陽』一八九七年九月二〇日
――「美的生活を論ず」『太陽』一九〇一年八月五日

寺田寅彦「文学の中の科学的要素」『電気と文芸』一九二一年一月（『寺田寅彦全集』第五巻、岩波書店、一九九七年所収）
――「夏目漱石の俳句と漢詩」『漱石全集』（第十三巻、漱石全集刊行会、一九二八年）付録「月報第三号」一九二八年五月（第十二巻、一九九七年所収）
――「連句雑俎二　連句と音楽」『渋柿』一九三一年四月（『寺田寅彦全集』第十二巻、岩波書店、一九九七年所収）
――「量的と質的と統計的と」『科学』一九三一年一〇月（第五巻、一九九七年所収）
――「生ける人形」『東京朝日新聞』一九三二年六月一六～一九日（第八巻、一九九七年所収）
――「映画芸術」『岩波講座　日本文学』第十五回、岩波書店、一九三二年八月（第八巻所収）
――「俳諧の本質的概論」『俳句講座』第三巻、改造社、一九三二年一一月（第十二巻、一九九七年所収）
――「夏目漱石先生の追憶」『俳句講座』第八巻、改造社、一九三二年一二月（第一巻、一九九六年所収）
――「俳句の精神」『俳句作法講座』第二巻、改造社、一九三五年（第十二巻所収）
外山正一「新体詩及び朗読法」『帝国文学』一八九六年三、四月
中村古峡「二重人格の少年」『変態心理』一九一七年一〇～一一月
――「二重人格の女」『変態心理』一九一九年一～三、五月
――【翻訳】ハヴロック・エリス「宗教的催眠現象――此の一文を大本教徒に与ふ」『男と女』一九一四年版部分、『変態心理』一九二〇年三月
――「催眠学理一班」『変態心理』一九二〇年一〇月
――「後催眠現象――催眠学理一班（その四）」『変態心理』一九二一年五月
――『二重人格の女』大東出版社、一九三七年
夏目漱石「英国詩人の天地山川に対する観念」『哲学雑誌』一八九三年三～六月（『漱石全集』第十三巻、岩波書店、二〇〇三年所収）
――『文学論』（大倉書店、一九〇七年）初出（第十四巻、二〇〇三年所収）
――「虚子著『鶏頭』序」『東京朝日新聞』一九〇七年一二月二三日（第十六巻、二〇〇三年所収）
西田幾多郎『善の研究』（弘道館、一九一一年）初出（『西田幾多郎全集』第一巻、岩波書店、一九四七年所収）
――「自覚について」『思想』一九四三年五、六月（第十巻、一九五〇年所収）

西山樵郎「『運命』の著者」『文章世界』一九〇六年一一月
――「俳人の文章」『文章世界』一九〇六年一二月
西脇順三郎「詩の消滅」『三田文学』一九二七年一月（『西脇順三郎コレクション』第Ⅳ巻、慶應義塾大学出版会、二〇〇七年所収）
――「ESTHÉTIQUE FORAINE」『三田文学』一九二七年五月（第Ⅳ巻所収）
――「超自然主義」『三田文学』一九二八年二月（第Ⅳ巻所収）
――「超自然詩学派」（後に「超自然詩の価値」に改題）『詩と詩論』一九二八年九月（第Ⅳ巻所収）
――「シュルレアリスム批判」初出未詳（第Ⅳ巻所収）
――「Satura の文学」初出未詳（第Ⅳ巻所収）
野口米次郎「世界眼に映じたる松尾芭蕉」『中央公論』一九〇五年九月
――「ステフエン、マラルメを論ず」『太陽』一九〇六年四月
萩原朔太郎「発声映画に就いて」『新潮』一九三〇年四月（『萩原朔太郎全集』第九巻、筑摩書房、一九七六年所収）
長谷川天溪「写生文の妙趣」『文章世界』一九〇七年三月
福本和夫「『方向転換』はいかなる諸過程をとるか我々はいまそれのいかなる過程を過程しつゝあるか」『マルクス主義』一九二五年一〇月（『昭和思想集Ⅰ』近代日本思想体系35、筑摩書房、一九七四年所収）
福来友吉「実在観念の起原」『哲学雑誌』一八九九年三、四、五、六月
――「催眠術に就きて」『哲学雑誌』一九〇三年八月
――「催眠の心理学的研究」国家医学会編『催眠術及ズッゲスチオン論集』南江堂、一九〇四年
――『催眠心理学概論』（成美堂、一九〇五年）
――「暗示の社会に及ぼす影響」『太陽』一九〇六年四月
――『催眠心理学』成美堂、明治四三年刊の復刻版、日経企画出版局、一九九二年（初版は一九〇六年刊）
正岡子規「筆まかせ」第一～四編（一八八四～一八九二年）（『子規全集』第十巻、講談社、一九七五年所収）
――「俳句二十四体」」『日本』一八九六年一～四月（第四巻、一九七五年所収）
――〈文学〉『日本人』一八九六年八月五日（第十四巻、一九七六年所収）
――〈文学〉〔内藤鳴雪論〕『日本人』一八九六年九月二〇日（第十四巻所収）

――〈文学〉〔五百木瓢亭論〕『日本人』一八九六年一〇月五日（第十四巻所収）
――〈文学〉〔碧梧桐論〕『日本人』一八九六年一〇月二〇日（第十四巻所収）
――〈文学〉〔虚子論〕『日本人』一八九六年一一月二〇日（第十四巻所収）
――「明治二十九年の俳句界」〔原題：明治二十九年の俳諧〕『日本』一八九七年一月三日〜三月二一日〔二十四回連載〕
（第四巻所収）
――「明治三十年の俳句界」『日本』一八九八年一月三、四日連載（第五巻所収、一九七六年所収）
――〈松蘿玉液〉『日本』一八九八年九月一一日（第十一巻、一九七五年所収）
――〈松蘿玉液〉〔白馬会〕『日本』一八九八年一〇月二二日（第十一巻所収）
――「文学美術評論」『ホトトギス』一八九八年一〇月〜一八九九年三月（第十四巻所収）
――「明治卅一年の俳句界」『ホトトギス』一八九九年一月一〇日（第五巻所収）
――「俳句新派の傾向」『ホトトギス』一八九九年一月一〇日（第五巻所収）
――〈随問随答〉第一章『ホトトギス』一八九九年四月二〇日（第五巻所収）
――「叙事文」『日本附録週報』一九〇〇年一〜三月〔三回連載〕（第十四巻所収）
――「病牀六尺」『日本』紙一九〇二年五月五日〜九月一七日〔全百二十回〕連載（第十一巻所収）
正宗白鳥「独歩論」『趣味』一九〇七年四月
松本亦太郎「意志と身体動作との時律的関係」『哲学雑誌』一九〇二年五月
三木清「「シェストフ的不安について」『改造』一九三四年九月（『三木清全集』第十一巻、岩波書店、一九六七年所収）
――「行動的人間について」『改造』一九三五年三月（第十一巻所収）
三島由紀夫「三島由紀夫出題クイズ」『婦人公論』一九五九年五月
村上辰午郎『村上式注意術講話』明文堂、一九一五年
村上春樹【インタヴュー】「山羊さん郵便みたいに迷路化した世界の中で――小説の可能性」（聞き手：柴田元幸）『ユリイカ〈総特集 村上春樹の世界〉』一九八九年六月臨時増刊
室生犀星『芭蕉襍記』武蔵野書院、一九二八年（『室生犀星全集』第三巻、新潮社、一九六六年所収）
元良勇次郎「意志と自然力の関係に就て」『哲学雑誌』一九〇三年八月
森林太郎『ゲルハルト、ハウプトマン』春陽堂、一九〇六年

森田草平「「冥途」其他」『読売新聞』一九二一年一月二五日（酒井英行編『内田百閒・夢と笑い』日本文学研究資料新集22、有精堂出版、一九八六年所収）
森田正馬「夢の本態（上）」『変態心理』一九一九年九月
——「夢の本態（下）」『変態心理』一九一九年一〇月
——「夢の叙述」『変態心理』一九一九年一一月
——「夢と関係ある諸種の現象」『変態心理』一九一九年一二月
——「夢と迷信」『変態心理』一九二〇年二月
山中貞雄【座談】「山中貞雄氏に訊く」『キネマ週報』一九三四年三月二三日（『山中貞雄作品集〈全一巻〉』実業之日本社、一九九八年所収）
横光利一「新感覚論——感覚活動と感覚的作物に対する非難への逆説」（原題「感覚活動——感覚活動と感覚的作物に対する非難への逆説」）『文芸時代』一九二五年二月（『定本横光利一全集』第十三巻、河出書房新社、一九八二年所収）
——「ただ名称のみについて」『文芸時代』一九二五年七月（第十四巻、一九八二年所収）
——「形式物と実感物」『文芸春秋』一九二八年三月（第十三巻所収）
——「文芸時評」『文芸春秋』一九二八年一一月（第十三巻所収）
——「文字について——形式とメカニズムについて」（原題「形式とメカニズムについて」）『創作月刊』一九二九年三月（第十三巻所収）
——「文学的実体について（原題「もう一度文学について」）」『読売新聞』一九二九年九月二七日（第十三巻所収）
——「芸術派の真理主義について」『読売新聞』一九三〇年三月一六、一八、一九日（第十三巻所収）
——「外国語」『婦人之友』一九三〇年六月（第十四巻所収）
——「どんな風に発展するか」『文学時代』一九三〇年六月（第十四巻所収）
——「新小説論」『新文芸思想講座』第一、二、三、八巻（全四回掲載）、文藝春秋社、一九三三年九月〜三四年五月（第十四巻所収）
——「悪霊について」『文芸』一九三三年一二月（第十四巻所収）
——「覚書一」（原題「覚書」）『文芸』一九三四年四月（第十三巻所収）
——「宮沢賢治氏について」（『文芸』一九三四年四月（第十四巻所収）

――「仮説を作つて物自体に当れ」『東京帝国大学新聞』一九三四年五月二一日（第十五巻、一九八三年所収）
――「大阪と東京」『大阪朝日新聞』一九三四年一二月四日（第十三巻所収）
――「純粋小説論」『改造』一九三五年四月（第十一巻所収）
――【座談会】（出席者：豊島与志雄、深田久弥、三木清、河上徹太郎、谷川徹三、中島健蔵、横光利一、中山義秀、川端康成、小野松二）「「純粋小説」を語る」『作品』一九三五年六月（第十五巻所収）
――「作者の言葉――『家族会議』」『東京日日新聞』一九三五年七月二八日（第十四巻所収）
――「現代の青年」『婦人公論』一九三五年九月（第十四巻所収）
――「新聞雑感」『文芸懇話会』一九三六年一月（第十四巻所収）
――「文芸雑感――漱石批評　評論家の文章」『読売新聞』一九三六年一月九、一〇日初出（第十四巻所収）
――「覚書」『文学界』一九三六年三月（第十四巻所収）
――「覚書」『文学界』一九三七年一〇月（第十三巻所収）
――「島国的と大陸的」『東京日日新聞』一九三八年五月二〇、二一、二二日（第十三巻所収）
――「支那海」『東京日日新聞』一九三九年一月五日〜一三日（第十三巻所収）
――「転換期の文学」一九三九年六月二一日東京帝国大学講演の速記原稿（第十五巻所収）

筆者不詳
「催眠術治療法」『哲学会雑誌』一八八八年四月
〈美術及び文学〉『日本』一八九六年一一月三〇日
〈時文〉「日本派の一転歩」・「俳句に於る時間と主観」『明治評論』（精神社）一八九六年一二月一日
K・F「心理学雑観――意志の起源につきての考察」『哲学雑誌』一八九八年八月

ラ

ワ

タ

ナ

サ

人名索引

著者紹介
坂口　周（さかぐち しゅう）
1977年東京都生まれ。福岡女子大学国際文理学部専任講師。
早稲田大学卒業後、2001年東京大学大学院総合文化研究科修士課程修了。2003年英国・ロンドン大学ゴールドスミス校大学院修士課程メディア＆コミュニケーション専攻修了。2007年東京大学大学院総合文化研究科博士課程単位取得満期退学。津田塾大学学芸学部非常勤講師、中国・広東外語外貿大学外籍教師、実践女子大学文学部助教を経て、現在に至る。「運動する写生――映画の時代の子規」で2014年第57回群像新人文学賞（講談社主催）評論部門優秀作。

意志薄弱の文学史
――日本現代文学の起源

2016年10月15日　初版第1刷発行

著　者――――坂口　周
発行者――――古屋正博
発行所――――慶應義塾大学出版会株式会社
〒108-8346　東京都港区三田2-19-30
TEL　〔編集部〕03-3451-0931
〔営業部〕03-3451-3584〈ご注文〉
〔　〃　〕03-3451-6926
FAX　〔営業部〕03-3451-3122
振替　00190-8-155497
http://www.keio-up.co.jp/
装　丁――――岡部正裕（voids）
印刷・製本――株式会社加藤文明社
カバー印刷――株式会社太平印刷社

Printed in Japan ISBN 978-4-7664-2366-2